한국시의 현대성과 탈식민성

이형권(李亨權)

경기도 안성 출생. 문학박사, 문학평론가.
계간 《시작》 주간, 《애지》, 《시인시각》 편집위원.
현재 충남대학교 인문대학 국어국문학과 교수
저서 『한국 현대시의 이념과 서정』, 『현대시와 비평정신』, 『타자들, 에움길에 서다』, 『문학, 영화를 만나다』(공저), 『임화 시선』(편저) 외 다수

한국시의 현대성과 탈식민성

2009년 1월 5일 초판 인쇄 2009년 1월 10일 초판 발행
지은이 이형권 **펴낸이** 한봉숙 **펴낸곳** 푸른사상사
기획 심효정 **편집** 김세영 **디자인** 지순이 **마케팅** 강태미
출판등록 1999년 7월 8일 제2-2876호
주소 서울시 중구 을지로3가 296-10 장양B/D 701호
대표전화 02) 2268-8706(7) **팩시밀리** 02) 2268-8708
이메일 prun21c@yahoo.co.kr / prun21c@hanmail.net
홈페이지 //www.prun21c.com
ⓒ 2009, 이형권

저자와의
협의에 의해
인지 생략

ISBN 978-89-5640-656-5 93810

가격은 표지 뒷면에 있습니다.
21세기 출판문화를 창조하는 푸른사상은 좋은 책을 만들기 위해 노력하고 있습니다.

한국시의
현대성과 탈식민성

이형권

푸른사상

이 도서의 국립중앙도서관 출판시도서목록(CIP)은
e–CIP 홈페이지(http://www.nl.go.kr/cip.php)에서 이용하실 수 있습니다.
(CIP제어번호 : CIP2009000016)

오래 전에 나는 사이드(Edward W. Said)의 『오리엔탈리즘』이라는 책을 접하면서 잊지 못할 매력에 빠져든 적이 있었다. 학문의 길에 발을 들여놓으면서 한국적 특수 상황 속에서 저항문학만이 문학의 본령이라고 생각하던 시절이 있었는데, 그때에 제3세계의 저항과 관련된 담론을 차분하고 분명하고 세련된 논리로 풀어나가는 사이드의 솜씨가 아주 흥미롭게 다가왔다. 그래서 서양인들의 동양인에 대한 편견을 의미하는 '오리엔탈리즘'이란 용어가 한 동안 나의 학문적 사유를 지배하기도 했었다. '오리엔탈리즘'과 비슷한 맥락에서 일제치하의 한국문학을 연구하기 위한 특수한 개념을 설정하기 위해 '코리아니즘(Koreanism)'이라는 용어를 생각해 보기도 했었다. '코리아니즘'의 역사적 근거와 현실성은 일차적으로 일본 제국주의자들의 한국에 대한 악의적인 편견 만들기가 현대화 초창기부터 전개되었다는 데서 찾을 수 있다. 한국 현대문학은 그런 가운데 본격적으로 형성, 전개되기 시작했다는 점에서 문학적 담론으로서의 '코리아니즘'을 생각하지 않을 수 없었다. 뿐만 아니라 광복 이후에도 서양인들이나 일본인들이 견지하는 편견과 오해는 여전하다는 점에서 '코리아니즘'은 더욱 설득적인 용어라고 생각했었다. 앞으로 기회가 된다면 한국 사회의 안팎에 엄존하는 '코리아니즘'의 실체를 파헤치면서 한국적 탈식민주의의 이론틀을 구축하여 탈식민주의 문학사 기술을 시도해 보고 싶다.

한국시에 나타나는 '코리아니즘'의 실체를 규명하고 그 역사적 맥락을 설정하는 일은 생각보다 복잡하고 어려울 것이다. 그것은 한국시가 함의한 복잡한 현대성의 문제와 밀접하게 연관되기 때문일 터인데, 모쪼록 이 책이 그러한 문제를 풀어가는 하나의 노둣돌 역할을 했으면 하는 바람이다. 이 책에서 사용하는 현대성이라는 용어는 1930년대 모더니즘 이전의 시와 20세기 후반 포스트모더니즘의 징후를 보여주는 시를 포괄하는 영역으로 상정했다. 적어도 20세기 문학은 현대문학 이외에 근대문학이나 포스트모더니즘 문학과 같은 또 다른 단위를 설정할 만한 층위를 지닌 것으로 보기 어렵다고 판단했기 때문이다. 이러한 현대성과 밀접히 관련되는 탈식민성은 반식민주의 담론을 포괄하는 광의의 개념으로 사용했다. 문학 담론으로서의 탈식민주의와의 연관성이 또렷하지 않은 시 작품일지라도 식민주의에 대한 저항과 비판적 인식을 함의한 작품들은 탈식민성을 지닌 것으로 이해했다. 그리고 그러한 텍스트들에 대한 연구의 과정에서 파농, 사이드, 바바, 스피박 등의 탈식민주의 이론을 빈도 높게 원용했다. 탈식민주의는 다른 문학

이론에 비해 그 역사가 일천하기에 아직도 그 정체성이나 범주, 시기, 목적 등에서 이론(異論)이 분분한 형편이지만, 한편으로는 가장 도전적이고 설득력 있는 문학 담론으로서의 특성을 보여주기도 한다. 나는 탈식민주의 이론의 문제적 국면보다는 그것이 지닌 잠재력으로서 문학의 창작 방법뿐 아니라 연구 방법으로 다양하게 응용될 수 있는 가능성에 주목했다.

　제1부에는 한국 현대시의 탈식민성에 관한 글들을 모아 놓았다. 최근 몇 년 동안 탈식민주의 이론에 관심을 기울이면서 우리식의 탈식민주의 이론에 대한 모색이 필요하다는 생각이 뇌리에서 떠나지 않았다. 그 과정에서 탈식민주의에 의한 시 연구의 구체적 방법론을 다양하게 탐색해 본 것이 제1부의 글들이다. 먼저 「저항과 전유의 문학 담론」은 탈식민주의 이론의 의의와 탈식민주의적 텍스트 분석의 방식을 모색해 본 글이다. 이 글에서는 탈식민주의를 '저항과 전유의 연대'라고 전제하고 종래의 반식민주의 담론이 시대적합성을 띤 새롭고 세련된 형태로 거듭 태어난 담론이라고 정의했다. 이를 토대로 하여 탈식민주의적 글쓰기 방식을 보여주는 대표적인 시 텍스트들을 개괄적으로 분석해 보았다. 더 세부적으로 나아간 「현해탄 시편의 양가성 문제」는

임화의 시 가운데 현해탄을 소재나 배경으로 취하고 있는 시편들에 나타나는 일본에 대한 양가적 감정의 실상과 그것의 역사적 의미를 살핀 글이다. 또한 「현대시의 미국문화 수용과 탈식민성」에서는 광복 이후 외래문화의 수용을 동일시, 비동일시, 반동일시의 양상으로 구분하여 탈식민주의의 관점에서 고찰했으며, 「반미시의 계보와 탈식민성」에서는 앞의 논문 가운데 반동일시의 담론과 유사한 논조를 유지하면서 개화기 이후부터 지속되어 온 반미시의 계보학적 흐름을 정리해 보았다. 그리고 「김남주 시의 대항 담론과 탈식민성」에서는 김남주의 반식민주의 시를 포괄하는 탈식민주의 시의 양상을 분석했고, 「지역문학의 탈식민성과 글로컬리즘」에서는 탈식민주의의 문제를 지역문단과 중앙문단의 관계에 적용해 대전−충남 문단의 글로컬리즘(Glocalism, 世方主義)적 가능성을 탐구해 보았다.

　제2부에는 한국시의 현대성에 관한 글들을 모아 놓았다. 한국시가 보편성으로서의 현대성을 획득해 가는 과정에서 역사적 모순과 대면했다는 사실은 누구나 아는 사실이다. 그 모순의 역학은 한국인들에게 일본은 선진 문명국이기에 모방을 해야 하는 대상인 동시에, 주권을 유린한 침략국이기에 저항을 해야 하는 대상이었다는 데서 발생했다.

일부 시인들은 모방에 강조점을 두고 친일 행위마저 일삼으면서 역사 감각이 결여된 시를 창작했고, 일부 시인들은 혹독한 시대적 여건에도 불구하고 자기 희생을 감내하면서 굽힘없이 항일 저항시를 추구했다. 한편으로 많은 시인들에게 모방과 저항은 양자택일의 문제라기보다는 동시에 껴안고 나갈 수밖에 없는 운명적인 것으로 받아들여졌다. 이처럼 복잡한 현대성의 문제와 관련하여 이 책에서 주목한 것은 현대의 모순, 혹은 현대시의 관성을 상징하는 '아버지'에 대한 반항 의지가 다양하게 나타난다는 점이다. 그리하여 「정지용 시의 '떠도는 주체'와 감정의 차원」과 「김수영의 시적 자의식 문제」에서는 문명과 역사에 대한 성찰적 인식의 양상을 살펴보았고, 「김수영 시의 변모 과정」에서는 현대 문명을 온몸으로 체현하면서 시를 창작했던 한 시인의 초상을 살펴보고, 「김지하의 생명시와 생명시론」에서는 정치적 저항에서 반생태적 현실에 대한 저항으로 옮겨간 전형적인 저항시인의 모습을 탐구해 보았다. 또한 「'80년대 해체시와 아버지 살해 욕망」과 「해체시의 자의식과 창작방법」에서는 현대문학사상 선구적으로 나타난 탈현대성의 징후에 주목하면서 황지우, 박남철, 장정일 등의 시에 나타난 아버지 살해 욕망을 전위적 시학의 관점에서 고찰해 보았다.

제3부에는 현대시의 주요 단면에 관한 글들을 모아 놓았다. 1900년을 전후한 시기부터 2000년대까지 한 세기 남짓한 현대시의 역사적 흐름은 파란과 굴곡으로 점철된 격동의 물결이었다. 그것은 적어도 몇 세기동안 진행되었던 서양 제국의 현대화의 과정과는 달리 매우 짧은 기간 동안 민주화와 산업화를 쌍끌이해야 했던 한국 현대사의 특수성과 맞물린 것이었다. 이 부분에 실린 글들은 이러한 역사적 상황에 밀접히 연관되는 시의 양상에 관한 연구들이 주종을 이룬다. 우선 「서정주의 사랑시편과 에로티즘」은 미당의 초기시부터 후기시까지를 사랑이라는 테마에 초점을 맞추고 살펴본 글이다. 또한 「한국시의 보들레르 이입과 수용 양상」에서는 비교문학의 관점에서 현대시의 시조라 할 수 있는 보들레르의 시가 수용되는 양상을, 「체루의 현실과 시의 풍요로움」에서는 시대가 비극적일수록 시가 활성화되었던 역설적 구도를 각각 살펴보고자 했다. 그리고 「대전-충남 문학의 경향과 정체성」은 지역문학의 존재 의의와 가치에 관한 내용이 주조를 이루는데, 나는 이 글의 정신을 이어나가는 차원에서 앞으로도 지역문학에 대한 관심을 지속적으로 견지해 나갈 생각이다.

　이 책을 세상에 내놓으면서 잠시 머뭇거리지 않을 수 없다. 연구에 있어서 더 꼼꼼하고 세심한 태도가 필요하지 않았나 하는 생각이 마음 한 구석에 납덩이처럼 매달려 있다. 퇴계 선생의 수신 십훈修身十訓 가운데 한 구절—책을 읽으려면 마땅히 그 궁극의 뜻을 밝혀야지 언어나 문자를 따르는 데 그쳐서는 안 된다(讀書當務硏窮義理 不可爲言語文字之學)！—이 가슴 깊이 다가든다. 불현듯 이 가르침의 말이 떠오르는 것은 내가 그만큼 언어와 문자만을 뒤따르는 글을 쓰지는 않았는지 하는 반성의 마음이 앞서기 때문이다. 돌아보면 나의 글쓰기는 항상 촉박한 시간과 강박적 의무감에서 자유롭지 못했던 듯하다. 참신한 창발적 글쓰기나 개성적 이론틀의 구축을 위해 노력하기보다는 원고 마감 시간에 쫓기면서 외피적 언어와 형식적 문자만을 추수追隨한 것은 아니었던가 하는 마음이 앞선다. 무엇보다도 진정한 자기 주도적 글쓰기를 얼마나 충실히 수행해 왔는지 하는 의문이 고개를 높이 든다. 그러나 이러한 자기반성의 마음은 아직 남아 있는 내 자신의 발전 가능성을 증명하는 것이라고 자위하기로 한다.

이 책에 실린 글들은 그동안 학술지나 문예지에 실린 것들을 수정, 보완하여 모아놓은 것이다. 처음 발표했을 때의 내용과 비교하여 전체적으로는 큰 변화가 없지만, 글의 제목이나 문장, 문맥 등에서 달라진 부분이 있음을 밝혀둔다. 부디 이 책이 한국 문학 연구에 덧칠이나 하지 않았기를 바라는 마음으로 독자 여러분들의 질정을 기다린다. 또한 가까이서 혹은 멀리서 나와 함께 살아가는 모든 것들, 모든 사람들에게 고맙다는 말씀을 전하고 싶다. 특히 가정 경제에 별반 도움이 되지 않는 작업을 곁에서 묵묵히 바라보며 응원해 준 나의 가족들, 그리고 상업성과는 거리가 먼 학술서적의 출판을 흔쾌히 허락해 주신 푸른사상사의 한봉숙 사장님께 감사의 마음을 전한다.

2009년 새해를 맞이하며
궁동서실에서, 저자 쓰다

반미시의 계보와 탈식민성

지역문학의 탈식민성과 글로컬리즘 대전-충남 문학을 중심으로

김남주 시의 대항 담론과 탈식민성

'80년대 해체시와 아버지 살해 욕망
황지우, 박남철, 장정일의 시를 중심으로

해체시의 자의식과 창작방법   황지우의 초기시를 중심으로

제3부 현대시의 몇 가지 결절들

서정주의 사랑시편과 에로티즘

한국시의 보들레르 이입과 수용 양상
미당의 초기시를 중심으로

체루의 현실과 시의 풍요로움 1980년대 시의 비판적 개관

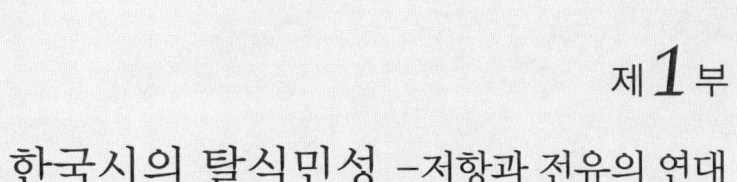

제1부

한국시의 탈식민성 –저항과 전유의 연대

저항과 전유의 문학 담론
― 한국문학과 탈식민주의의 상관성

1. 서론 : 탈식민주의의 육하원칙

  탈식민주의[1]는 오늘날 가장 주목받는 정치적, 문화적 담론 가운데 하나이다. 우리나라에 1980년대 후반부터 소개되기 시작한 탈식민주의는 1990년대 이후부터 적잖은 문인들과 연구자들의 관심 대상으로 자리를 잡았다. 탈식민주의의 의의는 우선 1990년대 우리 문단에 불러온 거대 담론을 시대적합성을 띤 새로운 모습으로 탈바꿈해 주었다는 점에서 찾아진다. 역사와 이데올로기에 대한 저항으로서의 거대 담론과 포스트모더니즘의 다양한 방법론이 결합하면서 현실에 대항하는 새로운 담론을

---

1) 협의의 개념과 광의의 개념을 상정하고자 한다. 협의의 탈식민주의는 제3세계 국가의 민족주의나 인종주의에 기반을 둔 반식민주의를 포함하지 않는 것으로, 광의의 탈식민주의는 그러한 반식민주의와 제1세계 이론의 전유를 통한 새로운 이론틀을 포괄하는 것으로 본다. 이 글에서는 주로 후자의 의미로 사용하지만 논의의 무게 중심은 이론의 전유 쪽에 두기로 한다.

탄생시킨 것이다. 바트 무어 길버트는 이를 두고 '저항에서 유희로'2)의 전향이라고 지적하기도 하지만, 필자는 그것을 반식민주의와 포스트모더니즘의 제휴를 바탕으로 한 '저항과 전유의 연대'라고 불러보고 싶다. 탈식민주의는 반식민주의의 저항 의지를 계승하면서 제1세계 이론의 전유를 통해 새로운 방법론을 구축한 것이기 때문이다. 다소 거칠게 정의하면 탈식민주의는 이전의 반식민주의를 새로운 시대에 맞게 업그레이드한 세련된 저항의 버전이라고 할 수 있다.

그러면 탈식민주의의 본질이 무엇인지 그 쟁점들을 육하원칙에 의해 살펴보자. 먼저 탈식민주의 담론에서 '누가' 주인공인가? 국제 관계에서 탈식민주의의 주체는 피식민 국가, 혹은 피식민 경험이 있는 국가의 구성원들이지만, 국내 관계에서는 계급적 차원에서의 프롤레타리아나 권력에서 소외된 민중, 혹은 남성 중심주의 사회의 억압받는 여성 등으로 그 범위를 확대할 수 있다. 또한 탈식민주의의 시기는 '언제'인가? 탈식민주의 시기는 멀리는 유럽의 식민주의 역사가 본격적으로 시작된 18세기부터 가까이는 전지구적 자본주의를 기반으로 하는 오늘날의 포스트모더니즘 시대까지이다. 탈식민주의가 구체적인 문학적 담론으로 형성된 것은 20세기 후반이지만, 그 논의의 대상은 보다 폭넓게 규정될 수 있다. 압둘 잔모하메드에 따르면 식민주의는 정치적, 군사적 식민시대인 지배적인 시기뿐 아니라 그 이후의 신식민시대인 헤게모니적 시기3)를 두루 포괄하는 것이다. 뿐만 아니라 미래에 다가올 가능성이 있는 가상의 식민주의에 대한 저항 담론까지도 포함된다고 볼 수도 있다. 따라서 탈식민주의의 논의 시기는 과거, 현재, 미래를 모두 포괄한다.

---

2) Bart Moor-Gilbert, 이경원 역, 『탈식민주의! 저항에서 유희로』, 한길사, 2001, p.28.
3) Abdul R. Janmohamed, "The Economy of Mechanism Allegory : The function of Racial Difference in Colonialist Literature," Diana Brydon(ed), *Postcolonialism Critical Concepts* Ⅲ (London and New York : Routledge, 2001), p.1057.

그러면 탈식민주의는 '어디서' 존재하는가? 이는 '누가'의 문제와 깊이 관련을 맺는 것으로서 두 가지 견해가 있다. 하나는 탈식민주의가 피식민 경험을 한 아시아, 아프리카 등의 제3세계 국가들에서 발생했다는 것이고, 다른 하나는 제3세계 출신의 학자들이 미국 사회에 정착을 하면서 이론적 형태가 갖추어졌다는 것이다. 전자는 제2차 세계대전 이후 신생독립국이 된 제3세계 국가들에서 독립 이전부터 존재했던 반식민주의나 민족주의와 연관되고, 후자는 사이드, 바바, 스피박 등 제3세계 출신의 지식인들이 제1세계에 정착을 하면서 자신들의 이론적 개성을 구축해 가는 과정과 연관된다. 필자는 이들의 견해를 종합하여 제1세계와 제3세계 모두에서 발생하고 존속한다고 생각한다. 또한 제1세계이든 제3세계이든 탈식민주의가 다른 국가와의 관계만이 아니고 한 국가의 내부 구성원들 사이의 관계에서도 논의될 수 있다고 본다. 이런 점에서 탈식민주의의 장소와 관련된 스펙트럼이 아주 넓다. 탈식민주의가 발생하고 전개되는 장소는 지배와 종속의 인간관계가 형성되는 모든 곳이라고 할 수 있기 때문이다. 거기에서 탈식민주의는 '무엇을' 하려는 것인가? 탈식민주의는 기본적으로 국가들 사이, 민족들 사이, 혹은 개인들 사이에 내재한 지배와 종속의 관계에 균열을 내고 저항을 하려는 목적을 가진다.

그리고 탈식민주의는 '어떻게' 추구되는가? 탈식민주의는 반식민주의가 지닌 강고하고 직접적인 저항의 방식을 취하거나, 저항 의지를 내장한 채 유연하고 세련된 방식을 동원하기도 한다. 이들 가운데 후자가 탈식민주의의 중심적 방법이라 할 수 있는데, 이는 포스트모더니즘의 이론과 방법론을 전유하여 현실적합성을 제고함으로써 경직된 반식민주의적 저항의 한계를 넘어서려는 것이다. 비유하자면 반식민주의가 마치 죽창을 들고 저항하던 방식이었다면, 탈식민주의는 제1세계의 첨단 군사 기술을 전유함으로써 최신식 무기를 생산하여 저항하는 것과 마찬가지다. 이를테면 탈식민주의 문학 담론의 형성 과정에서 데리다나 푸코 등의 탈구조주의 이론을 전유했던 것이 그 구체적 사례가 된다. 그렇다면 탈식민주의는 '왜' 존재하는가? 대답은 간단하다. 오늘날 지구상에 존재하는 사람들의 사분의 삼 이상이 식민주의 경험에 의해 꼴 지어진 삶을 살고 있고,[4] 아직도 인간이 살아가는 많은 곳에는 지배와 종속의 식민주의적 관계가 지속되고 있기 때문이다. 세계의 평화와 공존공영의 필요조건인 인간, 민족, 국가의 진정한 독립이 아직 충족되지 않았기 때문에 탈식민주의는 존재(해야) 하는 것이다.

2. 역사적 저항과 이론적 전유

Post-colonialism은 원래 복합적 의미를 지닌 용어이다. 그 이유는 post라는 접두사의 의미가 '후기'라는 연속적 의미와 '탈(脫)'이라는 단절적 의미를 동시에 내포하기 때문이다. 일부 논자들은 후기 식민주의나 탈식민주의라는 용어를 사용하는 부담에서 벗어나기 위해 '포스트식민주의' 혹은 '포스트콜로니얼리즘'으로 사용하기도 한다. 그렇지만 Post-colonialism은 강온이나 방법상의 차이는 있을지언정 기본적으로 식민주의에 대한 비판과 저항을 지향한다는 점에서 '탈식민주의'로 번역하여 사용하는 것이 바람직하다. 이것을 '후기 식민주의'로 번역해 사용할 경우 잔존하는 식민주의를 용인하는 성격이 강화되는 반면에 거기서 벗어나야 한다는 당위적 담론으로서의 성격은 약화되기 때문이다.

탈식민주의자들은 제2차 세계대전 이후 독립한 국가들의 국제 관계뿐

---

4) Bill Ashcroft, Gareth Griffiths, and Helen Tiffin, 이석호 역, 『포스트콜로니얼 문학이론』, 민음사, 1996, p.11.

아니라 각 나라마다의 국내적 계층 구조, 또는 식민주체였던 제1세계의 국내적 구성원들 사이에도 아직도 지배와 종속의 식민지적 관계가 존재한다고 본다. 스피박이 주장하듯이 우리는 탈식민적인 신식민화된 세계5)에 살고 있다는 점에 주목하는 것이다. 또한 탈식민주의의 시대에 대한 처방은 많은 학자들이 식민주의를 반면교사로 전유하여 식민주의와 단절을 하는 데서 찾으려 한다. 일반적으로 서구의 현대사를 전 식민시대(18세기 이전), 식민시대(18-20세기 전반기), 식민시대 이후(20세기 후반기 이후)로 구분한다고 할 때, 이들 가운데 탈식민주의의 핵심적 관심 영역은 식민시대와 식민시대 이후이다. 하여 'post'는 그런 시대를 일탈하고 전복하려는 의도를 함의한 것으로 이해하는 것이 바람직하다.

탈식민주의의 기본적 성격은 저항과 전유로 규정할 수 있다. 우선 탈식민주의가 저항의 성격을 띨 수밖에 없는 것은 그 발생의 연원이 아이러니컬하게도 식민주의에 있기 때문이다. 18세기 이후 제1세계 국가를 중심으로 발흥한 식민주의가 없었다면 탈식민주의도 발생할 이유가 없었을 것이다. 그러면 식민주의란 무엇인가? 식민주의는 역사적으로는 근대의 탄생과 밀접한 관련을 맺는다. 근대는 경제적 생산양식으로서의 자본주의, 정치상으로 식민주의와 밀접히 관련을 맺는 역사적 단위이다. 즉 자본주의에 입각한 식민주의는 감옥, 군대, 학교 등 근대적 제도의 탄생과 아주 밀접히 관련을 맺으며, 산업혁명과 자본주의 발달로 인한 경제적 침탈 욕망에 의해 시작되었다. 근대적 산업을 지속적으로 발전시키기 위해 선진 제국들은 상품의 원료를 안정적으로 공급받고 과잉 생산된 상품의 소비처를 찾기 위해 식민지를 개척했던 것이다. 탈식민주의는 이러한 욕망에 대한 저항으로서의 반식민주의에 그 뿌리를 두고

---

5) Gayatri C. Spivak, *The Post-Colonial Critic : Interviews, Strategies, Dialogues*, ed. Sarah Harasym(London : Routledge, 1990), p.166.

있다.

그 구체적 사례는 제2차 세계대전 이후 독립한 국가들에서 일어난 민족주의나 흑인 민권 운동 등을 들 수 있다. 이를테면 서인도제도의 시인 세제르는 1940년대와 1950년대의 네그리튜드 운동을 일으키면서 반식민주의 운동의 새로운 길을 열어 놓았다. 특히 그가 1955년에 발표한 「식민주의에 관한 담론」은 반식민주의 이론서 가운데 선구적인 업적으로 평가받는다. 이 책에서 세제르는 유럽 식민주의자들의 야만성과 폭력성을 적나라하게 고발하면서, 민주주의의 측면에서 아프리카의 전통 사회가 오히려 아직도 녹슬지 않은 희망을 간직하고 있다고 강변한다.6) 우리나라에서 1960년대 이후에 활발히 전개된 민족문학이나 분단문학에 관한 논의도 이러한 반식민주의 논의와 별개의 것이 아니다. 탈식민주의의 역사적 배경은 피식민을 경험한 국가들의 반식민주의에 토대를 두고 있으며7), 탈식민주의가 저항 담론의 성격을 가질 수밖에 없는 이유가 여기에 있다.

탈식민주의의 또 다른 성격을 전유8)에서 찾을 수 있는데, 그 이유는 탈식민주의가 제1세계의 탈구조주의, 혹은 포스트모더니즘 이론과 밀접히 관련을 맺고 있기 때문이다. 이를테면 푸코의 권력과 언술에 관한 논의, 즉 권력이 작용하는 곳에 저항력이 시작된다는 명제9)는 탈식민주

---

6) Aimé-Fernand Césaire, 이석호 역, 『식민주의에 관한 담론』, 동인, 2004, p.40.
7) 이경원, 「탈식민주의의 계보와 정체성」, 고부응 엮음, 『탈식민주의-이론과 쟁점』, 문학과지성사, 2003, p.56.
8) 전유는 한 언어가 자신의 문화적 경험을 담보하는 과정, 혹은 모국어가 아닌 타자의 언어로 모국어 정신을 전달하는 것이다(Bill Ashcroft, Gareth Griffiths, and Helen Tiffin, 이석호 역, op.cit., p.66). 그러나 이 논문에서는 '언어' 대신 '이론'을 적용하여 전유의 의미를 설정하고자 한다.
9) 탈식민주의는 권력은 개인의 힘이 아닌 전원적 체계에서 발생, 발휘되며 담론이 지식의 대상을 구상하여 권력을 생산한다는 푸코의 논지를 차용한다. Bart Moor-Gilbert, 이경원 역, op.cit., p.114.

의 이론의 근간이 된다. 데리다의 해체나 차연의 개념도 이성중심주의의 전복을 통해 새로운 생성을 추구한다는 점에서 제1세계 중심의 세계관을 부정하는 탈식민주의의 사고의 바탕이 되었다. 여기에 1960년대 이후 다원적, 타자적 가치를 중시하는 포스트모더니즘 문화가 탈식민주의의 발달에 영향을 끼치게 된다. 서구의 근대성에 대한 비판을 교집합으로 삼고 있는 탈식민주의와 포스트모더니즘은 비록 정치적 입장과 역사적 경험은 서로 다를지라도 상호 연대하고 제휴할 수밖에 없는 담론이다.

탈식민주의는 또한 마르크시즘이나 페미니즘과도 연계될 수 있다. 마르크시즘이 탈식민주의와 맺는 관계는 양가적이어서 한편으로는 식민주의의 근간이 되는 자본주의를 비판하여 탈식민주의와 밀접하지만, 다른 한편으로 이념적으로 세계적인 보편주의를 지향하는 제국주의적 속성 때문에 식민주의와 상통하는 일면도 있다. 페미니즘과 탈식민주의의 친연성은 두 가지가 모두 타자들의 담론이라는 점에서 공통점을 지녔기 때문에 형성된다. 제국주의 시대에 식민지와 피식민지의 관계는 남성중심 사회에서의 남성과 여성의 관계에 상응한다고 보는 것이다. 그래서 페미니스트들은 권력화한 성차의 문제를 인종적, 문화적 문제로 확산시킬 수 있다는 점 때문에 탈식민주의와 연대를 선호한다. 한편 탈식민주의의 관점에서 보면 페미니즘은 탈식민의 문제를 민족적인 것에서 성적인 것으로 축소시켜 버렸다는 비판을 받기도 한다.

그런데 탈식민주의에 대해 비판을 하는 논자들도 적지 않다. 그들이 흔히 내세우는 탈식민주의의 문제점은 역사성의 빈곤이다.[10] 그들은 탈식민주의가 양가성, 혼성성과 같은 새로운 이론틀을 얻는 대신 식민주의에 대한 정치적 저항의 강도를 약화시켰다고 본다. 제3세계의 정치적

---

10) 고부응 엮음, op.cit., p.45.

무기였던 반식민주의 담론이 제1세계의 탈구조주의 언어로 재구성되면서 저항 의지가 거세되었다고 비판하는 것이다. 쿠바계 미국인 비평가인 드 라 캄파의 "포스트모더니즘이 유럽 바깥의 문학과 지류들을 식민화하기 위해 박은 쐐기"[11]라는 언급은 그 극단적인 사례에 해당한다. 또한 아마드는, 탈식민주의자들이 서구의 정전을 제3세계 문화보다 우위에 두며 당면한 신식민주의 현실을 외면한 채 과거의 제국주의가 남긴 유산에만 주목함으로써 스스로 투쟁성을 약화시키며 정치적 무기력 상태에 빠지게 된다[12]고 본다. 이와 연장선상에서 매클린턱(A. McClintock)은 탈식민주의라는 용어를 받아들이는 것 자체가 세계 역사를 식민지 이전, 식민지, 식민지 이후로 구분하는 유럽중심주의 역사관을 은연중 수용하는 것이라고 지적한다. 그는 또한 서구학계에서 유통되는 담론일 뿐 그 실천이 요구되는 지역(아프리카, 중동, 남미)에서는 생소하다는 점을 지적한다. 쇼핫(E. Shohat)도 탈식민주의는 제3세계의 (신)식민적 현실을 간과하거나 은폐할 위험이 있으며, 아직 제3세계는 문화적, 경제적으로 식민지 상태, 즉 신식민의 상태에 있으므로 지금은 탈식민의 시대가 아니라고 본다.[13] 그러나 이들의 비판은 탈식민주의가 지닌 유용성을 근본적으로 부정할 만한 설득력을 담보한 것은 아니다.

　요컨대 탈식민주의는 반식민주의의 저항적 성격을 계승하는 한편 포스트모더니즘의 방법론을 적극적으로 전유하면서 구축된 문학 담론이다. 탈식민주의자들에 의하면, 반식민주의는 급격하고 새로운 역사적 변화의 시대, 즉 정치적 다원화, 경제적 글로벌화, 문화의 글로컬리즘, 문화산업과 미시담론의 발달, 탈영토화된 네트워크의 일상화 등으로 특징지어지는 이 시대에 대한 효과적 대응에 일정한 한계를 지닌 구식 담론이

---

11) Aijaz Ahmad, 김문환 역, 『탈식민주의 이론』, 문예출판사, 2004, p.48.
12) Bart Moor-Gilbert, 이경원 역, op.cit., p.78.
13) P. Child & P. Williams, 김문환 역, op.cit., p.46.

다. 그래서 일종의 대안 담론으로 등장한 탈식민주의는 작품의 창작이나 비평을 위해 정전의 해체, 패러디, 패스티쉬, 폐기, 전유, 모방, 혼성, 되받아쓰기 등 포스트모더니즘의(혹은 포스터모더니즘에서 파생된) 방법론을 원용한다는 점에서 반식민주의와 변별된다. 세계 인식이나 방법론에서 다양성과 상대성을 중시하면서 피식민 경험이 있는 제3세계적 가치를 강조하는 탈식민주의의 특성은, 바로 이러한 포스트모더니즘적 방법론과 밀접히 관련된다. 따라서 이념적 강고성과 선명성만을 앞세우는 반식민주의 담론이 포스트모더니즘의 다양한 방법론을 통해 유연하고 세련된 담론으로 거듭 태어난 것이 탈식민주의인 것이다.

3. 탈식민주의 텍스트의 분석틀

탈식민주의 텍스트의 범주는 어떻게 설정할 것인가? 이것은 탈식민주의가 지향하는 문학 담론으로서의 특성을 밝혀 주는 것이다. 범주 설정에서 가장 문제가 되는 것은 반식민주의 문학 작품들을 어떻게 취급할 것인가 하는 점이다. 그런데 반식민주의를 표방한 텍스트들은 앞에서도 밝힌 바와 같이 탈식민주의가 등장하게 된 강력한 토대로 작용을 했기에 넓은 의미의 탈식민주의 텍스트로 삼아도 무방하리라고 본다. 또 하나, 문학 텍스트가 인종이나 국가 간의 주종 관계뿐만 아니라 한 집단 내에서의 성별이나 계층상의 불평등 문제를 다루고 있을 경우도 마찬가지이다. 이 경우에도 탈식민주의가 평등과 자유를 지향하는 그 본연의 특성에 부합하므로 탈식민주의 텍스트로 보아도 무방하리라고 본다. 그러니까 탈식민주의 텍스트에서 식민주의에 대한 저항은 필수 조건이지만, 포스트모더니즘 방법론의 전유는 선택 조건으로 보는 것이 좋을 듯하다. 우리나라와 같이 기나긴 피식민 경험이 있는, 아직도 헤게모니적 식민시기에 있는 나라의 문학 텍스트들은 탈식민주의 이론틀과 잘 부합하는데, 특히 파농, 사이드, 바바, 스피박 등의 이론틀은 우리나라의 탈식민주의 텍스트를 분석적으로 이해하는 데 유용하다.

1) 「영어회화」의 문화적 저항

> 부유층 아들딸들이 유치원서부터
> 영어회화 교육에다
> 외국인학교 나가고
> 중학생인 네가 잠꼬대로까지
> 영어회화 중얼거리고
> 거리 간판이나 상표까지
> 꼬부랑 글씨 천지인데
> 테레비나 라디오에서도
> 영어회화쯤 매끈하게 굴릴 수 있어야
> 세련되고 교양 있는 현대인이라는데
> 무식한 공순이 누나는
> 미국전자회사 세컨라인 리더 누나는
> 자꾸만 자꾸만 노조에서 배운
> 우리나라 역사가 생각난다.
> 말도, 글도, 성도, 혼도 빼앗아가고
> 논도, 밭도, 식량도, 생산물까지도
> 마침내 노동자의 생명까지도
> 차근차근 침략하던 일제하
> 조선어 말살
> 생각이 난다.
>
> — 박노해, 「영어회화」14) 부분

오늘날 영어에 대한 온 국민의 강박적 집착은 도가 지나칠 정도로 심

---

14) 박노해, 『노동의 새벽』, 풀빛, 1984.

각하다. 자식들의 영어 공부를 위해 이산가족이 되어 살아가는가 하면, 필요 이상의 경제적 희생을 감내하면서까지 영어 교육에 몰입하고 있다. 문제는 영어 몰입의 배후에 신식민지인 근성이 스며들어 있다는 점이다. 국어도 제대로 못하는 어린 아이들을 외국으로 영어 학원으로 내모는 오늘의 우리 세태는 모국어의 문화적 정체성을 망각한 소치이다. 이 시는 우리 사회에 미만한 이러한 문제점을 비판하고 있는 반미시의 일종15)으로서 파농이 주장했던 문화적 저항16)을 보여주는 적실한 사례이다. "무식한 공순이 누나"와 그녀의 동생인 "나"는 "부유층 아들딸"과 계층적으로 대립 관계에 있다. "부유층 아들딸"은 "외국인학교"까지 다니면서 "영어회화"를 배우지만, "너"도 "잠꼬대"에서 중얼거릴 정도로 어려운 환경 속에서 "영어회화"를 배운다. 이 시에서 이들 둘 사이의 계층적 대립보다 중요한 것은 둘이 모두 "영어회화"에 삶의 절대적인 가치를 부여하고 있다는 사실이다. "영어회화"가 "세련되고 교양 있는 현대인"의 필수 조건이라고 생각하는 것이다. 뿐만 아니라 "거리 간판이나 상표까지/ 꼬부랑 글씨 천지"인 것으로 볼 때 사회 전체가 이국의 언어인 "영어"에 몰입하고 있는 실정이다. 이런 실정은 탈식민주의적 시각으로 보면 신식민지인적 근성으로서 비판과 저항의 대상일 수밖에 없다.

파농은 제국주의나 식민주의의 굴레에서 벗어나기 위해서는 정치적 투쟁에 못지않게 중요한 것이 문화적 저항이라고 말한다. 그리고 문화

---

15) 이형권, 「반미시의 계보와 탈식민성」, ≪한국언어문학≫ 60호, 2007, p.351.
16) 최근의 미국 소고기 협상과 관련된 촛불 문화제는 대표적인 사례로 손꼽을 만하다. 촛불 문화제는 특정한 세력에 대한 저항을 노래와 춤 등의 문화적 실체를 동원하여 이루었다는 점에서 탈식민주의의 '문화적 저항'과 연관 지어 생각해 볼 수 있다. 이는 이전의 시위 문화와는 확연히 다른 것이었다. 저항인 동시에 축제인 새로운 시위 문화가 젊은 층의 폭발적인 호응을 얻으면서 시대적합성을 획득한 것이다. 저항을 버리고 유희를 취한 게 아니라 저항과 유희의 절묘한 결합을 성취한 사례이다.

적 저항을 위한 방식으로 세 단계를 드는데, 첫째는 원주민 지식인이
지배문화에 동화되는 단계이고, 둘째는 원주민 지식인이 자신의 정체성
을 놓고 혼란에 빠지는 단계이고, 셋째는 민족과 민중의 가치를 발견하
는 투쟁의 단계이다.[17] 위의 시는 투쟁의 단계를 보여준다. 영어가 범람
하는 현실에서 "일제하// 조선어 말살"을 떠올리는 것은, 정체성을 잃어
버렸던 "우리나라 역사"를 떠올림으로써 언어를 통해 교묘히 파고드는
식민주의 이데올로기에 투쟁하는 것이다. 이는 잃어버린 모국어의 가치,
혹은 잃어버린 문화적 정체성을 추구하려는 강력한 의지의 소산이다.
시인은 선진국의 언어에 대한 식민 근성이 이 땅에 미만하다는 사실을
절감하고 그에 대한 반감을 드러낸 것이다.

2) 「코카콜라」의 오리엔탈리즘 비판

> 제법 으시대며 한 병 쭉 들이키며
> 어허 시원타 거드럭거리는 사람아
> 진정 걸리지 않고 슬슬 잘 넘어가느냐
> 목에도 배꼽에도 걸리지 않고
> 진정 무사통과 잘 넘어가느냐
> 콩나물에 막걸리만 마시고도
> 달덩이 같은 아들을 낳았던 우리네
> 오늘은 코카콜라 마시고
> 시큼새큼 게트림 같은 사랑만 배우네
> 랄랄랄 랄랄랄 지랄병 같은 자유만 배우네
> 목이 타는 새벽녘 빈 창자에
> 쪼르륵 고이는 냉수의 맛을 아는가
> 언제부턴가 일등국민의 긍지로
> 쩍쩍 껌도 씹으며

17) F. Panon, 남경태 역,『대지의 저주받은 사람들』, 그린비, 2004, pp.251~252.

야금야금 초콜레트도 씹으며
유리잔 가득 쭉 들이켜는 코카콜라
　　　　　　　　　　　　　— 문병란의 「코카콜라」[18] 부분

　이 시는 우리나라 사람들의 마음속에 내면화된 오리엔탈리즘에 대한
비판을 가한다. 탈식민주의 이론가인 사이드는 오리엔탈리즘이라는 용
어를 통해 서양 사람들이 가지고 있는 동양에 관한 지식을 문제 삼는다.
그가 보기에 서양인들의 동양에 대한 지식은, 동양에 대한 직접적인 관
찰의 결과가 아니라, 서양을 중심에 놓고 동양을 그와 대립되는 속성으
로 규정한 결과이다. 그가 주장하는 핵심은 서양인들이 서양은 우월하
고(문명적이고) 동양은 열등하다(미개하다)는 편견에 사로잡혀 있다는 것
이다. 즉 사이드는, 서양 사람들의 사고 속에서 서양이 문명, 질서, 남성,
밝음 등의 긍정적 속성을 갖는 것으로 인식된다면, 동양은 야만, 무질서,
여성, 어두움 등의 부정적 속성을 갖는 것으로 규정된다고 본다. 이러한
서양 사람들의 지식은, 결국 서양이 문명(선)이고 동양이 반문명(악)이기
때문에 서양의 동양에 대한 제국주의적 침략은 정당하다는 주장으로까
지 나간다고 한다. 그래서 결국 오리엔탈리즘은 서양의 동양 식민지화
에 크게 기여를 한 지식 체계라는 것이다.
　이 시에서 "코카콜라"는 미국문화, 혹은 서구문화의 상징이고 "콩나물
에 막걸리"는 우리의 전통문화, 혹은 고유문화를 표상한다. 그런데 이
시의 화자는 전자에 호감을 가지고 있는 사람들에 비판을 가한다. 이
시대의 "거드럭거리는 사람"들은 자국의 고유한 음식문화를 미개한 것
으로 "코카콜라"와 같은 서구의 문화는 세련된 것으로 여긴다. 이런 생
각을 지닌 그들의 마음 깊은 곳에는 잠재적 오리엔탈리즘이 내재한다고
볼 수 있다. 잠재적 오리엔탈리즘은 동양의 사회, 언어, 문학, 역사 등에

---

18) 문병란, 시선집 『땅의 연가』, 창작과비평사, 1981.

관하여 표명된 여러 견해인 명백한 오리엔탈리즘에 비해, 사람들의 마음 깊이 내장된 무의식적인(그리고 불가침의) 확신과 관련된다.[19] 자고로 우리나라 사람들이 간직한 외국문화에 대한 콤플렉스는 그 뿌리가 매우 깊다. 우리의 문화는 미개한 것, 저열한 것, 유치한 것, 고리타분한 것으로 서구의 문화는 개화한 것, 우등한 것, 고상한 것, 신선한 것으로 여겨 왔다. 그것은 서양 사람들이 우리나라 문화를 바라보는 오리엔탈리즘적인 시선과 유사하다. 「코카콜라」에서처럼 우리 안의 오리엔탈리즘을 비판하는 일이야말로 탈식민주의 텍스트가 존재해야 하는 중요한 이유이다.

3) 「해협의 로맨티시즘」의 양가성

아마 그는
日本列島의 긴 그림자를 바라보는 게다
흰 얼굴에는 분명히
가슴의 '로맨티시즘'이 물결치고 있다.

藝術, 學問, 움직일 수 없는 眞理……
그의 꿈꾸는 사상이 높다랗게 굽이치는 東京,
모든 것을 배워 모든 것을 익혀,
다시 이 바다 물결 위에 올랐을 때,
나는 슬픈 故鄕의 한 밤,
해보다도 밝게 타는 별이 되리라.
청년의 가슴은 바다보다 더 설레었다.

…(중략)…

정말로 무서운 것이……

---

19) Edward W. Said, 박홍규 역, 『오리엔탈리즘』, 교보문고, 1994(증보판), p.364.

불붙는 信念보다도 무서운 것이……
靑年! 오오, 자랑스러운 이름아!
적이 클수록 승리도 크구나.

三等 船室 밑
똥그란 유리창을 내다보고 내다보고,
손가락을 입으로 깨물을 때,
깊은 바다의 검푸른 물결이 왈칵
海溢처럼 그의 가슴에 넘쳤다.

오오, 海峽의 浪漫主義여!
　　　　　　　　　　　　　　　　— 임화, 「해협의 로맨티시즘」[20] 부분

이 시에는 일제치하 당시 식민지 한국인의 내면을 지배하는 양가성이
드러난다. 일본은 "꿈꾸는 사상이 높다랗게 굽이치는 東京"이 있는 곳으
로서 발달된 서구의 근대 문명이 발달한 곳이다. 화자는 그곳에서 근대
문물을 배워 조국의 발전에 기여하고자 하지만, 일본의 핍박 속에 있는
조국의 현실은 "슬픈 故鄕의 한 밤"처럼 암담하기만 하다. 화자의 마음
은 민족의 객관적 현실("고향")과 일본의 근대 문명을 향한 주관적 이상
("동경") 사이의 중간 지점에 존재하는 것이다.[21] 이것은 바바의 양가성
(ambivalence)의 개념[22]을 원용하여 살필 수 있다. 즉 식민주체가 피식민

---

20) 임　화, 『현해탄』, 동광당, 1938. 처음 발표될 당시(『중앙』, 1936년 3월호)에는 「현
　　해탄」이라는 제목으로 발표되었으나, 「현해탄」이라는 이름의 다른 작품을 지으면
　　서 「해협의 로맨티시즘」으로 바꾸었다.
21) 이형권, 「현해탄 시편의 양가성 문제」, ≪한국언어문학≫ 49집, 2002, p.361.
22) Homi K. Bhabha, 나병철 역, 『문화의 위치』, 소명출판, 2002, p.180. "모방은 닮는
　　것인 동시에 위협이기도 하다." 물론 바바의 양가성 개념은 원래 식민지인이 피
　　식민지인에 대한 가졌던 양가감정, 이를테면 신비와 미개, 건강과 야만 등의 이율
　　배반적 감정을 말하는 것이다. 그렇지만, 이것을 전유하면 피식민지인이 식민지국
　　에 대해 가졌던 양가감정, 이를테면 식민제국에 대한 저항(침략)과 동경(문명)의
　　감정을 동시에 지칭하는 것으로 볼 수 있다.

지인을 바라보는 관점이 아니라 피식민지인이 식민주체를 바라보는 관점에서 생각해 볼 수도 있다. 특히 서구적 문명 개화를 추구하는 피식민지국에서 근대적 문명의 소유자인 식민주체는 저항의 대상인 동시에 동경의 대상으로 수용되곤 한다. 우리의 일제치하에서 문인들 사이에는 이러한 차원에서의 일본을 향한 양가성이 문학적 특징으로 자리 잡았다. 특히 위의 인용시를 비롯한 임화의 현해탄 시편은 그 대표적인 사례라 할 만하다. 다만 이러한 양가성에 대한 평가는 다시 두 가지 차원을 갖는다. 하나는 삼엄한 식민지 현실에서 그나마 최소한의 저항 의식을 유지하는 방식이라는 점이고, 다른 하나는 양가성으로 인해 일제에 대한 저항 의식이 약화되었다는 점이다. 따라서 우리의 일제치하의 문학에 나타난 양가성에 대한 평가도 양가적일 수밖에 없다.

호미 바바의 양가성은 사이드가 『오리엔탈리즘』에서 전제했던 식민지와 피식민지 사이의 이항대립적 관계를 넘어서고자 설정한 개념이다. 즉 식민지 문화와 피식민지 문화를 지배와 피지배, 혹은 우열의 잣대로만 파악하는 이항 대립적 생각으로는 피식민지 문화의 정당성을 확보하기 어렵다고 본 것이다. 따라서 탈식민주의의 입지를 든든히 하기 위해 제3의 중간적 문화 현상을 설정한 것인데, 이 양가성은 모방성(mimicry)이나 혼성성(hybridity)[23]과도 밀접히 관련되면서 탈식민주의를 담론으로

---

23) 모방은 양가성을 속성으로 한다(Homi K. Bhabha, op.cit., 180). 다시 말해 모방성은 식민지배자가 기획한 식민통치의 방식이다. 지배자들은 피지배자로 하여금 자신들의 문화를 반복적으로 모방하게 함으로써 피지배자의 문화를 변형시키고자 한다. 그럼으로써 피지배자의 문화적 정체성을 파괴하고자 하는 것이다. 그렇지만 이 모방은 오히려 지배자들에게 저항하기 위한 하나의 방식이 될 수 있다. 예컨대 일제치하에서 일본이 한국인에게 일본 사람들의 사무라이 정신을 모방하여 일본에 충성을 하라고 권장하지만 자신들과 똑같아서는 안 된다고 선을 긋는다. 그러나 피식민지인으로서 한국인은 일본의 의도와는 무관하게 한국인이 사무라이 정신을 모방해 일본에 더 철저히 저항할 수 있다. 이것은 모방이 탈식민주의적 저항의 일환이 될 수 있음을 뜻한다.

기능케 한다. 호미 바바는 피식민지인에 대한 이러한 양가적 인식이 결국은 서양인들 자신의 권위나 정체성에 혼란을 유인하여 식민주의 논리를 약하게 한다고 보는 것이다.[24] 바바는, 사이드가 서구의 동양에 대한 지식체계(오리엔탈리즘)가 식민주의에 어떻게 기여했는가에 관심을 둔 것과 다르게 서양의 지식 체계 내에서 피식민지인이 제국주의 체제에 대하여 어떤 교란과 저항을 하고 있는지를 밝혀내고자 했다. 그리고 바바는 식민주의 체제가 지닌 자체 내의 이질적인 요인들에 의하여 식민주의의 의도가 어떻게 실패할 수밖에 없는지를 밝혀내는 데 큰 관심을 보였다. 「해협의 로맨티시즘」은 그러한 관심에 잘 부합하는 텍스트이다.

4) 「항구의 여자를 생각하면」의 하위주체

> 술먹이기 화투를 치다가
> 외화벌이 관광수입을 위해 정부가
> 수십억 수백억을 투자하였다는 요정에서
> 벗기기 화투를 치다가
> 일본놈 장사치와 한국놈 장사치의 가랑이 사이에 끼여

혼성성은 식민주의자들이 제국주의의 헤게모니를 확장하기 위하여 지배자의 문화를 해외 식민지로 이식하지만, 그 과정은 언제나 문화의 혼성이라는 대가를 치르게 된다는 것이다. 따라서 모든 문화 현상들의 관계는 서로 뒤섞이게 마련이고, 그것은 지배자의 정체성에 혼란을 일으켜 식민지배의 논리를 약화시킨다는 것이다. 여기에 바로 탈식민의 입지가 마련된다. 예를 들어 미국의 빵-햄버거 문화와 우리나라의 밥-김치 문화를 생각해 보자. 미국이 자국의 빵-햄버거 문화를 한국에 전파하려 하지만 그것이 그대로 전파되는 것은 아니다. 때로는 김치 햄버거, 라이스 햄버거를 통해 문화적 혼성성이 나타난다는 것이다. 그럼으로써 미국의 의도가 그대로 실현되기는 어려운 것인데, 비유적으로 말하면 한국의 탈식민주의적 햄버거가 탄생하는 셈이다.

24) 양가성, 모방성, 혼성성은 식민 체제가 식민지 백성을 종속시키고 순화시키는 과정에서 식민지 백성들이 완전히 식민 체제 내로 끌어들일 수 없다는 사실을 분석하는 데 유용하다. 고부응, 「탈식민주의와 초민족 정체성」, 『한국비평학회 2005년 여름 비평학교 강의자료집』, 2005, p.13.

노래하고 술 마시고 화투 치고 그러다가
왜놈 앞에서는 한국놈이 보는 왜놈들 앞에서는
술 마시다 죽으면 죽었지
죽어도 벌거숭이로는 열아홉 처녀를 보이기 싫어
화투 쳐 질 때마다 벌주를 마시다가
열 잔째 스무 잔째 벌주를 마시다가
가슴이 파열되어 죽었다는 어느 호스테스의 뒷이야기를 듣다가
난 떠올렸다 십 년도 전의 일을
…(중략)…
가난 때문에 순결을 팔고
첫사랑 추억에 우는 항구의 여자를 생각하면
　　　　　　　― 김남주, 「항구의 여자를 생각하면」[25] 부분

　　이 시에 등장하는 인물은 두 명이다. 한 명은 화자가 들은 이야기의 주인공인 "어느 호스테스"이고, 다른 한 명은 "항구의 여자"이다. 그런데 이 두 여자는 모두 스피박이 말한 하위주체의 특성을 지녔다는 점에서 동질적이다. 알려진 대로 스피박은 식민지배를 받았던 인도 출신 여성 이론가로서 자신의 정체성에 대한 의식을 탈식민주의 논의의 중요한 출발점으로 삼으면서 식민지 여성의 문제에 큰 관심을 기울인다. 스피박은 「하위주체도 말할 수 있는가」[26]라는 논문에서 하위주체 중에서도 더 하위주체이라고 할 수 있는 식민지의 여성들은, 한편으로는 서구 식민 체제에 의하여, 또 다른 한편으로는 식민지 내의 가부장적 남성들에 의하여 이중으로 억압받고 있다고 본다. 위의 시에 등장하는 "항구의 여자"는 그러한 이중적 억압 속에 있는 하위 주체의 전형이다. "일본놈 장사치와 한국놈 장사치의 가랑이 사이에 끼여" 있던 여자는 "한국놈"

---

25) 김남주, 『조국은 하나다』, 실천문학사, 1987.
26) Gayatri C. Spivak, "Can the Subaltern Speak?", Diana Brydon(ed), *Postcolonialism Critical Concepts* IV(London and New York : Routledge, 2001), p.1057.

에게는 가부장적 억압을, "일본놈"에게는 제국주의적 억압을 동시에 받고 있다.

그 여자는 스피박이 하위주체의 예로 든 인도에서 순사(殉死)하는 여성과 유사하다. 즉 영국의 제국주의자들은 인도 여성들의 순사를 자발적인 선택이라는 이유로 존중받아야 한다고 함으로써 여성 하위주체의 희생을 합리화했다는 것이다. 스피박은 이러한 사례를 통해 종교적 의식, 계급 구성, 가부장제, 민족주의, 제국주의가 겹치는 담론 속에서 여성 하위주체의 의식과 목소리가 제대로 전달될 수 없음을 주목한다.[27] 이것이 바로 그녀가 "하위주체는 말할 수 있는가?"라고 묻는 이유이다. 위의 시에서 "어느 호스테스"나 "항구의 여자"는 가부장제와 제국주의에 의해 유린당할 처지에 놓인 하위주체임에도 불구하고 자신의 인간적 권리를 충분히 '말할 수 없는' 존재이다. 시인은 이들을 향한 말 걸기를 통해 이들의 처지를 만천하에 공표하여 식민지 여성의 억압 문제를 해결할 수 있는 실천의 단초를 제공하려 한 것이다.

5) 「새 시대 주기도문」의 되받아쓰기

권력의 꼭대기에 앉아 계신 우리 자본님
가진자의 힘을 악랄하게 하옵시며
지상에서 자본이 힘있는 것같이
개인의 삶에서도 막강해지이다
나날에 필요한 먹이사슬을 주옵시며
나보다 힘없는 자가 나의 먹이사슬이 되고
내가 나보다 힘 있는 자의 먹이사슬이 된 것같이
보다 강한 나라의 축재를 북돋으사
다만 정의와 평화에서 멀어지게 하소서

---

27) Gayatri C. Spivak, 태혜숙 역, 『다른 세상에서』, 여이연, 2003, p.1427.

지배와 권력과 행복의 근본이 영원히 자본의 식민통치에 있사옵니다(상
향~)

　　　　　　　　　　　　　　― 고정희, 「새 시대 주기도문」[28] 전문

　탈식민주의 담론에서 되받아쓰기[29]는 정전에 대한 저항이자, 그 정전
을 생산한 식민주체에 대한 도전이다. 이 시에서의 정전은 서구의 기독
교 예배에서 가장 기본적이고 빈도 높게 사용되는 「주기도문」이다. 시
인은 「주기도문」을 되받아씀으로써 서구 문명이 갖고 있는 착취와 약탈
의 식민주의적 속성을 문제 삼는다. 황석영의 소설 『손님』에도 등장하
듯이 기독교는 자본주의와 함께 이 땅에 온 '손님'임에도 불구하고 이
땅의 주인 행세를 한다.[30] '하늘에 계신 아버님'이라는 「주기도문」의 기
도문을 "권력의 꼭대기에 앉아 계신 우리 자본님"이라고 패러디함으로
써 기독교와 자본주의를 모두 비판한다. 나아가 자본의 비정함을 드러
낸다. "지상" 최대의 힘이자 권력으로서, 그것을 획득하기 위해서는 "나
보다 힘없는 자가 나의 먹이사슬이 되고/ 내가 나보다 힘 있는 자의 먹
이사슬이 되"는 비정한 약육강식의 원리를 비판적으로 제시한다.
　이러한 자본주의의 원리, 혹은 식민주의의 원리는 "악랄"하다. 시인은
서구 식민주의자들이 근대 자본주의를 지속적으로 발전시키기 위해 무
자비하게 식민지를 거느리고자 했던 시대적 정황을 "보다 강한 나라"에

---

28) 고정희 유고시집, 『모든 사라지는 것들은 뒤에 여백을 남긴다』, 창작과비평사,
　　1992.
29) Bill Ashcroft, Gareth Griffiths, and Helen Tiffin, 이석호 역, op.cit. 탈식민주의 이론의
　　선구적 저술인 이 책의 원제목은 *The Empire Writes Back*(『되받아 쓰는 제국』)인데,
　　이 책에서 가장 중요한 주장 가운데 하나는 식민종주국의 언어를 전유하여 그들
　　의 정전을 되받아쓰기를 통해 탈식민의 의도를 실현하는 것이 탈식민주의 텍스트
　　의 기본이라는 점이다.
30) 황석영, 『손님』, 창작과비평사, 2002. 이 소설은 반식민주의적 주제를 황해도 진
　　오귀굿의 형식을 전유하여 서사를 이끌어 가고 있는 탈식민주의 텍스트로서 주목
　　할 만하다.

대한 무한 욕망으로 규정한다. 그래서 "정의와 평화에서 멀어지게 하소서"라는 반어적 기도를 하면서 식민주의 세태를 비판한다. 세상은 결국 "자본의 식민통치"에서 "지배와 권력과 행복"을 찾는 곳으로 변했음을 문제 삼는 것이다. 이때의 "자본의 식민통치"는 물론 자국의 이익을 위해 수단과 방법을 가리지 않고 약탈과 억압을 일삼았던 근대 식민주의 전반을 지시한다. 이처럼 고정희는 서구 식민주의자들의 정전을 되받아 씀으로써, 탈식민주의 기본 전략인 기존의 질서에 대한 교란과 저항을 실천하고 있는 것이다.

4. 결론 : 탈식민주의의 미래, 혹은 전망

이렇듯 탈식민주의가 피식민지의 텍스트 분석에 유용한 이유는 다음과 같은 몇 가지 특성을 지녔기 때문이다. 그것은 첫째, 탈식민주의는 제국주의, 혹은 식민주의에 대한 저항 담론이다. 즉 탈식민주의는 반식민주의적, 혹은 반제국주의를 지향하면서 공존공영의 평화 정신을 근간으로 삼는다. 주지하듯 탈식민주의의 연원은 18세기에 시작된 제국주의 국가들의 식민주의에서 찾을 수 있다. 식민주의가 없었다면 탈식민주의도 필요가 없었을 것임은 분명한 사실이기 때문에 탈식민주의는 기본적으로 저항성을 지닐 수밖에 없다. 다만, 탈식민주의는 강고한 반식민주의적 저항을 포함하여 방법론적 전유를 통한 세련된 저항을 지향한다. 이를 통해 결국은 이 지구상에서 식민주의를 일소하여 평화와 공존의 세상을 만드는 것이 궁극의 목표인 것이다.

둘째, 문학적 표현-형식의 정교함과 새로움을 추구한다. 이런 특성은 포스트모더니즘 이론을 전유하는 데서 발생한다. 주지하듯 포스트모더니즘은 모더니즘의 권위적 이론들을 부정하기 위해 문학의 정통적 기법들을 파괴하는 일탈을 과감히 수행한다. 즉 키치, 패러디, 패스티쉬, 탈장르, 혼성장르, 열린 결말, 메타적 상상 등 다양한 기법들을 동원하여 '정통 문학'이 아니라 '문학적인 것'이라는 보다 넓은 범주의 문학을 추구한다. 그런데 포스트모더니즘에서 감행하는 이러한 일탈은 문학적 정통에 대한 대항이라는 점에서 탈식민주의의 식민주의에 대한 저항과 연계될 수 있다. 탈식민주의 작가들은 신식민사회에서 펼쳐지는 권력 투쟁이나 계급투쟁의 양상을 좀 더 정교하고 새롭게 형상화하기 위해 다양한 표현-형식을 시도하고, 비평가들은 그런 양상을 분석한다. 탈식민주의자들은 문학 작품을 창작하거나 분석할 때에 모방, 혼성, 양가적 틈새, 폐기, 제휴, 전유, 되받아쓰기 등의 새로운 방법을 적극적으로 동원한다.

셋째, 개별적이고 특수한 타자, 혹은 제3세계적 가치를 중시한다. 탈식민주의는 본질주의나 보편주의를 부정하면서 한 나라의 고유한 문화를 드러내는 데 강조점을 둔다. 식민 체제에서 유럽 식민주의자들은 자신들의 생각이나 의견을 일반화하여 다른 민족이나 나라를 이해하려는 경향이 있는데, 이러한 태도는 한 민족이나 한 국가에 독특한 특수성을 소홀히 하거나 아예 무시하는 결과를 낳았다. 그리하여 서양 사람들은 자신들의 문화가 보편적인 것이니 그것을 다른 나라에 권장하는 것은 당연하다는 생각을 하는 것이다. 그러나 탈식민주의 시대의 문화적 가치는 개별성에 토대를 둔다. 식민주의의 전략 가운데 하나인 서구적 표준, 혹은 보편주의의 언어와 문화보다는 개별 언어와 개별 문화가 발산하는 다양성이 새로운 시대에 적합하다고 본다. 이런 생각은 이원론적, 절대적 가치를 인정하지 않는 포스트모더니즘의 다원론적, 상대적 가치관에 영향을 받아 형성되었다.

요컨대 탈식민주의는 제2차 세계대전 이전의 식민지 시대의 잔재와 그 이후의 신식민시대를 모두 극복해 보고자 하는 의지가 문학 담론으로 정립된 것이다. 그래서 탈식민주의 문학 담론은 피식민 경험이 있는 우리나라의 문학 텍스트들을 설득력 있게 분석하는 데 많은 기여를 할 수 있다. 다시 말해 탈식민주의는 일제치하와 그 이후의 문학 작품들을 연구하는 새로운 시각을 확보함으로써 아직도 우리의 정신 속에 남아 있는 식민주의적 잔재를 극복할 수 있는 방안을 탐색하는 데 유용하다. 사실 우리나라는 오랜 세월동안 중국의 한자 문화권 속에 포함되어 있었고, 근세에는 일제에 의한 식민통치 경험을 지니고 있으며, 광복 이후에는 서구문화의 영향력 밑에서 근현대문학을 전개해 왔던 것이 사실이다. 이런 현실을 감안할 때 탈식민주의 문제는 앞으로 한국문학 연구의 가장 설득력 있는 이론 가운데 하나로 부각될 가능성이 높다.

　　앞서 살펴본 박노해의 「영어회화」의 문화적 저항, 임화의 「해협의 로맨티시즘」에서의 양가성, 문병란의 「코카콜라」에서의 오리엔탈리즘 비판, 김남주의 「항구의 여자를 생각하면」에서의 하위주체, 고정희의 「새 시대 주기도문」에서의 되받아쓰기 등에 대한 분석은 그러한 가능성에 대한 탐색이었다. 이 작품들 외에도 식민주의의 자각과 관련된 일제치하의 작품들, 그리고 광복 이후에 미국을 위시한 서구문화의 무분별한 국내 유입에 대한 저항의 내용을 담고 있는 작품들은 탈식민주의의 관점에서 분석될 수 있다. 그동안 이 작품들에 대한 연구가 적잖이 이루어져 오긴 했지만, 이제는 보다 다양한 방법론적 전유를 통해 심도 있는 논의가 이루어져야 할 것으로 보인다. 나아가 연구 업적이 충분히 축적되면 반식민주의 문학을 포괄하는 탈식민주의 문학사의 기술도 이루어져야 하지 않을까 싶다.

현대시의 미국문화 수용과 탈식민성

1. 서론 : 세계체제 시대의 문화와 한국 현대시

최근 들어 세계화, 정보화가 급속히 진행되는 한국 사회에서 지리적 경계에 기반을 둔 민족 혈통과 문화적 고유성에 관한 구성원들의 인식이 과거 어느 때보다도 희미해져 가고 있는 듯하다. 월러스틴의 사회변동이론에 따르면 미래의 세계는 민족주의, 문명, 종교 등이 여전히 강력하게 작동하겠지만, 세계 정치와 세계 문화로의 보편성이 관철되는 '세계체제'가 급속히 도래될 것[1]이라고 한다. 21세기에 들어서면서 각 나라들이 보여주는 '세계체제'로의 진입은 가설적 논의의 심급을 벗어나 이미 구체적 현실로 급속하게 실현되고 있다. 백낙청의 지적대로, 오늘날 한국 사회도 반세기 이상 지속되었던 분단체제가 흔들리고 있으므로,

---

1) Immanuel Wallerstein, *Geopolitics and Geoculture*(New York : Cambridge University Press, 1991), p.15.

이제 그 이후를 준비할 수 있는 새로운 문화적, 정치적 패러다임이 요구되는 시점이다. 한국인은 이제 미국을 위시한 외세의 작용에 의해 형성된 이 땅의 이데올로기적 대립이라는 역사의 속박에서 벗어나기 위해 '세계체제'에의 주체적, 자발적 적응이라는 보편적 가치와 분단 극복이라는 지역적 가치를 함께 추구해야 한다.[2] 시를 포함한 문화적 측면도 '세계체제'의 흐름에서 벗어날 수 없다. 문화의 '세계체제'를 선도해 나갈 한국시의 정체성을 확립하기 위해서는 외국문화와의 상관관계에 대한 반성과 성찰이 필요하다.

한국 현대시에서 미국문화는 다른 나라의 문화에 비해 자주 등장하는데, 그것은 그만큼 미국문화가 한국의 역사와 현실, 그리고 문화에 작용하는 역할이 지대하다는 것을 의미한다. 특히, 광복 이후 미군정과 6·25 전쟁을 거치면서 미국문화는 한국인의 삶과 가치관 형성에 아주 중요한 역할을 담당했다. 대중문화는 기본적으로 정치적 개념[3]이라고 하듯이, 대중문화를 중심으로 유입된 미국문화는 한국 사람들의 일상적 삶과 그것을 대상으로 하는 시적 사유에 이데올로기적, 정치적 역할을 충실히 수행해 왔다. 필자는 이런 입장을 염두에 두는 동시에 모든 문화가 분리된 것이긴 하지만 그 중요한 요소들은 서로 대위법적으로 함께 작용한다는 가정[4]을 수용하고자 한다. 즉 필자는 한국의 시인들이 미국문화라는 이질적인 타자를 접촉하는 과정에서 그것에 동화되거나 비판적이거나 부정적이거나 하는 등의 다양한 반응을 보여 왔다는 점에 주목하고자 한다.

한국문학과 미국문화의 상관성에 관한 연구는 그동안 간헐적으로 이루어져 왔다. 김용권[5]은 한국문학의 미국문화 수용 양상을 살폈으나, 평

---

2) 백낙청, 『흔들리는 분단체제』, 창작과비평사, 1998, p.52 참조.
3) John Story, 박모 번역, 『문화연구와 문화이론』, 현실문화연구, 1999, p.18.
4) Edward W. Said, 김성곤·정정호 역, 『문화와 제국주의』, 도서출판 창, 1995, p.344.

면적이고 개설적 소개에 머물렀을 뿐 시 작품에 대한 심도 있는 논의에는 이르지 못했다. 또한 민족문학과 반미의식의 상관성 문제를 다룬 최원식의 글6)은 황석영의 『무기의 그늘』을 중심으로 몇몇 시와 소설 작품의 반미의식을 개괄하는 비평문이기에 이 연구와 직접적으로 연관되지 않는다. 이 연구와 가장 밀접하게 관련되는 것으로 정효구의 글7)이 주목된다. 이 글은 박인환, 장영수, 김명인, 윤재철, 김정환, 오세영, 김명인, 황동규, 심호택 등 1950년대와 197,80년대 시인들의 시에 나타난 미국 이미지를 비평적 안목으로 흥미롭게 분석하고 있다. 그러나 이 글은 논의 대상인 시인이나 작품의 선택이 제한적이고, 분석틀로서의 이론적, 방법론적 기반이 분명치 않다. 또한 김승희와 백인덕의 논의는 한국시의 미국 이미지에 관한 논의에 단초를 제공하고 있지만 텍스트의 범위가 협소하다. 김승희8)는 김수영 시에 드러나는 미국문화를 남근적 기표로 분석하고 있는데, 연구 범위를 김수영 시에 한정시킴으로써 한국시에 나타나는 미국문화의 보편적 특성에 관한 논의까지 진전시키지 못하고 있다. 백인덕9)은 세계화 과정에서 체험하는 미국문화의 영향을 다룬 시편들을 소략한 비평문 형식으로 다루고 있는데, 대상 시편들의 범위가 협소할 뿐 아니라 TV나 컴퓨터 등의 대중문화를 곧장 미국문화로 등식화하는 오류를 범하고 있다.

　　최근 들어 디아스포라(diaspora) 문학의 관점에서 미주 한인들의 문학

---

5) 김용권, 「한국문학에 끼친 미국의 영향과 그 연구」, 고려대 아세아문제연구소 엮음, 『한국문화에 미친 미국문화의 영향』, 현암사, 1984.
6) 최원식, 「민족문학과 반미문학」, ≪창작과비평≫ 1988년 겨울호.
7) 정효구, 「해방 후 한국시에 나타난 미국의 이미지」, 『한국현대시와 문명의 전환』, 새미, 2002.
8) 김승희, 「김수영의 시와 탈식민주의적 반언술」, 『김수영 다시읽기』, 프레스21, 2000.
9) 백인덕, 「우리 시 속의 미국, 비극으로 치닫는 '파르마콘' 신화」, 계간 ≪리토피아≫ 2003년 여름호

에 나타난 미국이나 미국문화에 대한 연구가 간헐적으로 이루어지고 있다. 기왕의 연구 성과들에 의하면 미국 이주민들은 다른 지역 이주민들보다 많은 문학적 성과를 보여주고 있다. 조규익의 저서[10]는 재미 한인들의 시가를 장르적, 주제론적 차원에서 정리하고 자료집까지 선보이고 있다. 이와 유사한 연구 성과로는 표언복, 오양호, 홍경표, 임선애, 정효구 등의 글[11]이 있다. 그러나 이들의 논의는 그 대상을 미국에 거주하는 한인들의 작품을 대상으로 했다는 점, 시 작품을 중심 대상으로 하지 않았다는 점, 한국에 거주하는 문인들의 미국에 대한 인식을 탐구하지 못했다는 점 등으로 인해 이 연구와 변별된다. 학회 차원에서는 '한국문학회'에서 "해외문화 접촉과 한국문학"이라는 기획 테마로 한 학술지[12]를 간행했으나, 일본문화나 중국문화를 중심으로 이루어졌을 뿐 미국문화와 관련한 논의를 본격적으로 전개하지는 못했다.

이처럼, 한국 현대시에 다양하게 수용되어 온 미국문화에 관한 많은 시인들의 풍부한 창작 성과에도 불구하고 이제껏 본격적인 이론틀을 도입한 연구가 이루어지지 못한 실정이다. 특히 문화 현상의 정치적 함의와 문학적 가치를 동시에 규명하는 데 유용한 탈식민주의적 관점에서 수행된 연구 성과를 찾아볼 수 없다. 이것은 창작 성과와 연구 성과가 조화를 이루고 있지 못한 하나의 사례에 해당한다. 물론 특정 국가나 그들의 문화를 소재로 하여 시를 창작한다는 것은 자칫 교조적이고 관

---

10) 조규익, 『해방전 재미한인 이민문학 1-3』, 월인, 1999.
11) 표언복, 「미주 유이민 문학 연구(1)」, ≪목원어문학≫ 15집, 1997 ; 오양호, 「세계화 시대와 한민족문학 연구의 지평 확대」, ≪한민족어문학≫ 35집, 1999 ; 홍경표, 「재미한국이민 작가들의 소설작품 연구」, ≪한국말글학≫ 17집, 2000, 「미주 한인 이민소설 연구」, ≪어문학≫ 78집, 2002 ; 임선애, 「미주 한인소설 '토담' 연구」, ≪어문학≫ 78집, 2002 ; 정효구, 「재미한인 시에 나타난 고향의 의미」, 한국문학회 엮음, 『해외문화 접촉과 한국문학』, 세종출판사, 2003.
12) ≪한국문학논총≫ 30호(2002년 6월), 31호(2002년 10월), 34호(2003년 8월).

념적인 진술로 빠져들기 쉽기 때문에, 미국문화와 관련된 시들이 예술적 완성도와 표현미가 부실하여 연구자들의 주목을 받지 못한 결과일 수도 있다. 그러나 현대시 작품들을 꼼꼼히 살펴보면 미국문화와 관련된 시편들 중에는 드물지 않게 뚜렷한 주제 의식과 흥미로운 표현 방식을 결합시킴으로써 주목할 만한 시적 성과를 성취하고 있음이 발견된다. 따라서 이들 시편들에 대한 정리와 평가가 체계적으로 이루어져야 할 필요성이 제기된다.

2. 미국문화에 대한 탈식민주의적 인식의 토대

한국 사람들이 미국 사람이나 미국문화를 본격적으로 접하게 된 시기는 19세기 후반이었다. 1866년(고종3년)의 제너럴셔먼호 사건이 중요한 계기였는데, 미국인들이 상선을 타고 대동강을 거슬러 올라와 통상을 요구하다가 마찰이 생겨 선원 23명이 모두 소사(燒死)한 이 사건은, 한국 사람들이 서양의 제국주의적 외세를 격퇴한 최초의 사건이었다. 같은 해에 프랑스 함대를 물리친 병인양요를 겪으면서 생긴 서양 사람들에 대한 반감은, 신재효의 시「괘씸한 서양되놈」이래로 일제치하 태평양전쟁기에 친일반미의식을 기반으로 하는 김동환의 「米英葬送曲」, 노천명의 「싱가폴 함락」 등에서 잘 드러난다. 나아가 한국의 시인들이 시적 대상으로서 미국문화를 본격적으로 수용하기 시작한 것은 광복과 6·25 전쟁 이후였다. 광복 이후 남한에 미군정이 성립되면서 미국과 미국문화는 한국인의 삶에 지대한 영향을 끼치기 시작했기에, 한국의 시인들에게 그러한 정황은 사회의식과 연관된 시적 상상의 모티브로 작용해 왔다.

6·25 전쟁은 특히 남북한의 시에 드러나는 미국관을 극단적으로 갈

라놓는 계기가 되었는데, 이 전쟁을 계기로 남한의 시에서는 '친구'의 나라로 북한의 시에서는 '원쑤'의 나라로 미국을 규정하기 시작했다. 미국은 6·25 전쟁 시기에 공산 세력 격퇴라는 명분으로 북한 지역에 무차별적 융단 폭격을 가함으로써 북한 사람들로 하여금 극단적인 증오심을 갖게 했다. 이후 북한 시에서 미국은 침략적 제국주의자나 잔혹한 '원쑤'의 나라로 고착된다. 한편, 남한의 시에서 미국은 상반되는 두 가지 이미지로 형상화되는데, 선진 문명과 풍요롭고 다양한 문화를 지닌 나라로 미화되기도 하지만, 동시에 독재 정권을 옹호하는 반통일 세력이나 천박한 물질문화의 상징으로 등장하기도 한다. 많은 시인들은 특히 냉전 이후 미국이 주도하는 일방적 세계 질서의 논리가 자국의 이익만을 추구하는 신식민주의의 혐의가 농후하며, 미국문화는 그 첨병의 노릇을 하는 것으로 인식하곤 하는 것이다. 그들은 한국이 아직 '탈식민적인 신식민화된 세계'[13]에 속한다는 사실을 부정하지 않으며, 그러한 모순된 현실을 직시하면서 오리엔탈리즘[14]의 굴레에서 탈각하고자 한다. 하여 동양인, 혹은 한국인으로서의 자기정체성을 확립하기 위해 한국의 시인들은 탈식민주의적 담론의 차원에서 시를 창작하면서 리오리엔트(Reorient)[15]의 가능성을 타진해 온 것이다.

---

13) Gayatri C. Spivak, *The Post-Colonial Critic : Interviews, Strategies, Dialogues*, ed. Sarah Harasym(London : Routledge, 1990), p.166.
14) 오리엔탈리즘은 유럽과 미국인들의 머리에 의식적, 무의식적으로 '조작된' 동양을 일컫는 것으로서 이런 사고 속에서 동양인과 그 문화는 후진성, 퇴행성, 비문명성, 정체성의 표상으로 간주된다(Edward W. Said, 박홍규 역, 『오리엔탈리즘』, 교보문고, 1994, p.366).
15) Andre Gunder Frank, 이희재 역, 『리오리엔트』, 이산, 2003, p.27. 제3세계 종속이론으로 유명한 프랑크는 서양 중심의 경제관을 탈피하여 동양의 경제에 대한 재평가를 해야 한다고 역설하면서 한국 사람들도 스스로의 가능성과 미래에 대해 큰 자신감을 가져야 한다고 지적한다. 이런 점에서 리오리엔트는 서구 중심적 사고에서 탈피하여 공정하고 정당한 평가를 기반으로 한 동양적 정체성의 회복을 의미한다.

배인철의 1946년 작품인 「人種線」을 위시하여[16] 박남수, 김수영, 박인환, 문병란, 마종기, 오세영, 황동규, 김명인, 김남주, 최두석, 장정일, 유하 등의 시에서 미국문화는 식민 상황을 인식하거나 탈식민 의지를 고무하기 위한 시적 소재의 차원에서 적극 수용되어 왔다. 한국의 시인들은 한 국가로서의 미국 이미지뿐 아니라 코카콜라, 햄버거, 캔터키 후라이드 치킨, 맥도날드, 카우보이, 아메리카 타임지, 엘비스, 에드가 알렌 포우, 실비아 플라스 등 문화적 소재들을 등장시켜 미국문화에 관한 인식을 빈도 높게 형상화해 왔던 것이다. 이처럼 미국이나 미국문화와 연관된 시 작품들이 질적, 양적으로 상당 수준 축적되었음에도 불구하고, 그 수용 양상을 탈식민주의적 관점에서 체계적으로 논의한 사례를 찾아보기 어렵다. 연구자들도 이제 한국이 식민주의의 지배적 시기에서는 벗어났지만, 아직도 식민주의의 영향에서 벗어나지 못한 헤게모니적 시기[17]에 처해 있다는 사실을 염두에 두고, 현대시의 미국문화 수용 양상을 심도 있게 논의할 필요가 있다.

문학 연구의 담론으로서의 탈식민주의는 이론과 비평으로 구분할 수 있다. 바트 무어 길버트에 의하면 탈식민주의 비평이 제3세계의 자생적이고 주체적인 독립운동이었다면, 탈식민주의 이론은 서구 이론과 자본의 개입으로 진행되는 문화적 신탁 통치다.[18] 다시 말해 탈식민주의 비

---

16) 최원식, loc.cit. 참조. 이 작품은 인종주의를 문제 삼고 있는 시인데, 서양 제국주의의 근본을 이루는 백인 우월주의에 대한 비판이 강하게 드러난다는 점에서 인상적인 작품이다.

17) Abdul R. Janmohamed, "The Economy of Mechanism Allegory : The function of Racial Difference in Colonialist Literature", Diana Brydon(ed), *Postcolonialism Critical Concepts III* (London and New York : Routledge, 2001), p.1057. 지배적 시기는 제3세계 국가들이 정치적, 군사적으로 식민지 상황에 놓였던 시기이고, 헤게모니적 시기는 해방 이후 여전히 잠재적, 심리적 식민지 상황에 처해진 시기다. 후자는 해방 이후에도 지속되는 식민주의의 집요함을 지적하는 동시에 탈식민주의의 필요성을 제기하는 데 유용한 개념이다.

평이 식민지 국가에서 자생적으로 이루어지는 급진적 반체제운동의 일종으로서 제도권 아카데미즘으로부터 배척당한 '변방 지식'이라면, 탈식민주의 이론은 제국주의 국가(서구)의 대학 강의실과 학술지를 통해 유포되는 자본주의적 지식산업을 주도하는 전지구적 '주류 학문'에 속한다. 그러나 이들 비평과 이론은 어느 것이 옳고 그르냐 하는 식의 양자택일적 가치 판단의 대상은 아니다. 오히려 이들 사이의 상호 보완적인 역할을 통해 탈식민주의는 시너지효과를 발휘할 수 있다.

탈식민주의 이론으로는 데리다, 라캉, 푸코 등 서구 이론가들의 세례를 받고 제1세계에서 활동해 온 에드워드 사이드, 호미 바바, 가야트리 스피박 등의 논의[19]가 가장 빈도 높게 거론된다. 제1세계 및 제3세계 문학 연구자들은 사이드의 '오리엔탈리즘', 호미 바바의 '양가성', 스피박의 '하위주체' 등을 탈식민 텍스트의 분석틀로 활용하고 있다. 한국 현대시와 관련하여 '오리엔탈리즘'은 서구인들의 제국주의적 시각에 의한 동양 이미지의 조작된 의식이므로, 미국인들이 지닌 한국이나 한국 문화에 대한 왜곡된 인식의 단면들을 비판하는 시구들을 분석하는 데 도움이 될 것이다. 또한 '양가성'은 서구인들이 지닌 타자에 대한 호의와 멸시의 이중적 태도를 뜻하는 것이므로 한국인들이 미국인들에 대해 보이는 양가적 태도를 분석하는 데 유리할 것이고, '하위주체'는 식민주체와 남성이라는 이중의 억압을 받는 제3세계 여성을 뜻하므로 미국의 군사 문화에 예속된 한국 여성에 관한 시편들을 분석하는 틀로 활용할 수 있을 것이다.

또한 탈식민주의 비평과 연관 지을 수 있는 논의로는 알제리의 프란츠 파농, 세네갈의 생고르, 서인도제도의 세제르, 나이지리아의 아체베

---

18) Bart Moore-Gillbert, 이경원 역, 『탈식민주의! 저항에서 유희로』, 한길사, 2001, p.28.
19) P. Childs & P. Williams, 김문환 역, 『탈식민주의 이론』, 문예출판사, 2005 참조.

등의 비평 작업과 한국에서의 광복 직후 임화를 비롯하여 이후의 백낙청, 권영민, 최원식 등의 민족문학론[20]이 주목된다. 이들 가운데 한국의 비평가들은 한국의 제3세계적 특수성을 함의하는 분단이나 독재 문제와, 그 배후로서 제1세계 자본주의 선진 국가들로 구성된 식민주의적 외세 문제에 매우 비판적이다. 그들은 한국인들의 특수한 근대 경험에 의해 구성되고 의미가 부여되어 온 상상의 공동체[21]로서의 민족 개념은, 제국주의나 근대 자본주의 발달과 연관된 서구의 자발적 민족 개념과는 다르다고 본다. 이런 관점에 의지하면, 한국의 현대시에 나타나는 미국문화의 식민주의적 속성이나 근대적 민족문화의 '상상'에 끼친 미국문화의 영향의 실상을 효과적으로 분석할 수 있을 것이다.

한국시의 미국문화 수용은 한국 시인들이 견지하는 미국에 대한 정치적, 역사적 인식의 차원과 깊이 연루될 수밖에 없었다. 이런 차원에서 한국 현대시에서 미국문화는 미국에 대한 찬양[讚美], 미국과의 친근감 표명[親美], 미국에 대한 비판[批美], 미국에 대한 부정 의식[反美] 등으로 구체화된다. 전체적으로 볼 때 찬미의 시는 개화기의 특정한 가사를 제외하고는 거의 나타나지 않으며, 광복 이후 지금까지 찬미에서 비미를 거쳐 반미를 강조하는 쪽으로 변모하는 양상을 보여준다. 이들 세 유형은 페쇠(Michel Pecheux)의 담론 유형, 즉 주체를 구성하는 담론의 세 가지 유형[22]과 관련지을 수 있다. 미국의 이데올로기에 순응하는 찬미, 친미의 시는 '동일화의 담론'이라면, 비미의 시는 미국 이데올로기를 수긍

---

20) 임 화, 「문학의 인민적 기초」, ≪중앙신문≫ 1945년 12월 8-14일 ; 백낙청, 「민족문학 개념의 정립을 위해」, 『민족문학과 세계문학 1』, 창작과비평사, 1995, 「민족문학의 현단계」, ≪창작과비평≫ 1975년 봄호 ; 권영민, 「민족문학론의 논리와 실천」, 『한국민족문학론 연구』, 민음사, 1988 ; 최원식, 「민족문학론의 반성과 전망」, 『민족문학의 논리』, 창작과비평사, 1982.
21) Benedict Anderson, 윤형숙 역, 『상상의 공동체』, 나남출판, 2002, p.25.
22) Diane Macdonell, 임상훈 역, 『담론이란 무엇인가』, 한울, 1992, p.53.

하는 동시에 저항하는 태도를 보이는 '비동일화의 담론'이라 할 수 있다. 또한 반미시는 미국 이데올로기에 반항하는 '반동일화의 담론' 유형과 연관된다고 하겠다. 이러한 구분법은 프란츠 파농이 제기한 피식민지인의 문학적 투쟁에 있어서의 세 단계[23]—첫째 단계는 원주민이 식민지 문학에 동화되는 것, 둘째 단계는 원주민이 자신의 문학적 정체성을 놓고 혼란을 겪는 것, 셋째 단계는 전투적이고 혁명적이고 민족적인 문학으로 투쟁을 하는 것—와도 연관된다. 한국 현대시에서 파농이 주장한 대로 이런 단계들이 순차적으로 전개되는 것은 아니지만, 그러한 파노라마가 지속적으로 다양하게 전개되어 온 것만은 분명한 사실이다.

3. 호의/제휴의 시와 동일시의 담론

찬미(讚美), 혹은 친미(親美)적 인식을 드러내는 시편들은 미국문화에 대한 호의의 감정을 정서적 바탕으로 삼는다. 이런 성향의 시는 주체적 이념이나 비판적 가치 판단보다는 순수 서정성을 중시하는 시적 태도를 드러낸다. 한국인들이 미국을 아름다운 나라[美國]로 호명해 왔듯이 미국이나 미국문화는 선진적, 서정적, 인간적 존재라는 호의적 인식을 토대로 한다. 에드워드 사이드는 이러한 인식을 문화를 통한 동일화의 과정으로서 제휴(affiliation)라고 명명했다.[24] 제휴의 시인들은 미국적 가치나 이미지 가운데 부정적인 것들보다는 긍정적이고 비교 우위에 있는 것들에 관심을 표명한다. 이러한 성향의 시들은 의도적이든 아니든 간에 미국문화의 제국주의적 속성에 무관심하거나 무비판적 태도를 드러낸다.

---

23) Franz Fanon, 남경태 역, 『대지의 저주받은 자들』, 그린비, 2004, pp.151~152.
24) Bill Aschcroft and Pal Ahluwalia, 윤영실 역, 『다시 에드워드 사이드를 위하여』, 앨피, 2005, p.62.

맨하탄 어물시장에 날아드는/ 갈매기. 끼룩끼룩 울면서, 서럽게/ 서럽게 날고 있는 핫슨 강의 갈매기여./ 고층건물 사이를 길 잘못 들은/ 갈매기. 부산 포구에서 끼룩끼룩, 서럽게/ 서럽게 울던 갈매기여./ 눈물 참을 것 없이, 두보처럼/ 두보처럼 난세를 울자./ 슬픈 比重의 세월을 끼룩끼룩 울며/ 남포면 어떻고 다대포면 어떻고/ 핫슨 강변이면 어떠냐. 날이 차면/ 플로리다 쯤 플로리다 쯤, 어느 비치를 날면서 세월을 보내자꾸나

— 박남수, 「맨하탄의 갈매기」 전문

이 시에서 미국의 한 도시인 "맨하탄"은 한국의 "부산"과 지리적, 정서적으로 동일시된다. 시인은 "맨하탄 어물시장"에서 본 "핫슨 강의 갈매기"나 "부산 포구"의 "갈매기"는 "난세를 울"게 하는 데에는 동일한 역할을 한다고 본다. 시인에게 중요한 것은 지리적 토대가 아니라 "슬픈 比重의 세월"을 한탄하는 것인데, "남포면 어떻고 다대포면 어떻고/ 핫슨 강변이면 어떠냐"는 설의적 표현에는 그러한 내면적 정서가 그대로 드러난다. 이 시에 드러나는 미국과의 정서적 동일시는 박남수가 1975년 미국으로 이주한 이후에 지은 작품들을 모아 엮은 한 시집25)의 주조를 이룬다. 이는 광복 이후 형이상학적 인식을 바탕으로 한 주지적 모더니티에 탐닉했던 시인의 서구문화에 대한 관심과 호의의 연장선상에 있는 것으로 파악된다. 이민 초기에는 "한국과 미국 된장국과 치즈 ─이 두 경계에서 영위되는 생활이란 아무리 찾고 맞추어도 온전하게 구성되지 않는 단절과 갈등"26)이 있었을지라도, 미국에서의 생활을 영위하기 위해서는 그 문화와 제휴 관계를 맺지 않을 수 없었을 것이다. 이후 박남수에게 미국 생활은 비록 "동양의 하늘에서/ 서양의 하늘로

25) 박남수, 『서쪽, 그 실은 동쪽』, 인문당, 1992.
26) 문덕수, 「박남수론」, 박남수, 『서쪽, 그 실은 동쪽』 해설, 인문당, 1992 : 『전집 2』, p.567에서 재인용.

옮겨 앉는 번거로움"(「뉴욕」)은 있을지라도, 시인이 느끼는 한 인간으로서의 정서나 느낌은 한국에서 느끼는 것과 별반 다르지 않다. 아니 그렇게 감각하려고 노력하는 흔적들이 역력하다. 예컨대 「서쪽, 그 실은 동쪽」, 「아메리카」, 「씨 푸드 레스토랑」, 「상실」, 「흑인」, 「데이토나 비치」, 「도시의 말」, 「묘지」, 「어느 한인 교회에서」, 「휴스턴 객수」 등의 시에서도 미국과 미국문화는 비판의 대상이라기보다는 고향에 대한 향수를 북돋우거나 인간으로서의 보편적 삶이 영위되는 장소로 전경화된다.

재미 시인 마종기의 시에도 박남수류의 동일시 욕망이 드러난다. 미국에서 의사 생활을 하면서 틈틈이 시를 써 온 마종기에게도 미국은 이상을 실현하기 위한 공간이거나 고향에 대한 그리움과 같은 보편적 삶의 애환을 유발하는 시적 상상의 모티브로 작용한다. 미국은 "어릴 때는 무조건 王이 되고 싶었다, 더 넓은 태평양을 지배하는"(「태평양」) 꿈을 꾸게 하는 공간이거나 "영주권을 얻고 기뻐서 울던/ 모국어를 하던 이방인들 사이에서/ 내게 남은 것은 적막한 이별뿐"(「6월의 형식」)인 외로움의 공간이다. 혹은 미국의 주류 사회에 살아갈 수 없는 이주민으로서 "변경의 내막은 아직도 아픔이다"(「변경의 꽃」)는 사실을 자각케 하는 곳이다. 미국에 이민한 이세방의 시 역시 디아스포라 문학의 관점에서 관심을 가져볼 만하다. 그의 시집 『조국의 달』, 『서울 1992년 겨울』 등은 이민자로서의 조국에 대한 향수적 애국심으로 충만하다. 이들은 일종의 디아스포라 문학으로서 미국 이민자들이 미국 사회에 적응하며 살아야 하는 현실적 조건 때문에 미국문화에 대한 비판정신이나 극명한 반미의식을 견지할 수 없었던 것으로 보인다.

디아스포라 문학과는 다른 차원에서 미국에 대한 동일시 욕망과 제휴의 상상력은 미국을 실제로 여행한 경험이 있는 시인들의 시에 자주 드러난다. 특히 모더니즘이나 순수시 계열의 시인들이 미국 여행에서의 직접적인 문화 체험을 하면서 미국문화에 대한 호의적인 생각을 갖는다. 그 단적인 예가 박인환과 황동규의 시다.

> 식민지의 오후처럼/ 회사의 깃발이 퍼덕거리고/ 페리이 코모의 <파파 러브스 맘보>/ 찢어진 트럼펫/ 구겨진 愛慾// 데모크라시와 옷 벗은 女神과/ 칼로리 없는 맥주와 유행과/ 유행에서 정신을 喜悅하는/ 디자이너와 表情이 경련하는 나와// 트렁크 위에 장미는 시들고/ 문명은 은근한 곡선을 긋는다// …(중략)… // 비정한 행복이라도 좋다/ 4월 10일의 부활제가 오기 전에/ 굿 바이/ 굿 엔드 굿바이
>
> — 박인환, 「투명한 버라이어티」 부분

이 시는 박인환이 대한해운공사를 다닐 무렵에 화물선 '남해호'의 사무장으로 미국을 여행하면서 지은 여러 편의 작품 가운데 하나다. 미국의 어느 항구에 정박한 화물선에 달린 "회사의 깃발"이 "식민지의 오후처럼" 펄럭거린다는 느낌은 미국이라는 거대한 문화에 대한 경이감과 열등감이 발로된 것이다. 즉 "트럼펫"으로 연주되는 "파파 러브스 맘보"에서 "구겨진 愛慾"을 느끼는 시인은, "데모크라시와 옷 벗은 女神과/ 칼로리 없는 맥주와 유행"이라는 미국문화를 경험하면서 "表情이 경련하는 나"를 발견한다. 이때의 "나"는 미국문화에 대한 거부감과 동시에 외경심을 갖는 존재로서 그에 대한 비판 의식은 뚜렷하지가 않다. 시인은 미국문화를 꺼림칙하면서도 동화되고 싶은 선진문화로 인식하는 것이다. 더구나 "비정한 행복이라도 좋다"라는 양가감정은 결국 미국문화가 비록 "비정한" 일면은 있을지언정 종국에는 사람들을 "행복"하게 한다는 긍정적 인식으로 귀결된다. 박인환은 또한 「어느 날」, 「어느 날의 시가 되지 않는 시」, 「여행」, 「에베레트의 일요일」, 「이국항구」, 「새벽 한 시의 시」, 「다리 위의 사람」 등에서도 한국인으로서 겪은 미국문화 체험의 경이감과 이방인으로서의 외로움을 보여주고 있다.

황동규의 시 가운데도 여행 중에 겪은 미국문화 체험에 관한 것이 적지 않다. 그가 영문학 전공자라서 그런지 몰라도 그의 시에는 미국에 대한 비판적, 저항적 인식이 적극적으로 드러나지 않는다. 미국문화에 대한 동일시의 욕망은 그의 오랜 문우인 마종기와 크게 다르지 않지만, 일시적 여행자로서의 태도를 견지할 수밖에 없어서인지 미국문화에 대한 깊은 인식보다는 피상적 느낌을 시의 모티브로 삼는 경우가 많다는 점에서는 일단의 차이가 드러난다.

> 아파트 화장실에 걸려 있는 앤슬 애덤스(Ansel Adams) 사진의 거대한 흑백 구름이/ 내륙 쪽에 일고 있다./ 쪽빛 바다 쪽 하늘이 밀린다./ 카멜 가는 길,/ 고속도로 분리대는 계속 나무백일홍./ 모래 산에 버짐처럼 나무들에 박혀 있고/ 하늘이 온통 구름에 덮인다./ 명도(明度) 높은 태평양이 오른쪽에 나타났다 사라지고/ 다시 살아난다./ 더 달리면/ 한국 동해의 절벽들이 찬란히 황해의 굴곡을 만들고/ 갑자기 햇빛이 쏟아진다./ 하늘이 더 넓어진 것 같구나.
>
> ― 황동규, 「버클리시편 3」 부분

이 시는 황동규가 교환교수로 미국에 있을 때의 체험을 바탕으로 한 것으로서 박남수 시에 드러났던 동일시 욕망을 연상케 한다. 시인은 아마도 미국 서부 지역의 태평양이 바라보이는 아파트에서 "카멜 가는 길"인 "고속도로"의 원경을 바라보고 있는 듯하다. 그곳에서 시인은 "아파트 화장실"에 걸려 있는 "앤슬 애덤스(Ansel Adams) 사진의 거대한 흑백구름"을 닮은 구름이 밀려드는 "쪽빛 바다 쪽 하늘"을 바라보고 있다. 먼 하늘의 구름에 의해 "명도(明度) 높은 태평양"이 나타났다 사라지는 광경을 보며 미국과 한국의 지리적 연속성에 대해 생각하는 것이다. 주로 관찰에 의지한 이러한 시적 소재가 상상의 영역으로 진입하는 것은 "더 달리면/ 한국 동해의 절벽들이 찬란히 황해의 굴곡을 만들" 것이라는 부분에 이르러서다. 구름이 걷히면서 "갑자기 햇빛이 쏟아"지고 그래서 "하늘이 더 넓어진 것 같"다는 상상은 미국의 자연과 한국의 자연을 정서적으로 동일시하는 태도의 소산이다. 미국은 한국과 다름없는 보편적 삶의 공간으로서 의미를 부여받는 것이다. 미국은 비판적 인식의 매개라기보다는 세상에 대한 인식의 폭을 넓혀주는 장소로서 의미가 부여되고 있는 셈이다. 즉 미국은 인간의 보편적 감정이 살아 있거나 고향에 대한 향수를 달래주는 이국땅이거나 새로운 문물을 접하게 해주는 곳이다. 하여 "세상은 비좁아도 살아볼 만하다는 생각"(「뉴욕 일기 4」)을 갖게 하는 곳이다. 이런 인식은 「브롱스 가는 길」, 「뉴욕 일기」 연작, 「견딜 수 없이 가벼운 존재」, 「버클리시편」 연작 등에서도 나타난다.

이들 시에서 미국, 혹은 미국문화는 호의의 대상으로서 인간적이고 서정적인 삶의 공간, 선진 문명국, 물질적 풍요의 나라, 민주와 자유의 나라 등으로 형상화된다. 간혹 비판적 태도를 내세우는 경우가 없지 않지만, 황동규 시의 기저 심리에는 미국에 대한 우호적 동일시의 정서가 자리 잡고 있다. 이외에도 미국 여행 체험을 노래한 시인 가운데 서정주는 "聖 에이브러햄 링컨 선생님"(「링컨 선생 墓地에서」)에서처럼 미국 대통령에게 정중한 예의와 호의를 표하기도 한다. 1980년에 간행된 『西으로 가는 달처럼』에는 미국 여행 체험을 노래한 작품들이 다수 실려 있는데, 이들 가운데 문학적으로 성공한 작품은 드물지만 미국에 대한 긍정적 인식이 잘 드러난다. 경우에 따라서는 미국의 경박한 성문화나 도시 문명에 대한 비판이 드러나기도 하지만 비판적 의식이 뚜렷하지는 않다. 예컨대 "제늘맨(gentleman)…… 제늘맨……/ 金門橋에 반달이 정말 좋습네요"(「샌프란시스코」)와 같은 호의적 감정이 주조를 이룬다. 서정주의 「라스베가스」, 「콜로라도 강사의 인디언처럼」, 「요세미테 산중에서」, 「쌘프란시스코」, 「샌디에고의 한국 금잔디」, 「워싱턴 DC」 등에서도 마찬가지다. 또한 일제시대의 재미 동포인 평림의 「코리안-아메리칸」

에는 미국과 한국의 혈맹적 관계를 지향27)하는 동일시 욕망이 드러나기
도 한다.

미국에 대한 동일시의 시편들은 대부분 시인의 직접적인 미국 체험을
토대로 한다는 특성을 지닌다. 이러한 특성은 해방직후 우리 사회에서
미국문화를 접할 수 있었던 계층이 교육적, 사회적으로 혜택을 받은 사
람들이었고, 그 혜택의 많은 부분은 미국에 의한 것이라는 사실과 연관
되는 것으로 짐작된다. 미국 이민자로서의 박남수나 마종기, 미국에서
그 문화를 직접 체험했던 박인환이나 황동규의 시에 미국문화와의 동일
시의 감정이 자주 나타나는 것은 그런 연유가 아닐까 한다. 그리고 동
일시는 비교적 젊은 시인들보다는 해방둥이 이전의 세대, 다시 말해 미
국의 식량 원조나 6·25 전쟁을 직접 체험하면서 반공 이데올로기에 익
숙한 세대의 시에 자주 드러난다. 또한 이런 태도는 이른바 순수서정시
를 창작해 온 시인들의 시에 자주 드러난다는 사실도 주목할 만한데,
이것은 순수 서정 시인이 시적 대상을 바라보는 기본적인 태도와 연관
되는 것으로 판단된다. 즉 순수 서정 시인은 세계와 자아의 불화보다는
그들 사이의 동일시를 중시하는 속성과 무관치 않아 보인다.

4. 풍자/전유의 시와 비동일시의 담론

비미(批美)적 성격이 드러나는 시편들은 미국문화에 대한 풍자의 태도
를 바탕으로 삼는다. 이런 성향의 시는 대개 한국사회에 미만한 미국문
화의 불가피성을 승인하는 토대 위에서 여러 가지 수사적 기교를 활용

---

27) 이를테면 "미국시민 이란족도/ 조국독립 원조할 제/ 폴란족은 군사로써/ 독립전징
도왓다네…(중략)…로년들은 국민회로/ 영명하고 혼셩하세/ 신디류에 심은 씨로/
한미력사 빗닉보세"(조규익 편, 『해방전 재미한인 이민문학 3』, 월인, 1999, p.622)
와 같은 시구를 참조할 수 있다.

해 미국문화를 비판하는 방식을 취한다. 에쉬크로프트의 용어를 빌리면 전유(appropriation)의 시작 방법으로서 모국어가 아닌 타자의 언어로 모국어의 정신을 전달하는 것[28]이다. 이때 '타자의 언어'는 반드시 언어에만 국한하지 않고 '타자의 문화'라는 확장된 의미로 생각해 볼 수 있다. 문화적 경험들을 다양한 방식으로 전달하기 위해 한국 현대시가 미국문화라는 제국주의적 텍스트를 차용하여 한국인들의 문화적 정체성과 저항 의지를 전달하는 것[29]으로 이해하는 것이 가능하다. 이런 경우가 매니키언적 대립이 와해되는 상징적 텍스트[30]에 해당하는 것인데, 한국사회에서 미국문화가 차지하는 역할을 인정하는 토대 위에서 그것을 비판한다.

> 흘러가는 물결처럼/ 支那人의 衣服/ 나는 또하나의 海峽을 찾았던 것이 어리석었다// 機會와 油滴 그리고 능금/ 올바로 정신을 가다듬으면서/ 나는 數없이 길을 걸어왔다/ 그리하야 凝結한 물이 떨어진다/ 바위를 문다// 瓦斯의 정치가여/ 너는 活字처럼 고웁다/ 내가 옛날 아메리카에서 돌아오던 길/ 뱃전에 머리 대고 울던 것은 女人을 위해서가 아니다// 오늘 또 活字를 본다/ 限없이 긴 활자의 連續을 보고/ 瓦斯의 政治家를 응시한다
> ― 김수영, 「아메리카 타임誌」 전문

제목의 "아메리카 타임誌"는 "나"로 하여금 문화적 열등감을 갖게 하

---

28) Bill Aschcroft, Gareth Griffiths, and Helen Tiffen, 이석호 역, 『포스트콜로니얼 문학이론』, 민음사, 1996, p.66.

29) 이경원, 「저항인가 유희인가? : 탈식민주의의 반성과 전망」, ≪문학과사회≫ 1998년 여름호, pp.762~764 참조.

30) Abdul R. Janmohamed, op.cit., p.1061. 잔모하메드는 식민주의자의 텍스트를 라캉의 상상계(아버지의 법, 현실 원칙 불인정)와 상징계(아버지의 법, 현실 원칙 인정)를 활용하여 매니키언적 대립(우열, 명암 등의 극단적 이항대립)이 고수되는 상상적 텍스트와 그 대립이 와해되는 상징적 텍스트로 구분한다. 본 논문에서는 김승희의 논문(각주 8 참조)에서처럼 제국주의자들의 문화에 대한 피식민지 작가의 태도를 분석하는 데 응용한다.

는 미국문화를 상징한다. "나"는 미국의 대표적인 신문을 바라보면서 "瓦斯의 政治家"를 응시한다고 한다. 이때 "정치가"가 현실적 권력을 상징하는 것이라고 본다면, 그가 가스("瓦斯")와 같다고 보는 것은 권력이 마치 가스처럼 구체적으로 보이지는 않으면서도 힘을 행사하는 집요한 존재임을 드러낸다. 그리고 그 권력은 미국문화를 뜻하는 것으로서 시의 주체가 제국주의적 권력자, 남근을 인식하는 지성에 대한 개방성을 유지한다는 점에서 상징적 텍스트에 해당한다.[31] 따라서 이 시는 미국문화가 가스처럼 실체는 없지만 우리의 생활을 지배한다는 현실을 풍자하면서, 그 속에서 문화적 주체성을 상실하고 타자화되어 가는 시인이 자신의 처지를 슬퍼하는 것이다. 시인이 "아메리카에서 돌아오던 길"에서 "뱃전에 머리 대고 울던" 기억은 그런 비관적 처지를 뜻한다. 이때 '고운 활자'는 외형적 치장을 통해 한국인에게 은밀히 전해진 미국문화의 권력으로서, 다른 시에 의하면 그것은 "그 冊張은 번쩍이고/ 연해 나는 괴로움을 어찌할 수 없이/ 이를 깨물고 있네!/ 가까이 할 수 없는 서적이여"(「가까이 할 수 없는 書籍」)에서의 "서적"과 다르지 않다. 이는 호미 바바의 용어를 빌리면 미국문화에 대한 일종의 양가성이 드러나는 경우다. 즉 「아메리카 타임誌」는, 식민지적 모방을 추구하는 문학 작품은 타자를 지향하면서 전유하는 동시에 규범화된 지식과 규율에 대한 반항의 기호[32]라는 정의와 맥락이 통한다. 김수영은 또한 「엔카운터지」, 「VOGUE야」, 「전화 이야기」, 「헬리콥터」, 「레이판탄」, 「나는 아리조나 카우보이야」, 「제임스 띵」, 「미농인찰지(美濃印札紙)」에서도 미국문화의 전유를 통해 도시적 일상과 미국에 대한 비판 의식을 보여준다. 다만, 「가다오 나가다오」에는 보기 드물게 상상적 텍스트의 성격이 강하게 드러

31) 김승희, op.cit., p.374.
32) Homi K. Bhabha, 나병철 역, 『문화의 위치』, 소명출판, 2002, p.179.

난다.

미국문화에 대한 비판적 태도는 장정일과 유하 등 비교적 젊은 시인들의 시에서 도드라진다. 이들의 시에서 미국문화는 한국인의 도시적 일상을 거부할 수 없는 대상으로서 한국 젊은이들의 도시적 일상을 지배하는 삶의 한 조건이자 삶의 진정성을 교란하는 존재다.

> 그는 냉소적인 경멸을 가요에 대하여 느낀다/ 그는 국내 라디오 채널과 음악 프로를 무시한다/ 그는 A.F.K.N-F.M에 방송 선택 침을 고정시키고/ 밤새우기 일쑤다. 그는 잘 수가 없다/ 새로운 테이프를 완성하고, 녹음된 음악 목록을 쓰고,/ 다시 들어보고, 새로운 녹음에 몰두한다/ 그렇게 녹음된 테이프는 그의 방을 가득 채우고/ 마루를 뒤덮고, 온갖 책상서랍과 상자에 넘친다/ 집집의 선반마다 새로 유행되는 노래를!/ 녹음된 테이프가 방방곡곡의 벽을 타고 기어오르게 하라!// 거대한 공룡같이 음흉한 밤의 공기 속으로/ 아메리카는 그물을 내어 펼친다. 전파는 망치가 되어/ 잠들지 않는 그의 뇌를 두들긴다. 철도의 기차 바퀴를/ 두드리는 것같이, 공기 속의 아메리카는 그의 머리를 두들겨/ 점검한다. 아메리카는 공기 속에서조차 그를 들어올린다/ 그러나 그는 그것을 모른다. 록큰롤 스타는/ 그의 대통령, 그의 조국이다
>
> — 장정일, 「공기 가운에 들려 올려진 남자」 부분

미국문화가 한 인간의 내면세계를 지배하고 있는 상황을 반어적으로 풍자하는 시다. "그"라는 한국인은 우리나라의 "가요"에 대해서는 "냉소적인 경멸"을 보내면서 "A.F.K.N-F.M"에서 들려오는 팝송을 열심히 듣고 녹음을 해 둔다. 거의 편집증에 가까울 정도로 팝송에 집착하는 "그"는 "음흉한" 미국문화에 중독되어 살아가는 존재다. 팝송이 매개하는 "아메리카"의 문화제국주의는 "그의 머리"를 지배하는 존재다. "아메리카는 공기 속에서조차 그를 들어올린다"는 진술은 "그"가 피지배적 정황에 처했다는 뜻인데, 더 심각한 문제는 "그는 그것을 모른다"는 사실이다.

제국주의적 문화침략은 매우 은밀한 방식으로 이루어진다는 점을 지적하는 것이다. 심지어 "록큰롤 스타는/ 그의 대통령, 그의 조국"이라고 할 정도로 절대적인 지배자이자 신봉의 대상이다. 장정일은 다른 시에서 미국문화에 대해 "영어를 못하는 무식한 제3세계/ 젊은이들이여/ 엘비스를 들으며 교양을 쌓자"(「엘비스를 듣는 미국인들」)라고 하여 반어적으로 비판하기도 한다. 이외에도 「험프리 보가트에게 빠진 사나이」, 「실비아 플라스에게 빠진 여자」, 「햄버거에 관한 명상」, 「엘비스를 듣는 미국인들」, 「아빠」, 「낙인」, 「하숙」, 「미국 고전」, 「촌충」 연작, 「서울에서 보낸 한 주일」 등에서도 미국문화에 대한 비판적 조롱의 시선을 보여준다.

유하도 장정일과 비슷하고도 다른 방식으로 미국문화의 침투에 대해 풍자를 하곤 한다. 미국문화에 대한 반어적 조롱의 방식은 유사하지만, 장정일이 문화전반에 대한 관심을 보여주는 것에 비해 유하는 특히 영화와 관련된 부면에 대한 관심을 집중한다. 유하 자신이 영화인(영화감독)으로서 살아가면서 느낀 소회와 깊이 연루되는 작품들의 경우, 작품성이나 진정성보다는 막강한 국력과 자본의 힘을 앞세운 할리우드 영화의 문제점에 대한 비판담론으로 기능한다.

> 요즘, 특수 효과로 만든 UIP 고스트에 물려 우는 관광객이 꽤나 많은가 보더군/ 귀신도 미제 귀신은 뭔가 다른 매력이 있나보지?/ 짜식들. 조선의 귀신 월하의 공동묘지 玉女의 恨을 봐야 정신 바짝 들걸/ 중동 땅엔 미사일의 불바다를, 시체들의 아비규환을/ 한국 땅엔 CNN 좀비방송과 함께 Die Hard, 사랑이 어쩌니 영혼이 어쩌니,/ 전세계적으로 포스트모던 페스티발을 벌이는구나/ 좀비의 왕성하고도 버라이어티한 행보여/ 욕망의 언체인 멜로디여
> — 유하, 「시인 유보氏의 하루 2—좀비로 꽉 찬 세상」 부분

이 시는 미국영화 직배사인 "UIP"가 전달하는 미국문화의 이율배반적

인 속성에 대한 불만을 드러내고 있다. "중동 땅엔 미사일의 불바다를, 시체들의 아비규환을" 연출하면서 "한국 땅엔" 미국의 대표적 상업방송인 "CNN"이나 할리우드 영화 "Die Hard"를 전파하고 "사랑이 어쩌니 영혼이 어쩌니" 하는 미국문화의 이율배반적 속성을 말하려는 것이다. 결구의 "포스트모던 페스티발", "버라이어티한 행보", "욕망의 언체인 멜로디"는 그런 속성에 대한 풍자의 의도를 지닌 언어다. 그들이 자랑하는 포스트모던 문화의 다양성이나 미합중국의 종합적인 문화는 결국 표리부동한 미국문화의 이중성을 드러내는 데 불과하다고 본 것이다. 또한 예술적 진지성보다는 오직 감각적 "욕망"의 자유만을 추구하는 미국문화를 "욕망의 언체인 멜로디"라고 한 것이나, 부제에서 미국문화에 맹목적으로 탐닉하는 사람들의 사회를 "좀비로 꽉 찬 세상"이라고 규정한 것은 풍자적 의도를 함축한다. 한국 사회가 문화적 정체성의 면에서 혼이 없는 시체("좀비")와 같은 사람들로 미만하다고 생각하며, 그 원인을 미국문화에 빠져들어 "기껏 남의 살 뜯어먹을 궁리나 하며 하루하루를 보내는/ 좀비들로 꽉 찬 조국"(같은 시)에서 찾고 있는 것이다. 유하의 다른 작품들인 「세운상가 키드의 사랑 3」, 「로보캅-영화사회학」, 「로마 콜로세움 속의 화신극장」 등에서도 이러한 태도는 지속된다.

미국문화에 대한 비판적 인식과 관련하여 오세영의 시집 『아메리카 시편』의 시편들도 주목할 만하다. 이 시집은 미국 여행의 체험을 한 권의 시집으로 엮은 것이기 때문에 그 소재나 주제의 집중도가 뚜렷하다. 이를테면 미국의 음식문화를 상징하는 햄버거를 "음식의 독재,/ 자본의 길들이기,"(「햄버거를 먹으며」)라거나, 젊은이들이 즐기는 춤을 "고장난 기계처럼 살고 싶은/ 기계의 춤,/ 아메리카의 춤"(「힙합」)이라는 시구에 그런 인식이 단적으로 드러난다. 또한 김명인의 「동두천」 연작, 「유타시편」 연작, 장영수의 「미합중국에게」, 「메이비」, 김승희의 「사랑 8-프라이데이가 로빈슨 크루소를 만난 날」,「신촌 맥도날드점」, 함민복의 「켄터키후라이드 치킨 할아버지」,「양공주」 등도 비슷하다. 이 작품들에서 미국이나 미국문화는 한국의 현실에서 거절할 수 없는 것으로 용인되는 한편, 그것이 지닌 부정적인 면에 대해서는 풍자적으로 비판하거나 시니컬한 냉소의 태도를 취한다.

미국문화에 대한 풍자와 전유의 태도는 현대 문명과 도시적 일상을 비판하면서 모더니즘적 태도를 중시하는 시인들의 시, 혹은 형식과 내용상의 인습을 배제하면서 전위정신을 추구하는 해체시인들의 시에서 빈도 높게 나타난다. 이런 현상은 미국문화가 선진적 현대 문명의 표상이고, 모더니즘 시인이나 해체시인들은 그런 문명에 대한 호의와 비판정신을 지향하기 때문에 나타나는 현상으로 이해된다. 특히 1980년대 후반기의 해체시인들이 광복 직후 미군정기나 6·25 전쟁을 체험하지 않은 세대라는 점은 그들의 미국문화에 대한 시적 반응에 지대한 영향을 끼친 것으로 보인다. 즉 해체시인들은 이전 세대와는 달리 미국이 시혜적 존재라는 고착된 이미지에서 자유롭기 때문에 미국문화에 대해 선입견 없이 객관적인 반응을 보일 수 있었던 것이라 하겠다. 문화적 타자와의 상호 소통을 다양화, 퓨전화하는 데 능숙한 새로운 세대들은 미국문화를 승인하는 바탕 위에서 그것에 대한 풍자를 통해 탈식민의 의도를 내면화하고자 했던 것이다.

5. 부정/폐기의 시와 반동일시의 담론

반미(反美)의식을 시정신의 기저로 삼는 시편들은 미국문화에 대한 부정과 폐기의 정신을 근간으로 삼는다. 반미적 성향의 시는 미국과 미국문화에 대해 반감을 보이면서 미국이나 미국문화의 헤게모니를 거부한다는 점에서 탈식민주의적 폐기(abrogation)의 방식을 추구한다. 폐기는 에쉬크로프트에 따르면 식민지인들이 영어의 헤게모니를 부정하는 것[33]이고, 압둘 잔모하메드 식으로 말하면 식민주체와 피식민지인 사이의 매니키언적 대립을 고수하는 상상적 텍스트[34]를 생산하는 원리다. 이런 경향의 시에서 한국 시인들이 보여주는 미국문화에 대한 부정이나 폐기 욕망도 제3세계인들의 영어에 대한 태도와 유사하게 드러난다. 한국의 현대시에서 반미의식은 광복 전후 사회주의 이데올로기를 고수했던 월북 시인이나 재북 시인들의 시에서 반자본주의 투쟁의 일환으로 시작되었다. 임화의 「서울」, 「한번도 본 일이 없는 고향땅에」, 백인준의 「벌거벗은 아메리카」, 설정식의 「제국의 제국을 도모하는 자」등이 대표적인 사례에 해당한다. 또한 남한의 시단에도 탈식민적 관점에서 미국문화에 대한 부정 의식을 뚜렷하게 드러내는 시인들이 적지 않다. 우선 문병란의 시를 주목해 보자.

> 콩나물에 막걸리만 마시고도/ 달덩이 같은 아들을 낳았던 우리네/ 오늘은 코카콜라 마시고/ 시큼새큼 게트림 같은 사랑만 배우네/ 랄랄랄 랄랄랄 지랄병 같은 자유만 배우네/ 목이 타는 새벽녘 빈 창자에/ 쪼르륵 고이는 냉수의 맛을 아는가/ 언제부턴가 일등국민의 긍지로/ 쩍쩍 껌도 씹으며/ 야금야금 초콜레트도 씹으며/ 유리잔 가득 쭉 들이켜는 코카콜라/ 입맛 쩍쩍 다시고 입술을 핥은 다음/ 어디론가 사라져가는 허무한 거품이여/ 우리 앞엔 쓸쓸히 빈 병만 그득히 쌓였어라/ 너와 나의 배반한 입술,/ 얼음도 녹고 거품도 사라지고/ 시금털털 게트림만 씁쓰름히 남아 있더라
>
> — 문병란, 「코카콜라」 부분

이 시에서 "코카콜라"는 제국주의적 미국문화의 상징이다. "코카콜라"는 맥도날드 햄버거와 함께 세계 여러 나라의 음식문화를 크게 바꾸어

---

33) Bill Aschcroft, Gareth Griffiths, and Helen Tiffen, op.cit., p.65.
34) Abdul R. Janmohamed, op.cit.

놓은 것으로 유명하다. 그런데 이들 음식은 인스턴트식품의 대명사로서 자극적인 맛과 편리한 시식의 장점은 있지만, 인간의 건강을 위해 그다지 도움이 되지 않는 음식이다. 더구나 "코카콜라"는 자국의 문화에 대한 자긍심이 견고하지 못한 제3세계인들의 자기정체성을 허약하게 만드는 구실을 하기도 했다. 이 시에서도 "콩나물에 막걸리"로 대변되는 우리의 음식문화가 "코카콜라"에 의해 잠식당하고 있는 정황을 문제 삼고 있다. "코카콜라"가 단순히 우리의 미각만을 사로잡은 것이 아니라 우리들에게 진정성이 사라진 "게트림 같은 사랑"이나 "지랄병 같은 자유"만을 가져다주었다고 한다. 문병란은 이렇게 미국문화에 대한 반동일시의 담론으로서 반미시를 다수 창작했는데, 1988년 간행된 미국 기행 시집 『양키여 양키여』와 시 「M1 3代」 등에는 미제국주의와 그 문화에 대한 저항적 반감이 강고하게 드러난다.

김준태의 시에서도 미국문화는 분단이 고착화되어 가는 민족 문제를 망각하게 하는 매우 부정적인 현상으로 간주된다. 김준태는 반미시에 관한 한 시기적인 면에서나 반미의식의 강고함에서 선구적이라 할 만큼 뚜렷한 족적을 남겼는데, 다음 시는 미국문화와 결부된 시창작의 방법을 문제 삼는 특이한 경우이다.

> 말을 꼬부려서 곧은 文章을 비틀어서/ 詩作을 그렇게 하면 되나/ 참신하고 어쩌고 떠드는 서울의 친구야/ 無等山에 틀어박힌 나 먼저/ 어틀란틱誌나 포에트리誌를 떠들어 봐도/ 몇 년간 눈알을 부라리고 찾아봐도/ 네놈의 심장을 싸늘하게 감싸는/ 그럴 듯한 싯귀는 없을 거다/ 네놈의 아버지와 할아버지를 찢어서 죽인 어제는 없을 거다/ 南韓과 北韓이 동시에 부딪치던 소리는 없을 거다/ 동시에 핏줄기를 이끌고 떨어져 나가던 절벽은 없을 거다/ 그런데 너는 무슨 속셈으로 페이지를 넘기느냐/ 노랑내가 질질 풍기는 흰둥이의 정신을 넘기느냐/ 개자식 같은 놈아/ 뉴요크나 시카고에서 뽑은 싯귀를/ 눈깜짝할 새에 뒤집으려고 덤비는 놈아/ 어디 멋들어지게 둔갑시킬

싯귀는 없나 하고/ 초조히 서두르는 앙큼한 놈아
　　　　　　　── 김준태, 「詩作을 그렇게 하면 되나」 부분

　이 시는 1969년 ≪시인≫지에 실렸던 작품으로서 미국문화에 대한 부정 의식, 혹은 탈식민 의식이 이중적으로 드러난 특이한 사례에 속한다. 즉 미국문화에 복속된 한국의 시뿐만 아니라 서울이라는 중앙 권력에 복속된 지방의 시가 그러한 식민적 상황에서 탈피해야 한다고 역설한다. "서울의 친구"가 "말을 꼬부려서 곧은 文章을 비틀어서/ 詩作"을 한다는 것은, 미국의 문학잡지인 "어틀란틱誌나 포에트리誌"의 작품, 혹은 "뉴요크나 시카고에서 뽑은 싯귀"를 모방한다는 의미를 함축한다. 모방 대상인 미국의 잡지들은 "노랑내가 질질 풍기는 흰둥이의 정신"을 드러내는 것으로서 일종의 잠재적 오리엔탈리즘[35])에 기초한 제국주의적 사고를 표상한다. 그런데 미국문화에 동화된 시에는 우리 "아버지와 할아버지"가 겪은 역사적 비극이나 "南韓과 北韓"과 관련된 절실한 민족 문제가 담지되지 못한다는 것이다. 그러한 시를 창작하는 친구에게 "개자식 같은 놈아"라는 비속어까지 사용하면서 비난하는 것은 미국문화의 지배에서 벗어나려는 의지가 그만큼 강렬하다는 것으로 이해된다. 김준태 시에는 또한 제3세계인과의 성찰적 동질감이 드러나기도 하는데, "프라우다紙와 뉴욕타임즈紙는 그렇다 치고/ 자기들의 小說과 詩마저 번역으로 읽고 있었다", "<Vietnam is the Brothel of the world!>/ 말한 풀브라이트도 요즘은 홀로 걷는다지?"(「비에트남」)라고 하며, 미국 사람들의 제3세계에 대한 멸시와 그에 아랑곳 하지 않는 베트남 사람들의 식민주의 근성을 비판하기도 한다. 또한 「어메리카 1」, 「어메리카 2」 등도

---

35) Edward W. Said, 박홍규 역, op.cit., p.336. '잠재적 오리엔탈리즘'은, 동양의 문화에 대한 구체적인 견해(저술)를 바탕으로 한 '명백한 오리엔탈리즘'과는 달리, 서양 사람들의 심리에 내면화된 동양에 대한 편견과 우월감을 뜻한다.

반동일시의 담론을 지향하는 작품으로 주목할 만하다.

한국 현대시사에 반미의식이 본격적, 전면적으로 대두한 것은 '1980년 광주'와 관련된다. 그리고 그 선두에 김남주가 있는데, 그는 그 선동성과 행동성에 있어서 1980년대 반미시의 선봉에 섰던 행동파 시인이었다. 대부분 옥중에서 창작된 그의 시는 반외세, 반자본, 반독재를 강하게 내세운 탈식민적 저항 텍스트36)로 간주된다.

> 머리 좋아 일류대학 나와서/ 달라에 엔화에 싸여 유학갔다 와서/ 자본가의 이윤추구에 우리네 처녀들을 이용해 먹는 화이트칼라 신사들아/ 개새끼들 아 개새끼만도 못한 사람새끼들아/ 가난 때문에 순결을 팔고/ 첫사랑 추억 에 우는 항구의 여자를 생각하면/ 가난 때문에 고향을 버리고/ 타향에서 억 지술에 가슴이 터지는 바닷가의/ 처녀를 생각하면/ 나는 미치겠다 네놈들 화이트칼라들을 자본가들을/ 한입에 못 씹어먹어 환장하겠다 환장하겠다
> — 김남주, 「항구의 여자를 생각하면」 부분

이 시는 식민지 한국에서 가난한 생활을 하고 있는 여성을 형상화한 다. "항구의 여자"는 미국과 일본이라는 제국주의("달라에 엔화에")에 의해 식민화된 제3세계 국가의 여성으로서 이중적인 피식민 상황에 처한 존재다. 그녀는 제3세계 국가에 산다는 자체로 피식민적 상황에 처한 존재인 동시에 자국 내에서도 "화이트칼라"에 의해 핍박받고 능욕당한 삶을 살아가는 존재다. 스피박의 용어로 표현하면 하위주체37)에 해당하는 그녀에 대한 시인의 동정심은 식민제국과 피식민지 지식인에 대한

---

36) 졸고, 「김남주 시의 탈식민주의적 연구」, 한국비평문학회, ≪비평문학≫ 20집, 2005, p.147.

37) Gayatri C. Spivak, "Can the Subaltern Speak?", Diana Brydon(ed), *Postcolonialism Critical Concepts* III(London and New York : Routledge, 2001), p.1427. "하위주체는 성, 계급, 인종의 측면에서 몇 중의 그림자 속에 있는"(태혜숙, 「후기」, 『다른 세상에서』, 여이연, 2003, p.544), 남성과 부르주아와 백인이 지닌 식민주의적 속성에 의해 경제적 불평등과 성적 예속을 강요받는 존재다.

증오심을 바탕으로 한다. 그런데 그녀의 삶을 이중적 식민지 상황에 놓이게 한 가난은 미국이나 일본에 의한 외적 식민주의와 그들과 제휴한 피식민지 지식인("화이트칼라")의 내적 식민주의[38]의 동시적 작용에 의한 것이다. 비슷한 관점에서 미국인들은 "오직 여자를 가로채기 위해/ 총칼을 들었고 그리고 능욕했다/ 내 조국의 딸들을"(「포항 1988년 2월」)의 존재로 간주된다. 김남주는 이 식민지의 여성을 가난으로 몰고 가는 것은 미국의 경제적인 침탈에 의한 것이라고 보는데, 이같이 강렬한 부정 의식은 "달라가 간다 어딘가로/ 지구 어딘가로 달라가 간다/ 원조라는 미명으로 가고/오늘은 되로 주고 말로 받는/ 차관의 너울을 쓰고 가고/ 내일은 빛 좋은 개살구/ 경제협력이라는 망토를 걸치고 간다"(「달라 1」)는 시구에 잘 드러난다. 이는 제3세계에 대한 미국의 경제적 침략을 노골적으로 비판하는 것으로서 스피박이 '시혜적 폭력' 혹은 '시혜적 침해[39]'라고 지칭했던 식민주의의 양면성을 폭로하는 것이다. 미국은 또한 "제 조국의 해방과 독립을 위해 싸우는 민중들을/ 계획적으로 학살하는 아메리카"(「학살 1」)에서처럼 잔혹한 폭력의 화신으로 묘사된다. 이외에도 김남주는 「바람에 지는 풀잎으로 오월을 노래하지 말아라」, 「길 2」, 「편지 2」, 「뿌리」, 「어서 가서 마을에 가서」, 「오월 그날이 다시 오면」, 「대통령 지망생들에게」, 「동두천에서」, 「아메리카여 아메리카여 아메리카여」 등을 통해 반미의식을 극렬하게 드러낸다.

최두석의 시 또한 미국문화가 지닌 반민족적 속성에 대한 의식이 뚜렷하다. 특이한 것은 「성에꽃」, 「우렁 색시」 등에서 보이듯 리얼리즘 시

---

38) 외부 세력이 아닌 한 국가 안에서 지배적 계층이 소수 집단에게 가하는 억압, 약탈, 무시 등의 식민주의적 인식과 행동을 일컫는다. 탈식민주의의 중요한 관심 분야 가운데 하나다.

39) Gayatri C. Spivak, "Bonding in Difference : Interview with Alfred Arteage," *The Spivak Reader*(London : Routledge, 1996), p.19.

의 서정성을 강화하는 데 앞장섰던 최두석이 미국문화와 관련된 시편들에서는 그러한 서정성을 보류하고 저항의 메시지를 극단적으로 강화한다는 점이다.

> 둥둥 북치는 아프리카/ 근대화를 통해 수렁에 빠진 한국/ 창조도 진보도 있을 수 없는/ 아프리카 토인들의 역사/ 일제의 식민사관/ 타잔 너는 미국의 차관과 결부되어/ 수입되고 상영되고// 밀림의 평화를 위한다지만/ 밀림의 법칙은 약육강식/ 국제간 불변의 공식인 것을/ 이 땅의 아이들은 알 수 없지, 그러므로/ 너는 너를 출생시킨 나라/ 미국의 이미지를 위해 싸우는 줄을/ 아이들은 통 알 수가 없지
>
> — 최두석, 「타잔」 부분

한동안 우리나라 청소년들의 눈과 귀를 사로잡았던 "타잔"이라는 미국산 텔레비전 드라마를 문화 침략의 첨병으로 보고 있다. 그 드라마에서 "타잔"은 정글에서 곤경에 처한 인간을 구하기 위해 용감무쌍하게 맹수들과 싸움을 하곤 하는데, 그것은 세계 경찰을 자처하는 "미국의 이미지를 위해" 봉사한다는 것이다. 시인은 그것을 위해 "미국의 차관"을 들여오면서까지 "수입"하고 "상영"하는 경제적, 문화적으로 종속된 현실을 직시한다. 실제는 제3세계인들의 인권을 아랑곳하지 않고 자국의 이익을 위해 전쟁마저 마다하지 않는 미국의 실상과는 배치되는 것인데도 말이다. 더구나 그러한 "미국의 이미지"가 "아이들"로 하여금 피식민적 삶을 그대로 용인하도록 할 것이란 점을 주목한다. 최두석은 "휴전선 만든 주범은 미국"(「교과서와 휴전선」)이라는 규정을 통해 반미적 역사관을 드러내는데, 「인천 자유공원에서」, 「타잔」, 「미국병」, 「동두천 민들레」, 「심봉사」, 「교과서와 휴전선」, 「한성대」 등에서도 미국이나 미국문화에 대한 반동일시 욕망을 표출한다.

반동일시 담론의 성격을 지닌 시편들은 이외에도 강형철의 「아메리카 타운」 연작, 고은의 「성조기」, 곽재구의 「캘리포니아는 따뜻해」, 「김밥-

광주 미문화원 앞에서」, 김정환의 「이태원에서」, 심호택의 시집 『미주리의 봄』의 일부 시편들과 「유에쓰」, 「미제 철모」, 윤재철의 「아메리카 들소」, 이동순의 「철조망 조국」, 그리고 시집 『아메리카똥바다』의 시들을 주목할 만하다. 이들 시에서 미국은 타락한 자본주의, 침략적 제국주의의 화신으로서 한국의 자주적, 민주적 국가 형성과 민족의 통일을 방해하는 부정적 외세로 형상화된다. 또한 미국문화는 인간적 진실을 망각시키는 부정적인 대상으로 형상화된다.

이러한 경향은 리얼리즘적 세계관을 지닌 시인들의 시에서 두드러진다. 시기적으로는 반공 이데올로기가 누그러지고 친북 성향이 강화되기 시작한 1980년대 후반 이후의 시편들에 빈도 높게 드러난다. 이것은 우리 사회의 이데올로기적 포용성과 성숙성을 반영했던 1987년 이후 단행된 카프 시인들에 대한 해금 조치와도 상관되는 현상으로 볼 수 있다. 경직된 반공 이데올로기에 기초한 미국과의 혈맹 관계에 대한 비판적 성찰이 강해지면서 미국문화가 지닌 제국주의적 속성을 문제 삼은 것이다. 한편으로 광복 이후 북한의 시에 나타나는 미국문화는 거의 예외 없이 반동일시의 대상인데, 그 이유는 6·25 전쟁 시기의 미국에 의한 막대한 피해와 사회주의 이데올로기에 기초한 정치적 입장이 함께 작용했기 때문인 것으로 이해된다.

6. 결론 : 현대시의 미국문화 수용과 제3세계적 가치

프란츠 파농은 제국주의나 식민주의의 굴레에서 벗어나기 위해서는 정치적 투쟁 못지않게 문화적 저항이 중요하다고 본다. 그는 문화적 저항을 위해서는 피식민지 문화인이 먼저 식민지 지배에서 잃어버린 자신들의 과거(역사)를 되찾아야만 하고, 그런 연후에 그러한 과거의 가치를 떨어뜨린 식민주의 이데올로기에 저항하지 않으면 안 된다고 한다. 민족적 진실을 묘사하고자 하는 예술가는, 역설적으로 현재의 사태에 눈을 돌려 과거로 향하면서 미래로 나가는 첩경을 찾아야 한다[40]는 것이다. 미국문화에 관심을 가진 한국의 현대 시인들은 대부분 이러한 저항에 관심을 가지고 있지만, 경우에 따라서는 호의적 제휴를 통한 동일시의 대상으로 수용하기도 한다. 미국문화에 대한 저항은 반동일시와 비동일시의 욕망으로 드러나는데, 반동일시 욕망은 문병란, 김준태 등의 1960-70년대 시에 간헐적으로 나타나다가 김남주, 최두석 등의 1980년대 이후 작품에 빈도 높게 드러난다. 비동일시 욕망은 1950-60년대 김수영의 적극적인 관심으로 촉발되어 1980년대 이후 오세영, 김승희, 김명인, 장영수, 장정일, 유하, 함민복 등의 시에서 자주 형상화되었다. 동일시 욕망은 박남수, 마종기의 디아스포라 문학이나 박인환, 황동규 등의 미국 여행 체험을 바탕으로 한 시편들에 잘 나타난다. 이들 가운데 양적으로 볼 때 비동일시의 관점에 서는 시편들이 가장 많은 것으로 파악된다. 요컨대 광복 이후 대대적으로 밀려들어온 미국문화라는 낯선 타자는 한국시에서 새로운 소재와 주체 형성의 조건으로서의 역할을 충실히 수행했다.

시기적으로 볼 때 한국 현대시에 나타나는 미국문화는 개화기와 광복 직후, 그리고 6·25 전쟁 직후에는 주로 동일시적 욕망의 대상으로서 간주된다. 반면에 반외세 의식과 민주화가 이루어진 1980년대 후반 이후의 시에서는 비동일시 담론이나 반동일시 담론의 측면이 특별히 강조된다. 미국문화에 대한 수용 태도의 이 같은 시대적 추이는 아무래도 사회사적 연관성 속에서 생각해 보지 않을 수 없다. 미국문화 수용의

---

40) Franz Fanon, 남경태 역, 『대지의 저주받은 자들』, 그린비, 2004, p.254.

초창기에 한국의 시인들은 우리 사회 일반인들이 갖고 있던 생각, 즉 미국은 군사적, 경제적 원조자로서의 역할을 한다는 점을 인정했다. 그 것의 시적 형상화 방식에서도 동일시 욕망에 기초한 직설적이거나 서정 적 표현법을 주로 활용했다. 반면에 1980년대 후반 이후에 들어서서 미 국문화는 비동일시나 반동일시의 대상으로 부각된다. 그 형상화 방식도 풍자적, 역설적, 반어적 표현법을 동원하면서 언어 미학이나 수사적 차 원에서 많은 진전을 보여주고 있다. 이 시기의 시인들은 아무래도 미국 의 직접적 원조 경험이 없기에 비교적 객관적이고 비판적인 안목으로 미국문화를 바라볼 수 있었기 때문이 아니었나 싶다.

그런데, 미국문화를 시적 대상으로 수용한 시편들이 대체적으로 우리 문화의 제3세계적 특수성[41]에 대한 적극적 성찰과 그 정체성을 형상화 하는 데는 인색했다는 점에서 문제적이다. 탈식민주의 담론은 식민주의 자들에 대한 대항 담론으로서의 역할도 중요하지만, 피식민지인들의 문 화적 정체성을 추구하는 담론으로서의 역할도 그에 못지않게 중요하기 때문이다. 이런 점에서 앞서 언급했던 파농의 문화적 저항의 논리는 주 목을 요한다. 피식민지인들은 자신들의 억압적 현실뿐 아니라 자국의 과거 역사와 결부된 문화적 정체성 문제에 대해서도 관심을 가져야 할 것이다. 대항 담론만을 추구할 경우 자칫 피식민자들의 주장이 타자에 대한 억압과 공격을 일삼는 제국주의자들의 행태를 재연하는 결과를 초 래할 수 있기 때문이다. 진정한 의미의 제3세계적 가치는 제국주의자들 에 대한 저항과 동시에 저항해야 할 대상의 타자적 가치마저 승인하는

---

41) Edward W. Said, 박홍규 역, op.cit., pp.14~15. 사이드는 이 저서의 모두에서 미국 인들에게 외국에서의 한국문화가 지닌 특수성에 대해 놀라움을 표한다. 미국이나 영국의 도서관에서 한국의 문화적 자료가 중국이나 일본은 물론 동남아시아의 나 라들의 것과 비교가 안 될 정도로 적다는 것이다. 이것은 한국이 일반적 오리엔 탈리즘의 대상보다 더 곡해되어 왔다는 점을 암시한다. 따라서 한국의 문화적 정 체성 확립이 시급하다고 하지 않을 수 없다.

성숙한 인식을 전제로 하는 것이다. 이와 관련하여 저항 담론의 경우, 문학적 형상화의 빈약성을 면치 못하고 있다는 점도 문제적이다. 저항 담론이라고 해서 문학적 형상성이 불필요한 것은 아니다. 저항이라는 주제 의식이 아무리 중요하다 해도 그에 상응하는 문학적 형상성을 유지해야만 탈식민주의라는 목적의식과 실천 능력도 더욱 공고해질 것이기 때문이다. 또한 한국의 현대시에서 미국문화가 말초적 성 문화나, 상업 영화, 감각적 팝송, 부패한 군사 문화 등 대중문화 위주로 수용되었다는 점도 문제적이다. 그러다 보니 미국문화에 대한 시인들의 인식은 긍정적인 측면보다는 부정적인 측면을 비판하고 부정하는 데 치중해 왔다고 하겠다.

한국 현대시의 외국문화 수용과 관련된 연구는 비단 미국문화와 관련된 것에만 국한되지는 않을 것이다. 이를테면 근대화 이후 일본이나 유럽 여러 나라들의 문화를 시적 대상으로 수용하고 있는 시편들도 탈식민주의적 관점에서의 관심을 기울여 봄직하다. 한국 현대 시인들이 지닌 외국문화 수용의 양상을 분석해 보는 일은 일종의 계보학적 인식을 필요로 한다. 현대 한국의 근대적, 현대적 문화들이 다분히 외래 문화적 요소에 의해 이루어져 왔다는 점은 부정될 수 없는 사실이므로, 그에 대한 분석과 정리는 지난 과거에 대한 기억을 회고적으로 재연하는 일이 아니라 현재 우리가 당면하고 있는 문화 현상들을 성찰하고 엇나간 것들을 바루는 계기로 삼아야 하는 것이다. 덧붙여, 주제의 외연에 비해 분석 텍스트가 극히 한정되고 말았다는 점, 북한의 시에 대한 천착을 함께 하지 못한 점은 이 글의 아쉬움으로 남겨둔다.

반미시의 계보와 탈식민성

1. 서론 : 반미의 역사와 반미시의 담론적 기능

　미국은 어느 나라보다도 개화기 이후 한국인들의 삶과 문화에 지대한 영향을 끼쳐온 나라이다. 미국이 한국에 끼친 영향은 긍정인 면과 부정적인 면이 함께 있지만, 시인들은 일반적으로 그 부정적인 면모를 반미의 차원에서 형상화해 왔다. 반미의 연원은 기본적으로 불의에 대한 저항 정신과 반외세 민족주의에서 찾을 수 있는데, 그 강도나 양적인 면에서의 굴곡은 있었을지라도 반미는 한국 현대사의 맥락 속에서 지속적으로 이어져 왔다. 한국 사회의 역사적 특수성에 기반을 둔 반미시는 예술적 기능보다는 정치적, 이데올로기적 담론의 기능을 강조하는 시의 유형이다. 담론이란 언어적으로 결정되지만 동시에 이데올로기적으로도 결정되는 것[1]이라는 점에서 반미시는 시적 기능과 담론

---

1) Antony Easthope, 박인기 역, 『시와 담론』, 지식산업사, 1994, p.57.

의 기능을 함께 수행한다. 그러면 한국의 반미시는 어떠한 역사적 맥락에서 어떠한 방식으로 탈식민, 혹은 반식민 담론의 기능을 수행하고 있는지 살펴보자.

통상외교의 명목으로 제국주의적 상업자본의 침투를 기획했던 제너럴셔먼호 사건 이후 한국인들은 미국을 은원(恩怨)이 교차하는 양가적 존재로 인식해 왔다. 구한말에는 서구 제국주의 국가의 표상으로, 일제 치하의 제2차 세계대전을 전후한 친일기에는 물리쳐야 할 적국으로, 광복 직후에는 한국의 독립을 도와준 은인의 나라로, 6·25 전쟁기 이후 반공 이데올로기가 기승했던 시기에는 공산 세력을 물리치는 데 도움을 준 우방으로 인식해 왔다. 또한 1980년대 초반의 광주민주화운동과 함께 미국은 독재 세력을 비호하는 비정한 외세로 간주되기도 했다. 그러면 미국인들이 지니고 있는 한국에 대한 인식과 태도는 어떠한가? 미국인들은 근본적으로 한국을 식민지적 타자로 간주해 온 일면이 있다. 광복 이후 체결된 주둔군지위협정(SOFA)을 비롯한 여러 가지 불평등 조약에 드러나듯이 미국은 정치적, 군사적, 경제적으로 한국과의 완전한 평등 관계를 원하지 않았다. 따라서 반미 시인들이 보기에 미국은 제국주의의 망령에 사로잡혔던 과거의 일본과 유사한 또 다른 형태의 식민주체일 뿐이다. 일본이 과거의 기억 속에 존재하는 지배적 시기의 식민주체였다면, 미국은 오늘의 현실 속에서 더욱 은밀하게 작용하는 헤게모니적 시기의 식민주체[2]라고 보는 것이다.

---

2) Abdul R. Janmohamed, "The Economy of Mechanism Allegory : The function of Racial Difference in Colonialist Literature," Diana Brydon(ed), *Postcolonialism Critical Concepts* III (London and New York : Routledge, 2001), p.1057. 지배적 시기는 제3세계 국가들이 정치적, 군사적으로 식민지 상황에 놓였던 시기이고, 헤게모니적 시기는 해방 이후 여전히 잠재적, 심리적 식민지 상황에 처해진 시기이다. 후자는 해방 이후에도 지속되는 식민주의의 집요함을 지적하는 동시에 탈식민주의의 필요성을 제기하는 데 유용한 개념이다.

반미의 개념적 범주는 반미 감정, 반미의식, 반미주의 등을 두루 포괄하는 것으로 규정할 수 있다. 특히 반미의 감정이 의식화되어 집단적이고 지속적인 신념의 형태를 띠고 나타나는 것이 반미주의(Anti-Americanism)인데, 이는 미국, 미국 정부, 미국의 국내 제도들, 미국의 대외 정책, 미국의 주요 가치들, 미국의 문화, 미국인들에 대한 적대적인 행위나 표현3)을 일컫는다. 반미시는 현대사의 특수한 시기에 많은 시인들이 집단적으로 견지한 문학적 현상으로서 페쇠의 구분에 따르면 반동일시의 담론4)에 해당한다. 다시 말해 반미시는 미국을 동화될 수 없는 폐기(abrogation)5)의 대상으로 간주하면서 미국에 대한 매니키언적 대립을 고수하는 상상적 텍스트6)이다. 따라서 반미시는 미국의 부정적인 측면, 가령 미국의 제3세계 국가들을 향한 정치, 경제, 문화적 측면에서의 제국주의적 착취와 지배 욕망을 비판하는 대항 텍스트이다.

반미시는 그 창작 성과에 비해 체계적인 분석과 연구가 부족한 편이다. 시와 소설을 아우르는 반미문학에 대한 개략적인 비평,7) 현대문학 전반에 끼친 미국의 영향에 대한 연구,8) 디아스포라(diaspora) 문학

---

3) 김진웅, 『반미』, 살림, 2003, p.46. 이데올로기로서 반미주의의 밑바탕을 이루는 정서적 차원은 반미감정(Anti-American Sentiment)이라 할 수 있다.

4) Diane Macdonell, 임상훈 역, 『담론이란 무엇인가』, 한울, 1992, p.53.

5) Bill Aschcroft, Gareth Griffiths, and Helen Tiffen, 이석호 역, 『포스트콜로니얼 문학이론』, 민음사, 1996, pp.65~66. 폐기는 제국의 문화, 미학, 그리고 그것의 적용 범주를 부정하는 것이고, 상호 이질적인 문화적 경험들을 다양한 방식으로 전달하기 위해 언어를 하나의 도구로 차용하거나 선용하는 방식이다.

6) Abdul R. Janmohamed, op.cit., p.1061. 잔모하메드는 식민주의자의 텍스트를 라캉의 상상계(아버지의 법, 현실 원칙 불인정)와 상징계(아버지의 법, 현실 원칙 인정)를 활용하여 매니키언적 대립(우열, 명암 등의 극단적 이항대립)이 고수되는 상상적 텍스트와 그 대립이 와해되는 상징적 텍스트로 구분한다. 본 논문에서는 김승희의 논문 「김수영의 시와 탈식민주의적 반언술」(김승희 편, 『김수영 다시읽기』, 프레스21, 2000)에서처럼 제국주의자들의 문화에 대한 피식민지 작가의 태도를 분석하는 데 응용한다.

7) 최원식, 「민족문학과 반미문학」, 《창작과비평》 1988년 겨울호.

의 관점에서 미주 이민자들의 문학에 끼친 미국문화의 영향 분석,[9] 현대시에 나타난 미국 이미지의 양상에 대한 전반적인 개관,[10] 개별 시집을 중심으로 한 반미시의 개설적 정리[11] 등이 간헐적으로 이루어져 왔을 뿐이다. 이들은 반미시 연구의 기틀을 마련해 준 주목할 만한 성과물로서 본고에도 많은 도움을 주었지만 아쉽게도 이론적 분석틀을 활용한 심도 있는 논의에는 미치지 못했다. 그래서 본고는 탈식민주의 이론을 원용하여 반미시 전반의 역사적 의미와 계보를 심도 있게 천착해 보고자 한다. 특히 반미시가 반외세와 민족주의를 지향하는 반식민주의 문학인 동시에 주체/타자, 성, 계급, 종교, 인종 등과 관련된 복합성[12]을 지닌 탈식민주의 문학이라는 점에 유의하여 살피고자 한다. 더 구체적으로는 반미를 시정신의 기저로 삼는 시편들의 계보를 세 시기[13]로 나누어 그 탈식민적 의미와 한계를 분석, 고찰해 볼 것이다.

2. 형성기 : 척사, 친일, 냉전 의식이 반영된 반미시

한국에서 반미의식이 처음으로 형성된 것은 구한말이었다. 미국은 프랑스와 함께 서양 제국주의의 표상으로서 한국인들의 정신적, 정서

---

8) 김용권, 「한국문학에 끼친 미국의 영향과 그 연구」, 고려대 아세아문제연구소 엮음, 『한국문화에 미친 미국문화의 영향』, 현암사, 1984.
9) 조규익, 『해방전 재미한인 이민문학 1-3』, 월인, 1999.
10) 정효구, 「해방 후 한국시에 나타난 미국의 이미지」, 『한국현대시와 문명의 전환』, 새미, 2002.
11) 김춘선, 「한국 반미시 연구」, 한국문학연구회, ≪현대문학의 연구≫ 17호, 2001.
12) Linda Hutcheon, 강우성 역, 「식민주의와 탈식민주의적 상황 : 산적한 난제들」, ≪외국문학≫ 1995년 여름호, p.16.
13) 논의의 편의를 위해 구한말부터 1950년대까지를 '형성기', 1960년대와 1970년대를 '발전기', 1980년대 이후를 '절정기'로 구분한다. 다만, '절정기 1'과 '절정기 2'는 해당 시기의 작품수가 많아 편의상 나누었는데, 그 기준은 창작이나 발표 시기의 차이가 아니라 내용의 차이에 의한다.

적 정체성을 위협하는 존재로 각인되었다. 특히 위정척사를 주장하던 사람들은 병인양요, 신미양요 등의 변란을 겪으면서 미국을 비롯한 서양인들을 매우 부정적으로 인식한다.

> 괴씸하다 서양되놈/ 무부무군(無父無君) 천주학을/ 네 나라나 할 것이지/ 단군기자 동방국의/ 효제(孝悌)윤리 밝혔는데/ 어이감히 여어보자/ 흥병가해(興兵駕海) 나왔다가/ 방수성(防守城) 불에 타고/ 정족산성(鼎足山城) 총에 죽고/ 남은 목숨 도생하자/ 어서어서 도망하자.[14]
>
> — 신재효, 「괴씸한 서양되놈」

1866년 병인양요와 관련되는 이 시는 천주교 탄압을 구실로 강화도에 침입한 프랑스 함대를 물리칠 당시의 조선인들의 척사(斥邪) 의식을 드러내고 있다. 시인은 아비 없고 임금 없는("無父無君") 세상을 가르치는 "천주학"를 전파하려는 "서양되놈"들이 "괴씸하다"면서 "불에 타고" "총에 죽고" 하는 피해를 당하지 않으려면 "도망하자"고 주장한다. 이 시는 비록 제국주의에 대한 저항 의지가 드러나지는 않을지라도 서양 사람들에 대한 강렬한 반감이 드러난다는 점에 유의할 필요가 있다. 이는 같은 해에 있었던 미국의 상선 제너럴셔먼호 사건을 거치면서 미국인에 대해서도 같은 반감을 갖게 된 결과라고 볼 수 있다. 다시 말해 이 시는 대원군이 병인양요와 신미양요를 겪으면서 전국 각지에 척화비를 세우는 등 더욱 강고한 쇄국정책으로 일관하던 사회 분위기를 단적으로 드러낸 것이다.

구한말 이후 일제시대 후반기까지 한국의 시인들은 미국을 한국 사람들의 구체적 삶과 무관한 존재로 여기다가, 일제말기에 제2차 세계

---

14) 작품 인용 시에는 한글전용(필요할 경우 한자 병기)을 원칙으로 하며, 작품의 의미나 느낌에 큰 변화가 없는 한 현행 맞춤법에 따르기로 한다.

대전을 겪으면서 다시 눈앞의 현실적 존재로 주목하게 된다. 미국은 연합군의 일원으로서 대동아공영을 꿈꾸던 일본과 적대 관계에 놓여 있었기 때문에 한국 시인들은 친일의식에서 자유롭지 못한 반미시를 창작한다.

> ① 물러나라 쫓아내자 폭악미영을/ 아세아의 땅 위에서 익어오르는/ 벼 한 톨 석유 한 알 다치게 말고/ 파나마 수에즈 운하 저쪽에 몰자.15)
> — 김동환, 「미영장송곡(米英葬送曲)」 부분

> ② 아세아의 세기적인 여명은 왔다/ 영미의 독아(毒牙)에서/ 일본군은 마침내 싱가폴을 뺏어내고야 말았다/ 동양침략의 근거지/ 온갖 죄악이 음모되는 불야의 성/ 싱가폴이 불의 세례를 받는/ 이 장엄한 최후의 저녁/ 싱가폴 구석구석의 작고 큰 사원들아/ 너의 피를 빨아먹고 넘어지는 영미를 조상하는 만종을 울려라/ 얼마나 기다렸던 아침이냐/ …(중략)… / 쌓이고 쌓인 양키들의 굴욕과 압박 아래/ 그 큰 눈에는 의혹이 가득히 깃들여졌고/ 눈물이 핑 돌면 차라리 병적으로/ 선웃음을 쳐버리는 남양의 슬픈 형제들이여.16)
> — 노천명, 「싱가폴 함락」 부분

①에서 미국은 영국과 함께 "폭악"한 나라로 규정된다. 문제는 그 "폭악"성의 근거를 어디에서 찾고 있는가 하는 점인데, 이 시의 시대적 배경으로 볼 때 그 이유는 미국과 영국이 일제의 대동아공영권 건설에 방해되는 세력이기 때문이다. 그래서 시인은 "아세아의 땅"을 지키기 위해 미국을 위시한 연합국들을 향해 "장송곡"을 불러야 한다고 보는 것이다. ②에서는 "싱가폴"이라는 제3세계 사람들과의 연대감 속에서의 반미감정이 드러나고 있다. 시인은 "남양의 슬픈 형제들"에게

---

15) ≪매일신보≫ 1942년 1월 13일.
16) ≪매일신보≫ 1942년 2월 19일.

가해지는 "양키들의 굴욕과 압박"을 직시하면서 "영미를 조상하는 만종"을 울려야 한다고 본다. 이것 역시 ①과 동일한 근거에 의한 반미의식이라고 하지 않을 수 없다. 반미의식이 일제치하라는 역사적 특수상황에 정초되어 국가의 독립이나 민족의 정체성을 추구하는 일과는 다른 차원에서 형성된 경우이다.

광복 전후의 반미의식은 사회주의 이데올로기를 견지했던 월북 시인이나 재북 시인들의 시에서 반자본주의 투쟁의 일환으로 시작되었다. 대표적인 사례로는 임화의 「서울」, 「한번도 본 일이 없는 고향땅에」, 백인준의 「벌거벗은 아메리카」, 설정식의 「제국의 제국을 도모하는 자」 등을 들 수 있다. 특히 임화의 전쟁시는 월북 시인들의 미국에 대한 적대감을 전형적으로 보여주는데, 이러한 적대감은 이후 북한 시인들이 견지하는 반미의식의 가장 보편적인 형태로 정착된다.

> ① 흉악한 미제국주의/ 침략자의 발굽 아래서/ 간악한 리승만 역도들의/ 피 묻은 손아귀속에서/ 우리 인민에게로/ 우리 조국에게로/ 돌아왔다.
> ─ 「서울」 부분

> ② 미친 듯 난사하는 원쑤들의/ 중기 경기와 따꿍총들의/ 탄환 빗발치는 속을/ 다섯 사람의 전우와 나는/ 우리들 여섯 명의 젊은 돌격병은/ 종일토록 우리를 괴롭히던/ 원수들의 포병진지와 중기화점을 찾아/ 그 밑에 웅크리고 앉았을/ 미국강도단을 일거에 소탕하고/ 영예로운 ○○련대의 군기가/ 마산으로 진해로 전진하는 돌격대를/ 피로써 헤치고저
> ─ 「한번도 본일 없는 고향땅에…」 부분

①에서 미국은 "흉악한" 제국주의자로서 "침략자"로 규정된다. 나아가 부패한 자본주의 체제의 독재자인 "간악한 리승만 역도"의 배후 세력으로서 타도의 대상이다. ②에서도 미국은 "강도단"으로서 "소탕"해야 할 대상이다. 더 흥미로운 것은 미국을 "원쑤"로 명명하고 있다는

점인데, 원수(怨讐)라는 단어의 한 음절을 경음화(硬音化)한 이 용어는 북한 사람들의 미국에 대한 반감이 얼마나 절실한지를 드러내 준다. 오늘날에도 원수를 "원쑤"라고 명명하는 북한의 언어 습관은 바로 6·25 전쟁기의 시적 어법에서부터 비롯된 것으로 이해된다. 이는 한국시에 나타난 반미의식의 가장 강고한 모습으로서 일종의 증미(憎美) 의식이나 멸미(滅美) 의식에 가깝다. 임화의 전쟁시에서 미국은 "흉악하고 악독한 미국 야수"(「한번도 본 일이 없는 고향땅에」), "추악한 무리"(「서울」), "흉악한 미국/ 강도떼", "패주하는 미국의 야수떼"(「한전호 속에서」), "미국 강도배들"(「서울」, 「흰눈을 붉게 물들인 나의 피 위에」)일 뿐이다.

광복과 6·25 전쟁을 거치면서 남한시인의 반미의식은 월북, 재북 시인들의 그것과는 일정한 차이를 드러낸다. 남한의 시인들은, 월북이나 재북 시인들이 보여주었던 반자본주의적 이데올로기로서의 반미의식보다는 한국사회에 드리워진 미국의 제국주의적 속성에 대한 반감을 정서적, 문화적 차원에서 드러내는 사례가 많다. 배인철[17]은 백인들이 지닌 인종주의적 편견에 대항하는 차원에서 흑인과의 연대감을 바탕으로 한 반미의식을 형상화한다.

시카고(古俄古)에 활발한 인종선(人種線)에/ 무지한 백인이 던지는 벽돌에/ 집앞에서 쓰러졌으며/ 이리하여/ 원수를 갚겠다는 미친 아버지마저/ 식칼에 찔리어/ 길바닥에 자빠져버렸다/ …(중략)…/ 존슨이여/ 홀어머니의 자

---

[17] 문학사적으로는 잘 알려져 있지 않은 시인(1920~1947)이지만, 당대 문단에서는 문인들과의 교유도 활발하였을 뿐 아니라 '흑인시'라는 독특한 영역을 개척했다. 광복 직후 남로당에 깊이 관여하여 우익 측의 테러로 인해 요절한 것으로 전해진다. 박인환의 마리서사 멤버였다고도 한다(윤영천, 「배인철의 흑인시에 대하여」, ≪창작과비평≫ 1989년 봄호). 그는 작품을 많이 쓰지는 않았지만 반미시의 영역에서 중시되어야 할 시인이다.

식이여, 그렇다/ 인종선은 너의 곳에만 있는 줄 아느냐/ 동무들이 찬미하던 이 땅에서도/ 나라 있는 곳마다/ 온 세계에 전선은 펼쳐 있는 것이다.
— 배인철, 「인종선」 부분

이 시는 남한의 반미시 역사에서 선도적 업적에 해당한다. 특히 반미의식을 협소한 민족주의적 차원에서 문제 삼는 것이 아니라 인종적 연대감을 통해 드러낸다는 점에서 의의가 크다. 시에 등장하는 "존슨"은 인종적 편견에 사로잡힌 백인들이 던진 돌에 맞아 희생당한 흑인이다.[18] 그는 "원수를 갚겠다는 미친 아버지마저" 백인들이 휘두른 "식칼에 찔리어" 희생당하는 모습을 목격한 피해자이다. 인종 간의 화합할 수 없는 벽, 즉 인종의 경계선("인종선")은 "나라 있는 곳마다/ 온 세계"에 존재한다고 고발하는 것이다. 이 진술은 한국에는 미국인(백인)과 한국인(유색인) 사이의 넘을 수 없는 인종의 벽("인종선")이 존재한다는 뜻을 함의한다. 즉 미군정하의 한국인에게서 뚜렷이 드러나는 '흑노(黑奴)'적 형상의 시적 실현을 동시대인들에게 매개했던 것[19]이다. 따라서 이 시는 "인종선"이라는 지극히 반인간적인 경계가 미국에 의해 형성되었으므로 한국인의 입장에서는 반미의식을 가질 수밖에 없다는 메시지를 전한 셈이다. 이와 유사한 흑인시인 오장환의 「가거라 벗이여—흑인병사 L. S. 브라운에게」도 "굳게 잡은 우리의 손"이라고 하면서 흑인과의 동병상련 의식을 드러내고 있어 주목된다.

---

18) 최원식은 이 시에 등장하는 "존슨"은 인천 월미도의 미군 흑인병사일 것(최원식, loc.cit.)이라고 추정한다. 더욱 중요한 것은 "존슨"은 개인이라기보다는 백인에 의해 소외받는 존재인 흑인 일반이고, 그는 또한 미국인에게 소외받는 한국인과 동류로 해석할 수 있다는 점이다.
19) 윤영천, op.cit., p.15.

3. 발전기 : 반독재, 반외세, 철미(撤美) 의식이 드러난 반미시

　광복 직후 미군정이 실시되고 6·25 전쟁을 겪으면서 남한시의 반미의식은 북한시의 극렬한 반미의식과는 다르게 소강상태로 접어든다. 광복 직후 남한에서 미국은 일본제국주의를 물리치고 광복을 선사한 해방군의 이미지로, 6·25 전쟁을 겪으면서는 자유민주주의 수호자로서의 이미지로 각인되었기 때문이다. 그러나 미군의 주둔이 장기화되는 과정에서 양공주, 혼혈아 등의 사회 문제가 발생하고, 미국이 우리나라의 부도덕한 독재 정권을 비호하는 세력으로서 간주되면서 사정이 달라지기 시작한다. 특히 4·19 혁명의 민주정신으로 촉발된 1960년대와 1970년대 참여문학의 등장은 반미시의 발전에 뚜렷한 계기를 형성한다. 물론 이 시기의 반미시는 그 반항의 강도나 적극성에 있어서 광복 직후나 6·25 전쟁기의 시보다는 약했을지라도 이후(특히 1980년대 이후) 본격적으로 전개될 반미시의 잠재적 역량을 제고하는 데 중요한 역할을 담당한다.

　4·19 혁명을 계기로 민주, 민중, 민족의 정체성 찾기에 대한 국민들의 열망이 봇물처럼 쏟아지면서 1960년대 시의 반미의식에도 변화가 일어난다. 동학농민전쟁, 4·19 혁명, 3·1 만세운동 등을 주요 소재로 삼은 신동엽의 장편서사시 「금강」에는 민족자존을 위한 반미의식이 외세에 순응해 온 한국사의 맥락 속에서 형상화된다. 장편 서사시로서의 웅대한 상상에 걸맞게 미국에 대한 반감도 거대한 역사적 맥락 속에서 탐색한다.

신라 왕실이/ 백제, 고구려를 칠 때/ 당나라 군사를 모셔왔지.// 옛날 사람
욕할 건 없다// 우리들은 끄떡하면 외세를/ 자랑처럼 모시고 들어오지/
8·15 후, 우리의 땅은/ 디딜 곳 하나 없이/ 지렁이 문자로 가득하다./ 모
화관에서 개성 사이의 향길에 끌려나와/ 청나라 깃발 흔들던 조상들처
럼,// …(중략)… // 빠다와 째즈와 딸라와/ 양키이즘으로 우리의 땅은/ 썩
혀졌을까./ 원조물자, 달라는 효모./발효한 항아리에서 포도주 빼가기에/
바쁜 넥타이 맨 장사꾼의 얼굴은 이렇게 생겼을까.// 방마다에서 한국의
토산물/ 흥정되고, 자본의 앞잡이들은/ 한국지도 위에 등불 밝혀놓고/ 분
주히 주판알 튀긴다.

— 신동엽, 「금강」 제6장 부분

　한국에서 전개되었던 "외세"의 역사를 재구하여 그 계보를 드러내
주는 부분이다. 시인은 "신라" 시대에 동족인 "백제, 고구려"를 치기
위해 "당나라 군사"를 끌어들인 일, 조선시대에 "모화관(慕華館)"을 지어
청나라 사람들을 사대적으로 영접했던 일, 그리고 "8·15 후" 미국 사
람들을 맹목적으로 환영했던 일 등을 불순한 "외세"의 수용이라는 측
면에서 동일한 성격의 사건으로 규정한다. 특히 당대적 입장에서 미국
이라는 외세를 끌어들인 것은 심각한 문제라고 파악한다. 시인은 이
땅에 "빠다와 째즈와 딸라와/ 양키이즘"이 활개를 치면서 한국인들은
다시 나라 없는 존재와 다르지 않게 되었다고 생각하는 것이다. 시인
이 보기에 미국인뿐 아니라 그와 결탁하는 한국의 매판적 "자본의 앞
잡이들"이 한국을 대상으로 하여 이해득실을 따지고 있을 뿐이다. 따
라서 한국인들에게 미국은 정치적, 경제적 주권을 다시 빼앗은 나라이
기 때문에 반감의 대상일 수밖에 없다는 것이다.
　사회 문제에 민감했던 1960년대 시인들에게 미국은 제국주의나 제
국[20]을 기획하여 제3세계 국가를 비롯한 전 세계를 착취함으로써 자

---

20) 제국은 제국주의와는 달리 탈영토적, 탈역사적, 생체권력적, 평화적 차원에서

기들의 이익만을 추구하는 나라로 인식된다. 한국에서 미국은 주한미군을 물리적 압력의 수단으로 삼고 경제적 원조와 차관 제공을 경제적 압력의 수단으로 삼아서, 정치적 주권은 물론 문화적 정체성과 혈통적 순결성마저 교란시키려는 존재일 뿐이다.

> 어메리카는 나를 압도한다/ 통조림과 딸라가 없는 곳에서도/ 불현듯 솟구치고 좌우로 솟구치고/ 내 어리석은 편견을 빼앗는다/ 프로스트의 숲처럼 숨은 나를/ 몇 개의 가지로 떠올려버린다/ 아주 가까이서, 꿈틀거리는/ 주먹 만한 범행 쯤은 잡아당긴다/ 그리고 어느 핏줄기도 흐르게 한다/ 대륙의 뼈가 내리는 산곡(山谷)을/ 굳게 닫고, 노오란 내 곁에도/ 거칠은 흑인 여자를 눕혀 준다.
>
> ─ 김준태, 「어메리카 Ⅱ」 전문

1969년에 발표된 이 시는 건강하지 못한 미국문화의 은밀한 파급력을 반어적으로 조롱하고 있다. "통조림과 딸라"로 표상된 "어메리카"는 그것이 "없는 곳"에서까지 "나를 압도"하는 존재로서 "내 어리석은 편견을 빼앗는다"고 한다. 이때의 "어리석은 편견"은 민족적 정체성을 지켜 나가려는 시인의 내면세계를 반어적으로 표현한 것이다. 시인의 진심은 "통조림과 딸라"로 표상되는 미국의 인스턴트적, 상업주의적 속성이 아니라 순수서정성을 지향했던 "프로스트"(Robert Lee Prost)의 시세계를 지향하는 것이다. 미국은 "프로스트의 숲"을 닮고자 하는 시인의 순수한 삶을 방해("몇 개의 가지로 떠올려버린다")하는 존재일 뿐이다. 미국은 또한 건전하지 못한 행동("범행")을 유도하는 존재일

다른 나라를 지배하려는 기획을 가진 나라다(M. Hardt & A. Negri, 윤수종 역, 『제국』, 이산, 2003, p.19). 미국은 때로는 제국주의적(물리적) 전쟁을 통해, 때로는 제국적 자본(문화)을 통해 세계를 지배하려 한다는 점에서 제국주의 주체이자 제국이라고 할 만하다.

뿐 아니라 자신들의 인간적 정체성("핏줄기"와 "뼈") 안에 시인을 가두
어 버리려는("굳게 닫고") 존재이다. 심지어 미국은 "노오란 내 곁에도/
거칠은 흑인여자를 눕혀 주"면서 사랑의 순수성마저 위태롭게 하는 제
국이다.

시인들은 미국이 제국의 차원에서 한국을 지배하려는 존재로 인식
하면서 미국을 더 이상 혈맹적 관계나 친구의 나라라고 보지 않는다.
반미 시인들은 미국이 민족 정체성에 기반을 둔 주체적 삶을 방해하는
나라이기 때문에 한국에서 철수해야 할 대상으로 간주한다. 김수영이
1960년대와 1970년대의 경직된 사회분위기 속에서 과감하게 철미(撤美)
의식을 드러냈던 사실은 주목할 만하다.

> 이유는 없다—/ 가다오 너희들의 고장으로 소박하게 가다오/ 너희들 미국
> 인과 소련인은 하루바삐 가다오/ 미국인과 소련인은 「나가다오」와 「가다
> 오」의 차이가 있을 뿐/ 말갛게 개인 글 모르는 백성들의 마음에는: 「미국
> 인」과 「소련인」도 똑같은 놈들/ 가다오 가다오/ 「사월혁명」이 끝나고 또
> 시작되고/ 끝나고 또 시작되고 끝나고 또 시작되는 것은/ 잿님이할아버지가
> 상추씨, 아욱씨, 근대씨를 뿌린 다음에/ 호박씨, 배추씨, 무씨를 또 뿌리고/
> 호박씨, 배추씨를 뿌린 다음에/ 시금치씨, 파씨를 또 뿌리는/ 석양에 비쳐
> 눈부신/ 일년 열두달 쉬는 법이 없는/ 걸쩍한 강변밭같기도 할 것이니
> ― 김수영, 「가다오 나가다오」 부분

미국과 소련을 제국주의적 존재로 동일시하면서 반미의식을 드러내
는 시이다. 제국주의자들을 향한 "나가다오"라는 외침은 "이유는 없다"
라는 시구에 의해 그 절박성이 강조되고 있다. 미국이 이 땅에서 나가
야 하는 이유가 없다는 것이 아니라 조건 없이 나가야 한다는 의미이
다. 반외세 민족주의와 민주주의를 강조했던 "사월혁명"의 정신을 지
속시켜 나가기 위해서는, "잿님이할아버지"로 표상된 민족의 주체적
삶을 지켜나가기 위해서는, 미국과 같은 제국주의적 존재가 이 땅에서

사라져야만 한다는 것이다. 이는 반미의식을 넘어 일종의 철미(徹美)의 식까지 나아간 경우로서 김수영의 미국문화와 관련된 여러 편의 시 가운데서도 특이한 사례에 해당한다.[21] 이러한 철미의식은 신동엽의 「왜 쏘아」에서 "머피 일등병이며 누구며 너의 고향으로/ 그냥 돌아가 주는 것이 좋겠어"라는 시구에서도 드러난다.

1970년대는 유신체제의 삼엄함 속에서 '반미＝용공＝친북'이라는 이념적 폭력이 일반화된 시기였기에 다양하고 심도 있는 반미시가 등장하지 못했다. 그렇지만 김지하의 담시들은 반독재, 반외세 의식을 온고창신(溫故創新)의 새로운 형식(창작 판소리)으로 창출해 낸 주목할 만한 성과였다. 그의 담시에서 반미의식은 반독재, 반일의식과 함께 반제국주의 차원에서 드러난다.

> 나라에선 국책으로 금분법(禁糞法), 금분령(禁糞令)을 내려/ '죽도록 처먹어라, 죽도록 싸지마라'는 구호까지 내건지라/ 초콜렛, C레이션, 커피, 위스키, 설탕, 과자, G.I. 정액, G.I. 발씻은 물, G.I. 똥오줌, G.I. 쓰레기통에서 나온 빵부스러기, 꿀꿀이죽, 닥치는 대로 주워다 제 아들놈의 아가리에 어거지로 짓쑤셔 넣고
>
> — 김지하, 「똥바다」 부분

원조나 동정이라는 이름으로 미군 'G.I.'(사병과 하사관)들이 던져준 음식물들이 한국인들을 비참한 존재로 만들었음을 비판하고 있다. 여기서 "초콜렛, C레이션, 커피" 등으로 제시된, 미국에 의해 전파된 새로운 음식문화는 인간의 생리적 본능마저 통어하는 미국문화의 강압적인 힘을 표상한다. 음식을 먹고 배설행위를 하지 말라는 것("禁糞法,

---

21) 이형권, 「한국현대시의 미국문화 수용에 관한 탈식민주의적 연구」(《어문연구》 49집, 2005) 참조. 김수영의 「와사의 정치가」, 「아메리카 타임誌」, 「VOGUE야」 등 김수영의 미국 관련 시편들에서 미국문화는 비판적 전유(appropriation)의 대상으로 표현되는 데 비해 이 시에서는 특이하게 폐기(abrogation)의 대상으로 간주된다.

禁糞令")은 그 문화를 거부하거나 비판하지 말고 순순히 동화되어 살아가라는 뜻이다. 동시에 가난에 찌든 사람들이 배고픔을 견뎌내기 위해서는 생리적 현상마저 부정해야 한다는 의미로도 읽힌다. 이 강압은 물론 미국인의 사주를 받은 우리"나라"에서 하는 일이므로 그 "나라"는 건전한 가치를 표방하는 국가일 리가 없다. 따라서 인간으로서의 최소한의 욕망마저도 포기하면서까지 미국문화를 수용하라고 강요하는 것은 "나라"라는 이름으로 행해지는 독재 정권의 극단적 국민 억압 메커니즘이다. 시인은 이러한 국민 억압의 배후로서의 미국 사람과 미국 문화에 대해 반감을 표명한 것이다.

4. 절정기 1 : 미국적 가치와 제국주의를 부정하는 반미시

'1980년 광주'는 한국 시인들의 미국에 대한 인식과 행동에 중요한 전환점 역할을 했다. 빈번하게 일어났던 미문화원 점거 사건이나 방화 사건22)에서 드러나듯이 당시의 반미운동은 그 저항의 구체성과 행동적 투쟁성이 강화되는 국면을 맞이한다. 당시의 반미시에서 미국은 반민주 독재 체제의 비호 세력이자 민족의 통일을 가로막는 외세로 간주되며, 그들이 전파하는 천박한 G.I. 문화는 전면적인 비판의 대상으로 간주된다. 시인들은 나아가 민족주의적 가치를 옹호하면서 그에 반하는 존재로서 제국주의에 기반을 둔 미국적 가치를 폐기하고자 한다. 미국은 '1980년 광주'를 수수방관하고 용인한 배후자라는 사회적 공감

---

22) 대표적인 사례로 1980년 12월 광주 미 문화원 방화 사건, 1982년 부산 미 문화원 방화 사건, 1983년 5월 서울 중구 미 문화원 점거 사건 등이 있다(박미경, 「한국은 자주독립국가인가」, 사회와 사상사 편, 『90년대 한국사회의 쟁점』, 한길사, 1990, p.70 참조).

대 속에서 시인들은 제국주의 국가가 세계의 다른 나라들을 지배하기 위해 그들의 약호들(codes)을 강제하고 유지하던 수단들에 의혹을 던지는 반언술 전략23)을 차용하는 것이다.

문병란의 시집 『양키여 양키여』24)는 1980년대 한국시 가운데 반미의식을 가장 일관되고 강고하게 드러낸 사례에 속한다. 이 시집은 한 시인이 한 시집 전체를 통해 반미라는 주제를 집중적으로 일관되게 추구했다는 점만으로도 반미시의 역사에서 커다란 의의를 차지한다. 문병란은 이 시집으로 하여 한국의 대표적인 반미 시인으로 자리 잡는데 이 시집에 실린 시편들은 시인이 실제 미국을 여행하면서 생각하고 느낀 점을 형상화한 것이어서 더욱 핍진한 실감을 확보한다. 이 시집의 반미의식은 미국적 가치에 대한 반감이 핵심을 이룬다.

> 그대, 미국의 자유만을 위한/ 독점과 지배의 여신이여!/ 나의 순정 같은 건 그대의 치마 그늘에 묻혀 버리고/ 그대의 짝, 흰독수리에게 바친 사랑,/ 머리에 인 인광은 창이 되어/ 지구의 곳곳마다 연한 살을 뚫고/ 그대의 미소 이르는 곳마다 불길이 솟는다.// 자유여! 부를수록 멀어가고 모호해지는/ 이상한 추상명사여! 나는 오늘 그대를 목매어 부르다/ 너를 꼭 안지는 못하고/ 차거운 대리석, 빈 치마 그늘 밑에서/ 역겨워 구토증을 느끼고 말았네―.// 오오 나의 짝사랑하는 여신이여!
>
> ― 문병란, 「자유여신상―뉴 맨해턴에서」 부분

---

23) Helen Tiffin, 강규한 역, 「탈식민주의문학과 반언술행위」, ≪외국문학≫ 1992년 여름호, p.33.

24) 이 시집이 출간된 1988년에는 '반외세 민족자주화 시선집' 『아메리카똥바다』(임헌영, 이영진 공편, 인동출판사)가 출간되었다. 반일시와 반미시를 비롯하여 반외세의식을 드러낸 시편들이 함께 섞여 있지만, 반미시가 체계적으로 정리되어 있다는 것만으로도 그 의의가 크다. 따라서 1988년은 반미시의 역사에서 가장 중요한 해라고 볼 수 있다. 세계화를 향한 올림픽이 개최된 해에, 그것을 주도하는 미국에 대한 부정의 시편들이 다수 창작, 정리되었다는 사실은 아이러니컬하다.

이 시는 미국적 가치의 핵심인 '자유'를 상징하는 '자유의 여신상'에 깃든 허구성을 문제 삼는다. 시인은 미국이 내세우는 자유는 공정하고 공정한 의미의 자유가 아니라 "미국의 자유만을 위한/ 독점과 지배"(「자유여신상―뉴 맨해턴에서」)일 뿐이라고 폄하한다. 미국 사람들은 자기 스스로를 자유의 전도사라고 주장하곤 했지만, 그것은 "제국주의 야망의 검은 마수"(문병란, 「양키」)를 포장하기 위한 양두구육(羊頭狗肉)의 얼굴일 뿐이고, "인디안들 박살내고 세워 놓은 자유 평등 평화의 나라"(채광석, 「위대한 나라」)에 불과하다는 것이다. 또 다른 시인은 미국이 자랑스럽게 내세우는 미국적 가치의 하나인 "프론티어" 정신을 문제 삼는다. "일찍이 인간이 손댄 적 없는 미개척지라고/ 너는 우긴다./ 그렇지 인디언은 들소의 일종이니까/ 길들여야 할 동물이니까/ …(중략)… / 한국인들은 들쥐의 일종이니까/ 길들여야 할 작은 짐승이니까/ 프론티어! 프론티어!"(김진경, 「카우보이에게」)라고 하여, "프론티어" 정신이 실은 비인간적 침략을 옹호하는 자기합리화의 도구적 이성에 불과하다고 본다.

미국이 자랑하는 가치인 자유, 평등, 평화, 개척 정신 등이 세계적 보편성을 담보하지 못하고 미국 자신을 위한 것이 될 때 그것은 타자의 가치를 전면 부정하는 제국주의의 논리가 된다. 이산하는 제3세계를 이용과 조종의 대상으로 삼는 미국의 제국주의적 속성에 대해 강력히 비판한다.

> 미군은 처음부터/ '해방군'이 아니라 '점령군'/ 그들은 반드시 한국인 동포를 이용해 싸웠다/ 현지에 허수아비 파쇼정부를 세우고/ 그것에 경제·군사 원조를 하면서/ 반공을 명분으로 서로 피 터지게 물러듣도록 하는 것/ 그것이 바로 그들의 방법이었다.
> ― 이산하, 「한라산」 부분

시인은 비극적 역사(1948년 제주도에서 벌어진 민중학살 사건)를 소재로 삼아 그 배후가 미국이라는 점을 강하게 성토한다. 시인은 미군이 한국인을 일제의 억압에서 구원해 준 "'해방군'이 아니라" 자신들의 이익을 위해 한국이라는 식민지를 접수한 또 다른 "점령군"이라고 강조한다. 다만 그 점령의 방식이 좀 더 교묘해졌을 뿐인데 총칼을 앞세우는 대신 "허수아비 파쇼정부"를 세우고 미국에 대한 절대적 복종의 대가로 그들에게 "경제·군사 원조"를 제공한다는 것이다. 그리하여 미국은 한국인을 동원한 식민 체제를 유지하고 독재자는 미국의 지원으로 독재정권을 유지해 나가면서 공존하는 관계가 형성된다는 점에 주목한다. 광복 이후 이승만 정권, 박정희 정권 등으로 이어지는 독재, 친미 성향을 연상하면 한국은 분명 헤게모니적 식민주의 시기에 처한 대표적인 나라이다. 시인은 이런 정황을 일컬어 "이 땅은 아메리카의 한 주"(「한라산」 1절)라고까지 진술한다.

1980년대 이후 더욱 강화된 미국의 경제적 침략[25]이나 문화적 침투에 대한 반감도 반미시의 중심 테마를 이룬다. 시인들은 미국이 이 지구상에서 자본주의가 가장 발달한 나라인 동시에 그것의 부정적인 면도 가장 많이 간직한 나라라는 점을 주시한다. 그리고 제3세계 국가에 전해지는 미국문화의 부정적인 측면[26]에 대해서도 관심을 갖는다.

> ① 그곳에 빵을 기다리는 굶주린 인류가 있어서인가/ 그곳에 평화를 그리는 부러진 날개의 새가 있어서인가/ 그곳에 자유를 꿈꾸는 가위눌린 나무가 있어서인가/ 아니다 거기 가면 아시아에 가면/ 보다 넓은 시장이

---

25) 한국산업사회연구회에서는 1980년대를 지배한 제5공화국 시기를 파시즘 유형의 신식민지국가독점자본주의라고 정형화한 바 있다. 학술단체협의회 편, 『1980년대 한국사회와 지배구조』, 풀빛, 1989, p.55 참조.
26) 미국 '문화'의 수용과정에서 나타난 한국 시인들의 반미의식에 관해서는 이형권(loc.cit.)의 "5장 부정/폐기의 시와 반동일시 담론" 부분을 참조할 것.

있기 때문이다/ 아니다 거기에 가면 아프리카에 가면/ 보다 값싼 노동력이 있기 때문이다/ 아니다 거기 가면 라틴 아메리카에 가면/ 보다 높은 이윤이 있기 때문이다.

— 김남주, 「달라 1」 부분

② 부유층 아들딸들이 유치원서부터/ 영어회화 교육에다/ 외국인학교 나가고/ 중학생인 네가 잠꼬대로까지/ 영어회화 중얼거리고/ 거리 간판이나 상표까지/ 꼬부랑 글씨 천지인데/ 테레비나 라디오에서도/ 영어회화 쯤 매끈하게 굴릴 수 있어야/ 세련되고 교양 있는 현대인이라는데/ 무식한 공순이 누나는/ 미국전자회사 세컨라인 리더 누나는/ 자꾸만 자꾸만 노조에서 배운/ 우리나라 역사가 생각난다/ 말도, 글도, 성도, 혼도 빼앗아가고/ 논도, 밭도, 식량도, 생산물까지도/ 마침내 노동자의 생명까지도/ 차근차근 침략하던 일제하/ 조선어 말살/ 생각이 난다.

— 박노해, 「영어회화」 부분

①은 "달라"로 표상되는 미국의 경제적 침탈을 비판하고 있다. 미국은 '달라'(dollar)를 앞세워 세계의 모든 나라들에게 무엇이든 '달라'(give me)고 강요하는 나라다. 그러므로 미국 경제의 상징인 "달라"가 "아시아", "아프리카", "라틴 아메리카"에 투입되는 것은, 미국인들이 표면적으로 내세우는 것과 같이, 제3세계인들의 기아나 평화, 자유를 위한 것이 결코 아니라 자신들의 경제적 이익을 위한 것일 뿐이다. 제3세계인들의 희생을 바탕으로 경제적 이익을 추구하는 미국의 속성은 시인이 견지하는 반미감정의 핵심적 토대가 된 셈이다. 비슷한 관점에서 박노해는 한국 농민들의 경제적 파탄이 미국과 관련된다는 점을 지적한다. 한 시절 농촌 현실을 무시하고 미국소를 무차별적 수입해 농민들을 빚쟁이로 몰아갔던 사건과 관련해 "소값이 폭락한 것은 미국소를 수입해 온 놈들 때문"이라고 진단하면서 "이제 양키놈 소발굽에 밟혀 죽게 되었다"(박노해, 「소를 찌른다」)고 한탄하기도 한다.

또한 ②에 내포된 화자는 한국 사회의 맹목적인 "영어회화" 붐을 문제 삼는다. 즉 "부유층 아들딸"뿐 아니라 어린 "동생"까지도 영어를 잘하려고 발버둥치는 모습과 "거리 간판이나 상표"와 "테레비나 라디오"에서까지 영어를 지나치게 남용하는 상황을 비판한다. 이는 언어의 제국주의적 속성을 간파한 것이다. 사실 제국주의자들은 경제적, 정치적 침탈을 효과적으로 수행하기 위해서 언어의 헤게모니를 매우 중시한다. 루이 장 칼베가 지적한 대로 식민주의자들에 의한 언어포식[27]은 피식민지인들의 문화적 파괴를 통해 식민주의에 기여한다. 화자가 우리 사회에 영어가 지나치게 남용되는 현상을 보고 "일제하/ 조선어말살"을 연상하는 것은 그런 까닭이다. 화자는 언어가 "혼"을 담는 그릇일 뿐 아니라 "생명"의 토대이기 때문에 어떤 공동체가 이국의 언어로 오염되는 것은 피식민화로 가는 첩경이라고 인식한다. 더구나 "누나"는 이미 "미국전자회사"에서 근무하고 있기 때문에 그 가족들의 물적 토대가 이미 미국에 예속되었다고 본다. 따라서 이 시는 한국 사회가 요구하는 "세련되고 교양 있는 현대인"은 아이러니하게도 능동적인 피식민지인임을 날카롭게 지적한 것이다.

또한 김진경은 아이들에게 어려서부터 암암리에 세뇌되는 미국 이미지를 "엄마가 사다준 인형은/ 머리칼이 모두 금빛"(「장난감왕국」)이라고 비판하고, 최두석은 밀림의 정의로운 휴머니스트로 묘사되는 미국 영상물의 주인공("타잔")에 대해 "미국 이미지를 위해 싸우는 줄/ 아이들은 통 알 수가 없지"(「타잔」)라고 한탄하면서 영상 매체를 이용한 미국의 식민지인 동화 전략을 문제 삼는다. 미국은 "목마름을 강간하는 코카콜라"(이재무, 「적 2」)일 뿐이고, "카키빛 딸라뿐으로 콜라뿐으로/ 지구 위 모든 사랑을 숫처녀를 니그로를/ 어루만지며 집어삼키는/

---

27) Louis-Jean Calvet, 김병욱 역, 『언어와 식민주의』, 유로서적, 2004, p.99.

더러운 춘화 같은 시궁창 같은"(이은봉, 「아메리카여」) 존재일 뿐이다. 이처럼 반미 시인들은 문화를 앞세운 미국의 제국주의적 세계화 전략에 대해 심각한 현실의 문제로 인식한다.

5. 절정기 2 : 반양키 축미(逐美) 정신과 성찰 의식의 반미시

1980년대 이후 반미시에는 한국 사회에 여과 없이 전파된 미국의 군사 문화에 대한 비판 의식이 빈도 높게 드러난다. 시인들이 먼저 관심을 갖는 것은 '하얀 가면, 검은 피부'의 존재로 등장한 미군(특히 흑인 G.I.)의 한국 여성(양공주)을 상대로 한 성적 착취의 문제이다. 이는 광복 직후 배인철의 「인종선」과 같은 시에서 드러났던, 흑인종과의 연대감[28]을 매개로 한 한국인의 정체성 확립을 촉구하는 시와는 사뭇 다른 양상이다. 반미 시인들은 한국인이 타자의 타자[29]로서 피압박, 피착취의 대상이 되는 상황을 바라보며 흑인과 백인을 막론하고 미군들이 자행하는 비인간적 횡포에 대해 반양키 의식으로 대응한다.

　　민들레야, 동두천 민들레야. 너에게서 키 작은 양공주의 굴욕과 자존심을 느끼는 것은 다만 신경과민일 뿐이라고 말해다오. 박토에 뿌리내려 밟혀도 짓밟혀도 다시 돋는 끈질긴 생명이라고 계속 우기다가 살랑대는 봄바

---

28) 가령 문병란은 한국인에게 미국 흑인과 함께 제3세계인으로서의 정체성을 간직하라고 촉구하는 시를 쓴다. 즉 "할렘가의 블루스의 시인 랭스턴 휴즈/ 내 그대 종족의 슬픔, 결코 그대 것만이 아닌/ 우리는 어차피 공동의 운명, 그대의 친구들"(「브로드웨이 99번가」)이라고 노래하기도 한다.

29) C. L. Miller, *Blank Darkness : Africanist Discourse in French*(The Chicago Press, 1985), p.23. 밀러는 오리엔트가 유럽의 타자였다면 아프리카는 오리엔트의 타자, 즉 '타자의 타자'라고 규정한다. 이를 응용한다면, 한국의 반미시에서는 그와 반대로 한국인이 흑인(미국 백인의 타자)의 타자로 등장하기도 하는데, 특히 미군 문화의 문제적 국면들을 비판할 때 그러하다.

람에 보란 듯이 꽃씨를 날려보내렴.// 그렇지만 양키의 어지러운 군화발이 반도에서 사라지는 날, 우리가 살림을 주장하는 그날이 오면 너는 그냥 전설로 남아다오. 이 땅에 태어나 막다른 길로 쫓기고 몰리다가 자살한 양공주, 그녀의 이름이 민들레였다고 속삭이며 담뿍 이슬을 머금고 피어나렴.

— 최두석, 「동두천 민들레」 부분

"자살한 양공주"를 "동두천 민들레"에 비유하면서 그녀를 죽음으로 몰아간 것이 "양키의 어지러운 군화발"이라고 규정한다. 사실 일부 미군들은 한국 땅에 장기간 주둔하면서 경제적 빈곤에 시달리는 여성들을 상대로 매춘과 매춘에 가까운 동거를 상습적으로 자행해 왔다. 한국의 가난한 여성들 가운데는 미국이라는 나라의 부유한 이미지에 현혹되어 성적 노예 생활에 시달렸다. 심지어 일부 미군들은 한국 여성에게 폭행을 가하고 범죄 행위를 하도록 강요하기도 했는데, 이 시의 "자살한 양공주"는 바로 그런 폭력적 억압에 시달리다 희생된 한국 여성이다.

또한 최두석의 시 가운데 양공주의 삶을 통해 반미의식을 드러내는 「심봉사」도 흥미롭다. 해방을 맞아 조국에 돌아온 일가족 가운데 한 여자의 기구한 삶을 노래한 이 시는, "로이"라는 미군 흑인 대위의 검둥이 아이를 데리고 전국 각지를 떠돌며 살아가는 양색시의 의식을 드러낸다. 비록 현역에서는 은퇴한 양공주이지만 미군에 예속된 굴종적 삶을 살아온 그녀가 한반도의 미군철수는 전혀 꿈을 꾸지도 않는다는 것이다. 하지만 시의 결구에서 "누가 그녀의 생애에 돌을 던지랴/ 이 땅의 심봉사인 사내들이여"라고 하면서, 그녀가 미군의 성적 노예로 전락한 것이 미군이나 그녀의 잘못뿐 아니라 그녀를 구원하지 못한 한국인 사내들에게도 있음을 말한다. 한국의 사내들은 민족적 정체성을 지켜내지 못하여 "심봉사"처럼 무능력하다는 것이다.

김경미는 양공주의 신산스런 삶을 "지금은 식민지도 아닌데, 전쟁중이 아니라는데/ 가난구제는 나라도 못한다며/ 통일의 역군 양키들을 위하는 길이/ 애국이요 돈 버는 길이라며/ 신체발부 부모가 주었으니 밑천 필요 없는 장사라며/ 살려고 발버둥치는 다리들"(「기지촌 조국」)이라고 표현하기도 한다. 강형철은 "눈두덩 먹칠한 내 누나를/ 대낮인데도 젖가슴을 더듬으며/ 주둔하는 동안은 내것이라고"(「아메리카 타운·1」) 주장하는 미군병사의 아집을 비판한다. 양공주 문제뿐이 아니다. 혼혈아 문제도 미군문화가 가져다 준 우리 사회의 심각한 문제적 국면인데, 김창완은 "아직도 깨어나지 않고 나의 피부처럼 캄캄한/ 캄캄한 골목의 외등 밑에서"(「혼혈 가수의 노래」) 살아가는 혼혈아들의 어두운 삶을 형상화한다. 반미시에서 주한 미군의 주둔에서 비롯된 양공주나 혼혈아 문제는 이러한 인종 문제와 연장선상에 존재하는 것이다.

1980년대 반미시에서 축미(逐美)의식은 가장 핵심적인 테마 가운데 하나이다. 1960년대 김수영이나 신동엽의 시와 맥락을 같이 하는 이러한 인식은 1980년대의 반미시에 오면 더욱 강한 어조를 띠고 나타난다. '양키 고우 홈'으로 표현되는 축미의식, 특히 미군철수에 대한 필요성이 다양하게 제기되었다는 것은 1980년대 상황에서 미국에 대한 반감이 그만큼 증대되었다는 사실을 뜻한다.

> 그대 죽어 백일이 되었구나/ 어둠을 불 질러/ 그대 뜨거운 불덩이로/ 반제 반핵 이 땅의 양키 꺼져라 외치다가/ 양키 꺼져버려라 외치다 쓰러져/ 이 제 죽어 말이 없구나/ 온 민중의 분노 꼭 껴안고/ 마침내 시커먼 숯덩이로 묻혀 말이 없구나// 모든 산 자여 들어라/ 독재 앞에서/ 매판 앞에서/ 최루탄가스의 저주받은 세월이여/ 이 땅의 도처 성조기 앞에서/ 혁명 아니거든 무엇이겠느냐/ 죽음 아니거든 무엇이겠느냐.
>
> — 고은, 「그대 숯덩이리 썩지 않나니」 부분

이것은 '양키 고우 홈'을 외치다가 분신 자결한 김세진 열사에 대한 추도시이다. 이 시에서 김세진은 한 개인이라기보다는 한국 사회에 내장된 반미의식의 가장 강고한 부면을 표상한다. 광복 이후 전 세계에 유례없이 오랜 기간 동안 타국의 심장부에 주둔하고 있는 미군은 한국의 안보 부담을 경감시켜주는 존재이기보다는 제국주의와 핵 위협의 화신이다. 시인이 보기에 미국은 겉으로 핵우산을 통해 한국의 안보를 보장한다고 하면서도 속으로는 자신들의 핵무기를 엄포의 수단으로 삼아 은밀한 군사적 지배를 추구하는 제국일 뿐이다. 따라서 미국은 "반제반핵"의 차원에서 물리쳐야 할 대상이다. 하여 시인은 축미의식의 간절함으로 "성조기 앞에서"의 "혁명"이나 "죽음"을 선택한 한 젊은 이와의 동질감을 느끼면서 미국의 표리부동한 속성에 울분을 토하는 것이다. 시인은 이는 "미군 주둔은/ 한국의 암이다 에이즈다/ 민주화와 통일의 대적이다"(이기형, 「굿바이 유·에스 아메리카」)라는 직설적인 거부감, "너희는 너희 나라로 가야 한다/ 이 땅은 우리의 땅"(문병란, 「우리들의 8월」)이라는 배타의식, "늦진 않았다/ 할 수만 있다면 돌아가다오"(김사인, 「흑인병사」)라는 염원으로 이어지기도 한다.

내부적, 내면적 식민주의에 대한 성찰도 1980년대 반미시에서 놓칠수 없는 부면이다. 내부적 식민주의는 사회의 지배층들이 지닌 피지배층에 대한 억압 욕망이고, 내면적 식민주의는 외부의 강요에 의한 것이 아닌 자발적 식민 근성에 관한 것이다. 모두가 식민주의에 대한 비판이 사회의 내부와 시인의 내면을 향하는 것이다.

> ① 그녀는 잘난 미군이나 하나 잘 낚아/ 한탕 할 날을 꿈꾼다. 잘 하면 미국행 비행기도/ 탈 수 있을 거야. 그 꿈이 담배를 피워 물게 한다./ 깡통맥주와 알약과 시끌한 축제를 위해/ 그녀는 세수를 하고 투명한 스타킹 속에/ 희멀건 다리를 찔러 넣는다. 토요일 오후,/ 미스 빼주는 길

건너 소리사에서 흘러나오는/ 유행가 가락에 맞춰 껌을 씹으며, 미 팔
군 후문의/ 담장 사이로, 전혀 새로운 세계를 드러내듯이/ 미끈한 허리
를 슬쩍 열어 보인다.

　　　　　　　　　　　　　　　　　— 이하석, 「아메리카」 부분

② 모국어의 아름다움도 배우기도 전에/ 흑인 병사들을 향해 작은 고추를
　내보이며/ 원 달라 기브 미/ 씹던 껌도 오케이를 외치던 내 유년이/ 미
　국경일 밤마다 하늘을 수놓던/ 오색찬란한 불꽃놀이를 바라보며/ 오 원
　더풀 미국으로 가고 싶다던 누이의 꿈이/ 저기 겨울바람에 펄럭이는 성
　조기처럼/ 지금도 철조망 여기저기에 걸려/ 치욕처럼 펄럭이고 있습니
　다./ 미 해군 군사고문단 앞에는 혹독한 한반도의 겨울이/ 아직도 머물
　고 있습니다.

　　　　　　　　　　　　— 정일근, 「미 해군 군사고문단 앞을 지나며」 부분

　①의 "그녀"는 아메리칸 드림을 꿈꾸는 사람으로서 미국에 갈 수만
있다면 "미 팔군"의 성적 노예가 되어도 좋다는 의식을 지닌 사람이다.
가난한 나라의 소외된 자로서 "그녀"가 추구하는 아메리칸 드림을 탓
할 수는 없겠으나, 문제는 그 방법이 한 인간이나 민족적 구성원으로
서의 자존심을 철저히 외면하고 있다는 점이다. 하여 "미스 빼주"는
자발적 식민 근성을 지닌 한국인을 표상한다. "그녀"뿐이랴. 시인은 독
자로 하여금 오늘날 우리 사회에도 미국지상주의에 빠진 매판 지식인
과 사업가들이 적지 않다는 점을 비판한 것이다. ②의 성찰은 ①보다
더욱 솔직하고 직접적이다. 시인은 "모국어"를 "배우기도 전에" 미국의
흑인 병사에게 구걸하고 다니던 "내 유년"의 어두운 기억을 고백하고
있다. 그 고백은 또한 "미국으로 가고 싶다던 누이의 꿈"으로 확대되
기도 한다. 그것은 물론 현실적 토대가 마련되지 않은 것이기에 "철조
망 여기저기에 걸려/ 치욕처럼 펄럭이고 있"는 좌절된 꿈이다. 그리하
여 시인은 "혹독한 한반도의 겨울"이 아직 진행 중이라는 인식에 다다
른다. 이처럼 시인 자신의 내면에 간직해 온 미국과 관련된 부끄러운

부분을 들추어내는 일은, 독자들로 하여금 자기 성찰을 통한 반미의식, 혹은 탈식민의식을 공고히 하도록 유도한다.

6. 결론 : 반미시, 탈식민의 가능성과 한계

개화기 이후 한국 현대시사에서 반미시는 일련의 역사적 맥락과 계보를 형성해 왔다. 반미시는 개화기의 위정척사 정신과 관련된 반제국주의 시로부터 출발하여, 일제치하 태평양 전쟁기의 친일의식과 관련된 반미시, 동족상잔의 6·25 전쟁기 이후 월북 시인들과 북한 시인들의 반자본주의적 반미시, 1960년대 4·19 정신과 연계된 신동엽과 김수영의 반미시, 1970년대 김지하의 반독재 반미시 등으로 이어져 왔다. 그리고 1980년대 이르러 반미시는 다양한 주제와 다채로운 형상화의 방식을 보여주면서 그 절정을 맞이하는데, 그 정서적 토대는 '5월 광주' 항쟁 시기에 자행된 신군부의 양민 학살을 방조한 미국에 대한 분노이다. 미 문화원 방화나 청년들의 분신 사건에 드러나듯이 이 시기의 미국에 대한 반감이나 저항 의지가 급격히 고조되어 축미(逐美)의식으로 나가는 것도 그러한 분노의 표현이다. 축미의식은 반공 이데올로기가 약화되고 친북 성향이 강화되는 1980년대 후반의 반미시에 더욱 빈도 높고 강도 높게 나타났다.

반미시의 의의는 다음의 몇 가지로 정리된다. 첫째, 반미시는 현대시사상 매우 강고하고 일관된 주제 의식을 견지하는 정치시, 혹은 주의시 유형에 속한다. 광복 이후 한국시에서 특정한 정치적 사안을 전면화한 사례가 드물었거니와 반미시는 유례없이 많은 시인들로 하여금 정치적 사안에 관심 갖게 했다는 사실만으로도 한국시사에 하나의 에포크를 형성했다. 둘째, 반미시는 한국시의 시사성을 강화하여 일종의 세태시 영역을 새롭게 개척했다. 반미 시인들은 반미 시위, 미 문화원 방화 사건, 양공주 문제, 소값 파동 등 당대의 사회 문제에 민첩하게 대응하는 시의 방식을 개척했다. 셋째, 반미시는 한국 시단에 본격적인 안티문화를 형성하는 데 기여했다. 건강한 문화의 지속은 안티문화의 비판적 기능에 의해 가능하다는 점에서 반미시는 어떤 형태로든 한국시와 한국문화의 이념적, 정치적 면역력을 강화해 주는 역할을 담당했다. 넷째, 대표적인 반미시들은 운율, 반복, 주관, 메타포 등 기본적인 시적 의장을 충실히 활용하였다. 일부 작품들은 정치적 목적성을 지나치게 드러내지만 주목할 만한 작품들은 정치성과 예술성을 절묘하게 결합해 내는 성과를 보여주었다. 다섯째, 반미시는 한미 사이의 미래지향적 관계를 발전시켜 나가는 데 일조할 것으로 기대된다. 반미시의 거시적 목표는 분명 미국에 대한 부정이나 저항이 아니라 미국과의 상호 이해를 바탕으로 한 진정한 우호 관계에 있기 때문이다.

그러나 반미시는 이데올로기적 강고성과 주제 의식의 명징성에도 불구하고 현실 인식의 적실성이라든가 예술성의 측면에서 여러 가지 한계를 지닌 사례들이 적잖이 목도된다. 이를테면 "양키야말로 이 땅의 모든 악의 근원"(김남주, 「희망에 대하여 2」)이라는 식의 단도직입적 진술은, 시적 정서의 과장적 기능을 감안한다 하더라도 객관적 현실 인식을 통한 시적 리얼리티의 확보하지 못한 것으로 판단된다. "오늘의 민중시가 20-30년대의 수준에서 도리어 후퇴한 감"[30]이 있다는 지적도 있듯이, 적잖은 반미시들이 배타적 민족주의의 강고한 면모를 확보했음에도 불구하고 전술적 측면에서의 수준 높은 문학'성'을 담보하지 못한 것은 사실이다. 이것은 마치 카프 시절 박영희와 김팔봉의

---

30) 임헌영 외, 좌담 「반외세·민족자주화문학의 현황과 전망」, 『아메리카똥바다』, p.390.

'내용-형식 논쟁'에서 박영희가 주장한 내용 중심주의로서의 '붉은 지붕론'을 떠오르게 한다. 이와 관련된 하나의 의문이 있다. 반미시가 과연 박영희가 주장했던 대로 문학적 의장으로서의 '서까래와 기둥'을 배려하지 않는 일을 반복할 필요가 있는 것인가? 반미시도 결국은 그 이념적 강박성에 얽매여 관념의 '붉은 지붕'만 올려놓은 것은 아닌가?

반미시는 또한 식민주의에 대항하는 반언술로서의 전유, 폐기, 되받아쓰기, 아이러니, 알레고리, 패러디 등 탈식민적 글쓰기의 구체적 방식을 다양하게 보여주지 못했다는 점, 주제의 다양성은 확보했으나 심미적 차원에서 다양하고 심도 있는 형상화 능력을 보여주지 못했다는 점 등의 한계를 보여준다. 반미시는 분명히 박영희의 '붉은 지붕론'을 발전적으로 극복하지 못한 일면이 있는 것이다. 그러나 반식민은 탈식민을 위한 예각적인 신념과 기초적 인식을 제공한다는 점에서 무의미한 것만은 아니다. 반미가 용공좌경으로 매도되던 시절에 반미시를 창작한 용기만으로도 반미 시인들은 문학사적 역할을 충실히 수행한 것이다. 속악한 세상과의 불화를 온몸으로 겪으면서 저항하는 일은 시인이 수행해야 할 중요한 임무 가운데 하나이기 때문이다. 따라서 식민주의가 완전히 청산되어 탈식민의 가치가 필요하지 않을 때까지 한국에서 반미시의 기본 정신은 계속 유효할 것이다.

지역문학의 탈식민성과 글로컬리즘
— 대전-충남 문학을 중심으로

1. 서론 : 지역문학의 시대적, 문학사적 함의

문학의 종언이 공공연히 거론[1]되는 근래에 들어서 지역문학, 혹은 지역문화에 대한 논의와 연구가 활발하게 전개되고 있는 것은 역설적이다. 중앙문학사와는 별도의 지역문학사를 정리[2]하거나 지역 문인들의 선집을 간행[3]하는 일이 이루어지고 있고, 일부 연구자들은 자신의 핵심 연구 분야로 지역문학을 선택하여 주목할 만한 성과[4]를 보여주

---

1) 柄谷行人, 조영일 역, 『근대문학의 종언』, 도서출판 b, 2006, p.44.
2) 『대전문학사』(한국예총대전광역시지회, 2000), 『광주문학사』(광주문인협회, 1994), 『부산문학사』(부산문인협회, 1997), 『경남문학사』(경남문인협회, 1995), 『전남문학 변천사』(전남문인협회, 1997) 등.
3) 『광주문학대표작전집』(광주광역시문인협회, 1997), 『부산문학선집』(부산문인협회, 1999), 『경북문인전집』(경북문인협회, 1996), 『강원도문인의 등단 및 대표작선집』(강원일보사출판국, 1996), 『탐라문학 : 1900-1949』(제주대학교 탐라문화연구소, 1995) 등.
4) 박태일의 『한국 지역문학의 논리』(청동거울, 2004), 구모룡의 『지역문학과 주변

기도 했다. 이 논의들은 지역문학의 가치를 제고하고 한국문학의 다양한 실적과 가치를 발굴했다는 점에서 매우 유의미한 일이지만, 몇 가지 문제점들을 포함하고 있다. 그것은 첫째, 개별 작품이나 작가의 자료 정리의 차원에서 크게 벗어나지 못하고 있다는 점이다. 둘째, 구체적 물적 토대를 근거로 한 논의보다는 다분히 관념적, 정책적 차원의 논의가 우세하다는 점이다. 셋째, 대전-충남(에서)의 지역문학에 대한 논의가 다른 지역의 문학에 관한 논의에 비해 부진하다는 점이다. 이제는 지역문학에 관한 연구가 개별적 작가나 작품에 대한 심도 높은 비평 작업을 지향하면서 지역 구성원들의 구체적 삶의 지형도를 그려내는 작업을 본격적으로 수행해야 할 것으로 보인다. 특히 대전-충남의 지역문학은 그 잠재적 역량에 비해 창작과 연구가 턱없이 부진한 편이므로 더욱 적극적인 접근이 요구된다.

특정 지역의 문인이나 연구자들을 중심으로 그 지역문학의 정체성을 탐구하여 그 위상을 제고하려는 노력은 세계사적 시대 조류로 볼때 적실한 현상이다. 이런 현상의 거시적 근거는 국가 역량의 제고를 위해 21세기에 가장 관심을 가져야 할 분야는 환경 문제와 여성 문제와 함께 지역 문제라는 인식에서 찾을 수 있다. 환경/여성/지역과 관련한 담론은 모두 근대성의 체계 속에서 타자의 위치에 머물러 왔는데, 이 문제들이 우리 사회의 중요한 이슈로 등장하는 것은 일종의 '억압된 것의 귀환'으로서 의미가 있다. 오늘날과 같은 무한경쟁 시대에 한 사회나 국가의 경쟁력은 주류적인 것들뿐 아니라 잉여적이고 억압된 것들까지 포괄하여 그 공동체의 총체적 역량을 키워나가지 않으면 안

부적 시각』(신생, 2005), 경북대학교대형과제연구단의 『근현대 경북지역 문학의 흐름과 특성』과 『근현대 대구지역 문학의 흐름과 특성』(정림사, 2005) 등은 이 분야의 주목할 만한 역저에 해당한다.

된다. 이것은 21세기의 인류가 거부할 수 없는 문명사적 요청이다. 따라서 지역 문제는 비단 특정한 지역의 사안에 그치는 것이 아니라 국가 전체의 경쟁력 제고라는 측면에서 중요한 관문이 아닐 수 없다. 이 관문을 무난히 통과해야만 우리 사회는 21세기적 선진 문명국가로 거듭 태어날 수 있을 것이다. 지역문학에 관한 논의도 이러한 맥락에서 이루어져야 한다.

　참여정부의 지방분권화 정책도 지역의 가치를 제고하고자 한 국가적 어젠다에 속하지만 그 속내를 들여다보면 실질적인 균형 발전을 도모한다기보다는 다분히 정치적 논리에 얽매여 있다. 행정수도의 건설, 지방 혁신도시 건설, 공공기관의 지방 이전 등으로 요약되는 참여정부의 지방분권화 정책은 실질적인 분권(권력 나눔)이라기보다는 외형적 '분산'(자리 나눔)의 성격이 강하다. 다시 말해 지방분권화 정책이 지역 사회의 총체적 역량을 강화하여 그 사회의 실질적 발전을 도모하는 데까지 이르지 못하고 지역 사회와 괴리된 정부 주도의 정치적 이슈가 되어버리고 말았던 것이다. 과거 독재 정권의 개발지상주의와 아주 흡사한 면모를 지닌 이러한 정책 국면은, 결국 전 국토를 투기장으로 만들어 부동산 가격의 급격한 상승만을 불러왔다. 이 같은 부정적 결과가 나타나게 된 가장 큰 원인은 지역 사회 구성원들이 창발적으로 자신들의 문제들을 해결하도록 유인하는 데 실패했기 때문이다. 지역문학의 문제는 이러한 국가적 난제와 맞물려 있다. 지역문학에 대한 국가 차원의 관심도 시혜적 지원과 육성이 아니라 지역문학의 주체들이 스스로의 역량을 강화하여 궁극적으로 의미 있는 문학적 업적을 성취하도록 자생력을 길러주어야 한다.

2. 지역문학의 시공간성과 외연적 범주

지역문학의 공간적 범주는 지리적 토대를 근간으로 설정할 수밖에 없다. 공간 구획의 단위로서 서울과 지방은 중심과 주변, 주체와 타자, 주류와 비주류 등으로 대립시켜 전자를 우월한 것으로 후자를 열등한 것으로 치부해 왔다. 이때 지방은 '서울 이외의 지역'이라는 정치적, 행정적 용어의 성격이 강하다. 그렇기 때문에 문학을 논의할 때는 지방이라는 용어보다는 중립적인 의미를 내포한 '지역'이란 용어를 사용하는 것이 바람직하다. 지역문학이라는 용어가 실재하는 지역적 불균등성을 극복할 수 있는 것은 아니라는 점에서 한계가 있지만,5) 지역의 가치는 그 균등성의 문제보다 중립성의 문제가 더 중요하다는 점에서 나름의 의미가 있다. 따라서 현대 우리나라에서 개략적으로 구획할 수 있는 지역문학의 범주는 일차적으로 서울지역, 경기지역, 충청지역, 경상지역, 전라지역, 제주지역 등으로 구획할 수 있다. 이들을 다시 세분하여 작은 단위의 지역문학 단위, 이를테면 시군구별 지역문학의 단위를 설정할 수도 있을 것이다. 물론 서울-경기지역과 제주지역과의 균등성은 심각한 문제가 있으나 물적 토대로서의 향토적 특이성의 차원에서 수용할 수밖에 없다. 지역문학의 단위는 선거구를 획정하듯이 인구비례로 할 수 있는 것은 아니기 때문이다.

지역문학의 시간적 범주는 근대화의 과정과 불가분의 관계에 놓인다. 근대 이전에도 지역성이 문학의 표지로서 작용하지 않은 것은 아니지만, 근대 이전에는 문자 해독층이나 전문작가가 전국에 걸쳐 고루 분포되어 있지 못했기에 지역적 구분에 의한 문학의 단위를 설정하는

---

5) 구모룡, 『지역문학과 주변부적 시각』, 도서출판 전망, 2005, p.18.

것은 별반 의미가 없다. 따라서 지역문학이 본격적으로 논의된 것은 근대문학의 연구 버릇에 대한 한 반성[6]이나 국가 독점 근대화가 파생시킨 지역모순에 대한 인식[7]과 관련된다. 근대화 이후 서울이 문화자본과 상징권력을 과도하게 장악하고 있었기에 지역문학은 그에 대한 저항 담론의 기능을 수행하게 된 것이다. 더구나 지역문학은 근대적 제도와 그것이 낳은 문화적 시스템에 의해 형성된 하위의 문화 형식[8]으로 간주되었다는 점은 지역문학의 정체성 확립이 요긴하다는 사실을 역설적으로 증거한다. 또한, 지역문학의 논의는 1980년대까지의 문학사적 흐름에 대한 보상적 차원, 즉 반독재투쟁 문학이 숙명적으로 중앙정치에 대한 투쟁의 일환이었으므로 역시 중앙문학[9]적 성격을 지닐 수밖에 없었던 점에 대한 보완적 성격을 지닌다.

　지역문학의 외연적 범주는 다소 복잡한 논의를 요구한다. 그 첫째는 작가/작품의 문제이다. 특정 지역에 거주하면서 문학 활동을 하는 문인들의 작품만을 대상으로 할 것인지, 아니면 특정 지역과 직간접적으로 연관되는 모든 작가들의 작품까지 포함할 것인지의 문제다. 둘째는 매체와 관련된 문제로서 특정 지역에서 발간되는 문예지나 시집, 동인지만을 대상으로 할 것인지, 아니면 중앙문단에서 발표가 되더라도 특정 지역에 거주하는 문인들의 작품을 모두 포괄할 것인지의 문제다. 첫째의 문제는 중앙문학과의 변별성을 위해서는 특정 지역에 창작적 기반

---

6) 박태일, 「지역문학 연구와 경북·대구 지역」, ≪현대문학이론연구≫ 제24집, 2005, pp.32~33.

7) 구모룡, op.cit., p.19.

8) 송기섭, 「지역문학의 정체와 전망」, ≪현대문학이론연구≫ 제24집, p.7.

9) 이것은 지역문학의 주변적 의미를 승인하는 용어다. 따라서 지역문학의 주변성을 강조해 온 과거의 문학적 행태를 비판하는 경우에만 사용되어야 한다. 지역문학의 상위 개념을 지시하는 용어는 중앙문학이 아니라 '민족문학' 혹은 '국민문학'이 적절한데, 이들 용어는 각 지역의 특수성보다는 민족 전체의 보편적 삶이나 그 가치가 반영된 문학이라는 의미를 지닌다.

을 둔 문인들의 것으로만 한정하지 않을 수 없다. 출향하여 서울-경기 지역의 문단에 편입된 문인인 경우 출신 지역의 문단에 대한 소속감이 나 그 지역에 구체적 삶에 대한 체험적 진실성을 담보하기 어렵기 때 문이다. 둘째의 문제는 좀 더 포용적으로 생각해야 하는데, 문학의 매 체가 대부분 서울 지역에 몰려 있다는 현실적 여건을 고려하지 않을 수 없기 때문이다. 최근 들어 지역별로 문학전문지들이 다수 발간되고 는 있으나 서울 지역에서 발간되는 문예지들에 비하면 그 경제적 여건 이나 문학적 비중이 턱없이 미약하다. 어쨌든 지역문학은 실정적 차별 의 문제10)를 극복해야 한다는 전제 하에, 특정 지역에서 생산되는 문 학의 총량11)이라고 정의할 수 있다. 다만 총량 가운데 민족문학으로서 의 보편적 가치를 반영하는 작품보다는 지역민들의 구체적 삶이나 역 사성을 반영한 수준 높은 작품에 초점을 맞추어야 할 것이다.

지역문학에 관한 논의의 시공간적 근거는 탈식민의 논리에 뿌리를 둔다. 지역문학은 문학의 민주화 운동이자 문학의 지방자치이며 문학 의 평등주의를 지향하는 것이다. 세계체제 하의 제1세계와 제3세계의 중심/주변적 관계는 특정 국가 내부에서의 중앙과 지역 사이에도 그대 로 적용된다. 제3세계 국가들이 처한 헤게모니적 식민지 상황12)은 지 역문학이 처한 종속적 지위와 별반 다르지 않다. 다시 말해 제2차 세

---

10) 남기택, 「탈식민과 지역문학에 관한 시론」, 한국비평문학회 2005년 전국학술대 회 발표논문집 『탈식민주의와 한국문학』, 2005, p.7.

11) 구모룡, op.cit., p.20.

12) Abdul R. Janmohamed, "The Economy of Mechanism Allegory : The function of Racial Difference in Colonialist Literature," Diana Brydon(ed), *Postcolonialism Critical Concepts* III (London and New York : Routledge, 2001), p.1057. 지배적 시기는 제3세계 국가들이 정치적, 군사적으로 식민지 상황에 놓였던 시대이고, 헤게모니적 시기는 해방 이후 여전히 잠재적, 심리적 식민지 상황에 처해진 시대이다. 후자는 해방 이후 에도 지속되는 식민주의의 집요함을 지적하는 동시에 탈식민주의의 필요성을 제기하는 데 유용한 개념이다.

계대전 이후 등장한 신흥 독립국들이 탈식민적 식민사회[13]에 살고 있는 것처럼, 우리나라 내부적으로도 지방 자치라는 그럴듯한 슬로건을 내건지 오래 되었지만 문학 분야의 중앙집권적 제도와 현실은 아직도 강고하게 자리를 잡고 있다. 이즈음 서울-경기 이외의 지역에 사는 문인들 사이에 떠도는 이야기가 있는데, 그것은 문학을 제대로 하려면 서울이나 일산으로 가야 한다는 것이다. 이런 풍문이 현실적 설득력을 발휘하는 이유는 실제로 우리나라 문인들의 대부분은 서울과 경기도에 몰려 살고 있고 문학 자본과 상징 권력이 그곳에 몰려 있기 때문이다. 모두가 그런 것은 아니지만 작품의 수준이 높아도 중앙문단에 귀속되지 않으면 그 역량을 인정받기 어려운 게 현실이다.

3. 지역문학과 탈식민성 제고의 방안들

그러면 지역문학의 식민성을 극복하고 그것의 탈식민적 가치를 고양하기 위해 해야 할 일은 무엇인가? 그것은 첫째, 지역문학의 뚜렷한 자기정체성을 확립해야 한다. 지역문학은 주변문학, 변두리문학, 하위문학이라는 인식에서 벗어나 민족문학의 핵심적 부분이라는 인식이 요구된다. 즉 여러 지역문학들은 프랙탈(fractal) 도형의 자기상사성의 원리처럼 민족문학 전체의 부분으로서 평등하게 중층적으로 상호 연관되어 있다고 생각해야 한다. 그러한 연관성을 전제한 상황에서 지역문학의 정체성은 일차적으로 그 지역의 생활 문화나 가치관에서 찾아야 할 것이다. 그 구체적 삶의 모습을 문학적으로 형상화한 작품을 발굴하고 그러한 작품을 생산하는 일에 관심을 기울여야 한다. 또한 지역문학의

---

13) Gayatri C. Spivak, *The Post-Colonial Critic : Interviews, Strategies, Dialogues*, ed. *Sarah Harasym*(London : Routledge, 1990), p.166.

정체성은 역사성에서 찾아야 한다. 지역문학에서 지역성은 역사성과 동의어[14]라는 말이 있듯이, 그 지역의 역사적 현실과 구체적 삶, 고유한 가치관에 토대를 둔 수준 높은 작품들을 생산해야 한다는 말이다.

둘째, 지역문학의 수준을 고양해야 한다. 지역문학이 그 가치를 인정받는 가장 바람직한 방향은 무엇보다 진정한 의미의 문학적 능력(literacy)을 고양하는 일이다. 지역문학이 지나친 지방주의(localism)에 함몰되는 것은 경계해야 한다. 지방주의는 이율배반적 지향성, 즉 지방의 순수성(우월성)과 자립주의를 통해 지방을 권력화하려는 의도이고, 이러한 배타주의는 역설적으로 중심주의를 승인하고 강화한다[15]는 지적에 공감할 필요가 있다. 또한 지역문학이 중앙문학에 대한 비난의 수사학이나 시혜의 논리에 의존하여 저의 존재 가치를 부여받으려 해서는 안 된다. 정작 중요한 것은 지역 문인들이 중앙 문인들의 작품에 뒤지지 않는 문학 작품을 창작해야 한다는 점이다. 지역문학이니까 지역 안배의 차원에서 문학적 배려를 해야 한다는 인정주의나 온정주의적 태도로는 진정한 의미의 지역문학 발전을 기대할 수 없다.

셋째, 지역문화와의 콘텍스트성을 확보해야 한다. 최근의 문화 현상 가운데 가장 눈에 띄는 것의 하나가 하이브리드 현상이다. 문학 내부에서도 문학적 염결주의를 탈피하여 폭넓은 문화적 개방주의를 지향하려는 움직임이 증대되고 있다. 멀티미디어 시대는 근본적으로 인간 감각의 복합성을 지향하는 시대이므로, 문화의 장르적 배타성은 극복되어야 할 요소라 할 수 있다. 특히 지역문화를 기반으로 하는 문화콘텐츠를 창출하는 일[16]에 지역문학의 역할은 지대하다고 하지 않을 수

---

14) 구모룡, op.cit., p.27.
15) ibid., p.17.
16) 이를테면 전주대학교의 BK사업단 과제 가운데 전봉준 스토리를 문화콘텐츠화하는 경우가 그 단적인 사례다. 그런데 이 사업의 경우에도 지역문학의 참여 정

없다. 지역문학은 지역문화콘텐츠를 구성하기 위한 소스적 기능으로 충실히 수행해야 한다. 지역의 인문학이 중앙패권주의에서 지역구심주의(local centripetalism)로, 이념획일주의에서 이념다원주의로, 학문적 일방주의에서 학제적 대화[17]주의로 나가야 하듯이 지역문학도 마찬가지다. 지역의 다른 문화, 예술 분야와의 콘텍스트성을 유지하면서 시너지 효과를 도모해야 하는 것이다. 특히 지자체별로 경쟁하듯 벌이고 있는 전시적 지역 축제를 실속 있고 수준 높은 문화의 장으로 만들기 위해서는 그 지역이 갖고 있는 문학적 콘텐츠를 적극 활용할 필요가 있다.

넷째, 다른 지역문학과의 평등성을 강화해야 한다. 프랙탈의 도형에서 부분은 전체를 구성하고 전체는 부분에 봉사하는 것처럼, 부분들로서의 각 지역의 지역문학들은 상호보완적으로 민족문학 전체를 구성한다는 점을 자각할 필요가 있다. 그리고 각각의 지역문학들은 자체적 특이성과 개성을 간직하고 있으므로 상호 경쟁의 가능성이나 영역 침탈의 가능성이 적을 수밖에 없다. 각각의 지역문학들은 모두가 그 외연의 대소와 관계없이 평등하고 대등한 관계라는 점을 인식할 필요가 있다. 다른 한편으로는, 서울-경기의 문학을 중앙문학이라 하고 그 이외의 것들을 지역문학이라고 할 때, 중앙문학의 독선과 식민주의에 대응하기 위한 지역문학들의 연대의식이 매우 중요하다고 볼 수도 있다. 더구나 민족문학론에서 가장 취약한 부분이 지방의 문제이며 지방운동이 그 지방에 맞는 독자적인 내용과 형식을 갖추지 못한 채 서울 운동을 그대로 베끼고 있다[18]는 점은 충분히 반성되어야 마땅하다.

다섯째, 정책적 차원의 적극적이고 실질적인 지원을 유도해야 한다.

도는 미약한 편이어서 문학적 소스의 적극적인 개발과 편입이 필요하다.
17) 박태일, 『한국 지역문학의 논리』, 청동거울, 2004, p.84.
18) 최원식, 「지방을 보는 눈」, 『생산적 대화를 위하여』, 창작과비평사, 1997, pp.66~67.

국가적, 지역적 정책적 배려가 모두 필요하다. 근대문학은 이미 제도의 차원에서 전개될 수밖에 없는 숙명을 지닌 것이므로, 지역문학의 발전을 도모하기 위해서는 정책적 차원의 지원을 이끌어 낼 수 있어야 한다. 현재 우리나라의 문학 관련 사업을 국가적 차원에서 수행하고 있는 기관은 '한국문화예술위원회'인데, 거기서 집행되는 대부분의 문학 관련 예산은 중앙문학의 차원에서 이루어진다. 이른바 선택과 집중이라는 이름으로 몇몇 문학권력자들이나 그 주변 사람들의 지원에 치중하는 경향이 있다. 국가적 차원에서 수행해야 할 소외 계층이나 지역문학에 대한 배려심이 부족하다는 말이다. 지방정부에서도 문학을 장려하기 위한 프로그램을 진행하고는 있는데, 이것은 중앙정부의 문예정책 방향과는 달리 아주 적은 금액일지라도 다수에게 혜택을 주어야 한다는 식으로 정책을 펼치고 있다. 이것은 문화적 포퓰리즘이 개입된 탓이다. 중앙정부 차원이든 지방정부 차원이든 관련 예산을 충분히 확보하여 선택과 집중, 그리고 폭넓은 지원이라는 두 마리 토끼를 모두 잡아야 한다.

여섯째, 매체의 독립과 교류를 활발히 수행해야 한다. 사실 지역문학의 중앙문학에 대한 예속적 관계는 무엇보다도 매체의 측면에서 가장 심각하다. 이른바 서울 지역에서 출간되는 메이저급 문학 저널들은 문학 권력의 수단으로 활용되어 다른 지역의 문인들을 발굴하는 데 소홀하거나 외면해 버리는 경우가 허다하다. 주지하듯 이른바 중앙의 매체는 1950년대까지만 해도 ≪현대문학≫이 거의 유일한 문예지였지만 이후(특히 요즈음) 많은 문예지들[19]이 꾸준히 속간되고 있다. 하지만

---

19) ≪창작과 비평≫, ≪문학과 사회≫, ≪세계의 문학≫, ≪문예중앙≫, ≪문학동네≫, ≪문학수첩≫, ≪문학사상≫, ≪현대시학≫, ≪현대시≫, ≪시와 시학≫, ≪시안≫, ≪시작≫, ≪시인세계≫, ≪서정시학≫ 등.

지역 문인들이 작품을 발표할 기회는 문예지의 창간과 비례하여 나날이 좋아졌다고 보기는 어렵다. 원고 청탁의 양극화 현상이 만만치 않다. 이에 따라 각 지역에서 문학 전문지를 창간[20]해 지역문학 종사자들은 매체의 독립을 구현하고자 노력해 왔다. 그러나 여전히 문학장의 중심에는 서울 지역에서 발간되는 문예지들이 자리를 잡고 있다. 지역의 문예지들이 적어도 중앙의 문예지들을 모방, 답습, 종속되지 않으려는 자세를 갖고 나름의 독특한 개성과 정체성을 구축해 나가면서 경쟁력을 확보해 나갈 필요가 있다.

일곱째, 탈식민적 글쓰기를 실천해야 한다. 지역문학의 탈식민성은 그 구체적 실천이 이루어질 때에 비로소 진정한 의미를 획득한다. 지역과 지역문화는 스스로 창안하고 발견한 것이 아니라 중심부에 의해 발명된 것임에 틀림없다[21]는 점을 탈식민적 시각으로 승화시킬 필요가 있다. 이것은 일종의 내적 식민주의[22]에 대한 문제적 인식이라 하겠는데, 그것을 일탈하기 위한 구체적 방향은 우선 자신의 지역과 그 문화를 폄하하는 글쓰기를 극복해야 한다. 기존의 문학 텍스트나 현재 창작되고 있는 문학 텍스트 가운데 오리엔탈리즘적 식민주의 시각, 혹은 로칼리즘적 배타주의의 혐의가 있는 것들을 찾아내어 폐기(abrogation)[23]해야 한다. 나아가 그런 혐의가 있는 텍스트들에 내재한 식민주의적 헤

---

20) 부산의 ≪시와 사상≫, 대구의 ≪시와 반시≫, 광주의 ≪시와 사람≫, ≪문학들≫, 대전의 ≪애지≫, ≪문학마당≫, ≪시와 정신≫, ≪시와 상상≫, 춘천의 ≪시와 세계≫, 제주의 ≪다층≫ 등은 주목할 만한 지역문예지들이다. 인천의 ≪황해문화≫는 외형적으로는 종합지이지만 실제로는 문예지적 성격이 강하다.

21) 구모룡, op.cit., p.25.

22) 외부 세력이 아닌 한 국가 안에서 지배적 계층이 소수 집단에게 가하는 억압, 약탈, 무시 등의 식민주의적 인식과 행동을 일컫는다. 이것은 탈식민주의의 중요한 관심 분야 가운데 하나이다.

23) Bill Aschcroft, Gareth Griffiths, and Helen Tiffen, 이석호 역, 『포스트콜로니얼 문학 이론』, 민음사, 1996, p.65.

게모니를 부정하는 다시쓰기(rewriting)를 시도할 필요가 있다. 반대로 지역의 가치에 대한 정당한 의미를 부여하거나 양가성을 드러내고 있는 텍스트들을 발굴하여 그것의 활발한 유통을 유도할 필요도 있다. 특히 1930년대 이후 모더니즘 문학이 추구해 온 도시 지역에 대한 관심이 탈식민적 관점에서 비판받을 부분은 없는지 지역문학의 차원에서 재고될 필요가 있다.

이러한 방안이 구체적으로 실현되기 위해서는 분야별 식민주의적 근성을 벗어나는 일도 중요하다. 즉 정치적, 행정적 차원의 지역 자치를 더욱 강화하면서 지역의 경제적, 문화적 차원의 역량을 강화하는 일도 지역문학의 활성화에 반드시 요구되는 사항이다. 그리고 문화 내지는 문학 분야가 정치나 경제 등의 다른 분야보다 열등하게 취급되는 사회적 분위기도 일신해야 한다. 우리의 사회 내부에 만연해 있는 분야별 우열 관계를 승인하는 태도는 식민주의적 사고의 변형이다. 다르다는 것, 차이가 난다는 것은 그 사회의 다양성과 풍요로움을 위해 아주 긴요한 조건이다. 따라서 지역문학의 가치 제고는 지역적 가치의 평등하고 총체적인 고양과 불가분의 관계를 맺은 상태에서 진행해야 진정한 성과를 거둘 수 있는 것이다.

4. 대전-충남 문학장의 역학적 관계망

대전-충남의 문학장에서 중요한 역할을 하는 몇 가지 요소가 있다. 부르디외에 의하면 문학장은 그 안에 들어오는 모든 사람들에게 작용하는 힘들의 장이고, 그 힘들을 보전하거나 변형하려는 경쟁적 투쟁의 장이다.[24] 문학장은 문학과 관련된 인적 자원과 물적 토대 모두를 아우르는 총체적인 묶음인 것이다. 대전-충남의 문단에서 문학장은 인적 자원의 측면에서의 '박용래 현상', 매체의 측면에서 동인지/문예지들, 제도적 측면에서의 문학단체들, 문학적 이념의 문제 등으로 일단 정리해 볼 수 있다. 여기에 어느 부류에 소속될 수 없는 개별 문인들의 특성이나 독자의 문제가 개입할 수 있지만 이러한 부분에 대한 논의는 지면 관계상 일단 보류해 둔다. 또한 그 외연에서 충북 문학의 문제가 있을 수 있는데, 충북 문학은 대전과 충남의 관계에 비해서 지역적, 정서적 밀착성이 약하기 때문에 좀 더 범주를 넓혀 논의할 때에 동일한 문학장의 영역으로 수용할 수밖에 없다.

먼저 '박용래 현상'[25]은 대전-충남 문학장의 성과이자 한계다. 감정이 풍부한 토착적 리리시즘적 정서를 간결한 언어로 형상화하는 데 뛰어났던 박용래의 솜씨는 서울 지역의 문인들까지도 두루 인정하는 것이었다. 광복 이후 문학의 불모지나 다름없었던 대전 지역에 박용래의 등장은 대전 문단의 본격적인 출발을 알리는 것이었다. 또한 '눈물의 시인'이라는 별칭과 함께 회자되는 수다한 일화들은 박용래의 신화적 신비성조차 구축하기도 했다. 그런데, 문제는 이 지역의 많은 문인들은 아직도 박용래의 자장에서 자유롭지 못하다는 점, 작품보다는 술버릇과 관련된 일화들이 문학적 신비화를 부채질하여 왔다는 점, 그리고 박용래의 리리시즘적 개성이 대전 문단을 규정짓는 보편적 규준으로 강력히 작용해 왔다는 점 등이다. 특히 박용래의 리리시즘적 시 경향으로 하여 다른 지역의 문인들이 대전-충남의 문학을 오해하는 단초가 되기도 했다. 즉 대전-충남에는 모더니즘적 문학이나 리얼리즘적 경향

---

24) P. Bourdieu, 하태환 역, 『예술의 규칙』, 동문선, 1999, p.306.
25) 이 용어가 부적절할 수도 있으나, 박용래가 끼친 후배 문인들에 대한 지대한 영향 관계를 고려할 때 특정한 시기의 대전-충남 지역의 문학적 현상을 지칭하는 용어로 사용되어도 무방하리라고 본다.

의 문학은 애초부터 부재하는 것처럼 치부되곤 했던 것이다. 박용래가 대전-충남 문학에 끼친 영향은 많은 긍정적인 요소와 함께 부정적인 요소, 즉 헤롤드 블룸이 말한 시적 영향에 대한 불안[26]을 극복하지 못한 정황에 머물고 만 경우가 많다.

대전-충남의 동인지와 문예지의 역사는 연원이 깊다. 1945년 정훈, 임영선, 송석홍, 원영한 등이 동인의 주축이 되고 장해붕이 편집 겸 발행인을 맡아 동인지 ≪향토≫를 창간했던 것이 대전-충남 지역 문예지의 출발점이었다. 제호에 대해서 "내 민족 내 조국의 정서를 나타내기에 가장 적합"하기에 선택했다고 하면서 적극적인 문화 운동을 펼쳐나갈 것은 다짐하고 있다. 또한 1946년에는 정훈, 박희선, 박용래 등이 ≪동백≫을 발간하여 ≪향토≫의 정신을 이어갔다.[27] 이후 많은 동인지들과 문예지들이 명멸해 갔지만, 대전-충남의 지역적 가치를 모색한 문예지의 계보학적 연원은 ≪향토≫에서 찾을 수밖에 없다. 이후 ≪호서문학≫(1951), ≪충남문학≫(1970), ≪백지≫(1978), ≪시도(詩圖)≫(1978), ≪무천≫(1981), ≪시심≫(1981), ≪삶의 문학≫(1983), ≪동시대≫(1983), ≪대전문학≫(1989), ≪신인문학≫(1993), ≪풍향계≫(1993), ≪오늘의 문학≫(1993), ≪큰시≫(1994) 등의 문예지들이 지역문학의 산파역을 해 왔다. 최근 대전-충남 지역에서 가장 눈에 띄게 왕성한 활동력을 보여주는 것은 ≪애지≫, ≪문학마당≫, ≪시와 정신≫, ≪시와 상상≫ 등의 문예지들이다. 이 문예지들은 그동안의 유례를 찾아볼 수 없을 정도로 대전-충남의 문단을 부흥시키면서 대전-충남 문단이 지닌 지역문단의

---

26) Herold Bloom, 윤호병 역, 『시적 영향에 대한 불안』, 고려원, 1991, pp.23~25. 박용래의 영향을 받은 대전-충남의 시인들은 선배 시인의 오독을 통한 발전적 영향의 단계(궤도 이탈, 깨진 조각, 자기 비하, 악마화, 금욕적 고행, 환생)에 도달하지 못한 것으로 판단된다.
27) 박명용 편, 『대전문학사』, 한국예총대전광역시지회, 2000, pp.39~40 참조.

한계를 극복해 나가는 계기가 되고 있다. 이 문예지들에 작품을 발표하는 문인들은 대전-충남 지역의 문인들보다는 다른 지역의 문인들이 더 많고, 경우에 따라서는 서울에서 발간되는 잡지들과 필자 분포상의 변별성을 드러나지 않는다는 점은 지역을 기반으로 하는 문예지로서의 가능성과 한계를 동시에 함의한다. 그 가능성은 지역문학의 아마추얼리즘을 벗어났다는 점이고, 그 한계는 지역의 문화적 특성이나 가치를 제대로 수용하고 있지 못하고 있다는 점이다.

지역의 문예지 가운데 ≪애지≫는 시전문지로서 2000년 봄에 창간되었다. 그 제호에도 암시되어 있듯이 철학적 사유와 비판정신을 문학의 가장 중요한 지표로 삼고 있다. 그 비판의 대상은 이른바 중앙문단의 왜곡된 현상이나 그곳의 권력자들이었는데, 그것이 물론 지역문학이라는 관점에서의 비판은 아니었지만, 적어도 중앙문단에 대한 강력한 비판을 실천했다는 점에서 적잖은 의미를 부여할 수 있다. 또한 ≪시와 정신≫은 2002년 가을에 창간되었는데, 우리 시대에는 새로운 시정신이 요구된다는 주장을 화두로 내세우고 있다. 이어서 ≪문학마당≫이 종합문예지로서 2002년 겨울에 창간되었는데, 서울 이외의 지역에서 발간하는 문예지로서 종합지를 지향한다는 데서 문단의 주목을 받고 있다. ≪문학마당≫의 문학적 경향으로서는 배타적 비판 정신보다는 포용과 상생의 가치를 중시하는 편집 방향을 내세우고 있다. ≪시와 상상≫은 '백지' 동인들이 주축이 된 반년간지였다가 2006년 여름에 계간 시 전문지로 전환되어 꾸준히 발간되고 있다. 이들 문예지로 인하여 대전-충남은 오늘날 다른 어느 지역보다도 매체의 풍요로움을 구가하고 있다. 문제는 이러한 장점을 대전 지역문단 부흥의 계기로 얼마나 활용할 수 있을 것인가 하는 점, 이 문예지들의 주간이나 편집위원들이 대전-충남 지역의 문학 발전을 위해 충분한 관심을 가질 것인가[28) 하는 점이다.

　대전-충남의 문학장에서 문인 단체도 중요한 몫을 담당하고 있다. 대전-충남 지역에서 가장 규모가 큰 문인 단체는 <문인협회> 대전-충남지부, 그리고 <민족문학작가회의> 대전-충남지부이다.[29) 이들 두 단체의 문학적 성향이나 인적 구성은 매우 상이하다. 어느 지역이나 비슷하지만 '문협'은 보수적인 문인이나 원로급의 문인들이 주축을 이룬다면, '민작'은 진보적인 성향의 문인이나 젊은 문인들이 주축을 이루고 있다. 문제는 이 단체들이 문인들의 문학 활동을 고무하고 그들의 작품성을 고양하는 일에 몰두하지 않고 있다는 점이다. 경우에 따라서는 문학 전문가들의 단체인지 아마추어들의 친목 단체인지 아니면 정치 결사체인지 구분이 모호할 때도 있다. '문협'의 경우 특히 이런 현상이 심각한 지경에 이르렀다고 판단되는데, 구성원들의 결단에 의한 진정성 있는 개혁이 이루어져야 할 것이다. 그렇지 않을 경우 추레하게나마 유지되고 있는 작금의 문학적 기반도 잃어버리고 말 것이란 점을 심각하게 고민할 필요가 있다. 다행이 '민작'의 경우 젊은 문인들을 중심으로 문학적 진정성이나 진실성을 지켜나가려는 노력을 하고 있는 것으로 판단된다. 특히 최근의 지역문학과 관련된 논의들[30)은 주목할 만한 성과를 이루었다. 문제는 아직도 시대적 변화에 적응하지 못하는 일부 문인들이 엄존한다는 사실이다. 그들은 '민족(문학)작가회의'라는 표기와 같이 진정한 문학은 괄호 속에 묶어두고, '민족'이라는

---

28) 계간 ≪문학마당≫ 2006년 봄호에는 "지역문학의 정체성 찾기와 문예지의 역할"에 관한 좌담회(박명용, 강태근, 박헌오, 반경환, 이형권) 내용이 정리되어 있다.

29) 이하 <문인협회> 대전-충남지부는 '문협'으로, 민족문학작가회의 대전-충남지부는 '민작'으로 약칭함.

30) '민작' 주도로 개최했던 최근의 심포지움 "소수자 문학과 지역문학"(2002), "지역문학과 에꼴의 가능성"(2004) 등은 대전-충남의 지역문학과 관련하여 주목할 만한 논의들이다.

이데올로기와 '작가'라는 어설픈 휴머니즘과 함께 정치적 '회의'만을 지향하는 것이 문학의 정도라고 생각한다. 이런 성향이 다른 지역의 문단에 비해 대전-충남의 문단에 유난히 돌출되는 사례도 목격되곤 하는데, 그것은 시대에 뒤떨어진 모습이다.

대전-충남 문학장에서 문예사조적 스펙트럼은 다양하다. 주정적 차원을 중시하는 리리시즘적 경향으로는 한성기, 정훈, 박용래, 임강빈, 나태주, 홍희표, 장석주, 강신용, 양애경, 송계헌, 윤중호, 김완하, 강희안, 구효서, 윤대녕, 이정록, 이태관, 길상호 등의 작품들이 주목에 값한다. 또한 신채호, 신동엽, 이문구, 조재훈, 김홍신, 김성동, 이은봉, 이재무, 나희덕, 연용흠, 강병철, 유용주, 한창훈, 이면우, 김광선 등이 보여준 현실 인식은 다른 어느 지역의 문학에서도 찾아볼 수 없을 만큼 핍진한 리얼리즘 문학이었다. 그리고 김구용, 박희선, 최원규, 최상규, 복거일, 최학, 손종호, 김백겸, 윤형근, 이만교, 박진성 등이 보여준 주지적, 내면적, 감각적인 세계는 광의의 모더니즘적인 경향의 일단을 보여주고 있다. 물론 이들의 문학적 경향이 그렇게 단순하게 평가될 만한 것은 아니지만 대전-충남 문학의 다양성을 증거하는 데에는 문제가 없으리라고 본다. 그러나 문제는 다양성이 아니라 심도와 열정의 문제다. 대전-충남의 문인들이 더욱 진취적이고 적극적인 작품 활동과 및 문단 활동을 해야 할 것으로 생각된다. 대전-충남의 문인들은 문학적 재능에 관한 한 다른 지역 문인들에 결코 뒤지지 않지만, 그 열정이나 결속력에서는 많이 부족하지 않나 싶다. 이제 지역적 가치와 세계적 가치의 호환이 중시되는 글로컬리즘(glocalism, 世方主義) 시대를 맞이하여 더욱 적극적인 문단 활동을 통해서 지역문학의 수준을 고양하는 일이 절실하게 필요한 시점이다.

5. 결론 : 지역문학의 특성과 글로컬리즘

지역문학은 타자성과 소수성을 특성으로 한다. 서구문화를 중심으로 한 문화적 타자 관계[31]는 지역문학에도 그대로 유효하다. 지역문학은 엄밀히 말하면 '타자의 타자'라고 할 수 있다. 서구중심주의 타자인 제3세계 문학으로서 한국문학이 있고, 한국(중앙)문학의 타자인 지역문학을 상정할 수 있다. 그런데 이 '타자의 타자성'은 오히려 타자성을 극복할 수 있는 역설적 대안이 될 수도 있을 것이다. 즉 영역별 지역문학의 특이성은 특수한 문학적 개성으로 착근될 수 있고, 그러한 개성을 바탕으로 국내뿐 아니라 전 세계의 지역문학과 교류를 활발하게 진행할 수 있기 때문이다. 특정 지역에서 활동하는 문학 종사자들이 글로컬리즘을 추구함으로써 대전-충남 문학의 개별성과 정체성을 강화해 나가야 하는 것이다. 글로컬리즘은 문화와 결합하는 방식은 지역문화의 구성원이 다른 문화를 체험한 후 그것에 대한 만족 여부에 의해 자신들의 문화에 접목시킬 것인가 말 것인가를 결정하는 것이다.[32] '문화 글로컬리즘(culture glocalism)'의 가치는 세계화 시대의 문화 현상인 다문화주의의 애매모호성, 다공성, 비중심성 등을 극복할 수 있는 대안적 가치로서, 세계주의(globalism) 시대일수록 지역주의(localism)를 강조하면서 지역문화의 세계화,[33] 세계문화의 지역화를 가속화할 수 있다는 데서 찾을 수 있다. 더구나 요즈음은 정보화 시스템을 활용하여 세

---

31) Edward W. Said, 김성곤·정정호 역, 『문화와 제국주의』, 도서출판 창, 1995, p.339.
32) 윤호병, 『아이콘의 언어』, 문예출판사, 2001, p.53.
33) 자칫, 어설픈 세계화는 신식민주의의 논리에 휘말릴 수도 있을 터이지만, 그런 개연성 때문에 지역문학의 글로컬리즘적 개방, 개혁을 거부하는 것은 바람직하지 않다.

계 어느 지역의 문화와도 직접적 소통이 가능하기 때문에 글로컬리즘의 실천에 유리한 시대다. 덧붙여 각 지역의 자치단체들이 맺고 있는 결연도시나 자매도시들을 적극적으로 활용할 필요가 있다. 대전과 충남의 문인들도 자신이 속한 시도의 자매도시나 결연도시에 거주하는 문인들과의 실질적인 교류를 위해 노력할 필요가 있다.

또한 소수성은 지역문학의 실천을 위한 전략적, 전술적 가치에 포함된다. 그것은 탈영토화가 강하게 드러난다는 것, 개인적인 문제가 배경을 이루면서 정치성을 띤다는 것, 모든 것이 집단적 성격을 띤다는 것[34] 등을 속성으로 한다. 지역문학은 이른바 중앙문학에서의 탈영토화이며, 중앙문학에 대한 저항문학으로서의 정치성을 띠고, 민족문학 전체를 구성하는 복수적 집단성을 띤다는 점에서 소수자 문학인 것이다. 그 구체적 실천 방안으로는 자신의 고유한 물밑 세계나 고유한 사투리, 또는 자신의 고유한 제3세계나 자신만의 황량한 세계를 고안[35] 해야 하는 것이다. 다시 말해 지역문학은 지역민들의 구체적 삶과 역사에 토대를 둔 저류적이고, 토속적이고, 고유하고, 현장적인 작품들을 생산해야 한다. 이를 통해 지역문학은 소위 중앙문학으로부터의 탈영토화를 실천해 유의미한 새로운 문학의 영토를 개척해 나가야 하는 것이다. 이를 위해 지역문학의 주체들은 '가장 지역적인 것이 가장 민족적'이라는 모토를 항시 염두에 두어야 한다.

대전-충남의 지역문학은 이제 전략적 사고와 전술적 글쓰기의 다양한 실천을 수행해야 한다. 그 구체적인 방향으로는 첫째, 백제 정신의 문학적 발굴과 발견을 통한 심상지리의 구축을 들 수 있다. 이것은 지

---

34) G. Deleuze & F. Guattari, 조한경 역, 『소수 집단의 문학을 위하여』, 문학과지성사, 2000, p.37.
35) ibid.

역문학이 그 지역의 역사성을 반영해야 한다는 명제와 관련되는 부분이다. 대전-충남 지역에 산재한 백제 문화는 아직 문학적 발굴과 개발의 여지가 많이 남아 있다. 구체적으로는 한밭문화제, 백제문화제, 우암문화제, 동춘당문화제 등에서 일과적, 소비적, 전시적, 의고적 행사를 축소하고 시대적합성을 지닌 지역적 가치와 문학적 마인드를 고양할 수 있는 프로그램을 적극 개발할 필요가 있다. 둘째, 생활 권역에 따른 삶과 지리의 발견을 들 수 있다. 이것은 지역문학이 그 지역 사람들의 구체적 삶을 반영해야 한다는 명제와 관련되는 부분이다. 대전-충남 지역은 아직 문학적 자기정체성이 뚜렷이 정립되지 못한 측면이 있다. 충효 사상, 선비 정신, 느림의 철학 등 대전-충남의 고유한 정신과, 계룡산과 금강과 서해바다에 각인된 지역적 삶의 실상을 담은(담을) 작품들을 체계적으로 생산, 유통, 정리하려는 노력을 적극적으로 해야 한다. 셋째, 과학 도시를 활용한 문학(문화)콘텐츠의 개발을 생각해 볼 수 있다. 대전은 대덕특구를 위시하여 과학 도시로서의 위상이 강화되는 추세에 있으므로, 이 지역의 IT/BT 산업기술을 활용한 문학적 성과를 축적하기 위해 많은 관심을 기울여야 한다. 문학은 이제 활자화된 평면적 자료로 남아 있어서는 곤란한 시대로 접어들었으며, 문학 작품들을 기본 소스로 삼아 다양하게 응용해야만 하는 시대라는 점을 인식할 필요가 있다. 넷째, 한류 문화를 지역문학을 세계화하는 데 활용할 필요가 있다. 한류 열풍 가운데 동남아에서 가장 인기 있는 분야가 드라마인데, 인기의 비결은 무엇보다도 드라마에 내재한 견고한 문학적 구성력에서 찾을 수 있을 것이다. 이런 관점에서 우리에게 요구되는 것은 대전-충남 지역의 문학적 자산을 동남아나 다른 지역의 문화적 소스로 제공하고, 역으로 필요한 소스를 제공받기도 하는 글로컬리즘적 인식이다.

그리고 대전-충남 문단에서 가장 시급한 요소 가운데 하나는 젊은 문인들을 양성하는 일이다. 문단의 노령화 추세는 우리 사회의 그 어느 부분보다도 급격히 진행되고 있다. 요즈음에 문단에 새롭게 얼굴을 내미는 신인들을 보면 신인이라는 말이 무색할 정도로 등단 연력이 갑자기 높아지고 있다. 이것은 물론 전국적인 현상이긴 하지만 특히 대전-충남의 문단은 다른 지역의 문단보다도 노령화 추세가 더 빨리 진행되는 듯싶다. 실제로 대전-충남 문단에서 20대나 30대의 문인들을 찾아보기가 여간 어려운 게 아니다. 문학 행사에 가 보면 40대나 50대의 문인들이 젊은 축에 속할 정도인데, 이것은 현대문학 초창기부터 1980년대까지의 문단 구성원들의 분포에 견주어 볼 때 심각한 문제다. 노령화 사회의 가장 큰 문제점은 생산성의 급격한 쇠퇴와 진취적 사고의 위축이다. 다른 어떤 분야보다 급속히 진행되고 있는 문단의 노령화를 극복하기 위한 대책 마련이 시급하다. 우리 지역의 재능 있는 젊은 시인들을 적극적으로 발굴하여 지원하는 일이 시급히 요청된다. 덧붙여 지역의 원로, 중진 문인들이 한 걸음 물러나 젊은 문인들에게 기회와 역할을 부여해야 할 것으로 보인다. 기성 문인들은 젊은 신진들로 하여금 그들 세대에 맞는 그들 언어를 발굴해 낼 수 있도록 조력자의 역할을 충실히 수행해야 할 것이다.

김남주 시의 대항 담론과 탈식민성

1. 서론 : 판옵티콘의 시대와 시인의 사명

 푸코의 시각을 빌리면 김남주 시의 현실적 배경은 판옵티콘(panopticon)[1]의 시대였다. 그가 시인으로서 발을 내딛은 1970년대와 옥중 창작 활동을 통해 열혈적 저항시인으로서의 면모를 보여준 1980년대는 이 나라에 불순한 정치적 의도에 의한 감시와 억압이 횡행하던 판옵티콘의 시절이었다. 김남주는, 유신세력과 신군부 세력이 강압적으로 통치하던 1970년대와 1980년대의 판옵티콘에서 그 감시자는 민족의 정체성을 저버리고 외세와 결탁하여 독재 권력을 창출, 유지, 재생산하는 반민주,

---

1) Michel Foucault, 박홍규 역, 『감시와 처벌-감옥의 역사』, 도서출판 나남, 2003. 벤담이 상상했던 원형감옥을 푸코가 비민주적 사회의 메커니즘을 설명하기 위해 차용한 개념이다. 가운데에는 감시탑이 솟아 있고 그 주위에는 원형으로 감옥이 배치되어 있는, 감시탑에서는 감옥을 볼 수 있지만 감옥에서는 감시탑의 안을 볼 수 없는, 수감자들은 감시의 시선을 내면화하여 스스로를 통제하면서 권력의 요구에 순응하는 메커니즘이다.

반민족, 반민중 세력이라고 간주한다. 이러한 기형적 현실을 참아낼 수 없었던 김남주는 저항의 언어를 무기로 삼아 판옵티콘의 감시자들을 향한 적극적이고 행동적인 투쟁을 고무, 추동, 실천했다. 그 결과 자신은 오랜 세월 동안 더 작고 고통스러운 감옥 안에서 영어(囹圄)의 생활을 할 수밖에 없었지만, 투옥 생활 중의 온갖 회유와 협박에도 자신의 사상적, 문학적 신념을 끝까지 지켜냈다.

김남주의 시와 산문들에는 시(인)의 시대적 사명에 대한 인식이 뚜렷이 나타나는데, 이것은 그만큼 다른 시인들에 비해 시적 자의식이 강했다는 사실을 말해준다. 그는 시인의 사명이 "부르주아 자유주의 이데올로기의 허위성과 천박성을 폭로하여 노동자, 농민을 이로부터 해방시키고 노동대중의 머릿속에 해방투쟁의 혁명적 이데올로기를 심어주는 것"2)에 있음을 온몸으로 증거하고자 했다. 그는 시대의 제물이 될지언정 "혁명시인"이자 "해방전사"(「나 자신을 노래한다」)이고자 했기에, 그의 시와 삶은 부정한 현실을 개조하기 위한 강력한 투쟁 의지로 점철될 수밖에 없었다. 그가 체험했던 당대의 현실은 천민자본주의와 군사독재 체제, 그리고 반민중주의가 지배했으므로 그런 세계는 시와 혁명의 이름으로 타도, 전복되어야 할 대상이었다. 그는 시가 "투쟁의 무기"(「전향을 생각하며」)이자 "들고 일어서는 봉기의 창 끝이 되기를"(「나는 나의 시가」) 간절히 바랐던 것이다.

열혈시인 김남주에 관한 연구는 그동안 그의 시를 민족, 민중, 민주운동의 일환으로 보는 관점을 견지하면서 다분히 정치적, 사회적 의미에 초점을 맞추어 왔다.3) 이들의 논의에서 김남주 시는 외세에 항거하

---

2) 김남주, 『시와 혁명』, 도서출판 나루, 1991, p.30.
3) 김진경의 「예언정신과 선언정신」(김남주, 『진혼가』, 청사, 1984), 염무웅의 「사회인식과 시적 표현의 변증법」(김준태 외, 『김남주론』, 도서출판 광주, 1988), 김준태의 「혁명성, 전투성, 역동성, 순결성」(ibid), 임헌영의 「김남주의 시세계」(김남

는 민족주의 노래이거나 독재 체제에 저항하는 민주투사의 노래이거나 계급투쟁에 앞장서는 전사의 행진곡으로 정의된다. 이와 관련된 많은 논의들이 단순하고 인상주의적 연구 방식에 치우쳐 있다는 느낌을 지울 수가 없는데, 최근 들어서는 김남주 시를 탈식민적 가능성으로 탐색해 보는 논의와 문예사조적, 담론적 차원의 한계에 관한 연구도 전개[4]되면서 심도 있는 접근 방식을 확보해 가고 있다. 이 글은 기왕의 연구물들에 유의를 하면서 김남주 시가 견지한 탈식민성의 구체적 특성을 주제와 표현의 측면에서 총체적으로 점검해 보고자 한다. 탈식민주의와 관련된 그간의 논의들은 부분적이고 간헐적이거나 인상비평적인 수준에서 이루어져 왔기 때문에 이제 텍스트를 중심으로 한 전면적 연구가 필요한 시점이다.

왜 탈식민이고, 왜 김남주인가? 김남주의 시에 의하면 식민주체가 일본에서 미국으로 바뀌었을 뿐, 한국적 상황은 아직 식민지 상황에 놓여 있다. 특히 김남주가 시작 활동을 활발히 전개했던 1970년대와

주, 『솔직히 말하자』, 풀빛, 1989), 윤지관의 「풍자정신과 투쟁적 리얼리즘」(≪실천문학≫ 1989년 가을호), 김형수의 「김남주의 전투적 애국주의를 옹호함」(≪한길문학≫ 1990년 5월호), 유성호의 「노래로서의 서정시 그리고 계몽적 열정」(≪시와 시학≫ 1994년 봄호) 등이 주목할 만하다.

4) 하정일의 「탈식민의 시인―김남주에 대한 몇 가지 단상」(≪시와 사람≫ 2001년 여름호), 황정산의 「칼과 불의 언어」(≪작가연구≫ 5호, 2003), 노철의 「김남주 시의 담론 고찰」(상허학회, 『한국문학과 탈식민주의』, 깊은샘, 2005) 등이 주목할 만하다. 이들 가운데 노철은 김남주 시가 오늘날의 탈식민적 담론으로 유효한지를 점검하면서 매우 부정적인 평가를 하는데, 그 이유로 남북한을 성급하게 동질화시켰을 뿐 아니라 관념적인 수준에 머물러 구체적 서사를 확보하지 못했다는 점을 들었다. 중요한 지적이지만 김남주 시를 연구하는 데 지나친 문학주의나 보편주의보다는 시대성과 전위성의 차원이 더 중요하지 않을까 한다. 197,80년대는 저항 담론으로서 반외세, 반독재, 반자본의 시가 절실히 요구되었으며, 김남주는 그 전위에서 시대적 요구에 부응하는 시를 썼던 것이다. 따라서 필자는 김남주 시의 탈식민적 전위성 자체만으로도 의미가 있고, 탈식민 담론으로서의 보편성과 현실성을 확보하는 일은 김남주 이후의 과제라고 보고 싶다.

1980년대는 미 제국주의와 연대한 독재 권력, 그리고 그들의 틈새에서 성장해 온 자본가들에 의한 중층적 식민지[5] 상황에 놓여 있었다. 그의 시는 이런 상황에 대한 비판적, 투쟁적, 전복적 의지를 담지하고 있는 탈식민주의 담론으로 기능한다. 김남주 시에서 반미의식을 기저로 하는 탈식민주의적 속성은 주제와 표현의 측면에서 두루 나타나는데, 주제적 측면에서는 오리엔탈리즘에 반하는 민족정신, 독재에 항거하는 민주정신, 반자본적 계급주의에 기초한 민중정신 등이 빈번히 나타나며, 표현의 측면에서도 그에 상응하는 방식을 획득하고 있다.

2. 오리엔탈리즘에 맞서는 반외세 민족정신

김남주의 시는 반외세 의식이 강하게 드러나는 것으로 보아 페쇠가 구분한 담론 유형에 따르면 반동일시의 담론[6]에 속한다고 할 수 있다. 특히 미국에 대한 정서적 반감은 매우 극렬했는데, 그가 반미의식을 갖게 된 것은 우연한 일이었다고 한다. 스스로 고백했듯이 원래부터 반미주의자가 아니라 후천적으로 미국에 대한 적개심을 가졌다고 한다. 흥미로운 것은 김남주의 내면화된 반미의식의 진원지가 광주에 있는 미문화원이었다는 사실이다. 미국문화의 장점을 홍보하기 위해 건립된 미문화원에서 반미의식을 고양시켜 주었다는 사실은 아이러니컬

---

5) 호손이 말한 이중식민지화(Double colonization)란 용어(J. M. Hawthorn, 정정호 엮음,『현대문학이론용어사전』, 동인, 2003, p.230)를 변형해 사용한다. 이중식민지화는 식민주체와 피식민지 남성에 의해 이중으로 억압받는 여성의 상황을 지시한 것이지만, 이 글에서는 식민주체와 피식민지 독재자에 의해 이중으로 억압받는 식민지화한 상황을 지칭하고자 한다.

6) Michel Pecheux, 임상훈 역,『담론이란 무엇인가』, 한울, 1992, pp.49~56. 페쇠는 주체가 구성되는 담론의 유형을 동일화의 담론, 비동일화의 담론, 반동일화의 담론 등으로 구분한다.

하다. 김남주 스스로 밝힌 대로 고등학교 시절에 미문화원에서 훔쳤다는 『Listen Yankee』라는 책, 즉 미국에 대한 비판적 저술을 통해 미국이란 나라에 대한 강한 비판 의식을 갖게 되었다[7]고 한다. 더구나 "나는 미국을 통해서 레닌을 알고 매니페스트를 읽고 모택동을 읽고 게바라를 알고 했"[8]다는 진술은 피식민지인들에 대한 식민지인들의 요구로서 호미 바바가 말한 모방(mimicry)의 양가성[9]을 연상케 한다. 미국이 제3세계를 향해 자신들의 언어를 모방하도록 유도하여 문화의 제국주의를 의도했지만, 아이러니컬하게도 영어가 미국에 대한 비판적 인식을 갖게 하는 기제로 활용되었던 것이다.

또한 김남주는 대학시절에도 반미의식이 강렬했던 것으로 보인다. 그는 영문학 강의 시간에 미국에서 공부하고 돌아온 어느 교수가 숭미(崇美)적인 발언을 하자, 미국문화를 우리가 비판 없이 추종할 때 우리나라는 점점 더 미국의 문화식민지가 되지 않겠냐고 항의하고는 강의실을 박차고 나갔다고 한다.[10] 미국과 미국문화에 대해 맹목적으로 찬양하는 영문학 교수와의 갈등으로 인하여 대학을 중도에 그만둔 셈인데, 이후 김남주는 사회 운동에 적극적으로 뛰어들면서 독학으로 영어를 비롯한 외국어 공부에 진력하여 번역시집[11]을 내기도 했다. 서양열강의 제국주의적 속성에 비판의 칼날을 들이대면서도 그들의 언어 공

---

7) 김남주, 『불씨 하나가 광야를 태우리라』, 시와사회사, 1994, p.121.
8) 김남주, 『편지』, 이룸, 1999, p.168.
9) Homi K. Bhabha, 나병철 역, 『문화의 위치』, 소명출판, 2002. p.180. 모방(mimicry)은 식민지배자가 기획한 식민통치의 방식인데, 지배자들은 피지배자로 하여금 자신들의 문화를 반복적으로 모방하게 함으로써 피지배자의 문화를 변형시키고자 한다는 것이다. 그럼으로써 모방은 피지배자의 문화적 정체성을 파괴하고자 하는 것이지만, 오히려 지배자들에게 저항하기 위한 하나의 방식이 될 수 있다는 것이다.
10) 강대석, 『김남주평전』, 한얼미디어, 2004, p.72.
11) 김남주 편역, 『아침저녁으로 읽기 위하여』, 남풍, 1988.

부에 열심이었다는 것은 의미심장한 일이 아닐 수 없다. 영어를 전유(傳諭)하여 미국을 비판하려 했던 것이다.

김남주가 보기에 미국은 군사적, 경제적 침탈자로서 강권적 외세에 불과했다. 미국은 제2차 세계대전 이후 우리나라를 비롯한 제3세계에 대한 경제적 침탈을 주도면밀하게 진행해 왔으며, 미국이 팍스아메리카를 내세우며 세계 경찰을 자임할 수 있었던 것도 실은 제3세계로부터 얻은 경제적 이권을 토대로 가능했다는 것이 김남주의 판단이었다. 비록 식민주의자들은 자신들의 침략행위를 정당화하기 위해 피식민 경험의 긍정적 효과를 강조하지만, 실질적으로는 폭력으로 인한 부정적 효과를 위장하기 위한 것으로 보는 것이다. 스피박이 '시혜적 폭력' 혹은 '시혜적 침해'라고 지칭했던[12] 것과 같은 이러한 식민주의의 양면성은 「달라 1」에 그 일단이 드러난다.

> 아니다 거기에 가면 아시아에 가면/ 보다 넓은 시장이 있기 때문이다/ 아니다 거기에 가면 아프리카에 가면/ 보다 값싼 노동력이 있기 때문이다/ 아니다 거기에 가면 라틴 아메리카에 가면/ 보다 높은 이윤이 있기 때문이다/ 달라가 간다 어딘가로/ 지구 어딘가로 달라가 간다/ 원조라는 미명으로 가고/오늘은 되로 주고 말로 받는/ 차관의 너울을 쓰고 가고/ 내일은 빛 좋은 개살구/ 경제협력이라는 망토를 걸치고 간다.
> ─ 「달라 1」 부분

제3세계에 대한 미국의 경제적 침략을 노골적으로 비판하고 있다. 이 시의 "아시아", "아프리카", "라틴 아메리카" 등은 이른바 제3세계 국가들이 밀집한 곳이다. 경제적으로 가난에 시달리거나 경제개발의 도상에 있는 제3세계 국가들은 서양 선진국들의 도움이 절실한 나라들

---

12) Gayatri C. Spivak, "Bonding in Difference : Interview with Alfred Arteage," *The Spivak Reader*(London : Routledge, 1996), p.19.

이다. 제3세계에는 절대적 빈곤조차 해결하지 못한 나라들이 적지 않기 때문이다. 미국이 이들 나라에 대한 "원조"를 활발히 하고는 있으나, 그것은 인도적 차원에서 이루어지는 것이 아니라, 장차 그 나라에서의 정치적, 경제적 주도권을 잡으려는 책략의 일환이라는 사실을 지적하고 있다. 미국은 가난한 나라에 대한 "원조"라는 명목 하에 "달라"를 앞세워 "되로 주고 말로 받는" 약탈을 한다는 것이다.

미국은 또한 남의 나라 내정에 깊이 관여하면서 민중들의 학살을 방조, 묵인하거나 앞장서는 나라다. 미국은 외형적으로는 보편적 민주주의를 추구하는 국가이지만, 실제적으로는 막강한 군사력을 앞세워 세계 지배를 의도하는 전형적인 제국주의 국가다. 이와 관련하여 김남주는 1980년 광주 문제도 미국의 음험한 식민주의적 의도와 밀접히 관련되었다는 점을 주장한다.

> 봄매가 작아 내 누이같고/ 허리가 길어 내 여인같은 나라여/ …(중략)…/ 입으로는 자유와 평화를 사랑하고/ 뒷전에서는 원격조종의 끄나풀로 꼭두각시를 앞장세워/ 제 조국의 해방과 독립을 위해 싸우는 민중들을/ 계획적으로 학살하는 아메리카여/ 보아다오, 너희들과 너희들 똘마니들이 저질러놓은 범죄를/ 음모와 착취로 뒤덮인 이 땅을/ 보아다오, 너희들이 팔아먹은 탄환으로/ 벌집투성이가 된 내 조국의 심장을/ 보아다오, 살해된 처녀의 피묻은 머리카락을/ 보아다오, 대검에 찔린 아이밴 어머니의 배를/ 보아다오, 학살된 아이들의 맑은 눈동자를.
>
> —「학살 1」부분

폭력적인 가해자의 이미지와 피해자의 가련한 이미지가 선명하게 대비를 이루는 작품이다. 1980년대 광주의 상황을 떠올리면 피해자는 "조국의 해방과 독립을 위해 싸우는 민중들"이고 가해자는 "아메리카"와 그 "꼭두각시"인 신군부 세력이다. 이 시는 이들 가해자들에 대한 비판에 초점이 맞춰져 있으나, 그 연원에 대해서도 주목을 한다는 점에서 역사적 의미를 담보한다. 즉 미국은 "남과 북으로 갈라놓은"은 분단의 원인을 제공하고 아직도 그것을 지속시키는 배후의 나라다. 주지하듯 미국은 광복 이후 이 땅에서 군정을 실시하면서 정치, 경제, 군사적으로 막대한 지배력을 행사해 온 나라이다. 남북한의 문제를 다룰 때에도 북한과 미국이 머리를 맞대고 논의할 정도로 남한은 미국에 의해 대표되었다. 이런 나라가 1980년대 초에 한국에서는 민주화 운동을 탄압하는 신군부 세력의 후원자가 되었다는 것이다.

한편으로 김남주는 한국적 상황에서 미군에 의해 자행되는 민족적 자존심의 침탈을 문제 삼기도 한다. 그의 시에서 미국은 세계 어느 나라에도 유례가 없을 정도로 오랜 기간 동안 우리의 수도인 서울과 주요 전략 요충지마다에 장기간 주둔을 해 온 침략자로서 민족의 자존심을 강탈하는 제국주의의 화신이다.

> 식민의 땅에 와서 그들이/ 밤이고 낮이고 찾는 것은/ 눈을 까뒤집고 기를 쓰며 찾는 것은/ 술집이고 여자였다 그뿐이었다/ 그들은 오직 술집을 찾기 위해/ 무장을 하고 그리고 버스를 탈취했다/ 그들은 오직 여자를 가로채기 위해/ 총칼을 들고 그리고 능욕했다/ 내 조국의 딸들을
>
> ― 「포항 1988년 2월」 부분

포항에 주둔하는 미군들을 바라보면서 그들의 불법 행위에 의해 민족정기가 능욕당하는 현실을 비판하고 있다. 시에 의하면 이 나라는 "식민의 땅"일 따름이며 미군들이 "총칼"로 "무장"을 한 것도 한반도의 안보를 위한다기보다는 "오직 여자를 가로채기 위"한 것일 뿐이다. 그들에 의해 "능욕"당한 "내 조국의 딸들"은 한민족 전체를 제유하는 것으로서, 현실 인식이 다소 과장되고 비약적이라는 인상을 주긴 하지

만 김남주의 가열찬 역사의식이 돋보이는 대목이다. "내 조국의 딸들"
에 대한 "능욕"의 실상에 대한 고발은 다른 시에도 자주 보이는 속성
이다.

요컨대 김남주 시에서 우리나라는 아직도 "성조기 펄럭이는 식민
지"(「동두천에서」)이다. 식민주체인 미국은 "대통령이 되고 싶거든/ 쓰
잘데없는 걱정일랑 하지 말고 가서 바다 건너 아메리카에 가서/ 백악
관에 가서 청와대로 가는 허가증이나 하나 따가지고 오너라"(「대통령
지망생들에게」)에 드러나듯이, 대통령의 선출 과정에서도 무언의 압력
을 행사하는 내정 간섭의 나라다. 그 선거의 과정도 "선거에서 싸움에
서 이긴 것은/ 돈이고 양키제국주의의 총칼이고 음모였다"(「그날」)고
일갈함으로써 미국에 대한 반감을 적극적으로 드러낸다. 따라서 김남
주가 추구하는 민족정신의 배후에는 반미 사상이 깊이 연루되어 있다.
다만, 김남주 시의 민족정신은 혈통적 순결주의를 표방하기보다는 계
급적 연대감에 기초한 민족정신을 중시하는 것으로 보인다. 이런 점에
관해서는 뒤(4장)에서 자세히 언급할 것이다.

전 세계를 정치적, 경제적, 군사적 속국처럼 만들려는 미국의 의도
는 사이드(Edward W. Said)의 용어를 빌리면 오리엔탈리즘(Orientalism)을
정신적 기반으로 한다. 주지하듯 사이드는 서양 사람들이 가지고 있는
동양에 관한 지식을 문제 삼는다. 서양인들의 동양에 대한 지식은, 동
양에 대한 직접적인 관찰의 결과가 아니라, 서양을 중심에 놓고 동양
을 그와 대립되는 속성으로 규정한다고 말한다. 사이드의 『오리엔탈리
즘』에서 가장 중요한 것은 서양인들이 서양은 문명적이고 우월한 반면
동양은 미개하고 열등하다는 생각을 가지고 있다는 주장이다. 즉 서양
사람들의 사고 속에서 서양은 문명, 질서, 남성, 밝음 등의 긍정적 속
성을 갖는 것으로, 동양은 야만, 무질서, 여성, 어두움 등의 부정적 속

성을 갖는 것으로 규정된다고 한다. 이러한 서양 사람들의 지식은, 결국 서양은 문명(선)이고 동양은 반문명(악)이기 때문에 서양의 동양에 대한 제국주의적 침략은 정당하다는 주장으로까지 나간다는 것이다.[13] 서구의 제국주의 국가들은 실제의 동양이 아닌 의도적으로 왜곡한 동양 이미지에 의존하여 세계 곳곳에서 식민 지배를 합리화하고 있다는 것이다. 김남주 시에 의하면 미국은 그러한 제국주의의 전형적인 국가로서 "리비아에서 파나마에서 그라나다에서/ 수천의 인명을 살해한 인권의 나라"이며 "침략과 약탈로 거재를 쌓아올린 마천루의 나라"(「아메리카여 아메리카여 아메리카여」)이다.

3. 자국민의 식민화에 저항하는 민주정신

반외세 의식은 반독재 의식과 관계가 깊다. 근대 제국주의 국가들은 제2차 세계대전 이후 독립한 제3세계 신흥국가들을 자국의 영향권 안에 두기 위하여 노력해 왔다. 그리하여 서구 제국들은 비록 혹세무민의 독재자일지라도 자국에 순종하기만 하면 그의 정권 유지를 위해 도움을 아끼지 않았다. 그 중심에 선 나라인 미국은 제2차 세계대전 이후 세계 패권의 확보를 위해 각 나라에 친미 정권을 세우려고 노력하는 과정에서 반민족적 독재 세력을 도와 그 나라의 민주화에 역행하는 일들을 자행하곤 했다. 제3세계 국가들에서 독재자에 의한 장기간의 통치는 미국의 도움이 없다면 불가능한 것이었다. 따라서 제3세계의 독재자들이 자신의 독재 체제를 강화하기 위해 미국의 제국주의 정책을 노골적으로 지지, 호응하는 것은 당연한 일이었다. 이 점이 바로 미

---

13) Edward W. Said, 박홍규 역, 『오리엔탈리즘』, 교보문고, 1994(증보판), p.98.

국이라는 외세와 이 땅의 독재 체제가 깊이 연루되는 대목인데, 김남주는 그러한 현실에 대해 증오심과 투쟁 의지를 분명히 한다.

> 보라 창살에 타오르는 이 증오의 눈을/ 보라 주먹으로 모아지는 이 온몸의 피를// 장군들 이민족의 앞잡이들/ 압제와 폭정의 화신 자유의 사형집행자들/ 기다려라 기다려라 기다려라// 나는 싸울 것이다 살아서 나가서 피투성이로/ 빼앗긴 내 조국의 깃발과 자유와 위대함을 되찾을 때까지/ 토지가 농민의 것이 되고/ 공장이 노동자의 것이 되고/ 권력이 민중의 것이 될 때까지

> ―「권력의 담」부분

이 나라의 권력자들에 대해 "이민족의 앞잡이들"로서 "압제와 폭정의 화신"이라고 정의한다. 외세의 힘에 의지해 독재 체제를 강화하면서 민중을 억압하는 것이 오늘날의 정치 상황이므로 시인은 독자들을 향해 이런 현실에 대해 적극적으로 저항할 것을 권한다. 광복 전에는 친일주의자들, 광복 후에는 친미주의자들에 의해 "권력"이 장악되어 "민중"의 삶을 억압해 왔던 데 대한 문제 제기다. 이는 프란츠 파농이 좌절과 분노와 절망 같은 피식민 주민의 심리에 관심을 갖고 수행했던 서구 제국주의에 대한 비판과 유사하다. 특히 그는 서구 제국주의뿐만 아니라 피식민국의 민족주의에 대해 피식민지 국가의 지배 계층들이 유럽의 민족주의를 모델로 삼아 자국민을 또 다른 형태로 식민화할 가능성이 있다고 경고했다. 식민주의와의 투쟁이 민족주의 투쟁과는 완전히 일치하는 것은 아니므로[14], 일부 독재자들이 내세우는 민족주의가 자칫 자국민을 향한 또 다른 형태의 식민주의로 변형될 수 있다는 점을 경계했던 것이다.

---

14) Franz Fanon, 남경태 역, 『대지의 저주받은 사람들』, 그린비, 2004. p.175.

엇나간 민족주의는 한국적 상황에서도 심각한 문제가 되는데, 그동안의 독재자들은 각자의 구미에 맞는 편협된 민족주의를 내세워 자신들의 통치를 정당화해 왔기 때문이다. 민족에 대한 김남주의 인식은 파농의 것과 유사하게 드러난다.[15] 즉 김남주의 시에서 독재자들은 자국의 국민을 식민지인으로 만드는 자들로 등장하는 바, 김남주는 외세에 의한 식민화와 마찬가지로 자국민에 의한 식민화에 대해 심각하게 경계했던 것이다.

> 삼팔선은 삼팔선에만 있는 것이 아니다/ 낮게는/ 새벽같이 일어나 일하면 일할수록 가난해지는/ 농부의 졸라맨 허리에도 있고/ 제 노동을 팔아/ 한 몫의 인간이고자 고개 쳐들면/ 결정적으로 꺾이고 마는 노동자의/ 휘어진 등에도 있다/ 높게는/ 그 허리 위에 거재를 쌓아올려/ 도적도 얼씬 못하게 가시철망을 두른/ 부자들의 담벼락에도 있고/ 그들과 한패가 되어 심심찮게/ 시기적절하게 벌이는 쇼쇼쇼/ 고관대작들의 평화통일 제의의 축제에도 있다
>   — 「삼팔선은 삼팔선에만 있는 것이 아니다」 부분

이 시에서 "삼팔선"은 국내적 상황에서의 지배자와 피지배자 사이에 존재하는 단절의 상징이다. 마치 제국주의로 무장한 식민주체가 피식민자들을 억압하고 수탈하듯이 내국의 구성원들 사이에서도 권력자와 민중, 자본가와 민중의 사이에는 넘을 수 없는 단절감이 있는 것이다. 독재자들, 즉 자국민에 의해 식민화된 일반 민중들은 "일하면 일할수록 가난해지는" 힘겨운 삶을 살아간다고 보는 것이다. 사실 김남주의 저항시는 1970년대와 1980년대에 자국민을 식민화하는 데 앞장섰던 군

---

15) 김남주는 파농의 저서를 번역(『자기의 땅에서 유배당한 자들』, 청사, 1978)한 적이 있는데, 자국민의 식민지화에 대한 인식은 이 책에서 일정 부분 영향을 받았을 것으로 짐작된다.

사정권의 탄생을 모티브로 하는데, 특히 유신체제와 광주학살은 김남주 시의 반독재 의식을 불러일으킨 직접적 원인으로 작용했다. 당시의 군부 세력은 한 손에는 정치적 억압의 총칼을, 다른 한 손에는 근대화라는 경제적 유혹의 지갑을 들고 교묘하게 정치적 헤게모니를 유지해 나갔다. 이런 정황에서 대부분의 시인들은 순수시의 영역으로 침잠하여 언어를 갈고닦았지만, 김남주에게 언어는 갈고닦는 대상이 아니라 불의와 독재에 저항하는 무기가 되어야 했다. 김남주는 시가 독재에 대한 저항과 독재 타도의 기제가 되어야 함을 공공연히 주장하면서 자신은 시인이 아니라 전투적 혁명가임을 자처했다.

그러나 그렇다고 하여 김남주가 혁명가적 투쟁만을 외친 것은 아니었다. 오히려 진솔한 자기 성찰과 고발정신을 통해 독재를 타도하고 민주적 사회를 도래시키는 일이 얼마나 소중한지를 자각하고 있었다. 그 고발정신은 다음과 같은 시에 잘 드러난다.

> 오월 어느 날이었다/ 1980년 오월 어느 날이었다/ 광주 1980년 오월 어느 날 밤이었다/ 밤 12시/ 도시는 벌집처럼 쑤셔놓은 붉은 심장이었다/ 밤 12시/ 거리는 용암처럼 흐르는 피의 강이었다/ 밤 12시/ 바람은 살해된 처녀의 피묻은 머리카락을 날리고/ 밤 12시/ 밤은 총알처럼 튀어나온 아이의 눈동자를 파먹고/ 밤 12시/ 학살자들은 끊임없이 어디론가 시체의 산을 옮기고 있었다
>
> ─「학살 2」부분

이 시는 우리 시사에서 '광주 5월'에 대한 가장 적나라한 현장 보고서이다. 풍문으로만 떠돌던 "1980년 오월 어느 날"의 "밤 12시" 광주에서 계엄군에 의해 자행되었던 무자비한 민주 세력 탄압의 실상을 고발하고 있다. 신군부 세력은 광주를 고립무원의 공간으로 만들어 놓고 민주화를 요구하는 민중들에게 총칼을 앞세워 탄압했던 것이다. 당시

의 현실은 시적 상상을 압도할 정도로 잔혹했는데, 이 시에서 "살해된 처녀의 피묻은 머리카락"과 "총알처럼 튀어나온 아이의 눈동자"의 그로테스크한 장면은 단순한 상상이 아니라 당시의 현장에서 벌어졌던 현실적 상황이었다.16) 민주 혁명을 꿈꾸던 김남주의, 이런 상황에 대한 시적 대응은 과격할 수밖에 없었다.

> 노래하지 말아라 오월을/ 바람에 지는 풀잎으로 '바람'은/ 학살의 야만과 야수의 발톱에는 어울리지 않는 말이다/ 노래하지 말아라 오월을/ 바람에 일어나는 풀잎으로 '풀잎'은/ 피의 전투와 죽음의 저항에는 어울리지 않는 말이다/ 학살과 저항 사이에는/ 바리케이트의 이편과 저편 사이에는/ 서정이 들어설 자리가 없다 자격도 없다/ 적어도 적어도 오월의 광주에는!
> ─ 「바람에 지는 풀잎으로 오월을 노래하지 말아라」 부분

이 시는 저 유명한 아도르노의 질문, '아우슈비츠 이후에도 서정시는 가능한가'를 연상케 한다. 김남주가 보기에 독재자의 폭정, 즉 "학살과 야만과 야수의 발톱"에 대한 저항은 "바람"이나 "풀잎"과 같은 연약함으로는 도저히 불가능하다는 것이다. 독재자들을 무너뜨리기 위해서는 "피의 전투와 죽음의 저항"이 요구되는데, 회감(回感)의 양식17)이라 일컬어지는 서정시의 생리를 가지고는 그런 저항이 불가능하다는 것이다. 이런 인식은 김남주의 시가 기본적으로 서정적 요소를 최소화하는 반면에 정보의 요소를 극대화하는 방식을 취하는 점과 밀접히 연관된다. 따라서 이 시는 김남주의 시학적 토대를 암시해 주는 시론시로서 독재자에 항거하는 시의 방향을 제시한 것이라 할 수 있다. 즉 "멋도 없고 가락도 없고 서정도 없는 엉터리 시인"(「시를 쓸 때는」 부

---

16) 강준만, 『한국현대사산책 1980년대편』, 인물과 사상사, 2003 참조.
17) Emil Steiger, 이유영·오현일 공역, 『시학의 근본개념』, 삼중당, 1978, p.17.

분)임을 자인하면서까지 시를 쓸 수밖에 없다는 강고한 신념은 반서정 시론의 정신적 근거다.

이러한 반서정 시론의 연원은 일차적으로 1970년대와 1980년대의 반민주적 독재 상황에 대한 김남주 자신의 체험에서 찾아진다. 김남주는 1972년에 공포된 유신헌법을 비판하는 잡지 ≪함성≫을 제작하다가 체포되어 고문을 받은 적이 있으며, 1978년 남조선민족해방전선 준비위원회에 가입하였다가 이듬해 투옥되어 1988년까지 수감생활을 했다.[18] 그는 투옥된 후에도 1980년대의 비민주적 현실에 대한 시적 저항을 지속적으로 실천했는데, 그런 와중에 반서정 시론이 내면화된 것으로 보인다. 반서정 시를 추구하게 된 출발선에 있는 것은 「진혼가」를 비롯한 초기 작품들이다.

① 총구가 나의 머리숲을 헤치는 순간/ 나의 양심은 혀가 되었다/ 허공에서 헐떡거렸다 똥개가 되라면/ 기꺼이 똥개가 되어 당신의/ 똥구멍이라도 싹싹 핥아주겠노라/ 혓바닥을 내밀었다/ 나의 싸움은 허리가 되었다 당신의/ 배꼽에서 구부러졌다 노예가 되라면/ 기꺼이 노예가 되겠노라 당신의

— 「진혼가」 부분

② 나를 고문실에 가둬놓고 어떻게 한 줄 아셔요/ 십자가 모양의 판자때기에 내 사지를 펴놓고/ 개 패듯 장작으로 팬답니다/ 사형대 모양의 가로대에 내 목을 매달아놓고/ 콧구멍에 고춧가루를 먹인답니다/ 바늘 끝으로 손톱 밑을 쑤시기도 하고/ 두 다리가 맞닿은 그곳에/ 심지를 꽂아놓고 담뱃불로 불을 당긴답니다

— 「편지」 부분

위의 ①은 옥중 생활 가운데 독재자의 대리인들에게 공갈, 협박을

18) 강대석, op.cit., pp.60~73, pp.87~94 참조.

받았던 경험을 소재로 한 시다. 그 외적 내용만을 보면 소심하고 유약한 사람의 자기변명으로 들릴 수도 있지만, 당대의 상황을 염두에 두고 보면 현실적으로 가능했던 최대의 저항시에 속한다고 할 수 있다. 이 시는 자신들을 비판하는 사람에게는 한 인간으로서의 최소한의 인권과 양심마저도 용납지 않았던 독재자들에 대한 신랄한 고발과 동시에 진지한 자기 성찰을 목적으로 하고 있기 때문이다. 더욱이 ②는 옥중에서의 고문 체험을 말하고 있는데, 아마도 우리 시에서 고문 체험을 이렇게 직설적으로 적나라하게 고발한 경우는 다시 찾아보기 어려운 것이다. 이러한 감옥 체험은 1979년 이후에 창작된 「별아 내 가슴에」, 「청승맞게도 나는」, 「건강만세 1, 2」, 「편지」, 「부르다가 내가 죽을 이름이여」, 「바보같이 바보같이」 등 많은 시편들에 드러나는데, 이들을 관류하는 시정신은 "몸은 비록 갇혔어도 혁명정신은 살아 있"(「편지」)다는 강고한 신념이다. 자국민을 식민지인으로 만들려는 독재자들에 의해 자행된 옥외의 탄압과 옥중의 고문 가운데서도 굴하지 않는 강렬한 저항 정신은 김남주 시의 핵심적 시정신에 해당한다.

4. 경제적, 계급적 식민을 거부하는 민중정신

김남주는 유물론적 계급주의에 기반을 둔 민중주의자였다. 그는 민주나 민족의 문제도 민중주의의 범주에서 접근하려 했는데, 민중의 인간다운 삶을 전제하지 않는 민주주의나 민족주의는 별반 의미가 없다고 보았다. 민족 시인이라는 말을 좋아하지 않았다는 김남주 스스로의 고백[19]에서도 그가 지향했던 계급주의자, 혹은 민중주의자로서의 면모

---

19) 강대석, op.cit., p.161.

가 드러난다. 그는 외세의 문제에만 관심을 갖고 우리의 고유한 정신과 문화만을 치켜세우면서 민족 내부의 착취문제나 계급문제에 관심이 없는 부르주아 민족주의에 대해서는 비판적인 입장에 서 있었던 것이다. 이는 옥시덴탈리즘(Occidentalism)에 대한 비판 정신이라고 할 수 있는데, 동양에 대한 편견을 통해 제국주의적 우월성을 확고히 하는 서양인들처럼, 민족주의자들은 서양에 대한 편견을 조장하여 국내의 특정한 정치집단의 결속을 다지는 데 활용[20]하는 점에 대한 문제를 인식한 것이다. 다시 말해 김남주는 "민족문제는 계급적인 문제"[21]임을 분명히 자각하면서 계급적 순수성을 강조하는 민중주의를 지향했던 것이다.

> 지금 내가 걷고 있는 이 길은/ 억압의 사슬에서 민중이 풀려나는 길이고/ 외적의 압박에서 민족이 해방되는 길이고/ 노동자 농민이 자본의 굴레에서 벗어나는 길이다
>
> ―「길 2」부분

이처럼 김남주가 추구했던 궁극적 지향점은 경제적으로는 "자본의 굴레"에서, 계급적으로는 "억압의 사슬"에서 자유로워지는 것이었다. 이런 차원에서 김남주 시에는 자본가들에 대한 증오심과 민중들에 대한 동지애가 강하게 드러나곤 한다. 김남주의 판단으로는 한국의 자본주의는 정치적, 도덕적으로 건강하지 못하고, 그런 와중에 치부를 한 자들은 증오의 대상이 되어야 마땅하다는 것이다. 자본주의에 대한 이러한 비판적 인식은 반자본주의적 신념을 공고히 드러낸다. 이러한 반자본주의 사상은 계급성, 당파성, 인민성을 강조하는 사회주의 리얼

---

20) X. Chen, 정진배·김정아 역, 『옥시덴탈리즘』, 강, 2001, p.16.
21) 김남주, 『옥중연서』, 삼천리, 1992, p.170.

리즘의 원리[22]와 연관된다. 이런 차원에서 김남주 시는 많은 부분이 노동자와 농민 등의 무산자 계급이 세상의 주인이 되어 자본가들을 배척하면서 인민 대중의 사상적, 이데올로기적 각성을 도모하는 데 바쳐진다.

> 사상의 거처는/ 한두 놈이 얼굴 빛내며 밝히는 상아탑의 서재가 아니라는 것을/ 한두 놈의 머리 자랑하며 먹물로 그리는 현학의 미로가 아니라는 것을/ 그곳은 노동의 대지이고 거리와 광장의 인파 속이고/ 지상의 별처럼 빛나는 반딧불의 풀밭이라는 것을/ 사상의 닻은 그 사상의 뿌리를 인민의 바다에 내려야/ 파도에 아니 흔들리고 사상의 나무는 그 가지를/ 노동의 팔에 감아야 힘차게 뻗어나간다는 것을/ 그리고 잡화상들이 판을 치는 자본의 시장에서/ 사상은 그 저울이 계급의 눈금을 가져야 적과/ 동지를 바르게 식별한다는 것을
>
> ─ 「사상의 거처」 부분

여기서 시인은 "사상의 뿌리"는 "인민의 바다"에, "사상의 가지"는 "노동의 팔"에 두어야 하고, "사상"의 "저울"은 "계급의 눈금"을 가져야 한다고 주장하고 있다. 인민성과 계급성에 대한 각성이 또렷이 드러나는 대목인데, 이를 통해 "적과/ 동지를 바르게 식별"해야 한다고 보고 있는 점은 당파성에 대한 강조라 할 수 있다. 특히 이 시에서는 "인민"의 중요성에 대한 인식이 강조되고 있는데, 이때의 "인민"은 계급적 각성을 한 다중으로서의 민중과 별반 차이가 없는 개념이다. 이렇게 보면 김남주의 시는 사회주의 리얼리즘 문예미학에서 강조하고 있는 인민성, 계급성, 당파성에 대한 인식에 토대를 두고 있는 것으로 이해된다.

김남주가 견지했던 계급적 민중주의에 대한 인식은 그의 가족으로

---

22) A. Lunacharskii 외, 김휴 엮음, 『사회주의 리얼리즘』, 일월서각, 1987.

부터 출발했던 것으로 보인다. 특히 아버지에 대한 묘사를 보면, 아버지는 민중의식을 일깨워준 일차적 매개인의 역할을 했다. 아버지는 고단하고 힘겨운 삶을 살아가면서 지배 계급을 부러워하고 자식만큼은 자신과 같이 고달픈 인생살이를 하지 않기를 바라는 순진한 민중의 표상으로 묘사된다.

> 그래 그는 머슴이었다/ 십년 이십년 남의 집 머슴살이였다/ 나이 서른에 애꾸눈 각시 하나 얻었으되/ 그것은 보리 서 말에 얹혀 떠맡긴 주인집 딸이었다// 그는 내가 어서어서 커서 면서기 군서기가 되어 주기를 바랬다/ 손에 흙 안 묻히고 뺑돌이 의자에 앉아/ 펜대만 까닥까닥하는 그런 사람이 되어 주기를 바랬다/ 그는 금판사가 되면 돈을 갈퀴질한다고 늘 부러워했다
>
> ─「아버지」 부분

여기서 "아버지"는 물론 계급적 각성을 한 존재는 아니지만, 민중으로서의 고달픈 삶을 전형적으로 살아온 사람으로 묘사되고 있다. 시인의 "아버지"는 온 청춘을 "남의 집 머슴"으로 살다가 "주인집 딸"인 "애꾸눈 각시"와 결혼을 했다. 이 땅의 보통 아버지들처럼 자식이 "펜대만 까닥까닥"하면서 살기를 바랐고, "금판사"의 세속적 위력을 부러워하는 평범한 사람이었다. 어머니 또한 "일제 30여 년 동안/ 낫 놓고 ㄱ자도 모르셨던 어머니/ 미제 40여 년 동안/ 나라로부터 받아본 것이라고는 세금통지서밖에 없으신 어머니/ 호미 쥐고 ?표도 모르시는 어머니/ 일자무식 한평생으로/ 자식사랑밖에 모르시는 어머니(「어머님께」)로 묘사된다. 김남주는 아버지와 어머니의 변방적 삶을 통해 자본주의 사회의 계급적 모순을 깨달았던 것이다. 이 외에도 김남주의 시에 등장하는 주요 인물들은 대부분 민중 계급에 속한다.

대지로부터 곡식을 거둬들이는 농부여/ 바다로부터 고기를 길러내는 어부
여/ 화덕에서 빵을 구워내는 직공이여/ 광맥을 찾아 불을 캐내는 광부여/
들을 세워 마을의 수호신을 깎아내는 석공이여/ 무한한 가능성의 영원한
존재의 힘 민중이여!

　　　　　　　　　　　　　　　　　　　　　　　　 ―「민중」 부분

　이 시에서 "농부", "어부", "광부", "석공" 등은 모두 "민중"에 속하
는 사람들이다. 시인은 이들에 대해 "무한한 가능성"을 지닌 "영원한
존재의 힘"이라고 정의한다. 또한 "아버지 대신 나락을 베"는 "큰애
기"(「조선의 딸」), "쌈터"와 "건설대"와 "감옥"으로 끌려 다니면서 착취
당한 "우리"(「읽을 줄도 쓸 줄도 모르는 어느 백성의 이야기」), "노동
의 즐거움"을 누릴 줄 아는 어느 "노인"(「이 세상 넘으면」), "가난 때
문에 순결을 팔고/ 첫사랑 추억에 우는 항구의 여자"(「항구의 여자를
생각하면」), "계급에 의한 계급의 착취를 끝장내"려는 "노동자들"(「깃
발」) 등 김남주 시의 민중은 모두 연민과 호의의 대상이다.
　민중에 대한 각별한 애정은, 러시아 혁명가 레닌의 예술론을 소개하
면서 "시에 있어서 대중성이란 시가 혁명의 편에 서서 대중의 이익을
옹호한다는 뜻입니다. 그것은 대중의 생활 현실과 투쟁의 당파성의 원
리에 입각해서 표현함으로써 가능합니다"[23]라는 부분에도 잘 드러난
다. 김남주의 시에는 자본가나 권력자들도 자주 등장하지만 그들은 비
판과 투쟁을 통해 타도해야 할 대상일 뿐이다. 민중과 자본가는 선과
악, 동지와 적과 같은 이분법적 속성으로 선명하게 정의된다. 민중은
"인간의 성채"(「황토현에 부치는 노래」)이지만, 반민중에 해당하는 "양
반놈들"은 "순 날강도놈들"(「아나 법」)로 제시된다.
　요컨대 김남주 시의 반외세, 반자본, 반독재에 대한 확고한 신념은

---

23) 김남주, 『시와 혁명』, 도서출판 나루, 1991, p.17.

민족, 민주, 민중주의에 대한 지향과 맞물려 있다. 이것은 김남주 식 삼민주의(三民主義)라 부를 수 있을 만큼 김남주는 시와 행동을 통해 이 들을 삼위일체로 추구해 나갔다. 외세의 의존에서 벗어나 민족 발전을 도모하는 자주 정신, 자본가들의 횡포에 맞선 실천적 투쟁을 강조하는 민중주의, 독재 세력을 타도하여 모두가 나라의 주인이 되기를 갈망하는 민주의식 등은 김남주 시의 중요한 주제의식을 구성한다. 탄압과 투옥 등의 현실적 고통 속에서도 김남주가 이처럼 민주, 민족, 민중을 지향하는 투쟁정신에 몰두할 수 있었던 에너지는 무엇인가? 그것은 반민주, 반민족, 반민중 세력과의 투쟁에서 반드시 승리할 것이라는 낙관주의였다.

> 활/ 불꽃이 타오른다/ 어둠이 싫어 어둠의 나라가 싫어/ 무등산에서 팔공산에서 태종대에서/ 활 활 활/ 불꽃 타오른다/ 활/ 성조기를 살라먹고/ 반미의 불꽃이 타오른다/ 활/ 식민지의 하늘을 붉게 붉게 물들이고/ 해방의 불꽃이 타오른다
>
> ─ 「불꽃」 부분

이처럼 경제적, 계급적 "식민지"에서 벗어나는 "반미"의 투쟁이 현재진행형으로 이루어지고 있다고 한다. 즉 "식민지 하늘"에 "해방의 불꽃"이 타오른다는 것은 외세, 독재, 자본에 의한 식민주의 카르텔을 벗어나 민족, 민주, 민중의 가치를 고양하여 건강한 사회를 건설하는 일이 진행 중이라는 것이다. 이러한 탈식민의 가능성에 대한 낙관적 인식은 바바가 제기했던 혼성성을 연상케 한다. 혼성성(hybridity)은 식민주의자들이 제국주의의 헤게모니를 확장하기 위하여 지배자의 문화를 해외 식민지로 이식하지만, 그 과정은 언제나 문화의 혼성이라는 대가를 치르게 되면서 모든 문화 현상들의 관계가 서로 뒤섞이게 마련

이고, 그리하여 결국은 지배자의 정체성에 혼란을 일으켜 식민지배의 논리를 약화시킨다는 것이다.[24] 김남주는 이와 비슷한 관점에서 외세에 의한 식민의 역사는 반드시 종식될 수밖에 없다는 점을 인식한 것이다.

5. 관념적, 선동적, 간접적 언술 방식

김남주 시의 표현법은 독특하다. 그의 시는 일제치하의 카프 시인들과 유사한 점이 없지 않으나, 그들의 시보다 더욱 선동적 언술 방식을 취한다. 세련된 표현이나 정치한 언어 표현을 중시하는 시인들의 입장에서는 시 작품이라고 인정하고 싶지 않을 만큼의 독특한 양상을 보여준다. 이를테면, 언어의 세공과는 거리가 먼 진술 방식, 즉 정치 집회나 시위 장소에서나 있음직한 관념적 언어와 비속어의 직접적 사용 양상은 일반적인 시학의 측면에서 보거나 그가 활동했던 197,80년대의 시 문법과 견주어 보아도 색다른 일면이다. 시적 표현의 관습을 과감히 거부하면서 당대의 정치적 문제들을 정공법으로 뻗대는 언어의 사용을 보여주었다. 그렇다고 하여 문학적 표현 방식을 전면 거부한 것은 아니었는데, 때로는 풍자, 아이러니 등의 표현법을 활용하여 탈식민의 의지를 효과적으로 드러내기도 한다.

김남주 시에는 관념어와 비속어가 자주 사용된다. 이를테면 민주, 민중, 민족, 자유, 평등, 해방, 계급, 투쟁, 외세, 자본, 식민지, 제국주의 등은 가장 빈번하게 등장하는 관념어들인데, 이러한 어휘는 김남주가

---

24) Homi K. Bhabha, 나병철 역, op.cit., p.229. 특히 "혼성성은 타자의 부인된 인식들 (지식들)을 지배 담론에 틈입시켜서 권위의 토대를 소원화시키는 것"이라는 부분 참조.

추구했던 사상이나 이념과 밀접히 연관되는 것으로서 당대의 저항시인들인 김지하나 박노해의 시적 진술과 비교해 보아도 특이하다. 사실 일반 시학의 원리에서 이념적, 관념적 어휘는 시어로서는 적절하지 않은 것이지만 김남주 시에서는 그것이 빈번히 활용된다. 이것은 김남주가 시적 재능이 부족해서라기보다는 시적 정보의 효과적 전달을 위한 작위적 의도에서 비롯되었다고 보아야 할 것이다. 또한, 일상에서도 사용하기 민망한 욕설과 야유의 언어도 빈번히 사용되는데, 이런 현상 역시 시의 선동성을 강화하기 위한 김남주의 의도가 깊이 관여된 것이다. 이들 모두는 시의 정치적 의미를 강화하려는 전략적 선택의 결과라고 할 수 있다.

김남주 시에는 또한 설명적 어법과 격정적 어조가 자주 드러난다. 이 역시 정통적 의미의 시적 진술 방식이라고 보기 어려운 측면이 있지만, 시인의 의지와 사상적 지향을 또렷이 드러내는 데는 효과를 발휘한다.

① 오늘은 5월 1일 메이데이 날이다/ 계급에 의한 계급의 착취를 끝장내기 위해 노동자들이/ 투쟁의 깃발을 치켜든 날이다/ 한 사람은 만인을 위해 만인은 한 사람을 위해/ 만국의 노동자들이여 단결하라 외치며/ 투쟁의 무기를 치켜든 날이다.

— 「깃발」 부분

② 인간 없는 자연 따위는 없다 거기에는/ 인간이 있되 계급 없는 인간 따위는 없다 거기에는/ 관념이 조작해낸 천상의 화해도 없다/ 그들의 시에서 십자가와 성경은 하나의 재앙이었다 적어도 가난뱅이에게는/ 보라 하이네를/ 보라 마야코프스키를/ 보라 네루다를/ 보라 브레히트를/ 보라 아라공을/ 사랑마저도 그들에게는 물질적이다 전투적이다 유물론적이다.

— 「그들의 시를 읽고」 부분

이들 중 ①은 다분히 산문적인 진술로서 "메이데이"에 대한 설명에 불과하다. 이러한 설명투의 진술은 김남주의 시가 시적 긴장감 조성에 실패하게 되는 원인으로 작용한다. 하지만 시적 긴장감을 포기하는 대신 사상적, 이념적 긴장감을 고조시키는 반사 이익을 얻고 있다는 점을 주목할 필요가 있다. 더구나 이 시의 주요 진술은 "메이데이"에 대한 단순한 설명이 아니라 그 정신을 직시하고자 하는 선언적 진술의 성격을 띠기 때문에, 시인 자신을 포함하여 혁명 정신을 무시하거나 망각하고 사는 사람들에 대한 야유와 비판의 역할을 충실히 수행하게 된다. 또한 ②에서 보이듯이 김남주 시에는 격정적 어조의 활용이 두드러진다. 시인은 부정한 현실에 대한 분노와 그에 대한 투쟁 의식을 격정적으로 노래함으로써 자신의 사상적 지향점을 향해 독자들이 공감하도록 유도하고 있다.

이처럼 김남주의 시는 일반 시학에서 중시하는 비유적, 서정적, 간접적 표현 방식을 거부한다. 이것은 마치 레닌이 지배자들이 민중에게 강요하는 공식어의 문화적 강제성과 의무성을 문제 삼아 비공식어의 중요성을 강조한 것[25])을 연상케 한다. 김남주가 파악하기로는 당대의 관습화된 공식적 시어를 거부하는 것은 당대의 수구적 시와 현실을 부정하는 일이었다. 논자에 따라서는 김남주 시의 언어가 보여주는 특이성을 브레히트적 요소로 파악[26]하기도 하지만, 필자가 보기에는 김남주 시가 브레히트의 시보다 더 격정적, 일상적이다.

백두산을 보고 백두산 천지를 보고/ 원더풀! 원더풀! 뒤에서 누가 감탄사를 연발한다/ 어떤 놈이 우리 좋은 말 놔두고/ 남의 코쟁이 말을 쏟아놓

---

25) V. I. Lenin, 이길주 역,『레닌의 문학예술론』, 논장, 1988, p.142.
26) 임헌영, 「김남주의 시세계」, 김남주 신작시집『솔직히 말하자』, 풀빛, 1989, p.195.

는고 뒤를 돌아보니/ 빈대코에 마늘냄새 풍기는 한국놈이었다/ 싸가지 없는 새끼!/ 주먹으로 아갈통을 쥐박아줄까 하다가/ 와! 화! 우리말 조선말 까먹고/ 원더풀! 원더풀! 혀 꼬부라진 소리치는 것도/ 꼭 제탓만은 아니렸다! 싫어/ 그만 놔둬버렸다// 미제 40년 나라꼴 더럽게 됐다 퉤!

— 「싸가지 없는 새끼」 부분

가까운 친구들과 소주를 마시며 할 법한 이야기를 시적 진술로 바꿔놓고 있다. "화면"에서 펼쳐지는 "백두산"의 장엄한 광경을 보고 "원더풀!"이라고 외치는 한국 사람을 보고는 격한 반감을 느끼면서 비속어를 동원해 직설적으로 비판하고 있다. 한국인의 영어 사용에 대한 강한 반감을 일상적 언어로 재현하고 있지만, 식민지 의식과 언어의 관계에 대한 김남주 시인의 깊은 생각이 반영된 것이다. 식민 지배자의 언어는 피지배자들의 사고 능력을 무기력하게 만든다[27]는 사실에 대한 시인의 분노가 비속어와 격정적 어조를 통해 드러난 셈이다.

김남주 시의 언술상에 두드러지는 또 하나의 특성은 풍자와 아이러니로써 현실에 대한 비판 정신을 고양한다는 점이다. 풍자와 아이러니는 김남주 시가 직설적인 언술 방식만을 활용하는 것이 아니라, 경우에 따라서는 간접화된 표현 방식을 활용한다는 사실을 드러낸다. 김남주 시에서 풍자는 특히 정치 현실이나 부정적 인물을 우회적으로 비판하는 방식으로 활용되는데, 특이한 것은 개, 원숭이, 똥파리 등의 동물 이미지에 의탁함으로써 알레고리적 성격을 띠곤 한다는 점이다.

참 우습기도 하다/ 인디안들이 원숭이를 잡는 법은/ 그들은 이렇게 원숭이를 잡는다는 것이다/ 코코야자 열매를 따서 나무 옆구리에 구멍을 판다/ 원숭이의 빈 손이 겨우 들어갈 만하게 파서/ 거기에 원숭이가 제일 좋아하는 설탕을 넣고/ 높다란 나뭇가지에 그것을 매달아 놓는다/ 그러면 영락없이 원숭이가 와서 잽싸게/ 구멍에 손을 찔러놓고 덥썩 설탕 덩어리

---

27) Louis-Jean Calvet, 김병욱 역, 『언어와 식민주의』, 유로서적, 2004, p.79.

를 움켜쥔다/ 그러나 설탕 덩어리를 거머쥔 원숭이의 주먹손은/ 아무리
용을 써도 빠지지 않는다/ …(중략)…/ 결국 인디안이 쏜 화살을 맞고서야
죽고나서야/ 주먹을 펴고 설탕을 놓는다는 것인데// 참 우습기도 하다/ 원
숭이가 움켜쥔 설탕을 놓는 것 하고/ 후진국의 대통령이 움켜쥔 권력을
놓는 것 하고

— 「원숭이와 설탕」 부분

　자신의 목숨을 잃으면서까지 먹을 것에 집착하는 "원숭이"의 생리에
"후진국의 대통령"의 권력욕을 빗대어 풍자하고 있다. "원숭이"에 비유
해 그 궁극적인 비판과 야유의 대상으로 삼은 것은 비정상적으로 정권
을 획득하여 그 권력욕을 놓치지 않기 위해 아집과 집착에 사로잡힌
우리나라의 독재자다. 또한 돈만을 추구하면서 사는 인간을 똥을 좋아
사는 "똥파리와 별로 다를 게 없는 것"(「똥파리와 인간」)으로 표현한
다든가, 자본가와 결탁한 공권력을 "경찰을 풍자해서는 안되지요/ 자본
가 나으리들이 기르시는 불독이나 세퍼드가 물어갈테니까요"(「풍자」)
하는 표현도 흥미로운 풍자의 예이다.

　풍자와 함께 아이러니도 김남주 시의 중요한 표현 기법에 해당한다.
주지하듯 아이러니는 겉으로 드러난 표현과 그 내포적 의미 사이의 모
순에 의해 긴장감이 형성되는 표현 방식이다. 김남주 시에 드러나는
아이러니의 종국적 목표는 시적 대상에 대한 비판의 효과를 강화는 것
이다.

우리나라에서는/ 법 앞에 만인이 평등하답니다/…(중략)… 그뿐이 아니랍
니다 자유대한에서는/ 예 예 연발하며 머리를 조아리는 사람에게는/ 다문
입에 쌀밥이 보장되고/ 아니오 아니오 목을 세워 고개를 쳐든 사람에게는/
벌린 입에 콩밥이 보장된답니다// 참 좋은 나라지요 우리나라/ 자유대한
길이길이 영원히 빛나라지요

— 「법 앞에서 만인이 평등하답니다」 부분

세상을 지배하는 "법"의 불평등을 고발, 비판하고 있는 시다. 비판의 대상은 부정한 권력에 순응하는 자에게는 "쌀밥"의 풍요가 주어지고, 그것에 저항하는 자에게는 "콩밥"의 억압이 보장되듯이, 모두에게 "밥" 이 제공되는 평등 사회의 실현이 이루어진다는 억설이다. 법이 독재자들의 억압적 통치 수단으로서 악용되는 사례는 세계 어느 나라에서나 있어왔던 터, 이 시의 시대적 배경인 197,80년대 우리나라에서도 법은 정의의 사도라기보다는 부패 권력을 옹호하는 수단으로 전락하고 말았던 사례가 적잖았던 것이 사실이다. 따라서 "법 앞에서 만인이 평등하"다는 진술의 의도는 아이러니를 통한 보다 효과적인 현실 비판이다. 이외에도 미국은 "리비아에서 파나마에서 그라나다에서/ 수천의 인명을 살해한 인권의 나라"이며 "침략과 약탈로 거재를 쌓아올린 마천루의 나라"(「아메리카여 아메리카여 아메리카여」) 등에서의 아이러니한 진술도 주목할 만하다.

6. 결론 : 헤게모니적 식민 시대와 탈식민주의

김남주의 시는 시대의 불의에 대한 강력한 저항 의지를 담고 있기에 보통 저항시라고 부를 수 있으나, 그의 시에는 그런 명명만으로는 충분히 아우를 수 없는 특이한 자질들이 함의되어 있다. 즉 김남주의 시는 주제의 직접성, 표현의 강렬성, 정치적 선동성 등에서 이 땅의 전형적 저항시인인 김지하나 신경림, 또는 박노해의 시와 구별된다. 이 글은 김남주 시의 그러한 자질들과 함께 전형적인 저항시로서의 특성도 고찰해 보았다.

일본 제국주의에서 벗어난 지 50여 년이 지났다고는 하지만 아직도 우리 사회에는 식민지 시대의 잔재가 많이 남아 있다. 광복 50년의 역사라는 것도 한편으로 보면 미국이라는 거대한 제국의 그늘 아래서 유지되어 온 것이 사실이다. 광복 이후 미국은 우리나라의 군사적, 정치적, 경제적, 문화적 측면에서 지배적인 영향력을 행사해 왔다. 현대사한 세기의 전반기는 일제에 의해, 그 후반기는 미국에 의해 민족의 주권을 행사하는 데 방해를 받았던 것이다. 이것은 역사적 가치나 판단의 문제라기보다는 구체적 사실에 해당하는 것으로서, 다만 그 사실의 어느 부분까지를 식민성으로 인정하느냐가 문제다. 압둘 잔모하메드는 식민지 시대를 지배적 시기와 헤게모니적 시기로 구분[28]한 바 있는데, 이에 의하면 지금 우리의 상황은 헤게모니적 식민 시대라 할 수 있다. 따라서 탈식민주의 비평가들이 탈식민의 담론이 어느 시기의 문제냐고 할 때 바로 지금이라고 말할 수밖에 없다[29]는 것은 우리의 경우에도 예외는 아닐 성싶다.

이 땅에서 펼쳐졌던 현대사 100여 년의 외세에 의한 식민(적) 상황은 비민주적 독재 권력과 반민족적 매판 자본이 성장, 발전하는 밑거름 역할을 했다. 자유당 정권과 공화당 정권, 그리고 민정당 정권 등으로 이어진 독재 권력은 민중들을 향한 횡포와 억압으로 점철되어 왔고, 독재 정권이 주도해 왔던 경제 정책들도 빈익빈부익부 현상을 강화하면서 민중에 대한 자본가들의 착취 구조에 면죄부를 부여해 왔다. 김남주 시는 이러한 역사의식에 기반을 둔 이념시이자 투쟁시로서의 성격을 지닌다. 이것은 김남주 시의 장점이자 한계라고 할 수 있는데, 그의 시는 시대성을 기반으로 하여 투쟁의 절박성을 드러내고 투쟁적

---

28) Abdul Jan Mohamed, "The Economy of Manichean Allegory : The Function of Racial Difference in Colonial Fiction", *Critical Inquiry*, 12. 1. 1985.
29) P. Childs and P. Williams, 김문환 역, 『탈식민주의 이론』, 문예출판사, 2004, p.20.

행동성을 강조하는 데 커다란 장점을 발휘하고 있으나, 예술적 표현이나 보편성을 획득하는 데는 심각한 문제점을 드러낸다고 하겠다.

사실 김남주 시는 반문학적이다. 그러나 그의 반문학주의는 비문학주의와 구분된다. 그의 시는 문학적 관습에 미달한 것이 아니라 문학적 관습에 대한 의도인 거부에 토대를 두고 있다. 197,80년대 당시의 관습적 시법으로는 표현할 수 없는 시대적 담론들, 즉 반외세, 반독재, 반자본의 당위성과 프락시스(실천성)를 강조하기 위해 김남주는 의도적으로 문학적 표현에 반기를 들었던 것이다. 이런 점에서 김남주 시의 반문학주의는 문학성을 거부하는 비문학주의보다 문학적이다. 문학이란 새로운 사유와 새로운 표현법을 통해 인간의 사상과 정서를 고양하는 양식이라는 점에서 말이다. 김남주의 시는 또한 전위적이다. 전위정신이란 기존의 것에 대한 저항 정신을 통한 새로움의 추구심이라는 점에서, 김남주 시가 견지했던 다소 무모해 보이는 사상적 편력과 표현상의 파격마저도 그의 시 이후 펼쳐질 민족, 민주, 민중 중심의 시(대) 정신을 선도했다는 점에서 전위적이다.

이러한 특성을 지닌 김남주 시는 당대적 상황에서 필요 불가결했던 문학적 담론이었다. 세상의 부정적인 요소들에 대한 과장과 엄포가 심하긴 했지만, 그것이 바로 부정한 시대에 대한 강한 경고의 의미를 지녔기에 소중한 문학적 자산이라고 하지 않을 수 없다. 지금은 사회 각 분야에서 민주화와 자주화가 이루어졌지만, 김남주 시의 창작 연대만 해도 식민지적 상황이 심각했을 뿐 아니라 그와 결탁한 독재 체제와 자본의 불건전성과 편중 현상도 변혁의 기미를 보여주지 못했다. 이런 상황에 대한 김남주의 열혈적 비판 담론은 광복 이후의 우리 시에서 사상의 절박성에 의해 형식을 무화시켰던 하나의 특이한 사례에 속한다. 이제 남은 것은 그러한 절박한 사상마저도 만인이 공감하며 오래 오래 읊조릴 수 있는 여운을 찾아주는 일이다. 그것이 김남주의 시 이후에 우리에게 부과된 사명이다.

다만, 김남주 시는 외부 현실을 향한 외침이 중심을 이루다 보니, 식민지인으로서의 자의식적 성찰이나 문화적, 예술적 측면에서의 전략이 미흡했다. 김남주가 스스로 주장했듯이 지금 우리가 식민지적 상황에 놓여있다면, 대타적 저항뿐 아니라 식민지인으로서의 내면 의식과 치밀한 시적 전략을 추구했다면, 그의 시는 민족의 문학사에 더 커다란 반향을 던지지 않았을까 하는 아쉬움이 남는다. 아울러 김남주의 강성 문학관은 마치 카프의 내용-형식 논쟁에서 박영희가 이데올로기의 전파 수단으로 문학이 복무하기 위해서는, 그 이데올로기적 선명성으로서의 '빨간 지붕'만 있어도 된다고 했던 것과 유사한 주장이다. 결과적으로 박영희의 주장과 실천이 그러했듯이, 문학성을 소홀히 한 채 문학의 정치적 참여를 지나치게 강조하다 보니 결과적으로 문학으로서의 치명적 한계에 부딪치지 않을 수 없었다. 그러나 그럼에도 불구하고 자신의 신념에 대한 강고성에 있어서는 박영희를 넘어섰는데, 김남주는 시 「전향을 생각하며」를 통해 신념 지키기의 어려움을 토로하기는 했지만, 박영희처럼 공공연한 전향을 선언하지는 않았다는 점은 주목을 요한다.

현해탄 시편의 양가성(兩價性) 문제
― 30년대 후반의 임화시를 중심으로

1. 서 론

　카프 해산 이후 임화 시는 노동 운동이나 계급투쟁을 선동, 고무하
는 데 바쳐졌던 이전의 성향과 다른 모습을 보여준다. 1920년대 후반
과 1930년대 초반의 단편서사시들에서 보여주었던 유물론적 계급투쟁
의식이 사라진 자리에 식민지 타자로서의 내적 성찰과 딜레마가 들어
선다. 다시 말하면 내적인 신념을 외적 현실에 대해 강한 어조로 외치
던 이전의 시 경향에서 탈피하여 외적 현실을 내면화하는 시를 창작했
던 것이다. 이런 변화의 일차적인 동기는 외적 현실로서의 시대 상황
에 있었다. 일제는 1930년대 들어 시작한 무단 정치를 그 후반에는 더
욱 강화하여 현실 문제나 민족 문제와 관련된 일체의 예술 활동을 불
가능하게 한다. 일제가 군국주의적 파시즘을 강화하면서 민족 문학은
최대의 위기를 맞는 시기였다. 카프의 반강제적 해산('35년)과 사상범

보호관찰법의 시행('36년)은 문인들의 행동에 직접적인 제약을 가한 대표적인 사례였다.

그런데 일제치하에서 민족어로 문학 활동을 할 수 있었던 막바지 시기에 외적 현실을 끌어들인 임화의 내면세계는 심각한 딜레마에 빠져든다. 당시 상황에서 근대성을 지향하는 일은 일제라는 식민주체를 모방하는 것이고, 그와 반대로 민족적 정체성을 지향하는 일은 근대를 거부하는 것이었다. 1930년대 후반은 이러한 고민이 식민지 기간 중에서 가장 심각하게 다가드는 때였으며, 이 두 명제는 당시의 민족 현실로 볼 때 양자택일의 문제가 될 수 없는 것이었다. 이러한 딜레마는 탈식민주의적 담론에서 말하는 양가성(兩價性)[1]으로 설명할 수 있을 듯한데, 이 시기 임화의 문학적 지향이 특수성으로서의 민족적 가치와 보편성으로서의 근대적 가치를 병행 추구하는 양상으로 나타나기 때문이다. 즉 민족을 중시하는 현실 직시의 태도와 근대를 중시하는 현실 일탈의 태도를 동시적으로 견지하는 것이다. 이는 1930년대 후반 임화의 낭만주의론이나 사실주의론과 관련된 비평문들, 그리고 현해탄 시편들[2]에 반영되어 나타난다.

---

1) 이는 식민주체가 피식민지인들을 대상으로 하여 자기와 같아지라고 명령하는 동시에 자신과 똑같아서는 안 된다고 하는 식민지 담론의 모순성을 규정한 바바(Homi K. Bhabha)의 용어(민승기, 「바바의 모호성」, ≪현대시사상≫ 1996년 봄호, p.130)이다. 그런데 이 글에서는 입장을 바꾸어 피식민지인이 식민주체를 대상으로 하여 갖는 양가 감정, 즉 근대화된 식민주체를 긍정해야 하는 동시에 주권을 빼앗은 식민주체를 부정할 수밖에 없는 모순적 성격을 뜻하는 것으로 사용한다. 이는 임화 문학에서 근대적 이상 세계로서의 일본 지향과 식민치하의 궁핍한 민족 현실에 대한 관심을 동시에 아우르려는 작가(또는 서정적 자아)의 모순 심리로 나타난다. 또한 본고의 논의 방향과 관련하여 이 용어(Ambivalence)를 '모호성'이 아닌 '양가성'으로 번역하여 사용하고자 한다. 이 용어가 심리학에서 양면 가치, 반대 감정 병존 등을, 일반적으로 모순, 동요, 주저(躊躇) 등을 의미한다는 점으로 미루어 보아도 '양가성'으로 번역하는 것이 나을 듯하다.
2) 임화의 첫 시집 『현해탄』(동광당서점, 1938)에 실린 시편들 중 현해탄을 시의

임화의 현해탄 시편들에 관한 본격적인 논의는 시집 『현해탄』이 간행될 당시의 몇몇 신문 단평을 제외하고는 김윤식의 '현해탄 콤플렉스'라는 명명에서 비롯되었다. 임화뿐 아니라 정지용, 김기림의 현해탄 관련 시편들을 포함하고 있는 이 명명을 통해, 김윤식은 '현해탄 콤플렉스'가 서구 편향과 일본을 통한 왜곡의 한계를 판별할 수 없었던 1930년대 한국 지식인의 정신 구조라고 단언한 바[3] 있다. 그러나 필자는 이런 현상을 '현해탄 딜레마', 혹은 '현해탄의 양가성'이라고 명명하면 어떨까 생각해 보는데, 특히 임화의 현해탄 시편의 경우 서구에 대한 열등의식에만 사로잡혀 있던 것이 아니라, 서구 편향의 욕망(근대성, 타자성 용인)과 민족 정체성 추구의 욕망(민족성, 주체성 추구)이 병존하는 모습을 또렷하게 보여주고 있기 때문이다. 김윤식의 이러한 논의 이후 현해탄 시편들만을 초점화하거나, 비평문과 시 작품의 관련 양상에 대해 본격적으로 다룬 글은 아직 찾을 수 없다. 다만 임화의 근대화 담론에서 민족주체는 서구라는 타자를 자신의 일부로 혼입시킴으로써 서구 편향적 식민주의와 전통 편향적 회고주의에서 벗어났다[4]고 하는 나병철의 관점은, 비록 현해탄 시편을 논의의 직접적인 대상으로 하진 않았을지라도 본고의 논지와 관련하여 관심을 끈다.

1930년대 후반 임화의 현해탄 시편들을 대상으로 이러한 양가성이 어떻게 형상화되고 있는지를 밝히는 것이 본 논의의 중심 목표가 될 것이다. 이를 위해 시 창작과 인접한 시기의 비평문들에 나타난 양가

배경이나 주요 소재로 삼은 것을 가리킨다. 예컨대 「해협의 로맨티시즘」, 「밤 갑판 위」, 「해상에서」, 「지도」, 「어린 태양이 말하되」, 「월하(月下)의 대화」, 「눈물의 해협」, 「현해탄」, 「바다의 찬가」 등이다.
3) 김윤식, 「임화연구」, 『한국근대문예비평사연구』, 일지사, 1976, pp.558~559. 콤플렉스란 심리학적 용어로서 복합 심리를 뜻하지만, 김윤식은 이 용어를 어떤 대상(서구 문명)에 대한 무분별한 수용 태도 내지 열등의식의 문제로 파악하고 있다.
4) 나병철, 『근대서사와 탈식민주의』, 문예출판사, 2001, p.227.

성을 살핌으로써, 그것이 현해탄 시편들에서는 어떻게 반영되고 있는
지 살필 것이다. 이런 과정을 통해 임화 문학에서 현해탄 시편들이 차
지하는 의미와 시사적 의의는 무엇인지에 대해 정리해 보고자 한다.
이는 그 동안 비평문 위주5)로 이루어져 온 1930년대 후반 임화 문학
에 대한 논의가 시에 대한 논의와 균형을 이루도록 보완하는 역할을
할 것이다. 또한 이 시기의 시와 비평문들의 상관관계에 관한 체계적
논의가 아직 이루어지지 않았다는 점에서도 본 논의의 의미를 찾을 수
있다. 나아가 본 논의가 식민 과거가 단순히 정치적 경험의 가공되지
않은 저장고가 아니라, 식민화된 주체들의 문화적, 정치적 정체성에 관
한 담론으로서 식민 과거를 치료하여 회복시키는 계기로 삼는6) 탈식
민주의 기획에 부합할 수 있기를 기대한다.

2. 주체 재건의 내적 논리 : 주관과 객관, 그리고 주체

임화의 현해탄 시편들이 창작된 1930년대 후반 카프와 관련된 문인
들은 대부분이 요시찰 인물이었고, 이런 정세는 박영희를 비롯한 적잖
은 카프 맹원들이 전향을 하는 근거가 되기도 했다. 임화가 보기에 이
런 상황은 이데올로기적, 민족적 주체의 빈사(瀕死) 상태나 다름없었다.
임화는 이러한 문단 상황을 타파해 나가기 위한 방법으로 낭만적 주관

---

5) 또한 시의 경우 1920년대 후반을 전후한 시기의 단편서사시에 치중되어 연구되
어 왔다. 물론 단편서사시가 임화시의 핵심에 해당하는 것이긴 하지만 1930년대
후반의 시도 한국시의 당대적 의미로 볼 때 아주 중요한 면모를 드러내는 것이
다. 특히 현해탄 시편들은 당시의 문인들의 내면세계의 단면을 적실하게 반영하
고 있기 때문이다. 임화 문학의 연구사에 관해서는 졸저, 『한국현대시의 이념과
서정』(보고사, 1998, pp.13~21)을 참조할 것.
6) Leela Gandhi, 이영욱 역, 『포스트식민주의란 무엇인가』, 현실문화연구, 2000, p.17.

과 주체 재건의 문제를 상정한다. 그 구체적 세목은 로맨티시즘론과 사회주의 리얼리즘론이었는데, 그의 평론집 『문학의 논리』 1부에 실린 6편의 글7)에 그와 관련된 논의들이 집약되어 있다. 이들 중 양가성의 문제는 우선 낭만주의론과 관련된 비평문인 「낭만정신의 현실적 구조」에서 찾을 수 있다.

> 웨 이것은 原理的인 範疇라고 부르냐 하면 먼저도 잠간 말했지만 文學이라는 것은 自然, 人間 그 어느 것이나 혼자가 孤立的으로 生産하는 것이 아니라, 自然과 人間의 生活의 關係 가운데서 形成되는 것이고 直接的으로는 人間의 意識的 活動의 一所産인 文學的 現實이란 現實的이면서 同時에 浪漫的인 것이 相互關係라고 부를 수 있는 때문이다. 따라서 文學的 現實의 世界라는 것은 客觀과 主觀의 相剋的 運動에서 現實的인 것과 浪漫的인 것의 矛盾되는 關係 가운데서 形成되며 反對로 文學的 現實은 現實的인 것과 浪漫的인 것으로 全部가 還元되기 때문이다. 이러한 意味에 있어 文學에 있어 寫實的=敍事的인 것과 浪漫的=抒情的인 것은 眞實로 原理的인 兩大의 範疇다.8)

이 글은 1935년 카프가 해산되기 직전에 쓰인 것이지만 실질적으로는 카프 해산 이후의 문학적 지향점을 상정한 것이나 다름없다. 1934년 카프 맹원에 대한 2차 검거가 대대적으로 일어나 카프 해산의 전조가 농후한 해였기 때문이다. 또한 박영희가 "얻은 것은 이데올로기이며 상실한 것은 예술 자신"9)이라는 충격적인 발언과 함께 전향을 하

---

7) 1934년부터 1938년 사이에 집필한 것으로 되어 있는 「낭만정신의 현실적 구조」(1934년), 「위대한 낭만정신」(1936년), 「주체의 재건과 문학의 세계」(1937년), 「사실주의의 재인식」(1937년), 「현대문학의 정신적 기축(基軸)」(1938년), 「사실의 재인식」(1938년) 등이 그것이다.

8) 임 화, 「낭만적 정신의 현실적 구조」, 『문학의 논리』, 학예사, 1940, p.7. 띄어쓰기만을 현행 맞춤법에 따라 수정하여 인용함. 이하 마찬가지.

9) 박영희, 「최근 문예이론의 신전개와 그 경향(3)」, ≪동아일보≫ 1934년 1월 4일

고 이후 적지 않은 카프 문인들이 그의 뒤를 따르기 시작한 해이기도 했다. 이러한 상황에서 발표된 이 글에서 주목되는 것은 문학을 "객관과 주관의 상극적 운동"과 관련지으며 "현실적인 것과 낭만적인 것의 모순되는 관계에서 형성"된다고 보고 있다는 점이다. 이 "상극적 운동"과 "모순"은 "객관"과 "주관", "현실"과 "낭만"을 동시에 지향하고자 하는 양가적 태도이다. 다시 말해 객관적 "현실"에 대한 적극적 비판이나 저항의 태도가 불가능해지자 낭만적 "주관"을 끌어들여 그런 태도를 다소간 누그러뜨려 지속시키기 위한 방식이었다.

임화가 이런 태도를 갖게 된 것은 파시즘적 상황 속에서도 민족 문학의 위기를 타개하기 위한 고육지책(苦肉之策)이었다. 양가 감정이란 개인적인 것으로서의 내적 요인뿐 아니라 사회적인 것으로서의 외적 요인에 의해서도 형성되는 것[10]이라는 점에서 당시의 현실 상황은 임화의 내면 심리에 양가성을 형성하는 데 지대한 영향을 끼쳤다고 볼 수 있다. 여하튼 한 시절 카프 내에서 과격주의자였고 그 우두머리인 서기장까지 지냈던 사람으로서, 시대의 중압감을 느끼면서 카프계열 문인들의 전향을 바라보는 임화의 심정은 복잡했을 것인데, 그런 정황에서도 시대 현실의 문제에 대한 관심을 문학에서 소거시키지 않기 위해 "낭만 정신"(주관)을 내세웠던 것이다. 그렇지만 임화는 곧바로 이러한 자신의 낭만주의론이 오류였다는 점을 밝히고 자기 비판을 한다.

> 이것은 昨年初까지의 나의 理論上 立場으로 充分한 責任과 아울러 機會를 보아 自己 批判할 課題이나 誤謬의 出發點은 前記論文의 題目(「낭만정신의 현실적 구조」-인용자 주)이 말하듯 詩的 『레알리티』를 現實的 構造 그곳에서 찾는 대신 精神을 가지고 現實을 規定할랴는 逆倒된 方法에 있었든 것이다. …(중략)…

---

10) Sigmund Freud, 김석희 역, 『문명 속의 불만』, 열린책들, 1997, p.49.

생각하면 이러한 過誤는 當時의 類型的 『만네리즘』 가운데 빠졌든 詩의 狀態가 大端히 딱했든 事情과, 現象을 通하야, 本質을 摘出하는 藝術的 認識過程 中에서 主觀的 抽象藝術的 想像力 等이 演하는 役割에 對하야 明白한 理解를 가지지 못한데 因하지 않았는가 한다.[11]

여기서 임화는 시적 리얼리티를 "현실"이 아니라 "정신"에서 찾으려 했기 때문에 잘못된 것이라 하고 있다. 이는 "낭만"과 "현실"을 아우르려는 시도가 결국은 "현실"을 약화시키는 결과를 가져왔다고 판단한 때문이다. 즉 "낭만"이 낭만주의의 현실 초월 성향과 관련되고 "현실"은 사회주의 리얼리즘의 현실 참여의 성향과 관련된다고 볼 때, "낭만"을 통해 "현실"에 밀착해 가려는 시도가 모순되는 것이므로 낭만주의를 포기하겠다는 셈이다. 주목되는 것은 낭만주의를 내세운 의도가 매너리즘("『만네리즘』")에 빠진 당대의 시단을 위한 것이었다는 대목이다. 이때의 매너리즘이란 두말할 것도 없이 카프 해산 후 현실 감각이 느슨해진 카프 시인들의 시나 모더니즘 시를 지칭한 것이다. 어찌 보면 현실 감각의 마비 상태에 접어든 시단의 타개책으로 "현실적 구조"에 기초하지 못한 낭만주의의 주관적 "정신"으로 현실을 개조하려다 보니 소기의 성과를 얻지 못했다는 판단이 선 것이다.

그런데 이러한 낭만주의의 오류를 대신할 것으로 주창한 사회주의 리얼리즘론에 이르면 주체성의 재건을 강조하는 쪽으로 나간다. 그것은 "주체성은 일개인에 국한된 개인이 아니라 현실의 묘사로서의 의식"[12]이라 하여 "현실"에 토대를 둔 주체를 전제하고 이렇게 부연한다.

이러한 文學은, 과학과 더부러 人間生活에 있어 깊은 實踐的 意義를 갖

---

11) 임 화, 「사실주의의 재인식」, 『문학의 논리』, pp.85~86.
12) 임 화, 「주체의 재건과 문학의 세계」, ibid., p.93.

는 것이다.

    그러므로 『레알리즘』이란 결코 主觀主義者의 誣告처럼 死化한 客觀主義가 아니라 客觀的 認識에서 비롯하야 實踐에 있어서 自己를 明證하고 다시, 客觀的 現實 그것을 改變해가는 主體化의 大規模的 方法을 完成하는 文學的 傾向이다.[13]

    이처럼 임화는 객관적 사실이나 주관적 낭만을 넘어선 "주체화"를 강조하고 있다. 이것은 사회주의 리얼리즘에서 말하는 주체, 즉 노동계급의 이념성으로 무장된 실천적 존재이다. 이 주체는 임화 자신의 언급대로 프롤레타리아 리얼리즘에서 비롯하여 변증법적 리얼리즘을 거쳐 사회주의 리얼리즘에 이르는[14] 리얼리즘 발전 과정의 최종 단계에 존재하는 것이다. 주지하듯 사회주의 리얼리즘은 1932년 소비에트 작가회의의 공식적인 창작방법으로 채택되면서 본격화되었다. 이 역사적 사실에서 알 수 있듯이 사회주의 리얼리즘은 사회주의 혁명을 위한 예술적 실천의 명분으로 내세웠던 것이다. 임화는 이 실천을 주도해 나갈 존재가 바로 "객관적 현실 그것을 개변해 가는 주체"라고 본 것이다. 문제는 당대의 민족 현실이 소비에트의 상황과 전혀 달랐음에도 불구하고 소비에트 식의 "주체화"를 강조했다는 점이다. 당시 민족 현실의 식민지 상황은 소비에트에서의 사회주의 리얼리즘이 제기되었던 현실 상황과 괴리감이 너무 컸기에 "주체화"의 과정 또한 같은 맥락에서 주창하기는 어려웠던 것이다. 그럼에도 불구하고 임화는 "주체화"를 강조하며 실천의 문제, 특히 예술적 실천이 중요하다고 본다.

    다시 말하면 作家의 世界觀을 左右하는 것은 다른 社會成員과 같이 生活的 實踐이나 作家에게 있어선 대부분 藝術的 實踐이 그것을 媒介한다

---

13) 임 화, op.cit., p.94.
14) 임 화, 「사실주의의 재인식」, ibid., p.70.

는 事實이다.

　即 日常的 外的 實踐이 作家의 世界觀의 形成과 改變을 刺戟하고 催促하나 藝術的 實踐이 그것을 體系化하고 確認하지 않는 한, 그 思想은 作家의 基本的 實踐인 藝術創作까지를 支配할 만큼 强한 것이 되지 못한다. 그러므로 어떤 때 作家의 藝術은 世界觀과 矛盾하게 되고 때로는 世界觀 그것을 改革할 수까지 있는 것이다.[15]

이렇듯 임화는 "일상적 외적 실천"과 "예술적 실천" 모두가 중요하다는 것을 역설한다. 그렇지만 작가의 "세계관" 형성에서 긴요한 것은 일상인과는 달리 "예술적 실천"에 있다고 보는 것인데, 이는 김남천과의 물 논쟁[16]에서 임화가 견지했던 예술성 중시 태도를 다시 보는 듯한 느낌을 준다. 아무튼 이 글에서 "작가의 예술은 세계관과 모순"한다는 발언은 앞서 말한 주관-객관, 낭만(이상)-현실 사이에서 양가적 인식의 태도와 유사한 맥락에 포함된다고 하겠다. 이처럼 임화가 주관-객관, 낭만-현실, 예술-세계관(일상) 사이에서 양가적 태도를 취하는 것은, 식민지 상황에서 대립항들 사이의 혼란을 통해 그들 사이에 존재하는 동시적 작용을 추구[17]하는 것이라 할 수 있다. 즉 "외적 실천"과 "예술적 실천", 혹은 세계관과 작품 창작이라는 양 측면의 병행 추구를 통해 주체의 역량을 강화시켜 나가려 했던 것이다.

문제는 이러한 주체성 추구가 과연 사회주의 리얼리즘에서 말하는 노동 계급의 당파 의식에 기초한 낙관적 전망에까지 이르렀느냐 하는 점이다. 아쉽게도 주체 재건을 앞세운 사실주의론에서 현실에 기초한 미래의 낙관은 찾아보기 어렵다. 현실 개혁의 실천을 의욕과 열정만을

---

15) 임　화, 「주체의 재건과 문학의 세계」, op.cit., p.53.
16) 1933년 6월 김남천이 ≪대중≫지에 발표한 소설 「물」에 관한 논쟁. 이에 관한 자세한 논의는 김윤식, 『임화 연구』, 문학사상사, 1989, pp.337~359 참조할 것.
17) Bart Moore-Gilbert, 이경원 역, 『탈식민주의! 저항에서 유희로』, 한길사, 2001, p.297.

앞세워 외치는 형국이라 할 수 있다. 사실 그러한 낙관은 적어도 해방 후, 특히 사상의 조국을 찾아 나섰던 월북 이후에나 가질 수 있었다고 보아야 한다. 임화가 사회주의 사실주의론을 내세운 일제치하의 한반도 정세는 앞서 지적했듯이 그것이 주창된 소비에트 연방의 사정과 전혀 달랐기 때문이다. 고리키의 주장처럼 혁명적 낭만주의는 현실 직시를 토대로 한 미래의 혁명적 이상을 중시한다는 점에서 사회주의 리얼리즘과 다르지 않은 것[18]이다. 그럼에도 불구하고 임화가 낭만주의와 사회주의 리얼리즘을 전혀 다른 것처럼 이해한 점도 사회주의 리얼리즘을 정확히 인식, 실천할 수 있는 능력에는 한계가 있었던 것으로 보인다. 그렇기 때문에 그의 낭만주의론과 리얼리즘론은 내적 논리인 양가성으로만 상정되었을 뿐 현실에 뿌리를 둔 철저하게 실천적이고 낙관적인 전망을 획득하는 데까지 나가지는 못했던 것이다.

3. 현해탄의 양가성 : 고향과 동경(東京), 그리고 근대

이처럼 임화가 주체 재건 문제로 고민하던 시기의 양가성이 시에서는 어떻게 형상화되고 있는가? 앞서 우리는 임화의 낭만주의가 사회주의 리얼리즘에서 말하는 혁명적 로맨티시즘에는 이르지 못했다는 점, 즉 임화 스스로 밝힌 대로 시적 리얼리티를 현실 구조가 아닌 정신적 측면에서 찾으려 했다는 점에서 한계가 있음을 알 수 있었다. 또 로맨티시즘에서 사실주의로 나아간 이후에도 임화는 낭만(이상)-현실, 주관-객관, 예술-세계관(일상) 사이의 양가성에서 멀리 벗어나 있지 못했던 것으로 보았다. 이 시기 임화의 시가 대부분 현실 논리를 통해 그 극

---

18) 장사선, 『한국리얼리즘 문학론』, 새문사, 1998, p.162.

복의 전망을 제시하는 대신 주체의 의지와 열정만을 강조하거나 정서의 과잉에 빠져든 것[19])도 낭만주의론과 사실주의론이 지닌 그러한 특성과 관련된다. 당시의 상황에서 작품의 창작과 소통을 위해 "현실" 문제에 정서의 당의(糖衣)를 입힌 셈이다. 앞으로의 논의에서 밝혀지겠지만 이들 비평적 논의의 양가성은 시 창작에 드러나는 작가 심리로서의 양가성과 동궤의 것[20])으로 읽힌다. 다만 "주관", "이상" 등의 긍정적 항목이 "동경", "근대" 등으로, "객관", "현실" 등의 부정적 항목이 "고향", "삼등선실" 등으로 변주된다. 또한 이들을 아우르고자 하는 양가성의 상징은 "현해탄", "운명" 등으로 나타난다.

이 시기 임화시의 양가성이 가장 잘 드러나는 것은 「해협의 로맨티시즘」이다. 시 제목의 "로맨티시즘"에는 이 시기 비평문에서 보여주었던 양가성이 암시되어 있다. 이 시의 시대적 배경은 일제 식민치하이고, 계절적 배경은 "무더운 삼복"의 한여름이고, 시간적으로는 "고요한 대낮"(5연)에서 저녁까지이다. 또한 공간적 배경은 한국과 일본 사이에 있는, 오래 전부터 두 나라 사이의 역사적, 운명적 파란을 일으켜 왔던 현해탄이라는 바다이다. 그곳에서 한 식민지 청년은 부산항을 떠나 일본으로 가면서 현해탄과 선실의 광경을 바라보며 식민지 조국의 궁핍한 현실과 식민주체인 일본에 대한 착잡한 심회(心懷)에 빠져든다.

　　아마 그는

---

19) 김재용 외, 『한국근대민족문학사』, 한길사, 1997, p.735.
20) 김윤식은 이 시기의 리얼리즘론에 나타난 비평적 인식과 창작의 실천이 유리되고, 오히려 그가 비판하고 나선 고발 문학과 관련한 시적 성과가 나온 것으로 본다(『임화연구』, 문학사상사, 1989, p.551). 김용직도 이론면에서는 사회주의 리얼리즘이라는 초강경론을 폈으나 창작상에서는 그것이 완화되어 둘 사이가 괴리되어 있다고 지적한다(『임화문학 연구』, 세계사, 1991, p.83). 그러나 적어도 예술과 현실, 주관과 객관 사이의 양가적 인식을 내면화하고 있다는 점에서 낭만주의론과 작품의 성향은 일치한다고 볼 수 있다.

日本列島의 긴 그림자를 바라보는 게다.
흰 얼굴에는 분명히
가슴의 '로맨티시즘'이 물결치고 있다.

藝術, 學問, 움직일 수 없는 眞理……
그의 꿈꾸는 사상이 높다랗게 굽이치는 東京,
모든 것을 배워 모든 것을 익혀,
다시 이 바다 푸른 물결 위에 올랐을 때,
나는 슬픈 故鄕의 한 밤,
해보다도 밝게 타는 별이 되리라.
青年의 가슴은 바다보다 더 설레었다.
　　　　　　　　　　　　　　— 「해협의 로맨티시즘」 4-5연

　　시의 전반부에 해당하는 이 부분에서 강조되는 것은 "청년"이 이상
향으로 간주하는 일본에 대한 동경 의식이다. 4연에서 보듯 "그"는
"일본열도"를 바라보면서 "로맨티시즘"을 생각한다. 카프 해산 이후 이
데올로기적 당파성, 전위성을 완화시켜 혁명적 이상향이 아니라 근대
적 이상향("일본")을 동경의 대상으로 삼고 있는 것이다. 물론 "그"가
동경하는 일본이란 식민제국으로서의 일본은 아니다. "그"가 동경하는
것은 5연에 드러나듯 "예술"이나 "학문"이 발달하고 "진리"와 "꿈꾸는
사상이 높다랗게 굽이치는 동경"이다. 그리하여 "그"가 "가슴"에 품고
있는 "로맨티시즘"은 비평문에도 드러나듯이 보다 나은 세계를 지향하
는 이상주의적 맥락21)에서 파악될 수 있다. 인용 시구들에 이어서 진
술된 "훤히 트이는 수평선은 희망처럼 넓구나!"(8연 1행)라고 할 때의
"희망"을 제시하는 것도 같은 맥락이다.

---

21) 임화는 「낭만적 정신의 현실적 구조」(『문학의 논리』, p.20)에서 "現實의 滿足치
　　않고 明日과 來日에로의 不斷한 前進을 爲하여 活動하는 것이다. 즉 이것은 『킬
　　포친』의 用語를 빌면 『現實的인 夢想』, 즉 現實을 爲한 意志, 그것이 浪漫的 精
　　神의 基礎이다"라고 하여 낭만주의의 이상주의적 성격에 대해 언급한다.

그런데 이러한 이상 추구의 욕망과 병존하는 것이 "슬픈 고향의 한 밤"이다. 이것은 두말할 것도 없이 일제치하의 민족 현실을 지시하는 것인데, 이에 대한 더 분명한 인식은 시의 후반부에 드러난다.

「반사이」! 「반사이」! 「다이닛」……
二等 캐빈이 떠나갈듯한 아우성은,
感激인가! 협위인가?
깃발이 「마스트」 높이 기어올라갈 제,
靑年의 가슴에는 굵은 돌이 내려앉었다.

어떠한 불덩이가,
과연 층계를 내려가는 그의 머리보다도
더 뜨거웠을까?
어머니를 부르는, 어린애를 부르는,
南道 사투리,
오오! 왜 그것은 눈물을 자아내는가?

정말로 무서운 것이……
불붙는 信念보다도 무서운 것이……
靑年! 오오, 자랑스러운 이름아!
적이 클수록 승리도 크구나.

三等 船室 밑
똥그란 유리창을 내다보고 내다보고,
손가락을 입으로 깨물을 때,
깊은 바다의 검푸른 물결이 왈칵
海溢처럼 그의 가슴에 넘쳤다.

오오, 海峽의 浪漫主義여!
— 「해협의 로맨티시즘」 10-14연[22]

---

22) 이 작품은 처음에 ≪中央≫ 1936년 3월호에 「玄海灘」이란 제목으로 실렸으나, 약간의 개작 과정으로 거쳐 이 시집에 수록했다. 특히 14연은 원작에 없는 부분

여기서 10-11연은 식민지적 질곡에 처한 민족의 고통을 암시하고 있다. 10연은 선실에서 울려나오는 '만세 대일본'("반사이! 다이닛")이라는 "아우성"을 묘사하고 있는데, 군국주의 분위기가 물씬 풍기는 이 소리는 아마도 만주나 한반도에서 전쟁이나 식민지 업무를 수행하다가 본국으로 돌아가는 일본인들의 것일 터이다. 이 소리의 주인공들은 물론 일본의 군국적 제국주의, 혹은 식민주의에 적극 동참하는 사람들일 것인데, 문제는 그 소리를 들은 "청년의 가슴"이 "굵은 돌이 내려앉"은 것 같다는 사실이다. 그 "아우성"이 대일본제국을 생각하며 느끼는 자기도취적 "감격"인지 그런 느낌이 없는 사람들에 대한 위협("협위")인지 혼란스럽다는 것이다. 둘 중에 어느 경우이든 피식민지 백성인 "청년"의 입장에서는 모두 심각한 문제가 아닐 수 없다.

11연에서 "그의 머리"가 "어떤 불덩이"보다 "뜨거웠"다는 단정은 "그"의 복잡한 심사를 드러낸다. 예술과 사상의 이상향으로 여겼던 일본, 그곳의 사람들이 결국은 스스로 나르시즘적 "감격"에 빠져 있고, 그들의 "아우성"이 한국인을 위협한다고 생각하니 "머리"가 복잡해지지 않을 수 없다. 특히 "그"는 그 "아우성" 가운데 들려오는 "남도 사투리", 즉 "어머니"와 "어린애"가 서로를 부르는 한국인의 목소리에 "눈물"을 흘릴 정도로 처연함을 느끼는 대목에 이르면, "청년"이 지닌 일본을 향한 부정적 감정이 단적으로 드러난다. 일본은 이 시의 전반부에 진술된 것처럼 "청년"에게 "희망"을 주는 동시에 "위협"을 주는

이나 시집에 수록하면서 첨가한 것이다. 아마도 시적 완결미를 위해 필요하다고 판단했던 모양이다. 또한 해방 후 출간한 『回想詩集』(1947년)에도 다시 수록되는데, 이때에는 10연의 "「반사이」! 「반사이」! 「다이닛」……" 중에 '만세'를 뜻하는 "반사이"은 그대로 두고 '대일본'을 뜻하는 "다이닛(뽕)"은 생략하고 있다. 이는 별도의 논의가 필요하겠지만 해방 후 임화의 동경(東京) 지향이 완화되고 민족 주체성 추구가 강조되었다는 사실을 증명하는 하나의 예로 볼 수 있다.

땅일 수밖에 없는 것인 바, "청년"은 그 나라의 선진 문물을 배우고자 하지만 그 나라가 식민주체이기 때문에 기꺼운 마음이 들지 않는 것이다. 그러나 그렇다고 하여 그 배움을 포기할 수도 없다. 왜냐하면 식민지 타자인 우리 민족은 더욱 근대 문명에 관해 무지한 몽매의 나락으로 떨어져 그 타자성만이 강화될 것이기 때문이다.

또한 12-14연은 현실의 답답함과 이상을 추구하고자 하는 의지를 함께 노래하고 있다. 12연에서 "불붙는 신념보다 무서운 것"은 작가의 심리 속에서 중요한 역할을 하는 것들을 지시한다. 그것은 앞뒤의 문맥에 의하건대 "눈물"과 "청년"으로 볼 수 있는데, 이때 "눈물"이 동족의 처창(悽愴)한 현실을 자각케 하는 매개체라면 "청년"은 민족을 근대화하기 위한 열정의 상징이라 할 수 있다. 따라서 12연의 말미에서 이루어진 "적이 클수록 승리도 크"다는 진술에는 질곡의 현실을 인정하면서도 그것을 타개해야 한다는 내면화된 의지23)를 표명한 것이다. 13연에서 식민지인의 공간인 "삼등 선실"에서 "손가락을 입으로 깨"무는 것도 그런 의지를 다지는 일이다. 그럴 때 현해탄의 "검푸른 물결"이 "해일처럼 그의 가슴에" 넘치는 것은 "그"의 의지에도 불구하고 현실은 암담한 식민지 처지에 놓여 있다는 각성을 뜻한다. 이 각성을 통해 시인은 일본이라는 근대의 표상과 민족의 식민지 현실 사이에서 양가적 태도를 취할 수밖에 없었던 것이다.

마지막 14연은 제목과 함께 시 전체의 맥락을 응집하는 역할을 한다. 현해탄의 "낭만주의"는 식민지 현실과 탈식민적 이상 사이, 혹은

---

23) 이 시기의 적(敵)은 1920년대 후반의 단편서사시에서 보이는 것과 유사한 투쟁의 대상(일제, 부르주아)으로 볼 수 있지만, 그와 다른 것은 상당히 내면화되고 관념화된 대상으로 표현되어 실체가 분명하지 않다는 점이다. 「적」이란 작품에서도 "적이여! 너는 내 최대의 교사,/ 사랑스런 것, 너의 이름은 나의 적이다"에서도 그런 경향이 드러난다.

근대적 가치와 민족적 가치 사이에서 어느 한 쪽에도 고정될 수 없는, 그러면서도 두 쪽을 향해 모두 열려있는 것이다. 현실을 응시하되 동시에 이상을 추구하는 이러한 방식이 바로 당대 현실에서 임화가 지향했던 낭만주의였다. 이처럼 시인의 내면세계에는 절망적 현실과 희망적 이상이 병존한다. 그리하여 희망은 언제나 온전한 하나의 희망이 아니라 반쪽의 희망이고, 그 반쪽은 온전한 희망을 방해하는 절망으로 구성되어 있는 셈이다.

요컨대 이 시에서 양가성의 두 축은 민족의 식민지 현실에 대한 자각을 표상하는 "슬픈 고향"(5연), "아우성", "굵은 돌"(10연), "눈물"(11연), "삼등 선실", "해일"(13연) 등과 식민지 종주국 일본의 문명에 대한 선망 의식을 표상하는 "동경"(5연), "희망의 항구"(7연), "수평선"(8연) 등이 대칭 항목들로 구축된다. 이들에 대한 동시적 인식이 바로 민족의 미래를 위해 "밝게 타는 별"(5연)을 상상하는 임화의 방식이었다. 다만 이때 "별"의 추구가 현실과 이상의 변증법적 지양을 통한 실천적 전망이라기보다는 의욕이 앞선 열정의 결과였다. 「해협의 로맨티시즘」의 이러한 특성은 이 시기 낭만주의론에서 피력했던 막연한 이상주의[24]와 관련된다. 이 관념성은 곧 임화의 낭만주의적 이상이 현실 타개의 구체적 방향을 제시하지 못하고 양가적 태도에 머물게 하는 원인이었다.

결국 「해협의 로맨티시즘」을 통해 볼 때 임화의 의식은 민족의 객관적 현실("고향")과 일본의 근대 문명을 향한 주관적 이상("동경") 사

---

24) 임화는 「낭만적 정신의 현실적 구조」에서 "現實의 滿足치 않고 明日과 來日의 不斷한 前進을 爲하여 活動하는 것이다. 즉 이것은 「킬포친」의 用語를 빌면 「現實的인 夢想」, 즉 現實을 爲한 意志, 그것이 浪漫主義 精神의 基礎이다."(『문학의 논리』, p.20)라고 하여 낭만주의의 이상주의적 속성을 제시하고 있다. 그렇지만 그것이 "현실을 위한" 것이라고는 하지만 구체적 현실 구조에 기초한 것이 아니라 "낭만주의 정신"에 기반한 막연한 이상주의였다.

이의 중간 지점에 존재하는 것이다. 그 중심점을 민족 현실의 극단 쪽으로 이동시켰을 경우 이육사류의 현실 감각으로 나갔을 것이며, 그것을 "동경"의 극단 쪽으로 이동시켰을 경우 서정주류의 친일 의식으로 나갔을 터이다. 1930년대 후반의 임화는 그 중간 지점에 존재하는 시인이었다. 물론 임화의 친일 행각에 대한 자아 비판도 있고 또한 전후의 한 대담에서도 일본과의 타협하고자 했던 마음의 문제를 스스로 거론한다.[25] 그러나 전자의 경우 그것은 전후의 군사재판이라는 특수 상황에서의 진술이었다는 점에서 신빙성이 없고, 후자도 해방 후 민족 문학을 추구하기 위한 철저한 자아 비판과 연계된다는 점에서 실제 사실이라고 보기에는 무리가 있다. 그리고 무엇보다 당시의 임화의 문학 작품들에서 친일 경향이 뚜렷한 것을 찾을 수 없다는 점으로 미루어 보아도 그러하다.

4. 현해탄의 희망과 이상한 운명의 바다

이와 같은 양가성의 세계는 현해탄을 소재로 한 다른 시편들에서도 유사한 양태를 띠고 변주된다. 「밤 갑판 위」는 어느 청년의 일본 체험을 현해탄을 배경으로 한 원점회귀 구조에 의해 형상화하고 있는데, 일본의 선진 문물을 배우기 위해 고향의 부모, 형제, 사랑하는 이를 모두 두고 동경을 향해 가면서 느끼는 심정은 착잡하기 그지없다. 현해탄에서 느끼는 고향에 대한 심회는 이렇다.

---

25) 松本淸張, 김병걸 역, 『北의 詩人 林和』(미래사, 1987, p.267)를 보면 임화 스스로 1939년 일본인과 결탁하여 내선일체의 강화와 국민정신의 배양에 힘썼다고 진술하고 있다. 또한 해방 후의 한 대담(김윤식, 『임화연구』, p.578 참조)에서도 일제말기에 일본과 타협하려는 마음을 먹었을 수도 있었음을 암시하고 있다.

고향은 물도 좋고, 바다도 맑고, 하늘도 푸르고,
그대 마음씨는 생각할수록 아름답다만,
우름소리 들린다, 가을바람이 부나보다.

洛東江 가 龜浦벌 위 갈꽃 나붓기고,
깊은 밤 停車場 등잔이 껌벅인다.

어머니도 있고, 아버지도 있고, 누이도 있고, 아이들도 있고,
건넛마을 불들도 반작이고, 느티나무도 거멓고, 앞내도 환하고,
벌레들도 울고, 사람들도 울고,

기어코 오늘밤 또 移民列車가 떠나나보다.
— 「밤 갑판 위」 5-8연

　　여기서 "청년"이 두고 떠나는 "고향"은 아름답고 정겨운 것들로 가
득한 곳이다. 5연의 "물", "바다", "하늘", "그대", 그리고 6연의 "갈꽃",
7연의 "어머니", "아버지", "누이", "아이들", "건넛마을 불들", "느티나
무", "앞내" 등은 모두가 고향의 정경(情景)을 구성한다. 그러나 이 정경
의 한쪽에는 고통스런 현실이 가로놓여 있다. 5연의 "우름소리", 7연의
"사람들"의 울음, 그리고 8연의 "이민열차" 등은 식민치하의 고통스런
민족적 현실을 표상한다. 특히 울음("우름")을 울 수밖에 없는 힘겨운
삶을 견디지 못하여 허허로운 낯선 이국을 향하는 "이민열차"에 몸을
싣는 사람들의 모습은 비극적인 장면이 아닐 수 없다. 이처럼 "고향"
은 애틋하고 아름다운 곳인 동시에 고통과 비극의 현장이라는 양가적
정서를 내포하는 장소이다. 이 같은 정서를 매개하는 공간은 현해탄인
데, 이는 앞서 살핀 「해협의 로맨티시즘」에서 현해탄이 갖는 양가성과
호응한다. 이 작품에서도 현해탄은 "고향"을 생각하며 근대의 희망과

민족의 절망을 동시에 떠올리게 하는 양가 감정의 매개 공간이다.

이러한 현해탄은 임화에게 긍정할 수도 없고 부정할 수도 없는, 긍정하지 않을 수도 부정하지 않을 수도 없는 공간이었지만, 그럼에도 불구하고 그곳은 임화에게 절실하고 엄연한 역사적, 운명적 장소였다. 당시의 현해탄은 식민지 청년들이 선진적으로 근대화된 실체를 접할 수 있는 유일한 통로였다.

> 青年들은 늘
> 希望을 안고 건너가,
> 결의를 가지고 돌아왔다.
> 그들은 느티나무 아래 傳說과,
> 그윽한 시골 냇가 자장가 속에,
> 장다리 오르듯 자라났다.
>
> 비록 青年의 즐거움과 希望을
> 모두다 땅속 깊이 파묻는
> 悲痛한 埋葬의 날일지라도,
> 한번 玄海灘은 青年들의 눈앞에,
> 검은 喪帳을 내린 일은 없었다.
>
> ── 「현해탄」, 7, 12연

이는 현해탄 시편 중에 식민지 "청년들"이 현해탄을 건너 일본으로 향하며 느끼는 "희망"을 가장 명징하게 표현하고 있는 부분이다. 시에 의하면 일제시대에 "청년들"이 도일(渡日)을 한 것은 개인적인 "행복이나 평안 위하여"(5연)가 아니었다. 그들의 "항로"는 "담배"나 "연애", 혹은 "돈맛"(6연)을 위한 것이 아니라, 민족의 근대화를 향한 역사적 책무감을 지켜내기 위한 도정이었다. 이 도정은 어떤 상황에서도 "희망"을 간직한 것으로서 책무감을 지켜내고야 말겠다는 "결의"를 가능케 하는 공간이었다. 즉 아무리 "비통한 매장의 날"에도 "검은 상장을 내린 일"이 결코 없었던 곳이다. 그러나 그 "희망"은 결코 온전한 것이 아니었던 바, 여전히 현실은 너무 절망적인 상황에 놓여 있었다.

> 三等船室 밑 깊은 속
> 찌든 寝床에도 어머니들 눈물이 배었고,
> 흐린 불빛에도 아버지들 한숨이 어리었다.
> 어버이를 잃은 우리 아이들의
> 아프고 쓰린 우름에
> 대체 어떤 罪가 있었는가?
> 나는 울음 소리를 무찌른
> 외방 말을 歷歷히 기억하고 있다.
> 옹 玄海灘은, 玄海灘은
> 우리들의 運命과 더불어
> 永久히 잊을 수 없는 바다이다.
>
> ―「현해탄」 14연

여기서 "삼등선실"은 한국과 일본을 오가는 관부연락선의 선실 가운데 급수가 낮은 곳에 속한다. 일등선실이나 이등선실은 일본인들이 차지했을 터이니 조선인들이 몸을 둘 곳은 삼등선실일 뿐이었을 것이다. 이는 식민치하의 궁핍한 민족의 현실을 암시한다고 볼 수 있다. 그곳에는 식민지 조국의 "어머니들 눈물"과 "아버지들 한숨", 그리고 "어버이를 잃은 우리 아이들의/ 아프고 쓰린 우름"이 있다. 이 "눈물"과 "한숨"과 "우름"은 궁핍함 때문에 떠도는 자의 슬픔을 표상한다. 이러한 절망은 앞의 시구들(7, 12연)에서 보여주었던 희망과 양가성을 이루며 "현해탄"이 피할 수 없는 "우리들의 운명"을 함축한 바다임을 깨닫게 한다. 현해탄은 식민치하 민족의 운명을 성찰케 하는 매개 공간이다.

① 우리들이 탄 큰 배를 잡아 흔드는 것은 과연 바람이냐? 물결이냐?
　아! 그것은 玄海灘이라는 바다의 이상한 운명 아니냐?
　너와 나는 한 줄에 묶여 나무토막처럼 이 바다 위를 떠 가고 있다.
　　　　　　　　　　　　　　　　　　　　— 「눈물의 해협」 11연

② 두번 고치지 못할 운명은
　이미 바다 저쪽에서 굳었겠다.
　바라보이는 것은 한 가닥 길뿐,
　나는 반도의 새 地圖를 폇다.
　　　　　　　　　　　　　　　　　　　　　　　　— 「地圖」 1연

　　두 시구에서 임화는 유물론자 출신답지 않게 "운명"에 대해 말하고
있다.[26] ①에서는 절망적 운명을 말하고 있다. 민족 공동체("너와 나")
가 자기의 운명을 스스로 헤쳐 나가지 못하고 "한 줄에 묶여 나무토막
처럼" 부유하고 있다. 이 "이상한 운명"은 "눈물의 해협" 현해탄을 넘
나들었던 수다한 임화들의 운명이다. 일본이라는 식민지 주체를 저항
의 대상이자 배움의 대상으로 여길 수밖에 없는 시대적 특수성이 부과
해 준 "이상한 운명"인 것이다. 이상하다는 것은 정상적이지 못하다는
것일진대 현해탄의 양가성으로 인해 식민지 타자의 운명이 "이상한"
것은 당연한 일이다. ②에서는 운명이 희망 쪽으로 열려 있다. "반도의
새 지도"를 펼 수 있는 것이다. 그런데 이러한 운명 의식이 시적 자아
의 내면에 고착화되어 있음을 보여준다. 이들 시구에서 보이듯 현해탄

---

26) 임화는 「자고 새면」(1947년 발간된 시집 『찬가』에 의한 제목. 원제는 「失題」로
서 ≪문장≫ 창간호, 1939년 2월호에 발표됨)에서도 운명에 대해 말한다. "몸과
마음이 傷할/ 자리를 비어주는 運命이/ 愛人처럼 그립다"고 읊는다. 이 작품 외
에도 '30년대 중후반에 발표한 임화의 작품 중에는 "운명"이라는 시어가 등장하
는 경우가 적지 않다. 이 시기 임화의 운명론은 폭력적 현실 속에서의 양가성을
취하는 자신의 존재를 긍정하기 위한 것으로 보인다. 현실의 폭력 앞에서 피폐
해진 삶을 운명으로 돌림으로써 현실과의 교섭을 놓치지 않은 셈이다. 이런 교
섭이 없었던들 1930년대 후반의 임화 문학은 존재 자체가 불가능했을 것이다.

은 희망과 절망이 공존하는, 아니 근대 일본에 인접한 희망의 공간인 동시에 식민지 조선에 인접한 절망의 공간이었던 것이다.

이 외에도 「어린 태양이 말하되」에서 "잊어버리었던 고향의/ 어둔 현실의 무게"(3연)와 "나의 용기"(6연), 「월하(月下)의 대화」에서 "삼등선실 밑엔 남도 사투리"(16연)와 "일봉(일본-인용자 주)이 좋기사 좋읍듸더"(15연)의 짝패들도 각각 이상과 현실의 양가적 인식을 함의한다. 다만 「해상」에서는 "일본열도"를 향한 이상만이, 「바다의 찬가」에는 현실 타개의 저항적 의지로서의 "노래하는 열정"만이 등장하여 양가성이 드러나지 않는다.

그리고 현해탄 시편들은 대부분 화자가 자신에 관한 것을 직접 진술하질 않고 등장인물 "청년"을 내세워 진술[27]하는 특징을 보여준다. 식민지 "청년"을 내세워 탈식민지 담론에 리얼리티와 열정을 부여하려던 것인데, 이 "청년"은 스피박의 정의에 의하면 근대화와 프롤레타리아 계급 연대를 통해 피식민 상태를 타파해 보려는 하위주체[28]에 해당한다. 그는 눈에 잘 보이지 않지만 분명히 중요하게 존재하는(마치 공기처럼) 주변인으로서 계급적으로는 프롤레타리아이다. 식민주체는 그를 보잘것없는 것으로 폄하하고 부정할 것이지만, 그렇다고 하여 그의 존재가 없어지거나 약화되는 것은 아니다. 식민지 타자로서 "청년"은 부산을 떠나 일본으로 가는 도중, 한국도 일본도 아닌 바다 현해탄의 선상에서 민족의 암담한 현실을 떠올리는 동시에 그런 현실을 벗어나야 한다는 이상과 의지를 다지는 인물이기 때문이다. 그러나 현해탄

---

27) 이는 인물과 사건을 도입함으로써 구체적 현장성과 리얼리티를 고양하고자 하는 단편서사시와 유사한 점이다. 다만 서사의 구체적 진술이 부족하다는 점에서 단편서사시와는 다르다.

28) Leela Gandhi, op.cit., p.13. 원래는 그람시의 용어이지만 구체적 이론적 위상은 맑스주의 이론으로 거쳐 스피박에 의해 정립되었다.

시편들에 등장하는 "청년"들의 내면세계가 대부분 양가성에 머물게 되는 것은 젊은이답지 못한 성격적 결함이라고도 할 수 있다. 이 "청년"들의 내면적 결함은 당시 식민지 청년들의 정서적 불균형과 다르지 않다는 점에서 당대의 비극적 현실을 표상한다. 따라서 현해탄 시편들의 "청년"은 뚜렷한 목표를 가지고 인생을 개척해야 하건만 시대에 대한 양가 감정 속에 괴로워하는 식민지 젊은이의 모습인 것이다.

그러면 임화가 민족 현실과 함께 병행 추구했던 일본, 근대 문명의 추구라는 명목으로 용인했던 식민주체 일본이란 과연 그럴만한 가치가 있는 것인가? 문제는 일본이 근대화된 서구와 동격으로 여기는 시각에서 보면, 근대 문물에 대한 용인이 자칫 '근대화=서구화=일본화=식민지화'라는 기이한 논리를 인정하는 셈이 된다는 점이다. 더구나 일본의 근대화는 우리가 모범으로 삼을 만한 것이었는가 하는 점을 생각할 때 문제적 성격은 더욱 명료해진다. 일본 근대문학의 선구자인 나쓰메 소세키(夏目漱石)가 밝혔듯이, 일본의 근대화 프로그램은 자기본위의 능력을 상실한 외발적(外發的) 과정[29]이었고 일본이 서구에 의한 피동적 근대화였다. 우리 또한 그러한 일본에 의지한 외발적 근대화라는 국면을 부정할 수 없는 게 사실이었으니 문제적이라고 아니할 수 없다. 이런 사정을 두고 볼 때 현해탄의 양가성을 극복하는 길은 식민제국과 식민지를 모두 죄인으로 보는 바바의 지적[30]에서 암시 받을 수 있다. 아직도 한국인과 일본인의 내면세계에 찌꺼기로 남아 있는 피식민지인과 식민지인의 자기중심적 가치관을 벗어나 제3의 공간[31]에 함께 진입해야만 진정한 의미의 탈식민적 기획이 가능할 것이다. 식민주

---

29) 三好行雄, 정선태 역, 『일본 문학의 근대와 반근대』, 소명출판, 2002, p.117.
30) 권택영, 「탈식민주의와 문화비평」, 《현대시사상》 1996년 봄호, p.78.
31) Homi K. Bhabha, *The Location of culture*(London : Routledge), 1994, p.36.

체 일본과 그 타자였던 우리의 탈식민적 성찰이 동시에 요구된다는 말이다.

5. 결 론

지금까지 임화의 1930년대 후반 현해탄 시편들을 대상으로 작가(또는 서정적 자아) 심리로서의 양가성의 문제를 살펴보았다. 먼저 살핀 것은 비평에 있어서 낭만주의론이나 사실주의론과 관련된 이상(낭만)과 현실, 주관과 객관, 예술적 현실(창작)과 외적 현실(세계관) 사이의 양가성의 문제였다. 이는 「낭만적 정신의 현실적 구조」, 「주체 재건과 문학의 세계」 등의 비평문에 자주 나타난다. 이것은 일제의 식민 통치가 극단적으로 강화되는 시점에서 민족 현실의 문제에 대한 관심을 지속하기 위한 문학적 신념의 내면화 방식이었다. 다시 말해 정세 악화로 인한 현실 문제에 대한 접근이 지난했던 당시 상황을 타개하기 위한 고육지책이었던 셈이다.

이런 점은 현해탄 시편에서 보이듯 시 창작에도 그대로 반영된다. 가령 「해협의 로맨티시즘」은 그러한 양가성을 가장 적실하게 형상화한 텍스트인데, 이 시에는 질곡의 식민지 현실을 외면하지 않은 채 일본의 근대를 수용해 민족의 희망을 찾아보려는 의지가 중심을 이룬다. 이 시기 임화의 비평과 시에서 로맨티시즘에 대한 인식이 비록 철저한 혁명적 로맨티시즘에는 이르지 못했을지라도 현실과 이상을 동시에 아우르고자 양가적 인식을 드러냈다는 데 의미가 있다. 이러한 양가성의 추구는 당대의 외적 현실이 부과하는 탈식민의 역사적 책무감을 외면하거나 초월하지 않았다는 사실을 반증한다. 또한 「밤 갑판 위」, 「현해탄」은 현해탄을 배경으로 고향, 혹은 민족 현실에 대한 복잡한 심회를 형상화한 시이다. 이들 시에서 고향은 식민 현실을 비유하는 절망적인 공간인 동시에 정겨운 사람과 자연이 존재하는 희망의 공간이다. 그리고 「눈물의 해협」, 「지도」 등의 작품은 현해탄을 "이상한 운명의 바다"로 규정하고 있는데, 그 이상함이란 역시 식민지 시대와 관련된 양가적 감정으로부터 파생한 것이다.

　주지하듯 현해탄은 한국과 일본 사이의 해협으로서 유사 이래 한반도와 일본열도 사이를 끊임없이 매개했던 공간이다. 한국의 바다도 아니고 일본의 바다도 아닌 현해탄은 또한 한국의 바다인 동시에 일본의 바다이다. 그곳은 식민지의 한 시인에게 근대화된 식민주체와의 동일시와 민족 정체성 확립을 위한 탈식민적 자기동일성의 추구 사이의 딜레마를 제공했던 양가성의 공간이었다. 이는 1930년대 후반 이 땅에서 살아갔던 한 시인, 혹은 한 민족의 복잡한 내면세계를 표상한다. 그리하여 임화는 현해탄을 한국 현대문학의 한 상징으로 편입시키며 근대적 가치와 민족적 가치 사이의 균형 감각을 확보하려고 노력했다. 비록 그 노력이 양가성이라는 모호한 태도로 나타나지만 그것을 임화 개인의 문제로만 보기에는 시대적 질곡이 너무 컸던 게 사실이다.

　이러한 공간의 문학적 설정이 갖는 한국 현대문학사상의 의의는 카프 시절의 경직된 이데올로기 시를 극복하여 서정성을 획득하고 있다는 점, 당시 문단을 주도해 나갔던 모더니즘 시의 현실 도피 성향을 견제하는 기능을 담당했다는 점, 해방 후의 민족 문학 건설을 선명하게 주창하고 나서기 위한 자기 성찰의 원점이 되었다는 점 등에서 찾을 수 있다. 따라서 현해탄 시편들은 1930년대 후반 우리 시단에서 질곡의 민족 현실과 근대화의 기획을 동시에 추구하려 했던 내적 욕망의 양가성을 가장 적실하게 반영한 텍스트로서, 임화 자신의 시적 여정으로 볼 때도 그 전후의 시적 경향을 매개하는 기능을 한 셈이다. 그리고 무엇보다도 민족 정체성의 최대 위기를 맞았던 시기에 탈식민주의 시정신의 징후를 보여주었다는 점에 의의가 있다. 당시 시대 상황은 절대적인 민족 담론도 절대적인 근대 담론도 존립하기 어려웠던 시기였기에 그들 사이의 양가적 태도를 견지하며 식민지 현실의 문제적 부면들을 형상화했다는 것만으로도 현해탄 시편의 의의는 각별하다고 아니할 수 없다.

  그러나 현해탄 시편들은 어두운 식민지 현실의 자각과 근대적 일본 문물을 수용하려는 개방적 자세는 고무적이지만, 그것을 능가하려는 실천적, 전망적 기획이 분명치 않다는 점에서 일정한 한계를 지니는 작품군이라 할 수 있다. 다시 말해 그것은 당대의 현실에서 취할 수밖에 없는 불가피한 선택이었을지 몰라도, 그렇다고 하여 좀 더 적극적인 탈식민 담론의 당위적 요구에서 한 걸음 물러섰다는 혐의로부터 자유로운 것은 아니다.

제2부

한국시의 현대성 —현실과 내면과 시

정지용 시의 '떠도는 주체'와 감정의 차원
— 시적 자아의 이국정조와 슬픔을 중심으로

1. 서론 : 정지용 시의 모더니티와 감정

정지용은 백조파들의 병적 낭만주의가 우리 시단을 회오리치고 지나간 뒤, 카프가 결성되어 시의 이데올로기 차원이 강조되던 1920년대 중반에 문단에 등장하였다. 그는 낭만주의 시와 카프 시를 전후한 시기에 창작 활동을 개시하면서 그 두 가지의 문제적 국면들을 모두 극복하려는 자세를 견지했다. 그것이 문학적으로 구체화된 것은 자율성의 미학에 기초한 모더니즘 시, 신앙에 의탁한 가톨릭시즘적 종교시, 동양적 자연 사상을 형상화한 산수시 등이다. 이들을 통해 볼 때 정지용은 분명 한국시에 명실공히 현대성을 부여한 선구적 시인일 뿐 아니라 종교시와 산수시의 새로운 차원을 개척한 시인이다. 그는 또한 일제말기에 발간된 문예지 ≪문장≫의 시 부문 추천위원으로서 청록파세 시인과 박남수, 이한직 등 훗날 한국시단을 이끌었던 수준 높은 후배 시인들을 발굴한 장본인이기도 했다. 그의 문학적 성과는 『정지용 시집』(1936년)과 『백록담』(1942년), 그리고 이들 시집에 실려 있지 않은 다수의 작품들1)로 나타났다.

　정지용의 시에 대한 평가는 김기림이 "우리의 시 속에 현대의 호흡 과 맥박을 불어넣은 최초의 시인"2)이라고 적시한 이후, 한국시의 언어 와 기법을 쇄신한 모더니스트로서의 특성에 주목하는 경향이 지배적이 다. 이와 비슷한 관점에서 일부 종교시를 제외하고는 대부분 사물시 (physical poetry)로서의 특징을 보여준다는 지적3)은 정지용 시의 이미지 즘적인 특성에 주목한 결과이다. 나아가 "한국 현대시의 아버지"4)라고 규정하는 데 이르러 정지용 시에 대한 평가는 절정에 이른 듯하다. 또 한 그러한 모더니스트로서의 특성을 부정적으로 평가하여 실패한 것으 로 간주5)하거나, 전체적인 변천과정과 관련하여 후기의 산수시에 대한 경도는 초기 모더니즘 시의 실패를 스스로 자인하는 것6)으로 보기도 했다. 그리고 초기 모더니즘 시보다는 비교적 후기에 창작된 산수시의 동양 정신에 주목7)하는 경향이 있다. 이외에도 기억할 만한 논급들이 많은데, 이들이 보여주는 한 가지 특징은 정지용 시의 감정적 차원에 대한 언급이 거의 없거나 미미한 수준에 머물러 있다8)는 점이다. 이것

---

1) 이 글의 텍스트는 정지용의 『정지용 시집』(시문학사, 1936)으로 삼되, 오늘날 입 장에서 알아보기 힘든 단어나 띄어쓰기는 현대어법으로 고쳐 적는다. 아울러 이 숭원 교수가 주해한 『원본 정지용 시집』(깊은샘, 2003)을 보조 텍스트로 참조한다.
2) 김기림, 「1933년 시단의 회고와 전망」, 『시론』, 백양당, 1947, p.83.
3) 문덕수, 「정지용 시의 특질」, 김은자 편, 『정지용』, 새미, 1996, p.115.
4) 유종호, 『비순수의 선언』, 민음사, 1995, p.25.
5) 임　화, 「曇天下의 시단 일년」, 『문학의 논리』, 학예사, 1940, p.627.
6) 오세영, 「모더니스트, 비극적 상황의 주인공들」, ≪문학사상≫ 1975년 1월호, p.341.
7) 최동호, 「정지용의 산수시와 情·景의 시학」, ≪작가세계≫ 2000년 가을호.
8) 이와 달리 김은자의 「정지용의 현실과 비애」(김은자 편, 『정지용』, 새미, 1996) 는 그 동안 다루어지지 않았던 현실 감각이나 내면 의식의 문제에 관심을 두었

은 물론 정지용의 시가 지니는 모더니즘적 특성, 즉 감정보다는 지성, 관념보다는 이미지를 중시하는 태도에 주목하여 논급한 결과이다. 필자는 그런 논급을 부정하는 것은 아니지만, 정지용 시를 감정이나 관념이 완전히 배제된 것처럼 보는 시각에는 문제가 있다고 본다.

정지용의 시에는 감정이 빈약하다고 볼 수 없다. 특히 『정지용 시집』에서 이국정조와 슬픔은 일제치하에서 식민 종주국 일본을 통해 현대 문물을 수용할 수밖에 없었던 한국인의 내적 고뇌와 관련하여 자주 드러난다. 그러나 그렇다고 하여 정지용 시를 반모더니즘적이라고 볼 수는 없는데, 왜냐하면 그의 시에 드러나는 감정은 병적 낭만주의의 잔재라기보다는 모더니즘 차원의 '현대적 멜랑콜리'[9]로 생각되기 때문이다. 사실 모더니즘 시에 관한 논의에서 지성적 차원의 모더니티뿐 아니라 감정적 차원의 모더니티도 중요한 것이다. 따라서 정지용 시의 자아가 현대 문물을 대하면서 느끼는 이국정조와 슬픔은 일종의 모더니즘적 소외와 관련된 감정으로 볼 수 있다. 또한 모더니즘에 관련된 논의가 아니라도, 인간의 감정은 본능이나 관습의 차원에 속박되는 것이 아니라 정신성의 차원에 속하는 것[10]이므로 시 감상에서 매우 중요한 측면이다. 베르그송이 직관을 생명의 감정과 정신적 감정의 교량으로 삼으면서 감정의 창조적 능력과 형이상학적 의미를 주장했던 것[11]도 인간 정신에서 감정이 차지하는 역할의 중요성을 강조한 경우이다. 무릇 인간의 창조적 역량은 지성이나 이성보다는 감성이나 감정

다는 점에서 주목할 만하다.
9) M. Calinescu, 이영욱 외 역, 『모더니티의 다섯 얼굴』, 시각과 언어, 1994, p.205. '근대적 멜랑콜리'로 번역되어 있지만, '현대적 멜랑콜리'로 고쳐 적었다. 정지용 시는 최남선이나 김소월 등에 비해 볼 때 '근대적'이라는 수식보다는 '현대적'이라는 수식이 어울리기 때문이다.
10) J. Maisonneuve, 김용민 역, 『감정』, 한길사, 1999, p.61.
11) ibid., p.57.

의 측면과 관계 깊다는 점을 상기해 두자.

여하튼, 정지용의 시는 낭만주의적 감정 편향성과 주지주의적 지성 지향성이 서로 갈등¹²⁾을 이루고 있으며, 백조파류의 과도한 감정을 떼어내긴 했지만 여전히 통제되지 않는 감정의 내부적 혼란을 드러낸다¹³⁾고 볼 수 있다. 그렇지만 이 혼란과 갈등은 정지용 시에 부정적인 영향을 끼쳤다기보다는 오히려 정서적 층위를 다층적이고 다양하게 해 주는 요인으로 작용한다. 즉 정지용은 시에서 감정을 중시하되 지성과의 균형을 유지하여 백조파와는 전혀 다른 표현 방식으로 격조 높은 시상을 안출해 냈다고 하겠다. 이런 점에서 정지용은 백조파의 감정 지상주의나 다른 모더니스트들의 감정 배제주의를 모두 넘어선 것으로 보인다. 정지용의 시에서 현대적 문물을 대하는 태도는 인상주의적인 수준에 머무는 것이 아니라, 그런 사물에 휩싸여 있는 우울이나 슬픔 그리고 고뇌 등이 감각의 촉수에 의해 형상화하는 데 있다¹⁴⁾고 보는 것도 이와 관련된다. 본고는 이런 점에 주목하면서 정지용의 초기시에 드러난 이국정조와 슬픔의 의미를 탐색해 보고자 한다. 아울러 필자가 주목하고자 하는 것은, 이러한 감정의 소유자가 많은 시편들에서 유랑하는 자아, 혹은 '떠도는 주체'의 성격을 지닌 시적 자아로 등장한다는 점이다. 정지용 시에서 '떠도는 주체'는 현실적, 실존적, 종교적 측면에서의 본향을 상실한 자로서 깊은 상실감으로 인해 내면세계에 풍부한 감정의 스펙트럼을 간직한 존재이다. 이제 그가 떠도는 이유는 무엇이

---

12) 김재홍, 「정지용, 또는 역사 의식의 결여」, 이숭원 편저, 『정지용』, 문학세계사, 1996, p.339.
13) 김용희, 「정지용 시의 어법 연구」, 김신정 엮음, 『정지용 문학세계 연구』, 깊은 샘, 2001, pp.14~15.
14) 신범순, 「정지용 시에서 '헤매임'과 산문 양식의 문제」, 한국현대문학회, 『한국문학의 양식론』, 한양출판, 1997, p.113.

고 그의 내면을 지배하는 감정의 차원이 어떻게 형상화되는지 『정지용 시집』을 중심으로 탐색해 보기로 한다.

2. '떠도는 주체'의 이국정조와 자기 모순의 슬픔

정지용의 초기시에서 '떠도는 주체'는 막연히 이국을 동경하는 낭만 성의 표상이 아니라 미적 현대성의 한 지표이다. 일찍이 칸트는 모더 니즘적 자율성의 미학이 꿈, 무의식, 댄디즘 등과 관련된 권태와 범죄, 배회자, 작고 개별적인 주체, 순간에의 몰입[15] 등을 특징으로 한다고 말한 바 있다. 여기서 배회자는 정지용 시의 '떠도는 주체'와 흡사하 다. 이 '떠도는 주체'는 또한 벤야민이 보들레르의 시에서 발견했던 산 책자 이미지나 신범순이 정지용 시에서 발견한 '헤매임'의 주체[16]와도 유사하다. 중요한 것은 '떠도는 주체'가 모더니즘이 추구하는 불연속성 의 가치관으로 인해 잃어버린 삶의 총체성을 탐색하는 자라는 점이다. 다시 말해 그는 현대 문물에 대한 단순한 구경꾼이 아니라 그 의미를 따지고 드는 탐구자인 것이다.

그런데 그가 탐구하는 대상인 현대 문물은 레비나스가 말하는 타자 에 해당하는 것으로서, 그것은 주체의 삶에 완전히 포섭될 수 없는 낯 선 존재[17]이다. 문제는 그것을 대면하는 '떠도는 주체'가 자기 모순에 빠진다는 점인데, 이때의 자기 모순은 현대 문명이 이룩한 진보의 사 실을 부정하지 않으면서 동시에 고통스러운 상실감 및 소외감을 경 험[18]하는 데서 느껴지는 딜레마이다. 여기에 또 하나의 자기 모순이

---

15) 최문규, 『(탈)현대성과 문학의 이해』, 민음사, 1996, p.15.
16) 신범순, op.cit., p.126.
17) Emmanuel Levinas, 강영안 역, 『시간과 타자』, 문예출판사, p.139.

겹쳐지는데, 그것은 일제치하에서의 고향(혹은 조국) 상실[19]이라는 현실적 조건 때문에 발생한다. 이는 고향을 상실한 이후 새롭게 다가온 현대 문물을 대면하면서 느끼는 비정상적인 감정이다. 그것은 일본과의 동일시를 통한 보편성으로서의 근대화와 일본과의 반동일시를 통한 특수성으로서의 민족 정체성 확립을 동시에 추구해야 했던 식민치하 한국인의 모순된 감정[20]과 깊이 관련된다. 정지용 시에서 시적 자아들의 행동(떠돎)은 이러한 자기 모순에서 오는 감정(불안감)과 삼투적 관계에 놓인다.

따라서 '떠도는 주체'인 시적 자아는 정신적 불안감으로 인해 정착하지 못한 자, 혹은 현실에 정착하지 못했기 때문에 정신적으로 불안한 자이다. 어떤 경우에 해당하든 '떠도는 주체'를 지배하는 것은 심정이 불안감이라는 점에서는 다름없는데, 이 불안감은 심리학적으로 현실에 대한 불만족과 미래에 대한 근심이라는 두 측면에서 온다.[21] 정지용 초기시가 배경으로 삼고 있는 현실은 일제시대라는 역사적 질곡의 측면과 현대화 초창기라는 문명사적 혼란의 측면이라고 볼 때, 정

18) M. Calinescu, op.cit., p.194. 이와 관련하여 현대 문명으로부터의 소외감은 가령 시간(시계)에 대한 인식을 표현한 시구에 단적으로 드러난다. 현대적 시간에 관한 두려움을 "한밤에 壁時計는 불길한 啄木鳥!/ 나의 腦髓는 미신바늘처럼 쫓다."(「시계를 죽임」), "옵바가 가시고 나신 방안에/ 時計소리 서마 서마 무서워"(「무서운 시계」)라고 드러낸다. 현대성의 주요 지표 중의 하나인 시간에 대한 불길한 예감과 두려움이 나타난 것이다.

19) 그러한 현실은 「향수」, 「고향」 등의 이른바 고향시편에 잘 드러나는데, 가령 "마음은 제 고향 진히지 않고/ 머언 항구로 떠도는 구름"(「고향」)이 단적인 예이다.

20) 이것은 양가 감정(ambivalence)의 일종으로서 일제치하의 한국 시인들의 내면세계를 보편적으로 지배하는 심리 상태였다고 보아진다. 일제치하에서 리얼리즘 시인의 중심적 위치에 있었던 임화의 시에서도 양가 가치나 양가 감정의 문제는 매우 중요한 것으로 드러난다. 이 점에 대해서는 졸고 「현해탄 시편의 양가성 문제」(≪한국언어문학≫ 제50집, 2002)를 참조할 것.

21) J. Maisonneuve, op.cit., p.61.

지용이 그것들에 대한 감정이 그다지 만족스럽지 못했었다는 것은 자명한 일이다. 또한 그러한 현실에 토대를 둘 미래가 근심스러울 수밖에 없었다는 것도 당연한 일이다. 그러니까 불만족과 근심에 의한 불안감이 '떠도는 주체'의 내면을 구성하는 것이다.

이러한 시적 자아의 불안감은 이국정조와 슬픔으로 이어진다. 이때의 이국정조는 현실의 불안감을 일탈하고자 하는 의지가 자기 모순의 감정으로, 슬픔은 그 의지가 다시 자기 모순의 감정으로 전이될 때 발생한다. 이런 맥락에서 이국정조와 슬픔을 형상화한 시편들 가운데 문학적 밀도가 높은 것으로는 「카페·프란스」, 「슬픈 인상화」, 「조약돌」, 「압천」 등이 주목된다. 이들 중에 「카페·프란스」는 『정지용 시집』의 이국정조와 슬픔의 당대적(當代的) 차원을 가장 곡진하게 보여준다.

> ① 옮겨다 심은 種欄나무 밑에/ 빗두루 슨 장명등./ 카페·프란스에 가쟈.// ② 이놈은 루바쉬카/ 또 한놈은 보헤미안 넥타이/ 뼛적 마른 놈이 압장을 섰다./ ③ 밤비는 뱀눈처럼 가는데/ 페이브멘트에 흐늙이는 불빛/ 카페·프란스에 가자./ ④ 이 놈의 머리는 빗두른 능금/ 또 한 놈의 心臟은 벌레 먹은 薔薇/ 제비처럼 젖은 놈이 뛰여 간다./ ⑤ 「오오 패롤(鸚鵡) 서방! 꾿 이브닝!」// ⑥ 「꾿 이브닝!」(이 친구 어떠하시오?)/ ⑦ 鬱金香 아가씨는 이밤에도/ 更紗 커-틴 밑에서 조시는구료!/ ⑧ 나는 子爵의 아들도 아모것도 아니란다./ 남달리 손이 희어서 슬프구나!// ⑨ 나는 나라도 집도 없단다./ 大理石 테이블에 닿는 내 뺨이 슬프구나!// ⑩ 오오, 異國種강아지야/ 내 발을 빨어다오./ 내 발을 빨어다오.
>
> — 정지용, 「카페·프란스」 전문

이것은 정지용이 일본에 유학할 당시인 1926년 6월(≪학조≫ 1호)에 발표된 작품으로서, 식민지 종주국에 유학을 간 젊은 한국인이 현대 문물을 대면하면서 느끼는 이국정조와 슬픔을 형상화하고 있다. 이 시에서 이국정조는 "장명등", "카페·프란스", "루바쉬카(rubashka)", "보헤

미안 넥타이", "페이브먼트", "패롤", "꾿 이브닝", "대리석 테이블" 등의 이국적 문물에 의해 형성되는 감정이다. 이들 중 "카페"는 이국정조를 유발하는 대표적인 소재로서 그곳은 농경민적 정착 공간이 아니라 또 다른 떠남을 위한 임시적 거처로서의 노마드적 공간이다. 즉, 어디론가의 떠남을 부단히 지향하는 존재, 혹은 국가 사회에 내재화되기를 거부하고 국가 외부로 탈주하려는[22] '떠도는 주체'가 자리하는 곳이다. 이 시가 창작되던 당시에 국가는 일제로 상정될 수 있고 "카페"는 일본과 우리나라에 신형 술집으로 유행했었다[23]는 사실을 염두에둘 때, "카페"라는 구석진 공간은 고향 상실감과 이국 문물에 지친 당대 모던 보이들이 찾아들던 은둔의 장소로서 시대적 정황을 상징한다. 따라서 "카페"에 들어선 시적 자아의 이국정조가 기쁨이나 희망의 감정으로 이어지지 못하고 슬픔으로 귀결되고 마는 것은 창작 당시의 시대적 정황과 관계 깊다.

슬픔은 일반적으로 세계가 자신을 분리하고 고립시키며 자기 자신이 세계를 거부했다고 믿는 데서 발생하는 감정[24]이다. 이 같은 슬픔의 발생 방식은 위의 시에 등장하는 시적 자아에게도 그대로 적용된다. 세계와의 단절감 때문에 형성된 시적 자아의 감정이 슬픔인 셈인데, 그것은 "밤비"가 "뱀눈처럼" 내리는 음울한 상황(③연)과 "빗두른 능금"같은 "머리"와 "벌레 먹은 장미"같은 "심장"을 가진―지적으로나

---

22) 신현준, 「들뢰즈/가타리 : 존재의 균열과 생성의 탈주」, 이진경 외, 『철학의 탈주』 (재판), 새길, 1999, p.283.
23) 가령 "大京城 넓은 바닥에 늘어가는 것이라고는 음식점. 료리점, '카페'뿐이다. (…) 조선옷 우에 『에프롱을 들르고 『하사시가미』에 고무신을 신은 웨트레쓰』양! (…) 二十世紀라는 현대가 당신이 잡고 있는 술잔 속에서 한숨을 쉰다"는 대목이 있다(「漫畵로 본 京城 (2)」, 《조선일보》 1925년 11월 15일(신명직, 『모던 뽀이, 경성을 거닐다』, 현실문화연구, 2003, p.31에서 재인용).
24) J. Maisonneuve, op.cit., p.80.

정서적으로 건강하지 못한—등장인물들(④연)로 인해 더욱 강화된다. 이 깊은 슬픔이 직접 드러난 부분은 ⑧연이다. 시적 자아가 "아모것도 아"닌 자신의 처지를 한탄하면서 "남달리 손이 희여서 슬프"다고 한다. "손이 희"다는 것은 문약한 지식인의 다른 이름인데, 그는 1920년대 중반 식민지 치하에서 무엇 하나 적극적으로 실천할 수 없는 무력한 자신의 모습을 자책하며 슬퍼하고 있는 것이다. 더구나 ⑨연에서 드러 나듯 "나"의 현실은 "나라도 집도 없"는 절망적 정황에 놓여 있으니 슬프지 않을 수가 없다.

시적 자아의 슬픔은 ⑩연에 이르면 "내 발을 빨어다오"라는 타자에 대한 이상스런 요구로 표출된다. 이 부분은 "이국종 강아지"를 일본인 여급으로 보아 일본인에 대한 반항 감정의 표현[25]으로 볼 수도 있지 만, 여급의 처지가 일본이라는 식민지 종주국 사회에서 제국주의를 주 도하는 주류적인 위치와 무관한 소외 계층에 불과하다[26]는 점에서 설 득력이 없다. 따라서 "발을 빨어"달라는 요구는 '떠도는 주체'로 살아 가기에 고달픈 시적 자아가 여급으로부터라도 자신의 슬픈 처지를 위 로 받고 싶다는 뜻을 표명한 것으로 볼 수 있다. 그러니까 이 시는 현 실에 대한 반항적 의지가 가미된 모더니즘 시로서, 일본을 매개로 급 작스럽게 다가온 현대 문물에서 이국정조를 느끼면서 그것을 완전 궁 정할 수도 완전 부정할 수도 없는 식민지 조선 청년의 내적 모순을 형 상화한 것으로 읽힌다. 시적 자아의 내면에 자리 잡은 그 모순이 감정 의 차원으로 표출된 것이 슬픔이며, 시적 자아는 그 슬픔을 위로 받고 자 하는 존재이다.

이 외에도 『정지용 시집』에는 현대적 문물의 공간을 떠도는 주체들

25) 김동석, 『예술과 생활』, 박문출판사, 1947, p.178.
26) 김용직, 「정지용론—순수와 기법」, 김은자 편, op.cit., pp.164~165.

이 다양한 양상으로 나타난다. 정지용의 초기시에 자주 등장하는 항구, 기차, 도시 공간 등은 이국정조와 슬픔의 매개물들이다. 이는 모더니즘 언술의 기본적인 특징 가운데 하나가 전화, 라디오, 자동차, 항공기 등과 같은 새로운 과학 발명품들이 등장하는 것[27]이라는 지적과 부합한다. 다음 시들은 시적 자아의 이국정조가 슬픔과 유사한 감정인 시름이나 설움과 결합한 예이다.

> ① 沉鬱하게 울려 오는/ 築港의 기적소리……기적소리……/ 異國情調로 퍼덕이는 / 稅關의 旗ㅅ발. 旗ㅅ발.// 세멘트 깐 人道側으로 사뿟 사뿟 옴기는/ 하이한 洋裝의 點景!// 그는 흘러가는 失心한 風景이여니……/ 부즐없이 오랑쥬 껍질 씹는 시름……/ 아아, 愛施利·黃! 그대는 上海로 가는구료……
>
> ―「슬픈 印像畵」 부분

> ② 알는 피에로의 설움과/ 철길에 고달픈/ 청제비의 푸념 겨운 지즐댐과,/ 꾀집어 아직 붉어 오르는/ 피에 맺혀,/ 비날리는 異國거리를/ 歎息하며 헤매노나.// 조약돌 도글 도글……/ 그는 나의 魂의 조각이러뇨.
>
> ―「조약돌」 부분

> ③ 수박 냄새 품어오는 저녁 물바람/ 오랑쥬 껍질 씹는 젊은 나그네의 시름.// 鴨川 十里ㅅ 벌에 해가 저물어…… 저물어……
>
> ―「押川」 부분

이들 시에서 이국정조는 유랑의 이미지―①의 "흘러가는", "가는", ②의 "헤매노나", ③의 "나그네" 등―와 연관되어 형성된다. 먼저 ①를 보면, 이 시는 「카페·프란스」보다 10년 뒤인 1936년 6월(≪학조≫ 1

---

27) Perrty Anderson, 유재덕·김영희 역, 「근대성과 혁명」, ≪창작과 비평≫ 1993년 여름호, p.342.

호)에 발표된 것임에도 불구하고 시적 자아의 떠도는 모습은 그다지 변함이 없다. 시적 자아는 어느 항구("築港")의 풍경과 "세멘트 깐 人道, 洋裝, 오랑쥬(오렌지-인용자), 上海" 등에서 "이국정조"와 "시름"을 느끼고 있고, 그의 "시름"은 이국적, 현대적 문물이 연출하는 풍경에 자신을 마음껏 동일시하지 못하는 데서 발생된 것이다. 현대의 도시 풍경이 삶을 안정시켜 주는 친근한 것이 아니라 뿌리 뽑힌 자로서의 유랑 의식을 고무하여 마음속에 "시름"만을 가져다줄 뿐이다. ②에서 시적 자아가 자신을 조약돌을 비유하는 것도 비슷한 정황이다. 그는 둥근 모양새로서 데굴데굴 굴러다니는 "조약돌"과 "이국거리"를 "헤매"고 다니는 자기 자신의 신세를 동일시하며 "설움"의 감정에 빠져들고 있다. 또한 ③에서도 마찬가지인데, 시적 자아는 흐르는 시냇물을 바라보며 그 물결처럼 떠도는 자신의 신세를 생각하고는 "시름"에 잠기고 있다. 이 시는 특히 정지용의 실제 체험과 관련되는 것[28]으로 알려져 있어 시적 자아의 감정은 시인 자신의 그것과 별반 다름이 없다고 볼 수 있다.

3. 실존적, 종교적 이국정조와 메타 감정으로서의 슬픔

정지용의 초기시에서 이국정조와 슬픔이 발생하는 또 다른 원인은 인간 본연의 실존적, 종교적 한계에 대한 시적 자각과 관련된다. 이 경우 시적 자아는 여전히 '떠도는 주체'로 등장하지만, 앞서 살핀 시편들과 다른 점은 그의 감정의 세계가 더욱 객관화되고 통어된 형태로 드

---

28) 정지용은 교토(京都)에 있는 동지사(同志社)대학에 다니던 시절에 고도를 가로질러 흐르는 압천의 중류인 중압(中押) 근처에 하숙을 정했다고 한다(정지용, 『문학독본』, 박문출판사, 1948, p.50 참조).

러난다는 것이다. 내적 슬픔이 객관적(물질적) 대상으로 환치되거나 메타 감정의 형태로 대상화되거나 지성의 힘에 의해 절제된 형태로 형상화된다는 말이다. 감정의 객관화는 감정을 제어하는 방법으로서 심리학자들이 말하는 메타 감정(meta-mood)—자신의 감정에 대한 감정—화와 비슷하다. 이는 나르시즘적 자기 관찰이나 햄릿류의 내성적 방관과는 다른 것으로서, 자신의 소용돌이치는 감정에 대해 주관적으로 가치판단을 하지 않고 스스로 객관적인 관찰자가 되는 심리 기제이다. 자신의 감정을 외적 대상으로 관찰하며 상대화29)시키는 것이다. 이는 한 산문에서 "남을 슬프기 그지없는 정황으로 유도함에는 자기의 감격을 먼저 신중히 이동시킬 것"30)을 요구했던 정지용 자신의 시학적 입장을 실천한 것으로 볼 수 있다. 이런 경향은 신세계를 지향하는 의식을 드러내는 바다시편, 내적 번민을 형상화하는 「유리창 1」류의 시, 또는 가톨릭적 신앙심을 형상화한 종교시편 등에서 나타난다. 먼저 부조리한 현실을 벗어나 신세계를 찾아가려는 '떠도는 주체'가 하릴없이 대면하는 인간의 실존적 한계와 연관되는 이국정조와 슬픔을 살펴본다.

> ① 바다는 뿔뿔이/ 달어 날랴고 했다.// ② 푸른 도마뱀떼 같이/ 재재발렀다.// ③ 꼬리가 이루/ 잡히지 않었다.// ④ 힌 발톱에 찢긴/ 珊瑚보다도 붉고 슬픈 생채기!// ⑤ 가까스루 몰아가 부치고/ 변죽을 둘러 손질하여 물기를 시쳤다.// ⑥ 이 앨쓴 海圖에 손을 싯고 떼었다.// ⑦ 찰찰 넘치도록/ 돌돌 구르도록// ⑧ 희동그란히 바쳐들었다!/ 地球는 蓮닙인양 옴으라들고……펴고……
>
> — 「바다 2」31) 전문

---

29) Doris Martin & Karin Boeck, 홍명희 역, 『EQ』, 해냄, 1997, pp.86~87.
30) 정지용, 「시의 위의」, 『정지용전집 2 산문』, 민음사, 1988, p.250.
31) 『정지용 시집』에 「바다」 연작은 모두 7편인데, 1부의 「바다 1」과 「바다 2」와 2부의 「바다 1」, 「바다 2」, 「바다 3」, 「바다 4」, 「바다 5」 등이 있다. 「바다 1」과 「바다 2」는 같은 제목의 시가 2편씩 있는 셈이다. 인용시는 1부에 속한 것이다.

이 시는 한국시의 이미지 표현 능력을 한층 향상시킨 작품으로 잘 알려져 있다. 그렇지만 이 참신한 이미지가 내포하고 있는 감정과 의미의 층위는 예사롭지 않다. ①연부터 ③연까지는 "바다"의 풍경을 주로 묘사하고 있는데, 뭍에 다가왔다가 다시 바다 쪽으로 흘러가는 파도의 물살을 "꼬리가 이루/ 잡히지 않"는 "푸른 도마뱀떼"로 비유하고 있다. 물론 도마뱀은 보통 누런 갈색의 몸을 가졌으므로 이 시가 도마뱀에서 취한 것은 "푸른" 색깔이 아니라 재빠른 동작일 뿐이다. 푸른 색감은 단지 바다의 묘사적 이미지에 해당한다. 여기까지의 시적 자아가 지닌 감정은 이국정조라 할 수 있는데, 그것은 '떠도는 주체'인 시적 자아가 지닌 현실 일탈 의지가 일종의 감정으로 변한 것이다. 이 감정을 유발하는 매개가 유랑 공간으로서의 "바다"이다.

이어서 ④연에서는 감정어가 등장한다. "슬픈 생채기"에서 "슬픈"이라는 어절이 그것인데, 이는 이국을 향한 동경은 무지개를 찾아 나서는 일처럼 늘상 좌절될 수밖에 없다는 사실, 즉 인간의 숙명에 대한 깨달음으로부터 발생된 것이다. 더구나 이 시에는 ④행과 ⑧행에서 느낌표가 등장하여 그러한 감정이 지속되는 것을 돕고 있다. 따라서 이 시가 인생이나 현실의 어떤 허무의식을 노래한 것이 아니라는[32] 지적은 부정되어야 할 것으로 보인다. 이 시는 삶의 실존적 허무감을 "바다"라는 객관적 사물에 투사한 것이다. 이런 사정은 마지막 연에서 "지구"가 연잎처럼 오므려 들고 펴지는 것에 시적 자아의 눈길이 머물렀다는 사실만으로도 해명된다. 즉 '떠도는 주체'로서의 시적 자아는 새로운 세계에 대한 동경이 좌절감으로 귀결될 수밖에 없는 삶의 실존적 국면, 그리고 거기서 비롯된 "슬픈 상처"를 "바다"의 물결로 객관화

---

32) 백운복, 「다변적 이미지의 형상화」, 김학동 외, 『정지용 연구』, 새문사, 1988, p.26.

하여 형상화한 것이다.

이 작품 외에도 바다와 관련된 시로서 「바다」 연작시들과 「해협」, 「다시 해협」, 「밤 갑판 위」, 「취선(船醉)」 등이 있으나, 이들 시에는 감정어가 직접 등장하지는 않는 것으로 보아 「바다 2」는 정지용의 바다 시편 가운데서는 특이하게 감정을 직접 표현한 경우에 해당한다. 이처럼 실존적 삶의 일반적 국면에서 발생하는 슬픔을 객관화한 시와는 달리, 개인의 구체적 경험과 관련된 특수한 국면에서 발생하는 슬픔을 객관화한 경우도 있다. 우선 「유리창」을 보자.

> 琉璃에 차고 슬픈 것이 어린거린다./ 열없이 붙어서서 입김을 흐리우니/ 길들은양 언 날개를 파다거린다./ 지우고 보고 지우고 보아도/ 새까만 밤이 밀려나가고 밀려와 부디치고,/ 물먹은 별이, 반짝, 보석처럼 백힌다./ 밤에 홀로 琉璃를 닦는 것은/ 외로운 황홀한 심사 이어니,/ 고흔 肺血管이 찢어진 채로/ 아아, 늬는 山ㅅ새처럼 날러 갔구나!
>
> —「琉璃窓 1」 전문

여기서 시적 자아는 "유리창" 너머의 세계를 지향한다는 점에서 '떠도는 주체'의 현실 일탈 의지를 계승하고 있는 존재이다. 그가 떠돎을 통해 이국정조와 슬픔에 이르는 과정은 이렇다. 이 시는 정지용 자신이 실제 경험한 상실감, 즉 어린 자식이 죽고 난 뒤에 겪은 극도의 상실감이 창작의 계기였다고 전해지는 작품이다. 따라서 이 시에서 슬픔은 시의 모티브이자 소재이다. 이 시와 관련하여 대부분의 논자들이 감정의 절제 문제를 언급하는 것은 자식을 잃은 뒤의 무참한 슬픔을 제어하는 시적 자아(혹은 시인)의 이성적 냉철함에 주목한 결과이다. 이 시를 "지성이 감각이요, 감각이 감정이요, 감정이 지성이다"[33]라고

---

33) 김환태, 「정지용론」, 김은자 편, op.cit., p.93

설명하는 것은 그 단적인 예에 속한다. 감정은 이성(혹은 지성)과 상호 분리될 수 없는 것[34])이라는 맥락에서 보면, 이 시에서 극도의 "슬픈" 감정이 이성의 작용에 의해 조절된다는 것은 자연스러운 현상이다. 문제는 그 방법인데, 이 시에서 시적 자아가 격한 감정을 제어하는 방법은 주관적 감정을 객관적 사물로 환치시켜 관찰하는 것으로 나타난다. 감정을 외적 사물로 바꾸면서 감정과의 비판적 거리를 확보하는 셈인데, 구체적으로 "슬픈 것", "아아", "날러 갔구나!" 등이 내적 감정의 차원이라면, "입김", "유리", "물먹은 별", "산새" 등은 그런 감정을 객관화시켜 주는 외현의 대상으로 등장한다. 시적 자아는 이렇게 감정의 외현을 통해 스스로의 감정을 이성적으로 통어하는 것이다.

좀 더 자세히 읽어보면, 시적 자아가 슬픔을 객관화시켜 관찰하기 위해 끌어들인 매개체는 "입김"이다. 시적 자아는 자신의 몸에서 한숨과 함께 뿜어져 나온 "입김"을 "유리창"에 부착시킴으로써 감정을 외면화시킨다. 첫 행의 "유리창에 차고 슬픈 것"은 바로 "입김"이고, 그 "입김"이 만들어낸 "새"의 형상은 시적 자아의 죽은 자식의 환영(幻影)이고, 그 환영은 또한 시적 자아의 슬픔을 함축한다. 시적 자아의 슬픔이 주관적 정조를 벗어나 "입김"이라는 관찰의 대상으로 바뀐 것이다. 또한 시적 자아의 들숨과 날숨에 따라 "입김"이 커졌다 작아졌다 하는 모습에서 "새"가 "날개를 파다거리"는 것을 연상한다. 이때 "새"는 물론 죽은 자식의 환영이지만 동시에 슬픔이라는 감정의 구체화된 형상이다. 이 형상은 시적 자아로 하여금 자신의 감정을 객관적으로 관찰하는 것을 가능케 한다. 이 관찰자의 시선이 더욱 강화되는 것은, 시적 자아가 "유리창"에서 떨어져 나오면서 일정한 거리감이 생기고 "입김"

---

34) Richard S. Lazarus & Bernice N. Lazarus, 정영목 역, 『감정과 이성』, 문예출판사, 1997, p.386.

이 더 이상 유리에 부착되지 못해 "입김"의 형상이 사라진 것을, 죽은 자식이 "山ㅅ새처럼 날러 갔"다고 한 부분이다. 시적 자아는 내적 슬픔을 "입김", "산새"로 풍경으로 환치하여 그 실체를 차분히 응시하며 슬픔의 강도를 떨어뜨린다. 결국 시적 자아는 자신의 슬픔을 '떠도는 주체'로서의 현실 일탈 의지와 결합시키고, 그 슬픔을 객관화함으로써 센티멘탈리즘을 넘어선 격조 높은 정신의 차원으로 고양시킨 것이다.

이처럼 「유리창1」에서 보이는 메타－감정화, 혹은 감정의 객관화는 비슷한 시기에 창작된 다른 작품들에서도 두루 나타난다. 이것은 마치 엘리어트(T. S. Eliot)가 모더니즘 시의 핵심 원리로 내세웠던 객관적 상관물을 제시하는 데 충실한 듯한 모습이다. 가령 「슬픈 기차」와 「말 1」을 보면 시적 자아의 감정이 사물이나 동물로 전치되면서 격조 높은 정서의 세계를 구축하는 방식을 엿볼 수 있다.

> ① 나는 언제든지 슬프기는 슬프나마 마음만은 가벼워/ 나는 차창에 기댄 대로 희파람이나 날리쟈.// 먼데 산이 軍馬처럼 뛰어오고 가까운데 수풀이 바람처럼 불려 가고/ 유리판에 펼친 듯, 瀨戶內海 퍼언한 물 물. 물. 물./ 손까락 담그면 葡萄빛이 들으렸다.
>
> ―「슬픈 汽車」 부분

> ② 말아, 다락같은 말아/ 너는 즘잔도 하다마는/ 너는 웨 그리 슬퍼뵈니?/ 말아, 사람편인 말아/ 검정 콩 푸렁 콩을 주마// 이 말은 누가 난 줄도 모르고/ 밤이면 먼데 달을 보며 잔다.
>
> ―「말 1」 전문

두 작품의 시적 자아도 '떠도는 주체'로서 현실 일탈의 의지를 간직하고 있다. ①의 "기차"와 ②의 "말"은 모두 유랑의 정서를 내포하는 소재들이다. 먼저 ①를 보면, 시적 자아는 일본 동해선(東海線) 철도를 타고 가는 중이다. 시적 자아인 "나"는 일본의 한 지명인 "뇌호내해"의 물결로부터 이국정조를 느끼면서 거기서 촉발된 슬픔을 "기차"라는 현대적 문물로 대상화한다. 이 슬픔의 원인은 이국땅에서의 고향 상실감이나 현대적인 문물로부터의 소외감과 관련된 것이다. 그런데, 이 시에서 주목할 것은 시적 자아인 "나"가 "슬프기는 슬프"지만 "마음만은 가벼"웁다고 말한 대목이다. 같은 시의 결구 "나는 언제든지 슬프기는 슬프나마,/ 오오, 나는 차보다 더 날러 가랴지는 아니하랸다"고 하는 것도 마찬가지다. 이 시구들에서 시적 자아는 슬픔을 내면화하여 깊이 빠져들기보다는 그것을 객관화하여 관찰하고 있다. 다시 말해 시적 자아는 자신의 감정을 "기차"에 외향 투사[35]하여 그것을 자신을 방어하는 기제로 활용한 것이다.

또한 ②는 먼 하늘을 보는 "말"을 통해 시적 자아의 이국정조와 슬픔을 표현하고 있다. "말"은 역마살이 연상되는 소재로서 이국정조를 유발시키는 동물이다. 또한 그것이 슬픈 존재인 것은 식민치하 우리 민족이 처한 상황과 무관치 않다. 따라서 "말"은 자신일 수도 있고 고구려 이래 기마 민족적 특성을 지닌 한민족을 표상하는 것이라고 할 수도 있다. 그렇지만 이 시에서 "말"을 의인화한 "너"의 슬픔이 화자의 슬픔과 전혀 무관한 것은 아니다. 따라서 "웨 그리 슬퍼뵈니?"라고 한 물음은 시적 자아 자신을 향한 것이 되기도 한다. 왜냐하면 "나"가 "너"에게 "검정 콩 푸렁 콩"을 준다는 것은 시적 자아가 "너"의 슬픔에 공감한다는 뜻이며, 그 슬픔은 역마살 낀 사람처럼 끝없이 돌아다녀야 하는 존재의 운명, 혹은 고향과 조국을 잃고 떠돌이처럼 살아갈

---

35) Elizabeth Wright, 권택영 역, 『정신분석비평』, 문예출판사, 1989, p.110. 외향 투사란 감정과 무의식적 소망이 자아로부터 축출되어 다른 사람이나 사물에 전가되는 과정이고, 내향 투사란 외적 대상에 속한 자질들이 흡수되어 무의식중에 자아에게 속한 것으로 여겨지는 과정이다.

수밖에 없는 시적 자아(혹은 시인)의 것이기도 했기 때문이다. 결국 이들 시편들은 시적 자아의 실존적 슬픔을 표현하되, 그것을 직접 토로하지 않고 객관화시킴으로써 성숙한 슬픔의 시학을 구축한 것이다.

정지용 시에서 이국정조와 슬픔은 종교적 인식과 관련해서도 형성된다. 정지용은 동지사대학 시절 가톨릭에 귀의하였고 그 인연으로 ≪가톨릭청년≫지의 편집을 맡아보면서 다수의 종교시를 발표했다.[36] 이들 시에 등장하는 종교적 자아는 현실을 벗어나 영혼의 구원을 받고자 '떠도는 주체'이다. 또한 1933년부터 1935년까지 집중적으로 창작된 종교시[37]가 불교나 토속 종교가 아니라 가톨릭시즘에 기반을 두고 있다는 사실은 이국정조를 유발시키는 근본 원인이다. 정지용이 체험했던 당시의 사회 분위기에서 가톨릭은 이국적이고 낯선 종교 형식이었기 때문이다. 주목할 것은 시적 자아는 다른 현대 문물의 수용과 관련해서도 그랬던 것처럼(2장) 가톨릭이라는 이국적 종교를 통해서도 슬픔을 느낀다는 점이다. 이 슬픔은 인간의 실존적 한계와 신의 절대성에 대한 깨달음에서 나온 것이다. 또한 이 슬픔이 종교시가 흔히 가질 수 있는 추상성과 관념성을 벗어나게 해주는 동시에 종교적 인식을 인간화하는 데 중요한 역할을 담당한다는 사실도 주목할 만하다. 이런 예를 「불사조」에서 찾아본다.

> ① 悲哀! 너는 모양할수도 없도다./ 너는 나의 가장 안에서 살었도다.// ② 너는 박힌 화살, 날지안는 새,/ 나는 너의 슬픈 울음과 아픈 몸짓을 진히노라.// ③ 너를 돌려보낼 아모 이웃도 찾지 못하였느라./ 은밀히 이르노니! 「幸福」이 너를 아조 싫여하더라.// ④ 너는 짐짓 나의 心臟을 차지하

---

36) 김학동, 「정지용의 생애와 문학」, 김은자 편, op.cit., p.32.
37) 천주교 계열의 잡지인 ≪가톨닉靑年≫에 발표한 뒤 『정지용 시집』에 재수록한 것으로 「임종」, 「별」, 「은혜」, 「갈릴레아 바다」, 「다른 한울」, 「또 하나의 다른 태양」, 「나무」, 「불사조」, 「승리자 김 안드레아」, 「홍춘」, 「비극」 등이 있다.

였더뇨?/ 悲哀! 오오 나의 新婦! 너를 위하야 나의 窓과 우슴을 닭었노라.//
⑤ 이제 나의 靑春이 다한 어느날 너는 죽었도다./ 그러나 너를 묻은 아
모 石門도 보지 못하였노라.// ⑥ 스사로 불탄 자리에서 나래를 펴는/ 오
오 悲哀! 너의 不死鳥 나의 눈물이여!

— 「不死鳥」 부분

이 시에서 "나"는 어떤 한계 상황에 존재하는 비극적 인간상의 원
형[38]이고, "너"는 "나"의 삶을 지배하는 감정인 "비애"를 의인화한 것
이다. ①에서 "너"는 "모양"이 없으면서도 "나의 가장 안"에 존재한다.
이것은 "비애"가 인간의 어떤 본질적인 면모와 관련되는 것임을 간파
한 것이다. "비애"는 ②에서 "박힌 화살"이나 "날지안는 새"가 표상하
는 것처럼 "나"의 움직일 수 없는 숙명에 해당한다. 또한 "비애"는 ③
에서 언급한 대로 "이웃"에게 "돌려보낼" 수 없을 정도로 비극적인 것
이다. 그렇지만 "비애"는 ④에 드러나듯 "나의 심장을 차지"할 정도로
"나"의 존재 근거를 규정하는 것으로서 "나의 신부"라고까지 명명된다.
"나"에게 "비애"는 삶의 동반자라는 뜻이다. 나아가 ⑤연에서는 시상에
변화를 꾀하면서 "너"의 죽음을 이야기하고 있다. 그 죽음의 시점이
"나의 청춘이 다한 어느날"이라는 점에 주목해 보자. 이것은 "비애"가
"청춘"의 조건이거나 상징이라는 뜻이 되는데, 청춘이란 감정이 가장
풍부한 시기로서 인생의 클라이맥스에 해당한다고 보면 쉽게 납득이
가는 대목이다. 특히 "비애"의 소멸 이후에 그것을 묻은 구체적 흔적
인 "石門"마저도 "보지 못하였"다는 데서 "비애"가 물질적 차원이 아
니라 정신성의 차원에서 발생된 것임을 알 수 있다. 이런 과정을 통해
시상은 ⑥으로 집결된다. "비애"는 비록 죽음을 맞이하였더라도(5연)
스스로 "불탄 자리에서" 다시 살아나는 "불사조"와 같은 것이 된다. 시

---

38) 김준오, 「지용의 종교시」, 김학동 편, op.cit., p.46.

적 자아는 "비애", 혹은 슬픔은 비록 인간의 비극적 숙명이지만, 그것
은 오히려 인간의 삶을 거듭 살아나게 하는 에너지가 되기도 한다는
역설적 힘을 간파한 것이다.

　사실 인간은 슬픔을 초월해서 살 수 없다. 인간은 태생적으로 완전
하지 못한 존재이기 때문에 삶의 국면마다 슬픔의 얼굴을 마주하면서
살아갈 수밖에 없다. 그러나 종교적 측면에서 보면 슬픔은 인간의 영
혼을 단련시켜 성숙시키는 기능을 한다고 한다. 종교시에 속하는 「비
극」은 이런 측면에서 슬픔의 감정이 인간으로 하여금 유한자로서 자신
의 실존적 의미를 깨닫게 하는 소중한 것이라는 인식을 드러낸다.

> 「悲劇」의 흰 얼골을 뵈인 적이 있느냐?/ 그 손님의 얼굴은 실로 美하니
> 라./ 검은 옷에 가리워 오는 이 高貴한 尋訪에 사람들은 부질없이 唐慌한
> 다./ 실상 그가 남기고 간 자최가 얼마나 香그럽기에/ 오랜 後日에야 平和
> 와 슬픔과 사랑의 선물을 주고 간 줄을 알었다./ …(중략)…/ 일즉이 나의
> 딸 하나와 아들 하나를 드린 일이 있기에/ 혹은 이 밤에 그가 禮儀를 가
> 추지 않고 오량이면/ 문밖에서 가벼히 사양하겠다!
>
> ──「悲劇」 부분

　이 시에서 제목으로 채택된 "비극"은 "슬픔"과 유의어로 기능한다.
그리고 시어로 채택된 "슬픔"은 "평화"와 "사랑"과 동격으로 진술되고
있다. 시의 요지는 삶의 "비극"적 국면들을 살아낸 "오랜 후일에야" 비
로소 "슬픔"이 삶의 고귀한 "선물"임을 깨달았다는 것이다. 그 "비극"
은 구체적으로 "딸 하나와 아들 하나를 드린 일", 즉 어린 자식들을
저승으로 먼저 떠나보낸 일인데, 이것은 시인의 실제적 삶과 관계된
것으로서 정지용이 한동안 종교시에 열중하게 된 배경으로 작용한 듯
하다. 사실 이러한 "비극"은 인간으로서는 어찌할 수 없는 운명에 속
한다. 다른 시에서 "아담의 슬픈 유산도 그대로 받었노라.// 나의 적은

年輪으로 이스라엘의 二千年을 헤매었노라./ 나의 存在는 宇宙의 한낱 焦燥한 汚點이었도다"(「나무」)는 진술도 삶이 지닌 그러한 실존적 비극성에 대한 인식과 관련된다. 그 배경은 물론 정지용이 의탁했던 가톨릭의 원죄적 인간관에서 찾을 수 있을 터인데, 이러한 관점으로 인생의 비극성에 대해 인식했다는 것은 당시로서는 새롭고 이국적이었을 터이다. 가톨릭시즘이 인간의 본질을 인식하는 데에 새롭고도 적실한 시각을 제공해 준 것이다. 다시 말해 가톨릭시즘에 의해 형성된 이국정조와 "슬픔"이 '떠도는 주체'로서의 실존적 인간이나 종교적 자아를 탐구하는 데 아주 유용하게 기능한 셈이다.

4. 결론 : 정지용 시와 감정의 표층적, 심층적 차원

정지용의 초기시에서 시적 자아는 '떠도는 주체'로 등장하며, 그의 감정 상태는 이국정조와 슬픔이 주조를 형성한다. 이는 정지용의 초기시가 지성과 이미지만을 초점화한 것이 아니라, 그와 함께 감정의 차원까지를 아우른 균형 잡힌 서정의 세계를 구축한 것임을 말해준다. 정지용(또는 그가 내세운 시적 자아)은 감정을 센티멘탈리즘의 차원에서 끌어 올려 지성과 이미지와의 균형을 이루는 건강한 시적 정서로 형상화한 것이다. 정지용이 1920년대 한국 근대시의 고질(痼疾)이었던 지나친 관념성이나 퇴폐적 감정을 극복한 시인이 될 수 있었던 것은 온전히 그러한 세계를 구축했기 때문이었다. 이러한 시적 실천의 배후에는 "안으로 열하고 겉으로 서늘옵기란 일종의 생리를 압복시키는 노릇이기에 심히 어렵다. 그러나 시의 위의(威儀)는 겉으로 서늘옵기를 바라서 마지않는다"[39]라는 시론적 태도가 존재한다. 이것은 기왕의 논자들이 흔히 말하듯 시에서 감정의 차원을 전면 부정한다는 뜻의 발언이 아니다. 그것은 시에서 "열한" 감정을 중시하되 그것을 표현하는 데 있어서 방법에 대한 자각이 필요하다는 주장을 에둘러 말한 것일 뿐이다.

정지용 시에 관한 논의는 그 동안 외부 세계에 대한 객관적 묘사에 치중하는 이미지시나 사물시라는 차원에서 주로 이루어져 왔는데, 이런 시각은 정지용을 이미지즘적, 지성적 모더니스트로 미리 전제한 후에 병적 낭만주의와의 '상대적인' 측면에서 내려진 결론이라 할 수 있다. 그러나 앞서 정지용의 주요 텍스트들에 대한 분석에서 드러났듯이, 그의 시에는 감정의 차원이 빈약하지 않을뿐더러 그 표현 방식이 독특하다. 많은 시편들에 감정어들이 직접 드러나지만, 감정의 직설적 유로(流露)를 최소화하여 잠재적, 비유적 양태로 제시되곤 한다. 즉 감정이 객관적 풍경으로 변조되거나 메타 감정의 차원으로 대상화되는 것이다. 이 같은 방식에 의해 형상화된 이국정조는 한국의 현대화 초기에 현대 문물을 감정의 차원에서 수용하는 하나의 방식이었다. 그리고 그것은 대략 3가지 요인, 즉 1) 새로운 삶의 풍경으로 다가오는 현대 문물에 대한 관심, 2) 현실 너머의 유토피아에 대한 지향심, 3) 이국적 종교 의식으로서의 가톨릭시즘 등에 의해 형성된다. 예를 들면 1)은 「카페·프란스」, 「슬픈 인상화」, 「조약돌」, 「압천」 등, 2)는 「바다 2」, 「유리창 1」, 「슬픈 기차」, 「말」 등, 3)은 「불사조」, 「슬픔」, 「나무」 등에 밀도 있게 드러난다. 그리고 이들 시의 이국정조는 슬픔(혹은 설움, 시름, 비극)을 동반한다는 특성[40]을 보여주는데, 그것의 원인은 시적 자아가

---

39) 정지용, 「시의 위의」, 『정지용전집 2 산문』, p.250.
40) 최근의 한 통계에 의하면 정지용 시(총 132편)에서 가장 빈도가 높게 사용된 감정어가 '울다'와 '슬프다'로 밝혀졌다. 전체 작품 수에 대비하여 그 점유율이 각각 42.2%와 38.7%로 나타나는 것(최동호, 「정지용 시어의 다양성과 통계적 특성」, 《문학사상》 2003년 5월호, pp.124~125)은 결코 적은 빈도라고 볼

느끼는 현대적 문물의 불화로 인한 소외감이나 단절감, 그리고 실존적, 종교적 한계에 대한 자각과 관련된다. 이들은 한국 현대시의 모더니티는 물질적, 소재적 차원에서뿐만 아니라 감정적, 정신적 차원에서도 논의되어야 한다는 사실을 일깨워준다.

이들 작품 외에도 「바다 2」, 「석류」, 「밤 갑판 위」, 「태극선」, 「슬픈 기차」, 「황마차」, 「말 2」, 「이른 봄 아침」, 「풍랑몽 1」, 「불사조」, 「은혜」, 「그의 반」, 「또 하나의 다른 태양」 등에는 이국정조와 연관되는 슬픔이나 그와 유사한 감정어가 1회 이상 사용되고 있다. 또한 감정을 직접적으로 표현하는 데 유용한 느낌표나 감탄사를 빈번히 활용한 것으로도 드러난다. 『정지용 시집』의 시 89편 중에서 느낌표를 1번 이상 사용한 시가 36편이고, 감탄사 "아아"나 "오오"를 사용한 경우도 「발열」, 「귀로」, 「유리창 2」, 「황마차」, 「해바라기씨」, 「은혜」, 「또 하나의 다른 태양」 등 7편이나 된다. 특히 「말 1」은 느낌표를 16번이나 사용했고, 「시계를 죽임」, 「카페·프란스」는 6번, 「불사조」는 5번, 「곤로봉」, 「임종」, 「다른 한울」, 「해협」, 「다시 해협」, 「귀로」 등은 3번씩이나 사용하고 있다. 이러한 사실은 『정지용 시집』의 시편들이 전체적으로 감정의 차원을 소홀히 하지 않았다는 점을 충실히 증거한다. 정지용의 초기시를 객관적 이미지만을 중시한 물질시나 사물시로 단정하기는 어려울 정도로 상당한 수준의 주정적 감정이 개입하고 있는 셈이다.

요컨대 정지용의 초기시편에는 감정의 차원이 빈약하지 않다. 이런 사실은 『정지용 시집』의 많은 시편들에서 감정이 표층적 차원과 심층적 차원을 모두 확보하고 있다는 데서 확인된다. 즉 『정지용 시집』의 시에는 이국정조와 슬픔, 느낌표, 감탄사 등 인간의 감정과 관련된 표

수 없다.

층적 차원의 표현들이 자주 드러날 뿐 아니라, 그런 표현들은 단편적 감정을 순간적으로 드러내는 데 바쳐지기보다는 항상 그 이면에 존재하는 시적 정서나 의미의 내포적 차원과 삼투한다. 따라서 『정지용 시집』은 감정의 차원이 다양하고 풍부한 텍스트에 속한다.

김수영의 시적 자의식 문제

— 시론시를 중심으로

자의식에 지친 내가 너를/ 막상 좋아한다손 치더라도/
네가 나에게 보이고 있는 시간이란/ 네가 달아나는 시간밖에는 없다
—「煙氣」부분

1. 서 론

김수영은 "자의식에 지친" 시인이었다. 자의식(self-consciousness)이란
어떠한 행동이나 판단을 하는 경우에도 무반성적, 무의식적으로 행하
는 일이 없이, 항시 명확한 자기 승인과 동의를 토대로 행동하고 그
결과에 대해 반성하는 것[1]을 일컫는다. 한 시인으로서 김수영이 "자의
식에 지친" 정황에 이르렀다는 것은 그만큼 삶의 지향점을 분명히 하
고 그에 대한 자기 반성을 철저히 했다는 사실을 말해준다. 해방 직후
의 혼란과 자유당 정권, 6·25와 4·19, 그리고 5·16 등으로 대표되
는, 고통스럽게 겪어내야만 했던 동시대의 각박했던 현실 속에서 그는
한 시인으로서의 자아정체성을 확보하기 위해 견고한 자의식의 구축이
라는 내적인 고투의 과정을 겪어낸다. 이런 현실과 대응하는 개인의

---

1) 이광모 편저, 『철학대사전』, 한국이데아, 1994, p.793 참조.

자의식은 시인으로서의 삶에 대응하는 시적 자의식과 등가 관계에 놓인다. 즉 '현실/자의식＝시인의 삶/시적 자의식'이 되는데, 이 등식에서 형성되는 그의 시적 자의식은 시 쓰기에 있어서 일종의 결벽증이라 할 정도로 자기 검열에 엄격했던 점과 관련된다. 예컨대 "혁명은 상대적 완전성을, 그러나 시는 절대적 완전을 수행하는 게 아닌가"[2]라는 질문과 "계급문학이니 앵그리문학이니 개똥문학이니 하기 전에 위선 작품이 되어야 한다"[3]는 주장은 그의 시적 지향점을, "다음 시를 쓰기 위해서는 여직까지의 시에 대한 사변을 모조리 파산시켜야 한다"[4]는 단언은 그의 철저한 시적 성찰 의식을 드러낸다. 이들 진술만 보아도 그가 얼마나 완벽한 시적 목표를 설정하고 그곳에 도달하려 했는가 알 수 있다.

김수영에 관한 논의는 지금까지 적지 않은 글들[5]을 통해 이루어졌다. 이들의 대부분은 그가 설움, 자유, 혁명, 사랑, 정직 등을 독특한 문체로 형상화한 현대적(혹은 현실적) 시인이라는 평가의 기본틀을 유지하고 있다. 그렇지만 정작 그런 성과를 가능케 했던 한 시인으로서의 시적 자의식에 관한 논의는 성글게 이루어져 왔다. 시적 자의식 문제를 본격적으로 다룬 것은 아니지만, 부분적으로나마 그것에 대해 관심을 보이는 글들이 몇 편 있다. 김우창은 김수영이 "감정의 명증성을 다른 사람이나 사물과의 관계에서만 구한 것이 아니라 무엇보다 자기

---

2) 김수영, 「일기초(Ⅱ)」, 『전집 2』, p.332. 이 글에서 텍스트는 황동규가 편집한 『김수영 전집 1 시』, 『김수영 전집 2 산문』, 『김수영 전집 별책 김수영의 문학』(민음사, 1981~1983)에 의한다. 인용시 각각 『전집 1』, 『전집 2』, 『전집 별책』으로 약칭한다.
3) 김수영, 「시의 <뉴 프런티어>」, 『전집 2』, p.176.
4) 김수영, 「시여, 침을 뱉어라－힘으로서의 시의 존재」, 『전집 2』, p.250.
5) 얼마전 통계에 의하면 논문, 평론, 단평 등의 포함 모두 약 234편(≪작가연구≫ 5호, 1998, pp.273~285 참조)이 있다. 이후 김수영 연구의 주목할 만한 관심도를 감안하면 이 숫자를 훨씬 상회할 것으로 보인다.

인식에 있어서도 요구한 것"[6])이라고 하여 자의식의 문제에 관심을 보이고 있지만, 전체적으로는 한 예술가로서의 김수영이 지닌 정신적 지향을 '자유와 양심'으로 정리하고 있어 자기 반성과 관련된 자의식 문제를 본격적으로 다룬 글이라고 보기는 어렵다. 또한 김윤식은 몇몇 산문을 근거로 삼아 김수영은 '시를 논할 때도 시를 쓰듯 논했'으며 그의 시론은 참여시론이 아닌 시론일 따름이라는 논지[7])를 폈으나, 그것이 시적으로 진술된 구체적 모습인 시론시에 대한 언급은 없다. 이들 외에 최현식은 김수영의 시에 일관하는 시의식을 '정(正)과 직(直)의 정신'으로 정리[8])했지만, 주로 시의식의 일관성 문제에 관심을 두고 있어 자의식 논의에서 요청되는 시적 지향과 성찰의 문제에 관한 체계적 접근이라고 보기는 어렵다.

이 글은 앞선 논의들을 토대로 시론시를 중심 대상으로 하여 시적 자의식의 변모 과정을 살펴보고자 한다. 시론시란 시 자체를 시적 대상으로 삼는 자기반영적 메타시(meta-poem)이므로, 그것이 그의 시적 자의식을 살피는 데 핵심적 자료가 됨은 물론이다. 더구나 김수영은 시인이자 시론가였기에 그에게 시와 시론은 불가분의 관계에 놓인다. 시론은 시를 도와 견고한 창작 방법을 획득하게 하고, 시는 시론의 실현 가능성을 시험해 보는 실천적 무대를 제공한 셈이다. 그를 일컬어 "우리나라 현대문학에서 시와 산문이 따로 겉돌지 않을 뿐 아니라 서로 팽팽히 조명하고 있는 몇 안 되는 시인 가운데 하나"[9])라는 그의 지적도 이런 특성과 관련된다. 김수영은 또한 시와 시론이 따로 겉돌지 않는 시인임에도 틀림없다. 시론시란 자신이 견지하는 시론을 시로

6) 김우창, 「예술가의 양심과 자유」, 『전집 별책』, pp.194～195.
7) 김윤식, 「시에 대한 질문 방식의 발견」, 『전집 별책』, pp.71～76.
8) 최현식, 「'곧은 소리'의 요구와 탐색」, 《작가연구》 5호, pp.198～213.
9) 황동규, 「양심과 자유, 그리고 사랑」, 『전집 별책』, p.16.

써 진술하여 둘 사이의 경계를 허무는 형식인데, 이처럼 시인이 시 쓰기를 통해 자신이 시론을 형상화하는 일은 그것을 산문으로 개진할 때와는 사뭇 다른 의미를 지닌다. 즉 시로써 시론을 형상화(시론시)하느니 만큼, 시인이 개진하고자 하는 내용이 각종의 시적 방법에 의해 효과적으로 표현된다고 볼 수 있다. 반면에 명료한 표현은 어느 정도 포기를 해야 하는 어려움도 동시에 따르기 때문에 독자의 입장에서는 그것에 대한 해석의 신중함이 요구되기도 한다.

실상 모든 시편들은 직간접적으로 시인의 시론을 바탕으로 삼은 것이라고 볼 때, 시론시의 범주를 명확히 한정하는 것은 용이한 일이 아니다. 어떤 시이든 정도의 차이는 있을지언정 시론이라 이를 수 있는 시적 신념이나 지향성, 혹은 자기 성찰성이 여하한 형태로든 함축되어 있지 않을 수 없기 때문이다. 그러나 이 글에서는 효과적인 논의를 위해 자기반영성이 뚜렷한 시론시, 즉 시를 직접적인 시의 대상으로 삼되 작품에서 명시적으로 "시"(혹은 계열체로서 형상, 언어, 말, 시인, 활자, 노래 등)라는 시어가 등장하는 것들을 주요 대상으로 삼는다. 하지만 그러한 시어의 사용이 해당 작품을 곧 시론시로 규정할 수 있도록 허용하지는 않는다. "시"가 작품 전체의 문맥 속에서 시에 관한 이론적 신념이나 시에 대한 반성적 사유를 드러낸 경우가 아니라, 단순한 소재 차원으로 수용된 작품인 경우가 있을 수 있다. 이러한 시는 시론시라 할 수 없다. 그러므로 그런 시들은 이 글의 중요 분석 대상에서는 제외될 것인데, 다만 다른 일반적인 시와 함께 시론시의 성격을 밝히는 보조적 대상으로 활용하고자 한다.

요컨대 시론시는 한 시인의 시에 대한 지향과 성찰로서의 시적 자의식을 담아내는 문학 양식이다. 이때 지향이란 정신적이고 심정적인 차원의 자기 승인이고, 성찰이란 이 승인을 토대로 한 시인 스스로의 시적 실천에 대한 자기 반성이다. 이런 조건(한 측면, 혹은 두 측면 모두)을 갖춘 시론시들은 김수영의 전집에 수록된 174편의 시편들 가운데에 적지 않은 수가 시기별로 고루 편재해 있다.

2. 시, 현대적 일상의 지향과 성찰 방식

김수영의 전반기 시(4 · 19 이전)는 현대적 일상을 추구하는 데 바쳐졌으며, 이 시기에 창작된 시론시들은 그러한 시에 대한 지향과 성찰을 보여준다. 그 구체적 항목은 자유 정신, 전위 정신, 시어에 대한 새로운 인식 등이다.

1) 시는 자유다

김수영은 1945년 「묘정의 노래」를 ≪예술부락≫에 발표하면서 시단에 나온다. 같은 해에 쓰인 「공자의 생활난」은 많은 논자들에 의해 다양하게 읽혀져 왔지만,[10] 김수영 시 전반에 걸쳐 작용할 가차 없는 정신적 치열성을 남상(濫觴)시킨 시라는 데에 대체로 동의한다. 그러나 이것을 시론시로 볼 경우, 이 시는 해방 직후 이 땅의 혼란스런 세태 속에서 시를 쓴다는 것이 얼마나 고통스런 일인가에 대한 자각과, 그럼에도 불구하고 자유의 시[11]를 쓰고자 하는 시적 자의식을 드러낸 것

---

10) 몇 가지만 예시해 보면, 정과리는 "자아-타인의 대립적 인식"(『문학, 존재의 변증법』, 문학과지성사, 1985, p.238)으로, 최동호는 "역사와 현실을 바로 보는 통찰력"(「김수영의 시적 변증법과 전통의 뿌리」, 김승희 편, 『김수영 다시읽기』, 프레스21, 2000, p.66)으로, 김정환은 "스스로 설정한 벽을 변증법적으로 승화"(「벽의 변증법」, 김승희, ibid., p.250)하는 시적 방법론의 예언으로, 김승희는 "유교적 질서의 전복과 새로운 문화의 지향"(「김수영의 시와 탈식민주의적 반언술」, ibid., pp.366~367)으로 각각 보고 있다.

으로 읽힌다. 따라서 이 시는 향후 창작되는 시론시들에 담길 시적 자의식의 기본을 응축하고 있다고 볼 수 있다.

> 꽃이 열매의 上部에 피었을 때/ 너는 줄넘기 作亂을 한다// 나는 發散한 形象을 求하였으나/ 그것은 作戰과 같은 것이기에 어려웁다// 국수-伊太利語로는 마카로니라고/ 먹기 쉬운 것은 나의 反亂性일까// 동무여 이제 나는 바로 보마/ 事物과 事物의 生理와/ 事物의 數量과 限度와/ 事物의 愚昧와 事物의 明晳性을// 그리고 나는 죽을 것이다
>
> ─ 「孔子의 生活難」(1945) 전문

이 시에는 '시'라는 시어가 직접 등장하지는 않지만, 그에 상응하는 용어로서 "발산한 형상"이 있다. 시(혹은 예술)란 인간의 관념적 인식을 구체적 형상으로 드러내는 것이므로, "발산한 형상"은 예술적 표현의 다른 이름이다. 그것이 "작전과 같"이 어렵다는 것은, "꽃이 열매의 상부에 피"는 것으로 비유된, 상식마저 지켜지지 않는 해방 직후의 혼란한 시대에 시를 쓰는 어려움에 대한 고백이다. 이 "작전"이란 말은 김수영이 시의 출발점을 모더니즘적 방법에 두고 있음을 암시하는데, 치밀한 "작전"처럼 지적 조작성을 강조한다는 점에서 그렇다.[12] 따라서 이 시는, 시 쓰기의 어려움에도 불구하고 시의 대상인 "사물"을 "바로 보"고 시다운 시를 쓰기 위해서는 "죽을 것"을 마다하지 않는 치열한 시적 자의식을 드러낸 것이다. 이 죽음도 불사할 정도로 그 무엇에도 속박되지 않은 상태에서 "바로 보"려는 것은, 시 쓰기에 있어

---

11) 김현의 「자유와 꿈」(『전집 별책』, p.105) 이래 많은 논자들이 김수영 시의 주제를 '자유'로 본다. 시론시에서는 이것이 '시의 자유'로 전이된다.

12) 김현은 이 시에 나타난 모더니즘 지향이 문학적이라기보다는 "세계를 이해하고 관찰하는 정신적 태도"라고 본다(김현, op.cit., p.106). 이 시를 시론시로 보면, 그 '정신의 태도'는 시에 대한 태도(시적 자의식)는 별반 다르지 않다.

서의 "사물" 혹은 삶과 현실13)을 정직하게 인식하기 위해 온갖 편견의 속박에서 벗어난 절대 자유를 지향하는 것과 다르지 않다. 따라서 이 이후의 시론시들에 지속적으로 드러나는 '시는 곧 자유'라는 명제는 이 작품에 연원을 둔다.

김수영의 시에서 '시'가 직접 시의 대상으로 취택된 것은 1953년의 『애정지둔』과 『조국에 돌아오신 상병포로 동지들에게』에서 비롯된다. 1945년 작품 발표를 시작한 이래 8년만의 일인데, 이는 그가 시 쓰기로부터 일정한 거리를 유지하며 '시 쓰기란 과연 무엇이어야 하는가'에 대해 성찰할 여유를 본격적으로 갖기 시작했다는 것을 말해준다. 이것은 산문을 통한 시론의 개진이 주로 1960년 이후에야 이루어졌던 점14)과 대비된다. 김수영은 산문시론을 쓰기 이전에 시를 통한 시론의 형상화를 이미 시도하고 있었던 것이다.

> 生活無限/ 苦難突起/ 白骨衣服/ 三伏炎天去來/ 나의 時節은 太陽 속에/ 나의 사랑도 太陽 속에/ 日蝕을 하고/ 첩첩이 무서운 晝夜/ 愛情은 나뭇잎처럼/ 기어코 떨어졌으면서/ 나의 손 우에서 呻吟한다/ 가야만 하는 사람의 離別을/ 기다리는 것처럼/ 生活은 熱度를 測量할 수 없고/ 나의 노래는 물방울처럼/ 땅속으로 향하여 들어갈 것/ 愛情遲鈍
>
> — 「愛情遲鈍」(1953) 부분

이 시는 다소 어색한 감상벽과 수사를 보여주고 있다. "사랑"(6, 7행)과 "이별"(9, 10행)에 대한 진술 부분이 특히 그렇다. 하지만 여기서 주목할 것은 그런 표현의 문제가 아니라, 인용의 뒷부분에 "생활은 열도

---

13) 김기중은 이 시에서 "사물"이 물리적 대상이 아니라고 지적한다. 즉 "우매"와 "명석" 등의 인간의 정신과 관련된 것이기 때문에 인간적 영역의 것이라고 본다 (『윤리적 삶의 밀도와 시의 밀도』, 김승희 편, op.cit., p.200).

14) 『전집 2 산문』에 의하면 문학과 관련된 본격적인 비평문은 2부 첫머리에 등장하는 1960년작 「독자의 불신임」이고 나머지 대부분이 그 이후에 쓰인 것들이다.

를 측량할 수 없"다는 진술과 "나의 노래는 물방울처럼/ 땅속으로 향하여 들어갈 것"이라는 진술이다. 이때 "나의 노래"를 '나의 시'로 이해하면, 이 시기 김수영이 지향한 시의 성격을 알 수 있다. 즉 시는 생활의 고통("고통돌기") 속에서 파고드는 굼뜨고 미련한 사랑("애정지둔")의 방식이지만, 그런 방식을 통해 생활의 고통을 일탈하여 자유를 얻어야 한다("들어갈 것")는 신념을 함축하고 있는 것이다. 그러므로 이 시는 결국, 시란 일상의 속박에서 일탈하고자 하는 열망과 그것을 가능케 하는 원동력으로서 자유를 지향해야 한다는 시론을 형상화한 셈이다. 다음 작품은 그것을 더욱 구체화한다.

「여러분! 내가 쓰고 있는 것은 詩가 아니겠습니까./…중략…// 나는 이것을 眞正한 自由의 노래라고 부르고 싶어라!/ 反抗의 自由/ 眞正한 反抗의 自由조차 없는 그들에게/ 마즈막 부르고 갈/ 새 날을 向한 戰勝의 노래라고 부르고 싶어라!
― 「祖國에 돌아오신 傷病捕虜 同志들에게」(1953) 부분

이 시는 '반공포로석방'이라는 창작 당시의 실제 사건을 배경으로 한다. 시 전체의 요지는, 거제도 포로수용소의 반공포로들이 "진정한 자유"의 몸이 된 것에 대해 축하하는 한편, 그곳에서도 "자유"를 위해 끝까지 투쟁한 것에 대해 감사한다는 것이다. 그렇지만 시의 중간 중간에 6·25를 전후한 시대 상황과 관련된 시인의 개인 체험을 상당 부분 드러내고 있다. 이런 점에서 이 시는 자전적 삶의 기록이나 다름없다. 의용군에 징집되었다가 탈출하였으나 충무로에서 경찰에 잡혀 2년 가량의 포로수용소 생활을 했던 경험,[15] 그 신산스러움에 대해서는 두 말할 필요도 없거니와, 그 가운데서도 그가 끝내 "자유" 정신을 잃지

---

15) 최하림, 『김수영』, 문학세계사, 1993, pp.109~115.

않으려 했음을 말하고 있다. 시적 자의식과 관련하여 주목할 것은, 그런 사실에 대해 자신이 쓰고 있는 것이 "시가 아니겠"느냐는 반문이다. 이 설의적 표현에는 그런 것이 바로 시가 아닐 수 없다는 뜻이 담긴다. 따라서 그가 생각하는 시는 "자유의 노래"이며, 아무리 어려운 현실 속에서도 "자유"를 향한 열망을 견지하는 것이 시인의 올곧은 태도라는 것이다. 이때 "자유"는 현실적 삶을 아우르는 가치 개념[16]으로서 의미가 있다.

그러나 김수영은 이 자유의 추구심이 더욱 철저하지 못함에 대해 스스로 성찰의 자세를 취하기도 한다. 가령 "……活字는 반짝거리면서 하늘아래서/ 간간이/ 자유를 말하는데/ 나의 靈은 죽어있는 것이 아니냐"(「死靈」)와 같은 시구가 그렇다. 이때 "활자"를 시의 환유로 보면, 이 시구는 시가 본원적으로 "자유"의 정신을 지녀야 하지만 정작 김수영 자신은 그렇지 못하고 있다는 점에 대한 성찰적 고백이라 할 수 있다. 즉 "자유"를 따르지 못하는 "나의 영은 죽어있는 것"이나 다름없다는 것이다.

이처럼 '시는 자유 정신을 지향, 성찰하는 것'으로 요약되는 초창기 시론시의 테마는, 이후에 창작되는 시론시들이 갖는 세부 주제들의 핵심적 알고리즘(algorism)으로 작용한다. 또한 그에게 자유는 그것이(실존적, 정치적, 시적 차원 모두) 항상 현실태라기보다는 가능태였다는 사실, 즉 그가 추구한 자유는 완전하고 절대적인 것이었기에 결코 실현될 수 없는 것이었다. 김수영은 그럴수록 자유에 대한 지향과 성찰을 더욱 적극적으로 수행한다.

---

16) 염무웅, 「김수영론」, 『전집 별책』, p.145.

2) 시는 전위 정신이다

김수영 시론시가 지향하는 자유는 간단치 않다. 앞서 살펴본 것처럼 시는 정치적, 인간적 자유이어야 할 뿐 아니라 시 자체의 자유이기도 하다. 이들 가운데 시 자체의 자유는 기왕의 시적 관습으로부터 일탈하여 새로운 시를 추구하고자 하는 예술적 전위 정신의 다른 이름이다. 이때 "새로움은 자유"이고 "자유는 새로움"17)이므로, 시적 전위 정신은 고답적인 시를 벗어나 진취적인 시를 지향하고자 하는 의지와 맞닿는다.

> 뮤우즈여/ 詩人이 詩의 뒤를 따라가기에는 싫증이 났단다/ 고갱, 녹턴 그리고/ 물새// 모두 다같이 나가는 地平線의 行列/ 뮤우즈는 조금쯤 걸음을 멈추고/ 抒情詩人은 조금만 더 速步로 가라/ 그러면 行列은 一字가 된다// 사과와 手帖과 담배와 같이/ 人間들이 걸어간다/ 뮤우즈여/ 앞장을 서지 마라/ 그리고 너의 노래의 音階를 조금만/ 낮추어라/ 오늘의 憂鬱을 위하여/ 오늘의 輕薄을 위하여
>
> ― 「바뀌어진 地平線」(1956) 부분

여기서 "시"는 전위적인 세계의 표상이고, "시인"은 그것을 따르지 못하는 존재이다. 이때 "시인"은 김수영이 자신을 자책적으로 지칭한 것으로 볼 경우, 이 시는 스스로에게 첨단의 현대 정신을 향해 갱신을 거듭하며 시를 쓰라는 스스로에 대한 요구이다. 즉 시대에 뒤떨어진 시, 전위 정신이 살아있지 못한 시에 대해 부정하는 것이며, "시인이 시의 뒤를 따라가"는 상황, 즉 시대 현실과 현대 문명에 뒤진 시적 정황에 대한 일종의 자비판을 하는 것이다. 문제는 그런 전위 세계의 성격인데, 그것은 "사과와 수첩과 담배와 같"은 사소한 일상들이 구축하

---

17) 김수영, 「생활 현실과 시」, 『전집 2』, p.196.

는 "오늘의 우울을 위해"와 "오늘의 경박을 위해"라는 두 시구에 잘 드러난다. 다시 말해 이 시에는 시가 현대적 일상에 민첩하게 대응하기 위해서는 현대적 일상과 적합성을 지닌 전위적 세계를 추구해야 한다는 주장이 담긴 것이다. 이것은 "창조를 위하여/ 방향은 현대"(「레이판탄」)라는 시구와 상통하며, "시의 스승은 현실이다"[18]라는 명제와도 연관된다.

이 같은 현대적 전위 정신을 추구해 나가는 데 가장 방해가 되는 것은 첨단의 현대적 일상의 전위에 다가가지 못한 채 소시민적 생활에 탐닉하는 경우이다. 그것에서 자유로워진 상태에서 시다운 시를 위한 전위 정신을 지켜낸다는 것은 용이한 일이 아니다. 시는 무엇보다 자유 정신이요, 전위 정신이라 여겼던 김수영에게 그것은 매우 고통스런 일이 아닐 수 없었다.

> 방 두간과 마루 한간과 말쑥한 부엌과 애처로운 妻를 거느리고/ 외양만이라도 남과 같이 살아간다는 것이 이다지도 쑥스러울 수가 있을까// 詩를 배반하고 사는 마음이여/ 자신의 裸體를 더듬어보고 살펴볼 수 없는 시인처럼 비참한 사람이 또 어디 있을까/ …중략… / 어디로이든 가야 할 반역의 정신// 나는 지금 산정에 있다─/ 시를 반역한 죄로/ 이 메마른 산정에서 오랫동안/ 꿈도 없이 바라보아야 할 구름/ 그리고 그 구름의 파수병인 나.
> ─ 「구름의 파수병」(1956) 부분

이 시의 중심 정서는 "쑥스러"움과 "비참"함이고, 그것의 원인은 "시"를 저버리고 사는 데 대한 자각에 있다. 시인 스스로 소시민적 생활의 "외양만" 추구하며 살고 있다고 진단하며, "시를 배반하고 사는" 사람으로 규정하고, "자신의 나체" 즉 자신의 정체성조차 올바르게 인

---

18) 김수영, 「모더니티의 문제」, 『전집 2』, p.350.

식하지 못하는 데 대해 성찰하는 것이다. 따라서 이 시는 김수영의 전반기 시를 특징짓는 소시민 의식을 대상으로 하고 있지만, 그 배후에는 그런 의식에서 일탈하기 위해서는 '시다운 시'를 지향해야 한다는 다짐을 함축하고 있다. 즉 "시를 반역한 죄"를 말하는데, 이때 "시"는 탈일상의 진정성을 담보한 시세계를 지시하며, 시인 자신은 정작 그런 시를 "반역"하고 있다는 데 대해 반성하는 것이다. 이듬해에 쓴 시에서 "위안이 되지 않는 시를 쓰는 시인"(「영교일」)이라는 반성적 자각도 이와 관련된다.

이처럼 시의 전위에 서지 못한다고 생각한 김수영은 치욕감마저 느낀다. 5·16 이후 진정한 자유가 억압받는 현실에서의 그것에 얽매여 시를 쓴다는 것은 고통스런 일었던 것 같다. 그는 시 쓰기의 고통에 대해 이렇게 진술한다.

> 저것이야말로 꽃이 아닐 것이다/ 저것이야말로 물도 아닐 것이다// 나의 마름을 딛고 가는 거룩한 발자국 소리를 들으면서/ 지금 나는 마지막 붓을 든다// 누가 무엇이라 하든 나의 붓은 이 시대를 진지하게 걸어가는 사람에게는 恥辱/ 물소리 빗소리 바람소리 하나 들리지 않는 곳에/ 나란히 옆으로 가로 세로 위로 아래로 놓여있는 무수한 꽃송이와 그 그림자/ 그리고 그것을 그리려고 하는 나의 붓은 말할수없이 깊은 恥辱
>
> ─ 「九羅重花」(1954) 부분

여기서 "붓"은 곧 시(글) 쓰기를 환유한다. 그것에 대해 느끼는 "치욕"은 대타적 감정이라기보다는 시(글) 쓰기에 대한 진지한 성찰을 게을리 하고 있다고 생각한 김수영 이 자신을 향해 던지는 자의식적 반성이다. 시를 통해 대상을 그리는 순간에도 대상을 그리고 있다는 행위의 의미를 의식하는 일에서 결코 놓여나지 못하는[19] 시적 자의식이

---

19) 염무웅, op.cit., p.144.

드러난 것이다. 이것은 또한 이상적 자아와 현실적 자아의 갈등이기도 한데, 이상적 자아는 시다운 "시"를 추구하는 반면 현실적 자아는 "치욕" 속에 있으므로 시인은 둘 사이에 갈등이 개재하는 것이다. 스스로의 시 쓰기에 대해 "이 시대를 진지하게 걸어가는 사람에게는 치욕"이라고 한 대목은 그런 사정을 반영한다. 그렇지만 이 치욕의 마음은 "죽음 위에 죽음 위에 죽음을 거듭하리"(같은 시)라고 하는 철저한 부정 의식으로 나간다. 이것은 부정의 부정이 긍정으로 나가는, 그리하여 치욕의 끝자락에서 그것을 벗어나려는 시 쓰기를 기도하는 것이라고 볼 수 있다.

따라서 앞의 시들에 드러난 쑥스러움, 비참함, 치욕 등은 김수영 스스로 시의 전위에 서지 못했다는 자각에 기초한 자기 성찰의 정서적 목록들이다. 이것은 또한 빗나간 근대의 정황 속에서의 문학이 성취하는 내면의 발견이란 엇나간 제도를 위한 산물[20]에 불과하다는 자각일 수도 있다. 그런 상황에서의 시 쓰기는 당연히 진부하고 타락한 행위일 수밖에 없겠기에 느끼는 시적 자의식인 것이다.[21] 같은 해에 쓰인 시구 "나의 천성은 깨어졌다/ 더러운 붓끝에서 흔들리는 汚辱"(「PLASTER」)에도 시 쓰기("붓")에 대한 "오욕"의 성찰적 자의식이 엿보인다.

3) 모든 언어는 시로 통한다

자유와 전위의 시를 쓰기 위해 김수영은 시적 언어의 새로움을 상

---

20) 柄谷行人, 박유하 역, 『일본근대문학의 기원』, 민음사, 2000, p.83.
21) 물론 김수영의 시가 객관적으로 그런 평가를 받아야 하는 것은 아닐 터, 중요한 것은 그러한 반성심이 오히려 그의 시를 격조 높게 고양시켜 주었다는 점이다. 이 점은 성찰적 자의식이 드러난 그의 다른 시편들에서도 동일하게 적용되어야 할 덕목이다.

정한다. 1940-50년대 시의 주요 테마였던 부조리한 현대적 일상을 자유롭게 표현하기 위해서는 언어 사용의 진폭을 넓혀야 한다는 자각을 한다. 말하자면 시 쓰기에 있어서 현대적 일상어들을 통해 '언어의 자유'를 추구하는 것이다.

> 무엇때문에 不自由한 생활을 하고 있으며/ 무엇때문에 自由스런 생활을 피하고 있느냐/ 여름뜰이여/ 나의 눈만이 혼자서 볼 수 있는 주름살이 있다 屈曲이 있다/ 모오든 言語가 詩에로 통할 때/ 나는 바로 一瞬間 전의 大膽性을 잊어버리고/ 젖먹는 아이와 같이 이즈러진 얼굴로/ 여름뜰이여/ 너의 擴大한 손(手)을 본다
>
> — 「여름뜰」(1956) 부분

이처럼 시인은 "자유스런 생활을 피하고 있"는 것을 문제 삼고, "자유"롭게 세상("여름뜰")을 보기 위해서는 "모오든 언어가 시에로 통"해야 한다고 본다. 생활의 자유와 시의 자유, 그리고 언어의 자유를 아울러 말하고 있는 셈이다. 물론 전통적 시론에 의하면 이 같은 상황 설정은 무모한 것이다. 시의 언어는 정제된 언어이자 선택된 언어이어야 하는 것인데, "모오든 언어"를 "시"의 언어라고 규정하는 것은 어불성설이다. 그러나 이것은 앞의 「바뀌어진 지평선」에서 보여주었던 시적 전위 의식의 다른 표현이다. 기왕의 예술적인 언어만이 아니라 어떤 언어라도 모두 시어가 될 수 있다는 진취적 생각이 반영된 것이다. 김수영의 산문에 드러나듯이 일상어의 도입[22]이라는 혁신적 생각이 시적 진술의 방식으로 수용된 것이다. 기왕의 시적 언어를 초탈해 보려

---

22) 김수영, 「시작 노우트 2」(『전집 2』, p.287)의 "내가 써온 시어는 지극히 평범한 일상어뿐이다. 혹은 서적어와 속어의 중간쯤 되는 말들이라고 보아도 될 것이다. 고어를 연구해본 일이 없고 시조에 대한 취미도 없다. 어느 서구 시인이 시어는 15세까지 배운 말이 시어가 될 것이라고 한 말을 기억하고 있는데, 나의 시어는 어머니한테서 배운 말과 시사어의 범위 안에서 제한되고 있다"를 보자.

는 이러한 정신은 다음과 같은 시에서 절정을 이룬다.

> 言語는 나의 가슴에 있다/ 나는 謀利輩들한테서/ 언어의 단련을 받는다/
> 그들은 나의 팔을 支配하고 나의/ 밥을 지배하고 나의 慾心을 지배한다//
> 그래서 나는 愚鈍한 그들을 사랑한다/ 나는 그들을 생각하면서 하이덱거
> 를/ 읽고 또 그들을 사랑한다/ 生活과 言語가 이렇게까지 나에게 밀접해
> 진 일은 없다// 언어는 원래가 유치한 것이다/ 나도 그렇게 유치하게 되었
> 다/ 그러니까 내가 그들을 사랑하지 않을 수가 없다/ 아아 謀利輩여 謀利
> 輩여/ 나의 化身이여
>
> — 「謀利輩」(1959) 전문

시의 말미를 먼저 보면 "모리배"가 "나의 화신"이라는 위악적 발언
이 있다. 사전적 의미에서 "모리배"란 온갖 수단과 방법을 동원해 자
신의 이익만을 추구하는 매우 부정적인 존재인데, 시인은 기꺼이 그들
의 "지배"를 받고 싶으며, "우둔한 그들을 사랑한다"고 고백한다. 상식
에 어긋난 듯한 이 진술은, 그러나 그들에게 "언어의 단련을 받는다"
는 것으로 보아, 그들은 언어에 대한 어떤 새로운 깨달음을 전해 주는
자들이다. 즉 "모리배"의 언어로 규정된 시어는, 이 시에서도 거명한
"하이덱거"의 언어관[23]과 관련되는 것으로서 "생활과 언어"의 "밀접"
함을 가능케 한다. 하이데거가 릴케를 일컬어 옹색한 시대의 길거리를
떠돌며 심연에 이른 시인[24]이라는 찬사는, 이 시에 나타난 언어관과

---

23) 김수영의 하이데거에 관한 언급은 "요즘의 강적은 하이데거의 「릴케론」이다. 이
   논문의 일역판을 거의 안 보고 외울 만큼 샅샅이 진단해 보았다"(「반시론」, 『전
   집 2』, p.260)에 잘 나타난다. 하이데거의 언어관은 '언어는 존재 자체를 밝히는
   동시에 은폐한다'는 것으로 요약된다. 과학의 언어는 그 명료성으로 인하여 존
   재를 잘 드러내는 듯 보이지만 오히려 그 본질을 은폐하기 쉬우며, 다만 시와
   예술의 언어가 그 모호성으로 인하여 존재의 의미를 가장 전달한다고 본다(박이
   문, 「왜 하이데거가 중요한가」, ≪세계의문학≫ 1993년 여름호 참조). 이 모호성
   에 대해서 김수영도 "나의 정신 구조의 상층부에서도 가장 첨단의 부분"(「시여,
   침을 뱉어라」, 『전집 2』, p.249)이라고 언급한 바 있다.
24) M. Heiddger, 전광진 역, 『하이데거의 시론과 시』, 탐구당, 1981, p.135.

그것의 시적 실천에 비추어 보건대 김수영에게도 그대로 보낼 수 있다. 이렇게 보면 일상적 현장성을 지닌 "모리배의 언어"는 비루하고 신산스런 생활 속의 언어이지만, 동시에 그런 현대적 일상을 지향하고 성찰하는데 가장 진솔하게 표현할 수 있는 자유의 언어가 아닐 수 없다. "원래가 유치한" 언어는 "원래가 유치한" 현재적 일상을 지향, 성찰하는데 가장 효과적이기 때문이다.

지금까지 살핀 김수영의 전반기 시론시들은 현대적 일상을 대상으로 한 그의 1950년대 시를 대표하는 「가까이 할 수 없는 서책」, 「아메리카 타임誌」, 「달나라의 장난」, 「헬리콥터」, 「거리 1」, 「거리 2」, 「레이판탄」, 「사무실」 등의 일반적인 시편들과 상호텍스트성을 유지하며 시론적 바탕으로 작용한다.

3. 시, 역사적 현실의 지향과 성찰 방식

김수영의 후반기 시(4·19 이후)는 역사적 현실을 추구하는 데 바쳐졌으며, 이 시기에 창작된 시론시들은 그러한 시에 대한 지향과 성찰을 드러낸다.[25] 그 구체적 항목은 정지의 미, 혁명 정신, 죽음(역설적으로)의 말 등이다.

1) 시는 정지의 미이다

대부분의 논자들이 김수영 시의 변모 시점을 4·19로 본다. 그렇지

---

25) 이 시기 시적 자의식이 근본적으로 자유의 추구라는 점에 있어서는 전반기와 별반 차이가 없다. 다만 무엇으로부터의 자유냐 하는 것이 다를 뿐인데, 거칠게 나마 구분해 본다면 전반기 시론시들이 시를 엇나간 세태로부터 자유라고 본다면, 후반기 시론시들은 시를 부조리한 역사로부터의 자유라고 본다.

만 변모의 전조적 징후가 1950년대 후반[26])에 이미 나타난다는 사실을 주목할 필요가 있다. 그런 징후가 나타나는 시는 일반시의 경우 4·19 직전에 이미 "민주주의의 싸움"을 말하고 있는 「하…… 그림자가 없다」(1960)가 있고, 시론시의 경우 그보다도 몇 년 전에 쓰였다.

> 나는 너무나 많은 尖端의 노래만을 불러왔다/ 나는 停止의 美에 너무나 등한하였다/ 나무여 靈魂이여/ 가벼운 참새같이 나는 잠시 너의/ 흥하지 않은 가지 위에 피곤한 몸을 앉힌다/ 成長은 소크라테스 이후의 모든 賢人들이 하여온 일/ 整理는/ 戰亂에 시달린 二十世紀 詩人들이 하여놓은 일/ 그래도 나무는 자라고 있다 靈魂은/ 그리고 敎訓은 命令은/ 나는/ 아직도 命令의 過剩을 용서할 수 없는 時代이지만/ 이 時代는 아직도 命令의 過剩을 요구하는 밤이다/ 나는 그러한 밤에는 부엉이의 노래를 부를 줄도 안다// 지지한 노래를/ 더러운 노래를 生氣없는 노래를/ 아아 하나의 命令을
>
> — 「序詩」(1956) 전문

이것은 김수영의 시편들 중에서 시적 자의식의 전후맥락이 가장 분명히 드러난 작품이다. 여기서 "노래"는 곧 '시'이다. 첫 행은 시인이 그 동안 추구해 온 시에 대한 성찰적 고백이다. 주지하듯 김수영의 1950년대 모더니즘 시는 현대적 일상을 대상화하여 그것에서 파생되는 설움과 비애감을 형상화하는 데 바쳐졌다. 현대적 일상이란 인간의 삶을 편리하고 풍요롭게 하는 반면 그것의 물질적 속성으로 말미암아 인

---

26) 박남철(「김수영 시문학의 제1시대 연구」, 경희대대학원, 1983)은 4·19를 기점으로 보는 일반적 견해와는 달리 1956년으로 보는데, 이유는 그 이전의 시가 설움의 지배를 받는 데 비해 그 이후의 시는 설움으로부터 일탈을 보여주기 때문이라고 한다. 필자는 김수영 시의 변모에 있어서 이 시기의 중요성에 대해서는 동의하지만, 이 시기에는 구분의 실질적 분기가 이루어진다보다는 그 징조가 나타날 뿐이며, 그런 변모의 징조가 설움의 문제보다는 시적 자의식에서 드러난다고 보고 싶다. 다만, 이 시기의 시편들은 전반기 시를 논하는 앞 절로 편입되어야 할 것이지만, 이 시론시는 그 내용상 후반기 시를 이해하는 데 중요한 근거가 되므로 편의상 후반기 시를 논하는 이 자리에서 다루는 것이다.

간으로 하여금 소외감을 느끼게 한다. 일반적인 모더니스트들이 "첨단"의 과학 문명을 추수하며 느끼는 인간 소외의 문제에 강조점을 두는 것은 이런 사정에 의한다. 따라서 이 시에서 "첨단의 노래만을" 부른 사실에 대한 스스로의 고백은, "나" 스스로 이제껏 추수해 온 경박한 미적 현대성[27]에 대한 성찰과 다르지 않다.

또한 두 번째 행은 첫 행의 성찰을 기반으로 삼아 새로이 도달하고자 하는 시적 지향을 함축하고 있다. "정지의 미"란 현대 문명의 "첨단"을 추구해 왔던 이전의 시에 대응하는 개념이다. 그런데 이 "정지의 미"가 재빠르게 돌아가는 현대적 일상에 함몰된 시세계를 제어하는 어떤 것을 비유한다고 보면, 그것은(1960년대 시편들로 미루어 볼 때) 1950년대 시에서 "등한시"했던 역사 감각, 혹은 전통 의식이다. 이것은 모더니즘이란 과거의 전통이나 역사에 대해 무조건 거부하는 것이 아니라 현재적 의미가 담보된 것들에 대해서는 기꺼이 수용한다[28]는 점과 관련된다. 따라서 "정지의 미"란 "첨단의 노래"만을 지향해 왔던 자신의 삶과 시를 성찰하여 새로운 시세계를 전망하기 위한 '숨고르기'의 의미를 지닌다. 즉 "정지의 미"는 자신이 추구해 온 시의 현대성에 대한 부정이 아니라, 그것을 포월(包越)[29]하면서 역사성과 전통성을 담지한 더 풍요로운 시의 세계를 추구하고자 하는 의지를 내포하는 의미로 이해해야 한다.

3행과 9행에서 "나무"와 "영혼"(soul)을 동시에 부르고 있는 것은 이

---

27) 최현식, op.cit., p.203.
28) 김욱동, 『모더니즘과 포스트모더니즘』, 현암사, 1992, p.68.
29) 이 용어는 기존의 것을 포용(包容)하는 동시에 그것을 초월(超越)하는 의미이다. 김수영의 후반기 시에서는 그 전반기 시의 현대성을 부정, 초월하는 것이 아니라, 그 현대성을 여전히 지속하며 전통적, 역사적 현실성을 가미하는 것이기 때문에 이 용어를 사용한다. 이는 김진석(『초월에서 포월로』, 솔, 1992, p.213)의 포월(匍越)이란 용어를 응용했다.

들을 동격으로 본다는 뜻이다. 즉 "나무"가 "영혼"의 깊이를 표상하는 셈이다. 이러한 시각은 "정지의 미"를 추구하는 일이 일상적 현실보다는 영혼의 깊이를 위한 것이어야 한다는 생각과 관련된다. 이때 "나무"는 '니체적 나무'라고 지칭할 수 있을 듯하다. 니체가 말한 "인간도 나무와 다를 것이 없다. 그가 높고 밝은 곳으로 뻗어 올라가려고 하면 할수록 그의 뿌리는 땅으로, 밑으로, 깊은 곳으로─악으로 더욱더 강하게 향하려 한다"[30]고 할 때의 "나무"나 다름없다. 김수영이 생각하는 시도 이 "나무"와 다를 것이 없다. 이들 시구에는 진정으로 "높고 밝은" 시를 쓰려면 역사나 전통이라는 모더니즘에서의 "악"에도 깊이 뿌리를 박아야 한다는 자각이 담긴 것이다.

1연 마지막 행의 "부엉이의 노래"는 그런 시에 대한 갈망을 드러내는 것으로 읽을 수 있다. 이것은 "밤"의 시대, 즉 12행의 "명령의 과잉을 용서할 수 없는 시대"를 극복할 수 있는 시의 다른 이름이다. "부엉이"는 시에서 제시된 것처럼 낮을 피해 "밤"에 활동하는 동물적 속성 때문에 가볍고 활동적인 "첨단의 노래"와는 거리가 먼 존재이다. 그러니 "부엉이의 노래"는 첨단의 세계에서는 버림받은 타자의 노래(그러므로 시)인 것이다. 이렇게 볼 때 "부엉이의 노래"는 "첨단의 노래"와 "정지의 미"로 구축된 이 시의 이항 대립적 의미 구조에서 후자에 가깝다. 또한 "부엉이"는 죽음의 상징[31]이지만, 그 죽음은 단순히 생명의 끝남이 아니라 오히려 살아있는 것을 더욱 참되고 살찌게 하는 것[32]이란 점에서, "부엉이의 노래"는 심미적 자족성을 추구하기보다는 시대적 어둠을 꿰뚫어 보려는 윤리적 밀도[33]가 담긴 시를 뜻하는 것

---

30) F. W. Nietzsche, 정경석 역, 『짜라투스트라는 이렇게 말했다』, 삼성출판사, 1982, p.64.
31) J. E. Cirlot, *A Dictionary of Symbol*(trans. Jack Sage, Philosophical Library, 1962), p.235.
32) 김종철, 「시적 진리와 시적 성취」, 『전집 3』, p.89.

이다.

2연에서는 "부엉이의 노래"가 좀 더 구체화된다. "지지한 노래", "더러운 노래", "생기없는 노래"가 그것이다. 이런 노래들은 파행적 모더니티가 횡행하는 당시에 수세적으로 어쩔 수 없이 불러야 하는[34] 노래로 보기도 하지만, 그런 소극적인 해석보다는 "부엉이의 노래"의 의미와 같은 맥락에서 적극적인 해석을 하는 것이 합당하지 않을까 한다. 왜냐하면 부정적 인상을 주는 "지지한", "더러운", "생기없는" 등의 시어들은 오히려 그 "노래"들의 가치를 반어적으로 강조한 것이기 때문이다.

이처럼 이 시는 과거의 시에 대한 성찰과 새로운 시에 대한 전망을 통해 한 시인으로서의 '서사적 전기'[35]를 구상한 것으로 볼 수 있다. 다시 말해 "첨단의 노래"에 대한 성찰과 "정지의 미"에 대한 자각으로 통해 "부엉이의 노래"를 실천하려는 김수영이 한 시인으로서의 지난 시력(詩歷)과 앞으로의 시적 방향을 구상해 본 것이다. 문제는 그런 전망의 실천이 어떻게 구체화되느냐 하는 점인데, 이것은 이후의 시론시들을 통해 확인해 볼 일이다.

2) 시는 혁명 정신이다

4·19 이후 김수영의 시론시는 그 이전의 시론시와는 달리 시가 현재적 역사 현실과 과거의 역사 현실로서의 전통을 추구해야 한다는 자의식을 드러낸다. 이러한 자의식의 저변에는 시는 정의로운 역사적 현실을 적극적으로 지향하되, 그렇지 못한 역사적 현실에 대해서는 가차

---

33) 김기중, 「윤리적 삶의 밀도와 시의 밀도」, 김승희 편, op.cit., pp.204~205.
34) 최현식, op.cit., p.203.
35) A. Giddens, 권기돈 역, 『현대성과 자아정체성』, 새물결, 1997, p.142.

없이 성찰하는 방식이어야 한다는 생각이 깔려있다.

> 시를 쓰는 마음으로/ 꽃을 꺾는 마음으로/ 자는 아이의 고운 숨소리를 듣
> 는 마음으로/ 죽은 옛 戀人을 찾는 마음으로/ 잊어버린 길을 다시 찾은
> 반가운 마음으로/ 우리가 찾은 革命을 마지막까지 이룩하자
> ─「祈禱─四·一九殉國學徒慰靈祭에 붙이는 노래」(1960) 부분

이 시는 "시"가 중심 대상은 아니지만, 시가 무엇이어야 하는가에
대한 기본적 인식이 나타난다. 즉 "우리가 찾은 혁명을 마지막까지 이
룩하"기 위해서는 "시를 쓰는 마음"이 있어야 한다고 본다. 그러면 그
런 "마음"의 구체적 면모를 어떠한가? 그것은 "꽃을 꺾는 마음"처럼
아름다움을 간취하는 상태, "자는 아이의 고운 숨소리를 듣는 마음"처
럼 평화로운 상태, "죽은 옛 애인을 찾는 마음"처럼 시간을 초월하는
진실의 상태, "잊어버린 길을 다시 찾은 반가운 마음"처럼 상실했던
정도(正道)의 회복을 이룬 상태 등이다. 이들은 모두 인간으로서 갖추어
야 할 기본적 속성이다. 시란 이 같은 마음, 즉 인간적 심성에 바탕을
둔 행동("마지막까지 이룩하자")이라는 것이다. 이는 시 쓰기를 통해
정의로운 역사를 향한 "행동에의 계시"[36]를 실천하는 일이 된다.

그렇지만 이런 "시"에 대한 생각은 4·19가 미완의 혁명에 불과했다
는 자각과 함께 변모의 과정을 겪는다. 인간적 본성의 시에 대한 확신
이 4·19 실패라는 당대적 현실의 절망적 상황에 의해 흔들리는 것이
다. "혁명은 안되고 나는 방만 바꾸어 버렸"(「그 방을 생각하며」)던 것
처럼 시 쓰기 자체에 대해서도 갈등을 하게 된다.

> 詩같은 것/ 詩같은 것/ 안 쓰려고 그러나/ 더구나/ <四·一九> 詩같은 것/

---

36) 김수영, 「시작 노우트 2」, 『전집 2』, p.286.

안 쓰려고 그러나// …중략… // 詩같은 것/ 詩같은 것/ 써 보려고 그러나/ <四·一九> 詩같은 것/ 써 보려고 그러나

— 「<四·一九> 詩」(1960) 부분

이것은 시 쓰기에 대한 딜레마에 빠진 한 시인의 내면 모습이다. 그 원인은 이 시가 창작된 시기의 역사적 정황에 있을 터, 주지하듯 4· 19 혁명은 애초에 지녔던 혁명 정신을 오랫동안 유지하지 못했던 사실과 관련된다. 이러한 여건 속에서 혁명 정신의 완전성[37]을 갈구했던 시인이 시에 대한 갈등은 피할 수 없는 것이었음을 보여준다. 시를 쓴다는 것과 안 쓴다는 것 모두가 문제적일 수밖에 없었던 까닭은, 전자의 경우 혁명을 빙자한 정치 구호를 덧붙이는 것일 수도 있고, 후자의 경우 그러한 현실로부터의 맹목적 도피일 수 있다는 혐의에서 자유롭지 못하기 때문이다. 그러니 "<4·19> 시"를 "안 쓰려고 그러나"와 "써 보려고 그러나" 사이에 딜레마가 개재하는 것은 당연하다.

혁명 정신이 살아있지 못한 시대는 진부하고, 그런 시대를 노래하는 시는 관습적 언어의 수사만을 반복하기 쉽다. 그러나 중요한 것은 그런 시대와 시에 대한 비판적 자각의 여하이다. 4·19 이듬해에 쓰인 한 편의 시를 보자.

쉬었다 가든 거꾸로 가든 모로 가든/ 어서 또 가요 기름을 발랐으니 어서 또 가요/ 타마구를 발랐으니 어서 또 가요/ 미친놈뿐으로 어서 또 가요 變化는 끝났어요/ 어서 또 가요/ 실같은 바람따라 어서 또 가요/ 더러운 日記는 찢어버려도/ 짜장 부릴 줄 아는 나이와 詩/ 배짱도 생겨가는 나이와 詩/ 정말 무서운 나이와 詩는/ 동그랗게 되어가는 나이와 시/ 辭典을 보면 쓰는 나이와 詩/ 辭典이 詩같은 나이의 詩/ 辭典이 앞을 가는 變化의 詩/ 감기가 가도 감기가 가도/ 줄곧 앞을 가는 辭典의 詩/ 詩.

— 「詩」(1961) 부분

---

37) 각주 2) 참조.

이것은 "시"에 대해 성찰하는 시이다. 이때 "시"는 진정성을 담보하지 못한 시, 혹은 시답지 않은 시이다. 그런데 그러한 시의 존재는 "변화는 끝"난 상태에서 시작되는 것으로 보아 어떤 계기성이 개입한다는 것을 알 수 있다. 이 시의 창작 시기와 관련해 본다면 그것은 4·19의 실패이므로 "시"는 역사 감각이 결여된 시를 지시한다. "사전이 앞을 가는" 시로 요약되는 그러한 시는 언어의 조합에 불과한 시이다. 그리하여 창의적이고 비판적인 정신 활동이 살아있는 시라기보다는 현실 추수적이고 체제 순응적인 시가 될 터이다. 같은 해에 창작된 다른 표현에 의하면 "철자법이 틀린 시"(「등나무」(1961))이다. 그것은 또한 역사 감각의 정직함을 토대로 하는 거대 서사의 부재를 반어적으로 비판한 "겨자씨같이 조그맣게 살"며 "長詩만 長詩만 안 쓰려면 돼"(「長詩 1」(1962))라는 시구와도 관련된다.

4·19 실패의 확정적 현실태인 5·16 쿠데타 이후, 김수영은 역사에 대한 환멸감에 사로잡힌 채 양계업을 하며 시대 현실과 일정한 거리[38]를 유지하며 살아간다. 시적 이력에 있어서도 이른바 '신귀거래' 연작시를 쓰면서 은둔에 가까운 생활을 한다. 이 시기에 창작된 시론시에는 앞의 「시」에 드러난 것과 같은 시 쓰기에 대한 딜레마와 함께, 자신의 시가 철저한 역사의식이 결여된 시로 전향한 데 대한 반성적 자의식이 나타난다.

나는 지금 일본 시인들의 작품을 읽으면서/ 내가 너무 자연스러운 전향을 한 데 놀라면서/ 이 이유를 생각하려 하지만/ 그 이유는 詩가 안된다/ 아니 또 詩가 된다/ —당연한 일이다.// 「히시야마 슈우조오」의 낙엽이 생활

---

38) 최하림, 『김수영』, 문학세계사, 1993, pp.149~162.

인 것처럼/ 五・一六 이후의 나의 생활도 생활이다/ 복종의 미덕!/ 思想까
지도 복종하라!/ 일본의 「진보적」 지식인들이 이 말을 들으면 필시 웃을
것이다/ -당연한 일이다// 지루한 轉向의 告白/ 되도록 지루할수록 좋다/
지금 나는 자고 깨고 하면서 더 지루한/ 中共의 욕을 쓰고 있는데/ 치질
도 낫기 전에 또 술을 마셨다/ -당연한 일이다

— 「轉向記」(1962) 부분

　　이처럼 김수영은 "너무도 자연스러운 전향을 한 데" 대해 놀라워하
면서 「<4・19> 시」에서 드러났던 딜레마에 다시 빠진다. "시가 안된
다/ 아니 또 시가 된다"는 시구에 드러나는 이 같은 딜레마는 프로이
트적 분열 의식, 즉 현실에 대한 용인과 부인라는 모순적 태도39)가 시
에 투사된 경우이다. 즉 역사적 진정성을 담보한 시를 도저히 쓸 수
없을 것도 같고, 혹은 그런 시를 어쩌면 쓸 수 있을 것도 같은, 시 쓰
기에 대한 용인과 부인이 마음속에 동시에 자리 잡게 된 것이다. 시인
은 그런 모순 감정에 대해 "당연하"다고 하고, "복종의 미덕"에 사로잡
힌 "5・16 이후의 나의 생활도 생활"이니 "사상까지도 복종하라"고 말
한다. 그렇지만 이 같은 당연지심(當然之心)이 그런 것들을 그대로 긍정
하는 마음이라고 볼 수는 없다. 앞서 말한 당연한 일과 상반되는 "일
본의 「진보적」 지식인들"의 비웃음과 "치질도 낫기 전에 또 술을 마셨
다"는 자학적 행위가 이어지기 때문이다. 따라서 이 시에는 당시의 시
가 이전의 시에 비해 경조(輕燥)한 "생활" 쪽으로 나갔다고 보는 데서
오는 자신의 시에 대한 환멸감이 반성적 자의식으로 자리 잡고 있는
셈이다.
　　그렇지만 4・19의 아쉬움과 5・16의 절망감, 그리고 그런 역사 현실
에 무력한 시들이 김수영의 꼿꼿한 시정신을 근원적으로 무력화시키지

---

39) D. Evans, 김종주 외 역, 『라깡 정신분석 사전』, 인간사랑, 1998, p.165.

는 못한다. 그 단서는 4·19 혁명과 5·16 쿠데타 이후 김수영이 진정한 역사적 실체가 반영된 시를 지향하는 데서 찾을 수 있다. 민중적 전통의 시가 그것인데, 이 같은 시의 추구가 가능했던 것은 그 동안 현대적 일상의 관계 속에서만 시를 생각해 왔던 성향으로부터의 혁명적 전환이 있었기 때문이다. 다음의 시는 이런 사실을 요약적으로 제시한다.

> 信仰이 動하지 않는 건지 動하지 않는 게/ 信仰인지 모르겠다// 나비야 우리 방으로 가자/ 어제의 시를 다시 쓰러 가자
> ─ 「詩」(1964) 전문

이제 "신앙"처럼 견고한 신념이 담긴 "어제의 시"를 말하고 있다. 당대의 첨단을 가는 '오늘의 시'나 '내일의 시'가 아니라 과거 전통이 살아 숨 쉬는 "어제의 시"를 추구하고자 하는 것이다. 이것은 1950년대 모더니스트 김수영이 지녔던 시적 자의식과 견줄 때 의외의 변화가 아닐 수 없다. 이런 전환의 동기는 4·19의 앞자리에서 목청을 높였던 자들이 5·16을 계기로 보여준 실망스런 행동들이나 부정한 역사에 무력감을 보여줄 뿐이었던 정치 엘리트들에 대한 반감의 결과가 아니었나 싶다. 4·19 이후의 역사적 현실에 실망한 김수영은 이제 민중적 전통에서 진정한 혁명 정신을 발견하고자 한 것이다. 예컨대 「巨大한 뿌리」, 「現代式 橋梁」 등 전통의 가치를 새롭게 인식하고자 하는 일반적인 시편들이 이 작품과 같은 해에 쓰였다는 점만 보아도, 이 시기 김수영은 엇나간 역사의 대안으로서 민중적 전통의 시를 적극적으로 지향40)했던 것으로 보인다.

---

40) 이런 점은 이미 "과거와 미래에 통하는 꽃"이 "공허의 말단에서 마음껏 찬란하게 피어오"(「꽃 2」)른다거나, "어제와 함께 내일을 사는 사람들"(「예지」)이라는

그러면, 이러한 혁명 정신을 끝내 시 속에 살아 숨 쉬게 하는 원형질은 무엇일까? 김수영은 그것을 '적(敵)'이라고 규정한다.

> 詩는 쨍쨍한 날씨에 晴朗한 들에/ 黃落의 개울가에 바늘돋친 숲에/ 버려진 우산/ 忘却의 想起다// 聖人은 妻를 敵으로 삼았다/ 이 韓國에서도 눈이 뒤집힌 사람들/ 틈에 끼여사는 妻와 敵들을 본다/ 오 결별의 신호여// 李朝時代의 장안에 깔린 개왓장 수만큼/ 나는 많은 것을 버렸다/ 그리고 가장 피로할 때 가장 귀한/ 것을 잃어버린다/ 흐린 날에는 演劇은 없다/ 모든게 쉰다/ 쉬지 않는 것은 妻와 妻들뿐이다/ 혹은 버림받은 愛人뿐이다/ 버림받으려는 愛人뿐이다/ 넝마뿐이다// 제일 피곤할 때 敵을 대한다/ 날이 흐릴 때면 너와 대한다/ 가장 가까운 敵에 대한다/ 가장 사랑하는 敵에 대한다/ 우연한 싸움에 이겨보려고
>
> ——「敵 2」(1965) 부분

여기서 "시"는 구석진 곳("황락의 개울가에 바늘돋친 숲")에 "버려진 우산"과 같이 "망각"했던 것을 "상기"시켜 주는 것이다. 이는 앞의 「시」에서 말한 "어제"를 추구하는 일과 다르지 않은데, 이때 "적"이란 시간적, 공간적으로 다양한 양태로 존재하는 것들이고 시는 그런 "적"들을 발견하여 그것에 이겨보려는 방식이다. 그 "적"의 구체적 형상은 "처", "애인", "넝마" 등이다. 이들은 모두 남루한 일상생활 속에 편재하는 것들로서 오래되었다는 점, 일상적이라는 점, 반감의 대상(전통 감각이 결여된 사람들에게)이라는 점에서 민중적 전통의 세계를 표상하는 것으로 볼 수 있다. 그런데, 이들 중 특히 "처"는 김수영의 다른 시나 산문에서 드러나듯 시인으로서의 삶을 이해하지 못하는 속물적 존재지만,[41] 오히려 시인으로서의 자존심과 긴장감을 놓지 않고 살 수 있게

시구에서도 드러났던 것인데, 이 시기에 이런 의식이 적극적으로 드러난 것은 미완의 혁명 4·19에 대한 보상 심리에 의한 것이 아니었을까 한다.
41) 산문 중 「三冬有感」에서는 자신을 타락시키는 사람으로, 「토끼」에서는 자신의

해준 소중한 사람이다.[42] 이 버려진 "적"들에 대해 "가장 사랑하는 적"이라고 하는 것은 이런 까닭이다. 그러므로 "적"과의 "싸움"은 증오와 배타심에 의해 필연적으로 이루어지는 것이 아니라 "우연한" 것이다. 반드시 싸울 필요도 없고 반드시 이길 필요도 없는 "적", 그러나 자유정신을 수호를 위해 긴장감 유지하려면 반드시 있어야 하는 "적"이다. 이것이 김수영 시의 "적"이 가지는 역설적 의미이며, 위의 시는 김수영 시의 이런 특성을 형상화한 것이다.

3) 시는 죽음의 말이다

김수영의 "우연한 싸움"은 이제 죽음을 상대로 이루어진다. 김수영 시론시에 등장하는 죽음은 역설적 의미를 내포한다. 그것은 새로운 생성을 위한 적극적 변신을 뜻하는데, 전반기 시의 죽음으로 후반기 시가 태어나고, 자유가 죽음으로써 더 큰 자유의 시가 태어나는 원리이다. 더욱이 빗나간 역사적 현실의 죽음은 올곧은 역사적 현실로 나가는 계기가 된다. 다음 시는 이 같은 죽음을 "말"로써 형상화한다.

> 나무뿌리가 좀더 깊이 겨울을 향해 가라앉았다/ 이제 내 몸은 내 몸이 아니다/ 이 가슴의 動悸도 기침도 寒氣도 내것이 아니다/ 이 집도 아내도 아들도 어머니도 다시 내것이 아니다/ 오늘도 여전히 일을 하고 걱정하고/ 돈을 벌고 싸우고 오늘부터의 할일을 하지만/ 내 생명은 이미 맡기어진 생명/ 나의 秩序는 죽음의 秩序/ 온 세상이 죽음의 價値로 변해 버렸다//…(중략)…/이 무언의 말/ 하늘의 빛이요 물의 빛이요 偶然의 빛이요 偶然의 말/ 죽음을 꿰뚫는 가장 무력한 말/ 죽음을 위한 말 죽음에 섬기는

역경주의(力耕主義)를 이해하지 못하고 이재에만 밝은 사람으로 아내를 규정하고 있다.
42) 예컨대 「성」(1968)은 아내와의 성교에 대해 말하고 있으나, 아내는 오히려 자신의 자기기만성을 깨닫게 해주는 사람이다.

말/ 고지식한 것을 제일 싫어하는 말/ 이 萬能의 말/ 겨울의 말이자 봄의
말/ 이제 내 말은 내 말이 아니다

                                                            ― 「말」(1964) 부분

　　이 시의 지배적 심상은 "겨울"이며, 그것이 표상하는 것은 "죽음"의
세계다. 이 세계에서는 모든 것이 "내것이 아니"며 "내 생명은 이미
맡기어진 생명"이므로, "나의 질서는 죽음의 질서"일 따름이다. 그렇지
만 죽음은 생명의 끝남이 아니라 살아있는 존재를 더욱 새롭게 하는
창조의 계기[43]이다. 그것은 "고지식한 것을 제일 싫어하는 말"에 대한
인식, 즉 늘 새로움의 자유를 추구[44]했던 김수영의 시적 지향과도 관
련된다. 역사적 현실의 새로움은 이전의 역사적 현실이 지닌 엇나간
관습의 죽음으로써 가능하다는 것인데, 그것을 가능케 하는 것은 "무
언의 말"이자 "무력한 말"이라고 본다. 기표의 끝없는 죽음으로써 기
의의 궁극을 지향해 갈 수 있는 것과 같이, 끝없는 죽음은 올곧은 역
사 현실을 향한 부단한 추구심과 다르지 않다. 이런 "말"은 '텅 빈
말'(empty speech), 즉 상상적 차원에서의 의미 작용만 있는 말이 아니
다. 그것은 오히려 진정한 의미를 생산하여 주체의 욕망을 진실하게
대변하는 '꽉 찬 말'(full speech)이다.[45] "죽음을 꿰뚫는 가장 무력한
말"의 역설은 그런 말에 대한 진술이다. 따라서 "말"은 "겨울의 말이자
봄의 말"이므로 죽음의 말은 곧 생명의 말이다. 결구에서 "내 말은 내
말이 아니다"라고 했을 때, 앞의 "내 말"이 '꽉 찬 말'이라면 뒤의 "내
말"은 '텅 빈 말'을 지시한다. 물론 시인은 후자를 거부하고 전자를 지
향하고자 하는 것이다. 김수영 시의 전체 맥락에서 보면 이 '죽음의

---

43) 정남영, 「김수영의 시와 시론」, 김승희 편, op.cit., p.236.
44) 최현식, op.cit., p.122.
45) D. Evans, 이종주 외 역, op.cit., pp.117~118 참조.

말'은 결국 전반기 시에서 죽어있던 역사와 전통의 세계가 후반기 시에서 새롭게 살아나는 사실과 관련된다. 즉 "언어가 죽음의 벽을 뚫고 나가기 위한/ 숙제"(「설사의 알리바이」(1966) 부분)를 실천한 것이다.

이처럼 죽음으로써 거듭 태어나는 새로운 말(시)에 대한 열망은 쉼 없이 분열하는 자기 증식적 자의식을 바탕으로 삼는다. 이로써 그는 시력의 처음부터 끝까지 시에 대한 성찰로서의 시적 자의식을 간직하고 살았다고 평가받을 수 있게 된다. 이런 사실에 대한 단서는 김수영이 작고하기 두 해 전에 쓴 작품에도 드러난다.

> 눈이 온 뒤에도 또 내린다// 생각하고 난 뒤에도 또 내린다// 응아 하고 운 뒤에도 또 내릴까// 한꺼번에 생각하고 또 내린다// 한줄 건너 두줄 건너 또 내릴까// 廢墟에 廢墟에 눈이 내릴까
>
> ― 「눈」(1966) 전문

이 시를 시론시로 볼 수 있는 구체적 근거는 5연이다. 이 부분이 없을 경우 이 시는 단지 하나의 풍경을 묘사하는 시에 그칠 수도 있었으나, "한줄 건너 두줄 건너"라는 시구로 하여 글쓰기의 어떤 과정과 연계하여 이해할 수 있다.[46] 하얀 공간에 내리는 눈은 또한 모더니즘적 저자의 죽음으로 피폐해져 가는 책(백색 공간)의 운명[47]을 표상하는 것으로 볼 수도 있으나, 그 책을 시로 대체하여 읽을 경우, 강설(降雪)의 이미지는 백색 지면에서 이루어지는 시의 죽음을 표상한다. 즉 "눈이 온 뒤에도", "생각하고 난 뒤에도" 계속 눈이 내릴 수밖에 없듯이, 시를 계속 쓰고 그것을 죽임으로써 새로운 시가 탄생한다는 것이다.

---

46) 다시 말해 이 시는 객관 현상에 대한 관찰이 아니라 자기의 글쓰기를 통해 객관 현상을 읽어내려는 것이다(이건제, 「김수영 시에 나타난 '죽음' 의식」, ≪작가연구≫ 5호, 1998, p.88).
47) 김상환, 「김수영과 책의 죽음」, 김승희 편, op.cit., p.120.

그런데 그런 방식으로 시를 써온 자신의 작업이 과연 삶의 어떠한 상황이 와도 계속될 수 있을 것인가에 대해 자문한다. 즉 그 극한 상황인 "폐허"에서도 시를 쓸 수 있을까("눈이 내릴까") 묻고 있다. 이 물음은 그러나 시 쓰기에 대한 회의라기보다는 시 쓰기의 어려움에 대한 정직한 자각이다. 따라서 중요한 것은 이 양심적인 자각이 김수영 시를 '시다운 시'를 향한 갱신의 힘으로 작용한다는 점이다. 요컨대 이 시는 시가 역사적 현실을 갱신하는 힘으로 작용하기 위해서는 시인 스스로 시에 대한 성찰을 게을리 할 수 없다는 점에 대한 자각을 형상화한 것이다. 같은 해에 "나는 지금 규제로 시를 쓰고 있다 타의의 규제"(「설사의 알리바이」 부분)라는 성찰적 시구도 이와 상통한다.

　김수영의 시적 자의식에서 죽음이 마침내 도달하는 마지막 지점은 사랑이다. 죽음은 모든 집착과 편견에서의 자유를 의미하므로, '죽음의 시'는 모든 것을 감싸 안을 수 있는 '사랑의 시'를 낳는다. 시의 죽음은 시의 자유이고, 다시 시의 자유는 시의 사랑이다.

> 창문을 부수고 여편네를 때리고/ 地獄의 시까지 썼지만// 지금 나는 二十
> 一개국의 정수리에/ 사랑의 깃발을 꽂는다/ 그대의 눈에도 보이도록 꽂는
> 다/ 그대가 봉변을 당한 食人種의 나라에도/ 그대가 납치를 당할 뻔한 공
> 산국가에도/ 보이도록
>
> 　　　　　　　　　　　　　　　　　　　— 「世界一周」(1967) 부분

　이처럼 시는 "사랑의 깃발을 꽂"기 위한 것이다. 이때 "사랑의 깃발"은 '사랑의 시'와 다르지 않다. 2행에서 "지옥의 시"를 썼다는 것은 '죽음의 시'를 썼다는 것이고, 그것은 '사랑의 시'에 이르기 위한 고통스런 자기 성찰의 과정이 된다. 이 성찰을 토대로 사랑이 고갈된 "식인종의 나라"와 "공산국가"에도 사랑이 보이도록 시를 쓰는 것이다.

그러므로 이 시에는 시가 역사 현실과 불가분의 관계에 놓인다는, 다분히 공리주의적 문학관이 배후에 자리 잡고 있는 셈이 된다. 이 같은 사랑의 시에 대한 지향은 김수영의 후기시에 자주 등장하는 「사랑」, 「사랑의 변주곡」 등의 사랑시편들과 넘나들 뿐 아니라, 작고하기 8개월 전에 쓴 1967년 10월 「시월평」에서 "죽음과 사랑의 대극은 시의 본질"을 자각하고 "영원히 남을 수 있는 작품"[48]을 지향했던 점과 연계된다. 이처럼, 김수영이 간직한 시적 자의식으로서의 죽음 의식은 진정한 사랑의 시, 자유의 시를 획득하기 위한 자기 성찰의 극단[49]이었다.

지금까지 살핀 후반기의 시론시들은 「육법전서와 혁명」, 「푸른 하늘은」, 「가다오 나가다오」, 「중용에 대하여」, 「사랑」, 「그 방을 생각하며」, 「누이야 장하고나!」, 「거대한 뿌리」, 「현대식 교량」, 「미역국」, 「어느날 고궁을 나오면서」, 「사랑의 변주곡」 등 1960년대의 대표작이라 일컬어지는 다른 일반 작품들의 시론적 뒷받침을 감당하고 있다.

4. 결 론

김수영은 자의식에 철저한 시인이었다. 자신의 삶과 시의 "발목까지/발밑까지"(「풀」(1968) 부분) 스스로 응시하고 반성[50]의 자세를 생의 끝

---

48) 김수영, 「시월평」, 『전집 2』, p.406.
49) 김수영 시론의 정점인 이른바 온몸시론도 시는 사랑이어야 함을 주장한 것이다. "온몸에 의한 온몸의 이행이 사랑이라는 것을 알게 되고, 그것이 바로 시"(『전집 2』, p.250)라고 밝혔듯이, 시의 형식이자 동시에 시의 내용인 온몸의 자유, 그것을 사랑의 정신을 통해 동시적으로 획득해야 한다는 것(이승훈, 『한국현대시론사』, 고려원, 1993, p.201)이 온몸시론의 요체이기 때문이다.
50) 김현은 「풀」의 해설(「웃음의 체험」, 『전집 별책』, p.211)에서 "뿌리를 뽑히지 않기 위해서 우는 풀은, 사실은, 뿌리가 뽑히지 않았음을 즐거워하며 웃는 풀"이며, 이때 중요한 것은 "서 있는 사람의 체험"이라고 지적한 바 있다. 필자는 이

자락까지 저버리지 않았다. 한국 현대시사상 그처럼 지속적으로 스스로의 시에 대해 뚜렷한 지향심과 성찰의 자세를 지니고 시를 쓴 시인을 찾는다는 것은 결코 쉬운 일이 아니다. 그의 시적 자의식은 궁극적으로 시다운 시(김수영의 잦은 표현대로라면 "작품다운 작품", 혹은 "완전성의 시")를 향한 그칠 줄 모르는 열정과 관련된다. 이 열정은 "가래"처럼 진부한 당대의 관습적인 시를 물리치고 마침내 "젊은 詩人"(「눈」(1956) 부분)으로 거듭 태어나고자 하는 의지의 다른 이름이다. 무릇, 젊다는 것은 변한다는 것이다. 김수영은 스스로의 표현대로,

　　　나의 詩는 영원한 未完成

— 「絶望」(1962) 부분

임을 자각하고, "영원히 나 자신을 고쳐가야 할 운명과 사명"(「달나라의 장난」(1953) 부분) 속에서 살았다. 시작(詩作)의 초창기부터 평생을 두고 이 철저한 절망감과 자기 갱신의 욕구 속에 살았던 것이다. 그 절망과 욕구 사이에 자의식적 지향과 그것에 대한 부단한 성찰로서의 시적 자의식이 있었음은 물론이다. 이상(李箱)이 말하길, 절망은 기교를 낳는다, 라고 했던가. 김수영에게 절망은 반성을 낳고 반성은 자기 갱신을 추동한다. 스스로의 시에 대해 "영원한 미완성"이라고 규정하는 이 가차 없는 자기 반성, 이것은 단지 겸손한 자기 인식에 그치는 것이 아니라 완벽을 지향하고자 하는 견결한 정신성의 표상이다. 이와 관련하여 지금까지 논의된 것들은 다음과 같다.

　　첫째, 김수영은 시의 목표를 완전성에 두었고, 그만큼 시적 자의식

　　"서 있는 사람"은 제3자가 아니라 가혹한 반성적 자의식 속에서도 늘 '시다운 시'를 위해 경조한 시류를 버텨내고자 시의 본령에 대해 늘 성찰했던 김수영 자신이라고 보고자 한다. 즉 "풀"은 '시다운 시'의 메타포이고, "서 있는 사람"은 시적 자의식으로 충만한 한 시인의 메타포이다.

이 강한 시인이었다. 시의 완전성이란 어느 시인에게든 실현 불가능한 것이지만, 김수영은 그럼에도 불구하고 끝내 그것을 지향하고 그러다가 실패하면 기왕에 성취한 스스로의 시적 성과에 대해 과감하게 성찰하는 일을 반복한다. 그 결과 그는 시적 자의식과 관련된 많은 시론시를 남겼는바, 그의 시론시 창작은 어느 특정한 시기에 단말마적으로 이루어지지 않고, 지속적으로 시력(詩歷)의 전 시기에 걸쳐 이루어졌다는 특징이 있다. 그런 만큼 그의 시세계에서 메타적이고 자기반영적인 특성은 시력(詩歷)의 전시기에 걸쳐 다양한 양상으로 드러난다고 하겠다. 이 글에서 시론시들은 그 내용에 따라 크게 두 부류로 나누었다. 하나는 「애정지둔」(1953), 「조국에 돌아오신 상병포로 동지들에게」(1953), 「사령」(1959), 「바뀌어진 지평선」(1956), 「여름뜰」(1956), 「모리배」(1959), 「구름의 파수병」(1956), 「구라중화」(1954), 「PLASTER」(1954) 등 1960년 이전의 시편들이고, 다른 하나는 「서시」(1956), 「기도-4·19순국학도위령제에 붙이는 노래」(1960), 「<4·19> 시」(1960), 「시」(1961), 「전향기」(1962), 「시」(1964), 「적 2」(1965), 「말」(1966), 「눈」(1966), 「세계일주」(1967) 등 대부분이 1960년 이후의 시편들이다.

둘째, 시론시의 전개 과정은 다른 일반시의 변모 과정과 거의 일치하는 모습을 보여준다. 즉 전반기의 시론시들에서 시는 현대적 일상을 지향-성찰하는 방식으로, 후반기의 시론시들에서 시는 역사적 현실을 지향-성찰하는 방식으로 규정되고, 이것은 그대로 1940-50년대 시와 1960년대 시의 차이점과도 일치한다. 따라서 이 글에서 다룬 시론시들은 김수영 시 전반에 걸쳐 일련의 창작 원리로 작용했다고 볼 수 있고, 이것은 김수영에게 시와 시론, 그리고 시론시가 아주 밀접한 관계에 있다는 점을 말해준다. 특히 1950년대의 시론시들은 산문 시론을 거의 발표하지 않았던 당시에 김수영이 지니고 있던 시에 대한 생각들을 적실하게 드러내 준다는 점에서 당시의 시론을 규명하는 데 있어서 중요한 의미를 갖는다. 또한, 이 글의 모두에서 말했듯이, 많은 김수영의 시(일반시) 연구자들이 그를 경조한 세태에 부박하지 않는 자세를 견지하며 설움, 자유, 혁명, 정직, 사랑 등의 가치를 고양시킨 시인이라 평가했는데, 그런 평가에 전적으로 동의하지만 그것이 근본적으로는 그가 지닌 시적 자의식의 철저함에 기인한다는 점을 덧붙여 두고 싶은 것이 필자가 이 글을 쓴 이유다.

셋째, 전반기의 시론시들과 후반기의 시론시들 사이에는 반성 의식, 혹은 성찰 의식이 뚜렷하게 개재한다. 그 단적인 계기를 드러낸 것이 1940-50년대에 지향했던 "첨단의 노래"를 성찰하면서 1960년대에 지향하고자 했던 "정지의 미"를 노래한 「서시」이다. 뿐만 아니라 그 두 범주에 속하는 시편들 각각의 사이에도 자기 반성 의식이 내재해 있다. 전반기의 「바뀌어진 지평선」의 일상성 지향에 대한 반성적 인식이 「구라중화」에 나타난다든가, 후반기 시편 「기도」의 역사성 지향에 대한 성찰이 「<4·19> 시」에 드러나는 등의 경우가 단적인 예이다. 이런 의미에서 그의 시세계는 전체적으로 보면 다양한 지향과 반성이 인과적 결절점들을 이루고 있는 하나의 유기체와도 같다. 그렇다고 하여 초기시와 후기시가 우열 관계에 놓인다는 것은 아니다. 필자가 주목한 것은 적어도 스스로의 판단에 의해 불완전하다 싶은 부분에 대해서는 과감하게 자기 갱신을 하려고 부단히 시도했다는 점이다.

넷째, 김수영의 시론시에 나타난 시적 자의식은 또한 개인의 내면세계에만 머물고 마는 것이 아니었다. 그것이 내적으로는 향할 때는 자기 의식이되, 외향적으로는 타인과 현실을 향한 요구이기도 했다. 그것은 강퍅한 현실의 중압감을 감당하지 못해 시다운 시를 외면하는 당대의 시인들에게 자기 반성을 요구하는 채찍이었다. 하나의 예로 「바뀌어진 지평선」(1956)에서 드러나듯 그것은 "서정시인"(타인)의 "오늘"(현실)을 향한 요구인 것이다. 또한 그의 산문 시평들에 당대의 시에 대한 가차 없는 비판과 독설로 가득 차 있다는 점도 이와 무관하지 않다. 이어령과의 '불온시' 논쟁이나 전봉건과의 '난해시' 논쟁 등과 관련된 산문들이 그것을 방증해 준다.

결국 김수영에게 '시다운 시'는, 이 글의 제사(題辭)로 채택한 「연기」의 시구처럼, 아무리 잡으려 해도 잡히지 않고 "자꾸만 달아나"는 것이었다. 이것은 '완전한 시'의 세계를 지향했던 그의 운명이었던 바, 이것은 비단 그만의 것이라기보다는 시의 높은 이상을 추구하는 모든 시인들의 것이라고 할 수 있다. 다만 우리는 김수영이 그것을 누구보다 철저하게 "온몸으로" 밀고나간 모습에 주목하는 것이다. 만일 김수영이 한국문학사상 표 나게 강조되어야 할 시인들 중의 한 사람이라는 평가가 가능하다면, 그것은 무엇보다도 지금까지 시론시들을 통해 살펴본 바와 같은 철저한 시적 자의식의 힘, 혹은 그것을 토대로 한 지속적인 자기 갱신의 실천력 때문일 것이다. 마지막으로, 김수영의 시론시를 그의 산문이나 번역물들과 더욱 상세하고 정치하게 대비시켜 분석해 내지 못한 점은 아쉬움으로 남는다. 이것은 이 글의 초점을 애초부터 시론시에 두고 있었기 때문에 초래된, 피할 수 없는 한계가 아니었을까 한다.

김수영 시의 변모 과정

1. 서 론

김수영은 1945년(25세)「묘정의 노래」,「공자의 생활난」 등을 발표하며 시단에 등장했다. 1968년(48세)「성」,「풀」 등의 작품을 유언처럼 남기고는 돌연한 교통사고로 죽음에 이른 그는 생전에 시인으로서뿐 아니라 평론가와 번역가로서도 왕성한 활동을 했다. 해방기의 혼란, 6·25 전쟁, 4·19 혁명, 5·16 사건 등 질곡의 시대를 배경으로 그가 남긴 시적 유산으로는 공동 시집 『새로운 도시와 시민들의 합창』(1949년), 『평화에의 증언』(1957년)과 개인 시집 『달나라의 장난』(1959년)이 있다. 이후 시선집 『거대한 뿌리』(1974년)와 『김수영 전집』 3권(1981~1983년)[1]의 출간을 계기로 그의 시에 대한 체계적인 연구가

---

1) 김수영 문학을 집대성한 『김수영 전집』은 1, 2권이 1981년에, 3권은 1983년에 출간되었다. 이 전집에는 173편의 시(1권), 72편의 산문(2권), 김수영에 관한 평문 28편(황동규 편, 별책−3권)이 실려 있다. 본고의 기본 텍스트는 이 전집에 의하

이루어지기 시작했다.

김수영에 대한 글들을 망라하면 230여 편[2]에 이른다. 시인론, 작품론, 주제론, 모더니티론 등으로 전개된 이 논의들은, 그가 현대시의 파격적 새로움을 보여주었다는 호평에서 부정형(否定型)의 난해시를 생산하는 데 머물고 말았다는 혹평까지의 양극단 사이에 두루 걸쳐 있다. 그렇지만 실험적 모더니스트로서의 기질을 유지하며 참여적 리얼리즘의 요소를 적극 수용하여 그 사이의 조화를 성취해 냈다는 사실에는 별반 이의가 없는 듯하다. 또한 그의 시는 4 · 19를 기점으로 중요한 변모의 과정을 겪었는데, 그 이전의 시가 현대적 일상에 대한 적극적인 수용과 비판을 추구한 반면, 그 이후의 시는 그런 현대 감각에 역사와 전통 의식을 수용했다는 데 대체적으로 동의한다. 그의 시가 1930년대 "기림류의 해방 전 모더니즘에다가 강렬한 현실감각과 사회의식을 플러스했다"[3]거나, "60년대 시사에서 현대성과 동시에 현실성을 획득했다"[4]는 평가는 이런 맥락에서 도출된다. 그는 문학사적으로도 "해방 이후의 시에 가장 강력한 영향을 미친 시인 중의 한 사람"[5]으로 평가받고 있다.

이 글은 선행 연구들을 토대로 김수영의 시가 갖고 있는 변모의 맥락을 대표적인 몇몇 작품을 중심으로 살펴보고자 한다. 따라서 새로운 논점을 내세우기보다는 그 동안의 연구물들을 토대로 김수영 시의 전반적 흐름을 다시 정리하는 성격을 띠게 될 것이다. 다만, 그 맥락의

며 이하 『전집』으로 약칭한다.
2) 김수영 특집으로 기획된 ≪작가연구≫ 5호(1998년 5월)의 「연구자료목록」에는 234편이 조사되어 있다. 최근 활발해진 김수영 연구의 실태를 감안하면 현재는 이 수치를 훨씬 상회할 것으로 보인다.
3) 유종호, 「다양한 레파토리」, 『전집 3』, p.29.
4) 최두석, 「김수영의 시세계」, 김승희 편, 『김수영 다시읽기』, 프레스21, 2000, p.54.
5) 김윤식, 『한국문학사』, 민음사, 1973, p.272.

구성이나 작품 해석상의 아포리아에 대해서는 경우에 따라 필자 나름의 견해도 제시하고자 한다.

2. 엇나간 세태에 대한 반역 정신

김현에 의하면, 김수영의 시적 변모 과정은 '자유'의 시정신을 공통분모로 하여, 제1기 : 도시적 일상에서 느끼는 설움과 비애의 소시민적 감정의 시(1945~1959년), 제2기 : 4·19와 역사의식에 기초한 사랑과 혁명의 시(1960~1961년), 제3기 : 적에 대한 증오와 탄식의 시(1962~1968년) 등으로 나눌 수 있다.6) 그러나 필자는 2기와 3기를 묶어서 함께 살피는 것이 합당하다고 생각하는데, 제3기의 적에 대한 분노와 탄식도 제2기의 사랑과 혁명이 불가능하게 하는 현실로 인하여 촉발된 시적 특질이기 때문이다. 그리하여 4·19 직후 쓰인 「우선 그놈의 사진을 떼어서 밑씻개로 하자」(1960년 4월 26일)를 기점으로 전기시와 후기시 정도로 나누어 살피는 것이 바람직하다고 본다. 다만, 뒤에서 자세히 다루겠지만 그 변모의 전조적 계기로서 「서시」, 「폭포」(1957년)에 드러난 시적 인식의 전환에 대해서도 관심을 두어야 하리라고 생각한다.

김수영의 전기시는 1940-50년대 혼란스럽고 부조리한 세태에 대응하고자 하는 부정 정신, 혹은 반역 정신을 보여주는 것이 일반적인데, 「공자의 생활난」은 그러한 김수영다운 시의 출발을 보여주는 작품이다.

　　　꽃이 열매의 上部에 피었을 때
　　　너는 줄넘기 作亂을 한다

---

6) 김 현, 「자유와 꿈」, 『전집 3』, p.105.

나는 發散한 形象을 구하였으나
그것은 作戰과 같은 것이기에 어려웁다

국수―伊太利語로는 마카로니라고
먹기 쉬운 것은 나의 反亂性일까

동무여 이제 나는 바로 보마
事物과 事物의 生理와
事物의 數量과 限度와
事物의 愚昧와 事物의 明晳性을

그리고 나는 죽을 것이다

―「공자의 생활난」전문

　이 시는 윤리적 정직성을 획득하려는 "나"의 의지를 형상화하고 있다. 이 의지는 인용시의 비유법에 의지해 말한다면 '꽃이 진 연후 열매가 맺는 것'과 같은 상식마저 외면하는 세태에 대한 치열한 대결 정신과 다르지 않다. 그 형상화 과정은 이렇다. 1연에서 "꽃이 열매의 상부에 피었을 때"로 비유된, 삶의 인과적 질서마저 혼란스러워진 시대에, 사람들은 "줄넘기 작란"과도 같이 진지성을 결여한 채 살아가고 있다. 그럼에도 불구하고, 2연에서처럼 "나"는 삶의 근원적 진리를 형상화한 예술의 참모습인 "발산한 형상"[7]을 "작전"처럼 치밀하게 추구한다. 이것은 엇나간 세태 속에서 근원적 진리를 추구하는 것이기에 어려운 일이지만 "나"는 이처럼 부조리한 세태를 부정하는 반역 정신 속에서 존재 의미를 찾는 자, 즉 3연에서처럼 "나"는 궁핍한 생활을 암시하는 먹거리인 "국수"를 오히려 "먹기 쉬운 것"이라고 인식하는

---

　7) 이 시구에 대하여는 논의가 분분하지만, 예술은 근본적으로 '인간의 사상과 감정, 진리의 세계 등 관념적 대상을 구체적 형상(形象)으로 추구해 나가는 것'이란 점과 연계하여 이해하는 것이 바람직하다.

"반란성"의 소유자이기 때문에 문제가 되지 않는다. 일상의 궁핍을 어려움이 아니라 오히려 쉬움으로 인식하는 이 엉뚱함은 일상적 가치관에 대한 "반란" 의식, 혹은 "반역의 정신"(「구름의 파수병」)의 다른 이름이다. 그렇지만 이런 "반란성"이 단지 부정을 위한 부정이라는 도식적 정신 속에 머무는 것은 아니다. 즉 4연에서처럼 "사물"을 정직하게 "바로 보"려는 윤리적 정직성으로 전이, 고양된다. 이 경우 "사물"은 "우매"와 "명석성"을 지닌 존재로서 인간의 영역을 지시[8]하므로, 어떤 물리적 대상으로보다는 삶이나 세상이라 읽히는 것이 자연스럽다. 문제는 "바로 보"려는 의지의 농도가 5연에서처럼 죽음마저 불사할 정도로 진지하고 치열하다는 점이다. 공자의 실천궁행(實踐躬行)의 정신―朝聞道夕死可矣―에 비견[9]될 수 있는 시정신의 이러한 치열성과 반란성, 그리고 윤리적 정직성 등은 이후 김수영 시 전반에 걸쳐 지속되는 하나의 특성을 이룬다.

다만, 「공자의 생활난」이 보여주는 반역의 정신은 부조리한 세태를 배경으로 삼았음에도 불구하고 그의 후기시에 나타나는 것과 같은 사회적, 혁명적 차원을 아직 확보하지는 못한 것으로 보인다. 즉 시상 전개에 있어서 혼란과 단절, 비약 등으로 이루어진 전형적인 모더니즘 계열의 난해시[10]로서 내적 인식 차원의 관념주의 성향에 머물러 있다. 다른 전기시편들에서 일반화된 현대적 일상의 구체적 형해(形骸)는 아직 본격적으로 드러나지 않은 것이다.

---

8) 김기중, 「윤리적 삶의 밀도와 시의 밀도」, 김승희 편, op.cit., p.200.
9) 유종호, 「시의 자유와 관습의 굴레」, 『전집 3』, p.245.
10) 염무웅, 「김수영론」, 『전집 3』, p.142.

3. 현대적 일상의 비애와 자유

현대적 일상과 부박한 세태를 시적 대상으로 간취하여 더욱 디테일하게 형상화하는 일은 40년대 후반 발표한 「가까이 할 수 없는 서책」, 「아메리카 타임誌」 등에서 시작하여 「달나라의 장난」, 「레이판탄」, 「사무실」, 「헬리콥터」 등의 50년대 시편들에 이르러 본격적으로 이루어진다. 하나의 예로 「헬리콥터」를 보자.

> 一九五O年七月 以後에 헬리콥터는
> 이나라의 비좁은 山脈위에 姿態를 보이었고
> 이것이 처음 탄생한 것은 물론 그 이후이지만
> 그래도 제트기나 카아고보다는 늦게 나왔다
> 그렇지만 린드버어그가 헬리콥터를 타고서
> 大西洋을 橫斷하지 않았기 때문에
> 우리는 지금 東洋의 諷刺를 그의 機體안에 느끼고야 만다
> 悲哀의 垂直線을 그리면서 날아가는 그의 설운 모양을
> 우리는 좁은 뜰안에서뿐만 아니라
> 심지어는 항아리 속에서부터라도 내어다 볼 수 있고
> 이러한 우리의 純粹한 痴情을
> 헬리콥터에서도 내려다볼 수 있을 것을 짐작하기 때문에
> 「헬리콥터여 너는 설운 動物이다」
>
> ―自由
> ―悲哀

― 「헬리콥터」 부분

이것은 1955년 발표된 시의 일부로서 현대의 일상생활로부터 안출되는 비애감을 표현하고 있다. 여기서 "헬리콥터"는 "1950년" 6·25 전쟁과 함께 우리나라에 처음 선을 보인 현대 기술 문명의 산물이며 "우

리"는 그런 것들과 함께 살아가는 일상인이다. 그것은 지상으로부터의 일탈(이륙)을 가능케 하는 "자유"의 존재인 동시에 그 기계적 속성과 다시 회귀(착륙)할 수밖에 없는 "비애"의 존재이다.[11] 시인이 "헬리콥터"를 "동양의 풍자"의 대상으로서 "설운 동물"과도 같다고 말한 것은 동양, 혹은 우매한 나라의 역사에 대한 자기 풍자[12]이거나, 자기 상실과 새것 추구를 동시에 감행할 수밖에 없는 동양적(혹은 한국적) 현대가 지닌 속성을 간파해 낸 아이러니이다. 김수영은 아마도 "우리"의 현대가 일제의 식민 통치와 함께 시작되어 해방 후 다시 6·25, 미국과 연계된 자유당 독재 등의 시대적 비극과 함께 하는 역사적 사실을 목도하고도 이 기구한 현대의 운명을 거역하지 못하고 살아가는 동시대인들의 삶을 이 시에 투사하고자 했을 것이다. 현대 문명에 의한 생활의 "자유"를 구가하면 할수록 "비애"의 수렁에 빠져들 수밖에 없음을 말하고 싶었을 것이다. 현대 사회의 변두리인인 소시민들이 간직하고 살아가는 이 비애감은, 그러나 그것이 진정한 자유를 위한 역설적 인식을 함의한다(각주 6)의 글)고 보면, 이런 류의 시에서 중요하게 읽어야 할 것은 소시민적 비애감 자체가 아니라 그것을 들추어내고자 하는 시심에 내장된 고발과 비판의 정신이다.

그러나 「헬리콥터」는 현대적 일상의 비판적 인식에는 충실하지만 역사 감각(혹은 현실 감각)의 부재라는 30년대식의 모더니즘 시가 갖는 한계를 아직 멀리 벗어나 있지 못한 것으로 읽힌다. 주지하듯 30년대 모더니즘 시는 김기림, 김광균 등의 이미지즘 계열과 이상의 실험주의 계열이 주조를 형성했는데, 이들의 시적 성과는 대부분 예술을 위한 예술의 차원으로 귀결된 것들이었다. 「헬리콥터」류의 시에서도 현대

---

11) 김 현, op.cit., p.108.
12) 김춘식, 「김수영의 초기시」, ≪작가연구≫ 5호, 1998, p.181.

문명에 대한 비판 정신은 분명히 함의되어 있지만 역사적, 현실적 감각이 결핍되어 있다는 점이 문제인 것이다.

4. 혁명 정신의 선취와 역사 감각

김수영의 시에서 모더니즘적 한계를 극복하여 핍진한 역사 감각을 획득하는 일은 1960년 4·19 정신의 체득과 함께 이루어진다. 이 점에 대해서는 자세한 논의가 필요 없을 정도로 명백한 것이지만, 시인에게 4·19 정신이 단지 역사적 사건을 추수하는 수준에서만 이루어질 수 있을까 하는 의문의 여지가 있다. 역사에 대한 예견력이 있는 사람이라면 정신적 차원에서의 4·19는 역사적 사건 이전에 겪었을 터인데, 적어도 김수영과 같은 전위 정신의 소유자가 그것을 미리 간취하지 못했을 리 없었을 것이기 때문이다. 이것이 사실이라면 이에 대한 면밀한 분석은 4·19라는 역사적 사건만을 기준으로 하여 전기시와 후기시를 도식적으로 구분해 버리는 관점을 보완하여 김수영 시의 미세한 전후 맥락을 파악하는 데 도움을 줄 수 있을 것이다. 문제는 김수영이 4·19 정신을 선취했다는 증거들을 찾아내는 작업이다.

김수영이 4·19의 혁명 정신을 선취했다는 사실을 밝히는 일은 그의 생애뿐 아니라 산문과 시 등에서 다양한 영역에서 이루어져야 하겠지만, 이 글은 김수영 시의 전체적 맥락을 정리하는 데 목적이 있으므로, 그런 점에 대한 폭넓은 논의는 다른 글로 미루고 시에 있어서의 단적인 사례를 하나 들어본다. 「서시」의 경우이다.

> 나는 너무나 많은 尖端의 노래만을 불러왔다
> 나는 停止의 美에 너무나 等閑하였다
>
> —「서시」 부분

이것은 4·19 혁명이 일어나기 3년 전(1957년)에 발표한 시의 일부로서 4·19 이후 김수영 시가 변모할 것이라는 증후를 이미 보여준다. 여기서 "나"는 시인 혹은 예술가로서 자신의 작품 이력을 성찰하는 동시에 미래에 추구할 작품의 향방을 가늠해 보는 서정적 자아이지만, 시적 자의식 면으로 볼 때는 시정신으로서의 4·19 정신을 예감하고 있는 김수영 자신이라 할 수 있다. 그는 자신이 이제껏 견지해 온 시의 세계를 "첨단의 노래"로 규정하고 그와 상반된 미적 가치로서의 "정지의 미"에 소홀했었음을 자각하는 존재이다. "첨단의 노래"란 앞서 살핀 「공자의 생활난」이나 「헬리콥터」류의 시들, 다시 말해 부조리한 세태에 기대어 그것을 비판하거나 도시적 일상의 소시민적 비애감을 형상화하는 데 바쳐졌던 자신의 1940-50년대 모더니즘 시들을 일컫는 것으로 볼 수 있다. 그러므로 "첨단의 노래만을 불러왔다"는 시구는 현대 문명적 "첨단"을 향해 돌진해 왔던 자신의 전기시에 대한 진지한 성찰의 언술로 읽을 수 있다.

또한 "정지의 미"는 "첨단의 노래"를 제어, 보완하는 어떤 요소를 비유한다고 볼 수 있다. 이를 김수영의 후기시와 연계하여 보면 역사 감각, 혹은 전통 의식이 된다. 역사 감각이란 그 동안 그의 시가 지녔던 소시민적 일상에의 집착을 벗어나는 모티브로서 4·19 정신과 관련된다. 눈앞으로 다가온 역사적 대사건을 예감한 것일까, 시인은 모더니즘적 일상의 "첨단"에서 그것을 재빠르게 좇아만 다닐 것이 아니라 그런 행보에서 잠시 "정지"하여 역사 감각을 바탕 삼아 시대 현실을 바로 보아야 한다는 인식을 갖게 된 것이다. 이를 위해 과거의 전통이나 역사에 대해 무조건 거부하는 것이 아니라 현재적 의미가 담보된 것들에 대해서는 기꺼이 수용[13]하는 성숙한 모더니즘의 세계로 나가고자 한 것이다. 따라서 "정지의 미"란 "첨단의 노래"만을 추구해 왔던 "나"의 삶과 시를 성찰하고 그것에 결핍된 역사, 전통을 수용하고자 하는 후기시의 미적 가치관이라 할 수 있다.

이처럼 시적 자의식의 측면에서 이루어진 4·19 정신의 선체험[14]은 그의 시를 변모시키는 간접적 계기로 작용한다. 이후 역사적 사건으로서의 4·19 체험과 함께 김수영의 시는 역사적, 전통적 요소를 적극적으로 수용하여 더욱 핍진한 미적 리얼리티를 획득하게 된다. 먼저 역사 감각이 응축된 시의 한 예로서 「푸른 하늘은」을 보자.

> 푸른 하늘을 制壓하는
> 노고지리가 自由로왔다고
> 부러워하던
> 어느 詩人의 말은 修正되어야 한다
>
> 自由를 위해서
> 飛翔하여본 일이 있는
> 사람이면 알지
> 노고지리가

---

13) 김욱동, 『모더니즘과 포스트모더니즘』, 현암사, 1992, p.68.
14) 앞서 인용했던 「서시」와 같은 해(1957년)에 발표한 작품인 「폭포」의 '시작 노우트'에서도 그는 " 현대의 정서며 그런 것들이 후일의 나의 노우트에 담겨져 시가 되었다고 한다면 나의 시는 너무나 불우한 메타포의 단편들에 불과하다./ 우리에게 있어서 정말 그리운 건 평화이고 온 세계의 하늘과 항구마다 평화의 나팔소리가 빛나올 날을 가슴졸이며 기다리는 우리들의 오늘과 내일을 위하여 시는 과연 얼마만한 믿음과 힘을 돋구어 줄 것인가."(김수영, 「시작 노우트」, 『전집 3』, p.286)라고 하며 자신의 모더니즘 시에 대한 회의를 하고 향후 시의 리얼리티, 즉 진정한 "평화"를 위한 현실적 "힘"에 대해 생각하고 있음이 드러난다. 이는 김수영이 이미 4·19 정신을 간취하고 있었음을 암시한다고 하겠다. 김현은 4·19 직전에 발표한 「하……그림자가 없다」(1960년)를 4·19 정신의 예감(김현, op.cit., p.109)으로 보지만 필자는 「서시」와 「폭포」(1957년)에서도 그런 예감이 이미 나타나고 있는 것으로 보고자 한다.

무엇을 보고
노래하는가를
어째서 自由에는
피의 냄새가 섞여있는가를
革命은
왜 孤獨한 것인가를

革命은
왜 고독해야 하는 것인가를

— 「푸른 하늘은」 전문

　　이것은 김수영의 시가 비로소 역사에 대한 성숙한 인식에 도달했다
는 단적인 사례이다. 시를 따라 읽어보면, 먼저 1연에서 "노고지리가
자유로왔다"고 말하는 "어느 시인"은 시사적 흐름을 염두에 두고 볼
때 김수영 자신을 포함한 50년대 모더니스트들이라고 볼 수 있다. 그
렇다면 "자유"를 어떤 희생과 대가와는 무관한 '부러움'의 대상으로
보는 그들의 "말"(시)은 진정한 의미의 혁명 정신이 결여되어 있는 것
이므로 "수정되어야 한다." 왜냐하면 2연에서 말하듯, 진정한 의미의
"혁명" 정신에는(4·19가 그러했던 것처럼) "자유"를 위한 "피의 냄새"
와 같은 희생과 "고독"과 같은 내면적 염결성이 뒷받침되어야 하는데
그들의 시에는 그런 요소들이 배제되어 있기 때문이다. 따라서 진정한
"자유"를 획득하기 위한 "혁명"에서 "고독"은 당위적 정신 상태가 된
다. "자유" 획득을 위한 "혁명" 정신이란 부조리한 일상에 대한 반역의
정신이고, 그런 반역 정신은 부정한 세태로부터 스스로를 분리시키기
위한 "고독"에서부터 출발하는 것이기 때문이다. 4·19 직후 발표한
한 산문에서 "고독이 이제부터 나의 창조의 원동력"[15]이라고 단언한

---

15) 김수영, 「일기초 2」, 『전집』, p.332.

것도 이와 무관하지 않다.

4·19를 직접적 모티브로 삼은 시편들로서는 이외에 「우선 그놈의 사진을 떼어서 밑씻개로 하자」, 「<4·19> 시」 「육법전서와 혁명」, 「기도」, 「만시지탄은 있지만」, 「나는 아리조나 카우보이야」, 「가다오 나가다오」, 「중용에 대하여」 등이 있으나 시정신의 견고성에 있어서 위의 시에는 미치지 못한다.

5. 실패한 혁명과 전통의 재발견

김수영 시의 급격한 변모를 추동한 4·19는 그러나 실패한 혁명이었다. 그렇지만 그것은 정치적 사건으로서의 실패였지 그 혁명 정신마저 실패한 것은 아니었다. 즉 4·19는 곧바로 이어진 5·16에 의해 정치적 차원에서는 실패했음에도 불구하고 그 체현자들에게 오히려 삶과 역사의 본질을 꿰뚫어 볼 수 있는 계기를 제공했다. 4·19 이후 약 6개월이 지난 뒤 발표한 「그 방을 생각하며」에 저간의 사정이 드러난다.

> 革命은 안되고 나는 방만 바꾸어버렸다
> 나는 인제 녹슬은 펜과 뼈와 狂氣—
> 失望의 가벼움을 財産으로 삼을 줄 안다
> 이 가벼움이 혹시나 歷史일지도 모르는
> 이 가벼움을 나는 나의 財産으로 삼았다
> — 「그 방을 생각하며」 부분

실패한 혁명에 대한 "실망의 가벼움"마저도 "재산으로 삼을 줄 안다"는 것은 거친 역사의 현장을 치열한 정신으로 겪어낸 자만이 간직할 수 있는 성숙한 역사의식의 표현이다. 이는 "역사"를 너무 무겁게

만 보아온 4·19시편들과는 현격히 다른 양태이다. 무릇 시인은 혁명가라기보다는 혁명 정신의 소유자일 뿐이다. 그러므로 혁명의 실패는 혁명가에게 모든 것을 잃은 듯한 절망감을 가져다 줄 지는 모르지만, 시인에게 그것은 오히려 혁명과 시의 근본에 대한 어떤 깨달음을 얻는 역설적 계기가 된다. 시는 "상대적 완전을 수행하는 혁명을 절대적 완전에까지 승화시키는 혹은 승화시켜 보는 역할"[16]을 해야 하는 것이므로, 시인의 운명이란 그것이 끝내 불가능할지라도 혁명 정신의 "완전"을 향해 끝없이 추구해 나가는 데 있기 때문이다. 이 시에서, 그토록 찬란하게 빛을 발했던 4·19가 곧바로 "녹슬은 펜과 뼈와 광기"로 바뀌어버리는 시대적 "가벼움"을 오히려 귀중한 "재산"으로의 전환시켜 생각할 줄 아는 역설도 그런 추구심이 있기에 가능한 것이다.

역사에 대한 이러한 역설적 인식은 그 동안 방기해 왔던 전통에 대한 인식에도 똑같이 적용된다. 전통은 더 이상 역사의 흐름을 방해하는 요소가 아니라 역사의 정체성과 에네르기를 강화시켜 주는 요소로 수용하는 것이다. 역사의식을 전통의 재발견에까지 연장하여 또 다른 현실성을 수득(收得)할 수 있다는 생각은, 예컨대 「거대한 뿌리」에 잘 드러난다.

> 傳統은 아무리 더러운 傳統이라도 좋다 나는 光化門
> 네거리에서 시구문의 진창을 연상하고 寅煥네
> 처갓집 옆의 지금은 埋立한 개울에서 아낙네들이
> 양잿물솥에 불을 지피며 빨래하던 시절을 생각하고
> 이 우울한 시대를 패러다이스처럼 생각한다.
> 버드 비숍女史를 안 뒤부터는 썩어빠진 대한민국이
> 괴롭지 않다 오히려 황송하다 역사는 아무리

---

16) Loc.cit.

더러운 歷史라도 좋다
진창은 아무리 더러운 진창이라도 좋다
나에게 늦주발보다도 더 쨍쨍 울리는 追憶이
있는 한 人間은 영원하고 사랑도 그렇다

비숍女史와 연애하고 있는 동안에는 進步主義者와
社會主義者는 네에미 씹이다 統一도 中立도 개좆이다
隱密도 深奧도 學究도 體面도 因習도 治安局
으로 가라 東洋拓殖會社, 日本領事館, 大韓民國官吏,
아이스크림은 미국놈 좆대강이나 빨아라 그러나
요강, 망건, 장죽, 種苗商, 장전, 구리개 약방, 신전,
피혁점, 곰보, 애꾸, 애 못 낳는 여자, 無識쟁이,
이 모든 무수한 反動이 좋다
이 땅에 발을 붙이기 위해서는
— 第三人道橋의 물 속에 박은 鐵筋기둥도 내가 내 땅에
박는 거대한 뿌리에 비하면 좀벌레의 솜털
내가 내 땅에 박는 거대한 뿌리에 비하면

—「거대한 뿌리」 부분

이 시는 김수영의 시적 편력이 부정과 파괴에서 긍정과 생성의 방
향으로 전환하게 되는 계기를 보여준다.[17] 이 시에 의하면 4·19는 현
재와 미래만을 위한 혁명이 아니라 과거를 되돌아보는 성찰의 기회로
서, 과거의 전통을 현재의 역사적 맥락에 편입시켜 재인식하는 시적
변신의 계기가 된다. 이때 전통은 4·19를 체험한 당대인들에게 스스
로의 정체성을 굳건히 부여해 주는 요소이다. 이 시에서 그 동안 맹목
적으로 추구해 왔던 외래적 이데올로기인 "진보주의자와/ 사회주의자"
나 세태적 허위 의식인 "은밀", "심오", "학구", "체면", "인습", 그리고
부조리한 시대의 상징인 "동양척식회사, 일본영사관, 대한민국관리/ 아

---

17) 최동호, 「김수영의 문학사적 위치」, ≪작가연구≫ 5호, 1998, p.26.

이스크림" 등의 일체를 부정하고, 나아가 그런 역사에 의해 "더러운" 것으로 취급받아 온 "요강, 망건, 장죽, 종묘상, 장전, 구리개 약방, 신전,/ 피혁점, 곰보, 애꾸, 애 못 낳는 여자, 무식쟁이" 등 민중적이고 전통적인 것들을 긍정하는 것은 그런 이유이다. 즉 "역사"와 "전통"에서 "인간은 영원하고 사랑도" 영원하게 하는 "놋주발보다도 더 쨍쨍 울리는 추억"의 힘을 간취한 것이다. 이때 "추억"은 단지 과거의 흔적(기억)이 아니라 현재를 이끄는 역동적 힘으로 작용하여 "이 우울한 시대를 패러다이스처럼 생각"할 수 있게 만드는 것이다. 이것이 바로 "내가 내 땅에 박은 거대한 뿌리"로서 "전통"이 갖는 힘이다.

이외에 「어느날 고궁을 나오면서」, 「파리와 더불어」, 「미역국」, 「시」 등도 정도의 차이는 있으나 전통과 역사를 매개로 한 시편들이다. 이들 시에서 전통은 현실 창조의 힘을 갖는 역사의 에네르기라는 점에서 퇴영적 회고의 대상에 머물지 않는다. 다시 말해 전통은 프로이트가 말한 '억압된 것의 회귀'로서의 정치적 무의식[18]이며, 역사 인식의 균형 감각을 확보케 하는 시의 에네르기인 것이다. 이 온고창신(溫故創新)의 정신은 김수영을 포함한 50년대 모더니즘 시에 비할 때 가히 코페르니쿠스적인 발상의 전환이 아닐 수 없다.

6. 사랑, 혹은 불변과 포용의 시정신

그러면 「거대한 뿌리」에 이르러 그 동안 배제해 왔던 모더니즘의 타자인 역사와 전통―그러므로 '실패한' 역사, '버려진' 전통―을 시의 맥락 속으로 끌어들여 그것들에 새로운 생명력을 부여케 하는 근원적

---

18) 박수연, 「김수영 시 연구」, 충남대대학원, 1999, p.179.

힘은 어디에 있는 것인가? 그것은 무엇보다도 불변과 포용을 기조로
하는 사랑에 있다. 이 사랑의 포에지가 구축되는 과정은 「사랑」이란
작품에 잘 드러난다.

어둠 속에서도 불빛 속에서도 변치않는
사랑을 배웠다 너로해서

그러나 너의 얼굴은
어둠 속에서 불빛으로 넘어가는
그 刹那에 꺼졌다 살아났다
너의 얼굴은 그만큼 불안하다

번개처럼
번개처럼
금이 간 너의 얼굴은

— 「사랑」 전문

이 시에서 "사랑"의 의미와 관련하여 초점화해서 읽어야 할 것은 두
가지이다. 하나는 "너"에게 배운 것이 "변치않는/ 사랑"이라는 점(1연)
이고, 다른 하나는 "너의 얼굴"이 "불안하다"는 점(2연)이다. 여기서
"너"는 이 시의 창작 연대(1961년)를 감안하면 4·19와 관련된 것이라
볼 수 있을 터인데, 앞의 불변성이 4·19 정신의 영원함과 관련된다면
뒤의 불안감은 실패한 역사적 사건으로서의 4·19에서 느낀 낭패감과
관련된다. 그렇지만 4·19가 완성되지 못한 혁명임에도 불구하고 그것
이 소중한 경험이었던 것은 역사의 새로운 주체인 민중들에게 자유,
민주로 요약되는 4·19 정신의 가치에 대한 인식을 각인시켜 주었다는
데 있었다. 따라서 이 시의 핵심은 전자의 불변성에 있을 터, 이 시의
산문적 맥락을 2연→ 3연→ 1연의 순서로 볼 경우 후자의 불안감은 그

러한 불변성을 강조해 주는 역할을 한다. 즉 4·19의 실패로 인한 불안감은 역설적으로 그것을 뛰어넘는 영원한 정신의 발견을 가능케 한 것이 되므로, 시인은 비록 "번개처럼/ 금이 간 너의 얼굴"과 같은 실패한 4·19의 불안감 속에서도 "변치않는/ 사랑"을 발견했다는 뜻이 된다.

실패한 혁명으로부터 영원한 사랑을 이끌어 내는 이 놀라운 시심은, "어둠 속에서 불빛으로 넘어가는/ 그 찰나"와 같은 경계점에서 발휘된다는 사실에 주목할 필요가 있다. 그것은 다른 시에서 "젊음과 늙음이 엇갈리는 순간/ 그러한 속력과 속력의 정돈 속에서/ 다리는 사랑을 배운다"(「현대식 교량」)고 표현되기도 한다. 이들 시의 경계, 즉 "어둠-불빛", "젊음-늙음" 사이의 경계란 상반되는 것들의 사이에서 그 어느 것에도 치우치지 않으며 양쪽을 모두 포용할 수 있는 지점이다. 이때 4·19에 있어서든 시에 있어서든 실패는 또 다른 성공의 표지이며, 어둠은 또 다른 불빛의 동기가 되며 늙음은 또 다른 젊음의 동기가 된다. 김수영의 시 자체에 한정해 본다면 전기시의 모더니즘 감각이 후기시의 역사 감각과 상호 동기부여를 하며 전체적으로 균형 감각을 유지하는 것도 이 같은 경계를 인식한 데서 온 힘이다. 이것은 "적을 형제로 만드는"(「현대식 교량」) 일마저도 포함하는 무량한 "사랑"의 정신을 바탕에 거느리며, 김수영이 일찍이 간파했던 "과거와 미래에 통하는 꽃"(「꽃 2」)으로서의 시를 더욱 구체적으로 발견한 것이다. 김수영이 다다른 이 "사랑"은 또한 "복사씨와 살구씨가/ 한번은 이렇게/ 사랑에 미쳐 날뛸 날이 올거다!"(「사랑의 변주곡」)라는 단호한 신뢰를 함의하며, "바람보다 늦게 누워도/ 바람보다 먼저 일어나고/ 바람보다 늦게 울어도/ 바람보다 먼저 웃는"(「풀」) 것과 같은 생동감과 함께 한다. 그리고 이 사랑의 시정신은 그가 이룩한 시의 클라이맥스인 '온몸시(론)'의 동시성과 포용력과도 관련된다. 왜냐하면 '온몸시(론)'가 그러하듯 김수영에게 진정한 사랑이란 형식과 내용의 경계에서 그들을 동시에 감싸안고 가는 혼융일체의 포에지이기 때문이다.

그런데 이런 사랑은 경직된 정치 논리에 함몰되었던 당시의 시대적 정황에 대한 반역의 결과란 점을 간과해서는 안 된다. 사랑이 사라진 시대에 사랑을 말하는 것, 대립의 시기에 화해와 포용을 말하는 것, 그것은 반역의 포에지를 바탕에 두지 않으면 불가능한 일이기 때문이다. 따라서 김수영의 시적 맥락이 끝내 사랑의 포에지를 귀결점으로 삼고 있다는 사실은 「공자의 생활난」을 위시한 초기시부터 견지해 온 그의 반역이 반역을 위한 반역이 아니라 새로운 긍정과 생성을 위한 반역이었음을 말해 주는 것이다.

7. 결 론

김수영 시의 전체적 맥락에는 수많은 결절점들이 존재한다. 이것은 그가 자기 갱신의 능력[19]을 확보하고 부단히 시적 변신을 추구한 시인이었고, 과장하여 말한다면 그의 모든 시는 이전의 시에 대한 부정의 결과였기 때문이다. 시정신에 있어서 정직, 양심, 자유, 혁명, 사랑 등으로의 다양한 결가름이 가능하고, 그 표현에 있어서도 일상어, 비일상어, 관념어, 구체어, 비유어 등이 두루 활용되고 있을 뿐 아니라, 행갈이나 연갈음에 있어서도 단정한 모범적 형태로부터 파격적 형태에 이르기까지 시시각각 다양한 모습을 보여준다. 그렇지만 이 글에서는 논의의 편의를 위해 4·19 혁명을 전후한 시편들에 나타나는 역사 감각과 전통 의식에 대한 관심을 준거로 하여 전기시와 후기시로 구분하

---

19) 유종호, 「시의 자유와 관습의 굴레」, 『전집 3』, p.237.

여 살펴보았다. 물론 이 글에서 파악된 전후 맥락이 김수영 시의 전체를 아우를 수 있는 것은 아니다. 이 글은 그 다기한 형상 가운데 한 줄기를 따라가 보았을 뿐이다.

이에 따라 전기시는 현대적 일상과 관련된 모더니즘 시가 주류를 이룬다고 보았다. 김수영 시의 출발점을 보여주는 「공자의 생활난」은 해방 직후 세태의 혼란과 부조리를 "줄넘기"에 빗대고 그런 세태에 대한 반란으로서 "사물"을 바로 보고자 하는 윤리적 정직성을 드러내고 있으며, 이후 쓰인 「헬리콥터」는 엇나간 현대성이 복속된 세태로부터 파생되는 소시민적 비애감과 그 역설적 의미로서의 자유 의지를 모더니즘 시학에 의지해 묘파해 내고 있다. 이런 경향의 시가 전기시의 주류를 이룬다. 이러한 전기시가 변모의 직접적 계기를 맞이하게 된 것은 무엇보다 4·19 혁명이라는 역사적 사건의 충격에 의하지만 그 이전에 간취했던 시적 자의식, 즉 부박한 모더니즘을 제어하는 미학적 가치로서의 "정지의 미"(「서시」)에 대한 인식도 간과할 수 없는 역할을 했다. 그리하여 후기시에 오면 역사 감각과 전통 의식을 적극 수용하게 되는데, "자유"와 "고독"의 4·19 정신을 형상화한 「푸른 하늘은」과 그 혁명의 실패를 시의 새로운 에네르기로 삼고자 하는 의지를 역설적으로 간파한 「그 방을 생각하며」, 그리고 민중적 전통의 힘을 강조한 「거대한 뿌리」가 그런 작품의 대표적인 사례들이다. 이로써 김수영의 시는 모더니즘의 자폐적 내면세계에 빠져들지 않고 현실적, 사회적 차원의 리얼리티를 확보하게 된다. 이러한 현대성과 역사, 전통의 요소들을 아우르는 핵심적 시정신은 사랑이라 할 수 있는데, 이 사랑의 포에지는 「사랑」의 불변성, 「현대식 교량」의 포용심, 「사랑의 변주곡」의 신뢰감, 그리고 「풀」의 생동감 등으로 더욱 구체적 형상성을 획득한다.

이제까지 살펴본 시적 맥락을 통해 볼 때, 김수영은 "날이 흐리고 풀뿌리가 눕"(「풀」)듯이 "광휘에 찬 신현대문학사"(「이 한국문학사」)를 위한 시의 "거대한 뿌리"(「거대한 뿌리」)를 이 땅에 내린 것으로 평가받아 마땅하다.

김지하의 생명시와 생명시론
— 생태시 논의와 관련하여

환경운동은 생명운동으로 환골탈태해야 하며, 모든 방면에서의 문명 전
환 운동으로 나아가지 않으면 안될 것입니다. 환경이란 개념의 밑바탕
에는 기계적 세계관, 후안무치(厚顔無恥)한 천박하고 유치한 인간중심주
의, 그리고 극도의 물질주의적 세계관이 자리잡고 있기 때문입니다.[1]

1. 서 론

주지하듯, 이 땅에서 생태시가 문학 연구와 작품 창작의 주목받는
담론으로 부상한 것은 1990년대에 들어서이다. 이러한 생태시 논의는,
새 밀레니엄을 앞두고 한 세기와 한 천년을 마무리하는 시점에서, 인
류가 그 동안 이룩해 왔던 문명 세계에 대한 일련의 성찰적 기획이라
할 수 있다. 다른 어느 세기보다 더욱 급속하고 과격하게 진행된 기술
문명의 발달과 그로 인한 폐해를 인식한 인류가 자기 반성의 계기를
찾고자 한 것이다. 특히 우리나라의 경우 20세기 들어서면서 본격화된
뒤늦은 근대의 기획마저도 서구와 일제라는 외래적이고 강압적인 힘에
의해, 혹은 반민주적 독재체제 하에서 반생태적으로 이루어져 왔다. 그
리하여 더더욱 자기 반성의 필요성이 대두되던 시기에 유입된 생태적

---

1) 김지하, 『생명과 자치』, 솔, 1996, p.108.

담론이기에 많은 호응을 얻었던 것이다.

이 글은 이러한 생태적 인식의 연장선상에서 김지하의 시와 시론을 살펴보고자 한다. 김지하 시를 생명시의 관점에서 접근한 주목할 만한 사례들로는 김재홍[2], 성민엽[3], 정효구[4], 최동호[5] 이광호[6], 김욱동[7], 홍용희[8] 등의 글이 있다. 이 글은 이들의 연구 성과를 바탕으로 삼되, 시론과 시의 상관관계를 염두에 두고 생명시를 생태 문제와 관련된 몇 가지 담론 유형으로 분류하여 분석적으로 기술한다. 그럼으로써 생명시를 광의의 생태시 범주에 편입시켜 국내외를 막론하고 통용될 수 있는 보편적 개념으로 재정리하고자 한다. 김지하의 생명시와 생명시론[9]은 환경오염의 실상을 고발하고 폭로하는 데 그치는, 그리하여 외적 현실의 형상화와 노골적 목적 의식을 앞세우는 데 머무는, 일련의 생태시편들에 중요한 시사점을 던져준다. 즉 그의 생태시들은 생태 위기의 외재적 정황을 적극적으로 인식하고 있을 뿐 아니라, 생태 문제의 내재적 원리

---

2) 김재홍, 「반역의 정신과 인간 해방의 사상」, ≪작가세계≫ 1989년 가을호.
3) 성민엽, 「김지하의 문학과 사상」, ≪작가세계≫ 1989년 가을호.
4) 정효구, 「개벽사상과 생명공동체」, 『우주 공동체와 문학의 길』, 시와시학사, 1994.
5) 최동호, 「정신주의 시와 생명 사상」, 『삶의 깊이와 시적 상상』, 민음사, 1995.
6) 이광호, 「<애린>, 생명의 징후」, 『환멸의 신화』, 민음사, 1996.
7) 김욱동, 「김지하와 생명 사상」, 『문학 생태학을 위하여』, 민음사, 1998.
8) 홍용희, 「김지하 문학 연구」, 경희대학교대학원(박사), 1998.
9) 생명시라는 용어는 생태시, 환경시, 녹색시 등과 함께 아직 분명한 의미 정립이 이루어지지 못하고 있다. 이 글에서는 김지하 자신이 사용해 온 용어를 그대로 도입하되, 생태 위기에서 모티브를 얻었거나 그와 관련된 인식을 보여주는 시를 지칭하는, 넓은 의미의 생태시의 한 범주로 간주하고자 한다. 이 경우 생명시라는 용어가 갖는 장점은, 환경오염이나 생태 위기와 관련된 시뿐 아니라 생명의 근원인 우주의 원리를 탐구하거나 에코토피아를 전망하는 시를 포괄하여 생태시의 의미 영역을 확대하고 심화할 수 있다는 데 있다. 또한 이 같은 시와 관련된 산문적 진술들, 즉 생명 사상과 관련된 논급들도 넓은 의미의 문학 활동(성민엽, op.cit.)이라고 볼 때, 이들을 통칭 생명시론이라 보아도 무방하리라 생각된다.

와 의미에도 깊이 관심을 두고 있다는 점에서 문제적이다.

이런 점에 주목하여 80년대 이후 본격적으로 창작된 김지하의 생태 시를 세 가지 유형으로 나누어 살펴보고자 한다. 그 하나는 환경오염 과 생태 위기를 고발하는 시이고, 다른 하나는 생명과 우주의 원리를 탐구하는 시이고, 마지막 하나는 생명의 원리가 충만한 세계인 에코토 피아를 전망하는 시이다.[10] 이들 중 앞의 한 가지가 생태 위기에 대한 일종의 대항 담론이라면, 뒤의 두 가지는 생태 위기를 극복하여 궁극 적으로 지향해 나가야 할 세계를 상정한다는 점에서 일종의 대안 세계 를 추구하는 담론으로서 가치가 있다.

2. 생명―생태 문제 해결의 열쇠어

김지하의 생명 사상은 그 사상적 깊이와 넓이가 여간 광대한 것이 아니어서 그 전체를 한눈에 일별한다는 것은 불가능한 일이거니와, 여 기서는 그의 시를 이해하는 데 도움이 될만한 진술들을 부분적으로 발 췌해 시와 함께 살필 수밖에 없다. 80년대 이후 김지하가 열정적으로 추구해 온 생명 사상의 개념 파악을 위해서 먼저 다음과 같은 언급에 주목해 보자.

> 우리의 자연생태계 문제의 해결은 우리의 전통에 대한 문화적 자부심 에 열쇠가 있다는 탁견을 내놓은 것은 물리학자인 장회익(張會翼) 선생이 다. 우리는 이 말의 깊은 뜻을 명심해야 한다. 이 말 한마디 안에 대안운 동의 핵심이 들어 있다. 환경문제, 자연생태계와 우주생명의 오염 파괴와

---

10) 이 같은 분류법의 근거는 졸고 「생태시의 담론 유형과 작품 양상」(≪한국문학 이론과 비평≫ 4집, 1999)을 참조 바람.

그 회복문제에 대한 차원 높고 대중적인 대안 운동으로서의 생명운동은
　　생명의 세계관의 기초요 핵심으로서 동학과 풍수학과 서양의 생태학, 생
　　물학 등을 탁월한 차원에서 결합하면서 기독교의 생명의 세계관, 불교의
　　화엄의 세계관, 노장철학과 무속의 생명 원리를 결합해야 할 것이다.[11]

　생태 문제의 해결을 위해서는 "생태학, 생물학, 기독교" 등 서구적인
문화가 가지고 있는 생명 사상과 함께 동양적 전통 사상에 관심을 기
울여야 함을 강조하고 있는 대목이다. 우리는 그동안 서구 중심의 세계
관이나 문화 현상에 너무 외곬되게 기울어진 가치관 속에서 살아왔기
때문에 이제 동양 사상과의 친교가 이루어져야 생태 문제를 해결할 수
있다는 것이다. 이처럼 동양 사상을 강조하는 생각의 밑바탕에는, 동양
사상이야말로 그동안 우리의 인식과 철학을 지배해 왔던 서구 사상의
개발 중심, 이성 중심, 인간 중심주의라고 하는 이원론적 가치관과 그
로부터 유발된 생태 위기를 극복해 낼 것이라는 인식이 깔려 있다. 여
하튼 그가 말하는 동양 사상의 범주는 "동학", "풍수학", "불교", "노
장", "무속" 사상을 아우른다는 점에서 무량한 사상적 두께를 지닌다.
　김지하의 시에서 생명 사상이 본격적으로 개진된 것은 80년대 초이
지만, 시인이 그것의 시학적 가치를 발견한 것은 그 이전 민주화 투쟁
으로 인해 영어(囹圄)의 몸으로 있던 때였다. 암흑과 같은 고통스런 시
절에 "생명"이라는 새 희망의 빛을 발견한 것이다.

　　그때가 마침 봄이었는데, 어느 쇠창살 틈으로 하얀 민들레 꽃씨가 감방
　　안에 가득히 날아 들어와 반짝거리며 허공 중에 하늘하늘 날아다녔습니
　　다. 참 아름다웠어요. 그리고 쇠창살과 시멘트 받침 사이의 틈, 빗발에 패
　　인 작은 홈에 흙먼지가 날아와 쌓이고 또 거기 풀씨가 날아와 앉아서 빗
　　물을 빨아들이며 햇빛을 받아 봄날에 싹이 터서 파랗게 자라오르는 것,

---

11) 김지하, 「생명과 환경」, 『생명』, 솔, 1994, p.177.

바로 그것을 보았습니다. 개가죽나무라는 풀이었어요. 새삼스럽게 그것을 발견한 날, 웅크린 채 소리 죽여 얼마나 울었던지! 뚜렷한 이유도 없었어요. 그저 '생명'이라는 말 한마디가 그렇게 신선하게, 그렇게 눈부시게 내 마음을 파고들었습니다. 한없는 감동과 이상한 희열 속으로 나를 몰아넣었던 것입니다.[12)]

인용문은 "생명"의 발견 과정에 대해 고백한 것으로 흔히 알려진 이야기다. 요약컨대 수형 생활을 하던 시절, "쇠창살과 시멘트 받침 사이의 틈"에 흙먼지와 풀씨가 날아와 "봄날에 싹이 터서 파랗게 자라오르는 것"을 보고 "한없는 감동과 이상한 희열"을 느꼈다는 것이다. 그 감동의 원인은 물론 모든 경계와 틈을 비집고 일어선 "풀", 즉 "생명"의 아름다움과 그것에 대한 외경심이었음을 알 수 있다. 이 발견으로 그는 생명 사상의 탐구에 깊이 빠져들었으며, 시 또한 그런 맥락으로 방향을 전환하는 직접적인 계기가 되었다. 다음은 이때의 체험과 밀접히 관련되는 것으로 보이는 작품이다.

생명/ 한 줄기 희망이다/ 캄캄 벼랑에 걸린 이 목숨/ 한 줄기 희망이다// 돌이킬 수도/ 밀어붙일 수도 없는 이 자리/ 노랗게 쓰러져버릴 수도/ 뿌리쳐 솟구칠 수도 없는/ 이 마지막 자리// 어미가/ 새끼를 껴안고 울고 있다/ 생명의 슬픔/ 한 줄기 희망이다.
— 「생명」 전문 2-297[13)]

이 시에서 "캄캄 벼랑에 걸린 이 목숨"은 극한적 상황에 다다른 한 생명의 처지이다. 김지하 개인적으로 볼 때는 자유를 상실하고 감옥에

---

12) 김지하, 「생명 사상이란 무엇인가」, 『생명과 자치』, p.31.
13) 텍스트는 1.『김지하 시전집 1』(솔, 1993), 2.『김지하 시전집 2』(솔, 1993), 3.『김지하 시전집 3』(솔, 1993), 4.『중심의 괴로움』(솔, 1994)으로 한다. 작품 인용시 텍스트 번호와 쪽수를 병기한다. 이하 마찬가지.

갇혀 있던 암흑과도 같은 상황이다. 이런 때에 자신이 처한 상황과는 역설적으로 "한 줄기 희망"을 가질 수 있었던 것은 "풀", 즉 "생명"이 주는 선물이었다. 오랜 옥살이와 병마와 고독감으로 삶의 고통이 극한에 이르러 "돌이킬 수도", "쓰러져버릴 수도", "솟구칠 수도 없는" 절박한 상황에서 "생명"을 발견한 것이다. 여기서 생명의 중요한 속성이 한 가지 드러난다. 감옥에서 그가 체험했던 한 풀포기처럼, 생명은 어떠한 악조건 속에서도 살아 숨 쉬는(오히려 악조건일수록) 끈질김과 강인함을 간직한다는 점이다. '생명의 슬픔'이 곧 '희망'이라는 역설적 의미의 결구는 이러한 의미 맥락에서 완성된 것이다.

이처럼 김지하라는 한 생명은, 또한 그의 생명 사상은, 오늘날의 정치적, 생태적 위기에도 불구하고 세상은 반드시 하나의 "희망"을 향해 항시 열려 있음을 신뢰하게 한다. 생명 사상의 전제 조건인 생명 세계에 대한 대긍정의 가치관이 구축되는 대목이다.

3. 고발의 시―반생태적인 것들에 대한 비판과 저항

김지하는 1980년대 이후에도 여전히 저항하는 시인이었다. 그렇지만 그 방법이나 방향에 있어서는 그 이전과는 사뭇 다르다. 그가 시의 주된 대상으로 삼은 것은 우선 생태학적 죽임의 세계인데, 그것은 다름 아닌 환경오염과 그로 인해 생태계가 파괴된 현실적 정황이다. 이 경우 그가 대항하고자 하는 것은 60,70년대 「황톳길」이나 「오적」 등에서 제기했던 정치적인 쟁점이 아니라 다분히 사회적인 문제이다. 다음은 생태 파괴로 심각해진 현실에 대한 직설적 비판을 드러낸다.

생태계는 혹독하게 파괴되고 자원은 고갈되고 대지의 생명력과 인간

생명이 똑같이 살인적 노동과 무절제한 소비와 무제한의 속도와 무한정
의 폭력에 소모되고 병들어서 세상은 아귀(餓鬼), 축생(畜生), 지옥(地獄)이
삼악도(三惡道)를 방불하는 문자 그대로 나락으로 변모하고 있으며, 민중
은 대지로부터 뿌리뽑히고 그 가족은 해체되어 오대양 육대주의 황야와
바다와 어두운 도시들을 방황하는 유령으로, 살아있는 중음신으로 전락하
고 있습니다.14)

　　이처럼, 오늘날 생태계는 "대지의 생명력과 인간 생명"이 더 이상
정상적인 삶을 영위할 수 없는 지경에 이르렀다고 진단한다. 다소 과
장이 섞이긴 했으나, 세상은 "삼악도"의 "나락"이고 인간은 생명력을
잃고 "유령"이나 "중음신"(中陰身)이 되어버렸다는 것이다. 왜 이렇게 되
었는가? 인류가 자연 생명의 해방·완성을 위한 본래의 사명과 기능을
잃어버리고 생명을 반대하고 생명을 파괴하는 악마적 경향에 봉사15)
해 왔기 때문이다. 김지하의 시 전체를 놓고 보면 이런 문제에 대한
고발과 비판의 시는 양적으로 많지 않지만, 생태 위기에 대한 그의 적
극적인 고발 정신을 살펴보는 데 매우 유용하다. 다음 시는 이런 유형
의 전형적인 예로 읽힌다.

하아따/ 꼴에 밭두둑에 빤 묻혀/ 반만 나온 비닐 조각 씨허연/ 저 징그런
놈이/ 꼴에/ 바람결에 나붓나붓대며/ 아침 새 햇살을/ 먹어라 튕겨라 먹어
라 튕겨라/ 하아따/ 꼴에/ 그 꼴에/ 하냥 할랑할랑하는 한 떨기 분홍꽃이
여/ 날맞이 소복 무당 초가망석이굿이여 웜메/ 파묻어도 안 없어지고/ 불
살라도 공중에 그대로 남고/ 물에 뜨면 오대양 큰 바다/ 수백 수천 년 갈
고 돌아다니고/ 썩도 않고 삭도 않고 끄덕도 않고/ 아 그런 징그런 놈이/
꼴에/ 하아따/ 꼭 산 놈 같다아/ 밭에서 돋은 산 놈/ 어째 오늘은 꼭/ 무슨
영물같다야/ 가사 한삼에 꽃고깔 쓴 영물!
　　　　　　　　　　　　　　　　　　　—「비닐」 전문, 2-115

14) 김지하, 「창조적 통일을 위하여」, 『전집 1』, p.322.
15) Loc.cit.

이것은 오늘날 환경오염의 주범이라 할 "비닐"을 대상으로 한 작품이다. 시행이 들쑥날쑥하여 어수선하지만, 이 어수선함이 오히려 시에서 드러내고자 하는 환경오염으로 인한 생태계의 어수선함을 강조하는 효과를 발휘한다. 요즈음 농촌에 다녀본 사람이라면 이 시가 제시하는 정황을 어렵지 않게 연상할 수 있을 것이다. 농사를 위해 사용했던 비닐이 제대로 수거되지 못하여 여기저기 널려 있거나 날아다니는 경치는 가관이다. 시에서 말한 대로 "썩도 않고 삭도 않고 끄덕도 않"는 정말 "징그런 놈"이다. 그런데 이것을 무슨 "한 떨기 분홍꽃"이라고 비유하는가 하면, 심지어 "무슨 영물같다"고 한다. 물론 이것은 일종의 풍자이자 아이러니다. 또한 "하아따"라는 조롱투의 감탄사와 "꼴에"라는 경멸적 어사의 반복적 사용도 대상에 대한 집요한 비판의 의도를 엿볼 수 있게 한다.

이러한 인식은 다른 시에서도 종종 등장한다. 가령 "이제껏 그토록 비닐만 좋아했기에"(「그 소, 애린·28」, 2-163) 결국 "매연의 거리"(「빈 가지」, 4-79), "파괴된 산/ 오염된 공기/ 흩어진 삶"(「나는 지금」, 4-76) 밖에 남지 않았다는 인식과 다르지 않다. 이처럼 환경오염이 지속되면 어찌될 것인가? 물을 것도 없이 돌이킬 수 없는 생태계의 교란과 파괴로 이어질 것이 분명하다.

> 다 가고/ 나만 남으리// 솔잎 누렇게 변해/ 새들 떠나고// 길짐승도 물고기도/ 벌레 모두 떠나고// 주위의 친구들/ 하나둘씩 병으로 죽어 없어지고// 나만 남으리/ 지구 위에 홀로/ 지구마저 흙도 돌도/ 물도 공기도 마저 다 죽어// 나라 이름 붙인/ 허깨비만 남으리// 끝내는 오도가도 못할 천벌처럼/ 나만 오똑 남으리.
> ──「다 가고」전문, 4-22〜23

이 시가 보여주는 "지구"의 정황은 너무 삭막하다. 또한 그곳의 "나"는 몹시 외롭다. 생태적 고리의 한 지점에서 그 순환에 참여해야 할 "나"가 홀로 남겨진 것이다. 왜? 환경오염에 의해 "솔잎"이 "누렇게 변"할 뿐 아니라, "새들", "길짐승", "물고기", "벌레", "친구들" 등 생명체들이 떠나고, 마침내 "지구", "흙", "돌", "물", "공기" 등이 죽어 없어졌기 때문이다. 인간 중심의 개발 이데올로기를 신봉하던 인간을 제유하는 "나"의 이런 처지는 생태 순환이 멈춰버린 상황을 뜻한다. 또한 생태계 파괴가 가져다주는 "천벌"의 혹독함을 말하는 것으로 읽힌다. 이런 상황은 다른 시에서도 "땅위의 풀과 벌레/ 거리의 이웃들/ 해와 달 별과 구름 모두 다/ 모두 다 죽어 가는 이 한낮"(「無」, 4-74)이라고 표현되기도 한다. 이런 고통스런 죽음의 세계에서 인간의 삶이 정상적으로 영위될 수 없음은 물론이다. 이때의 외로움은 죽음과도 다르지 않다.

이와는 달리 환경오염에 대한 포괄적 인식의 한 측면을 보여주는 경우도 있다. 이로써 생태 문제에 관한 색다른 비판의 목소리를 들을 수 있다. 다음 시를 보자.

> 무공해라는 공해까지 생겨나/ 테레비는 온종일/ 죽여라 죽여라 악쓰고/ 내 가슴은 살려라/ 살아보자 높이 외치건만/ 어쩌자고 아이들은/ 테레비만 안고 도나.
>
> ─「공해」 전문, 2-256

이 시는 문화적 죽임의 도구인 "테레비"를 통해 오늘날 세태를 비판하고 있다. 시에서 "테레비"↔"내 가슴"은 "죽여라"↔"살려라"로 이항 대립되어 있는데, 심각한 것은 "아이들"이 "테레비" 쪽, 즉 문화적으로

죽임의 세계에 가 있다는 점이다. 명승지에 돌출적으로 세워진 자연보
호 팻말처럼, "테레비"에서 "악"을 쓰며 외치는 "무공해"라는 말이 오
히려 공해이고, 정작 무공해로 살아야 할 "아이들"마저 그 공해 덩어
리를 안고 "도"는 세태에 대한 불만이 드러나 있다.

4. 탐구의 시—상생(相生)과 순환의 우주 원리 탐색

김지하 시에서 생태 위기에 대해 비판적으로 인식하고 고발하는 일
에 적극적이라는 사실은 위에서 살핀 바와 같다. 오늘날 생태계를 위
기로 진단한 것이다. 그런데 이런 진단보다 더욱 중요한 것은 그런 상
황에서 일탈하기 위한 처방이다. 김지하의 시에서 내린 처방은 생태
위기 해결을 위해 모든 존재들은 자연 원리, 나아가 우주 원리에 저마
다의 생체 리듬을 맞추는 일이 요구된다는 내용이 중요한 부분을 이룬
다. 즉 생태 위기를 넘어서기 위해 개개인의 세계관과 감각이 자연과
의 조화를 회복하는 일[16]을 추구해야 한다는 것이다. 온갖 생물 중에
반생태적인 존재의 으뜸인 인간에게 그것은 더욱 절실한 현안이 아닐
수 없다.

이런 처방은 생태 위기를 넘어서 새로운 질서로 재편된 대안 세계
를 추구하고자 하는 생태학의 중요한 목표와 일치한다. 김지하 시의
경우, 생태학 중에서도 인본주의에 토대를 둔 피상생태학이나 생물중
심주의에 기반을 둔 근본생태학보다는, 생태 위기를 철저히 사회 문제
로 인식하는 사회생태학과 연계해서 살필 필요가 있을 것으로 보인다.

---

16) Bill Devall & Sessions, *Deep Ecology*(Gibbs Smith Publisher, 1985), pp.8, 67 : 여기서는
   이남호 외, 「환경 문제와 문학」, ≪한국문학 이론과 비평≫ 4호, 1999년 2월,
   p.13 참조.

사회생태론의 창시자인 머레이 북친이, 인간은 결코 자연의 통합성을 축소시키지 않고서도 자유와 이성, 윤리의 차원을 자연에 첨가할 수 있다[17]고 보는 점과 일치하기 때문이다. 김지하가 말하는 "생명사회론"[18]은 머레이 북친의 그러한 사상과 매우 친화적인 바, 생태 윤리와 그 실천의 문제를 함께 아우를 수 있는 새로운 생태 사상으로 기능할 가능성을 열어 두고 있다.

그러면 생태 위기에서 일탈하기 위해 구체적으로 실천해야 할 일은 무엇인가? 이제까지 망각하고 있었기 때문에 생태 위기를 불러일으켰던 생명의 원리를 탐구하여 인식하는 일이다. 김지하가 발견하고자 하는 생명 원리의 근간은 동학사상에 있는데, 그중에도 각별히 주목하는 것은 수운(水雲) 최제우의 진화 사상이다.

> 아주 초기 단계인 무기물 안에도, 예컨대 돌이나 흙이나 물방울에도, 매우 낮은 단계의 희미한 단계일지라도 그 안에 오늘날 인간과 같은 신령한 영적 생명에서 볼 수 있는 깊고 광활한 전 시간적, 전 공간적, 포괄적인 영성의 씨앗이 이미 살아 있으며, 그 원초적인 마음의 움직임에 의하여 무기 물질도 주위의 타물질이나 유기물들을 포함하여 자기조직화하면서 유기체와 똑같이 하나의 생활 양식을 만들어 진화하고 또 성장, 진동, 팽창, 수축, 나아가 차원 변화하거나 응축, 비약하는 것입니다.[19]

이처럼 우주 만물은 무궁무진한 질적 확산으로 이루어진다고 하는 것이 수운이 말하고 김지하가 재발견한 진화 사상이다. "돌이나 흙이나 물방울"에도 "인간과 같은 신령한 영적 생명"에서 볼 수 있는 "영성의 씨앗"이 있으며, 그것은 끝없는 움직임 속에서 존재한다는 것이

---

17) M. Bookchin, 문순홍 역, 『사회생태론의 철학』, 솔, 1997, p.127.
18) 김지하, 「21세기와 우리의 준비」, 『생명과 자치』, p.393.
19) 김지하, 「생명 사상이란 무엇인가」, ibid., pp.106~107.

다. 즉 "유기물"뿐 아니라 "무기 물질"마저도 "진화하고 또 성장, 진동, 팽창, 수축, 나아가 차원 변화하거나 응축, 비약"한다고 보고 있다. 이것은 동학의 '시천주(侍天主)' 사상에서, '모심(侍)'의 대상인 '천주'는 우주 삼라만상 전체의 신령한 영성이라는 생각과 관련된다. 근대 서구의 과학적인 인식을 넘어서는 광대한 상상의 세계가 아닐 수 없다. 이런 인식은 다른 산문류에서도 자주 반복되는데, "인간만이 아니라 모든 생물, 무생물, 물질과 기계까지도 거룩하게 드높이고 서로 친교하고 공생하고 해방하고 통일"[20]하는 세계나, 생명 단위들의 존재 양식이 호혜적인 상관관계[21]에 대한 인식이 그런 예에 해당한다. 다음은 이 같은 사상이 시적으로 형상화된 대표적인 작품이다.

> 나 한때/ 잎새였다// 지금도/ 가끔은 잎새// 해 스치는 세포마다/ 말들 태어나/ 온 우주가 노래 노래부르고// 잎새는 새들 속에/ 또 물방울 속에/ 가없는 시간의 무늬 그리며/ 나 태어난다고/ 끊임없이 노래부르고 노래부른다// 지금도 신실하고 웅숭스런/ 무궁한 나의 삶/ 내 귓속에/ 내 핏줄 속에 울리는/ 우주의 시간// 나 한때/ 잎새였다// 지금도 가끔은 잎새// 잊었는가/ 잎새가 나를 먹이고/ 물방울이 나를 키우고/ 새들이 나를 기르는 것// 잊었는가/ 나/ 오늘도/ 잎새 속에서/ 뚫어져라 뚫어져라/ 나를/ 쳐다보는 것.
>
> ― 「나 한때」 전문 4-105~107

이처럼 김지하의 시에 나타난 생명의 존재 원리는 과학적 합리성과 계기성을 강조하는 서구적 의미의 진화론에서 벗어난다. 생명체들은 적자생존의 원리에 의해 경쟁적, 투쟁적으로 생존한다는 다윈의 진화

---

20) 김지하, 『전집 2』, p.320.
21) M. Bookchin, 문순홍 역, 「사회생태학」, 문순홍 편저, 『생태학의 담론』, 솔, 1999, p.117.

론을 넘어서고 있는 것이다. 즉 삼라만상이 일원론적으로 존재한다는 연속적 세계관, 즉 하나의 생명("나")은 동식물 등의 유기물("새들, 잎새")과의 관련 속에서만 존재하는 것이 아니고 무기물("물방울")과도 넘나들며 존재한다는 것에 대해 말하고 있다.

또한 이 시는 그러한 상생과 순환의 바탕으로서 무량한 시공의 세계를 제시하고 있다. 그것은 시의 제목을 통해 먼저 드러난다. "나 한때"라는 제목은 생명으로서의 "나"란 순간적 존재이자 영원한 존재라는 역설적 의미를 함께 내포하고 있다. 모든 생명체의 삶은 "한때"의 것임에 틀림이 없으나, 그 "한때"는 일과적인 시간 단위라기보다는 끝없이 연속하는 "한때"라고 읽힌다. 이 시에서 말하는 "한때"는, 그러므로 특정한 생물체로서의 한계를 뛰어넘는 상생과 순환의 시간적 기본 단위이고, 이 기본 단위의 연쇄고리가 계속 이어진다고 함으로써 시에서 제시한 "무궁"의 다른 표현이 된다. 또한 이러한 시간적인 개념인 "한때"와 "무궁"에 대응하는 것이 공간적으로는 "잎새"와 "우주"이다. 이는 다음과 같이 정리될 수 있다.

· 시　간 : 무궁 ⊒ 한때 ⊒ 나 ⊒ 한때 ⊒ 무궁
· 공　간 : 우주 ⊒ 잎새 ⊒ 나 ⊒ 잎새 ⊒ 우주[22]

여기서 "나"는 "한때/잎새"를 거쳐 "무궁/우주"로 확산되어 있는가 하면, 동시에 "나"의 "속에"는 "한때/잎새"를 거쳐 "무궁/우주"가 응축되어 있다. 따라서 "나" 또는 "한때/잎새"는, 하나의 생명 현상에 불과하지만, 이것은 일시적, 부분적 현상 자체로 끝나는 것이 아니라 "무궁/우주"로 표상된 것과 같이 영원하고 절대적인 삼라만상의 존재태를 온

---

22) ⊒ 부호는 함축—등가의 관계와 확산—등가의 관계를 동시에 맺고 있다는 것을 뜻한다. 그리고 이런 관계는 시에서 주로 "속에(서)"로 표현되고 있다.

전히 함축하는 동시에 그들과 등가의 관계를 맺고 있다고 볼 수 있다. 즉 "나"의 속에 "한때/잎새"가 있고 그 속에 "무궁/우주"가 있으니 "나"의 속에는 "무궁/우주"가 있을 뿐 아니라, "나"는 "한때/잎새"이고 "한때/잎새"는 "무궁/우주"이니 "나"는 곧 "무궁/우주"의 다른 이름이다. 그리고 이들의 역도 마찬가지다.

이런 의미에서 김지하의 생태시는 온갖 생명과 영성을 아우르는 화엄적 세계관과 관련된다. 즉 시인은 이것을 스스로 생명 사상이라 일컬은 바, "한 티끌 속에 삼라만상이 다 들어 있다. 혹은 삼라만상은 수많은 티끌로 이루어진다"[23]는 인식이다. 예컨대 하나의 티끌을 거름삼아 한 포기의 풀이 돋아나고, 풀의 도움으로 초식 동물이 자라고, 초식 동물의 도움으로 육식 동물이 생명을 얻고, 육식 동물이 죽어 다시 티끌이 되는, 이 끝없는 순환의 고리가 생명의 세계인 것이다. 이것은 또한 동양 사상의 핵심인 음양오행설에서 생명이란 순간적 창조가 아니라 생성, 변형이 거듭되는 흐름의 과정[24]이라는 시간적 영원성과 관련된다.

생명시의 사상적 토대를 이룬 것 중에 간과될 수 없는 것이 또한 풍수사상이다. 풍수사상은 음양설에 기초하여 민속적으로 지켜 내려오는 지술(地術)이다. 그 바탕에는 자연의 생명성에 대한 애정과 존중심이 자리 잡고 있다. 따라서 풍수 사상에 기초한 생명 운동은 환경운동[25]이나 다름없다. 다음 시를 보자.

---

23) 김지하, 『밥』, 분도출판사, 1984, p.150. 이 구절은 세상과 우주에 존재하는 모든 것에는 생명과 영성이 있다는 화엄교 사상과 관련된다. 신라시대 화엄교를 창시한 의상(義湘)의 "법성게(法性偈)"에는 "하나의 티끌 속에 세계를 머금고, 모든 티끌마다 세계가 가득하다(一微塵中含十往, 一切塵中亦如是)."(원효·의상·지눌, 이기영 역, 『한국의 불교사상』, 삼성출판사, 1983, p.295)는 구절이 있다.
24) 박이문, 『문명의 위기와 문화의 전환』, 민음사, 1996, p.84.
25) 김지하, 「생명과 환경」, 『생명』, p.177.

산에 얼굴 있어/ 산풍수 있다더라/ 물에도 쉼없이 흐르는 물에도 얼굴 있
어/ 결코 무심치 않을 터라/ 물풍수 같은 것 있다면/ 하나 묻겠다/ '분명
애린 닮았겠지?'

— 「그 소, 애린 3」 부분 2-136

풍수의 원리는 이처럼 생태적 상상의 모티브로 작용한다. "산"에도
"물"에도 "얼굴"이 있는데, 그것이 "애린"을 닮았다고 한다. 무슨 말인
가? 시의 열쇠어인 "애린"의 의미가 다의적이고 상징적이어서 "애린"
을 어떤 의미로 파악할 것인가의 문제가 남기는 하나, 우선 "애린"을
어떤 생명적인 것의 총체라고 파악할 경우, 이 시구의 의미는 산수(山
水)가 곧 생명이니 시인에게 삶이란 그것을 찾아 나서는 일과 다르지
않다는 것이다. 산수에도 생명체처럼 기(氣)가 흐른다고 하는 풍수학의
원리를 시에 수용한 예이다.

요컨대 이제껏 살핀 생명시론과 생명시에 드러나듯이, 하찮은 미물
이나 자연일지라도 그것들은 저마다 한 생명으로서의 존재 의의가 있
으며, 따라서 모든 존재들이 상극이 아니라 상생과 순환의 원리에 몸
을 맡기고 있다는 사실의 발견은, 생명의 원리를 집요하게 탐구하여
얻은 김지하 시의 중요한 귀결점의 하나이다. 이처럼 생명의 실체를
깨달은 자가 궁극적으로 꿈꾸는 것은 그런 생명이 아름답게 살아 숨
쉬는 생명의 낙원일 것이다.

5. 전망의 시―에코토피아 도래에 대한 꿈과 의지

이제 김지하의 시는 에코토피아를 꿈꾼다. 고발의 시와 탐구의 시를

거쳐, 혹은 그곳에 농익은 생명 사상의 세례를 거쳐 궁극적으로 도달하고자 하는 곳은 반생명적이고 반생태적인 현실을 극복한 어떤 세계, 즉 후천개벽론에 근거한 새로운 세계이다. 김지하가 주장하는 후천개벽론의 근간은, 생명의 세계에는 수만년마다 새로운 개벽의 시기가 도래하여 새 세상이 열리는데, 지금이 선천 시대를 마감하고 후천 시대가 열리는 바로 그런 시기라는 것이다.

> 현대는 후천개벽(後天開闢)의 시대이며 음개벽(陰開闢)의 때입니다. 이제까지의 인류 문명사는 선천(先天) 시대였고 음과 양이 갈등하는 시대, 즉 양이 지배하는 세대였습니다. 남성 지배의 역사였고 가부장적(家父長的) 문명이었으며 원한과 상극이 지배하는 때였습니다. …(중략)… 오늘날 후천개벽의 시대에는 음과 양이 조화하는 시대, 즉 음이 지배하기 시작하는 시대입니다. 여성과 남성이 평등대동을 이루는 것, 즉 '여성적인 것'이 그 지배를 넓혀가는 역사이며 새로운 형태의 모권(母權)이 중심이 되어가는 문화의 때요, 해원(解寃)과 상생(相生)의 때입니다.[26]

이처럼 오늘날은 "여성적인 것"이 중시되는 "후천개벽의 시대이며 음개벽"의 시대라는 것이다. 증산 사상에 뿌리를 두고 있는 이 생각의 요체는, 이제껏 인류를 지배해 왔던 양, 즉 남성성—이성, 과학, 기술, 개발, 지배 등으로 요약되는 인간 중심적 서구 문명의 총체적 특성—은 인류에게 "원한과 상극"으로 인한 생태 위기만을 가져왔기에, 새로운 세계는 그와 반대되는 음, 즉 "해원과 상생"의 여성성의 시대가 펼쳐져야 한다는 것이다. 이 점은 앞으로 급속히 진행될 정보화 사회에서 강하고 거칠고 전투적인 남성성의 문명보다는 유순하고 부드럽고 화해로운 여성성의 문화가 중시되는 사회 구조를 형성할 것이란 점을 떠올려 보면 설득력을 갖는다.

---

26) 김지하, 「창조적 통일을 위하여」, 『전집 1』, p.325.

그런데, 이러한 주장은 남성중심주의 사회에서 소외 받았던 여성과 자연이라는 타자를 말하는 주체로 만듦으로써, 가부장제를 탈중심화하여 끝내 전복[27]하고자 하는 여성생태론의 의도와 연관된다. 달리 말해 후천개벽의 시대는 여성성이 남성성의 기운을 눌러서 우주와 사람 사는 역사에 참된 평온과 화해를 이루는 시대[28]가 되어야 하며, 궁극적으로는 여성 해방과 자연 해방을 동시에 추구하여[29] 순조로운 상생과 순환의 세계인 생태 낙원, 즉 에코토피아가 이루어지는 시기이다. 이렇게 보면, 심각한 생태 위기로 치닫고 있는 오늘날 문명 세계는, 비극적 종말의 징조가 아니라 오히려 새로운 생명을 획득하기 위한 부활의 징후로서 의미가 있다.

이런 맥락에서 김지하 시에는 "부활"의 메커니즘이 자주 등장하는 바, 그것은 언제나 "낙토의 꿈에 미쳐/ 가차없이 파멸"(「바다」 부분, 2-111)하는 것을 마다하지 않을 만큼 견고한 의지를 동반한다. 생태적 낙원인 "낙토"를 꿈꾸기 위해 기꺼이 파멸하는 것이다. 그러니 시의 화자가 반생명적인 것들에 익숙한 자신을 "파멸"시키고자 하는 것은 생명적인 것의 탄생을 위한 전제 조건이다. 다음 시를 보자.

> 저녁 몸속에/ 새파란 별이 뜬다/ 회음부에 뜬다/ 가슴 복판에 배꼽에/ 뇌 속에서도 뜬다// 내가 타죽은/ 나무가 내 속에 자란다/ 나는 죽어서/ 나무 위에/ 조각달로 뜬다// 사랑이여/ 탄생의 미묘한 때를/ 알려다오// 껍질 깨고 나가리/ 박차고 나가/ 우주가 되리/ 부활하리
>
> ― 「卒啄」 부분 2-308

27) Patrick D. Murphy, 「바흐친, 생태론, 여성주의」, 여홍상 엮음, 『바흐친과 문화 이론』, 문학과지성사, 1995, pp.396~397.
28) 김지하, 「보고 싶은 여장부」, 『생명』, p.344.
29) 문순홍, 「생태 여성론, 그 막힘과 열림의 이론사」(『생태학의 담론』, 솔, 1999, p.365)에서 Maria Mies의 말을 재인용.

이것은 생명 원리의 탐구를 통해 끝내 이루고자 하는 것이 무엇인지 알려준다. 한마디로 말해 그것은 "부활"이다. "부활"이란 죽음을 전제로 한 새로운 삶의 탄생이다. "내가 타죽은/ 나무가 내 속에 자라"는 것이다. 그런데 이 시에 제시된 부활의 메카니즘은 앞서 살폈던 화엄적 세계관처럼 광대한 넓이와 깊이를 보여준다. 즉 "별"로 표상된 생명이 '내 몸→나무→조각달→우주'로 이어지는 "부활"의 확산 과정은, 큰 생명의 세계이자 거대한 생태 고리가 살아 숨 쉬는 에코토피아의 존재 원리이다. 이는 "우주만큼 커"(「나이」부분, 4-85)지는 "무궁한 나"(「태고」부분, 4-81)를 상상하여 "새천지 키우는 자리"(「일산시첩・5」부분, 4-48)를 찾아 나서는 일과 상통한다. 그곳에서 "끝없이 죽으며/ 죽지 않는 삶"(「새봄・8」부분, 4-40)이 있는 영원한 생태적 순환의 세계, 그곳이 바로 에코토피아가 아니고 무엇이랴.

그런데 "부활"은 후천개벽 시대의 출발이다. 이 시대의 주요 자질은 앞의 산문에서 보았듯이 여성성이며, 이것은 생명의 탄생과 관련해서 모든 존재가 겪었던 영적인 원체험이다. 생태여성론에서 이 여성성은 곧 영성(靈性)이라고 본다. 영성이란 우주와 세계가 다양하고 역동적이며 순환적인 관계에 놓여있다는 전일적(全─的) 사고와 그 실천 능력[30]이다. 이는 세상에 태어나기 위해서 누구나 한번 겪어야 하는 모태 체험처럼, 모든 개체가 하나의 온전한 생명으로 자리 잡기 위해 반드시 겪어야 하는 것이다. 김지하 시에서 "부활"은 이 원체험을 회억(回憶)하는 일에서 출발한다.

    한번 만져/ 내내 잊을 수 없는/ 그 여자의 흰 살// 살 자취도 없고/ 흰 빛

---

30) Ibid., p.376.

만 허공에 남아// 오늘 나를 산으로도 이끌고/ 애타는 먼 강물로도/ 벌판
으로도 이끌고// 남아/ 내 속에 든다// 호롱불로 타/ 밤을 밝힌다.
—「추억」전문, 4-49

이 경우 "여자"는 여성성을 상징한다. 그런데 이 여성성은 생태적
삶을 희구하는 "나"를 지배하고 있다. 그것을 "한번 만"진 체험 때문
에, 끝내 그것을 잊지 못하고 희구하며 "나"를 "산", "강물", "벌판" 등
으로 "이끌"고 다니고 있다고 한다. "나"의 삶을 지배하는 것이다. 이
때 "여자의 흰 살"을 "추억"하는 일이 "나"에겐 생태 낙원에 대한 전
망의 일환이라고 생각할 수 있다. 왜냐하면 앞서 말했듯이 여성성 자
체가 생명 탄생의 원형질이며, "나"는 새로운 탄생을 간절히 염원하는
자이기 때문이다. 그 "여자"를 "내 속에 드"는 생명의 영성(靈性)으로
수용하여 반생명의 시간인 "밤"을 밝히고자 하는 것은, 여성성이 넘쳐
흐르는 에코토피아를 지향하는 의지의 표현인 것이다. 이 여성성의 표
상은 다음 시에서 찾을 수 있다.

애린/ 무엇이든 동그랗고 보드랍고 말랑말랑한/ 무엇이든 가볍고 밝고 작
고 해맑은/ 공, 풍선, 비눗방울, 능금, 은행, 귤, 수국, 함박, 수박, 참외, 솜
사탕, 뭉게구름, 고양이 허리, 애기 턱, 아가씨들 엉덩이, 하얀 옛 항아리,
그저 둥근 원/ 그리고/ 애린/ 네 작고 보드라운 젖가슴을 만지고 싶기 때
문에
—『애린』, 「결핍」부분, 1-230

이때 "애린"은, "차고 모나고 딱딱하고 녹슨 것"(인용구 뒷부분)으로
표상된 남성적인 것과 대비되는, "동그랗고 보드랍고 말랑말랑한/ 무엇
이든 가볍고 밝고 작고 해맑은" 여성적 이미지를 간직하고 있다. 그것
은 또한 "그저 둥근 원"의 이미지로서 앞서 3장에서 살핀 상생과 순환

의 우주 원리를 그대로 간직한다. 그런 원리가 살아 숨 쉬는 곳에 대한 꿈과 의지가 "네 작고 보드라운 젖가슴을 만지고 싶"은 염원으로 나타난 것이다. 이처럼 둥긂과 부드러움이 바로 궁극적 생명의 존재태이다.

생명시로서 한 출발점을 이룬 작품으로 『애린』을 이야기할 때, 그것은 「황톳길」에서 남성성으로서의 "애비" 찾기가 여성성으로서의 "애린" 찾기로의 전환31)과 밀접히 관련된다. 이를 음양오행설에 따르면 목(木), 화(火)를 지나 금(金), 수(水)에 이르기 전, 음양의 역동적 평형을 이룬 토(土)의 국면에 진입32)하는 모습이다. 이때 "애린"은 되살림과 생명적 전환의 원천이다. 시인이 스스로 "나는 그 죽고 새롭게 태어남을 애린이라 부른다"33)라고 했듯이, "애린"은 온갖 반생명적인 것들이 죽고 생명적인 것들이 탄생하는 원리의 표상이다. 또한 그런 원리의 실현으로 마침내 에코토피아를 이루었을 때, 그곳을 살아갈 오염되지 않은 순결한 생명 세계의 주인공이 바로 "애린"인 것이다.

6. 결 론

이렇듯, 생명 사상을 토대로 한 김지하의 생명시와 생명시론은 한국 현대시의 생태적 상상력을 유발하고 확장시키는 데 중요한 역할을 담당했다. 80년대 이후 김지하의 시가 보여주었던 생명의 세계는 동양에서 출범한 생태시학의 한 전범으로 보아도 무방할 것이다. 그의 생태시에는 반생태적인 것에 대한 저항과 비판, 상생과 순환의 우주 원리

---

31) 이광호, op.cit., p.287.
32) 홍용희, op.cit., p.151.
33) 김지하, 「『애린』 간행에 붙여」, 『전집 1』, p.318.

탐구, 에코토피아의 도래에 대한 꿈과 의지 등의 내용이 담겨 있다. 지금까지 필자는 이들을 각각 고발의 시, 탐구의 시, 전망의 시로 나누어 시론과 함께 고찰했다.

지금까지 추구해 온 김지하의 생명 찾기는 동양 사상과 서양 사상을 아우르는 보편적 생명의 본질을 탐구하는 일이라 규정해도 무방하다. 실상 동양 사상의 중심축인 도(道) 사상이나 무위(無爲) 사상은 서구적 의미의 생태학과 연계될 수 있기 때문이다. 이들은 기본적으로 자연을 인위적 조작의 대상이 아니라 그 원리를 있는 그대로 인정하고 존중한다는 점에서 그러하다. 또한 이들은 모든 생명의 근본은 유기적 흐름이라고 하는 생태적 순환론과도 맥락이 닿는다. 이런 사상이 반영된 김지하 시는 생명 현상의 원형질을 탐색하여 물질과 정신, 혹은 서양적 가치관과 동양적 가치관을 아우르는 거대한 생태 담론이라 하겠다.

문제는 실천이다. 실천은 생태 문제 해결의 가장 기본이 되는 것이며, 문학생태학도 결코 예외일 수 없다. 또한 "생명"이 하나의 관념이나 신비적 영역에 머물지 않기 위해서는, 무슨 "주의"나 "이데올로기"에 머물지 않기 위해서는, 일련의 "운동"으로 실천되어 나가야 할 것이다. 오늘날은 이 땅의 사람들에게 생태 의식을 적극 불어넣어 문명 비판과 체제 비판을 하도록 적극으로 유도하는 일, 나아가 우주적 생태 고리를 이어나가는 모든 존재들로 하여금 자연스런 생태 윤리를 거역하지 않도록 하는 일이 시급히 요청되는 시기임을 잊지 말아야 한다.

이런 점에서 김지하가 최근 벌이고 있는 율려(律呂) 운동은 다시 주목을 끈다. 그것은 생명운동을 문화 쪽에서 구체화하고 현실화한 근원적 생명운동[34]이라는 점에서, 우주의 근원적 중심음을 찾아 나서는 생명 운동의 연장 작업으로 이해할 수 있다. 그가 진정으로 소망하는 것

---

34) 김지하, 『율려란 무엇인가』, 한문화, 1999, p.247.

은 "다시다시 살아나"(『애린』, 「살림」 부분, 1-255)는 되살림, 즉 부활의
세계이므로 그의 이러한 실천이 생명 운동의 절정, 혹은 완성이 될 것
이다. 그리하여 궁극에는, 모든 생명들이 "가 없이 넓고 깊은, 떠나온
생명의 고향/ 저 까마득한 화엄의 바다"(「바다」 부분, 2-112)로 돌아가,

> 어둠 속에 싹트는
> 새 천지의 시작
>
> — 「하루의 끝」 부분, 4-99

을 맞이하길 바랄 뿐이다. 이때 "새 천지"는 바로 기술 문명이 만든
디스토피아의 '어둠'을 뚫고 나간 자리에서 우주적 생명 원리로 살아
숨 쉬는 에코토피아이다. 그러니 "인간은 자기 안에 신령하고 무궁한
우주생명을 모시고 있는 거룩한 실존"[35]임을 신뢰하는 한, "내 안에
다시 태어나는/ 나 아닌 나의 노래"(「예전엔」 부분, 4-21)가 울려 퍼지
는 한, 시인 김지하와 함께 하는 에코토피아적 세계의 실현이 지금 이
땅의 우리에게 그토록 지난한 일만은 아닐 터이다.

---

35) 김지하, 「환경운동의 사상적 기초」, 『틈』, 솔, 1995, p.81.

'80년대 해체시와 아버지 살해 욕망

— 황지우, 박남철, 장정일의 시를 중심으로

1. 서론 : '80년대! 시적인 것?

1980년대는 '5·18 광주'라는 역사적 현실과 그 상징적 의미에서 자유롭지 못하다. 주지하듯 1980년 5월 17일(土)의 계엄령 확대와 주요 정치인들의 구속 조치로 촉발된 광주 시민들의 항쟁이 5월 18일부터 본격적으로 전개되었다. 당황한 신군부 세력은 특수부대원들을 동원하여 무자비한 과잉 진압을 하면서 급기야 무고한 양민을 향한 발포의 만행까지 저지르고 말았다. 그해 5월 27일, 광주시민항쟁은 수많은 양민들의 희생과 함께 강제 진압되고 말았지만, 극단적인 폭력과 광기에 대해 정의의 이름으로 가차 없이 응전했던 시민들의 행동은 역사에 길이 남을 일이다. 신군부 세력에 의한 '80년 정치적, 군사적 폭거는 이후 짧지 않은 기간 동안 경제적, 문화적 측면을 포함한 우리 사회 전반에 부정적인 영향을 끼쳤다. '80년대는 이른바 '군바리'와 '졸부'의 시대라고 부를 수 있을 만큼 군사독재, 정경유착, 부동산 투기, 소수 재벌의 독점 등의 타락상이 지배하는 시대였다. '5·18 광주'는 이 문제적 시대에 대한 비판적 인식과 양심적 행동의 전형적 양식을 도출해 냈다는 점에서 현대(문학)사의 돌올한 의미를 구성한다.

청년 시인들은 기성세대의 규율과 관습에 의해 축조된 세상이 부정과 불순과 불의로 미만하다는 사실을 주목했다. 기성세대의, 기성세대에 의한, 기성세대를 위한 역사는 청년 시인들이 용인하기에는 너무 진부하고 불합리한 것이었다. 청년 시인들은 기존의 질서 세계, 즉 당대의 역사적 현실과 문학적 관습에 대한 전복을 꿈꾸기 시작했다. 그들에게 기성 시인들이 만들어 놓은 시의 세계는 타파되어야 할 진부한 관습에 불과했다. 황지우의 "나는 시를 쓸 때, 시를 추구하지 않고 '시적인 것'을 추구한다. 바꿔 말해서 나는 비시(非詩)에 낮은 포복으로 접근한다"[1]는 발언은 당시 청년 시인들의 생각을 대변한다. 운율적, 함축적, 상징적 언어로 구축된 관습적 형식의 시는, 청년 시인들이 보기에 불운하고 포악한 현실을 방조, 조장하거나 그것에 동조하는 진부한 제도와 다르지 않다. 따라서 청년 시인들은 현실과 관습에 대한 전복적 정신으로 정돈된 질서로서의 시를 거부하고 '시적인 것'을 추구했던 것이다. 이때 '시'가 관습적이고 고정된 문학 양식의 일종이라면 '시적인 것'은 그런 양식을 거부하며 비시적인 것까지 수용하려는 전복적 문학의 형태였다.

한국 문단에서 '80년대 전개된 전복적 시편들을 해체시라고 명명하는 것에 대해서는(이론이 전혀 없지는 않지만) 묵시적인 동의가 이루어진 듯하다. 이 명칭이 설득력을 발휘하는 이유는 해체시가 데리다를 위시한 프랑스 해체철학자들의 세계관이나 예술관과 근친 관계에 놓이

---

1) 황지우, 『사람과 사람 사이의 신호』, 한마당, 1993, p.13.

기 때문이다.[2] 프랑스의 해체철학은 진보적 학생 운동인 68 혁명을 계기로 전개된 것으로서 세계를 지배해 온 기존의 역사에 대한 전복 정신을 근간으로 한다. 이때의 역사는 물론 인간사의 단순한 시간적 흐름을 일컫는 것이 아니라 기존의 관념, 도덕, 가치관, 제도, 문화 등을 총체적으로 함의하는 개념이다. 이런 해체철학의 맥락에서 시 텍스트는 고정불변의 확정적 기의를 거부하면서 시대의 변화에 따라 기능적으로 작용하는 유동적, 다원적 기표이다.

'80년대 시의 해체적 양상은 우리시에 기존하는 모더니즘적 전위성의 측면[3]과 함께 해체철학이라는 새로운 사조가 직간접적으로 연루된 것[4]이다. 해체시인들은 기존의 시적 문법은 이미 낡아버렸고, 낡아버린 시적 관습으로는 당대적 고민을 담아낼 수 없다고 전제하고 전통적 관습과 결부된 시를 거부했다. 이 글은 그러한 거부감의 심리적 근원

---

2) 하나의 예로 데리다의 핵심 명제에 속하는 "텍스트의 바깥은 없다"(J. Derrida, De la Grammatologie(Paris : Minuit, 1967), p.127)를 상기해 보자. 이는 텍스트와 그 바깥에 존재하는 형이상학적, 심리적 실제들과의 관계를 부정하는 것이지만, 시와 틀에 박힌 시적 관습의 관계를 부정하면서 시와 비시적인 것들과의 경계를 해체하여 '시적인 것'을 추구하는 해체시의 특성과 연관지을 수 있다.

3) 이승훈, 『한국 모더니즘시사』, 문예출판사, 2000, p.304.

4) '80년대 해체시는 이전의 모더니즘 시가 지녔던 실험적, 전위적 시의 전통을 더 밀고 나간 자리에 프랑스에서 전파된 해체철학(혹은 이것의 미국적 버전인 포스트모더니즘 철학)이 덧대어 이루어진 전위적 양식이다. 물론 '80년대 해체시인들이 해체철학이나 포스트모더니즘 사조가 한국에 본격적으로 소개되는 전후의 시기에 해체시를 썼다. 박남철의 경우 해체철학을 직접 체험했다는 사실이 드러나는 시가 있다. 「철원에서―북방을 바라보며」라는 시의 일부분에 "'의견의 차이와 연기', '차연', 'defferance', 'a la mode'라며 바글바글 끓고 있는 이 '해체'의 시대에"(『러시아집 패설』, 청하, 1991, p.27)라는 대목이 있다. 해체철학의 원조격인 데리다의 '차연'에 관한 언급이 직접적으로 적시된 대목이다. 이외에 황지우의 "끔찍한 모더니티"(『황지우 문학 앨범』, 웅진출판사, 1995, p.161)나 장정일의 신세대적 "새로운 의식"(『장정일 문학선』, 예문, 1995, p.318)과 관련된 논의들은 해체철학이나 포스트모더니즘을 직접 반영한 것은 아닐지라도 그것과 연계될 수 있는 모더니즘 이후의 새로운 문화적 흐름과 유사한 것이라 하겠다.

을 '아버지 살해 욕망'으로 명명하고 그것이 창작 모티브에 어떻게 작용, 변주되고 있는지를 황지우, 박남철, 장정일 등의 초기시를 중심으로 고찰하고자 한다. 물론 이 글에서 '아버지'는 혈연적 대상일 뿐 아니라 부정한 현실이나 진부한 관습을 상징하는 것으로, '살해 욕망'은 그런 아버지에 대한 거부감이나 부정 의식을 포괄하는 전복적 심리 현상을 의미하는 것으로 폭넓게 사용하고자 한다.

2. 뒤틀린 세계, 아버지 살해 욕망의 흔적

아버지 살해 욕망은 개별적인 모티브가 다를지라도 인류 문화에 편재하는 보편적인 심리 현상이다. 예컨대 희랍 신화에서 올림포스의 주신(主神)인 제우스가 아버지 크로노스와 전쟁에서 승리하는 것은 폭력적 아버지의 죽음을 상징한다. 프로이트는 인간을 "아비를 죽이고 어미와 동침하고자 하는 존재"[5]로 보는데, 이는 인간이 지닌 근원적인 심리 충동인 부친 살해 욕망과 근친상간 욕망에 주목한 결과이다. 프로이트는 특히 아버지 살해 욕망의 원형을 소포클레스의 비극 「외디푸스왕」에서 찾는데, 이 비극에서 주인공 외디푸스왕은 아버지를 죽이고 어머니와 결혼을 한다는 운명을 지니고 태어나 우여곡절 끝에 그의 비극적 운명은 실현하는 자가 되고 만다. 심리학자들은 이러한 아버지 살해 욕망은 개인의 삶뿐만 아니라 인류 문화가 지속되는 동인으로 작용하는 전복적 힘[6]이라고 본다. 아버지 살해 욕망은 주어진 운명이라기보다는 잠재된 욕망에 해당하는 것으로서 인간의 원초적인 욕망과

---

5) G. Deleuze & F. Guattari, 최명관 역, 『앙띠 오이디푸스』, 민음사, 2000, p.405.
6) J. Lacan, 권택영 편역, 『욕망 이론』, 문예출판사, 1994, p.20.

그로 인해 야기되는 인간의 비극적 삶을 상징한다고 보는 것이다. 따라서 아버지 살해 욕망은 금기타파에 대한 인간의 원초적인 욕망과 금기를 공공연하게 부각시킴으로써 금기의 제도에서 자유롭고자 하는 예술 정신의 근간으로 이해할 수 있다.

그러면 아버지 살해 욕망이 '80년대 해체시에서 창작 모티브로 작용한 이유는 무엇인가? 무엇보다도 부정한 당대에 대한 저항과 부정 정신을 근간으로 한 정치적, 미학적 전복 의지와 관련지어 생각해 볼 수 있다. '80년대의 아버지는 억압적 현실과 부당한 역사를 상징하는 것으로서 "지옥의 소란을 일으키고 법률을 휘두르는 존재"[7]였다. '80년대 해체시인들은 이 아버지에 대한 반항아들이다. 즉 외디푸스 콤플렉스에 대한 라캉식의 해석에서 금지와 맞서며 아버지의 법(the law of the father)에 접하는 단계[8]에 놓인 존재이다. 물론 해체시에서 살해 욕망의 대상인 아버지는 혈연적 대상인 동시에 기존의 법, 관례, 제도, 관습, 가치관 등 "정전화된 모든 형식과 사고"[9]를 일컫는 상징적 개념이다. 이를테면 어느 해체시인은 아버지에 대해 이렇게 말한다.

> 하루라도 빨리 아버지가 죽지 않으면 내가 그에게 살해당하거나 아니면 내가 그를 독살하게 될지도 모른다는 두려움 속에서 나는 빨리 아버지가 죽었으면 하는 간절한 기도를 공자, 부처, 예수, 마호멧 등등의 제신들에게 했고 그 악랄한 탄원이 받아들여져 아버지는 금방 사라지고 말았다.[10]

지독하게 끔찍한 욕망이다. 시인은 자신의 아버지가 빨리 죽기만을

---

7) Loc.cit.
8) A. Semaire, 이미선 역, 『자크 라캉』, 문예출판사, 1994, p.137.
9) 장정일, 「개인기록—작가의 말을 대신하여」, op.cit., p.28.
10) Ibid., p.10.

간절히 염원했다고 한다. 그러나 정작 더 끔찍한 것은 이 욕망을 작동시킨 원인에 해당하는 "내가 그에게 살해당"할지도 모른다는 공포심이다. 가장 근친 관계에 있어야 하는 아버지로부터 살해당할지도 모른다는 강박 관념이 문제의 근원인 것이다. 특히 '80년대의 청년들에게 아버지는 '60,70년대의 급속한 산업화와 근대화의 소용돌이 속에서 가치관의 혼란을 극복하지 못하고 방탕한 생활에 빠져들었던 부정적 이미지로 각인되어 왔다. 집안 살림에는 무관심하게 주색잡기에 빠져들거나, 주위 가족들에게 가부장적 권위를 폭력적으로 강요하는 아주 부정적인 이미지로 인식되곤 했다. 시대는 변했는데 아직도 전근대적 방탕과 권위를 인정받고 싶어 하는 아버지와 그것을 수용할 수 없는 가족들 사이에 갈등이 골 깊게 형성되었던 것이다. 특히 이 폭력적인 아버지는 어린 자식으로 하여금 정상적으로 상징계에 진입하는 것을 방해[11]하는 존재이다. 이처럼 문제적인 혈연적 대상으로서의 아버지는 '80년대의 시대적, 문학적 상징으로 기능한다. '80년대 들어 가속화된 타락한 상업 자본주의 문화, 서울의 봄을 짓밟고 다시 시작된 억압적 군사문화, 기성품처럼 규격화되어 양산되는 보수적 문학 등은 모두 일그러진 아버지의 모습이었다. 이러한 아버지 살해의 욕망은 공중(公衆)과 전통에 대한 적대적 태도[12]를 견지한다는 점에서 정치적, 미학적으로 아방가르드와 근친 관계에 놓인다.

아버지 살해 욕망의 근원에는 아버지에 대한 적대 의식이 자리 잡게 마련이다. 다음의 시들은 아버지에 대한 적대(혹은 부정) 의식이 노골적으로 드러나는 경우이다.

---

11) P. Windmer, 홍준기·이승미 역, 『욕망의 전복』, 한울아카데미, 1998, p.153.
12) R. Poggioli, 박상진 역, 『아방가르드 예술론』, 문예출판사, 1998, p.59.

① 우리 아버지—글씨 잘 쓰고 시조 잘 하고, 그러나 우리가 겨울밤—아
부지, 방바닥이 너무 춥소, 하면, 왜정 때 노무자 징용 끌려가 만주벌판
맨바닥 얼음 위에 누워 자던 이야기만 하시던. 잔인정이라고는 눈꼽만
큼도 없던 무지막지하게 독살스럽던, 박정희 대통령과 동갑인 丁乙年生
이었던.

— 황지우, 「우리 아버지」 부분

② 겁 먹지 제발 화내지는
마세요. 아버지 제가 져다
버릴 중량은 아버지의 나이가 아니라
아버지가 살아온 그 시대 그 시대의 슬픔
(아버지 아버지는 왜 어금니만 깨물었어요?)
아시겠어요 아버지 그 시대의 노예의 도덕

— 박남철, 「아버지의 지게」 부분

③ 거짓 웃음이 거품치네.
노린내 투성이인 너, 아메리칸
맥도날드가 잔뜩 팽창해지고 거대해진
다리를 들고 목구멍에 쳐들어올 때
웃으며 당신의 전신으로 내 식도와 내장과 항문까지
꽉 채울 때, 왼손으로 내 귓볼을 간지르며 자신에게
아빠, 라고 불러 주렴 속삭일 때. 그래
불러 주고 말고. 아빠, 아빠, 사랑하는 내… 에라잇
아빠 아빠 아무에게나 펠라치오를 시키는 버릇없고 건방진 후레자식!
I'm sick of your insane demands!

— 장정일, 「아빠」 부분

①은 아버지의 매정함에 대해 진술하고 있다. 이 시에서 아버지는
한겨울에 추위를 호소하는 자식을 향해 당신이 "징용" 시절에 고생했
던 이야기를 들려주는 것으로 응답한다. 자식에 대한 따뜻한 사랑을
결여한, 모든 것을 당신 중심으로 생각하는 이기적인 아버지이다. 이런

아버지는 한 시절 자신의 정적들을 박해하고 국민들의 민주화 열망을 냉랭하게 외면했던 당대의 독재자 이미지가 연상된다. 그리하여 아버지는 "잔정이라고는 눈꼽만큼도 없던 무지막지하게 독살스럽던" 존재이다. 또한 ②에는 "아버지"가 당신 자신과 "그 시대"를 '주인과 노예'의 관계로 저항 없이 수용한 데 대한 불만이 드러난다. 박남철의 시에서 이러한 아버지에 대한 살해 욕망을 자극하는 대상은 보통 이기적 신앙, 타락한 자본주의, 순수하지 못한 인간 등이다. 시인은 이 상징적 아버지들 때문에 세상이나 사람에 대한 애정과 사랑이 방해받는다고 생각한다. 이에 대한 응전으로 시인이 선택하는 것은 아버지의 법을 해체하는 것인데, 그 해체 정신의 극단에는 "소새끼 같은 아버지"(박남철, 「아버지」)와 같은 지독한 경멸 의식이 드러나기도 한다. 그리고 ③에서 아버지("아빠")는 인스턴트식 미국문화를 상징한다. 앞의 산문에서 드러났던 장정일의 혈연적 아버지에 대한 부정이 경박한 문화 현상에 대한 경멸로 전이된 것이다. 이 시는 첫 시집의 표제로 삼은 시 「햄버거에 관한 명상」과 상호텍스트 관계에 놓이는데, 이 시의 "맥도날드"는 「햄버거에 관한 명상」에 등장하는 "햄버거"와 동격이다. 어린 아이들에게 감각적인 입맛을 돋우며 문화제국주의를 추구하는 미국기업 "맥도날드"는 한국의 아이들에게 아주 친근한 "아빠"처럼 다가든다. 그러나 시인에게 이 "아빠"연("아빠, 라고 불러 주렴") 하는 "맥도날드"는 전지구적 문화 지배력을 확장시켜 나가고자 하는 자본주의의 한 상징에 불과하다. 그래서 "맥도날드" 회사의 간교한 상술에 대해 "아무에게나 펠라치오를 시키는 버릇없고 건방진 후레자식!"이라는 경멸을 보낸다. 미국식 음식인 햄버거나 아이스크림을 먹을 때 핥고 빨면서 먹을 수밖에 없는 속성을 경박한 미국식 포르노 문화("펠라치오")를 빗대어 당대 한국의 문화 현실을 조롱한 것이다.

해체시에서 아버지 살해 욕망은 종교적 대상을 향한 부정 의식으로 변이되기도 한다. 일반적으로 종교적 아버지인 하나님은 기독교인들에게는 혈연적 아버지를 능가하는 존재로서 가장 보편적으로 권위와 존경을 받는 대상이다. 하나님은 인간 세상을 역사하시는 존재로서 인간 세계의 행복과 불행, 가난과 풍요, 평등과 자유를 주관한다고 말해진다. 그런데 한 시인은 아버지께서 만든 나라가 당신의 뜻과는 무관하게 불평등과 폭력으로 덧칠되고 있음을 주시한다. 하여 시인은 종교적 아버지를 향한 기도의 언어를 전복적으로 재진술한다.

> 지금, 하늘에 계시지 않은 우리 아버지 이름을 거룩하게 하옵시며,
> 아버지의 나라의 말씀이 아니시며, 뜻이 하늘에서 이룬 것 같이, 그러나 땅에서는 아직도 이루어지지 않았나이다.
> 오늘날 우리에게 일용할 거시기는 우리에게 단 한 방울도 내려주시지 않았으며
> 우리가 우리에게 죄 짓고 있는 자들을 모르는 척하고 있듯이 우리의 모르는 척하는 죄를 눈감아 주옵시고,
> 우리가 우리 스스로의 힘으로 일어설 수 있을 때까지는 몇만 년이라도 우리의 시험이 계속되게 하여 주시고
> 다만 어느날 우연히 악에서 구하려 들지 말아 주시옵소서
>
> 대개 나라와 권세와 영광이 아버지께 영원히 있다고 말해지고 있사옵니다, 언제나 출타중이신 아버지시여 아멘
>   ─ 박남철, 「주기도문」 전문

이 시는 주기도문을 패러디하여 종교적 아버지를 풍자하고 있다. 주기도문은 기독교에서 아버지를 향해 수시로 올리는 경건한 기도의 언어이지만, 위의 불경스런 「주기도문」에서는 하나님 아버지에 대한 감사와 경배의 마음을 찾아볼 수가 없다. 먼저 "지금, 하늘에 계시지 않

은 우리 아버지"라는 첫 구절은 부정한 시대를 구원할 능력을 상실한 비정한 종교에 대한 비판이다. 이 시의 시대적 배경인 '80년대 한국 사회는 근대화의 초입 단계를 벗어나 천박한 경제적 가치만을 강조하는 상업자본주의가 정초되는 상황에 놓여 있었다. 자본의 건강성이 담보되지 않은 자본주의 사회에서 경제적으로 부유한 인간은 타락한 인간의 다른 이름일 뿐이다. 부의 타락은 보릿고개를 넘어서기 위해 성장지상주의를 내세우며 숨 가쁘게 달려왔던 지난 연대의 문제적 국면들이 외형적으로 나타난 것이다. 일부 종교 단체는 이런 시대 분위기와 교묘하게 결탁하여 자신들의 교세를 확장하고 아버지 하나님의 이름으로 부를 축적해 나갔다. 그리하여 적지 않은 교회들이 건전한 종교의 기능을 수행하기보다는 경제적 이익만을 추구하는 집단이 되어버렸다. 마지막 시구의 "언제나 출타중이신 아버지"는 인간 구원의 기능을 포기한 기독교 집단에 대한 강렬한 비판의 언어이다. 박남철의 이러한 의식은 「주기도문, 빌어먹을」, 「맏아들의 기도」 등에서도 인상 깊게 드러난다.

3. 전복적 상상을 위한 시적 장치들

1) 시적 자의식 지향, 혹은 시의 새로운 정체성

해체시에 드러난 아버지 살해의 욕망은 알튀세르의 용어를 빌리면 '이데올로기적 국가 장치'(AIE)[13]를 부정한 것이다. 해체시인들은 혈연적 아버지뿐 아니라 정치적, 종교적, 문화적 아버지들도 부정적 대상이

---

13) L. Althusser, 김동수 역, 『아미엥에서의 주장』, 솔, 1995, pp.89~90. 국가 이데올로기를 앞세운 억압 장치를 일컫는 것으로서 종교, 교육, 가족, 법률, 정치, 조합, 커뮤니케이션, 문화 등이 모두 이에 해당한다.

자 살해 욕망의 대상으로 설정한다. 이 욕망이 시적 방법과 연관될 때
는 기존의 시적 관습을 폐기하고 새로운 표현 방식을 과감하게 도입하
는 것으로 실현된다. 해체시인들은 시의 자기반영성이나 패러디, 요설,
환유, 비시적 일상성의 도입 등을 통해 시에 대한 기왕의 형식과 개념
을 전복하려 한다. 시의 자기반영성은 시인과 텍스트의 분리라고 하는
고전적 명제를 해체하여 그동안 거역할 수 없는 아버지의 법으로 존재
하던 시의 정체성 자체를 반성적으로 성찰해 보는 일이다. 이는 시사
적으로 볼 때 '80년대 초부터 우리 문단에 고개를 들기 시작한 상상력
의 고갈이라든가 시의 위기론과도 연계되는데, 아래의 시는 '시를 쓰
는 과정'을 통해 시의 당대적 존재 의의에 대해 성찰한다.

> 길안에 갔다.
> 길안은 시골이다.
> 길안에 저녁이 가까워 왔다. 라고
> 나는 썼다. 그리고 얼마나
> 많이, 서두를 새로 시작해야 했던가?
> 타자지를 새로 끼우고, 다시 생각을
> 정리한다. 나는 쓴다.
>
> > 길안에 갔다.
> > 길안은 아름다운 시골이다.
> > 그런 길안에 저녁이 가까워 왔다
> > 별이 뜬다.
>
> 이렇게 쓰고, 더 쓰기를
> 멈춘다. 빠르고 정확한 손놀림으로
> 나는 끼워진 종이를 빼어,
> 구겨 버린다. 이놈의 시는
> 왜 이다지도 애를 먹인담. 나는
> 테크놀로지와 자연에 대한 현대인의

갈등을 추적해 보고 싶다. 종이를 새로
　　끼우고 다시 쓴다.

　　　　　　　　　　　　— 장정일, 「길안에서 택시 잡기」 부분

　　모두 22연으로 구성된 시의 앞부분이다. 1연과 3연은 시 쓰기의 과
정이 그대로 드러나고, 2연에서는 그런 과정에서 쓰인 시구가 제시되
고 있다. 이 시는 시 쓰기의 과정이 여러 차례 반복되어 진술되는데,
이는 기왕의 관습적 시 쓰기에 대한 반성적 성찰을 통해 새로운 시
쓰기의 가능성을 탐구하기 위한 것이다. 이전의 시적 관습으로 보면
위의 시에서 1, 2연은 시가 아니라 시작 노트에 해당되는 것으로서
‘시’의 범주 바깥에 존재하는 것이다. 그러나 시인은 시작 노트마저도
‘시적인 것’으로 편입하여 ‘시’의 한 부분을 구성하고 있다. 정제된 시
구를 얻기 위한 고뇌를 여과 없이 드러낸 이러한 의식은 루소가 『참
회록』을 쓰면서 느꼈던 글쓰기 과정의 자의식[14]과 비슷하다. 장정일
은 루소가 그랬던 것처럼 현재가 과거의 흔적이며 차연(差延)이기에 존
재론적 현존이 성립할 수 없음을 드러낸 것이다. 이때 시 쓰기는 욕망
의 상징이고 그것의 반복적 행위는 완성될 수 없는 기의를 향한 기표
의 미끄러짐이다. 장정일의 시 가운데 「슬픔」도 시적 자의식을 시 쓰
기의 대상으로 삼은 경우에 해당된다.
　　시와 시의 주변(시인, 현실, 독자)에 굳어진 경계를 해체하는 양상은
해체시의 가장 중요한 전략 중의 하나이다.[15] 시인과 시의 경계가 해

---

14) 김형효에 의하면, 그것은 “자기의 생각이 자기 안에서 일치의 공명성을 일으키
　　기는커녕 현재 그가 쓰는 글은 조금 전의 자기 생각에 대한 거리둠이고 틈이며
　　간격임을 알게 되고, 아무리 그가 정직하고 진솔하게 자기의 과거를 고백한다
　　해도 거기에 과장과 뒤틀림, 왜곡이 생기게 됨을 알아차렸던 것”(「포스트모더니
　　즘 철학」, 『포스트모더니즘과 문학비평』, 고려원, 1994, p.23)이다.
15) 이승훈, 『모더니즘 시론』, 문예출판사, 1995, pp.145~163 참조.

체되면서 시 쓰기의 자의식이 드러나고, 시와 현실의 경계가 해체되면서 비시적 일상성이 시로 편입된다. 또한 시와 독자의 경계가 해체되면서 독자는 시 창작이나 감상에 있어서 피동적 타자가 아니라 능동적 주체가 된다. 아래의 시를 보면 시인은 독자를 시에 직접 끌어들여 그 구성요소로 삼는다.

> 내 詩에 대하여 의아해 하는 구시대의 독자놈들에게→차렷, 열중쉬엇, 차렷,
>
> 이 좆만한 놈들이……
> 차렷 열중 쉬엇, 차렷, 열중쉬엇, 정신차렷, 차렷, ○○, 차렷, 헤쳐모엿!
>
> 이 좆만한 놈들이……
> 헤쳐모엿,
>
> (야 이 좆만한 놈들아, 느네들 정말 그따위로들밖에 정신 못 차리겠어, 엉?)
>
> 차렷, 열중쉬엇, 차렷, 열중쉬엇, 차렷……
> — 박남철, 「독자놈 길들이기」 전문

이 시에서 아버지에 해당하는 것은 "구시대의 독자놈들"이다. 시인은 군부대의 어법을 빌려 독자들에게 욕설을 하면서 군기를 잡듯이 꾸짖고 있다. 시인은 보통 자신의 독자를 존중하는 것이 상례이지만, 이 시의 시인은 독자를 극단적인 경멸의 대상으로 규정한다. 물론 그 대상은 모든 독자가 아니라 "내 詩에 대하여 의아해 하는 구시대의 독자놈들"이다. 이때의 "구시대"는 곧 아버지의 시대나 다름없는 것으로서 이 시인은 그런 시대의 논리에 순응하는 독자들에 대한 노골적인 불만을 드러낸 것이다. 고리타분한 독자에 대한 경멸의 수사는 아버지 살해 욕망과 관련된 '80년대 문학의 독특한 인식 가운데 하나이다. 말하

자면 소설가 이인성이 「당신에 대해서」라는 단편에서 보여준 독자에 대한 태도 표명은 이 시의 어법과 유사하다. "독자를 향해 "이제 이 순간, 돌연히, 오, 빌어먹을! 늘 똥 마려운 듯한 그대, 성급한 독자여! 속물이여! 개새끼여!"라는 격한 욕설—써놓고 나니 지나치게 시적이다 —을 당신에게 퍼부어 버려도 상관은 없으리라. 용기 있게 그랬던 그 누군가들처럼"16)라고 말하고 있다. 이는 독자를 아버지처럼 떠받드는 관습에 대한 의도적인 도전이다.

이렇듯 「독자놈 길들이기」는 두 가지 측면에서 독자에 대한 선입관을 해체했다. 하나는 시의 독자를 시의 문맥으로 수용한 것이고, 다른 하나는 시의 독자에게 경멸과 야유를 보낸 것이다. 시와 독자의 경계 해체하려는 것은 단순히 시적 방법의 문제일 뿐 아니라 기존의 관습이나 이데올로기에 의해 구획된 시적 경계를 해체하고자 하는 의도와 관련된다. 또한 독자에 대한 욕설이나 야유는 현실에 대한 증오의 반영17)이자 시적 관습에 대한 혐오의 표현이다. 시대의 고민을 담아내지 못하는 곱고 아름다운 시어에 대한 부정을 위해, 가장 비시적인 언어에 해당하는 군대 용어와 비속어들을 시의 문맥으로 수용하여 시 관습을 해체한 것이다. 결국 "구시대의 독자놈들"에 대한 부정 의식은 부정한 시대의 관습에 얽매여 새로운 변화를 수용하지 못하는 사람들에 대한 비판 정신과 다르지 않다. 이외에도 '시작 메모'를 시에 편입시킨 황지우의 「버라이어티 쇼, 1984」, '자기검열'의 과정을 밝힌 박남철의 「우리들의 변태성욕」, 「없는 애인을 위하여」, 시인 자신의 이름을 진술한 「지품중학교」, 「새로운 돼지」, 「깨어진 거울 앞에서」 등도 시적 자의식이 드러난 사례이다. 요컨대 시적 자의식은 해체시의 한 특징으로

---

16) 이인성, 『한없이 낮은 숨결』, 문학과지성사, 1989, p.11.
17) 김준오, 『도시시와 해체시』, 문학비평사, 1993, p.147.

서 급변하는 시대에 시의 자기 정체성을 확립하기 위한 시도로서 일종의 성찰적 태도를 동반한다. 그것은 궁극적으로 '80년대부터 불거지기 시작한 이른바 '시의 위기' 논의를 적극적으로 타파해 보려는 노력의 일환이기도 했다.

2) 패러디, 요설, 환유, 그리고 일상성

해체시에서 패러디는 핵심적 표현 전략의 하나에 속한다. 패러디는 원텍스트를 인유하여 그것의 내용이나 형식 등을 풍자하는 방식이다. 패러디는 동서양을 막론하고 아주 오래된 예술적 기법이지만, 그것이 '80년대 해체시나 해체 소설에 와서 자주 활용되는 이유는 무엇인가? 그것은 아무래도 정치적, 문화적으로 참을 수 없이 가벼워지기만 하는 시대를 향한 비판과 문학성의 고갈로 인한 새로운 표현 방식의 필요성에서 대두된 것으로 보인다. 패러디는 텍스트의 원본성만을 추구해야 한다는 시의 오래된 관례를 부정하는 것으로서, 해체시인들은 그 동안 '아버지의 법' 속에 갇혀 있던 시의 존재 양식들을 자유롭게 해방시킨다. 이는 해체론의 선구자인 데리다가 말한 대로 해체는 파괴가 아니라 경계를 넘어서는 것, 모순을 폭로하고 분해하는 것[18]이다. 따라서 패러디는 시와 비시와의 경계를 넘나들며 '시적인 것'을 추구하는 자유로운 표현 방식이 되며, 그 원리는 기본적으로 '차이를 가진 반복'[19]이다. 이때 반복은 원텍스트에 대한 모방이고, 차이는 패러디 텍스트만의 창조적 역량을 지시하는데, 아래의 시는 이러한 패러디의 원리를 충실히 보여준다.

---

18) Peter U. Zima, 김혜진 역, 『데리다와 예일학파』, 문학동네, 2001, p.48.
19) L. Hutcheon, 김상구·윤여복 역, 『패러디 이론』, 문예출판사, 1992, p.15.

내가 단추를 눌러주기 전에는
그는 다만
하나의 라디오에 지나지 않았다.

내가 그의 단추를 눌러 주었을 때
그는 나에게로 와서
전파가 되었다.

내가 그의 단추를 눌러준 것처럼
누가 와서 나의
굳어버린 핏줄기와 황량한 가슴 속 버튼을 눌러다오
그에게로 가서 나도
그의 전파가 되고 싶다.

우리들은 모두
무엇이 되고 싶다
끄고 싶을 때 끄고 켜고 싶을 때 켤 수 있는
라디오가 되고 싶다.
　　　　　　　　― 장정일, 「라디오같이 사랑을 끄고 켤 수 있다면
　　　　　　　　　　　―김춘수의 <꽃>을 변주하여」 전문

　　위의 패러디 텍스트가 원텍스트인 김춘수의 「꽃」을 모방한 것은 4
연 15행의 시형, 'SO(C)P' 중심의 통사 구조, 평서형과 소망형의 어조
등이다. 패러디 텍스트는 원텍스트의 행/연 구분, 통사 구조, 어조 등을
패러디의 동기로 삼고 있는 것이다. 그러나 중요한 것은 이러한 표현
상의 모방이 아니라, 원텍스트의 변용을 통해 이루어 내는 패러디 텍
스트의 창조적 요소인데, 변용의 방향은 원텍스트가 추구하는 관념적,
형이상학적 가치(진정한 의미, 관계)에서 벗어나 현실적, 도구적 가치
("라디오")만을 지향해 살아가는 현대인의 경박하고 이기적인 세태를
반어적으로 비판한 것이다.[20] 이는 사랑마저도 일방적, 이기적, 편의적

으로 추구하는 현대인을 반어적으로 조롱하는 데에 패러디가 아주 효과적인 시적 장치로 활용된 예이다.

'80년대 해체시에서 패러디 텍스트는 보편적 현상이었다. 패러디의 대상은 신문 기사, 만화, 영화, 광고, 심지어는 주기도문이나 음악악보까지도 포함된다. 패러디를 통한 세태 풍자는 장정일의 「햄버거에 관한 명상」에서도 흥미롭게 제시되는데, 인유의 대상은 요리책의 기록이고 풍자의 대상은 인스턴트식으로 살아가는 현대인의 삶이다. 또한 「샴푸의 요정」은 텔레비전 광고를, 「pp.13~35」는 특정의 소설 작품을, 「잔혹한 실내극」, 「즐거운 실내극」은 희곡의 표현 방식을, 「자동차」는 시나리오의 표현 방식을 각각 패러디했다. 박남철의 시에서는 가요의 가사를 차용한 「추석」, 기도문을 변용한 「주기도문」, 「주기도문, 빌어먹을」, 「감사기도」 등이 눈에 띄는 패러디 텍스트에 속한다. 또한 황지우는 「심인」에서 신문 광고를, 「베이루트여, 베이루트여」에서 신문 기사를, 「徐伐, 셔블, 셔볼, 서울, SEOUL」에서 광고 카피, 악보, 전자 게임 시뮬레이션 등을 패러디하여 세태를 풍자한다. 또한 「그들은 결혼한 지 7년이 되어」는 신문 기사를, 「벽 1」, 「벽 3」은 예비군 훈련 기피자 신고 안내 벽보나 대자보의 심인(尋人) 광고문을, 「도대체 시란 무엇인가」에서는 설문지 양식을, 「한국생명보험회사 송일환 씨의 어느 날」은 만화와 신문 기사를, 「마침내, 그 40대 남자도」는 시나리오의 장면 번호를 패러디하고 있다.

이러한 패러디와 함께 해체시의 가장 두르러지는 진술 방식 중의 하나는 요설이고, 그것이 수사학적으로 취하는 방법은 환유이다. 야콥슨에 의하면 환유는 문맥, 신텍스(syntax), 대조, 인접성, 빠롤과 관련되

---

20) 오규원의 「<꽃>의 패러디」, 장경린의 「김춘수의 꽃」, 고정희의 「민자야 민자야 민자야」 등도 이와 비슷한 의도로 김춘수의 「꽃」을 패러디한 작품들이다.

고, 은유의 특성인 연상(대체), 패러다임, 대립, 유사성, 랑그와 관련된다.[21] '80년대 이후 환유의 글쓰기가 설득적인 이유는 '60,70년대 억압되었던 정치적, 사회적, 시적 욕망이 '80년대 들어서 적극적으로 표출되기 시작한 한국적 현실 때문이다. 즉 상업자본주의 시대, 혹은 정보화 시대가 본격화되기 시작한 '80년대는 자본과 정보의 과잉을 특징으로 한다. 그것은 곧 욕망의 과잉을 불러일으키지만, 그 욕망은 언제나 충족될 수 없다. 따라서 욕망의 생리는 기표들의 인접성을 추구하는 환유와 관계 깊기[22] 때문에 욕망을 대상으로 한 시 쓰기에서 요설적 진술은 나름의 적실성을 확보한다. 통사적 진술 태도를 강조하는 요설은 전통 시학으로 보면 비시적인 언어의 남용에 불과하지만 해체 시학의 관점에서는 새로운 언어의 발견[23]이 된다.

요설과 환유의 대상은 대개 당대적 삶을 에두르고 있는 속악한 일상성이다. 예컨대 김현이 황지우의 시를 "당대에 대한 보고서"[24]라고 규정하거나, 황지우 스스로 자신의 시를 "광적으로 기록한 저의 젊은 날의 괴상망측한 팬터마임"[25]이라고 정의한 것은, 해체시와 일상성의 밀접한 관계에 기초한 것이다. 그리고 해체시인들이 체험했던 당대의 일상은 정치적으로는 쿠데타와 폭압적 독재, 사회적으로는 상업주의적 천민 자본, 시적으로는 반시대적 진부함으로 점철된 것이었다. 그리하

---

21) A. Semaire, op.cit., p.70.
22) J. Lacan, op.cit., p.50.
23) 장정일은 "요설적인 시가 많은데, 직접적인 요설은 시가 아니다. 시는 거두어들이는 것이지 자기 노출은 아니라고 생각한다. 시로서의 품격이 없는 감정 배설의 요설은 이미 시가 아니다. 품어 안아야 한다"(장정일, op.cit., p.330)고 하며 시적 품격을 갖춘 요설을 강조한다.
24) 김 현, 「타오르는 불의 푸르름」, 황지우, 『새들도 세상을 뜨는구나』, 문학과지성사, 1983, p.119.
25) 이남호·이경호 편, 『황지우 문학앨범』, 웅진출판사, 1995, p.161.

여 그 시대에는 시와 인간 사이의 진정한 만남이 이루어질 수 없었는데, 저간의 사정은 아래의 시에 잘 드러난다.

① 20대 女人의 등에 업힌, 生後 三個月짜리 간난아이를, 젊은 탁발승이 경멸적인 눈꼬리로 쏘아보고 있었다. 欲情의 더러운! 사타구니에서 蓮꽃처럼 화사하게 피어난 사람의 애벌레. 갓난아이는 세상 모르게, 세상을 두리번거린다(1984. 1. 31. 강남터미날 歸省客. 전주행 차를 기다리면서).
그러나 그 欲정이 人類를 떠받치고 있어.
鍾三. 피카디리劇場 간판에는 유명한 우리나라 女俳優가 露骨的으로 가랑이를 짜악 벌리고 있는 그림이 그려져 있다. …(중략)… 한 시대의 삶과 文化 전체가 포르노그라프일 때 우리가 식은 새벽 방바닥에 엎드려 詩를 쓰는 이것은 무슨 짓이냐? 무슨 짓거리냐?
— 황지우, 「버라이어티 쇼, 1984」 부분

② 우리들은 약속 없는 세대. 노상에서 태어나 노상에서 자라고 결국 노상에서 죽는다. 하므로 우리는 진실이나 사랑을 안주시킬 집을 짓지 않는다. 우리들은 우리들의 발끝에 끝없이 길을 만들고, 우리가 만든 그 끝없는 길을 간다.
우리들은 약속 없는 세대다. 하므로, 만났다 헤어질 때 이별의 말을 하지 않는다. 우리들은 헤어질 대 다시 만나자는 말을 하지 않는다. 「거리를 쏘대다가 다시 보게 될 텐데, 웬 약속이 필요하담!」—그러니까 우리는, 100퍼센트, 우연에, 바쳐진, 세대다.
— 장정일, 「약속 없는 세대」 부분

①에서 시인은 문화 비판자이다. '80년대 초반의 문화는 이른바 정신적 깊이나 진지성이 결여된 흥미 본위의 3S(Sex, Screen, Sport)와 근친 관계에 있었다. 문제는 이러한 문화의 기제들이 억압적 정치 행위를 방조하거나 옹호하는 기제로 활용되었다는 점이다. 이들 가운데 이 시에서 특별히 문제 삼은 것은 경박한 성문화, 즉 "한 시대의 삶과 문화 전체가 포르노그라프"적인 현실이다. 그러나 시인은 타락한 현실에 대

한 묘사나 고발에 그치지 않는다. 버스 정류장에서 만난 스님과 아이를 업은 어머니가 함께 있는 풍경을 보며 "간난아기"를 "욕정의 더러운! 사타구니에서 연꽃처럼 화사하게 피어난 사람"이라고 진술한다. 시인은 가장 비시적인 "포르노그라프"[26]에서도 역설적으로 가장 '시적인 것'으로서의 고귀한 생명을 발견한 것이다. 또한 ②에서 시인은 자신의 세대에 대해 "약속 없는 세대"라고 정의를 내리고 있다. "약속 없는 세대"는 규범과 규율에 의한 구속을 거부하는 신세대로서 이들은 자유주의자들에게 집에서의 안주하는 삶에서 매력을 느끼지 못한다. 그들의 마음을 사로잡는 것은 "노상"에서 새로운 "길"을 만들어 가는 것뿐이다. 철저히 노마드적 삶을 살아가려는 그들은 길 위의 존재로서, 정착성과 필연성에 지배당하는 농경적 삶과는 달리 움직임과 우연을 중시하는 삶이다. 시인이 자신의 세대를 "100퍼센트, 우연에, 바쳐진, 세대"라고 한 것은, 논리 정연하고 예측 가능한 이성중심의 근대 사회를 비판하려는 의지를 드러난다. 이성과 필연이 '아버지의 법'으로 작용하는 근대 사회에 경멸과 야유를 보낸 것이다. 사실 '60년대생 시인 장정일이 청년기를 맞이한 '80년대는 부정하고 엄한 아버지의 시대라는 점, 이것이 바로 '80년대 해체시의 아버지가 살해 대상이 될 수밖에 없었던 핵심적 이유이다.

이처럼 환유에 의한 요설의 시는 전통적으로 산문시, 혹은 서술시라고 규정되었던 시의 형태와 다르다. 산문시가 최소한으로 견지하는 직

---

26) 황지우는 성적인 것과 시적인 것을 동일시하는데 그 매개는 상반되는 두 대상에 대한 역설적 인식이다. 이를테면 "詩는 나에게 性的이다 : 매혹과 수치심이 함께 있다. 중요한 것은, 이를 통한 현실의 受胎이다."(황지우, 「박쥐」 부분)라는 시구를 보면 "매혹과 수치심"이라는 상반적 감정을 동일시하고 있다. 이는 비시적인 것에서 시적인 것을 발견하는 시의 역설적 방법과 상통하는 것으로 여겨진다.

설적 언술(비시적 요소)의 거부나 내재율마저도 아주 희미한 흔적으로
만 남아 있다. 시적으로 재현하고 기록하려는 대상의 성격 때문에 선
택되어지는 이러한 방식은 황지우의 「에서·묘지·안개꽃·5월·시외
버스·하얀」, 「파리떼」, 「목마와 딸」, 「버라이어티 쇼, 1984」, 「아내의
편지」, 박남철의 「또다시 거울 앞에서」, 「잠실통신」, 「자유……로운 잡
념」, 「금도끼 III」, 「어머니」, 「박해미르 XI〔試稿〕」, 「수수께끼」, 「애아와
애린 사이」, 장정일의 「백화점 왕국」, 「pp.13~35」, 「햄버거에 관한 명
상」 등에서도 드러난다. 이 시편들 이후 한국 현대시에서, 특히 '90년
대 이후의 시에서 환유와 요설은 시적 진술의 중요한 방식으로 자리를
잡는데, 환유와 요설에 의한 일상성의 발견은 당대의 사회적 맥락에서
발견한 새로운 문학성이다. 해체시인들은 일상적인 것은 비문학적이라
는 오랜 관습을 타파하여 오히려 일상성 속에 문학성을 발견하고자 시
도했다. 이런 시도는 '30년대나 그 이후의 모더니즘 시에서도 중요한
시적 테마로 취급되곤 했다[27]는 점에서 해체시인들만의 선구적 업적
은 아니다. 그러나 해체시인들은 정보화, 첨단화를 지향하는 시대 배
경, 정치적이거나 성적인 소재의 과감한 선택, 패러디 기법, 요설체, 환
유적 표현, 과격한 형태 파괴 등을 통해 모더니즘 시에서 한 걸음 더
전위적으로 나간 것은 분명하다.

3) 언어 부정과 형태 파괴

해체시의 표현 방식에서 아버지 살해 욕망이 가장 적극적으로 드러
나는 양상은 언어 부정과 형태 파괴이다. 이런 방식들은 다다시나 초
현실주의 시인들에게서 이미 시도된 적이 있지만 해체시인들은 거기서

---

27) 이 점에 대해서는 김준오의 「현대시와 일상성」(『도시시와 해체시』, 문학비평사,
1993)이란 글을 참조할 만하다.

더 과격하고 전면적인 양상으로 나아간다. 그 구체적 면모는 시적 진술에서의 언어 배제, 통사 구조의 파괴, 신문 기사나 만화의 인유, 형태시적 형상화 등으로 나타난다. 먼저 문학예술의 기본 매체를 배제한 특이한 사례를 살펴보자.

— 박남철, 「텔레비전 1」 전문

보다시피 이 시에는 본문에 문자 언어가 전혀 사용되지 않고 있다. 텔레비전 모니터의 네모진 형상만을 그려놓고는 「텔레비전 1」이라는 제목을 붙여놓았을 뿐이다. 아마도 독자에게 바보 상자라는 별칭이 있는 텔레비전이 매개하는 무의미한 일상성, 혹은 타락한 시대의 타락한 언어에 의지한 시 쓰기에 대한 반성적 성찰의 메시지를 전달하려는 의도가 개입된 결과이다. 이는 모더니즘 시들이 띄어쓰기를 무시한다든가 글자의 형상을 변형시키더라도 문자 자체를 부정하지 않았던 점과 비교해 볼 때 아주 과격한 실험시의 예에 속한다. 시는 문학이고 문학은 언어를 매체로 실현되는 예술이라는 기본적 사실조차도 무의미해진 셈이다. 시인은 "역시, 너무 시적인 것은, 거부당하는 이 생활의 공간"(「詩人의 집・뒤」)에서 살면서, "저 망할/ 놈의 反詩世界, 아무래도 나는 저 거울 속으로/ 걸어 들어가 버려야만 하겠느냐"(「다시 거울 앞에서」)라고 물으면서 그러한 삶을 시적으로 실천한 것이다. 형태 파괴에 관한 한 박남철은 해체시인들 중에 가장 과격한 태도를 보여주는데,

아래의 시는 통사 구조를 전도시킨 모습이다.

> 눈도 없고 귀도 없고 입도 없다(그럼 문둥인가?)
> 그래도 나 그레고리 잠사 누에는 끝까지 희망을 포기하지 않는다
> 싸구려 누에 출판사에서 나온『반시대적 고찰』을 읽으며
> 최잠호라는 어떤 누에가 쓴 제법 멋있고 진솔한 詩를 읽으며
>
> 나도 한번 따라 써 본다—그러나 詩가 되지는 않는다
> (오히려 분노가 치솟을 뿐이다……)
>
> 냐느아을'랑사'연과이들희너아들로포의망욕이라어들냐이들견중연과이들희
> 너아들이아의主地이라어들……만지렸버어되가사잠리고레그라놀고듣를리
> 소그국결는나고였리소한못지롭기향국결는리소'지지뿌'온나서에위……
>
> — 박남철, 「잠실통신」 부분

   이처럼 불순한 시대는 "눈도 없고 귀도 없고 입도 없"다. 진실하게
보고 듣고 말하는 것이 불가능한 것이다. 분별력이 상실된 이 시대의
삶은 삭막한 기계 도시를 배경으로 자동화된 채 분주하기만 하다. 이
시대는 순수, 진실, 정의 등과는 인연이 없는 시대지만 시인은 "끝까지
희망을 포기하지 않는다"고 한다. 이를 위해 시인이 해야 할 일은 니
체의 "『반시대적 고찰』을 읽"는 일, "진솔한 詩를 읽"는 일, 그런 시를
"한번 따라 써 보"는 일 등이다. 독서의 대상을 니체의 대표적인 저작
으로 선택했다는 것은 이 시의 해체 전략과 잘 어울린다. 데리다가 니
체 텍스트의 양가성과 이율배반적 속성을 강조[28]한 것은 해체론과 아
주 깊이 관련을 맺기 때문이다. 또 하나의 독서 대상인 "진솔한 詩"도
시대를 넘어서는 전위적 작품일 터이므로 시인은 기존의 시 형식을 해
체하는 방식으로 시를 쓰고자 한 것이다. 그러나 그럴수록 "詩가 되지

---

28) Peter. V. Zima, op.cit., p.67.

않"고 "오히려 분노가 치솟을 뿐"인데, 그 이유는 시대 현실이 너무도 고루하고 불순한 탓이다. 이 혼란스러움을 형상하기 위해 시인은 띄어 쓰기 없는 문장을 역순으로 배열했는데, 이러한 통사 질서의 파괴는 통사 질서가 근대적 이성의 산물이기 때문에 이성 중심주의에 대한 비판 의지[29]의 표현이라고 볼 수 있다.

'80년대 해체시의 또 다른 양상은 형태시적 형상화이다. 넓은 의미의 형태시는 특정한 아이콘을 사용하는 것을 포함하여 문자의 모양을 다양하게 하거나 글자의 배열 순서를 바꾸는 것, 글자의 특수한 조합으로 특정한 형상을 만드는 것 등이 있을 수 있다. 이것은 물론 기왕의 형태시적 방법을 수용한 것으로서 해체시에서 선구적으로 시도한 것은 아니지만, 해체시의 형태적 파격은 당대의 시대성과 시성(詩性)에 대한 적극적 부정 의식을 함의한다는 점에서 이전의 것과는 다르다. 아래의 시는 아이콘과 문자의 시각적 배열 효과를 보여준다.

> 다닥다닥다닥다닥다닥다닥다닥다닥다
>   凹凸한 지붕들, 들어가고 나오고,
> 찌그러진 △□들, 일어나고 못 일어나고,
> 찌그러진 ⑧우들
>   88올림픽 오기 전까지의
>   新林洞 10洞 B지구가
> 보인다.
>   '해야 솟아라 지난 밤 어둠을 살라 먹고 맑은 얼굴 고운 해야 솟아라'
> 솟지마라
>   ― 황지우, 「'日出'이라는 한자를 찬, 찬, 히, 들여다보고 있으면」 부분

이 시는 서울에 소재한 빈촌인 "신림동 10동 B지구"의 산동네 모습

---

29) 이승훈, 『모더니즘 시론』, 문예출판사, 1995, p.148 참조.

을 묘사하고 있다. 비좁은 공간에 많은 지붕들이 연이어진 모습을 "다닥다닥"이라고 표현한 것은 시의 분위기에 잘 어울린다. 또한 "凹凸"(요철)이라는 한자나 "△□", "㐊우" 등의 아이콘, 그리고 시행의 들쭉날쭉한 배열 등은 집들이 가지런히 정돈되지 못하고 어지럽게 널린 산동네의 가난한 모습을 드러내는 데 효과를 발휘한다. 물론 이 시는 가난한 산동네의 모습을 묘사하는 것이 최종 목표는 아니다. 시인은 산동네에도 희망의 "해"가 떴으면 하는 바람을 강조하기 위해 가난한 모습을 형태적으로 표현한 것이다. 마지막 부분의 "솟지마라"는 진술도 해가 뜨면 가난의 실상이 선명히 드러날 것이기 때문에 오히려 희망의 해가 절실히 필요하다는 반어적 의미를 내포한다고 하겠다.

형태시의 특성은 황지우의 「베이루트여, 베이루트여」, 「이준태(1946년 서울生, 연세대 철학과 졸, 미국 시카고 주립대학 졸)의 근황」, 「숙자는 남편이 야속해」, 「1983년/말뚝이/발설」, 「뱀풀」, 「오늘 오후 일제히 쥐(붉은 글씨로)를 잡읍시다」, 「돌아온 4월」, 「'象徵圖' 찾기」, 「大正十五年 十月 十一日, 東亞日報」, 「無等」 등은 문자의 형태적 변형으로, 「묵념, 5분 27초」 등은 본문 없이 제목만으로, 「다섯 살 난……」은 반대로 제목 없이 본문만으로 시를 구성하는 것으로 나타나기도 한다.30) 또한 박남철의 시에서도 형태 파괴는 적극적으로 시도된다. 「地上의 人間—第4聲」, 「없는 애인을 위하여」, 「세월이여, 시간이여, 역사여, 그리고 광주여」, 「난데없는 오동나무……」 등은 시가 제목만으로 구성되

---

30) 황지우는 자신의 형태 파괴의 전략을 "1) 우리 삶의 물적 기초인 파편화된 모던 컨디션과 짝지어진 '훼손된 삶'에 대한 거울이며; 2) 파시즘에 강타 당한 개인의 '내부 파열'에 대한 창이며; 3) 의미를 박탈당한 언어의 넌센스, 즉 지배 이데올로기에 대한 교란이었으며; 4) 검열의 장벽 너머로 메시지를 넘기는 수화(手話)의 문법"(『황지우 문학 앨범』, 웅진출판, 1995, p.161)이라고 규정한다. 시의 형태 파괴가 폭력적인 당대에 대한 응전 방식임을 밝힌 셈이다.

며, 「무서운 啓示」, 「他人掌」, 「내 사랑하는 아내들에게」, 「이 죽고 싶은 地上에서」 등에서는 시의 중간에 활자가 뒤집혀 있으며, 「언젠가 태양의 바다」나 '해미르' 시편들에서는 특수 부호나 화학 부호를 활용한다. 또한 「금도끼 III」은 띄어쓰기를 무시한 문장을 작위적으로 절단하고 배열한다. 이들에 비해 장정일의 시에서는 형태시 유형이 거의 발견되지 않는다.

4. 결론 : '80년대 해체시의 문학성과 한계

'80년대 해체시는 혼란스런 시대를 역사적 배경으로 삼아 새로운 문학성을 찾아 나선 흔적이었다. '80년대 한국 사회는 신군부에 폭압과 가치관의 혼란, 컬러텔레비전 방송으로 시작된 첨단의 영상 문화, 대량 생산에 의한 대량 소비 생활 등을 맞이하고 있었다. 정치적 혼란과 사회적, 과학적 변혁이 급격하게 이루어졌던 '80년대 상황에서 시인들은 기존의 시적 인식과 관습을 가지고는 더 이상 시대적 적합성을 획득하기 어려웠다. 이런 이유로 해서 시인들은 시의 새로운 패러다임을 찾아 나서게 되는데, 그것이 창작 심리의 차원에서 나타난 것이 아버지 살해의 욕망이었다. 살해 욕구를 발동시키는 아버지는 급속한 사회 변화에 적응하지 못하는 혈연적 대상인 동시에 폭력적 정치 현실, 부정한 사회 현상, 타락한 종교의 모습, 고답적인 시의 관습 등을 폭넓게 함의한다. 따라서 '80년대 해체시의 아버지 살해 욕망은 시대적 변화에 적극적으로 응전하여 시대를 선도해 나가기 위한 일련의 전위적 문화 운동이었던 것이다.

해체시인들에게 기존의 관습에 얽매인 시는 폐기되어야 할 구습에 불과했다. '80년대 해체시를 선도했던 황지우, 박남철, 장정일 등은 시를 부정하고 '시적인 것'을 추구했다. '시적인 것'의 추구는 우리 시가 일찍이 경험한 적이 없는, 시가 가지는 배타적 경계를 무너뜨리고 비시적인 것마저 시의 영역으로 수용하고자 집단적인 시도였다. 절망이 기교를 낳는다고 했던 모더니스트 이상(李箱)의 말은 이제 해체시인들과 관련해서 '절망이 해체를 낳았다'고 고쳐 말해야 할 것이다. 해체시인들은 기왕의 문학적 형태를 과감하게 파괴하고 새로운 형태를 재창출하는 데 관심을 기울였던 것이다. 그 역사적 맥락은 공통적으로 당대의 정치적, 일상적 현실에 대한 부정 의식을 동반하지만, 시적 해체의 전략과 방법에 있어서는 세 시인이 적잖은 차이를 보여준다. 황지우는 당대 정치적, 역사적 현실에 대한 비판 의식을 적극 도입했다면, 박남철은 인간적 진실과 부조리한 현실 사이의 갈등을 문제 삼곤 했다. 그리고 장정일은 신세대적 서정과 성적 자의식을 빈번히 시적 대상으로 수용했다. 다시 말해 황지우가 아폴론적 의미의 지적 성향을 견지했다면, 박남철은 디오니소스적 열정을 내세웠고, 장정일은 나르시스적인 내성을 발현하는 데 치중했다.

따라서 해체시인들에게 시 쓰기는 투철한 장인 정신으로 무장하고 언어를 절차탁마하는 것이 아니라, 당대의 현실에 대해 요설적으로 말하거나 패러디하거나 시 형태를 해체하면서 억압된 욕망을 배출하는 행위와 다르지 않았다. 이것을 우리는 해체시의 현실성과 내면성으로 요약할 수 있을 터인데, 그 현실성은 앞서 말한 '80년대라는 시대의 반영을 뜻한다. 그러나 해체시의 현실성은 리얼리즘적 현실 반영과는 차원이 다른 것으로 이해할 수 있다. 해체시인들은 시로써 현실을 드러내되 단순한 묘사나 비유를 넘어서 다양한 문학적 장치들을 통해 굴절적으로 반영하려 했던 것이다. 장정일의 소설에 나오는 한 작중인물의 말31)을 빌리면 시는 거울이 아니라 렌즈의 역할을 했다고 하겠다. 또한 그 내면성은 억압을 미덕으로 여겨왔던 욕망이 밖으로 분출되는 현상을 일컫는 것이다. '80년대 한국 사회의 특징적인 변화 가운데 하나가 바로 욕망의 해방구를 지향하기 시작했다는 점일 것이다. 사람들은 자신의 내면에 꿈틀거리던 정치 욕망이나 소비 욕망, 성적 욕망, 시적 욕망 등 다양한 욕망들을 문화적 소비의 대상으로 삼기 시작했다. 이 현실성과 내면성이 해체시의 문학성을 구성한다.

이처럼 '80년대 해체시가 시적 패러다임의 변화를 구체화시킨 원동력은 혈연적, 시대적, 시적 아버지에 대한 살해 욕망이었다. 그것은 윤리적 차원에서는 비극적이지만 문화적 차원에서 볼 때는 결코 비관적인 것이 아니었다. 해체시가 근친 살해 욕망에 기대어 관습적 현실을 부정한다는 점에서는 비극적이지만, 자본주의의 병폐와 정치 현실의 부당함을 비판하며 새로운 유토피아를 찾아 나선다는 점에서는 아주 희망적이다. 다만 '80년대 해체시의 모든 시도들이 희망적이라는 것은 아니다. 간혹 시적 자유를 빙자한 문학적 치기가 드러나기도 한다는 점에서 '80년대 해체시는 나름의 한계도 분명히 간직하고 있다. 무릇 해체 정신의 근본은 부정과 파괴가 아니라 과거의 문제적 국면들에 대한 성찰을 토대로 한 새로운 패러다임의 구축에 있는 것이다. 또한 해체는 사유와 체험의 진정성을 바탕으로 한 창조 정신이 담보되지 않고서는 별반 의미가 없다. 해체가 한낱 유희로 떨어져 버리고 마는 경우를 보면 여지없이 사유와 체험의 진정성이 결여되어 있음을 발견하게 된다. 경계할 일이다.

---

31) 『너에게 나를 보낸다』(김영사, 1992)에서 "난 네 생각과 달라. 예술. 그런 게 있다면 그건 거울이 아니라 렌즈여야 할 거야. 오목이든 볼록이든 다 좋아. 확대를 하거나 축소를 하거나, 하다못해 일그러진 거울이라고 좋아. 왜곡을 통해서도 진실은 드러나거든"(p.145)이란 부분을 보자.

'80년대 해체시는 앞서 살핀 세 시인들의 작품 외에 오규원, 김승희, 김영승 등의 시에서도 다양한 양상으로 드러난다. 또한 '80년대 해체시는 '90년대 이후의 시인들에게도 그 유산이 상속되었는데, 이를테면 유하, 장경린, 함민복, 박상순, 박순업 등은 '80년대 해체시의 직간접적인 영향을 받아 의미 있는 시적 성취를 보여주었다. 이들에 대한 논의를 함께 못한 것은 이 글의 한계이자 아쉬움이다. 요컨대 해체시의 영향은 그 정도나 방식은 다를지언정 앞으로도 변함없이 유지될 것이다. 그 자유 정신과 전위 정신을 바탕으로 한 창조 정신, 그것은 시가 궁극적으로 추구하는 문학성과 조금도 다르지 않기 때문이다. 이것이 바로 해체시의 '아버지 살해 욕망'이 갖는 문학적 함의이다.

해체시의 자의식과 창작방법

— 황지우의 초기시를 중심으로

1. 서론 : 해체론과 해체시

무엇을 해체하는가? 그것은 무엇보다 플라톤, 아리스토텔레스, 데카르트 등으로 이어진 서구의 형이상학적 관념론이 지향하는 이성중심주의적 세계관이다. 프랑스의 철학자 데리다는 이를 '말 중심주의'라고 명명하면서 차연(差延, differance)이라는 용어를 사용해 절대적 진리의 현전을 부정한다. 진리는 공간적인 차이와 시간적인 연기(延期)로써 흔적만을 남기는 것[1]에 불과하다고 본다. 해체론자들은 서구 형이상학에서 진리, 정신, 합리성, 논리, 중심, 체계 등이 그 동안 이론적 담론의 공리로서 전해내려 오는 표면적인 효과에 불과하며 전도된 결과[2]라는 것을 증명하려 한다. 이러한 해체론이 문학적으로 변용되면 문학 작품

---

1) Vincent B. Leitch, 권택영 역, 『해체비평이란 무엇인가』, 문예출판사, 1988, pp.65~69.
2) 김상환, 「해체론 이후의 선택」, 『예술가를 위한 형이상학』, 민음사, 1999, p.435.

을 일종의 개방적인 텍스트로 보는 관점이 도출된다. 이때 문학 세계는 하나의 텍스트, 즉 언어의 객체[3]에 지나지 않게 된다. 문학 텍스트의 고정불변의 지시적 의미는 소멸되고, 기의와는 무관한 기표들의 흔적들만이 상호 관계 속에 존재한다. 기왕의 문학적 형식, 형태, 관례 등도 더 이상 고정된 것이 아니라 유동적, 가변적인 대상이 된다. 데리다가 말했듯이 텍스트는 바깥이 없다.[4] 따라서 해체론은 시의 형태상, 내용상 파격의 철학적, 이론적 토대를 구축해 준다.

우리나라에서 해체론에 관한 논의가 본격적으로 이루어진 것은 1980년대 들어서이다. 김현, 오생근, 김형효 등의 프랑스문학 전공자들이나 정정호, 김성곤, 권택영 등 영미문학 전공자들이 탈(후기)구조주의, 탈(후기)근대주의, 포스트모더니즘 등의 이름으로 문학 비평의 해체론적 경향을 소개하기 시작했다. 이들 중 우리나라에 특히 빈번히 소개된 것은 미국의 포스트모더니즘인데, 이는 미국에서 신비평의 헤게모니가 약화되기 시작한 1960년대 프랑스 철학자 데리다의 해체론이 미국에 상륙하면서 문학 이론으로 정립되기 시작하여 이후 새로운 신비평(New New Criticism)으로 자리를 잡아 나간 것이다. 포스트모더니즘이 이론적 정초를 다지고 문학 비평에 적극 응용되는 데는 폴 드만, 힐리스 밀러, 헤롤드 블룸, 제프리 하트만 등 예일학파들의 눈부신 활동[5]이 결정적이었다. 포스트모더니즘이 텍스트성을 강조한다는 점에서는

---

3) Michael Ryan, 나병철·이경훈 역, 『해체론과 변증법』, 평민사, 1994, p.68.
4) Jaques Derrida, *La dissemination*(Paris : Seuil, 1972), p.234(여기서는 Michael Ryan, op.cit., p.70에서 재인용). 텍스트의 의미는 현존하는 것이 아니라 '뿌려진 씨앗(散種)'과 같은 것으로, 원래의 단어가 지닌 의미소로 환원되지 않는다는 점에서 다의성과도 다르다. 그렇다고 원래의 의미가 완전히 제거되는 것이 아니라 끝없이 차이화되고 연기된다. 이런 점에서 '차연'이나 '글쓰기' 개념과 일치한다(역주 참조).
5) 이들의 활동에 대한 것은 Peter U. Zima, *Die Dekonstruktion*, 김혜진 역, 『데리다와 예일학파』(문학동네, 2001)에 비판적으로 잘 정리되어 있다.

신비평과 유사하지만, 텍스트 자체의 독립성이나 고정성을 인정하지 않는다는 점에서 신비평과 차이를 드러낸다.

우리나라 해체시에 관한 논의와 창작도 해체론과 비슷한 시기에 시작되었다. 그 논의는 두 가지 방향에서 이루어져 왔는데, 하나는 일반 미학적 측면에서의 해체시[6]이고, 다른 하나는 사조적(思潮的) 의미에서의 해체시[7]이다. 또한 창작에 있어서 해체시는 황지우, 이성복, 박남철, 장정일 등에 의해 일련의 시적 경향으로 자리를 잡게 된다. 이 글은 황지우의 초기시를 대상으로 사조적 입장을 견지하며 해체의 시대적 배경과 시적 자의식, 그리고 그것의 서정성에 관해 논의하려 한다. 사실 황지우가 해체론, 혹은 포스트모더니즘의 세례를 직접적으로 받았다는 증거를 찾기는 어렵지만, 첫 시집 『새들도 세상을 뜨는구나』[8]는 해체시 논의에 충실한 근거를 제공한다는 점에서 주목을 요한다. 황지우는 이 시집을 통해 이전의 한국시에서 찾아볼 수 없었던 파격적 면모를 선보이며 새로운 서정의 세계를 창조해 냈기 때문이다.

---

6) 현대시의 미학적 측면과 관련된 해체 경향에 관한 논의로는 박상배의 글(「텍스트시와 그 근원」, 《현대시학》 1988년 8월호)이 있다. 이 글에서 박상배는 한국 해체시의 자생적 측면을 멀리 조선시대 사설시조로부터 신체시, 자유시, 다다시, 쉬르시, 주지시 등에 이르기까지 해체의 범주로 넣고 있다. 당대적으로 볼 때 시 텍스트 생산의 새로운 양식을 보여주면 모두가 해체적이라고 본다. 그러나 이것은 너무도 포괄적일 뿐더러 사조적 의미와는 거리가 멀다.
7) 이승훈의 「포스트모더니즘과 해체」(『포스트모더니즘 시론』, 세계사, 1993, pp.70~96), 김준오의 「해체시를 넘어─혼란, 허무주의, 그리고 세속적 경박성」(『도시시와 해체시』, 문학비평사, 1993, pp.140~154) 등이 이러한 입장에서 해체를 논의하고 있다. 전자는 해체시의 기점을 70년대 후반으로 잡고 김수영, 최승호, 최승자, 이성복, 황지우, 기형도 등의 시를 다루고 있고, 후자는 황지우와 박남철의 시를 대상으로 한다. 그리하여 전자보다는 후자가 1980년대 해체시 논의의 핵심에 닿아 있다고 하겠다.
8) 1983년 문학과지성사에서 나온 시집으로 모두 61편의 시가 실려 있다. 이후 인용되는 작품의 출처는 이 시집으로 한정한다.

2. 해체시의 자의식과 방법—의혹의 시대에 대한 유언으로서의 시

1980년대 초반 황지우의 시들은 30년대 이상(李箱) 이후 가장 파격적 면모를 보여주면서 많은 사람들의 관심과 호기심을 유발했다. 그의 시는 '과연 이것이 시가 될 수 있는가' 하고 의문을 던지는 순간, '마침내 이것도 시가 되는구나' 하는 시적 충격을 제공했다. 그의 해체시가 30년대나 60년대의 모더니즘적 실험시인들이 보여주었던 실험적 시도들과 다른 점은 우선 시대적, 철학적 배경에 있다. 그의 시는 80년대 초의 급박했던 정치적 상황이나 해체론의 철학적 논의가 활발한 사회를 배경(혹은 모티브)으로 하여 이전의 실험시들에 비해 과격한 형태 파괴가 이루어졌다는 점에서 다르다. 해체론은 철학적인 것이지만 동시에 정치적인 것[9]이라는 점도 이런 특성을 설득력 있게 뒷받침해 준다.

주지하듯 1980년대는 5공화국 정권의 무리한 집권과 통치 과정에서 심각한 인권 유린이 자행되었던 시대이다. '5월, 광주'로 상징되는 그 시대는 흐릿한 밀실과도 같이 음습하고 어두웠다. 정치와 경제는 물론 사회문화 분야에서도 밀실 속의 강압과 고문, 협잡이 자행되던 시대였다. 시인에게도 삶의 자유와 창작의 자유가 유린되기는 매한가지였을 터인데, 황지우는 이런 시대에 대해 의혹을 제기하는 것이 시의 임무라고 생각한다.

> ? ? ? ? ? ? ? ? ? ? ? ?
> ? ? ? ? ? ? ? ? ? ? ? ?
> ? ? ? ? ? ? ? ? ? ? ? ?
> (이것을 거울에 비추어 볼 것)

---

9) Michael Ryan, op.cit., p.30.

왜 그랬을까. 왜 그것이 낚시같이 보였을까. 왜 나는 그것을 시라고 생
각했을까. 거꾸로 숙이고 있다가 문득 우리의 확신과 의혹을 낚아채는,
우리의 아가미를 여지없이 낚아채는, 그 이유를 나는 말 못 한다.
                                        ―「의혹을 향하여」 부분

　황지우가 생각하는 시는 이처럼 "의혹을 향"하는 일, 즉 시대의 "의
혹"을 제기하는 것이다. 그런데 80년대의 정치사회적인 정황으로 볼
때 "의혹"은 실질적으로 의혹이라기보다는 뻔한 사실이 시대적 정황
때문에 "의혹"처럼 감추어진 것에 불과했다. 즉 물음표(?)를 거울에 "거
꾸로" 비추어 보면 물고기를 낚아채는 "낚시같이" 보이듯이, 그 시대
에 떠돌던 "의혹"의 실체는 이미 누구나 다 알고 있는 사실이었기 때
문에 "확신"과 다르지 않다. "시"는 "물음표"가 "낚시"가 되듯, "문득
우리의 확신과 의혹을 낚아채는" 것이라는 진술은 바로 그런 뜻이다.
헌데 인용 끝 부분의 "그 이유를 나는 말 못 한다"는 진술의 의미는
무엇인가? 아마도 흉흉한 소문의 실체를 알고도 말할 수 없을 정도
로 흉포한 시대라는 뜻은 아닐까? "우리가 우리의 동시대와 맺어진
것은 악연"(「도대체 시란 무엇인가」)이라고 말할 정도니 말이다. 따라
서 시대에 대한 부단한 "의혹"의 제기("?")는 그 자체로 비판적 기능을
수행한다. 또한 이 시는 물음표의 연속적 나열 자체로도 기왕의 시적
형식을 낯설게 함으로써 기존의 형태 부정과 시대에 대한 부정 의식이
자연스럽게 어울린다는 점도 주목할 만하다.
　황지우는 시를 시대의 의혹을 제기하는 것으로만 생각하지 않는다.
시는 현실에 대한 좀 더 적극적인 개입을 통해 당대를 증언하는 가열
찬 의지의 표상이라고 본다. 그러면 의혹으로 가득 찬 세상에 대해 증
언하기 위한 가장 적합한 형식은 무엇인가? 또한 시는 그러한 증언의
형식이 될 수 있는가? 다음 시를 보자.

나는 시를, 당대에 대한, 당대를 위한, 당대의 유언으로 쓴다.
　　上記 진술은 너무 오만하다(　　)
　　위풍 당당하다(　　)
　　위험천만하다(　　)
　　천진난만하다(　　)
　　독자들은 (　　)에 ○표를 쳐 주십시오.
　　그러나 나는 위험스러운가(　　)
　　과연 위험스러운가(　　)에 ?표 !표를 분간 못 하겠습니다.
　　不在의 혐의로 나는 늘 괴로와했습니다.
　　당신은 나에게 감시당하고 있는가(　　)
　　당신은 나를 감시하고 있는가(　　)
　　독자들이여 오늘 이땅의 시인은 어느 쪽인가(　　)

―「도대체 시란 무엇인가」 부분

　　이 시의 핵심 내용은 시가 "당대의 유언"이라는 것이다. 이때 "당대"
는 시의 대상("대한")이자 목적("위한")이고 주체("의")이다. 김현이 시집
의 해설에서 명명했듯이 황지우의 시는 당대(contemporary)에 관한 '시
적 보고서(혹은 보고서적 시)'의 형식을 띤다. 그럼 "유언"이란 무엇인
가? 그것은 죽음과 관련되는 것 아닌가? 그러니까 시가 "당대의 유언"
이 되기 위해서는 삶을 죽음으로 몰아간 시대에 대한 보고서가 되어야
한다는 뜻이다. 그런데 시를 이렇게 정의하는 것이 "오만"한지, "위풍
당당"한지, "위험천만"한지, 혹은 "천진난만"한지 독자에게 묻고 있다.
사실 이것은 선택의 문제가 아니다. 자신의 시를 절체절명의 것("유
언")으로 여긴다는 점에서 "오만"하고, 그 개인적 용기의 측면에서는
"위풍 당당"하고, 서릿발같던 당시의 시대를 염두에 두면 "위험천만"하
다. 또한 그런 시대를 아랑곳하지 않고 그런 "위험천만"한 정의를 내
릴 수 있다는 것은 "천진난만"한 일이다. 따라서 이 설문지에서 전하

고자 하는 메시지는 그 어느 것을 선택할 수 없다는 사실이다. 이 같은 혼란은 현실이 "나"가 과연 "위험스러운가" 그렇지 않은가 구분할 수 없는, "당신"이 "나에게 감시당하고 있는"지 혹은 "나를 감시하고 있는"지조차를 "분간 못"하는 정황 때문이다. 가치관이 극도로 혼란한 시대 때문에 "한 시대를 감시하겠다는 사람의 외로움"(인용한 것과 같은 시) 속에서 "나"는 그런 혼란에 젖어 있는 것이다. 시인 스스로 그런 "감시"의 현장에 "不在"함을 괴로워하며 "독자들"에게 "오늘 이땅의 시인은 어느 쪽인가" 라고 묻는 것은, 그러므로 어떤 명징한 대답을 찾을 수 없는 당대의 현실과 시에 대한 성찰의 의미를 지닌다. 또한 그것이 설문지 형식의 차용이라는 텍스트 외적 해체와 함께 시너지 효과를 발휘하고 있다는 점에서 주목된다.

시가 '의혹 제기'와 '유언적 증언'이 되어야 한다는 시인의 자의식은 이 시집의 많은 작품에서 형상화된다. 특이한 것은 그런 시대에 대한 시적 진술들이 대부분 직접적 비판의 어조를 띠지는 않는다는 점이다. 당대의 비극적 현실을 말하기(Telling)보다는 보여주기(Showing) 수법을 통해 낯설게 제시한다. 저자의 주관을 최소화하는 이러한 방식도 해체 시에서 자주 목도되는 현상이다.

> 이미 죽은 시대를 屍姦하고
> 우리들 중 한 사람을 水葬한 수평선은
> 그물을 다시 빨아들이고 있었다
> 오늘은 전국적으로 흐리고
> 嶺東 산간에 비
> ── 「대답 없는 날들을 위하여 · 1」 부분

이 시에서 현실은 "이미 죽은 시대"임에도 불구하고 다시 한 번 죽임을 당하는 "屍姦"의 정황에 처해 있다. 그 비극성은 "우리들 중 한 사람", 즉 아주 가까운 사람을 "水葬"했다는 정황과 함께 제시되면서 더욱 강조되고 있다. 거기에 "오늘"의 날씨가 쾌청하지 못하다는 일기에 관한 정보 제시도 그러한 시대의 비극성을 암시하는 장치로 기능한다. 이런 시대는 다른 표현을 빌리면 "처형 받은 세월"이자 "혼수 상태의 세월"(「대답 없는 날들을 위하여·2」)이다. 또한 인권 탄압의 도구로서 "꽝 내리치는 주먹"(「대답 없는 날들을 위하여·3」)이 도사리고 있는 폭력의 시대이자 "여기는 초토입니다"(「에프킬라를 뿌리며」)라는 선언이 아주 자연스러운 척박한 시대다. "눈 먼 세월"과 같은 현재는 "아직 오지 않은 사고와 사건과 사태와 우발과 자발과 불발의 세월"(「활로를 찾아서」)로 이어질 것이니 미래마저 희망적이지 못한 정황이다. 이런 세월은 개인적 삶의 영역에도 고통을 몰고 온다. "日刊紙에 콩나물을 싸들고/ 아내가 우리 生涯의 막다른 골목으로 돌아온다./ 가난한 거주지의 긴 주소를 찾아". 이때 "가난한 거주지"는 황지우라는 시인의 개인적 삶의 정황이기도 하지만 당대의 질곡에 의해 고통받는 당대의 보통 사람들의 삶을 표상하기도 한다. 시인은 이러한 당대 현실을 "현실 : 꼼짝 못함. 체형 : 부동자세. 경제 : 빚더미. 교육 : 무지몽매. 예술 : 신선한 거품의 OB 맥주. 아, 삶 : 입구멍·똥구멍·오줌구멍만 뚫려 있음"(「그대의 표정 앞에」)이라고 노골적으로 요약한다. 진실로 인간다운 "삶"이 불가능한 현실이다.

3. 해체시의 방법—형태 파괴와 경계 넘나들기

시적 자의식은 곧 시적 방법을 낳는다. 시가 시대에 대한 의혹 제기와 유언적 증언이 되어야 한다는 것은 일종의 정치적 저항이고, 그러한 저항 의식은 시의 방법에 있어서도 규범적인 것을 부정하게 한다. 황지우 시의 과격한 형태 파괴를 통한 시적 관습의 해체가 미적 저항이자 미적 비판[10]이 되는 것은 이런 이유이다. 정치적 저항과 미적 저항이 동반하여 상승 효과를 발휘하는 것이다. 시인 스스로 1980년대 초를 환멸의 시대로 규정하고, 당시 자신의 시에 대해 정리, 회고하는 자리에서 형태 파괴의 전략은 "1) 우리 삶의 물적 기초인 파편화된 모던 컨디션과 짝지어진 '훼손된 삶'에 대한 거울이며; 2) 파시즘에 강타당한 개인의 '내부 파열'에 대한 창이며; 3) 의미를 박탈당한 언어의 넌센스, 즉 지배 이데올로기에 대한 교란이었으며; 4) 검열의 장벽 너머로 메시지를 넘기는 수화(手話)의 문법"[11]이라고 고백한 바 있다. 여기서 1)과 2)는 시가 당대의 현실 문제나 "개인" 문제를 반영하는 것임을, 3)과 4)는 시가 "지배 이데올로기"와 "검열"을 통과하기 위한 탈규범적 담론 형식임을 밝히고 있다. 다시 말해 시는 답답하고 "끔찍한" 삶의 정황을 부정하고 풍자하는 양식이며, 그것을 효과적으로 형상화하기 위해 시대적합성을 띤 새로운 방법으로 수행되어야 하는 것이라는 논지가 성립된다. 황지우 시에서 자주 목도되는, 기존의 시 형태를 과감하게 해체하는 방법론은 이러한 논지와 관련된다.

황지우 시에서 실천된 해체 방법을 좀 더 구체적으로 살펴보면, 텍스트 내적인 차원과 텍스트 외적인 차원에서 두루 이루어짐을 알 수 있다. 먼저 텍스트 내적 해체 기법은 문체론적 전략의 일종으로서 어휘 배열의 기법, 난해한 문장의 기법, 무한한 형태 변환적 구성의 기법, 시니피앙의 기법, 기계적 구성의 기법 등[12]을 통해 일반적 통사의

---

10) 이승훈, op.cit., p.81.
11) 황지우, 「끔찍한 모더니티」, 『황지우 문학앨범』, 웅진출판사, 1995, p.161.
12) B. Mchale, "Styled worlds", *Postmodernist Fiction*(Metheun, 1987), pp.148~151(이승훈, 『모더니즘 시론』, 문예출판사, 1995, p.148에서 재인용).

질서를 무너뜨리는 일이다. 일반적 통사는 낱말들이 결합하는 이성적, 사회적 법칙이라는 점에서 이성중심주의에 대한 미적 비판의 기능을 담당한다.[13) 황지우의 시에서 자주 목도되는 것은 본문과 글씨체나 글씨 크기를 다르게 사용하는 경우, 시행을 들쑥날쑥 배열하는 경우, 논문의 형식인 각주를 사용하는 경우, 문자 언어가 아닌 특수 부호를 활용하는 경우 등이 있다.[14) 이들 중 두드러지게 눈에 띄는 예를 하나 살펴보자.

> ▲ 우에/ ▲/ 그 上上峰에/ ◉ 하나/ 그리고 ▲ 아래/ ▼ 그림자/ 그 그림자 아래, 또
> ▼ 그림자,/ 아래/ 다닥다닥다닥다닥다닥다닥다닥다닥다/ 凹凸한 지붕들, 들어가고 나오고,/ 찌그러진 △□들, 일어나고 못 일어나고,/ 찌그러진 ⚤우들/ 88올림픽이 오기 전까지의/ 新林山 10동 B地區가 보인다/ '해야 솟아라 지난 밤 어둠을 살라 먹고 맑은 얼굴 고운 해야 솟아라'/ 솟지 마라
> ─ 「'日出'이라는 한자를 찬, 찬, 히, 들여다보고 있으면」 부분

이 시는 산의 형태를 시각화하고 있다는 점과 박두진의 시 「해」와 간텍스트성을 유지한다는 점에서 해체적이다. 그림이나 부호, 활자의 배열 등을 통한 가난에 찌든 산동네 사람들의 삶의 양태를 시각적으로 제시하고 있는 것은 시어의 관습을 해체하려는 전략이다. 문자 언어 이외의 기호도 시어의 영역으로 편입시켜 새로운 미적 감응을 지향한

---

13) 이승훈, 『모더니즘 시론』, p.154.
14) 특이한 것은 띄어쓰기를 무시하는 방식의 전통적인 실험시 방식을 채택되고 있지 않다는 점이다. 이는 쉬르리얼리즘의 무의식의 세계를 표현하는 데 자주 동원되는 방법이라는 점에서 황지우의 시는 무의식을 지향하지 않는다는 점을 간접적으로 드러내는 것은 아닐까 생각해 본다. 황지우의 시는 현실을 객관적으로 편집, 나열하는 방식을 취함으로써 해체론적 의미의 '탈의식'을 지향한다고 보아야 할 것이다.

것이다. 또한 "해야 솟아라"는 박두진의 「해」에 나오는 시구를 인유한 것이지만, 원텍스트가 지니고 있는 희망적 삶의 염원인 "해"의 의미를 산동네 삶의 간난을 대조적으로 강조하기 위한 풍자의 장치로 인유했다는 점에서 일종의 패러디다. 이는 작품들 사이의 간텍스트성을 지향한다는 점에서 해체의 일종이다. 또한 마지막에 "솟지 마라"라는 요구는 산동네 간난을 차마 보기 싫은 화자의 의도로 이해할 수 있다. 위의 인용에서는 생략되었지만 시의 말미에 학술 논문에서나 볼 수 있는 "原註"를 덧붙인 것도 특이한 해체 전략[15]이다. 이외에도 개인적 고백의 단면을 두서없이 제시한 「이준태(……)의 근황」, 제목만 있는 「묵념, 5분 27초」와 반대로 제목이 없고 본문만 있는 「다섯 살 난 한 아이가…」 등은 다분히 텍스트 내적 해체를 지향하는 작품들이다.

다음으로, 텍스트 외적 해체는 텍스트의 외부를 구성하는 요소들과 개방적 관계에 놓인다는 점을 전제한다. 그 범주는 작가와 작품, 작품과 독자, 작품과 세계, 작품과 작품, 작가와 독자, 또는 장르와 장르 등의 경계를 해체하는 일이다. 이들 중 황지우의 시에서 자주 목도되는 것은 작품과 세계의 경계, 그리고 장르와 장르의 경계를 해체하는 방식이다. 이때 전제되는 것은 모든 텍스트는 간텍스트성(intertextuality)을 띤다[16]는 점이다. 먼저 작품과 세계의 경계를 해체하는 것은 소재로서의 세계가 직접 작품 현실이 되는 경우이다. 이때 텍스트의 외부에는 실제적 현실이 실체로서 존재하는 것이 아니라, 현실 그 자체도 차이적 관계로서의 객체[17]로서만 존재한다. 삶과 예술의 경계를 해체함으로써 작품의 권위를 의도적으로 훼손시킨다. 이는 예술적 변용의 주체

---

15) 김준오, op.cit., p.145.
16) Vincent B. Leitch, op,cit., p.88.
17) Michael Ryan, op.cit., pp.68~69.

인 작가의 기능을 최소화함으로써 주체를 부정하는 해체론적 사유의
국면과 맞닿는다.

> 조간에는, 피맺힌 절규…… 통한의 유랑길이라고 하고
> 석간에는, 우리들은 결코 항복하지 않는다고 씌어 있다.
> 제목도 아침 저녁 형형 색색으로 뽑아 놓았다.
>
> '나의 조국' 합창하며 투쟁다짐,
> PLO 떠나던 날 '우리는 조국 땅에 다시 온다.'
> 꺼지지 않은 채 흩어진 '불씨',
> '모든 길은 예루살렘으로',
> 총구마다 아라파트 초상화,
> '전세계서 지하투쟁' 선언,
>
> (아, 이 말이 모두 외신이라는 안도감!)
> 그리고 [베이루트 21일 AP전송-연합]으로 받은 사진들.
> ─ 「베이루트여, 베이루트여」 부분

이처럼, 시의 역할은 팔레스타인들이 이스라엘에 쫓겨 유랑길을 떠
나는 모습을 다룬 "조간" 신문과 "석간" 신문의 기사 내용을 전시하는
데 그치고 있다. 시인의 목소리가 드러난 곳은 "아, 이 말이 모두 외신
이라는 안도감"뿐이다. 그러나 그것도 괄호 처리를 함으로써 발화자로
서의 시인의 주관은 극소화되고 있다. 이처럼 이 시는 현실을 주관적
으로 변용하지 않고 있는 그대로의 현실을 편집한다. 이런 점에서 황
지우의 시가 60년대 모더니즘적 실험들과 다른 점은, 60년대 시가
외부 세계를 희석하는 데 목적을 두었다면, 황지우의 시는 객관적으로
현실을 전시함으로써 독자들에게 판단을 맡긴다. 60년대 실험시들이
난해성을 유발하는 반면 황지우의 시가 그렇지 않은 것은 이런 이유

때문이다.[18] 보통 컴퓨터로 글쓰기 작업을 하는 요즈음에는 그리 낯설지 않은 모습이지만, 시행을 가운데로 모아쓰는 방식도 창작 당시로서는 남다른 일면이다. 이외에도 「심인」과 「남동생 찾습니다 한원택 43세…」는 신문이나 방송국 벽에 붙은 이산가족 찾기 광고를, 「벽 · 1」은 예비군 훈련기피자 자진신고 공고문을, 「한국생명보험회사 송일환씨의 어느 날」은 용돈 기입장과 신문 기사를, 「그대의 표정 앞에」는 신문의 일기예보와 단신을, 「활엽수림에서」는 1971년에서 1979년까지의 시인의 일상적 연대기를, 「에서 · 묘지 · 안개꽃 · 5월 · 시외버스 · 하얀」은 비통사적 제목을 사용하며 묘지의 비문을 그대로(혹은 부분적으로 시적 진술을 곁들여) 편집해 놓고 있다.

또한 장르간의 경계 해체는 시 이외의 다른 예술 장르와 넘나드는 현상이다. 탈장르 현상은 데리다가 장르적 소속 및 소속 여부를 결정하는 문제를 미결정성을 지닌 수학 이론으로 설명하며, 장르가 결정되는 공리들의 집합은 불완전하고 확장될 필요가 있다[19]고 보는 관점과 관련된다.

> 張萬燮氏(34세, 普聖物産株式會社 종로 지점 근무)는 1983년 2월 24일 18:52 #26, 7, 8, 9……, 화신 앞 17번 좌석버스 정류장으로 걸어간다. 귀에 꽂은 산요 레시바는 엠비시에프엠 "빌보드탑텐"이 잠시 쉬고, "중간에 전해드리는 말씀," 시엠을 그의 귀에 퍼붓기 시작한다.
>
> 조옥 빠라서 씹어주세요. 해태 봉봉 오렌지 쥬스 삼배권!
> 더욱 커졌씁니다. 롯데 아이스콘 배권임다!
> 뜨거운 가슴 타는 갈증 마시자 코카콜라!
> 오 머신는 남자 캐쥬얼 슈즈 만나 줄까 빼빼로네 에스에스 패션! …(중

---

18) 김준오, op.cit., pp.141~143 참조.
19) Michael Ryan, op.cit., p.65.

략)…

그러나 정말로 갤러그 우주선들이 뛰어 나와, 보성물산주식회사 장만섭
차장이 서 있는 버스 정류장을 기총 소사하고, 그 옆의 신문대를 폭파하
고, …(중략)…
그러나 그 위로 다시 갤러그 3개 편대가 내려와 5천 메가톤급 고성능
미사일을 집중투하, 집중투하!

짜 자 잔
GAME OVER
한다면,

— 「徐伐, 셔블, 셔볼, 서울, SEOUL」 부분

이 시에서의 경계 해체는 다소 복잡한 양태로 나타난다. 시 장르와
음악, 현실과 환상, 그리고 시적 현실과 일상적 현실 사이의 경계가 와
해된다. 먼저 눈에 띄는 것은 '시엠'의 가사를 발음되는 대로 적어놓은
부분과 시적 진술에 음악의 악보를 끌어들이고 있는 부분이다. 여기서
시적 언어와 음악 기호의 경계는 불분명해진다. 사실 이런 현상은 시
적 표현의 측면에서 그다지 큰 효과를 발휘한다고는 볼 수 없지만 시
도 자체가 신선한 것임에는 틀림없다. 실은 효과보다는 시도 자체를
중시하는 것도 해체론의 목표가 될 수 있다는 점에서 이러한 방법은
나름대로의 의미가 있다. 또한 현대의 일상인을 표상하는 "張萬燮氏"
가 "갤러그" 게임의 가상 현실과 실제 현실을 혼동하는 현상도 진실과
자기 성찰이 결여된 오늘날의 자동화된 삶의 허위성을 드러내기 위한
것이다. 가벼운 장난, 혹은 전자오락 게임 같은 삶을 살아가는 현대인
의 일상을 비판적 시각으로 제시하는 것이다. 이처럼 일상 현실이 시

적 현실과 등가 관계에 놓이는 순간, 시는 시인의 주관에 의해 구조화된 현실이라는 전통 시학의 개념은 와해된다. 이외에도 그림의 제목을 그대로 차용한 「흔적Ⅲ・1980(5.18×5.27cm) 李暎浩 作」, 시극의 대본 형식을 취한 「아무도 미워하지 않는 자의 죽음」, TV의 드라마를 끌어들인 「숙자는 남편이 야속해」, 영상 이미지를 차용한 「새들도 세상을 뜨는구나」, 시사만화를 차용한 「한국생명보험회사 송일환씨의 어느 날」 등을 장르 해체의 양상으로 볼 수 있다.

이처럼 탈구성을 중시하는 해체시는 문학에 있어서 기왕의 형식 개념 자체를 불신[20]하기 때문에 문학의 표현과 기법에 있어서 파격적, 전복적인 것에 관심을 기울인 결과다. 시는 당대에 대한 의혹을 제기하는 것이라는 생각은 기존의 시 형태를 해체하여 새로운 서정의 세계를 발굴하고자 하는 의도와 연계된다. 그런데, 앞에서 살펴본 해체시편들에서 우리는 한 가지 중요한 사실을 발견하게 된다. 텍스트 내적 특성으로서 음악적 요소가 필수적이지 않다는 점이다. 이것은 그동안 시가 지닌 관습, 즉 운율적 언어로 구성되어야 한다는 아주 오래된 규범을 해체한 셈이 된다. 이는 물론 기법 면에서 탈현대적 삶의 파편들을 기계적으로 나열하고 전시하는 데 열중하는 해체시의 숙명이 아닐 수 없다. 독일의 시학자 디히터 람핑은 현대 서정시의 변화된 개념을 규정하는 데 있어서 음악과의 결합이 필연적이지 않다[21]고 본 것은 이

---

20) 이승훈, 『포스트모더니즘시론』, 세계사, 1993, p.82.

21) Dieter Lamping, 장영태 역, 『서정시 : 이론과 역사』, 문학과지성사, 1994, pp.91~129 참조. 모두 8가지를 들고 있는데, 인용한 조건 이외의 요건은 다음과 같다. 첫째 자기 발언으로서 개인적, 주관적 발화이다. 둘째 개별적으로 자체 완결되는 독백적 발화이다. 셋째 대응 발화가 불필요한 독백적 소통을 지향한다. 넷째 관련 발화의 이해 없이 이해 가능한 단순 발화이다. 다섯째 비유, 상징 등을 통한 심미적 복합성이 가능하다. 여섯째 사건(서사)이나 상황(극)의 의무가 없어 시적 자유를 구가할 수 있다. 일곱째 발화의 주체는 반드시 1인칭으로만 나타나지 않는다.

런 점에서 시대적 적합성을 띤다. 현대시는 더 이상 가창되는 것이 아니라는 점에서 황지우의 해체시가 보여주는 탈음악성은 새로운 서정을 구축하기 위한 한 방식이다. 이것은 또한 은유 중심의 시 전통에 대한 반성이고 도전[22]일 뿐더러 현대 사회에 규범적 가치에 대한 비판을 비유적으로 드러낸 것이라 할 수 있다. 요컨대 황지우의 해체시는 당대의 현실에 대한 부정 정신과 시적 관습에 대한 부정 정신을 동시에 반영한 것이다.

4. 결론 : 반서정의 서정

지금까지 살핀 것처럼, 황지우의 초기시에서 시적 자의식은 해체의 방법을 낳았고, 해체의 방법은 또한 새로운 서정의 세계를 구축했다고 볼 수 있다. 해체시는 그 방법 속에 이미 새로운 시적 서정을 발현하는 장치를 내재하고 있는 셈이다. 그런데, 해체시의 서정성 문제에 접근하기 위해서는 서정에 대한 새로운 생각을 가져야 한다. 서정은 고정불변의 것이 아니라 시대나 시 유형에 따라서 얼마든지 유동적일 수 있다는 생각이 필요하다. 전통적으로 서정은 시의 장르적 개념(서사, 극과의 대비)과 연관되지만, 시를 구성하는 한 요소로서의 서정은 시의 정서적인 감흥의 측면과 관련된다. 우리의 관심은 물론 시의 한 요소로서의 서정이다. 전통적으로 시적 요소로서의 서정이라고 하면 파토스적 측면에서의 개인적 감정과 주관이 시에 적극적으로 개입되는 경우를 지시해 왔다. 그러나 해체시에서 그러한 측면에서의 서정은 오히려 부정된다. 해체시는 태생적으로 전통적인 서정을 부정함으로써 서

---

22) 김준오, 『현대시의 환유성과 메타시』, 살림, 1997, p.200.

정성을 획득하는 반서정의 서정을 지향하는 것이기 때문이다.

그러면 황지우의 해체시의 반서정은 어디에서 오는가? 그것은 앞서 말했듯이 시의 방법과 연계된다. 그것은 무엇보다도 기존의 시적 규범을 부단히 갱신하려는 아방가르드 정신에 기인한다고 볼 수 있다. 아방가르드 정신은 물론 모든 실험시들이 지닌 특성으로서 80년대 초 황지우의 해체시에만 해당되는 것은 아니다. 이전의 다다시나 쉬르리얼리즘 시, 그리고 50년대 후반기 동인이나 60년대 '현대시' 동인들의 시에서도 나타났던 성향이다. 따라서 해체시는 기존의 관습과 규율을 해체하고자 하는 아방가르드 정신을 계승한 것으로 볼 수 있다. 그러나 한편으로 해체시는 이전의 실험적 시들과 시대적, 철학적 배경, 그리고 그 방법에 있어서 변별된다. 해체시는 모더니즘의 실험시들을 갱신, 극복하려 했던 것인데, 그 방법은 시와 현실, 시와 다른 예술 장르의 경계를 와해시키는 것이었다. 황지우의 해체시는 더 이상 일상적 현실을 가공하거나 승화되거나 정제된 세계가 아니다. 시 장르도 더 이상 자율적 구조물이 아니다. 시는 이제 문학이라는 언어 예술의 경계를 넘어서서 인간 문화의 모든 영역을 넘나드는 일종의 개방된 문화 현상이다. 또한 표현 기법에 있어서 은유적 인접의 원리보다는 환유적 축적의 원리가 자주 동원된다는 사실도 해체시의 서정을 구축하는 중요한 방식이다. 이는 당대 현실의 부조리한 국면들을 비판적으로 사실적으로 들추어내는 데 아주 유용한 방식이다. 이렇게 하여 전통 서정시에서의 중시하는 서정은 해체되고 새로운 서정을 구축하게 된 셈이다. 즉 주정적, 운율적, 함축적, 구조적 서정 세계로서의 시를 해체하고, 객관적, 요설적, 사실적, 탈구조적 서정 세계로서의 시를 창출했던 것이다.

그런데 1980년대 후반의 황지우는 해체시 작업을 중단하고 전통 서정시의 세계로 돌아선다. 그 이유는 무엇인가? 그것은 해체시를 쓰던 당시의 해체의 동인이 사라졌기 때문이 아닐까? 개인적으로는 젊은 시절의 간난을 극복하거나 초월할 수 있는 나이에 이르렀다는 점, 그리고 시대적으로는 의혹과 불순으로 가득한 80년대 초반이 지나갔다는 점에 주목할 필요가 있을 것이다. 이 점은 황지우에게 해체가 고통스런 시대를 넘어서기 위한 삶의 한 방식이자 시를 발전적으로 갱신시키고자 하는 전략이었다는 사실을 말해준다. 다만 황지우의 80년대 초반의 해체시들은 이론적이고 미학적인 자각 없이 서둔 느낌이 있다[23]는 지적에서 완전히 자유롭지는 못하다. 같은 맥락에서 황지우의 시를 포함하여 이성복, 박남철, 장정일 등의 80년대 초반의 해체시들이 드러낸 공과를 냉정히 되돌아볼 필요가 있다. 이와 관련, 우리가 해체시의 창작과 논의에서 반드시 유념해야 할 것은, 해체가 부정을 위한 부정이나 파괴를 위한 파괴가 되어선 곤란하다는 점이다. 의미 없는 부정과 파괴는 진정한 의미의 해체 정신과도 어긋나는 것이며, 해체는 어디까지나 시를 창조적, 생산적으로 갱신하는 데 기여를 해야 하는 것임을 망각해선 안 된다. 해체론의 선구자인 데리다 역시 해체를 파괴가 아니라 경계를 넘어서는 것, 모순을 폭로하고 분해하는 것[24]으로 이해한다. 진정한 의미의 해체는 문학적 전통의 부정을 위한 것이 아니라 문학적 자유를 구가하기 위한 것이어야 한다는 뜻이다. 우리가 지금까지 황지우의 해체시를 논의해 온 이유도 바로 거기에 있다.

---

23) 이승훈, 『포스트모더니즘 시론』, p.88.
24) Peter U. Zima, op.cit., p.48.

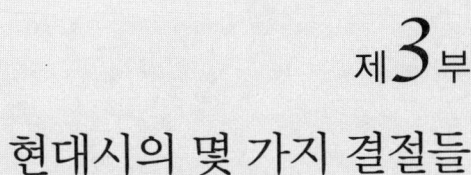

제3부
현대시의 몇 가지 결절들

서정주의 사랑시편과 에로티즘

1. 서 론

미당 서정주의 시에 관한 논의는 이제 일련의 연구사 정리가 필요할 정도로 양적, 질적 수준을 확보했다. 그의 시에 대해 긍정적인 입장을 보인 것으로는 단연 고은이 "서정주는 정부(政府)다"[1]라고 했던 찬사를 들지 않을 수 없다. 비슷한 관점에서 천이두는 "우리나라에서 한 생애를 이룬 거의 유일한 시인"[2]이라고 보았으며, 유종호는 "부족 방언의 요술사이자 시인 부락의 족장"[3]이라고 칭했다. 이들이 미당시에 찬사를 보내는 이유로는 시적 재능의 우수성을 들고 있다. 그러나 그의 시에 대한 부정적 평가도 적잖이 제출되었는데, 송욱이 "지성과 윤

---

1) 고 은, 「서정주 시대의 보고」, 『서정주 연구』, 동화출판사, 1975, p.290.
2) 천이두, 「지옥과 열반」, 『미당연구』, 민음사, 1994, p.46.
3) 유종호, 「소리 지향과 산문 지향」, ibid., p.360.

리와 미학의 결핍"4)으로 본 것을 비롯하여, 김우창은 초기시의 고무적인 출발에 비해 그 이후의 시가 "자족적인 자기 만족의 시"5)로 후퇴했다고 보았으며, 최두석은 "순응주의와 반근대주의"로 인해 "민족문학의 정도에서 일탈"6)했다고 비판했다. 또한 임우기는 "삶의 구체적 과정보다 '결과'에 몰입"7)하는 무갈등의 시라고 지적했다. 이들이 미당시를 폄하하는 이유는 대략 역사적 맥락에서의 현실 감각이 부족하다는 점이다.

이처럼 찬사와 비판이 다양하게 제기되었다는 사실은 미당의 시가 갖는 문제적 성격을 말해준다. 필자가 이 글에서 다시 미당시, 그 가운데서 사랑시편을 고찰하고자 하는 것은, 미당시에서 사랑이 가장 문제적인 부면 중의 하나임에도 불구하고 그것이 어떤 양상으로 전개되고 있는가에 대한 체계적인 연구 성과를 찾아보기 어렵기 때문이다. 이에 따라 이 글의 주요 관심사는 미당시의 사랑이 개인적, 실존적 차원에서, 그리고 현실적, 사회적 차원에서 어떤 의의가 있으며 그 한계는 무엇인가 하는 점이다. 그런데 사랑이라는 용어의 외연이 방대하기 때문에 그 범주를 미리 한정해 둘 필요가 있는 바, 이 글에서 사랑은 남녀 간의 사랑, 즉 이성적 에로티즘의 의미로 사용하고자 한다. 이 글을 통해 필자는 미당의 초기시8)에 드러나는 강렬한 육체의 에로티즘에서

---

4) 송 욱, 「서정주론」, ibid., p.20.
5) 김우창, 「한국시와 형이상」, ibid., p.36.
6) 최두석, 「서정주론」, ibid., p.280.
7) 임우기, 「오늘, 미당 시는 무엇인가?―<회귀>의 아름다움?」, 『그늘에 대하여』, 강, 1996, p.226.
8) 이 글에서 초기시는 육체적 사랑과 토속적 서정을 노래한 처녀시집 『화사집』(1941년)과 『귀촉도』(1946년)의 시편들을 포함시킨다. 『귀촉도』의 경우 출간 연도가 해방 후이지만 미당 스스로 밝힌 대로 "같은 무렵에 같은 취향을 가지고 쓴 작품들"(「미당과의 대화」, ≪문학사상≫ 1972년 12월호, p.252)이라는 말에 동의한다면 함께 묶어도 무방하리라고 본다. 또한 중기시는 신라(불교) 정신으로서의

중후기시의 심정의 에로티즘과 신성의 에로티즘[9], 그리고 가벼운 유희로서의 에로티즘 등으로 이행해 간 궤적을 고찰하고자 한다.

미당은 평생 동안 사랑을 으뜸의 관심사로 삼고 살아왔다고 여러 차례 고백한 적이 있다. 그것이 곧바로 시적 진술과 완전히 일치되는 것은 아니지만 그의 시에서 사랑이 차지하는 비중을 방증하는 자료임에는 틀림없다. 예컨대 "솔직히 말해서 연애감정이라 하는 것이 내가 일생 동안 제일 마음 많이 써여 온 것이다. 어떤 한 여자를 비밀하게 사랑하면서—그것도 거의는 짝사랑을 하면서 그런 눈으로 사람을 보고 자연을 보고 詩를 써온 셈"[10]이라는 발언이나, "요즈음 내가 생각하는 것 중의 제일 중요한 것도, 20,30대에 생각하던 것과 마찬가지로 역시 사랑"[11]이라는 진술을 볼 때, 미당의 시와 삶에서 사랑은 하나의 현실적, 구경적(究竟的) 탐구의 대상이었음을 알 수 있다.

사랑을 보여준 『서정주시선』(1955년), 『신라초』(1960년), 『동천』(1968년) 등에 실린 시편들을 포함한다. 후기시는 토속적이고 신비주의적인 사랑을 형상화한 『질마재 신화』(1975년)를 포함하여 그 이후의 시편들을 포함시킨다. 『떠돌이의 시』(1976년) 등 미당의 국내외 여행 체험과 관련된 산문에 가까운 시편들도 후기시에 포함되지만 필자는 그 작품들이 그의 시세계에서 차지하는 비중은 그리 높지 않다고 본다. 천 이두의 표현법을 빌리면 『질마재 신화』까지가 미당시의 실질적인 '한 생애'가 아니었나 싶다.

9) 에로티즘은 ①육체의 에로티즘, ②심정의 에로티즘, ③신성의 에로티즘 등으로 나눌 수 있는데, 이들이 반드시 분리되어 나타나는 것은 아니다(Bataille Georges, 조한경 역, 『에로티즘』, 민음사, 1997, p.15). 미당의 초기시에서는 ①이, 중기시 이후에는 ②와 ③이 주류를 이루는 것으로 파악된다. 다만 ③의 경우 원칙적으로는 신에 대한 사랑과 관련되지만, 미당시의 경우 신을 직접적 대상으로 하진 않는 것으로 보인다. 즉 미당시에서 ③은 인간적 사랑의 초월적 성격을 강조하기 위해 인간을 신비화하는 양상으로 나타난다.

10) 서정주, 「짝사랑의 역정」, 『전집 4』, 일지사, 1972, p.153.

11) 서정주, 「요즘도 생각하는 것」, ibid., p.115.

2. 몸의 사랑, 혹은 현실 일탈의 관능적 열정

사랑은 미당에게 시적 여정의 출발기부터 중요한 탐구의 대상이었다. 『화사집』을 중심으로 한 미당의 초기시는 한국시사에서 유례없이 강렬한 관능적 사랑의 세계를 솔직하게 보여주었다. 이 점에 대해서는 췌언의 여지가 없을 정도로 명백한 것이지만, 그것이 식민지 현실과의 어떠한 상관관계에 있는가 하는 점에 관해서는 적지 않은 논란이 있다. 필자가 주목하는 것은 초기시의 원시적 관능 세계가 감각의 피상적 모방을 넘어 미추와 선악의 모순적 인식 방법을 통해 도덕의 상태에까지 이르렀다[12]고 보는 관점이다. 혹자는 식민의 제국을 망각하기 위해 감각의 제국에 입문한 현실 도피적 차원에 불과[13]한 것이라고 하지만, 미당의 초기시가 이렇듯 마치 포르노그라피처럼 말초적 감각만을 형상화하고 있다고 보는 것은, 적어도 작품이나 그것의 배경이 갖는 자리행간(字裏行間)의 의미를 고려하지 않은 견해로 보인다. 미당 시의 관능적 에로티즘은 삶과 현실에 대한 내적 인식 문제와 결부되는 것임을 부정할 수 없다는 말이다. 먼저 「화사」를 보자.

　　　돌 팔매를 쏘면서, 쏘면서, 麝香 芳草ㅅ길
　　　저놈의 뒤를 따르는 것은
　　　우리 할아버지의안해가 이브라서 그러는 게 아니라
　　　石油 먹은듯……石油 먹은듯……가쁜 숨결이야

　　　바눌에 꼬여 두를까부다. 꽃다님보단도 아름다운 빛……

---

12) 김우창, loc.cit., p.30.
13) 구모룡, 「초월 미학과 무책임의 사상―未堂 서정주 미학 비판」, ≪포에지≫ 2000년 겨울호, p.23.

크레오파투라의 피먹은양 붉게 타오르는 고흔 입설이다……슴여라! 베암.

우리순네는 스물난 색시, 고양이같이 고흔 입설……슴여라! 베암.
— 「花蛇」 부분14)

이 시의 제목인 "화사"는 "꽃(花)"으로 상징된 여성15)과 "뱀(蛇)"으로 상징된 남성이 교합하는 관능적 이미지를 드러낸다. 화자인 "나"는 그 "뱀"에 대해 양가 감정을 보이고 있는데, 그 이유는 육체의 사랑을 추구하는 데서 오는 쾌락과 그것 때문에 내면에서 솟아오르는 죄의식의 고통 때문이다. "화사"에게 "돌 팔매를 쏘"는 행위가 그런 고통의 발산이라면, 그럼에도 불구하고 그 "뒤를 따르는 것"은 쾌락의 추구심이다.16) 프로이트 식으로 말하면 현실원칙과 쾌락원칙의 갈등인 셈이다. 중요한 것은 이 양가치 사이의 갈등이 아니라 "나"가 사랑 행위에 참가하지 못하고 있다는 사실이다. 즉 "나"는 사랑의 행위에 직접 동참하는 존재가 아니라 타자들의 사랑 행위를 관음증적 시선으로 관찰하고 있는 존재이다. 마지막 두 행에서 "크레오파투라"나 "순네"의 "고흔 입설"에 "슴여라!"라고 하는 반복적 외침은 바로 "나"의 그런 비정상적인 사랑의 욕망17)을 표출한 것이다. 이때 "슴여라"('스미다'의 방언형)

---

14) 이 글의 기본 텍스트는 『미당 시전집』 1, 2, 3권(민음사, 1994년)으로 한다. 원전 비평이 철저히 이루어지지 않아 철자법, 띄어쓰기 등에 있어서 문제점이 많지만 현재 나와있는 미당 텍스트 중에 가장 잘 정리되어 있어 일단 기본으로 삼는다. 또한 보조 자료로서 산문의 경우 『미당 자서전』 1, 2권(민음사, 1994)과 『서정주 문학전집』 4, 5권(일지사, 1972)을 기초로 한다. 인용시에는 『전집 1』(민음사)과 같은 약호를 사용한다.

15) 꽃은 식물의 성기(澁澤龍彦, 문대찬 역, 『몸, 쾌락, 에로티즘』, 바다출판사, 1999, p.11)이다.

16) 김화영, 『미당 서정주의 시에 대하여』, 민음사, 1984, p.24.

17) 남진우가 '화사'를 남녀 양성 구유(具有)의 존재(「남녀 양성의 신화」, 『미당연구』, p.204)로 본 것은 아주 흥미로운 견해이다. 이때 "화사"는 자체적인 교합의 이미

는 '몸 속 깊이 느껴라', 혹은 '마음이나 정 따위를 담아라'의 성적인 뜻이 가진 말이기 때문이다. 성(性)과 관련된 이러한 관음증적 세계에의 탐닉은 "나"가 사랑을 주체적으로 행동화하지 못하는 상황에 있음을 뜻한다. 이 시의 창작 시기를 염두에 둘 때 주체적으로 살아갈 수 없는 식민지 현실이라는 비정상적인 삶의 환경이 결과적으로 이 같은 비정상적인 사랑에 몰입하게 했다고 볼 수 있다. 정상적인 사랑이나 삶이란 주체가 타자와의 결합을 통해 또 다른 주체로 나아가는 변증법적 자기 확대 과정을 통해 이루어진다고 볼 때, 관음증은 그런 과정이 불가능한 시대적, 현실적 여건에서 일탈하고자 하는 욕망의 표현이라고 할 수 있다.

이러한 현상은 "땅에 누어서 배암같은 게집은/ 땀흘려 땀흘려/ 어지러운 나ㅡㄹ 엎드리었다"(「맥하」)라는 시구에서도 찾을 수 있는데, 이때 "게집"이 "나ㅡㄹ 엎드리었다"고 하는 것은 사랑의 행위가 피동적임을 뜻한다. 이처럼 비정상적 관능의 에로티즘은 성적 금기를 위반함으로써 현실의 삶을 망각하고자 하는 능동적 행위로 나타나기도 한다. 「대낮」을 보자.

> 따서 먹으면 자는듯이 죽는다는
> 붉은 꽃밭새이 길이 있어
>
> 핫슈 먹은듯 취해 나자빠진
> 능구렁이같은 등어릿길로,
> 님은 다라나며 나를 부르고……

───────────

지를 지니게 되는 것인 바, "나"가 화사를 따르는 행위 자체는 그러므로 관음증적인 욕망일 수밖에 없다. 더구나 마지막 두 행의 문맥을 "베암"으로 비유된 남성 성기로 하여금 "입설"로 비유된 여성 성기에 "슴여라"라고 하는 요구는 양성 생식이든 아니든 상관없이 남녀 교합을 엿보고자 하는 욕구의 표현이다.

强한 향기로 흐르는 코피
두손에 받으며 나는 쫓느니

밤처럼 고요한 끌른 대낮에
우리 둘이는 웬몸이 달어……

—「대낮」 전문

　이 시도 남녀의 성행위를 형상화하고 있지만 "나"는 단지 관찰자가
아니라 능동적인 행위자라는 점에서 「화사」의 경우와는 다르다. 시의
중심 대상인 '대낮의 정사'는 "님"이 "나를 부르"고 "나는 쫓"는 과정
을 거쳐 "우리 둘이는 웬몸이 달어" 있는 상태에서 극에 달하는데, 이
는 두 가지의 금기를 위반하면서 이루어지는 현실 일탈 행위이다. 하
나는 정사 자체의 성적 금기이고, 다른 하나는 시간적 배경이 낮이라
는 점에서의 금기(정사는 주로 밤에 이루어지므로)이다. 이런 금기 위
반은 "强한 향기로 흐르는 코피/ 두손에 받으며" 이루어지는 치열한
행위를 통해 이루어지는 만큼 현실 일탈의 강한 의지를 내포한 것으로
볼 수 있다. 「맥하」, 「입맞춤」, 「옹계(하)」 등에서도 이 작품과 같은 강
렬한 육체의 에로티즘이 나타난다.
　이러한 육체적 에로티즘은 단지 감각적, 개인적인 차원에서 이루어
지는 것이 아니다. 인간의 에로티즘은 생식을 목적으로 하는 다른 동
물의 성행위와는 달리 말초적 감각의 문제가 아니라 내적 삶을 문제
삼는 것[18]이며, 인간 개개인이 불연속적 존재라는 데서 오는 허무감을
자기 외의 타자와의 현혹적 연속성[19]을 통해 극복하려는 능동적 행위
이기 때문이다. 다시 말해 육체적 에로티즘의 몰입은 이성적, 현실적

---

18) Bataille Georges, op.cit., p.31.
19) Bataille Georges, ibid., p.18.

자아를 망각함으로써 역설적으로 새로운 자아를 얻고자 하는 충동이라 할 수 있다. 관능의 심층적 에너지로서 리비도란 근본적으로 삶의 충동이듯이 말이다. 초기시 가운데 "나는 단하나의 精靈이되야 내少女들을 불러 이르킨다./ 그들은 역시 나를 지키고 있었던 것이다"(「무슨 꽃으로 문지르는 가슴이기에 나는 이리도 살고 싶은가」 부분)라는 시구에도 그런 의미가 담겨 있다. 한 시절 피의 용솟음을 불러 일으켰던 사랑의 대상("소녀들")이 관능적, 감각적 사랑의 대상일 뿐 아니라 "나"의 내적 삶을 지배하는 "정령"이었다. 이렇듯 미당시에서 육체적 에로티즘의 추구는 일차적으로 인간이 본래적으로 지닌 내적 삶의 충동인 리비도의 발산인 것이다.

그렇지만 육체적 에로티즘의 추구는 동시에 당대적 시대 현실의 고통에서 일탈하기 위한 욕망과 관련된다. 육체적 에로티즘은 단순히 생물학적 자극의 문제가 아니라 외부 상황의 중압으로 환상을 만들어 내는 것[20]이며, 성적 충동도 육체적인 접촉으로 전환된 사회적 관계[21]라고 할 수 있기 때문이다. 또한 초기의 사랑시편을 다른 일반적인 시와 함께 읽을 경우에도 그 관능적 열정이 단순한 감각 취향만이 아니었음을 짐작하게 해준다. 초기시 가운데 「자화상」의 "애비는 종", 「벽」의 "설움", 「부흥이」의 "머릿속 암야", 「혁명」의 "징역의 시간" 등이 초점화된 다른 텍스트들은 미당시의 관능적 열정이 현실의 질곡과 전혀 무관한 것이 아님을 방증해 준다. 미당 자신도 초기시의 세계가 헬레니즘적 인본주의 정신과 니체적 몸 철학, 그리고 토속적 세계에 관심을 둔 결과였으며 그것은 동시에 민족적 슬픔과 관련된다고 고백[22]한 적

---

20) Elizabeth Wright, 권택영 역, 『정신분석비평』, 문예출판사, 1989, p.22.
21) 정화열, 「비코와 몸의 정치의 비평적 계보」, 이거룡 외, 『몸 또는 욕망의 사다리』, 한길사, 1999, p.113.
22) 서정주, 「미당과의 대화」, 《문학사상》 1972년 12월호, p.253.

이 있다. 이는 초기시의 창작 의도를 엿볼 수 있는 발언으로서 초기시가 식민지 치하의 현실에 대해 적극적인 저항이나 응전의 결과는 아니지만 그러한 현실에 적극적으로 순응을 하고자 했던 결과도 아니라는 점을 말해준다. 미당은 당대적 현실의 고통을 내면적으로 자각하고 있었으며, 초기시의 육체적 에로티즘은 그런 고통을 일탈하고자 하는 의도를 반영한 것이다.

3. 영성(靈性)의 사랑, 혹은 현세 초월의 정신적 의지

『서정주시선』 이후 미당은 열정적 관능의 매개인 몸(혹은 "피")을 초월하여 영성의 사랑을 추구한다. 초기시의 현실과 서정, 관능적 몸과 정신, 개인과 공동체의 갈등과 긴장 상태에서, 현실과 몸과 개인의 농도가 옅어지고 정신성이 지배하는 초월적 사랑[23]으로 나간 것이다. 『신라초』에서 "피가 잉잉거리던 病은 이제 다 나았습니다"(「사소 두 번째의 편지 단편」)라는 선언적 진술은 향후 미당의 사랑시가 추구해 나갈 방향을 드러내는데, 이 선언적 시구가 더욱 구체화된 작품은 「선덕여왕의 말씀」이다.

> 살(肉體)의 일로써 살의 일로써 미친 사내에게는
> 살 닿는 것 중 그중 빛나는 黃金 팔지를 그 가슴 위에,
> 그래도 그 어지러운 불이 다스려지지 않거든

---

23) 이승훈은 이런 사랑에 대해 진정한 의미의 사랑이 아니라고 본다(「서정주의 초기에 나타난 미적 특성」, 『미당연구』, p.458 참조). 물론 인간적 갈등이 사라졌다는 점에 초점을 두고 보면 충분히 가능한 견해이다. 그렇지만 이런 사랑이 여전히 신을 향한 신앙이 아니라 인간 정신의 문제와 관련된다는 점에서 이 글에서 말하고자 하는 사랑의 의미에 포괄될 수 있다.

다스리는 노래는 바다 넘어서 하늘 끝까지.

하지만 사랑이거든
그것이 참말로 사랑이거든
서라벌 千年의 知慧가 가꾼 國法보다도 불보다도
늘 항상 타고 있거라.

朕의 무덤은 푸른 嶺 위의 欲界 第二天
피 예 있으니, 피 예 있으니, 어쩔 수 없이
구름 엉기고, 비 터잡는 데ー 그런 하늘 속.

내 못 떠난다.

ー「善德女王의 말씀」 부분

이 시는 몸의 사랑에서 영성의 사랑으로 나아가는 과정[24]을 보여준
다. 『삼국유사』의 「지귀설화」를 모티브로 한 이 작품의 지배소는 지귀
(志鬼)를 위로한 선덕여왕의 사랑이다. 그녀는 자신을 짝사랑한 지귀라
는 인물의 육욕적 사랑("살의 일로써 미친 사내")을 영적인 사랑의 세
계로 인도하려는 존재[25]이다. 그녀가 지귀를 인도하려는 곳은 자신도
죽으면 묻히고 싶다("朕의 무덤")고 했다고 전해지는 "欲界 第二天"이
다. 그곳은 상계와 하계의 고통스런 변증법[26]의 세계로서 도리천(忉利
天)이라고도 한다. 그곳은 현세의 상징인 "國法"마저 초월할 수 있는
"위대한 사랑"[27]이 가능한 장소로서 "하늘 끝" 혹은 "하늘 속"이다. 미

---

24) 초기시 「귀촉도」에서 "제 피에 취한 새가 귀촉도 운다/ 그대 하늘 끝 호올로 가
　신 임아"라는 시구는 "피"와 "하늘"이 함께 등장하여 위의 시와 유사한 양상을
　보여준다. 그렇지만 이 시가 발표되는 즈음에는 "신라"라는 구체적 매개항이 아
　직 등장하지 않는다는 점에서 "하늘"의 사랑은 아직 본격화되지 않은 셈이다.
25) 후기시에 속하는 「志鬼와 善德女王의 艶史」에서도 이 같은 양상이 반복적으로
　드러난다.
26) 김화영, op.cit., p.65.
27) 서정주, 「연인들의 연인, 여왕 선덕」, 『전집 5』, p.130.

당시의 사랑이 비로소 영원한 영성적 세계인 "하늘"을 배경으로 삼기 시작한 것이다. 또한 그 "하늘"이 "서라벌", 즉 신라의 하늘이라는 점도 주목해서 보아야 할 대목이다. 이후 미당의 사랑시편이 영원한 유토피아로서의 신라 정신, 혹은 불교 정신을 본격적으로 수용하기 시작하였기 때문이다.

이런 "하늘"의 경지를 지향함으로써 미당은 "신령님 …(중략)… 내 마음의 빛깔은 당신의 사랑입니다"(「다시 밝은 날에－춘향의 말 貳」)나, "천길 땅 밑을 검은 물로 흐르거나/ 도솔천의 하늘을 구름으로 날드래도/ 그건 결국 도련님 곁 아니예요?"(「춘향유문－춘향의 말 參」)에서처럼 영성적, 초월적인 사랑을 간취하게 된다. 이 작품들 이후 『동천』에 이르면 미당시는 "피"의 흔적이 거의 사라지고 삶의 구체적인 추미(醜美)를 초월하여 매끈하게 걸러진 영원한 사랑의 세계로 나간다. 『신라초』에 아직 남아 있었던 이승에서의 고통이나 갈등도 훌쩍 뛰어넘어 절대적이고 영원한 세계에 진입하는 것이다. 「동천」은 그런 천상적(天上的) 사랑의 시이다.

> 내 마음 속 우리님의 고은 눈썹을
> 즈문밤의 꿈으로 맑게 씻어서
> 하늘에다 옴기어 심어 놨더니
> 동지 섣달 나르는 매서운 새가
> 그걸 알고 시늉하며 비끼어 가네
>
> ─「冬天」 전문

여기서 사랑은 어떤 고통이나 과정을 동반하는 지상의 것이 아니라 이미 완성되어 있는 "하늘"의 것이다. 그 대상인 "우리님"에 대한 사랑은 인간사의 구체적인 것이라기보다는 막연히 "고은" 어떤 것이다. 즉 육체적, 현실적 구체성을 초월한 "내 마음 속"의 사랑이고, 그 사랑의 거처는 "하늘"로 표상된 절대 공간이다. 그 시간 배경도 "즈문밤"으로 암시되어 있듯이 현실적 시간 범주를 넘어서 영원에 가까운 것이다. 이런 배경 하에 이루어지는 사랑의 초월적 성격은 "동지 섣달 나르는 매서운 새"가 "비끼어 가"고 있는 상태에서 더욱 강조된다. 화자는 육체가 아닌 "마음 속"의 사랑, 그러니까 초월적, 천상적(天上的) 사랑을 "하늘에다 옴"기는 데 성공한 존재이고, "동지 섣달을 나르는" 새는 그런 사랑의 고절함을 흠모해 마지않는 존재이다. 따라서 이 시는 미당의 사랑시편 중에 아마도 가장 높은 "하늘"에 존재하는 사랑을 형상화한 것으로 볼 수 있다.

이 천상적 사랑의 영성적 특성은 또한 토속적 신비 체험과도 관련된다. 이는 초기시에서도 이미 암시되었던 것28)이지만 그 본격적인 전개는 『질마재 신화』 이후부터 이루어진다. 우선 「신부」를 보자.

> 新婦는 초록 저고리 다홍치마로 겨우 귀밑머리만 풀리운 채 新郎하고 첫날밤을 아직 앉아 있었는데, 新郎이 그만 오줌이 급해져서 냉큼 일어나 달려가는 바람에 옷자락이 문 돌쩌귀에 걸렸습니다. 그것을 新郎은 생각이 또 급해서 제 新婦가 음탕해서 그 새를 못 참아서 뒤에서 손으로 잡아다리는 거라고, 그렇게만 알곤 뒤도 안 돌아보고 나가 버렸습니다. 문 돌쩌귀에 걸린 옷자락이 찢어진 채로 오줌 누곤 못 쓰겠다며 달아나 버렸습니다.
>
> 그러고 나서 四十年인가 五十年인가 지나간 뒤에 뜻밖에 딴 볼일이 생겨 이 新婦네 집 옆을 지나가다가 그래도 잠시 궁금해서 新婦방 문을 열고 들여다보니 新婦는 귀밑머리만 풀린 첫날밤 모양 그대로 초록 저고리 다홍치마로 아직도 고스란히 앉아 있었습니다. 안스러운 생각이 들어 그

---

28) 『화사집』의 「瓦家의 傳說」, 「高乙那의 딸」, 「雄鷄(上)」, 「雄鷄(下)」 등과 『귀촉도』
   의 「牽牛의 노래」, 「石窟庵觀世音의 노래」, 「귀촉도」, 「門열어라 鄭道令아」 등이
   그러하다.

어깨를 가서 어루만지니 그때서야 매운재가 되어 폭삭 내려앉아 버렸습니다. 초록 재와 다홍 재로 내려앉아 버렸습니다.

—「新婦」전문

이 시는 어떤 신부와 신랑의 "첫날밤" 이야기를 소재로 하고 있다. 이야기는 성질이 급하고 어리석은 신랑과 신비스런 존재인 신부가 이끌어 간다. 첫날밤의 긴장감 때문에 "오줌"을 누러 가다가 "문 돌쩌귀"에 옷자락이 걸린 신랑은 신부가 "음탕"해 자신을 잡아당긴 것이라고 오해하고는 달아나 버린다. 신랑의 오해와 어리석음으로 인해 부부의 연을 맺어보지도 못하고 사랑은 파탄지경에 이른 것이다. 그런데 신랑이 "사십년인가 오십년인가"의 시간이 흐른 뒤 그 오해의 장소에 가보니, 신기하게도 신부는 첫날밤 그대로의 모습으로 있었다. 신랑이 "안스러운 생각"에 신부의 "어깨를 가서 어루만지"자 "초록 재와 다홍 재로 내려앉아 버렸"다는 것이다. 이 이야기에서 신부는 속물적이고 어리석은 신랑에게 사랑의 진실을 깨우쳐 준 신비스런 존재다. 이 시가 흥미로운 것은 우선 소재 자체가 주는 재미와 그것을 옛날이야기 투로 자연스럽게 풀어 간 성인 동화적인[29] 성격 때문이다. 그렇지만 이 시를 더욱 흥미롭게 한 것은 현실적 시간을 초월한 신부의 신비스런 사랑을 형상화하고 있다는 점이다. 이처럼 죽은 애인의 "혼백"을 불러내어 "이얘기"(「대나무 통 속에다 넣어둔 애인의 넋에」)하는 일마저 가능한 것이 『질마재 신화』 이후를 지배하는 사랑법이다.

이러한 사랑의 신비 체험은 에로티즘의 의미를 더욱 깊게 하여[30] 미당시의 사랑이 지닌 영성을 고양시켜 주었다. 그런데 『질마재 신화』 이후의 신비스런 사랑과의 상호작용을 통해 미당시의 사랑을 더욱 아

---

29) 김주연, 「신비주의 속의 여인들……詩? 詩」, 『미당연구』, p.389.
30) Bataille Georges, op.cit., p.24.

름답게 해주는 것은 토속적 사랑의 건강함이다.

「누구네 마누라허고 누구네 男丁네허고 붙었다네!」 소문만 나는 날은 맨 먼저 동네 나팔이란 나팔은 있는 대로 다 나와서 <뚜왈랄랄 뚜왈랄랄> 막 불어자치고, 꽹과리도, 징도, 小鼓도 북도 모조리 그대로만 가만 있진 못하고, 퉁기쳐 나와 법석을 떨고, 男女老少, 심지어는 강아지 닭들까지 풍겨져 나와 외치고 달리고, 하늘도 아플 밖에는 별 수가 없었읍니다.
마을 사람들은 아픈 하늘을 데불고 家畜 오양깐으로 가서 家畜用의 여물을 날라 마을의 우물에 모조리 뿌려 메꾸었읍니다. 그러고는 이 한 해 동안 우물물을 어느것도 길어 마시지 못하고, 山골에 들판에 따로 따로 生水 구먹을 찾아서 渴症을 달래어 마실 물을 대어 갔읍니다.
　　　　　　　　　　　　　　　　　　　　　　　— 「姦通事件과 우물」 부분

　이 시에서 중요한 것은 "간통사건" 자체나 그 주인공들인 "누구네 마누라"와 "누구네 남정네"가 아니라 그 사건에 대한 "마을 사람들"의 반응이다. 하나의 스캔들로서 치부해 버릴 수도 있는 사건에 대해 온 "마을 사람들"이 나서서 한바탕 "법석"을 떨고, 심지어는 "우물"까지 메꾸어 버리는 행위는 그들이 지닌 사랑에 대한 건강한 가치관의 표현이다. 그들이 지닌 순정하고 공동체적인 가치관은 너무도 절실하고 절대적이어서 "하늘도 아플 밖에는 별 수가 없"다. 그들의 행위는 건강하지 못한 사랑을 자신들의 삶의 영역에서 물리치기 위한 일종의 집단적 주술 행위와도 같은 것이다. 이러한 공동체 의식 속에 살아가는 질마재 사람들의 사랑은 "외할머니는 그 남편의 바닷물이 자기집 마당에 몰려 들어오는 것을 보고 그렇게 말도 못 하고 얼굴만 붉어져 있었던 것이겠지요"(「해일」)나, "그 동이의 물을 한 방울도 안 앞지르고 조심해 걸어와서 내 앞을 지날 때는 그 애는 내게 눈을 보내 나와 눈을 맞추고 빙그레 소리없이 웃었읍니다"(「그 애가 물동이의 물을 한 방울도 안 앞지르고 걸어왔을 때」), 그리고 "저쪽에선 눈도 거들떠보지도 않는데 그만 혼자 相思病에 걸리고 말았것다"(「김유신풍」)에서처럼 질마재 사람들의 순정한 심금에 자리 잡을 수밖에 없음은 당연하다.

이처럼 미당이 중후기시에서 추구했던 심정의 에로티즘, 혹은 신성의 에로티즘은 현세를 초월하는 영성적 성격을 지닌다. 그것이 비록 미당 시어의 아름다움을 조형적이고 복고적인 세계에 갇히게 한[31] 면도 있지만, 일견 정치적 현실과 경직된 이데올로기에 지나치게 복속된 채 살아왔던 한국인의 근대적 삶에 정신적, 정서적 여유를 제공해 주었음에 틀림없다. 현실이 모순으로 가득 차 있을 때 인간이 할 수 있는 가장 극단적인 행동에는 절대적 저항과 무조건적 순응이 있을 터이지만 미당은 그런 극단적인 행동을 할 수 있는 인물이 아니었다. 초월은 그 둘 사이의 중간적 행동 양식이라 할 수 있을 터인데, 미당이 추구한 초월적 사랑은 고통스런 현실을 뛰어넘기 위한 현실에 대한 일종의 역반응이다. 이것은 인간사가 사랑의 구체적 고통이나 과정마저 허용하지 않는 경직된 상황에서 선택할 수 있었던 사랑의 한 방식이다. 미당은 일견 생래적으로 순수 "서정시"(「나의 시」)만을 쓸 수밖에 없었던 순진한 시심의 소유자였기에 이 선택은 그의 시를 위한(그의 삶이 아니라) 선택으로서의 의미가 있다. 미당 자신과 한국 시단을 괴롭혔던 그 악명 높은 친일시를 비롯하여 다른 행사시나 축시 등 미당이 정치사회적 현실에 일상적 삶에 대해 직접적인 관심을 보이는 시편들의 경우, 어김없이 문학적 실패에 부딪치고 말았다는 사실에 주목해 보면 그 의미를 이해할 수 있을 것이다.

---

31) 임우기, loc.cit.

4. 가벼운 사랑, 혹은 일상적 유희와 사소한 에피소드

미당의 사랑시편이 보여주는 또 하나의 특징은 일상적이고 가벼운 유희와 사소한 에피소드로서의 사랑을 형상화하고 있다는 점이다. 이런 류의 시에 나타나는 사랑은 초기시의 육체적 열정이라든가 중후기시의 초월적 의지를 동반한 사랑과는 아주 다른 것이다. 이 경우에 사랑은 치열한 시정신으로 작용하는 것이 아니라 관념적 진술이나 가벼운 일상의 대상이 되고 만다. 이런 사랑의 시편들은 밋밋한 유행가풍을 닮게 되는데, 가령 『귀촉도』에 실린 「견우의 노래」를 보자.

> 우리들의 사랑을 위하여서는
> 이별이, 이별이 있어야 하네
>
> 높았다, 낮었다, 출렁이는 물ㅅ살과
> 물ㅅ살 몰아 갔다오는 바람만이 있어야하네.
>
> 오─ 우리들의 그리움을 위하여서는
> 푸른 銀河ㅅ물이 있어야 하네.
>
> 도라서는 갈 수 없는 오롯한 이 자리에
> 불타는 홀몸만이 있어야 하네!
>
> ― 「牽牛의 노래」 부분

제목에서 알 수 있듯이 이 시는 전래 설화인 「견우와 직녀」를 모티브 삼아 창작한 것이다. 이 시의 메시지, 즉 진정한 사랑은 "이별"과 "그리움"을 통해 성립되는 것이라는 에피그람은 중요한 의미가 있다. 그러나 이 경구적 진중함에도 불구하고, 전체적으로는 전래 설화의 내용을 단지 운문적 진술로 바꾸어 놓는 데 그쳤다는 인상을 준다. 또한 사랑을 위한 "이별"의 필요성을 말하고 있으나, 전후맥락이 생략된 채 막연한 "사랑"과 "이별"을 드러낼 뿐이다. "사랑", "이별", "그리움" 등의 관념적 시어들이 반복되면서 시가 막연하고 추상적인 것이 되고 말았으며, 특히 더 깊은 사랑을 위한 내적 자각의 계기이어야 할 "이별"이 일종의 장식적, 수사적 역할 이상을 감당해 내지 못하고 있다. "우리들의 사랑"과 "우리들의 그리움"을 위해서 존재할 "불타는 홀몸"도 사랑의 고뇌가 얽혀 있지 못한 다소 감상적인 고독이다.

이처럼 전래 설화를 차용하여 구체적 과정 없이 "사랑"의 당위성만을 요구하는 경우, 그것은 유행가에 흔히 등장하는 밋밋한 사랑이거나 성급한 결과로서의 사랑이라는 인상을 떨쳐버리기 어렵다. 『서정주시선』에 실린 「신록」도 사정은 비슷하다.

> 어이 할거나
> 아— 나는 사랑을 가졌어라
> 남 몰래 혼자서 사랑을 가졌어라!
>
> 천지엔 이제 꽃닢이 지고
> 새로운 녹음이 다시 돋아나
> 또 한번 나—ㄹ 에워싸는데
>
> …(중략)…
>
> 아— 나는 사랑을 가졌어라
> 꾀꼬리처럼 울지도 못할
> 기찬 사랑을 혼자서 가졌어라
>
> — 「新綠」 부분

이 시는 어떤 "사랑"을 소유하게 된 "나"의 설렘과 감정을 표현하고 있다. 미당의 사랑시편 중에 가장 수월하게 읽히는 편에 속하는 작품이지만, 그만큼 반복적 되풀이가 많고 음악성의 확보를 위해 시의 깊이가 희생된 경우[32]이다. 당연히 시적 응축미가 사라지고 시상이 느슨한 상태에 머물고 있다. 또한 "사랑"이 체험적 과정을 통해 이루어지는 것이 아니라 선험적으로 이미 간직한 것일 뿐이다. 봄꽃의 화려함이 지고 신록이 짙어지는 충만한 계절에 "기찬 사랑"을 가졌다는 사실만을 막연하게 거듭 강조하고 있는 셈이다. 그러니까 사랑은 불현듯 찾아온 것이지 인간적 고뇌와 갈등을 거쳐 성취된 것이 아니다. 시의 모두에 전제된 "남 몰래 혼자서" 가진 "사랑"이라는 데서 유추해 보건대, 이 시에서의 사랑은 타자를 수용하여 더 큰 자아를 성취하는 과정이라기보다는 혼자만의 나르시스적 도취라고 볼 수밖에 없다. 이 시의 분위기를 지배하는 "아—"와 "사랑을 가졌어라!"와 같은 영탄적 어조의 반복도 그런 나르시스적 감정을 강조하는 데 일조하고 있다. 이는 시의 주인공인 "나"가 사랑의 과정을 이끌어 가는 한 주체로서 존재하지 못한 상태임을 말해준다.

다른 시에서 "눈이 부시게 푸르른 날은/ 그리운 사람을 그리워하자"(「푸르른 날」)라는 시구도 이 같은 사랑법에서 멀리 벗어나 있지 않다. 또는 사랑이 "마리아, 내 사랑은 이젠/ 네 後光을 彩色하는 물감이나 될 수밖에 없네"(「무제」)라고 했을 때처럼, 삶의 부수적 역할에 그치고 만 것이다. 이런 사랑이 다음 시에서처럼 가벼운 유희로 변전되는 것은 어쩌면 당연한 귀결이 아닐까 한다.

> 그 갈보계집아이와 낄낄낄낄 낄낄거리며
> 한 식경을 겨드랑이에 발바닥에 서로 간지럼 먹이며
> 참 여러 십년만에 모처럼 한바탕 잘 웃고 놀다.

---

32) 유종호, loc.cit., p.344.

내 回甲 紀念 詩畵展에서 번
五千원 짜리도 한장 쓰윽 끄내 주고
며칠 뒤에 또 만나자고 했는데,
또 와 보니
그애는 그새 벌써 보따리 싸
어디론지 또 한 구비 떠돌이 길을 떠나고 없고,
딴 애하고
詩人이 똑 같은 흉내를 두 번
되풀이하는 것도 뭣하고 하여,
이걸로 이것도 끝장인가 하니
못내 섭섭타.

　　　　　　　　　　— 「大邱 郊外의 酒幕에서」 부분

　　『떠돌이의 시』에 실려 있는 이 시는 미당의 사랑시 가운데 가장 자
유로운 경지에 이른 경우에 속한다. 그렇지만 이 자유가 시적 응축과
표현미를 지켜내면서 성취한 것은 아니라는 데 문제가 있다. "갈보계
집아이와 낄낄"거리며 "웃고 노"는 일, 그것은 이미 진실한 사랑의 의
미를 상실한 일종의 장난기[33]에 불과하다. 모든 사랑이 반드시 진지하
고 무거워야만 되는 것은 아니지만, 그렇다고 하여 이성과의 모든 행
위가 다 사랑이란 이름을 획득할 수 있는 것도 아니다. 이전의 우리
시에서 찾을 수 없었던 산문성과 가벼움을 통해 시적 자유를 획득한
대신, 시적 긴장미라든가 시상의 완결미에 있어서는 일정 부분 문제적
인 모습을 보여주는 경우이다. 다시 말해 이 시가 『질마재 신화』 이래
의 대부분의 시를 특징짓는 '이야기하는 재미'와 '간지럼과 웃음'의 감
각이 형이상학적 관념으로부터 시를 해방시킬 수 있는 가능성을 열어
준 것[34]은 사실이지만, 일상적 진술마저도 곧 시라고 하는 식의 미당

---

33) 김우창, loc.cit., p.165.
34) 김화영, op.cit., p.149.

시의 문제적 성격이 드러나는 계기이기도 하다. 시의 후반부에 "시인이 똑 같은 흉내를 두 번" 하기를 경계하는 것에서 그 나름대로의 긍정적인 의미를 부여할 수도 있겠으나, 시의 내용 자체가 시를 창작하기 위한 체험적 재료는 될 수 있을지언정 그것이 곧 좋은 시라고 보기는 어렵다.

특히 "1978년 8·15 해방 기념일날 있었던 일의 회상"이라는 주해가 곁들여진, 「방랑하는 한 젊은 벽안여인과의 대화─씨드니에서」에서 "애. 입이나 한번 맞추어보자"고 할 때의 사랑은 더더욱 가벼운 개인적 유희로 전락한다. 경우에 따라서는 영성적 사랑의 중요한 매개였던 "신라"와 관련된 경우에도 그런 장난기에 의해 가벼운 사랑으로 변전되고 만다.

> 신라의 어느 사내 진땀 흘리며
> 계집과 수풀에서 그 짓을 하고 있다가
> 떠러지는 홍시에 마음이 쏠려
> 또그르르 그만 그리로 굴러가버리듯
> 나도 이젠 고로초롬만 살았으면 싶어라.
>
> ─「雨中有題」 부분

> 新羅 上代 女子들 가운데는
> 밤에 어둔 밤길을 가다가
> 하늘에 별빛을 입으로 읊어먹고 와서
> 사내하고 같이 잠자리에 들어
> 애기를 배는 색시도 있었네.
> 그것 참 무척은 황홀해 좋았을 거야
>
> ─「애를 밸 때, 낳은 때」 부분

이러한 시구들은 앞의 시에 드러난 유희적 사랑이 『신라초』에서 보여주었던 "신라"라고 하는 영성적 사랑의 에피세트마저도 거침없이 가벼운 에피소드의 차원으로 내려 앉힌 경우이다. 앞의 시는 『떠돌이의 시』에 실려 있는 것으로서 "그 짓을 하"다가 "떨어지는 홍시에 마음이 쏠"리듯 살고자 하는 욕망을 표현하고 있다. "홍시에 마음이 쏠"린다는 것은 뒤집어 보면 "그 짓"을 사랑의 행위보다는 사소한 장난으로 여기고 있다는 뜻이 된다. 이는 몸의 사랑이든 마음의 사랑이든 모두 망각한 상태인데, 특히 "고로초롬"이란 말은 그 애매한 뉘앙스로 인하여 사랑에 대한 무감하고 방관적 태도를 강조하는 역할을 한다. 또한 『학이 울고간 날들의 시』에 실려 있는 뒤의 시도 마찬가지다. 어느 "신라 상대 여자"가 "사내"와의 "잠자리"를 통해 "애기를 배는" 일에 대해, "참 무척은 황홀해 좋았을 거"라는 과장적 영탄으로 일관한다. 그 여자가 "하늘에 별빛을 입으로 은어먹"었다는 신비감도 이 장난스런 영탄으로 인하여 제 역할을 다하지 못한다.

이러한 유희적, 에피소드적 사랑시편들은 결국 『동천』에서 일찍이 "애인이여/ 너를 만날 약속을 이젠 그만 어기고/ 도중에서/ 한눈이나 좀 팔고 놀다 가기로 한다/ 너 대신/ 무슨 풀잎사귀나 하나/ 가벼히 생각하면서/ 너와 나 새이/ 절깐을 짖더래도/ 가벼히 한눈 파는/ 풀잎사귀 절이나 하나 짖어 놓고 가려한다."(「가벼히」 전문)라고 했던 시의 사랑에 대한 인식의 확대 재생산이었다. 사랑이 쉽사리 이루어지지 않는다고 하여 "애인"과의 만남을 외면하고 "가벼히 한눈 파는" 일에 나서는 행위를 진정성을 동반한 사랑이라고 볼 수는 없다. 이때 사랑은 일종의 에피소드, 그러니까 절실한 필연으로서의 사랑을 부정하고 우연하고 일상적인 에피소드로서의 가벼운 사랑을 추구한 것이다. 이는 미당의 사랑시편 가운데 가장 비판받아야 할 부분으로 생각된다.

5. 결 론

미당은 시적 생애의 전시기에 걸쳐 사랑시편을 지속적으로 창작해 온 사랑의 시인이었다. 미당이 사랑의 시심을 일평생 간직하고 살 수 있었던 것은 그가 무엇보다도 리비도가 강한 시인이었기 때문이다. 이러한 생래적 기질 외에 그가 살아간 불운한 시대적 정황도 에로티즘에 몰입하게 만든 중요한 요인이었다. 청년 시절에 체험한 일제 식민지 치하와 중장년 시절에 체험한 각박했던 시대 현실 속에서 심한 결핍감과 허무감을 느낀 서정주는 그런 현실을 일탈하거나 초월하기 위한 방편으로 에로티즘의 시에 몰입했던 것이다. 또한 시와 사랑에 대한 미당의 통찰도 사랑시를 연작(連作)하게 한 하나의 요인이었다. 사랑과 시에 대해 일갈한 시구들인 "<사랑한다> 그것은 말씀도 아닌/ 벙어릿 속의 오르막 音階의 메아리들 같"(「사십」)은 것이라거나, "내가 줏어모은 꽃들은 저절로 내 손에서 땅우에 떨어져 구을르고 또 그런 마음으로밖에는 나는 내 시를 쓸 수가 없"(「나의 시」)다는 부분을 보면, 미당은 불완전한 "말씀"으로써 사랑을 노래하는 시인의 운명을 자각하고 있었으며, 그런 사랑은 쉽사리 완성될 수 없는 어떤 가능성으로서만 존재한다는 인식을 갖고 있었다. 그러므로 "말씀", 혹은 "시"는 라캉식으로 말하면 궁극적 기의로서의 사랑을 반복적으로 드러내는 기표에 불과하며, 사랑시편들이란 궁극적 사랑에 도달하고자 하는 시인의 끝없는 대체[35]로서의 언어 현상일 뿐임을 미당은 깨닫고 있었던 것이다.

이제까지 살펴본 대로 미당시의 에로티즘은 다음과 같은 세 가지

---

35) Benvenuto B & Kennedy R, *The Works of Jacques Lacan. An introduction*(London, Free Association Books, 1986), p.185. 여기서는 이종주, 「사랑의 정신분석」, 《현대시 사상》 1996년 가을호, p.111에서 재인용.

특징을 갖는다. 첫째, 미당시의 에로티즘은 현실 일탈을 위한 관능적 열정이다. 「화사」, 「대낮」, 「맥하」, 「입맞춤」 등 주로 초기시에 등장하는 원시적 생명력이 짙게 드리운 육욕적 사랑은, 육체의 에로티즘을 단순한 말초적 감각이 아니라 내적 삶의 인식 방법이었다는 점에서, 한국 현대시에 있어서 사랑시의 새로운 경지를 개척해 준 것으로 볼 수 있다. 둘째, 미당시의 에로티즘은 영원불변한 영성의 세계를 향한 현세 초월의 의지다. 「선덕여왕의 말씀」, 「동천」, 「신부」, 「간통사건과 우물」 등 주로 중후기시에 등장하는 신라(불교) 정신과 토속적 서정을 바탕으로 한 사랑의 세계는, 인간적 한계를 뛰어넘는 영원하고 정신적인 사랑의 동양적 가치관을 고양시켜 주었다는 점에서 주목할 만하다. 이들 두 유형의 시편들은 일상이나 현실과의 미적 거리를 확보함으로써 시적 표현미의 성공을 거둔 경우에 해당된다. 셋째, 미당시의 에로티즘은 가벼운 유희와 사소한 에피소드이다. 「견우의 노래」, 「신록」, 「대구 교외의 주막에서」, 「우중유제」, 「가벼히」 등 특정한 시기와 상관없이 등장하는 이러한 사랑은 미당의 사랑시편들 가운데 가장 비판받아야 할 부분이라고 할 수 있다. 앞의 두 유형에 비해 관념이나 일상과의 미적 거리를 확보하지 못했을 뿐 아니라 사랑의 진솔함이나 응축된 표현미를 보여주지 못했기 때문이다.

  마지막으로, 최근 미당의 죽음과 함께 그의 시적 공과에 대한 논의가 활발히 진행되고 있지만, 적지 않은 논자들이 어느 특정한 시기나 몇몇 작품을 토대로, 심지어는 미당의 일상적 행동이나 그와 생전에 가진 인간관계를 토대로 지나치게 일방적, 과장적 평가를 내리고 있다는 점에 대해 지적해 둔다. 시적 재능에 있어서 대한민국 최고의 시인으로 평가받는가 하면, 역사 감각에 있어서 최악의 시인이라는 평가를 받기도 하는 것은 이런 이유 때문이다. 요컨대 한 시인의 업적을 평가할 때는 전체적 시각과 균형 잡힌 감각이 요구된다. 특히 미당처럼 70년에 가까운 긴 시간 동안 왕성한 시작 활동을 지속적으로 한 경우에는 더욱더 그런 시각과 감각이 요구된다. 특정한 한 시기의 특수한 삶이나 몇몇 작품의 성패를 근거로 그것이 마치 미당시 전반의 성패인 것처럼 평가하는 것은 온당한 태도가 아니다. 미당의 사랑시편들도 마찬가지다. 이 글의 의도가 그랬던 것처럼, 그것이 모두 성공했다거나 전적으로 실패했다고 하는 극단적 시비보다는 그 공과를 변별적으로 파악해 보려는 관점이 요구된다는 것이다.

한국시의 보들레르 이입과 수용 양상
― 미당의 초기시를 중심으로

1. 서론 : 비교와 오독(誤讀)

한 사람의 시인이나 한 편의 시는 완전한 자족적 실체로 존재할 수 없다. 작가나 작품 상호간에는 많든 적든, 직접적이든 간접적이든, 오랜 기간이든 짧은 기간이든 영향을 주고받게 마련이다. 이러한 문학적 상호 작용을 탐구하는 비교문학적 연구는 최근 들어 교통, 통신의 급속한 발달과 함께 그 중요성이 점차 강조되고 있다. 오늘날은 지구촌이라고 하는 비유가 이미 낡아버렸을 정도로 세계 각 나라 사이의 문학적 교류가 활발해질 수 있는 여건이 조성되었다. 이를테면 이메일이나 인터넷과 같은 매체의 발달로 인해 정보공동체가 가속화되면서 세계 어느 지역의 문화든지 그것에 대한 접근이 용이하게 되었다. 일정수준의 언어적 제약만 극복한다면 세계 각 지역의 문학 현장에 실시간으로 접근할 수 있는 환경까지 조성된 셈이다. 글로벌 시대를 맞이하면서 비교문학적 연구가 시대적합성을 담보한 효과적인 방법론으로 대두되고 있는 것이다.

비교문학의 범주는 크게 두 가지로 대별된다. 하나는 프랑스의 방띠겜이나 귀야르 등이 주장한 협의의 비교문학이고, 다른 하나는 미국의 르네 웰렉이나 오스틴 워렌 등이 주장한 광의의 비교문학이다. 전자는 두 작가나 작품 사이의 인과 관계를 바탕으로 한 실증적 수수(授受) 관계를 강조한다. 이와 달리 후자는 구조주의나 형식주의를 이론적 바탕으로 하면서 일반 문학적 차원의 대비 연구를 중시한다. 두 작가나 작품 사이의 직접적 영향이 없을지라도 일정 수준의 유사성이 확보되면 충분히 비교 연구할 수 있다는 입장이다.[1] 또한 이들 두 가지의 대립적 관점을 조화, 통합하고자 하는 방법론적 시도가 있다. 독일의 바이스슈타인, 레마크 등이 주장한 절충적 방법은 기본적으로 실증적 영향 관계를 추적하면서 동시에 두 작가나 작품 사이의 유사성까지 확대하여 비교, 분석한다.

이 글은 보들레르가 우리나라에 이입되는 과정과 미당이 보들레르를 수용하는 태도를 살피는 데 초점을 둘 것이다. 미당의 초기시에는 보들레르를 직접 수용한 흔적뿐 아니라 여러 가지 면에서 보들레르 시와 유사한 특성이 나타난다. 따라서 두 시인의 영향 관계와 유사성을 함께 고찰하기 위해서는 바이스슈타인류의 절충주의적 비교 방법이 합당하리라 생각된다. 보다 철저한 연구를 위해서는 발신국으로서의 프랑스와 수신국인 우리나라 사이의 문학적 환경을 비교하는 것 외에도 다른 지적 영역—예술 전반, 철학, 역사, 종교, 과학, 사회 등—과의 관계를 연구해야 할 것이다.[2] 그러나 이 같은 일은 두 시인의 총체적 연

---

1) 윤호병, 『비교문학』, 민음사, 2000, pp.40~56 참조.
2) Henry H. H. Remark, 김학동, 『비교문학론』, 새문사, 1990, p.17에서 재인용.

구라는 방대한 작업이므로, 단편적인 소논문으로 시도되는 이 글에서는 그 범위를 다음과 같은 몇 가지로 한정하고자 한다. 첫째, 발신자로서 보들레르가 처한 문학적 환경과 그의 시적 특성은 무엇인가? 둘째, 중개자들은 보들레르를 어떠한 방식으로 이입하여 우리의 문학 환경에 영향을 끼쳤는가? 셋째, 수신자로서 미당이 보들레르로부터 받은 영향은 무엇이고, 두 시인의 시 작품에서 공통적으로 드러나는 유사성은 무엇인가?

지금까지 미당시에 나타난 보들레르적 요소에 관해서는 김화영에 의한 단편적인 언급[3]이 있었을 뿐 본격적이고 체계적인 연구는 아직 이루어지지 않았다. 한편 미당시가 지닌 보들레르적 요소를 부정하는 경우[4]도 있는데, 그 이유는 미당의 초기시에는 강렬한 육체적 정열은 있으나 그 정열을 제약하는 지성과 윤리가 결핍되었기 때문이라고 한다. 다시 말해 미당시에는 보들레르 시가 지니고 있는 육체적 욕망과 정신적 초월을 변증법적으로 통합하려는 정신이 부족하다는 것이다. 그러나 이러한 견해는 연구의 시각을 너무 협소하게 설정하고 살펴본 데서 나온 결과이다. 광의의 비교문학적 관점을 염두에 둔다면 미당시에서 보들레르적 요소를 찾는 것은 그리 어려운 일이 아니다. 비교문학에서 '비교'의 대상은 영향 관계와 유사 관계를 모두 아우르는 것인바, 영향 관계란 수신자가 수행하는 발신자의 부분적인 수용과 재창조를, 유사 관계란 그들 작품에 나타나는 주제, 문체, 표현 등의 상사성을 일컫는 것이기 때문이다.

미당은 보들레르 시에 대한 창조적 오독(誤讀)[5]을 통해 초기시 세계

---

3) 김화영, 『미당 서정주의 시에 대하여』, 민음사, 1984, p.24.
4) 송 욱, 「서정주론」, 조연현 외, 『서정주 연구』, 동화출판공사, 1975, p.19.
5) Herold Bloom, 윤호병 편역, 『시적 영향에 대한 불안』, 고려원, 1991, p.193.

를 개척해 나갔다. 미당은 시간적, 공간적 문학 환경은 달랐을지라도 19세기 프랑스의 선배 시인 보들레르로부터 강렬하고 인상적인 영향을 받아 시를 쓰기 시작했다. 특히 미당의 첫 시집인 『화사집』에는 보들레르의 시적 특성이 이입, 수용되었다는 사실을 밝힐 수 있는 작품들이 적지 않다. 보들레르의 영향을 실증할 만한 시(「수대동시」)가 있을 뿐 아니라, 보들레르와의 유사성을 추정할 수 있는 시편들이 적지 않다. 가령 우울한 내면세계를 드러내거나 삶의 모순성에 대한 인식을 보여주는 시편들, 육욕과 관능의 세계를 열정적으로 추구하는 시편들은 보들레르 시와 친연성을 보여준다. 더구나, 미당의 산문 중에는 자신이 보들레르의 영향을 받았다고 직접 고백하는 부분6)도 있어서 미당이 보들레르로부터 영향을 받았다는 사실은 부인될 수 없다.

2. 발신자로서 보들레르의 시적 특이성

현대시의 시조라 일컬어지는 보들레르는 1821년 파리에서 62세의 아버지와 28세의 어머니 사이에서 출생하였다. 아버지의 나이가 어머니에 비해 지나치게 많았던 탓에 보들레르는 어린 나이(7세)에 아버지를 잃는다. 그 후 어머니가 '오픽'이라는 장군과 재혼한 것에 대해서 격렬한 반항심을 갖기도 한다. 그의 반항아적 기질은 일차적으로 1839년 파리의 명문중학교 루이 르 그랑에서의 퇴학을 당하는 것으로 나타난다. 퇴학을 당한 보들레르는 의부(義父)의 뜻에 따라 대학입학자격시험을 따로 준비하여 1940년에 파리 법과대학에 등록을 한다. 그러나 보

---

6) 서정주, 「내 시와 사상에 영향을 주신 이들」, 정한모·김용직 편, 『한국현대시요람』, 박영사, 1980, p.46.

들레르는 법 공부에 뜻이 없었을 뿐 아니라 장래의 직업에 대해서도 연연하는 마음이 없었다. 보들레르의 관심은 오직 문학 친구들과의 자유롭고 방탕한 생활에 기울어져 있었다. 그래서 가족들은 보들레르의 생활을 건전한 방향으로 돌려보려고 교육을 담당할 인물을 동반시켜 인도 여행을 떠나보내기도 한다. 그러나 보들레르는 인도 여행을 중도에 포기하고 약 9개월만에 파리로 돌아온다.

파리로 돌아온 보들레르는 선친으로부터 물려받은 유산으로 인해 비교적 풍족한 생활을 할 수 있었다. 그러나 시간이 흐르면서 보들레르는 현실 감각을 점차 상실해 가고 예술을 향한 열정만이 왕성해져 갔다. 정숙하지 않은 분위기 탓에 가족으로부터 환영을 받지는 못했지만, 보들레르의 마음을 끝까지 사로잡은 흑백의 혼혈 여인 잔느 뒤발[7]과의 20년에 걸친 애증 관계도 이 시기에 시작된다. 보들레르의 방탕하고 무절제한 생활은 시에 대한 창작욕이나 잔느 뒤발과의 열정적 사랑에서 파생된 것이었다. 명예를 중시하던 보들레르의 가족들은 그의 방탕한 생활을 저지하기 위해 아버지가 보들레르에게 남긴 유산의 관리권을 빼앗고 법정 후견인을 세운다. 이때 자존심이 몹시 상한 보들레르는 그 정신적 충격 때문에 자살을 기도하기도 하나 실패로 끝난다.

이후 시작된 극심한 가난과 절망감은 보들레르가 출중한 예술적 능력을 발휘케 하는 데 중요한 계기로 작용한다. 1845년부터 보들레르는 문예 비평가로서 활동하면서 문학적 통찰력과 재능을 본격적으로 발휘

---

7) 보들레르가 가장 정열적으로 사랑하고 질투하고 집착하고 함께 생활한 흑인 여인이다. 그녀와의 애증 관계는 보들레르의 삶과 문학에 절대적인 영향을 끼친 것으로 알려져 있다. 일반적으로 보들레르가 현대시의 시조라는 칭호를 부여받게 만든 『악의 꽃』을 쓰게 한 원동력이라고 평가받는 여인이다. 김붕구, 『보들레에르』, 문학과지성사, 1997, pp.81~82 참조.

하기 시작한다. 시를 쓰기 시작한 보들레르는 10여 년의 혹독한 수련을 거쳐 세계 역사에 길이 남을 만한 불세출의 시집 『악의 꽃』을 발간한다. 그때가 1857년이었다.[8] 이 시집의 출간은 보들레르에게 부과된 파란만장한 삶의 고통을 딛고 성취한 것으로서 세계문학사에 길이 남을 일대 사건이었다. 이 시집은 '우울과 이상', '파리 풍경', '술', '악의 꽃', '반항', '죽음' 등 6부로 구성되었는데, 이들 가운데 '우울과 이상' 부분이 가장 많은 분량을 차지한다. 1866년에 보들레르가 그의 법정 후견인인 앙셀에게 보낸 편지에서 "저 잔인한 책 속에 나는 나의 심정의 모든 것, 나의 애정의 모든 것, 나의 종교(가장된)의 모든 것, 나의 증오의 모든 것을 퍼부었다"[9]고 말했듯이, 『악의 꽃』은 보들레르의 삶 자체이며 그가 남긴 예술적 재능의 핵심이었다.

보들레르의 시에 대한 연구는 프랑스를 비롯한 세계 전역에서 '보들레르학'이라고 범주화할 수 있을 정도로 방대하게 이루어져 왔다. 한 통계에 의하면 1968년까지 해도 1만 5천 건을 돌파했다[10]고 하는데, 이것만 보아도 현재까지의 보들레르와 관련된 연구물의 양이 얼마나 방대할지 짐작할 만하다. 한국에서도 보들레르는 프랑스문학 연구자들뿐 아니라 국문학 연구자나 미학 연구자들에게 예술의 현대성 논의를 위한 근거로 빈도 높게 활용되어 왔다. 우리나라의 자유시 성립도 프랑스 상징주의 시의 영향을 받아 성립된 것[11]이므로 한국 현대문학은 보들레르의 영향에서 자유로울 수 없다. 그 영향 관계를 살피기 위해 우선 발신자로서 보들레르 시의 특징을 시집 『악의 꽃』을 근간으로 하

---

8) 보들레르의 전기와 관련된 내용은 시집 『악의 꽃』(Charles Baudelaire, 윤영애 역, 문학과지성사, 2003)의 「작가 연보」(pp.425~427) 참조.
9) 김붕구, op.cit., p.134에서 재인용.
10) 김붕구 편역, 『보들레르·파르나스파 시』, 탐구당, 1980, p.13.
11) 김학동, 『한국근대시의 비교문학적 연구』, 일조각, 1992, p.63.

여 정리[12)]해 보기로 한다.

첫째, 미적 현대성이다. 보들레르 시는 현대적 개인이 추구하는 내면세계를 시적 대상으로 삼아 육욕과 관능미, 도시인의 소외감, 광물적 인공미 등을 드러낸다. 그의 시는 상징적 표현 방식을 동원하여 시를 통해 우주 만물과의 교감, 세계에 대한 경이감, 인간의 천진미 등을 형상화하려고 했다. 보들레르의 시에는 항시 새로운 것, 현대적인 것을 추구하려는 경향이 내재하는 것이다. 둘째, 통합의 힘이다. 보들레르의 시에는 모순되거나 이질적인 것들을 통합하려는 힘이 있는데, 이는 보들레르가 이데올로기나 미학에서 단순성을 거부했던 것과 연관된다. 보들레르는 사회의 모순 일체를 적극적으로 포용하면서 시의 주제나 감정, 기법 등에서 다양하고 과감한 변화를 추구했다. 셋째, 언어의 정교성이다. 『악의 꽃』은 시가 언어 예술의 정수라는 사실을 웅변으로 증명한 시집이다. 보들레르는 언어의 절차탁마를 통해 언어 예술의 현대적 자율성을 제고하는 데 지대한 역할을 했다. 언어에 대한 철저한 자기 검열을 거친 후에야 작품을 발표했던 것인데, 실제로 보들레르의 시는 대부분 창작과 발표 사이에 대개 몇 년 이상의 시간적 간격이 개재한다고 전해진다. 넷째, 구조적 완결성이다. 시집 『악의 꽃』의 경우, 거기에 실린 시편들은 하나 하나가 시적 주제, 상황, 정서, 그리고 창작 시기가 상이한 서정시들임에도 불구하고, 그것들이 궁극적으로는 전체적 구조를 이루도록 의도적으로 배열되어 있다. 보들레르는 시집 전체를 치밀하게 구성한 것이다.

이러한 보들레르 시의 특성 가운데 가장 중요한 것은 미적 현대성의 성취로 집약된다. 그의 특출한 재능에 의해 프랑스 시는 현대성을

---

12) 김붕구의 『보들레에르』와 윤영애의 『파리의 시인 보들레르』(문학과지성사, 1998)를 참조하여 필자가 재정리했다.

획득했으며, 그것은 우리나라를 비롯한 세계 여러 나라의 시에도 지대한 영향을 끼쳤다. 도시 문명의 어두운 국면들을 온몸으로 체현하면서 느낀 우울한 내면세계를 진솔하게 보여주었는가 하면, 그런 가운데 솟아오르는 인간의 본능적 열정과 원시적 생명 세계를 독특하게 형상화했다. 또한 시가 언어의 조탁으로 이루어지는 예술이라는 사실을 유감없이 보여주었다. 가히 천재적 상상력의 소유자라고 할 수 있는 보들레르의 세계 인식과 시적 형상화 방법은 과격한 혁명에 비유될 수 있을 것이다. 그 혁명은 우주와 세계와 자아가 지닌 모순성의 심연을 상징적 언어라는 획기적 방식으로 드러내는 일이었다. 상징의 언어, 현대적 언어를 발견한 보들레르의 문학적 재능은 이후 말라르메, 랭보, 베를레느 등에 의해 더욱 확산, 고조되어[13] 세계 문학의 현대성 획득에 핵심적 역할을 담당했다.

3. 보들레르 시의 전신 환경과 전신자들

우리나라에 보들레르가 이입되기 시작한 것은 20세기 초엽으로 파악된다. 1910년대 백대진과 김억에 의해 시작된 보들레르 소개는 매우 단편적인 수준이었지만, 1920년대 임노월, 양주동, 박영희 등에 와서 체계적으로 이루어진다.[14] 이들 가운데 박영희는 당시 우리나라 문인들의 보들레르 이해의 수준을 한 단계 넘어섰다고 평가할 수 있을 정

---

13) Paul De Man, *Blindness and Insight*(Univ. of Minnesota, 1983), p.173.
14) 백대진, 「20세기초두 구주제대문학가를 추억함」(≪신문학≫ 1916년 5월호) ; 김억, 「요구와 회한」(≪학지광≫ 1916년 9월호) ; 임노월, 「퇴폐미의 작가 뽀드레-르」(≪개벽≫ 1922년 10월호) ; 양주동, 「뽀-드레-르」(≪금성≫ 1923년 11월호) ; 박영희, 「악(惡)의 화(花)를 심은=뽀드레르론」(≪개벽≫ 1924년 6월호).

도로 비교적 정확한 전신자적 태도를 보여준다.

> 「악(惡)의 화(花)」는 그의 혼의 고통과 번뇌에서 산출된 위대한 작품이
> 었다. 그런 고로 그것은 그의 심장의 피를 가지고 쓴 진실한 작품이었
> 다.…… 「악의 화」는 가장 이상하고, 미묘하고 심취케 하는 것이었고, 또
> 한 근대에서 일찍이 구성된 독특한 세계이었다. 보들레르는 시체의 의식
> 이 있는 곳에 금욕에 대한 음탕이나, 음탕에 대한 금욕이었다는 것과 같
> 이 그는 인자와 조소(嘲笑)를 가지고 죄악과 퇴폐의 본질을 그리었다.[15]

이것은 5개의 장―1. 서(序), 2. 생에 대한 관찰, 3. 그의 시와 미(美),
4. 악(惡)에 대한 그의 시, 5. 뽀드레르 약전―으로 구성된 글 가운데 4
장의 일부분이다. 여기서 박영희는 현대인의 내면을 지배하는 "고통과
번뇌"를 노래한 보들레르 시의 특징을 정확히 지적하고 있다. 또한
"금욕에 대한 음탕이나, 음탕에 대한 금욕"이란 구절에 보이듯 보들레
르 시가 견지한 모순성의 시학을 충실히 전하고 있다.

이러한 특성 외에도 박영희는 위의 글을 통해 보들레르의 시와 삶
에 대한 다양한 면모들을 상세하게 소개한다. 그것은 첫째, 보들레르의
생애는 생부와의 사별, 어머니의 재혼 등으로 인해 슬픔과 고민의 연
속으로 이루어진 불행한 것이었다. 둘째, 사상이나 진리보다는 신경과
관능의 세계를 보여주고자 했는데, 이 점이 보들레르의 문학이 고대의
문학과 변별되는 지점이다. 셋째, 보들레르는 삶의 근원을 탐구하기 위
해 세상에 존재하는 악의 본질을 찾아내어 반동적, 조소적 태도로 폭
로했다. 넷째, 기괴나 환상, 열광, 상상의 세계를 추구하며 시적 표현의
새로운 모습으로서의 상징, 즉 "불완전과 감정을 표하는 데의 불구(不

---

15) 박영희, loc.cit., p.24. 인용할 때 원문의 한자는 모두 한글로 바꾸어 표기하되 혼
   동의 가능성이 있는 경우에만 한자를 병기하고 가급적이면 현행 맞춤법에 일치
   시켜 표기함(이 글의 모든 인용문, 인용시도 마찬가지).

具)한 말을 벗어나 상징이라는 새 형식"16)을 보여주었다.17) 이들을 앞서 살폈던 보들레르의 시적 특질(각주 12) 부분)과 비교해 보면 박영희의 보들레르 이입이 매우 정확한 것이었음을 알 수 있다.

1920년대에는 보들레르의 삶과 시에 대한 해설적 소개 외에도 실제 작품을 번역하여 소개하는 작업도 활발히 이루어졌다. 보들레르의 시에 대한 직접적 소개는 김억이 1921년 발간한 우리나라 최초의 현대적 번역시집인 『오뇌의 무도』에서 비롯된다. 이 시집에서 김억이 소개한 보들레르의 시는 「죽음의 즐거움」, 「파종(破鐘)」, 「달의 비애」, 「구적(仇敵)」, 「유령」, 「가을의 노래」, 「비통의 연금술」 등 7편18)이다. 또한 양주동은 김억의 선구적 번역 작업에 이어 「기쁜 죽음」, 「파종(破鐘)」, 「썩은 송장」, 「가을 노래」, 「원수」, 「이국의 향(香)」, 「유령」, 「상승」, 「잡담」, 「만상의 조응」, 「빈자의 사(死)」, 「애인의 사(死)」, 「마셔라」, 「빈자의 눈」 등19)을 번역했다.

이후 1930년대 초에 이르러 보들레르 시의 번역은 주로 해외문학파 문인들에 의해 이루어진다. 이하윤은 「환희의 사자(死者)」와 「낯선 손」20)을, 이헌구는 「노대(露臺)」, 「파종(破鐘)」, 「고한(孤寒)한 심혼(心魂)」, 「영원히」, 「유령」 등21)을 번역했는데, 이들 중 앞의 두 편을 제외하고는 우리나라에 처음 소개한 것들이다. 이 번역시들은 내용 전달에 급급하여

---

16) op.cit., p.15.
17) ibid., pp.9~27 참조.
18) 김억의 『오뇌의 무도』(1921)에는 모두 84편의 시가 실려 있는데, 보들레르뿐 아니라 베를레느, 구르몽, 사맹, 예이츠 등의 시가 번역 소개되어 있다. 시 작품 인용시 번역자가 사용한 한자 제목은 한글로 바꾸되 혼동의 여지가 있는 경우는 한자를 병기할 것임(이하 마찬가지).
19) 양주동, ≪금성≫ 1923년 1~2호.
20) 이하윤, ≪대중공론(大衆公論)≫ 1930년 7월호.
21) 이헌구, ≪신동아≫ 1934년 10월호 ; ≪시원(詩苑)≫ 1935년 1월호 ; 최재서 편, 『해외서정시집』, 인문사, 1938년 8월.

문맥을 따라가는 직역에 의존하다 보니 매끄럽지 못한 한계를 드러낸다.[22] 그럼에도 불구하고 이들의 작업은 보들레르 시의 본격적인 번역, 소개라는 점에서 문학사적 의의가 지대하다고 하지 않을 수 없다. 이들의 번역 작업이 1920년대에 이루어진 성과들에 비해 시어의 구사나 그 시적 표현미에서 많은 진전을 보여주었다는 사실을 주목할 필요가 있다.

이처럼 1910년대부터 시작된 보들레르의 생애나 사상, 시 작품의 이입은 미당의 초기시 형성에 지대한 영향을 끼친 것으로 보인다. 그 이입이 정확했든 부정확했든 1920-30년대 우리나라의 문단에서 보들레르는 이미 잘 알려진 낯익은 시인[23]이었고, 시인이 많지 않았던 당시 문단에서 왕성하게 활동했던 미당은 보들레르를 분명히 인지하고 있었을 것이기 때문이다. 특히 앞서 제시했던 작품들을 포함하여 1930년대까지 우리나라에 번역 소개된 보들레르의 시는 모두 32편인데, 미당의 초기시 중에는 이 시편들과 시상이나 분위기가 유사한 것들이 많다는 점은 주목을 요한다. 모두 32편 가운데『악의 꽃』의 1부 '우울과 이상' 편에 속한 작품이 18편으로 가장 많은데,[24] 이것은 미당의 초기시에 보이는 특성들, 특히 서러움이나 울음 등의 부정적 감정, 삶의 모순성에 대한 인식, 육욕과 관능미의 추구 등에 영향을 끼쳤던 것으로 보인

---

22) 이런 사실은 이후 번역된 김붕구의 『보들레르·파르나스파 시』, 윤영애의 『악의 꽃』, 『파리의 우울』 등과 비교해 보면 분명해진다.

23) 1930년대 이후에도 김붕구는 보들레르에 대한 종합적 평전이자 연구서인 『보들레에르』(1977년), 번역시집(전작 번역이 아니라 부분 번역)인 『악의 꽃』(1980년), 『보들레르·파르나스파 시』(1980년) 등을 출간하여 우리 문단에서 보들레르에 대한 심도 있는 논의가 가능하도록 했다. 윤영애 또한 보들레르에 대한 전문 연구자로서 『파리의 우울』(1997년), 『악의 꽃』(2003년) 등의 번역 시집과 연구서인 『파리의 시인 보들레르』(1997년)를 간행하여 김붕구의 작업을 발전적으로 보완해 나갔다.

24) 김학동, op.cit., pp.60~62 참조.

다. 더구나 미당의 시 창작이 우리나라에 보들레르가 다양하고 폭넓은 수용된 이후인 1933년부터 시작되었다는 사실25)을 감안할 때, 어떤 형태로든 보들레르의 시가 미당시의 원천(源泉) 구실을 했다고 볼 수밖에 없다.

4. 수신자로서 미당의 보들레르 수용 양상

1) 보들레르에 관한 미당의 직접적 언급들

보들레르와 미당은 시간적 선후 관계와 공간적 거리의 진폭이 매우 큰 편이다. 그래서 19세기 프랑스 파리의 보들레르와 20세기 한국의 미당 사이에 인간적 교류를 통한 직접적인 영향 관계는 있을 수 없었다. 하지만 미당은 분명히 보들레르 시의 일반적 특성에 대한 이해와 호감을 가지고 견지했던 것으로 파악된다. 이런 점에서 미당의 시는 니체와 보들레르와 헬레니즘의 영향을 입었다는 지적26)이 있지만, 이제 그것이 당시의 문단 환경과 관련하여 미당의 시와 산문에 어떻게 반영되었는가에 대한 체계적인 논급이 요청된다. 이 글은 이런 맥락에서 미당시의 보들레르적 요소에 대한 그 동안의 단편적인 언급들을 보완하는 작업으로 이루어진다. 미당이 보들레르를 인식하고 있었다는 증거는 다음과 같은 산문에 명시적으로 드러난다.

나는 보오들레르의 글을 처음 사귀던 때나, 지금이나, 그가 우리 세계

---

25) 『미당 시전집 1』(민음사, 1994)의 연보에 의하면, 미당의 처녀작은 1933년 12월 24일 《동아일보》에 실린 「그 어머니의 부탁」으로 되어 있다. 이하 미당의 인용시는 이 전집에 의함.
26) 김용직 외, 『한국현대시사연구』, 일지사, 1983, p.379.

시문학 속에서 가장 뼈저리게 자기를 시에 희생한 사람이기 때문에 친밀감을 느껴오고 있다. 나는 그가 한낱 미의 사도인 점을 좋아하는 게 아니라, 그가 세계 시문학사 속의 여러 시인들 중에서 제일 철저하게 인간 질곡의 밑바닥을 떠메고 형벌 받던 시인인 점을 좋아한다. 형벌의 질량을 자진해서 가장 많이 짊어졌던 사람. 이 천치라면 지독한 천치. 이 희생제물. 이 거지와 유태인과 흑인 독부와 이, 벼룩 등 기생충류의 제일인인─그 말하지 않는 시인의 정으로 인간 질곡의 제 일 친우가 되어 헤매인 이 사람을 좋아한다.[27]

미당이 보들레르에게 가졌던 호감의 정도를 가늠할 수 있게 하는 글이다. 미당은 보들레르를 좋아하는 이유로 "자기를 시에 희생한 사람"이며, "인간 질곡의 밑바닥을 떠메고 형벌 받던 시인"이기 때문이라고 밝히고 있다. 주지하듯 보들레르는 비록 그가 살았던 현실 세계에서는 저주받았지만, 시의 세계에서는 가장 위대한 영혼을 지닌 시인으로 평가받아온 사람이다. 미당은 이런 차원에서 시에 대한 뜨거운 열정을 지녔을 뿐 아니라, 인간 고통의 근원인 원죄 의식을 "형벌"처럼 떠맡으려던 시인이었기에 보들레르를 "좋아한다"고 한다. 현대의 문명 사회에서 인간이 본연적으로 가질 수밖에 없는 우울함과 그러면서도 그것에 과감히 맞서 싸우려던 정열이 마뜩하다는 것이다. 보들레르에 대한 미당의 이러한 인식은 그의 초기시에 적극적으로 반영된다.
　미당의 초기시 세계를 대표하는 『화사집』은 인간의 원죄 의식을 적나라하게 파헤치거나, 그것이 부과하는 고통과 정면 대결하여 생명의 본질을 규명해 보려는 고투의 산물이다. 이런 특성은 미당의 시가 보들레르의 시와 유사성을 확보케 하는 근거이다. 두 시인의 유사성을 밝히기에 앞서 보들레르의 이름이 등장하는 시를 먼저 살펴보자.

---

27) 서정주, op.cit., p.461.

등잔불 벌서 키어 지는데
오랫동안 나는 잘못 사렀구나
샤알·보오드레―르처럼 설ㅅ고 괴로운 서울 女子를
아조 아조 인제는 잊어버려
　　　　　　　　　　　　　　　―「수대동시(水帶洞詩)」 부분

이 시에서 "보오드레―르"는 물론 중심 소재가 아니다. 보들레르라
는 인명이 시 전체로 볼 때는 부분적 소재의 차원에 머물러 있지만,
미당의 보들레르에 대한 인식이 분명했음을 보여준다. 즉, 직유적 표현
의 보조 관념으로 등장한 보들레르를 미당은 "설ㅅ고 괴로운" 존재로
보고 있는데, 이는 시인으로서는 천재적인 재능을 지녔으나 현실에서
는 부적응아로서 서러움과 고통을 겪으며 살았던 보들레르의 파란만장
했던 삶을 인식하고 있다는 증거다. 나아가 그러한 생애와 밀접한 시
집 『악의 꽃』의 내용도 나름대로 인지했다고 보아야 할 것이다. 왜냐
하면 3장에서 살펴보았듯이 이 시를 발표하기 전에 우리 시단에는 이
미 보들레르의 생애와 시에 대한 소개가 심도 있게 소개되고 있었기
때문이다. 이러한 보들레르에 대한 직접적인 언급들을 토대로 하여, 이
제 미당의 초기시가 보들레르 시와 어떤 점에서 유사한지 좀 더 구체
적으로 살펴보고자 한다.

2) 삶의 우울과 생명의 모순에 대한 인식

보들레르의 시와 미당시 사이에는 실질적인 영향 관계 외에도 여러
가지 유사성이 발견된다.[28) 보들레르는 예술적 재능이 풍부하였고, 여

---

28) 이는 다른 많은 과학에서와 마찬가지로 비교문학자의 연구 작업에도 가설이 필
　　요한 때가 많다는 비교문학의 명제(Van Tieghem, 김동욱 역, 『비교문학』, 주영사,
　　1974, p.75)와 관련된다. 다만, 이 가설은 그것이 막연한 추정을 넘어서 분명한
　　유사성을 도출해 내기 위한 임시적 전제이며, 그 유사성이 구체적으로 밝혀질

성에 대한 열정적 사랑을 추구했으며, 그 무엇에도 속박되지 않는 자유로운 삶을 살았던 시인이다. 하지만 그가 열렬히, 절실하게 추구했던 시와 사랑과 자유는 현실의 벽에 부딪쳐 번번이 좌절감과 절망감으로 되돌아오곤 했다. 그가 부딪친 현실은 일차적으로 파리라는 도시에서 파노라마처럼 펼쳐지는 현대적 일상이었다. 그리고 보들레르가 각박하고 권태롭기 그지없는 도시적 일상 속에서 느낀 일차적 정서는 우울이었다. 영혼의 자유를 갈구하며 완전한 사랑과 예술을 추구하던 보들레르로서는 당연한 귀결이었는지 모른다. 미당시에는 보들레르 시의 우울과 유사한 감정으로서 서러움, 울음 등이 자주 나타나곤 한다. 비록 미당이 보들레르처럼 도시 문명을 시의 배경으로 삼은 경우가 많진 않지만, 현실의 삶에 대해 어둡고 부정적인 정서적 반응을 보인다는 점에서 두 시인의 현실에 대한 정서적 반응은 유사하다.

> ① 그때 갑자기 종들 성나 펄쩍 뛰며
>   하늘을 향해 무섭게 울부짖는다
>   악착같이 불평하기 시작하는
>   정처없이 떠도는 망령들처럼.
>
>   —그리고 북도, 음악도 없는 길고 긴 영구차들이
>   내 넋 속에서 서서히 줄지어 가고,
>   「희망」은 패하여 눈물짓고, 포악한 「고뇌」가
>   숙인 내 머리통에 검은 기를 꽂는다.
>   — 보들레르, 「우울」 부분29)
>
> ② 덧없이 바래보든 벽에 지치어
>   불과 시계를 나란히 죽이고

때 비로소 사실의 영역으로 편입된다.

29) 보들레르의 시는 윤영애가 옮긴 『악의 꽃』과 『파리의 우울』에 실린 것을 기본 텍스트로 삼는다.

어제도 내일도 오늘도 아닌
여긔도 저긔도 거긔도 아닌
꺼져드는 어둠 속 반딧불처럼 까물거려
정지한 <나>의
<나>의 서름은 벙어리처럼…

이제 진달래꽃 벼랑 햇빛에 붉게 타오르는 봄날이 오면
벽차고 나가 목메어 울리라! 벙어리처럼,
오 — 벽아

— 미당, 「벽」 전문

①은 보들레르의 '우울' 연작시 4편중의 하나로서 화자의 내면세계가 적나라하게 드러난다. 두 번째 연의 "북도, 음악도 없는 길고 긴 영구차들이/ 내 넋 속에서 서서히 줄지어 가고"에서 보이듯, 이 시는 화자의 내면에 가득한 우울한 정서를 전경화하고 있다. 이러한 정서는 다른 시에서 "아, 슬프다! 내일도 살아야 하기에!"(「가면」)와 같은 슬픔의 감정으로 변용되어 나타나기도 한다. 현대 사회에서 영혼의 자유를 추구하는 시인으로서 살아간다는 것은 커다란 고통이 뒤따르는 법일 터, 그 고통의 내적 국면들을 우울이나 슬픔 등의 부정적 감정으로 형상화한 것이다. 이런 경향은 보들레르의 시집 『악의 꽃』과 『파리의 우울』에 지배적으로 드러나는 정서적 특성인데, 특히 『악의 꽃』의 가장 많은 분량을 차지하는 1부에 '우울과 이상'이라는 소제목에서 연상되듯이 보들레르는 "우울"의 감정에 깊이 침잠한 시인이었다.

②는 미당의 데뷔작(≪동아일보≫ 1936년 1월)으로 알려진 작품이다. 이 시는 초기시의 지배소인 우울한 내면세계가 잘 드러나는데, 시의 제목인 "벽"은 일반적으로 어떤 대상과의 단절감을 상징하면서 우울함의 원인이 된다. 앞부분에서 "덧없이 바래보든 벽" 때문에 "불과 시계

를 나란히 죽이"었다는 것은, 보들레르의 「우울」에 드러난 어두운 내면세계("내 넋 속")에서 "「희망」은 패하여 눈물짓고, 포악한 「고뇌」"에 빠져들고 말았다는 인식과 유사하다. 즉 죽음의 대상이 "불과 시계"이고 그것이 죽었기 때문에 "정지한 <나>"가 "서름"에 빠졌다는 것은, 미당이 문명 현실 때문에 생명을 향한 열정("불")의 시간("시계")과 단절되고 말았다는 인식에 이른 것으로 이해되기 때문이다. 따라서 이 시의 핵심 시어인 "벽"은, 1930년대의 모더니즘 문화가 본격화되기 시작하는 시대 현실에서 느끼는 진정한 생명과의 단절감을 상징하는 것으로 읽을 수 있다. 이 단절감이 바로 미당으로 하여금 보들레르가 파리라는 거대한 도시의 현대적 문명과 세태를 "우울"하게 보았던 것과 유사한 정서로서의 "서름"을 느끼게 한 지배적 요인이었다. 이 작품 외에도 미당시에는 보들레르의 우울과 유사한 부정적이고 어두운 정서가 자주 드러난다. 이를테면 "꽃처럼 붉은 우름을 밤새 울었다"(「문둥이」), "서름의 강물 언제나 흘러…/ 봄에도, 겨울날 불켤 때에도,"(「서름의 강물」) 등의 시구들이 그러하다. 여기서 "우름"이나 "서름"도 보들레르와 비슷한 정서, 즉 생명의 본성을 탐구하면서 느끼는 현실에 대한 부정적 정서이다.

미당시가 보들레르의 시와 유사한 점은 또한 세상의 모순에 대한 역설적 인식을 보여주었다는 데서 찾을 수 있다. 두 시인은 공히 우주 만물(혹은 인생)은 모순되는 것들이 양극적, 이원적으로 대립하는 동시에 상호 길항하는 것이라고 인식했다고 보아진다. 따라서 두 시인은 시상의 일원론적 단순성을 극복하여 우주와 세계에 미만해 있는 모순성을 적나라하게 드러내면서 그들을 조화, 통일시키고자 했던 것이다.

① 그대 무한한 하늘에서 왔는가, 구렁에서 솟았는가,

오 「아름다움」이여! 악마 같으면서도 신성한 그대 눈길은
선과 악을 뒤섞어 쏟아부으니,
그대는 가히 술에도 비길 만하다.

그대는 눈 속에 석양과 여명을 담고;
소나기 내리는 저녁처럼 향기를 뿌린다;
그대 입맞춤은 미약, 그대의 입술은 술단지,
영웅을 맥빠지게 하고 아이들을 씩씩하게 만든다
　　　　　　　　　　　　— 보들레르, 「아름다움에 바치는 찬가」 부분

② 사향 박하의 뒤안길이다.
아름다운 배암……
을마나 크다란 슬픔으로 태여났기에, 저리도 징그러운 몸둥아리냐

꽃다님 같다.
너의 할아버지가 이브를 꼬여내든 달변의 혓바닥이
소리 잃은 채 낼룽그리는 붉은 아가리로
푸른 하눌이다. ……물어뜯어라. 원통히 무러뜯어.
　　　　　　　　　　　　　　　— 미당, 「화사」 부분

　①에서 보들레르는 "아름다움"을 "악마 같으면서도 신성한 그대 눈
길"이라고 비유하면서 "선과 악을" 함께 지닌 것으로 정의한다. 진정
한 아름다움이란 "악마"적인 것과 "신성"한 것, 혹은 선과 악의 모순되
는 것들이 공존한다고 본 셈이다. 이는 인간의 현실적 삶이나 정신, 우
주, 자연 등이 모두 모순되는 가운데 통일, 조화를 이루는 것이라는 보
들레르적 인식이 반영된 시구이다. 주지하듯 사회가 복잡해질수록, 보
들레르가 온몸으로 살아내야만 했던 현대 사회로 넘어올수록, 인간의
삶은 결코 단순 명료하게 설명할 수 없게 된다. 보들레르 시에 두드러
진 모순의 시학은 적어도 이러한 삶과 현실을 외면하지 않고 있는 그

대로를 시 속에 수용하여 보려는 시도이다. 이러한 특성은 보들레르로 하여금 현대시의 시조로서 분명한 입지를 갖게 하는 핵심적 요건이다. 생의 본성이 지닌 모순성과 그 조화의 변증법, 이것은 시집 『악의 꽃』에 전반적으로 흐르는 특성으로서, 시집의 제목에서도 "악"과 "꽃"은 그러한 모순성과 동시에 그 모순성을 초월하려는[30] 인간 삶의 근원적 속성에 대한 통찰을 함의한다고 하겠다.

②에서는 "뱀"을 일컬어 "아름다운" 존재인 동시에 "징그러운 몸뚱아리"라고 규정함으로써 미당의 미에 대한 인식이 보들레르와 유사함을 보여준다. 이 시에서 "뱀"은 미당이 생명파 시인으로서 추구했던 '생명'의 다른 이름이다. 즉 "뱀"은 생명의 원천이면서 죄악(원죄) 근원이라고 하는 상징적 의미를 지니는 것으로서 생명, 혹은 미가 지닌 모순적 속성을 드러내는 것이라 하겠다. 『화사집』의 시편들에 드러나는 모순의 시학은 보들레르의 『악의 꽃』과 마찬가지로 시집의 제목에서도 드러나는 바, "화(花)"와 "사(蛇)"는 선과 악, 미와 추에 각각 상응하면서 '생명'이 지닌 본성으로서의 모순과 조화의 원리를 상징한다.

3) 육욕과 관능미를 향한 열정적 추구

보들레르의 시와 미당의 초기시에 나타나는 또 하나의 특성은 육욕과 관능미에 대한 열정적 추구심이다. 두 시인의 시에 드러나는 육욕과 관능미는 내적 욕망의 적극적 표현이라는 점에서 예술미학적 현대성을 확보한다. 즉 프로이트가 말한 리비도를 적극적으로 문제 삼았다는 점에서 현대적 의미의 인간 본성에 대한 탐구로 이해된다. 이와 관

---

30) 『악의 꽃』 1부의 소제목 '우울과 이상'도 이러한 모순성과 초월성을 동시에 드러내는 경우이다. 현실적 삶의 '우울'과 정신적 초월 세계인 '이상'을 동시에 인식하고 있는 것이다.

련하여 우선 보들레르 시에서 여성 이미지가 대부분 육욕과 관능미의
표상으로 등장한다는 점에 주목해 보자.

① 늙은 갈보의 학대받은 젖퉁이를
   핥고 물어뜯는 가난한 난봉꾼처럼
   남몰래 맛보는 쾌락 어디서나 훔쳐
   말라빠진 귤인 양 죽어라 쥐어짠다.
                                    ―「독자에게」 부분

② 음탕한 계집처럼 두 다리를 쳐들고
   독기를 뿜어내며 불타오르고
   태평하고 파렴치하게, 썩은
   냄새 가득 풍기는 배때기를 벌리고 있었다
                                    ―「시체」 부분

③ 고상한 그대 몸에 열렬히 입맞추고
   싱싱한 그대 발끝에서부터 검은 머리칼까지
   깊은 애무의 보물을 펼쳤으리
           ―「끔찍한 유대 계집 곁에 있던 어느 날 밤」 부분

   ①은 『악의 꽃』의 서시에 해당하는 것이다. 이 시는 그 제목처럼 독
자들에게 시집의 내용을 소개하기 위해 쓰인 것이지만, 관능적 성애를
죄악, 파멸, 죽음과 결부시키면서 동시에 그것을 통해 정신적 초월을
성취하려는 보들레르 시의 특성이 잘 드러난다. 즉 "쾌락"을 위해 "늙
은 갈보의 학대받은 젖퉁이를/ 핥고 물어뜯는 가난한 난봉꾼"과 같은
현대인의 처창(悽愴)한 삶을 직시함으로써 그것을 초월하고자 하는 것
이다. ②는 비시적인 소재와 어휘를 동원하여 특이한 시상을 전개한
작품이다. 사랑하는 여인과 어느 "시체"를 바라보며 모든 인간이 숙명
적으로 맞이해야 할 몸의 죽음을 확인하면서 역설적으로 "썩어 문드러

져도 내 사랑의 형태와 거룩한 본질을"(같은 시) 지켜가겠다는 정신적 초월을 지향한다. 크리스테바의 용어를 빌려 말하면, 이 시는 보들레르의 다른 시들에 비해 훨씬 대담한 압젝션(abjection)[31]의 언어를 동원했기 때문에 아주 인상적으로 읽힌다. ③은 어느 창녀 곁에서 아름다운 여인(애인이었던 잔느 뒤발)을 그리워하는 심정을 노래한다. 곁에 있는 창녀와는 다른 여자의 "몸에 열렬히 입맞추"면서 온몸에 "깊은 애무"를 하고픈 욕망을 드러낸다.

이 시구들은 『악의 꽃』에서 임의적으로 뽑아본 것들인데 육체적 욕망의 밑바닥을 탐닉하면서 역설적으로 정신적 초월을 꿈꾸는 보들레르 특유의 시적 상상을 보여준다. 보들레르는 육체와 정신, 현실과 이상, 에로스와 타나토스, 선과 악을 아우르는 생명의 본성을 형상화하고자 했던 셈이다. 이러한 보들레르의 시와 유사하게 미당의 초기시에서도 육욕과 관능의 세계에 대한 열정적 추구심이 빈번히 드러난다. 다음 시편들에서 미당은 '생명파' 시인답게 생명의 본성에 대한 치열한 탐구 정신을 보여준다.

    ① 강한 향기로 흐르는 코피
      두 손에 받으며 나는 쫓느니

      밤처럼 고요한 끌른 대낮에
      우리 둘이는 웬몸이 달어…

                              ― 「대낮」 부분

    ② 땅에 누어서 배암같은 계집은

---

31) 크리스테바(Julia Kristeva)의 용어로서 배설물이나 구토물, 분비물, 썩는 시체 등을 통해 이성적 주체에 균열을 만들어 세계의 완전성과 신성성에 모독을 가함으로써 세상을 고발하고 그것에 복수를 하는 것이다. Julia Kristeva, 김영 역, 『사랑의 역사』, 민음사, 1995, pp.71~72 참조.

땀흘려 땀흘려
어지러운 나―ㄹ 엎드리었다

―「맥하」 부분

③ 어쩌나…하늬바람 울타리한 달밤에
한집웅 박아지꽃 허이여케 피었네
머언 나무 닢닢의 솟작새며, 벌레며, 피릿소리며,
노루우는 달빛에 기인 댕기를
산봐도 산보아도 눈물이 넘쳐나는
연순이는 어쩌나…입술이 붉어온다

―「가시내」 부분

①에서 뜨거운 "대낮"의 이미지와 관능적 열정이 잘 어울린다. 즉
"대낮"의 햇빛 이미지와 "우리 둘이는 웬몸이 달어"라는 섹스 이미지
를 결합시킴으로써 모든 열정을 바쳐 원시적 생명의 세계에 도달하려
는 존재의 모습을 형상화하고 있다. 또 ②에서 "배암같은 계집"은 저
주와 사랑의 대상이자 관능미의 표상인, 「화사」에서의 "스물난 색시
순네" 이미지와 유사하다. 성적 행위를 연상시키는 "나―ㄹ 엎드리었
다"에서 볼 수 있듯이 에로스적 본성으로서의 육욕을 좇는 시적 자아
의 모습이 인상적이다. 그리고 ③은 "한집웅 박아지꽃"의 토속적 분위
기가 "연순이"의 은근한 관능미("붉은 입술")와 교묘하게 결합되었다.
이들 중 ①, ②가 보들레르로부터 수동적 영향을 받은 혐의가 짙다고
할 때, ③은 보들레르 시를 창조적으로 수용(受用이 아닌 受容)한 것으로
서 일종의 내면적 영향의 결과로 보인다. 이외에 「입맞춤」, 「와가의
전설」, 「고을나의 딸」 등도 이 시편들과 유사한 세계를 보여준다.
　이처럼 『화사집』에는 육욕과 관능미에 대한 열정적 추구심이 빈번
하게 드러난다. 더구나 "어찌하야 나는 사랑하는 자의 피가 먹고 싶습
니까/ 운모석관 속에 막다아레에나!"(「웅계(하)」)와 같은 시구에서는 보

들레르 못지않은 그로테스크한 관능미까지 보여준다. 이와 관련하여 미당의 초기시에서 "피"의 이미지는 보들레르의 "피"와 매우 유사한 내포적 의미를 형성하고 있음도 주목을 요한다. 보들레르의 「피의 분수」에서 "나 때로 내 피가 콸콸 흘러나가듯 해라/ 율동적으로 흐느끼는 분수처럼"(1연 1,2행)과 같은 이미지는, 미당의 「정오의 언덕에서」의 "다붙은 내입설의 피묻은 입마춤과/ 무한 욕망의 그윽한 이 전율을…"과 유사한데, 이들은 모두 육욕과 관능적 세계에의 몰입을 통해 현대 사회에서 느끼는 인생의 공허감을 극복하고자 한 것으로 읽힌다.

하지만, 보들레르와 미당 사이에는 유사성만이 존재하는 것은 아니다. 특히 시어에 대한 철저한 탁마 의식에서 두 시인 사이에는 큰 차이가 있다. 보들레르는 「알바트로스」를 창작하고 발표하는 데 무려 17년이나 걸렸다고 한다. 또한 출판사 직원에게 자신의 시에서 쉼표 하나라도 고치기를 원한다면 전 작품을 돌려줄 것과 출판 전에 반드시 두 번의 교정을 볼 수 있게 해줄 것을 공공연히 요구했다고 한다.[32] 이런 조건이 충족되지 않을 경우 출판을 포기할 정도로 언어에 대한 자기 검열이 철저했다고 한다. 그러나 미당의 경우 언어를 조탁하는 데 그렇게 심혈을 기울인 것 같지 않다. 미당의 창작 방법은 언어의 조탁보다는 직관적 영감의 포착을 중시했던 것으로 보이는데, 후기시(특히 여행시편)의 산문에 육박하는 듯한 시어의 이완 현상도 이와 관련되는 것으로 이해된다.

이렇게 볼 때 미당의 초기시는 보들레르의 삶과 시에서 많은 영향을 받았지만, 정작 현대성의 미학과 정신적 초월 의식이라는 보들레르 시의 핵심적 시학을 완벽하게 수용하지는 못했다고 할 수 있다. 이 점은 미당의 보들레르 수용이 갖는 가장 큰 한계이다. 미당이 이후 신라

---

32) 김봉구, 『보들레르 · 파르나스파 시』, pp.17~18 참조.

정신이나 불교 사상 속으로 진입해 간 것도,『화사집』을 더 이상 치열한 현대성의 차원으로 승화시키지 못한 것도, 심지어는 일제말기 친일문학의 유혹을 단호하게 거부하지 못했던 것도 모두 이러한 한계와 연관된 것이 아닐까 한다.

5. 결론 : 영향과 유사성

문학에서 영향이란 전달과 수용이라는 일종의 커뮤니케이션을 전제로 한다. 이를 비교문학적 관점에서 본다면 발신자와 전신자, 그리고 수신자로 이루어지는 문학적 소통의 원리라고 할 수 있다. 이 글에서 다루고자 했던 보들레르와 미당 사이의 커뮤니케이션의 양태는, 보들레르가 발신자였으며, 김억, 백대진, 박영희 등 현대문학 초창기의 번역가들이 전신자의 역할을 담당했고, 미당은 직접적이거나 간접적인, 혹은 적극적이거나 소극적인 수신자였다. 지금까지 논급한 그 구체적인 소통 관계를 정리해 보면 다음과 같다.

첫째, 발신자로서 보들레르 문학의 특징은 그의 시집『악의 꽃』과『파리의 우울』에 잘 나타난다. 보들레르는 당시 프랑스에서 유행했던 낭만주의 시의 감성을 이어받으면서도 그것을 뛰어넘는 현대적 감성을 충실하게 보여주었다. 그는 천재적인 재능과 혁명적 기질을 발휘함으로써 현대시의 시조라는 명칭을 부여받았다. 그의 시가 낭만적이면서도 그것을 뛰어넘는 현대성을 획득할 수 있었던 것은 우선 파리라는 대도시를 주된 시적 배경으로 삼았다는 데서 찾을 수 있다. 파리는 낭만적인 곳이면서 인간 소외라든가 우울증 등의 현대 문명의 문제적 요소들을 그대로 간직한 곳이기 때문이다. 보들레르는 그러한 파리 풍경을 정직하게 온몸으로 받아들여 형상화했다.

둘째, 우리나라에 보들레르가 이입되는 과정은 1916년 백대진의 소개로 시작되어 이후 김억, 박영희, 양주동, 이헌구, 이하윤 등으로 이어졌다. 이들은 보들레르를 악마적이고 퇴폐적인 상징의 시인이라고 규정하고, 6부로 구성된 『악의 꽃』의 시편들 중에 제1부에 해당하는 '우울과 이상'에 속한 작품 중에서 '우울'을 테마로 삼고 있는 것들을 주로 번역했다. 이러한 번역상의 편중 현상은 당시 우리나라 시인들이 보들레르 시를 정확히 이해하는 데 장애가 되었다. 이들은 육체와 영혼을 아우르는 시학을 선취한 보들레르 시의 본질적인 면모보다는 단순하고 피상적인 면, 즉 육욕과 관능에 사로잡힌 데카당스한 분위기의 시로 유입하는 데 치중했던 것이다.

셋째, 미당이 보들레르로부터 받은 영향의 흔적은 그의 초기시에 잘 나타난다. 미당은 시 「수대동시」와 산문 「내 시와 사상에 영향을 주신 이들」에서 보들레르라는 이름을 직접 거명하여 보들레르를 분명히 인식하고 있었음을 보여준다. 그리고 보들레르 시에 나타나는 우울의 시학과 생명의 모순성, 그리고 육욕과 관능의 세계는 미당시에서도 유사하게 등장하곤 한다. 이것이 바로 미당이 보들레르의 시를 적극적으로 모방하거나 창조적으로 변형하기도 했음을 추정할 수 있게 하는 근거이다. 미당은 그 이전에 우리 문단에서 간헐적으로 이루어졌던 보들레르 수용 양상에 견주어 보건대 문제적 측면이 없는 것은 아니지만 비교적 충실하게 수용했다고 보아진다. 미당이 작품 활동을 시작한 1930년대는 보들레르란 이름이 이미 우리 문단에 잘 알려진 낯익은 존재였으며, 그의 실제 작품도 상당수 번역되었던 게 사실이었기에 항시 문단의 전면에서 생활했던 미당이 이러한 작품을 읽었으리란 점은 쉽게 짐작이 된다. 물론 보들레르 시와의 실증적 영향 관계를 추정할 수 있는 요소가 그렇게 풍부하진 않지만, 미당의 적지 않은 시편들에서 시상의 전개나 시어의 사용, 시적 분위기 등에서 보들레르 시와의 유사성을 쉽사리 파악할 수 있다.

보들레르의 우울과 비슷한 감정을 노래한 미당의 시로는 「벽」을 비롯하여 「문둥이」, 「서름의 강물」, 「봄」 등이 주목된다. 생명파 시인으로서 미당은 생명이 지닌 본원적 속성의 하나를, 보들레르가 우울로 본 것과 유사하게, 서러움이나 슬픔(울음)으로 보고 있는 셈이다. 물론 미당은 보들레르처럼 초월적 세계를 적극적으로 지향하지는 않았지만, 생명이 지닌 어둡고 부정적인 정서에 주목했다는 점에서 보들레르와 유사하다. 육욕이나 관능미와 관련된 미당의 작품들로서 「화사」를 비롯하여 「대낮」, 「맥하」, 「가시내」, 「입맞춤」, 「와가의 전설」, 「고을나의 딸」 등이 있다. 이들은 보들레르적 육욕과 관능의 이미지와 유사한 국면을 보여주는데, 이러한 면모는 당시의 우리 시단의 사정을 감안할 때 상당히 획기적인 것이었으며, 그러한 혁신적 시상의 도입은 보들레르의 이입과 무관치 않은 것으로 보인다. 이 같은 사실들을 통하여 필자는 미당시의 원천이 보들레르에 닿아 있음을 밝힌 셈이다.

다만, 충분한 실증적 사례의 부족으로 인하여 엄정한 의미의 영향 관계보다는 유사성 연구에 의존한 감이 없지 않다. 이외에도 두 시인의 "피"의 이미지를 본격적으로 비교하지 못한 점, 더욱 많은 작품들을 대상으로 하지 못한 점, 불어로 된 보들레르 시의 원전에 대한 접근이 충실하지 못했던 점, 미당 이외의 시인들이 받은 보들레르의 영향에 관해 살피지 못했던 점 등은 아쉬움으로 남는다. 요컨대 문학 작품도 하나의 유기체에 비유될 수 있을 것이다. 개별적 문학 작품은 여타의 문학 작품이나 제반 문화 현상에 뿌리를 두고 끊임없이 성장해 가는 것이다. 뿌리로부터 흡수하는 양분이 무엇이냐에 따라서 그 나무의 줄기나 열매의 형상이 결정된다. 이 글에서 우리는 미당시라는 나무는 많은 뿌리 가운데 한 가지를 분명 보들레르라는 기름진 시의 땅에 드리우고 있다는 부분적 사실만 확인했을 따름이다. 보다 본격적이고 정치한 두 시인의 비교 연구는 훗날의 과제로 남겨둔다.

체루의 현실과 시의 풍요로움

— 1980년대 시의 비판적 개관

1. 서론 : 체루의 현실, 시의 시대

1980년대는 '광주, 5월'이 상징하듯이 폭력과 압제의 시대인 동시에 반독재 투쟁의 시대였다. 당시의 현실을 가장 적실하게 상징하는 것은 체루 가스가 진동하는 도심의 어수선한 거리 풍경이었다. 민주화를 외치는 시위대와 이를 물리적으로 저지하는 전투 경찰들의 충돌이 하루가 멀다 하고 일어났다. 체루 가스는 '서울의 봄'을 짓밟고 일어선 신군부 세력의 무리한 집권 과정에서 이루어진 양심적인 정치인과 지식인, 그리고 선량한 시민들에 대한 혹독한 탄압의 흔적이었다. 5공화국 초기에 제정된 '정치풍토 쇄신을 위한 특별법'은 실질적인 야당이 부재하는 기형적인 정치 구도를 형성했고, 5·18 이후 지속적인 정치적, 국민적 저항이 일어나면서 이 땅의 도시마다 거리마다 혼란지경에 빠져들었다. 그러나 1985년에 치른 '2·12 총선'에서 신민당 바람이 일어나면서 대대적인 국민적 저항이 지속되자, 신군부 세력은 1987년 대통령 직선제 개헌을 포함한 민주화 프로그램인 '6·29 선언'을 하기에 이른다. 그 이후에도 한동안 군부 독재가 지속되었지만, '6·29 선언'은 1990년대 초의 문민정부가 들어서는 데 결정적인 역할을 했다. 이 모든 것은 눈물마저 억지스럽게 강요했던 체루(涕淚)의 현실이 주는 고통을 감내한 소중한 보상이었다.

　정치의 기형적 지배 구조는 경제 부문에도 영향을 끼쳤다. 도덕적 정당성과 국민적 동의를 얻어내지 못한 정권이 건강한 경제 성장을 통해 도덕성이 담보된 자본을 생산한다는 것은 애초부터 불가능한 일이었다. 정경 유착과 노조 탄압으로 요약되는, 부도덕한 정치와 불건전한 독점자본의 밀월 관계는 1980년대 경제 상황을 지배하는 메커니즘이었다. 이러한 사회 현상 속에서 기업가들뿐 아니라 일반 국민들까지도 건전한 경제 활동보다는 부동산 투기와 같은 파행적 경제 활동에 많은 관심을 가졌다. 한 시절(1985~1988년) 저금리, 저환율, 저유가의 3저 현상으로 고도의 경제 성장을 이루었으나, 그것의 실질적인 수혜자는 일부 기득권 세력과 독점자본가들이었다. 대다수의 기업들은 경영 합리화나 생산 활동의 향상보다는 정경 유착과 사행적 투자에 열을 올렸다. 자연히 경제는 외형적 규모에 비해 내실이 부실해질 수밖에 없었고, 빈익빈부익부 현상이 심화되어 대다수의 국민들은 상대적 빈곤감에 시달릴 수밖에 없었다.

　문화의 측면에서 1980년대는 군사 문화와 천민 문화의 시기로서 이른바 '군바리'들과 '졸부'들의 문화 아닌 문화가 유행했다. 그러나 그것은 어디까지나 외형적인 현상이었을 뿐 여러 가지 어려운 여건 속에서도 그 내실에 있어서는 본격 문화나 민중 문화 등이 연면히 이어져 나갔다. 문학적 환경에서의 어려움 중에 먼저 떠오르는 것은 각종 언론기관의 통폐합과 대표적 문예계간지였던 ≪창작과 비평≫과 ≪문학과 지성≫의 강제 폐간으로 인해 시인들의 창작 의욕과 공식적 발표의 장이 극단적으로 위축되었다는 사실이다. 비록 ≪현대문학≫, ≪문학사상≫, ≪심상≫, ≪현대시학≫, ≪문예중앙≫, ≪세계의 문학≫ 등의 문예지들은 속간되었으나, 이들은 문학의 정통주의와 본질주의, 혹은 순수주의를 견지했기 때문에 시대적 변화와 현실의 질곡을 민첩하게 담아내는 데에 일정한 한계를 보여주었다. 이런 상황에서 젊은 문인들을 중심으로 한 기성 문단에 대한 반작용이 일어났는데, 무크지(부정기간행물, Mook Magazine)라고 하는 새로운 매체를 통해 문학의 새로운 활로를 모색하고자 했다. ≪오월시≫, ≪실천문학≫, ≪시와 경제≫, ≪시운동≫, ≪시인≫, ≪삶의 문학≫ 등의 무크지들은 정기간행물에 대한 검열을 비껴가면서 출판의 기동성을 발휘하여 한국 현대시의 유례없는 부흥 시대를 열어 주었다. 또한 1980년대 후반에 단행된 납북, 월북, 재북 문인들에 대한 해금 조치가 분단문학 극복의 지평을 열었다는 점도 기억할 만한 사건이다. 이러한 정황 속에서 1980년대의 시인들은 정치적, 현실적 궁핍함을 오히려 시의 풍요로움을 성취하는 계기로 삼았다. 1980년대는 시가 다른 문학 장르나 문화종들보다 더욱 활발하게 전개되던 '시의 시대'였다고 정의할 수 있다. 시인들은 현실적으로 어려운 여건 속에서 리얼리즘적, 모더니즘적, 리리시즘적 상상력을 발휘하여 민중시, 페미니즘 시 ; 해체시, 도시시 ; 서정시, 중간시1) 등 다양

1) 이러한 분류법에 문제가 없는 것은 아니나 논의의 편의를 위해 일정한 범주적 개념을 설정하지 않을 수 없다. 이를테면 민중시, 페미니즘 시는 내용적인 측면을, 해체시, 도시시는 형식과 소재의 측면을, 서정시와 중간시는 정조의 측면을 각각 중시하는 개념이기 때문이다. 다만 이런 명명이 특정 시(인)를 단정짓는 절대적인 기준으로 적용하지 않는다는 점, 시(인)에 따라서 시의 어떤 특정한 국면에 치중하는 창작 방식이 가능하다는 점을 전제한다면 아주 불합리한 것만은 아니다. 그리고 중간시라는 용어는 이 범주에 속하는 시편들이 1970년대 최인호,

한 시적 형상화를 성취해 나갔다.

2. 리얼리즘적 상상—민중시, 페미니즘 시

1980년대의 리얼리즘적 상상에 가장 직접적으로 영향을 끼친 것은 1960-70년대 참여시인들, 혹은 저항시인들이었다. 이들은 1980년대에 와서도 당대의 정치적, 사회적 문제점에 대한 적극적 응전의 목소리를 드러낸다. 고은의 『조국의 별』(1984), 『네 눈동자』(1988), 김명수의 『하급반 교과서』(1983), 김지하의 『타는 목마름으로』(1982), 『대설 남 1, 2, 3』(1982~1985), 『별밭을 우러르며』(1989), 신경림의 『남한강』(1987), 『가난한 사랑 노래』(1988), 양성우의 『오월제』(1987), 이성부의 『전야』(1981), 『빈 산 뒤에 두고』(1989), 조태일의 『가거도』(1983), 『자유가 시인더러』(1987), 최하림의 『작은 마을에서』(1982), 『겨울꽃』(1985), 『겨울 깊은 물소리』(1987), 『침묵의 빛』(1988) 등은 이전의 시기로부터 이어져 온 리얼리즘적 상상과 관련하여 주목할 만한 시집들이다. 이들과 함께 1980년대의 리얼리즘적 상상은 민중시와 페미니즘 시의 형태로 구체화된다.

민중시는 1980년대에 들어와서 보다 다양해지고 노동 운동과 관련된 현장적인 성격이 강화된다. 민중시에서 '민중'은 독재에 대한 저항 정신과 민주 투쟁 의식을 내면화하거나 행동화한 집단적 개념으로서 1980년대에 새롭게 부상한 시의 주체이자 객체이다. 그 구성원은 노동자나 농민, 지식인이 모두 포함될 수 있지만, 이들 가운데 노동자나 농

한수산 등이 문학의 저변 확대에 크게 기여했던 '중간소설'과 유사한 역할을 했다고 본 데서 착안된 용어임을 밝혀둔다.

민이 민중의 개념에 가장 근접한 계층이다. 다만, 반민주 세력에 대한 투쟁 의지를 지니고 민중의 삶을 옹호하는 처지를 견지하는 지식인들도 광의의 민중 개념으로 포괄할 수 있을 것이다. 이를 근거로 하여 1980년대의 민중시는 두 부류로 나뉠 수 있다. 하나는 노동자(농민) 시인이 자신들이 겪은 삶의 체험을 형상화하는 것이고, 다른 하나는 지식인 시인이 민주 사회를 열망하는 마음과 노동자나 농민의 삶을 그리는 것이다.

1980년대 들어서면서 노동자가 문학의 주체로 부상하는 징후는 노동자의 수기나 르뽀 등으로 나타났지만, 이러한 형식은 실록에 가까운 산문 양식이기 때문에 본격적인 문학 작품이라고 보기는 어렵다. 따라서 노동자가 주체가 되어 문학 활동을 본격화한 것은 아무래도 민중시, 좀 더 범위를 좁혀서 말한다면 노동시가 등장하면서부터이다. 노동시는 노동자 시인들이 노동 현장에서 벌어지는 박진감 넘치는 현장적 삶의 체험을 시적으로 형상화한 것이다. 노동시인들이 보여준 시의 세계는 기업주의 횡포와 노동자의 착취 문제를 비롯하여 노동 현장의 불합리한 제반 측면들에 대한 고발과 증언이다. 박노해의『노동의 새벽』(1984)은 그것이 불러일으킨 사회적 반향이나 문학성에 있어서 한국 노동시의 커다란 획을 그은 시집이다. 또한 백무산의『만국의 노동자여』(1988), 박영근의 『취업 공고판 아래서』(1984), 김해화의 『인부수첩』(1986) 등도『노동의 새벽』과 함께 노동시의 현장성과 문학성을 절묘하게 결합시킨 주목할 만한 성과들이다. 이들이 한국시사에서 지니는 각별한 의미는 노동자의, 노동자에 의한, 노동자를 위한 시가 본격적으로 전개되었다는 점이다.

노조를 만들면서
저들의 칭찬과 모범표창이

고양이 방울에 매단 방울소리임을,
근로자를 가족처럼 사랑하는 보살핌이
허울좋은 솜사탕임을 똑똑히 깨달았다

편리한 이론과 권위와 상식으로 포장된
몸서리쳐지는 이윤추구처럼
나 역시 아내를 착취하고
가정의 독재자가 되었었다

투쟁이 깊어갈수록 실천 속에서
나는 저들의 찌꺼기를 배설해 낸다
노동자는 이윤 낳는 기계가 아닌 것처럼
아내는 나의 몸종이 아니고
평등하게 사랑하는 친구이며 부부라는 것을
우리의 모든 관계는 신뢰와 존중과
민주주의적이어야 한다는 것을
잔업 끝내고 돌아올 아내를 기다리며
이불 홑청을 꿰매면서
아픈 각성의 바늘을 찌른다
                    ― 박노해, 「이불을 꿰매면서」 부분

이 시는 노동 문제와 여성 문제를 동시적으로 문제 삼은 특이한 경우에 해당한다. 바느질이라는 가사 노동을 소재로 하여 남녀불평등과 반민주적 노사 관계를 문제 삼고 있는 것이다. 이 시의 표제에서 "이불을 꿰매"는 일은 단순한 가사 노동 행위가 아니다. 그것은 민주주의와 인간 평등이라는 정치적 가치를 자각하는 매개 행위이다. 시의 뒷부분에서는 그런 자각이 "실천" 행위로 이어져야 함을 역설하는데, 사회에서 기업주와 노동자의 관계는 물론이려니와 가정에서 남편과 아내의 관계도 민주적이고 평등해야 한다는 것이다. 이를 자각하고 실천하는 일이 사회에서는 노동 운동을 통해, 가정에서는 가사 노동을 통해 이루어져야 한다는 것이다. 따라서 "이불 홑청을 꿰매면서/ 아픈 각성의 바늘을 찌르"는 것은 민주적이고 평등한 사회-가정을 구현하기 위해 요긴한 매개 행위이다. 이 시의 시상을 정리해 본다.

<가정>	아 내	⊂	남 편	⇒	아 내	=	남 편
<사회>	노동자	⊂	기업주	⇒	노동자	=	기업주
	(피착취자)		(착취자)		(가사/노조일)		(평등/민주적인 관계)

이처럼 '가사/노조일'은 '아내-남편', 또는 '노동자-기업주'의 관계를 종속적 관계(⊂)로 여겨 왔던 "나"의 엇나간 가치관을 각성하는 계기이다. 각성 이후, "나"는 그들 사이에 평등하고 민주적인 관계(=)가 설정되어야 함을 자각한다. 그것은, 다른 시의 표현을 빌리면, "노동자의 햇새벽이/ 솟아오를 때까지"(박노해, 「노동의 새벽」) 이루어야 하는 노동시인의 과제이다. 주지하듯 5공화국의 노조 정책은 유신 체제의 그것에 비해 조금도 진전된 것이 없었다. 신식민지 국가독점자본주의를 기조로 하는 당시의 경제 정책은, '노조정화조치'라는 미명하에 노조의 활동을 위축시키거나 금지하는 방향으로 관련법을 개악하였다. 당연히 노동 현장의 불합리한 점들에 대한 비판이나 노동자들의 권익 보호를 제대로 할 수가 없었다. 이런 현실에 대한 비판을 목적으로 하는 민중시의 기본적 특징은, "내일의 삶을 기약할 수 없는 하루살이 인생"(김해화, 「늙은 철근쟁이의 죽음」)의 고달픔에 대한 각성이나, "피가 도는 밥을 먹으리라"(백무산, 「노동의 밥」)는 식의 불합리한 노동 현실에 굴복하지 않겠다는 실천적 의지로 모아진다.

비노동자 시인들은 노동 현장보다는 정치, 사회적인 현실에서 벌어지는 반민주적 현상에 대한 저항을 시의 테마로 삼았다. 이들의 시는 정치적인 색채를 강하게 띠고 나타나는데, 군사독재에 대한 저항, 폭력적 정치에 대한 고발, 기득권 세력의 반통일적 행태에 대한 비판 등을 빈번하게 다룬다. 곽재구의 『사평역에서』(1983), 김남주의 『진혼가』(1984), 『나의 칼, 나의 피』(1987), 『조국은 하나』(1989), 김정환의 『지울 수 없는 노래』(1982), 『황색예수전』(1983), 정호승의 『서울의 예수』(1982), 하종오의 『벼는 벼끼리 피는 피끼리』(1981), 『사월에서 오월로』(1984) 등은 정치성과 문학성을 수준 높게 결합시킨 예에 속한다. 이들은 공통적으로 체루의 현실을 살아가는 일이 "누더기만 남은 목숨이 뿌리째 뽑혀 찬바람에 흩날려댄다"(김정환, 「용산역」)고 본다.

이처럼 민중시는 '민중'을 화두로 삼아 지식인 시인뿐 아니라 노동자 시인들이 민주화 문제, 노동 문제 등에 대해 치열하게 고민했던 흔적이다. 사실 노동자 시인이든 비노동자 시인이든 그들의 성분과 출신이 중요한 것은 아니다. 민중적 삶의 신산스러움을 얼마나 문학성 있게 형상화했으며, 나아가 민중들이 자신의 주권을 충분히 향유할 수 있는 민주 사회를 향한 실천 방향을 얼마나 적실하게 제시했느냐가 중요하다. 이렇게 보면 1980년대 민중시는 그 나름의 시대적, 문학적 역할을 충실히 수행했다고 하겠다. 이 시대의 시가 풍요로울 수 있었던 으뜸 역할을 담당해 준 것은 바로 민중시의 확산과 심화라고 할 수 있다.

현실과 가치관의 문제에 관한 리얼리즘적 사유를 보여주는 또 하나의 시적 경향으로 페미니즘 시가 있다. 페미니즘 시는 남성중심적 세계관을 비판하면서 그 동안 억압되어온 여성의 정체성 회복을 추구한다. 1980년대에 등장한 페미니즘 시는 과거 여류시, 여성시 등으로 불리던 시적 경향과는 매우 다른 특성을 보여준다. 페미니즘 이론가인 밀레트의 용어를 빌리면, 그동안의 '성의 정치학'이 지녀왔던 '가부장제'적 가치와 제도에 대해 적극적으로 저항하려는 의도적, 당위적 담론의 일종인 것이다. 이와 관련하여 고정희의 『초혼제』(1983), 『지리산의 봄』(1987), 『저 무덤 위에 푸른 잔디』(1989), 김승희의 『왼손을 위한 협주곡』(1983), 『달걀 속의 생』(1989), 김정란의 『다시 시작하는 나비』(1989), 김혜순의 『또 다른 별에서』(1981), 『아버지가 세운 허수아비』(1985), 『어느 별의 지옥』(1988), 최승자의 『이 시대의 사랑』(1981), 『즐거운 일기』(1984) 등의 시집은 주목을 요한다. 특히 고정희의 「위기의 여자」 등 '여성사 연구'라는 부제가 붙은 연작들은 여성 해방을 주창하는 페미니즘 시가 본격화되는 특별한 계기를 이룬다.

> 그러나 어느 날
> 여자 식으로 사랑을 꿈꾸며
> 남자 식으로 살아가는 날들이
> 우아한 중년의 식탁 위에
> 검고 무서운 예감을 엎질렀다
> 어둡고 불길한 예감 속에는
> 산발한 유령들이 만찬을 즐기고
> 사랑의 과일들이 무덤으로 누워
> 피묻은 달을 하관하고 있었다
> 먼 데 어른대는 황혼의 그림자
> 적막 속에 흔들리는 지상의 척도……
>
> 왜, 왜 사느냐고 메아리치는 강변에
> 여자 홀로 바라보는 배가 뜨고 있었다
> ― 고정희, 「위기의 여자―여성사 연구 6」 부분

이는 1980년대식의 페미니즘 시가 지닌 특성을 전형적으로 보여준다. 시에 의하면 이 땅에서 "여자"로 산다는 것은 남성으로부터의 구속과 억압을 전제로 한 삶이다. 시에 등장하는 "중년"의 여성은 젊은 시절부터 남성 중심적 가치관에 물들어 있는 남편을 위해 희생적으로

살아온 사람이다. 그러나 특별한 계기가 제시되어 있지는 않지만, 어느
날인가 지금까지 길들여져 온 "여자"로서의 삶에 회의를 품기 시작한
다. 남편에게 길들여진 삶에서 보장받는 행복과 평화를 더 이상 용납하
지 않겠다는 마음은 "어둡고 불길한 예감"으로 제시된다. 나아가 "피묻
은 달을 하관하고 있었다"는 것은 이미 희생 일변도의 여성적 삶에 종
지부를 찍겠다는 의지를 상징한다. 또한, 여자의 마음속에서 "흔들리는
지상의 척도"는 남성 중심적 가치와 관습을 더 이상 인정하지 않겠다
는 의지의 표상이다. "여자"도 이제 자기정체성을 지닌 독립적 인격체
로 거듭 나야겠다는 다짐인 것인데, 시의 결구에서 "여자 홀로 바라보
는 배가 뜨고 있었다"는 것은 이미 자기정체성을 갖춘 "여자"가 독립
적 인격체로 존재한다는 선언이다. 이로써 이 시는 남성중심주의적 가
치에 대한 강력한 비판의 기능을 수행하는 페미니즘 텍스트가 된다.

3. (탈)모더니즘적 상상—해체시, 도시시

1980년대 (탈)모더니즘적 상상은 1960-70년대 모더니즘 시인들의 시
적 특성을 계승하거나 부정하는 데서 출발한다. 세계에 대한 지적 인
식과 방법론 자체를 중시해 온 기성의 모더니즘 시인들의 시 작업은
1980년대에 와서도 지속적으로 전개된다. 감태준의 『마음이 불어가는
쪽』(1987), 김광규의 『아니다, 그렇지 않다』(1983), 『좀팽이처럼』(1988), 김
명인의 『머나먼 곳 스와니』(1988), 김영태의 『여울목 비오리』(1981), 『결
혼식과 장례식』(1986), 『느리고 무겁게 그리고 우울하게』(1988), 김종해
의 『항해일지』(1984), 박의상의 『바위는 저의 길을 가로 막는다』(1984),
박제천의 『달은 즈믄 가람에』(1984), 『어둠보다 멀리』(1987), 『장자시편』

(1988), 『너의 이름 나의 이름』(1989), 오규원의 『이 땅에 쓰여지는 서정시』(1981), 『가끔 주목받는 생이고 싶다』(1987), 『하늘 아래의 생』(1989), 오세영의 『가장 어두운 날 저녁에』(1983), 『모순의 흙』(1984), 이수익의 『슬픔의 핵』(1983), 이승훈의 『당신의 방』(1984), 『너라는 신비』(1989), 정진규의 『연필로 쓰기』(1984), 『뼈에 대하여』(1986), 정현종의 『떨어져도 튀는 공처럼』(1984), 『사랑할 시간이 많지 않다』(1989), 황동규의 『풍장』(1986), 『견딜 수 없는 가벼운 존재들』(1988) 등은 시적 경향의 편차가 심하긴 하지만 지성적 태도나 실험적 표현의 측면을 강조한다는 점에서 모더니즘적 상상과 연관된다. 이들의 시집들 가운데는 젊은 시인들의 시에 못지않은 치열한 실험 정신을 발휘하는 경우도 있다. 이러한 기성 시인들의 방법론을 취사선택하면서 색다른 모더니즘적 상상의 실상을 보여준 것은 젊은 시인들을 중심으로 전개된 해체시와 도시시다.

해체시는 정치적, 사회적 현실에 대한 전복적 상상과 시적 표현에 대한 적극적 실험 정신을 결합시키면서 등장한다. 해체시의 기본 전략은 시의 창작과 소통에 참여하는 '세계-시인-시-독자' 사이의 경계를 와해시키는 것이다. 전통시학에서 명백히 구분되어야 했던 세계와 시, 시인과 시, 독자와 시, 나아가 비시와 시의 경계를 무너뜨리고자 한다. 당연히 기존의 시적 정체성이나 기법에 관한 과격한 부정을 통해 새로운 시학을 개진했는데, 해사성(解辭性)을 기반으로 하는 자기반영성, 패러디, 요설적 진술, 환유적 기법, 형태 파괴 등은 해체시가 빈번하게 보여준 시적 방법들이다. 해체시는 궁극적으로 전시대의 모더니즘 시가 보여주었던 반전통주의나 이항대립적 세계관을 탈피하여 타자성의 주권 회복과 가치의 다양성을 추구한다. 이성복의 『뒹구는 돌은 언제 잠 깨는가』(1980), 『남해금산』(1986), 황지우의 『새들도 세상을 뜨는구나』(1983), 『겨울－나무로부터 본－나무에로』(1985), 박남철의 『지상의 인간』(1984), 『반시대적 고찰』(1988), 장정일의 『햄버거에 관한 명상』(1987), 『길안에서 택시 잡기』(1988) 등은 그러한 해체시의 면모를 충실히 보여준다. 이들은 기법적인 측면에서는 유사한 점이 많지만, 시정신의 차원에서는 차이가 많다. 이성복은 삶의 고통을 아주 독특한 방식, 즉 시문법의 과감한 파괴, 독특한 연상 작용, 돌발적이고 참신한 비유 등으로 제시한다. 그의 시는 해체시가 본격적으로 전개되는 데 시발적(始發的) 역할을 했다. 이후 박남철의 시에는 디오니소스적 상상과 함께 현실에 대한 반항적 성향이 두드러지고, 장정일의 시에는 나르시스적 상상을 기반으로 유희적 성향이 표 나게 드러난다. 또한 황지우의 시에는 아폴론적인 상상력을 토대로 정치적 저항 의식이 전경화된다.

張萬燮氏(34세, 普聖物産株式會社 종로 지점 근무)는 1983년 2월 24일 18:52 #26, 7, 8, 9……, 화신 앞 17번 좌석버스 정류장으로 걸어간다. 귀에 꽂은 산요 레시바는 엠비시에프엠 "빌보드탑텐"이 잠시 쉬고, "중간에 전해드리는 말씀," 시엠을 그의 귀에 퍼붓기 시작한다.

조옥 빠라서 씹어주세요. 해태 봉봉 오렌지 쥬스 삼배권!
더욱 커졌씁니다. 롯데 아이스콘 배권임다!
뜨거운 가슴 타는 갈증 마시자 코카콜라!
오 머신는 남자 캐쥬얼 슈즈 만나 줄까 빼빼로네 에스에스 패션!
…(중략)…

그러나 정말로 갤러그 우주선들이 튀어 나와, 보성물산주식회사 장만섭 차장이 서 있는 버스 정류장을 기총 소사하고, 그 옆의 신문대를 폭파하고, …(중략)…
그러나 그 위로 다시 갤러그 3개 편대가 내려와 5천 메가톤급 고성능

미사일을 집중투하, 집중투하!

짜　　자　　잔
GAME OVER
한다면,

― 황지우, 「徐伐, 셔블, 셔볼, 서울, SEOUL」 부분

　여기서 시적 경계의 해체는 아주 복잡한 양태로 나타난다. 시 장르와 음악, 현실과 환상, 그리고 시적 현실과 일상적 현실 사이의 경계가 와해된다. 앞부분에서 '시엠' 가사를 발음되는 대로 적어놓은 것과, 뒷부분에서 시적 진술에 음악의 악보를 끌어들이고 있는 것은, 시어와 광고 카피, 시어와 음악 기호의 경계를 불분명하게 한다. 시에 비시적인 요소를 수용하여 현실을 비판하기 위한 현장성을 보완하고 있는 것이다. 또한 현대의 일상인을 표상하는 "張萬燮氏"가 "갤러그" 게임의 가상 현실과 실제의 현실을 혼동하는 현상도 진정성이 결여된 당대의 자동화된 삶이 갖는 허위성을 드러내기 위한 것으로 읽힌다. 가벼운 장난, 혹은 전자오락 게임 같은 삶을 살아가는 현대인의 일상을 비판적 시각으로 제시한 것이다. 이처럼 일상 현실이 시적 현실과 등가 관계에 놓이는 순간, 시는 시인의 상상에 의해 형상화된 허구적 현실이라는 전통 시학의 개념마저 해체된다. 이러한 해체 정신은 기법적 측면의 해체를 넘어서 당대의 정치, 사회적 현실과 시적 관습에 대한 조롱과 부정이라는 정치적 함의를 지닌다.

　도시시는 황폐화된 도시 공간을 배경으로 나날이 기계화, 자동화되어 가는 도시인의 삶을 노래한다. 1980년대 들어서 도시화가 급격히 이루어지고 인구의 절대 다수가 도시 지역으로 편입되면서, 도시는 시인들에게 아주 중요한 시적 상상의 공간으로 자리를 잡는다. 이는 도시화 단계의 초창기에 겪었던 도시 문제의 시적 수용과는 근본적으로 다르다. 도시가 첨단화, 거대화되면서 인간적 정체성의 상실이 더욱 가속화되었는데, 시인들이 도시 문제에 관심을 갖고 도시시를 창작하게 된 것은 이 같은 사회사적 맥락과 관련된다. 비교적 젊은 그룹에 속하면서 신선한 도시적 감수성을 보여준 사례로는 이윤택의 『시민』(1983), 『춤꾼 이야기』(1987), 최승호의 『대설주의보』(1983), 『고슴도치의 마을』(1985), 『진흙소를 타고』(1987), 하재봉의 『안개와 불』(1988) 등의 시집이 주목할 만하다.

> 돈만 넣으면 눈에 불을 켜고 작동하는
> 자동판매기를
> 매춘부라 불러도 되겠다
> 황금교회라 불러도 되겠다
> 이 자동판매기의 돈을 긁는 포주는 누구일까 만약
> 그대가 돈의 권능을 이미 알고 있다면
> 그대는 돈만 넣으면 된다
> 그러면 매음의 자동판매기가
> 한 컵의 사카린 같은 쾌락을 주고
> 십자가를 세운 자동판매기는
> 신의 오렌지 쥬스를 줄 것이다.
> ─ 최승호, 「자동판매기」 부분

이 시가 창작된 1980년대 중반은 우리나라에 "자동판매기"가 대대적으로 보급되던 시기였다. 현대인들이 일상적으로 가까이 하는 "자동판매기"는 커피는 물론이려니와 각종의 음료와 칫솔, 면도기, 휴지 등의 일회용품들, 심지어는 담배나 라면까지도 자동으로 판매하고 있다. 이

"자동판매기"는 물건을 사고 파는 상행위의 주체를 인간에서 기계로, 상행위의 방식을 수동에서 자동으로 변화시켰는데, 이는 인간의 삶 자체를 기계화, 자동화, 일률화, 물신화하는 하나의 계기로 작용했다. 이 시에서 "매춘부"나 "황금교회"로 비유되고 있는 "자동판매기"는, 일회적이고 자극적인 "사카린 같은 쾌락"이나 헌금을 하는 만큼 달콤하지만 거짓된 구원을 약속하는 "신의 오렌지 쥬스"를 제공하는 것이다. 이처럼 돈만 넣으면 어김없이, 자동적으로, 지체 없이 원하는 물건을 내주는 "자동판매기"는 인간적 개성을 상실한 채 살아가는 보편화된 도시인의 삶을 풍자하는 매개물이다.

이러한 도시적 삶의 문제를 직시하는 가운데 인간다운 삶의 조건이 과연 무엇인가에 대한 고민을 담아내기 위해서 시인들을 환경오염과 생태계 파괴의 문제에 관심을 갖기도 했다. 우리나라에서 생태시가 일련의 시적 경향으로 본격화된 것은 1990년대 들어서이지만, 1980년대 후반기에 이미 생태시에 관한 인식과 창작물들이 나타나기 시작한다. 이하석의 『투명한 속』(1980), 『김씨의 옆 얼굴』(1984), 『우리 낯선 사람들』(1989) 등은 생태시적 징후들을 보여주었다. 특히 "무뇌아를 낳고 보니 산모는/ 몸 안에 공장지대가 들어선 느낌"(최승호, 「공장지대」)과 같은 그로테스크한 상상력에 기댄, 환경오염 문제에 대한 고발의 태도는 1990년대 생태시의 본격적인 전개를 예시(豫示)해 주고 있다.

4. 리리시즘적 상상—서정시, 중간시

1980년대 리리시즘적 상상은 기성 시인들에 의해서도 그 정통성이 유지, 계승되었다. 리리시즘적 상상을 위주로 하는 이러한 경향의 시는 인생의 본질과 자연의 아름다움을 그 중심 대상으로 삼는다. 자연히 리리시즘적 상상에 기댄 시편들은 당대의 현실적, 정치적 문제에 관해서는 무관심하다. 다만, 이 같은 무관심이 시 작품으로 형상화되었을 때, 그것이 과연 현실 도피냐 현실 초월이냐 하는 쉽사리 단정 짓기 어려운 문제를 낳는다. 여하튼 리리시즘적 상상과 관련된 시적 경향의 대표격은 서정시인데, 그것은 대상을 주관화하여 주정적으로 인식하는 것을 시의 본령에 두고자 하는 경향이다. 물론, '서정'이라는 말의 외연과 함의는 시대에 따라 변하는 것인 동시에, 서정시는 서사시나 극시 등과의 상대적인 장르 개념이기 때문에 서정시가 시의 세부적 분류 기준으로 통용되는 것은 적합하지 않다. 그러나 시의 리리시즘적 측면, 즉 세상과 사물에 대한 감성적, 감정적 차원을 중시하는 시적 경향을 하나의 부류로 달리 명명하기도 어렵다. 따라서 시의 다양한 구성 요소들 가운데 주정주의적 태도에 많은 관심을 쏟는 시적 경향을 서정시라는 범주로 분류할 수밖에 없다. 이와 관련하여 강은교의 『소리집』(1982), 나태주의 『빈손의 노래』(1988), 문정희의 『혼자 무너지는 종소리』(1984), 박정만의 『해지는 쪽으로 가고 싶다』(1989), 송수권의 『산문에 기대어』(1980), 『꿈꾸는 섬』(1982), 『아도』(1984), 『새야 새야 파랑새야』(1986), 『우리들의 땅』(1988), 이근배의 『노래여 노래여』(1981), 이성선의 『새벽꽃 향기』(1989), 임영조의 『바람이 남긴 은어』(1985), 조정권의 『시편』(1982), 『바람과 파도』(1988), 조창환의 『빈집을 지키며』(1980) 등은 서정시의 계보를 이어준 주목할 만한 성과들이다. 특히 송수권, 이성선, 나태주 등은 1960-70년대부터 1980년대 이후까지도 이 땅의 정통 서정시를 굳건하게 지켜낸 대표적인 시인들이다.

그런데, 1980년대 서정시는 지난 연대의 서정시와는 차별적 특성을 보여주기도 했다. 주로 젊은 시인들에 의해 주도된 서정시의 변화는 그 내면성과 현실성이 보다 강화되었다는 데서 찾아진다. 따라서 이 시기의 서정시는 순수 서정시라는 이름으로 충분하지 않은 나름의 특성을 지녔다. 먼저 김용택의 『섬진강』(1985), 『맑은 날』(1986), 김진경의 『갈문리의 아이들』(1984), 『광화문을 지나며』(1986), 안도현의 『서울로 가는 전봉준』(1985), 이동순의 『개밥풀』(1980), 『맨드라미의 하늘』(1988), 정일근의 『바다가 보이는 교실』(1987), 최두석의 『대꽃』(1984) 등의 시집은 서정시 특유의 리리시즘에 당대적 현실 감각을 습합시킨 1980년대적 서정시의 특징을 보여준다.

> 지리산 뭉툭한 허리를 감고 돌아가는
> 섬진강을 따라가며 보라
> 섬진강물이 어디 몇 놈이 달려들어
> 퍼낸다고 마를 강물이더냐고,
> 지리산 저문 강물에 얼굴을 씻고
> 일어서서 껄껄 웃으며
> 무등산을 보며 그렇지 않냐고 물어보면
> 노을 띤 무등산이 그렇다고 환한 이마를 끄덕이는
> 고개짓을 바라보며
> 저무는 섬진강을 따라가며 보라
> 어디 몇몇 애비 없는 후레자식들이
> 퍼간다고 마를 강물인가를.
>
> — 김용택, 「섬진강 1」 부분

이 시는 "지리산"과 "무등산"을 감싸고 흐르는 남도의 "섬진강"에서 자연의 넉넉한 힘을 발견하고 있다. 남도 사람들에게는 생명의 젖줄과도 같은 "섬진강"은 이 작품 이후 맑고 깨끗한 한국적 자연과 서정을 상징하는 이름으로 빈번히 호명된다. 그런데 이 시의 서정적 기능은 순수한 자연의 아름다움을 묘사하는 데 머물지 않는다. 즉 "몇 놈", 혹은 "애비 없는 후레자식"의 등장으로 인해 순수 자연이 비순수의 인간사와 대비되어 있다. 자연의 순수한 아름다움("섬진강")은 그와 같은 속악한 인간의 이기적 행위("퍼낸다", "퍼간다") 따위에 쉽사리 사라질 현상("마를 강물")이 아니라고 본다. 이것은 나아가 당대에 대한 정치적 알레고리로까지 읽힐 수 있다는 점에서 기존의 순수 서정시와는 구별된다. 즉 강물을 퍼 가는 "후레자식"은 순수하고 아름다운 세상을 오염시키는 속악한 사람이나 그러한 정치 세력이라고 볼 때, 순정한 역사의 흐름은 스스로 질긴 생명력을 지닌 것이기에 몇몇 악인들의 전횡에 의해 멈춰질 것이 아니라는 현실적 메시지를 전하는 시로 읽힐 수 있다.

현실 감각과 결합한 서정성은 또한 ≪민중교육≫지 사건과 관련된 해직 교사들의 시편들에서도 찾아진다. 교사 시인들은 교육 현장에서의 순수한 존재는 어린 학생들이고 그들 가운데서 아름다운 인간의 원형을 발견해 내고자 했다. 그들은 학생들을 정치적으로 악용하려는 불순한 세력과 그러한 비교육적 현실에 대해 고발, 비판을 하고 궁극적으로는 서정성의 회복을 추구하려 했다. 『몸은 비록 떠나도』(1989)는 해직 교사 출신 시인들이 공동으로 낸 시집으로서 교육 현장에서의 체험을 바탕으로 현실성과 서정성을 동시에 추구하려는 태도를 보여준다. 이들의 시는, 이를테면 "아이들이 누굽니까. 어린 조국입니다. 참꽃같이 맑은 잇몸으로 기다리는 우리 아이들이 철 덜 든 나를 꽃피웁니다"(안도현, 「봄편지」)와 같은 시구에 잘 드러난다. 한때 교육 현장에서 아이들을 가르치던 이들에게 시의 서정성 회복과 교육 현장의 정상화는 불가분의 관계에 있는 것으로 설정된다.

1980년대 서정시의 또 다른 면모는 내면화 경향이다. 전통적인 순수 서정시에서 추구해 온 자연물을 대상으로 한 감각적 서정의 성향을 넘어 내면세계의 실존적 자아 의식을 찾아 나서는 일련의 경향이 나타난다. 이문재의 『내 젖은 구두 벗어서 해에게 보여줄 때』(1988), 기형도의

『입 속의 검은 잎』(1989), 송찬호의 『흙은 사각형의 기억을 갖고 있다』
(1989) 등은 실존적 차원의 고통을 내면화하면서 서정의 심도를 확보한
시집들이다.

> 이 읍에 처음 와본 사람은 누구나
> 거대한 안개의 강을 거쳐야 한다
> 앞서간 일행들이 천천히 지어질 때까지
> 쓸쓸한 가축들처럼 그들은
> 그 긴 방죽 위에 서 있어야 한다.
> 문득 저 홀로 안개의 빈 구멍 속에
> 갇혀 있음을 느끼고 경악할 때까지
>
> 어떤 날은 두꺼운 공중의 종잇장 위에
> 노랗고 딱딱한 태양이 걸릴 때까지
> 안개의 軍團은 샛강에서 한 발자국도 이동하지 않는다
>
> — 기형도, 「안개」 부분

이 시의 "안개"는 자연 현상을 지시하거나 현실 상황을 암시한다기
보다는, 삶에 대한 명료한 전망이 불가능한 인간의 실존적 내면세계를
상징한다. 외형적으로는 상당한 수준까지 근대화, 산업화가 이루어진
1980년대적 도시 공간을 상징하는 "이 읍"에서, 인간의 삶은 "안개"의
불가시성과 불투명성을 닮은 것이어서 미래의 전망은 부단히 유예되기
만 한다. 해가 떠도 "안개의 군단"으로 인해 "이 읍"은 밝아지지 못한
채 창백하고 생명력이 사라진 "노랗고 딱딱한 태양"만 희미하게 보일
뿐이다. 이처럼 밝은 세계와의 소통이 단절 된 채 자폐의 삶을 살아가
는 "이 읍"의 사람들은 시대적 공황 상태에서 내면적 혼란지경을 헤매
고 사는 1980년대적 보헤미안이다. 또한 "저 홀로 안개의 빈 구멍 속
에/ 갇혀 있음"에 대한 "경악"은 바로 그러한 자폐의 생을 보아버린

자의 비명이다. 이 시가 보여주듯 기형도 시인은 1980년대의 비극적 실존 의식을 가장 절실하게 보여준 경우에 해당한다. 그는 1990년대 시인들에게 유행처럼 번지게 될 세기말적 죽음 의식을 앞질러 발견하고 있었다.

리리시즘적 상상과 연관될 수 있는 또 하나의 시적 경향으로는 이른바 중간시, 혹은 베스트셀러 시가 있다. 김초혜의 『사랑굿』(1985), 도종환의 『접시꽃 당신』(1986), 서정윤의 『홀로서기』(1987) 등은 시의 대중적 확산을 통한 저변 확대에 크게 기여한 시편들이 실려 있다. 김초혜, 서정윤은 개인적 서정성을, 도종환은 현실과 결부된 서정성을 추구했다는 점에서 상이하지만, 이들은 모두 누구나 공감할 수 있는 대중적 언어로 일정 수준의 문학성을 유지하는 데 성공했다는 점에서 비슷하다.

> 그러나 당신과 내가 함께 받아들여야 할
> 남은 하루하루의 하늘은
> 끝없이 밀려오는 가득한 먹장구름입니다
> 처음엔 접시꽃 같은 당신을 생각하며
> 무너지는 담벼락을 껴안은 듯
> 주체할 수 없는 신열로 떨려왔습니다
> 그러나 이것이 우리에게 최선의 삶을
> 살아온 날처럼, 부끄럼없이 살아가야 한다는
> 마지막 말씀으로 받아들여야 함을 압니다
> — 도종환, 「접시꽃 당신」 부분

이 시는 암과 투병하며 시한부 인생을 살아가는 아내("당신")의 얼마 남지 않은 "하루하루"를 함께 살아가는 남편("나")의 애달픈 심정을 노래하고 있다. 시의 배경으로 취택된, 아내와 함께 했던 시인의 체험 자체만으로도 독자들의 관심을 끌만한 시이다. 다른 시에서도 드러나듯

"살아 평생 당신께 옷 한 벌 못 해주고/ 당신 죽어 처음으로 베옷 한 벌 해 입혔"(「옥수수밭 옆에 당신을 묻고」)다는 시인의 가슴 아픈 체험은 일반 독자들의 심금을 울리기에 충분하다. 여기에 함축적 시어의 사용을 자제하면서 평이한 진술 방법과 다소간의 감각적 표현을 취택함으로써 독자들에게 시 읽기의 부담을 덜어주었다. 이른바 베스트셀러 시의 기본적 요건을 충실히 갖추었던 것이다. 이 시는 비록 시적인 완성도나 응축미의 측면에서는 다소간 불만스러울지라도 "접시꽃"이라는 메타포의 기능이 충실하여 대중들의 정서를 고양시키기에 충분한 문학성의 갖추고 있다. 시가 독자와 유리되는 현상은 어제오늘의 문제는 아니거니와, 이러한 시는 시인이나 비평가 등의 몇몇 전문가들 사이에서만 소통되는 매니아 문학을 극복하기 위한 하나의 단초로 삼을 만하다.

5. 결론 : 시의 풍요로움, 그 의의와 한계

1980년대는 폭력과 광기로 얼룩진 시대였다. 건강한 정치가 부재하다보니 도미노 현상과 같이 경제와 문화도 건강성을 담보 받을 수 없었다. 경직된 '군바리' 문화와 천박한 '졸부' 문화가 사회 전반에 전경화되어 버린 비정상적인 시대였던 것이다. 그러나 이러한 시대적 궁핍함 속에서 시는 역설적으로 풍요로움을 구가할 수 있었다. 이는 시 자체가 갖는 역설적 가치의 현현이자, 정치적 폭력과 경제적 부조리, 그리고 문화의 빈곤을 보상받으려는 문학적 응전 현상의 결과였다. 한국 현대문학사상 이 시기처럼 시가 부흥을 이루었던 적을 찾아보기 어렵다. 시의 이런 특수 현상은 앞으로도 다시 도래하기 어려운, 아마도 문화사적 측면에서 우리 세대가 경험할 수 있는 시 장르의 마지막 부흥기가 아니었나 싶다.

1980년대는 기성 시인과 신진 시인을 막론하고 저마다 다양한 시적 개성을 발휘하여 우리 시단을 풍요롭게 했다. 기왕의 시적 특성을 규정짓던 리얼리즘, 모더니즘, 리리시즘 등의 구분 방식으로는 충분히 규정할 수 없을 정도로 다양한 진폭을 보여주었다. 가령 민중시의 경우 1970년대 김지하류의 저항시적 특성을 이어받기는 했으나, 노동자가 노동 문제에 대한 직접적이고 현장적인 접근을 할 수 있게 되었다는 점에서 이전의 시와 구분된다. 노동자, 혹은 민중이라고 하는 특수 계층이 시의 생산과 소비에 전면적으로 참가하는 주목할 만한 현상이 나타났던 것이다. 또한 해체시의 경우에도 모더니즘적 전위 의식을 이어받았으나 그 철학적 배경이나 적극적 실험성, 과격한 형태 파괴 등으로 미루어 볼 때 모더니즘의 가두리 안에서 규정짓기 힘든 시적 현상임에 틀림없다. 하여, 해체시는 모더니즘과 동시에 탈모더니즘, 혹은 포스트모더니즘의 범주에서 다루어지는 것이 적절할 듯하다. 페미니즘 시도 이전 시기의 여류시로 통칭되던 것과 다르며, 도시시도 좀 더 고도화되고 복합적인 문명 현실을 다룬다는 점에서 이전의 모더니즘 시와 다르다. 또한 서정시는 그 현실성과 내면성이 확대, 심화되었다는 점에서 이전의 순수 서정시와 구분되며, 중간시는 문학성과 대중성의 조화를 본격적으로 추구했다는 점에서 이전에 찾아보기 어려운 시 현상이었다.

또한 장르적 측면에서 보아도 1980년대는 다른 시기에 비해 시가 아주 풍요롭게 전개되었다. 실상 1980년대를 전후한 시기인 1970년대나 1990년대는 다른 문학장르나 문화종들, 예컨대 소설이나 영화 등이 문화 현상을 주도적으로 이끌어 갔으나, 1980년대에는 시 장르가 문화 현상의 중심적 위치를 또렷이 점하고 있었다. 이는 시 장르가 1980년대라고 하는 압제적 현실에서 시대적 적합성을 지녔기 때문에 가능한 일이었다. 즉 시는 개인적 발화의 짧은 형식이기 때문에 언제 어디서든지 민첩하고 순간적인 현실 대응을 할 수 있었던 것이다. 소설의 경우 그것의 창작과 소통의 시간 단위가 길기 때문에 시에 비해 순간적 현실 대응력이 불리한 게 사실이다. 시의 민첩한 현실 대응력은 앞서 말했던 무크지가 활성화와 관련이 깊다. 시는 적어도 당시의 상황으로 볼 때 비민주적 당대에 대한 고발과 민주화 운동의 실천이라는 측면에서 아주 민첩한 표현 방식이었고, 시의 정치성에 관심이 없더라도 현실에 대한 직설적 언술의 부담을 피해 갈 수 있는 이점을 지닌 장르였다.

문제는 1980년대 시의 부흥이 정치적 빈곤에 대한 반작용(저항이든 무관심이든)과 관련이 깊기에 전적으로 마뜩한 현상이라고 볼 수만은 없다는 점이다. 다시 말해 문학이 정치 현실과의 지나친 연관성 하에 형성되었다는 사실은 그 풍요로움의 가치를 감소시키는 요인이라 할 수 있다. 1980년대 시의 풍요로움은 정치적 빈곤의 시대를 위무해 주었다는 점만으로 충분히 가치가 있는 것이지만, 더 바람직한 현상은 정치, 경제, 사회, 문화 등의 사회적 제반 요소들뿐 아니라 개인의 내적 성찰이나 철학적 사유 등과의 균형적 역학 구도 속에서 부흥을 이루었어야 했다는 말이다. 1980년대 이후, 정치와의 반동적 긴장 관계가 사라진 상황에서 시가 문화적 헤게모니를 유지하기는커녕, 날이 갈수록 문화의 변방으로 밀려나면서 일반 독자들에게 점차 잊혀져 가는 상황은, 1980년대 시의 풍요로움이 어떤 한계를 내포하고 있었는지 설득력 있게 해명해 준다. 1980년대 시의 흐름과 그 이후를 개관하는 이 자리에서 우리는, 현실과 문학의 어느 한 쪽에만 치중하지 않는 보다 성숙한 조화 관계가 얼마나 중요한 것인지 깊이 생각해 보아야 할 것이다.

대전-충남 문학의 경향과 정체성
― 시문학을 중심으로

1. 서론 : 지역문학의 개념과 연구 동향

대전-충남 문학의 범주를 어디까지 획정할 것인가 하는 문제는 간단히 규정될 만한 사안이 아니다. 이 문제는 두 가지의 고민거리를 제공하는데, 하나는 대전-충남 문학의 단위 설정과 관련된 것이고, 다른 하나는 대전-충남 문인의 외연에 관한 것이다. 전자는 대전과 충남의 행정적 기반이 다른데 '대전-충남'이 문학적 단위로서 성립될 수 있는가의 문제이다. 이와 관련하여 충청문학이라는 용어와의 위상 설정을 어떻게 해야 할지의 문제도 대두되는데, 이 용어는 대전-충남문학과 동일선상에서 충북문학을 다루어서 둘을 합친 개념으로 사용할 수밖에 없다. 물론 충북문학을 대전-충남 문학과 동등한 수준의 유개념으로 설정하기에는 문단 규모상의 상당한 차이가 있지만, 문단의 권역을 나눌 때는 그 외형이 문제가 아니라 문학적 특성의 공통성 여부가 더 중요하다는 점에서 큰 문제는 아니다. 국어학의 영역에서 언어적 특성을 대변하는 방언권의 설정에서도 대전-충남과 충북은 분명히 구분1)되는데, 이를 염두에 두더라도 대전-충남 문학은 충북문학과 동격의 유개념이자 충청문학의 하위 개념으로 규정할 수 있다.

대전-충남 문인의 외연은, 예컨대 1) 대전-충남에서 태어나서 대전-충남에서 문학 활동을 한 문인, 2) 대전-충남에서 태어났지만 출향하여 다른 지역(특히 서울)에서 활동한 문인, 3) 대전-충남에서 태어나지 않았지만 오랜 기간을 대전-충남에서 활동한 문인, 4) 대전-충남에서 태어나지 않았지만 일정 기간을 대전-충남 지역에서 활동한 문인, 5) 대전-충남에서 태어나지도 활동하지도 않았지만 대전-충남 지역을 작품의 배경이나 소재로 활용한 문인 등 가운데 어디까지를 포함해야 하는가의 문제이다. 보통 말하는 지역문학인의 기준점은 적어도 일정 기간 그 지역에 거주하면서 그 지역의 문화를 체현한 사람이 그 지역의 특성을 반영한 작품을 썼다2)는 전제를 필요로 한다. 지역문학의 개념은 문학 작품 속에 그 지역의 지리적, 문화적 특성을 배제하고는 성립할 수 없기 때문이다. 따라서 위에 제시했던 유형 가운데 지역과의 생활적, 문화적 연고가 전무한 5)를 제외한 1)−4)에 해당하는 작가는 대전-충남 문인이라고 볼 수 있다. 다만 1)−4)의 경우에도 작품들 가운데 지역의 역사, 문화, 생활 등과 관련된 작품을 창작한 경험이 있는 문인으로 한정해야 할 것이다. 지역문학을 논할 때 무엇보다도 체험적 진

---

1) 이상규, 『국어방언학』, 학연사, 2003, p.451 참조. 국어방언학에서도 대전-충남 방언과 충북 방언은 모두 중부방언권 혹은 경기방언권에 속하지만 하위 방언권을 구분할 때는 둘로 나뉜다. 이것은 그만큼 대전-충남과 충북 지역이 사회적, 문화적으로 차별성을 지닌다는 사실을 말해준다.

2) 이에 대해서는 박태일의 견해가 설득력이 있다. "지역문학은 지연문학이다. 그 지역을 섬기는 이, 그 지역에 깊은 경험과 장소사랑을 실천한 이들이 엮어내는 문학이 지역문학이다."(박태일, 『한국지역문학의 논리』, 청동거울, 2004, p.50).

실성3)이 매우 중요하기 때문이다.

그런데 대전-충남의 문단은 그 실정적 풍요로움에도 불구하고 몇 가지 문제점을 안고 있다. 그것은 첫째, 서울-경기 문단에 비할 때 유난히 시문학 중심으로 이루어져 왔다는 점이다. 이런 현상은 비단 대전-충남 문단에서만 나타나는 것은 아니지만 다른 지역의 문단에 비해 그 정도가 심하다4)는 데에 문제가 있다. 그리하여 소설이나 수필, 아동문학, 희곡 등의 장르들도 활성화되어 좀 더 균형 잡힌 문단이 형성되어야 할 필요성이 제기된다. 둘째, 오늘날 대전-충남 문단은 구조적으로 복잡한 문제를 안고 있다. <한국문인협회> 대전지부와 충남지부, <민족문학작가회의> 대전-충남지부로 대표되는 문인 단체가 아직도 이분법적 구도를 구축하고 있다. 이것은 이미 이념적 배타성을 점차 극복해 가고 있는 서울-경기 지역이나 다른 지역의 문단에 비해 뒤진 모습이다. 특히 <한국문인협회> 대전지부의 경우 몇몇 사람들이 주도하면서 지역문단을 대표하는 기능을 온전히 수행하고 있지 못하다. 그러다 보니 일부 문인들은 문인협회에서 탈퇴하여 1990년 <대전문인총연합회>라는 단체를 만들어 활동하고 있는 실정이다.

최근 들어 활발해지고 있는 지역문학에 논의는 중앙집권적 근대화가 빚어낸 특정 지역의 소외에 대한 문화적 대항의 일종이다. 서울-경기를 중심으로 한 수도권 지역의 집중화 현상은 정치, 경제뿐 아니라 문화산업과 상징권력까지도 독점을 하여 다른 지역을 종속시키고 있다5)는 인식이 지역문학 연구를 활성화시키는 동인이 되었다. 대전-충

---

3) 이형권, 「지역문학의 탈식민성과 글로컬리즘」, 어문연구학회, ≪어문연구≫ 52집, 2006, p.297.
4) 송하섭, 「대전의 소설문학 개관」, 한국문인협회 대전지회, 『대전문학선집 2 소설・번역』, 대훈사, 1994, p.627.
5) 구모룡, 『지역문학과 주변부적 시각』, 신생, 2005, p.19.

남 문학에 관한 연구는 지금까지 지역문단의 역사를 회고하는 방법6), 시기 단위로 구획을 하여 그 특성을 정리하는 방법7), 특정 문인을 대상으로 한 작가론이나 작품론8) 등의 방식으로 이루어져 왔다. 그리고 대전-충남의 자연과 지리를 문학적 소재로 삼은 작품들을 분석9)하거나, 각종의 장르를 모두 포괄하여 실증적이고 체계적인 문학사적으로 정리10)하는 방식으로도 이루어진 바 있다. 그렇지만 대체로 개별 작가에 관한 심도 있는 연구가 아직 본격적으로 이루어지지 않은 실정이며, 그나마 간헐적으로 이루어진 작가에 대한 연구도 몇몇 작가11)에 치중되어 왔다. 다행히 대전-충남 지역을 기반으로 하는 문예지인 ≪호서문학≫과 학술지인 ≪문예시학≫에서 시도해 온 지역 문인에 대한 집중 조명 작업12)은 주목할 만한 성과를 이루었다. 이들은 한용운, 윤곤강, 이재복, 정훈, 박용래로부터 최근의 문학적 동향에 이르기까지 폭넓게 고찰함으로써 지역문학 연구의 주목할 만한 성과를 보여주었다.

이 연구는 앞서 전개된 연구물들의 성과를 토대로 하되 그것들과는 조금 다른 관점에서 대전-충남 문학을 고찰해 보고자 한다. 문학 자체

---

6) 박명용 편저, 『대전문학사』, 한국예총 대전지회, 2000.
7) 손종호, 「대전 시문학의 흐름과 특성」, 한국문인협회 대전지회, 『대전문학선집 1 시』, 대훈사, 1994.
8) 박명용 외, 『작고문인연구』, 한국예총 대전지회, 1995 ; 김현정, 「정훈과 박용래 시에 나타난 고향의식」, 송기한·김현정 편, 『대전·충청 지역의 고향시』, 다운샘, 2004.
9) 김용재, 「시에 나타난 대전정신」, 한국예총 대전지회, 『대전의 시 대전의 노래』, 오름, 2000.
10) 박명용 편저, op.cit.
11) 대체적으로 정훈, 박용래, 한성기, 임강빈, 김관식, 신동엽, 이덕영, 나태주, 홍희표, 이정록 등이 빈도 높게 다루어진 편이다.
12) 특히 1988년 창간(당시 제호는 ≪시·시론≫)되어 오늘날까지 충남대학교 교수·강사·대학원생들의 <현대문학연구회>에서 ≪문예시학≫을 통해 꾸준히 지속해 온 대전-충남 지역 작가 조명 작업은 주목할 만하다.

의 내재적 특색을 초점화하기 위해서는 작가별로 문예사조적 특성을 살피는 것이 중요하다는 전제 하에 주요 작가들의 작품을 중심으로 대전-충남 지역의 문학적 정체성에 관해 논의해 보고자 한다. 물론 이러한 구분에 따른 개별 작가들의 귀속이 자칫 임의적인 판단에 의한 것이라는 오해를 받을 수 있을 것이다. 그렇지만 문학의 구체적 특성을 규정하는 데는 문예사조에 따른 구분법이 효과적일 것이라는 기대를 갖고 리리시즘, 리얼리즘, 모더니즘 등 세 차원[13]으로 구분해 분석해 보고자 한다. 물론 대전-충남 문단에서 명멸했던 수많은 작가와 작품들을 이 연구에서 모두 다룰 수는 없다. 따라서 필자가 보기에 대전-충남 지역의 핵심에 해당한다고 판단되는 편린의 일단만을 살피되 가급적이면 최근의 동향을 적극적으로 수용하고자 한다.

대전-충남의 문학장[14]에서 동인 활동은 초창기의 <향토시가회>(1945)와 <동백시회>(1946)를 비롯하여 <호서문학회>(1951), <머들령문학회>(1959), <돌샘문학동인회>(1965), <한밭시조동인회>(1965), <화요문학동인회>(1975), <백지동인회>(1978), <시도동인회>(1978), <가람문학회>(1979), <신인문학회>(1980), <삶의문학동인회>(1980), <시심동인회>(1981), <큰시동인회>(1990), <풍향계동인회>(1992), <평상동인회>(2002), <애지문학회>(2005) 등으로 이어져 왔다. 이들 가운데 최근까지도 활발한 활동을 하면서 눈에 띄는 성과를 보이고 있는 동인회는

---

13) 이 세 가지가 대전-충남 문단을 빠짐없이 포괄한다고 보지는 않지만, 문학적 성과들을 대체적으로 아우르는 데는 문제가 없을 것으로 판단된다. 사실 문예사조의 근간은 헬레니즘적인 현실주의와 헤브라이즘적인 이상주의, 혹은 고전주의와 낭만주의로 양분된다. 이 글에서 리리시즘은 낭만주의를 포함하는 이상주의로, 리얼리즘과 모더니즘은 방향성이 많이 다를지라도 모두 현실주의적 속성을 지니는 것으로 간주한다.
14) Pieree Bourdieu, 하태환 옮김, 『예술의 규칙』, 동문선, 1999, p.74. 문학장은 "작품의 생산 구조와 그 구조가 만들어진 사회적 구조"를 의미한다.

<호서문학회>, <백지동인회>, <신인문학회>, <큰시동인회>, <평상동인회>, <애지문학회> 등이다. 공적인 기관이나 단체로는 <민족문학작가회의> 대전-충남지부, <한국문인협회> 대전지부와 충남지부, <대전문인총연합회>, <대전·충남 여성문학회> 등이 있고, 개별 장르와 연관된 단체로는 <대전시인협회>, <대전시조시인협회>, <충남아동문학회>, <충남수필문학회> 등이 비교적 활발히 활동하고 있다. 이들은 꾸준한 동인지15) 발간을 통해 왕성한 창작 활동을 보여주고 있다.

최근 들어 대전-충남 지역에서는 정기간행물의 성격을 지닌 문예지의 발간이 활발히 이루어지고 있다. 신인문학회의 동인지였던 ≪신인문학≫이 2002년 제호를 ≪문학마당≫으로 바꾸면서 계간 종합문예지로 거듭 낳았다. 같은 해에 2002년 시전문지 ≪시와 정신≫도 창간되어 지역문학의 견인차 역할을 했다. 또한 ≪애지≫는 원래 2000년 봄에 청주에서 창간되었으나 2003년 이후 대전에서 발간되기 시작하여 대전-충남 문단에 편입되었다. 이들과 함께 백지문학회의 동인지였던 <백지>도 최근에 제호를 ≪시와 상상≫으로 바꾸어 시 전문 계간지로 발간되고 있다. 이들은 비교적 전국적인 지명도를 획득하면서 대전-충남 문단을 활성화하는 데 일익을 담당하고 있다. 이들은 물론 전국의 문인들을 대상으로 작품을 청탁하여 수록한다는 점에서 굳이 대전-충남의 문학장에만 귀속시킬 필요는 없지만, 그럼에도 불구하고 대전-충남 문인들에 대한 관심과 배려가 다른 문예지들보다 월등하다는 점에서 긍정적인 역할을 담당하고 있다. 그리고 ≪대전일보≫ 신춘문예가 1985년부터 시작되어 오늘날까지 이 지역의 등단 매체로 명맥을 유지하고 있으며, <대전·충청 시낭송협회>(1999)가 결성되어 전국적인

---

15) 이들을 주축으로 한 주요 동인지 및 문예지에 관한 내용은 이형권의 앞의 글 (pp.305~306)을 참조함.

행사를 개최하고 있는 점도 대전-충남 문단의 특기할 만한 사항이다.

2. 리리시즘의 차원—자연 서정과 전통 정서

주정적 차원을 중시하는 리리시즘은 오랫동안 대전-충남 문학을 지배해 왔다. 대전-충남 지역의 주류는 순수 서정시이며 특히 전통성 지향의 순수 서정시야말로 이 지역을 대표하는 시의 흐름이 아닐 수 없다[16]는 지적이 있을 정도다. 실제로 적어도 지역문단에 본격적으로 형성되기 시작한 광복 직후부터 1970년대까지의 대전-충남 문학은 리리시즘에 경도되어 있었다. 리리시즘 문학은 자연친화적 순수 서정, 인생에서 느끼는 희로애락, 전통적 정서의 현대적 계승, 낭만적 감정 등을 주요 목록으로 하는데, 이러한 경향으로는 한성기, 정훈, 박용래, 임강빈, 나태주, 홍희표, 신협, 장석주, 강신용, 양애경, 송계헌, 서정학, 윤중호, 김완하, 강희안, 이정록, 이태관, 길상호, 구효서, 윤대녕 등의 작품에 자주 드러난다. 이들 가운데 정훈은 대전-충남 문단의 초석을 다진 시인으로서 일찍이 1937년 ≪子午線≫ 창간호에 작품을 발표하면서 문단에 나왔다. 그는 대전-충남 지역 최초의 문예지인 ≪향토≫[17]를 발간하고 시전문지인 ≪冬柏≫[18]을 발간하는 등 초창기 문단이 기틀을 잡는데 많은 기여를 했다. 1949년 발간된 그의 첫 시집 시집 『머들령』의 표제작인 「머들령」[19]은 대전-충남 문단의 초창기 특성을 대변한다.

---

16) 손종호, loc.cit., p.777.
17) 1945년 10월, 정훈을 비롯하여 정해붕(주간), 원영한, 송석홍, 이교탁, 최영자 등이 창간한 종합 문예지로서 시, 소설, 수필, 평론 등을 수록했다. 2집까지 발행했다.
18) 1946년 2월, 정훈을 비롯하여 박희선(주간), 박용래 등이 <동백시회>를 결성하면서 창간했는데, 시와 시론을 수록하였다. 3호까지 발행했다.

요강원 지나
머들령

옛날 이 길로 원님이 나리고
등짐장사 쉬어넘고
도적이 목 지키던 곳

분홍두루막에 남빛 돌띠 두르고
할아버지와 이 재를 넘었다
뻐꾸기 자꾸 우든 날

김장 개명화에
발이 부르트고
파랑 갑사 댕기
손에 들고 울었더니
흘러간 서른 해
六月 하늘에 슬픔이 어린다.

— 정훈, 「머들령」[20] 전문

　　이 시의 "머들령"은 대전과 금산 사이에 있는 마달령(馬達嶺)의 속명
이다. 이는 구체적인 지명이라기보다는 대전-충남 지역을 상징하는 공
간이다. 그 상징적 의미 맥락은 비극적인 역사성과 정서적 전통성으로
요약될 수 있다. 그 역사성과 관련해서는 이 시는 시인이 스스로 밝힌
대로 "어릴 때는 개명화에 발이 부르터 울었고 청년이 되어서는 긴 세
월이 흘러도 조국 하늘에는 아직 슬픔이 어리어 있다"[21]는 인식을 기

---

19) 1949년 계림사(대전)에서 발간된 『머들령』에 실린 이 작품은 개작의 과정을 두
　　차례 거친다. 1935년 ≪가톨릭 청년≫에 「六月 하늘」로 발표했다가 1937년 ≪자
　　오선≫에 「六月空」으로 개작하여 발표한 뒤 1949년 시집 『머들령』을 발간하면
　　서 「머들령」으로 다시 개작하여 발표한다.
20) 정훈, 『머들령』, 계림사, 1949.

반으로 한다는 점에 유의할 필요가 있다. 비극적 역사에 대한 진지한 인식과 책무감은 자고로 충효를 중시해 온 대전-충남의 정신과 상통한다. 그 정서적 전통성은 역사에 대한 인식을 "슬픔"이라는 정념적 요소에 의지해 드러내고 있다는 데서 찾을 수 있다. "흘러간 서른 해"에서 "슬픔"을 발견하는 태도는 회고적, 전통지향적 성향을 드러낸 것이다. 하여 이 시는 대전-충남 문학의 출발점이 리리시즘의 차원과 깊이 연루되어 있다는 점을 드러내 주었다.

정훈의 슬픔은 박용래의 눈물로 이어진다. 그는 눈물의 시인이라는 별칭을 얻으며 대전-충남 시문학의 특성을 리리시즘의 차원으로 고착시키는 데 많은 기여를 했다. 즉 박용래는 "젊어 죽은 鴻來 누이 생각"(「담장」)하면서 "나는 정말 슬프냐"(「고향」)고 부단히 질문하던 시인으로서 그는 "오늘의 아픔-/ 아픔의/ 먼 바다에"(「먼 바다」) 시혼을 집중하여 창작에 임했다.

오는 봄비는 겨우내 묻혔던 김칫독 자리에 모여 운다

오는 봄비는 헛간에 엮어 단 시래기 줄에 모여 운다

하루를 섬섬히 버들눈처럼 모여 서서 우는 봄비여

모스러진 돌절구 바닥에도 고여 넘치는 이 비천함이여
　　　　　　　　　　　　　　　　　— 박용래, 「그 봄비」 전문

이 시는 박용래의 대표작으로 꼽히는 「저녁눈」과 구조와 정서가 유사하다. ≪현대시학≫에 「저녁눈」은 ≪월간문학≫에 발표하여 지면만

---

21) 박명용, 「충청문단사」, ≪시와 인식≫ 2004년 여름호, 문경출판사, 2004, p.178
　　참조.

다를 뿐 발표의 시기도 1969년 4월로 동일하다. 「저녁눈」이 변두리 공간에 눈이 붐비는 풍경을 통해 삶의 고독감과 소외감을 드러내었다면, 이 시는 시적 소재가 저녁눈에서 봄비로 바뀌었을 뿐 그 정서나 내용은 별반 다른 점이 없다. 이문구에 의하면 "박시인은 눈물이 많았다. 그렇게 불러도 된다면 가위 눈물의 시인이 그였다. …(중략)… 그는 누리의 온갖 생령(生靈)에서 천체의 흔적에 이르도록 사랑하지 않은 것이 없었으며, 사랑스러운 것들을 만날 적마다 눈시울을 붉히지 않은 때가 없었다"[22]고 한다. 이 시에서 "봄비"가 내리는 "김칫독 자리", "시래기 줄"이나 그것이 고여 있는 "돌절구 바닥" 등은 삶의 "비천함"을 일깨워주는 매개이다. 그곳의 봄비에 대해 "운다"고 하는 식의 감정 이입은 박용래 시인의 인생관이 그만큼 비극적이었다는 것을 말해준다. 이 점은 "봄비"가 보통은 새로운 생명력을 표상하는 일반적인 특성과 대비되는 모습이라는 점만으로도 충분히 이해된다.

박용래의 시적 성향은 이후 대전-충남 문학의 대표적인 특징처럼 인식되어 왔다. 이 점은 박용래의 문학적 성과인 동시에 문제적 부면이기도 하다. 전통적 정서의 정념적 차원을 심화시켜 주었다는 점에서 긍정적 역할을 했지만, 대전-충남 문학의 리리시즘의 차원으로 고착시켜 문학의 다양성을 형성하는 데 방해가 되기도 했다. 아무튼 박용래의 문학적 성과는 이후 홍희표, 나태주, 김완하 등의 시에서 발전적으로 계승되었는데, 그들의 순수 서정과 잔잔한 감성의 미학은 가령 이렇게 표출된다.

　마당을 쓸었습니다
　자구 한 모퉁이가 깨끗해졌습니다

---

22) 이문구, 「박용래 약전」, 『박용래 시전집 먼 바다』, 창작과비평사, 1984, p.235.

꽃 한 송이 피었습니다
지구 한 모퉁이가 아름다워졌습니다

마음 속에 시 하나 싹텄습니다
지구 한 모퉁이가 밝아졌습니다

나는 지금 그대를 사랑합니다
지구 한 모퉁이가 더욱 깨끗해지고
아름다워졌습니다

— 나태주, 「시」²³⁾ 전문

 이 시는 맑고 순수하고 깨끗한 분위기를 드러낸다. 1연에서 "마당을
쓰"는 행위는 일상의 사소한 일에 불과하지만 그것이 "지구 한 모퉁
이"를 정갈하게 해준다고 한다. 집 앞의 작은 공간에 불과한 "마당"을
"지구"와 연계하여 상상함으로써 사소한 일이 결코 사소한 결과를 가
져오는 것만은 아니라는 메시지를 암시한다. 2연에서 "꽃 한 송이"의
개화를 "지구 한 모퉁이"와 연계하여 상상한 것도 마찬가지다. 그런데
3연에 오면 "마음 속에 시"로 인해 "지구 한 모퉁이가 밝아졌"다고 한
다. 시에 대한 자의식이 드러나는 이 부분은 나태주, 혹은 순수 서정
시인들의 시적 지향점이 단적으로 드러난다. 시 쓰는 일은 "마당을
쓰"는 일, "꽃 한 송이 피"는 일처럼 사소한 일일지라도 세상을 밝게
한다고 보는 것이다. 그리고 4연에 오면 사랑의 가치도 앞의 것들과
다르지 않다고 한다. "나는 지금 그대를 사랑하"기 때문에 세상이
"깨끗해지고/ 아름다워졌"다고 한다. 결국 이 시에서 마당을 쓰는 일,
꽃 한 송이 피는 일, 시 하나 싹 트는 일, 사랑하는 일은 모두 동질
적인 것들이다. 사람의 마음과 세상에서 잡스런 욕망들을 쓸어버리고
아름다운 것들로 채워놓는 일, 이것이 바로 순수 서정을 기반으로 하

---

23) 나태주, 『나태주 시전집 2』, 고요아침, 2006, p.269.

는 리리시즘 시학의 전형이다. 이는 나태주가 초기시에서 보여주었던 박용래 풍의 눈물, 이를테면 "어젯밤 꿈엔 너를 만나 쓰러져 울었다./ 자고나니 눈두덩엔 메마른 눈물자죽,/ 문을 여니 산골엔 실비단 안개 "(「대숲 아래서」)의 세계에서 벗어났음을 뜻한다. 나태주는 어둡고 쓸 쓸하고 서러운 박용래의 세계에서 벗어나 맑고 밝고 아름다운 서정의 세계를 구축한 것이다.

또한 김완하의 시도 큰 틀에서는 순수 서정의 리리시즘에 속하지만 다른 서정 시인들의 시와는 다른 독특한 특성을 보유한다. 그의 시는 보통의 순수 서정시들이 지닌 미시적이고 섬세하고 부드러운 시상에서 벗어나 좀 더 치열하고 거시적인 상상의 세계로 나아간다. 그가 대전 지역에서 주도하고 있는 문학동인회의 명칭에 어울리게 '큰시'를 지향한다.

> 별들이 아름다운 것은
> 서로가 서로의 거리를
> 빛으로 이끌어주기 때문이다
> 하루의 일을 마치고
> 허리가 휘어 언덕을 오르는
> 사람들 발 아래로 구르는 별빛,
> 어둠의 순간 제 빛을 남김없이 뿌려
> 사람들은 고개를
> 꺾어 올려 하늘을 살핀다
> 같이 걷는 이웃에게 손을 내민다
> … (중략) …
> 별들이 아름다운 것은
> 새벽이면 모두 제 빛을 거두어
> 지상의 가장 낮은 골목으로
> 눕기 때문이다
> ― 김완하, 「별 1」[24) 부분

이 시는 보통의 순수 서정시와 마찬가지로 자연을 서정의 기반으로 삼는다. 그러나 시상 전개의 스케일이 다른 서정시들에 비해 거창하여 "별"과 "지상"과 "사람들"로 이어지는 천지인(天地人)의 우주적 범주를 상상한다. 이 시에서 "별"은 심미적 존재인데, 그 이유는 우선 "서로의 거리를/ 빛으로 이끌어주기 때문이다". 어둠 속에서 미아처럼 존재하는 별들은 서로 간에 빛의 가교를 통해 아름다운 존재가 된다는 것이다. 이는 시인이 견지하는 삶에 대한 관계론적 인식을 함의한다. "별"이 보여주는 이 우주적 현상을 인간의 삶에 빗대면, 인생이 아름다운 것은 타인들과 함께 더불어 살아가는 지혜를 주기 때문이다. 즉 "별빛"은 "같이 걷는 이웃에게 손을 내"밀게 하기에 아름답다. "별"이 아름다운 또 다른 이유는 가난하고 소외받은 자들을 위한 이타적 속성을 지녔기 때문이다. "새벽이면 모두 제 빛을 거두어/ 지상의 가장 낮은 골목"으로 내려와 밤을 물리치는 것이다. 태양의 빛이 아니라 "별빛"이 모여 아침의 빛이 되었다고 하는 이 흥미로운 표현은 시인이 개척한 독특한 리리시즘의 차원이다. 스케일은 크지만 투박하지 않고 따뜻한 김완하식의 서정이다.

3. 리얼리즘의 차원-역사 인식과 민중 의식

리얼리즘의 차원은 최근 들어서 대전-충남 지역의 문학에서 점차 강화되는 경향을 보여준다. 대전-충남 문학의 리얼리즘적 전통은 멀리 신채호에서부터 비롯되어 만해 한용운을 거쳐 오늘에 이르고 있다. 리얼리즘 문학의 목록은 독재 체제와 군부 통치 등 반민주적이고 부정한

24) 김완하, CD-Rom 시집 『어둠만이 빛을 지킨다』, 현대시, 1998.

정치 현실에 비판, 자본주의의 문제적 국면들에서 느끼는 삶의 비애와 굴욕감, 노동자로서의 고달픈 삶과 소외감 등으로 요약된다. 리얼리즘 문학이 융성한 것은 광복 이후의 김관식, 신동엽, 조재훈, 이은봉, 이재무, 나희덕, 유용주, 이면우, 김광선, 이문구, 김홍신, 김성동, 연용흠, 강병철, 한창훈 등에 의해서이다. 이들이 보여준 현실 인식은 다른 어느 지역의 문학에서도 찾아볼 수 없을 만큼 핍진한 리얼리즘 문학이다. 신동엽의 문학은 역사의식과 민중의식을 결합하여 공동체적 전망을 보여준다. 특히 『금강』은 지리적 배경이나 시적 정서에서 대전-충남 지역의 역사적, 문화적 특성을 온전히 함의한다.

우리들은 하늘을 봤다
1960년 4월
歷史를 짓눌던, 검은 구름장을 찢고
永遠의 얼굴을 보았다.

잠깐 빛났던,
당신의 얼굴은
우리들의 깊은
가슴이었다.

하늘 물 한 아름 떠다,
1919년 우리는
우리 얼굴 닦아놓았다.

1894년쯤엔,
돌에도 나무등걸에도
당신의 얼굴은 전체가 하늘이었다.

하늘,
잠깐 빛났던 당신은 금새 가리워졌지만

꽃들은 해마다
江山을 채웠다.
太陽과 秋收와 戀愛와 勞動
                              — 신동엽, 『금강』의 「서화」[25] 부분

　　이 시는 대전-충남 리얼리즘 문학의 원형이라 할 만큼 지역적, 역
사적 배경이 모두 대전-충남 지역을 기반으로 하고 있다. 이 시의 공
간적 배경은 시의 표제이기도 한 금강 유역이고 시간적 배경은 "1960
년 4월"(4·19 혁명), "1919년"(3·1 독립운동), "1894년"(동학농민혁명)
등이다. 이 시기에 벌어진 역사적 사건들의 공통점은 타락하고 부정한
정치 세력에 대한 민중적 저항이었다는 데 있다. 그래서 첫 연에서
"역사를 짓눌던, 검은 구름장을 찢고/ 영원의 얼굴을 보았다"는 진술은
질곡의 역사를 극복하고 새로운 희망을 발견했다는 의미가 된다. 문제
는 "잠깐 빛났던,/ 당신의 얼굴"에 드러나듯 그것이 일시적인 현상에
그치고 말았다는 점이다. 사실, 민족사에 큰 획을 그은 세 사건은 모두
그 혁혁한 역사적 의미에도 불구하고 미완의 혁명에 그쳤다는 점에서
공통적이다. 그러나 그럼에도 불구하고 이들 역사적 사건의 의미가 과
소평가될 수는 없는 일이다. 비록 "잠깐 빛났던 당신은 금새 가리워졌
지만" 그 역사적 의미와 치열한 정신은 훗날의 정의로운 역사를 위한
자양이 되었기 때문이다. 다시 말해 이 역사적 사건들은 인간이 살아
가는 데 필수적인 물적 토대인 "태양과 추수"나 정신적 토대인 "연애",
그리고 육체적 토대인 "노동"과 다르지 않은 것이다. 위의 인용구는
장편서사시의 일부에 불과하지만 『금강』을 전체적으로 지배하는 부정
한 현실에 대한 비판 정신과 민중적 저항 의지를 온전히 함축하고 있
다. 이런 점에서 『금강』은 대전-충남 정신의 근간을 이루는 정의와 충

---

25) 신동엽, 『신동엽전집』, 창작과비평사, 1992, pp.123~124.

절의 정신을 드러낸 것이다.

신동엽의 치열한 현실 인식은 1980년대 이르러 본격적으로 계승된다. 1980년대 리얼리즘 문학의 핵심에는 1983년 결성된 <삶의 문학> 동인들과 그들에 의해 7호까지 발간된 무크지 ≪삶의 문학≫이 자리를 잡고 있다. 이은봉, 이은식, 이강산, 이재무, 조재도, 정연상 등의 동인들은 부정한 시대 현실에 저항하고 고발하는 적극적인 리얼리즘 문학을 추구했다. 이들이 추구했던 문학적 지향점은 가령 다음가 같은 시에 단적으로 드러난다.

> 새끼 꼬듯 살다간 죽은 엄니의
> 생에 매듭매듭을
> 눈물 많은 서정으로야
> 다 쓸 수 있겠냐
> 시장통의 악다구니
> 껌 씹으며 어둠을 파는
> 저 창녀의 마지막 남은 순정 이야기
> 은유나 상징으로만 쓸 수 있것냐
> 사월의 타는 진달래
> 핏빛 오월의 하늘
> 곱디고운 언어로만 쓸 수 있겠냐
> 사금파리 즐비한 세상
> 맨발로 걷는 이에게 바치는
> 노래가
> 청승만 떨어서야 어디 쓰것냐
>
> — 이재무, 「시」[26] 전문

시인이 관심을 갖는 시적 대상은 1) "새끼 꼬듯 살다간 죽은 엄니의/생", 2) "시장통의 악다구니", 3) "창녀의 마지막 남은 순정 이야기", 4)

---

26) 이재무, 『섣달그믐』(재출간본), 천년의시작, 2003.

"사월의 타는 진달래", 5) "핏빛 오월의 하늘" 등이다. 1)은 가족사적인 불행을 함의하고 2)와 3)은 비루한 현실의 삶을 비유한다. 그리고 4)와 5)는 1960년 4월 혁명이나 1980년 5월 혁명과 관련된 역사적 현실을 뜻한다. 이들은 모두 삭막한 현실이나 독재 사회에서는 환영을 받지 못하는 비주류의 존재들이다. 시인은 이들 현실의 변두리에서 힘겹게 살아갈지라도 인간으로서 지녀야 할 따뜻한 정감이나 열정, 혹은 정의감을 지니고 사는 사람들에게 눈길을 준다. 이들의 전형적 인간상은 "사금파리 즐비한 세상/ 맨발로 걷는 이"인데, 그는 "맨발"에서 유추할 수 있듯이 고난의 길에 굽히지 않는 인내심과 자기희생적 태도를 간직한 사람이다. 또한 시를 창작하면서 경계해야 할 것으로 1) "눈물 많은 서정", 2) "은유나 상징", 3) "곱디고운 언어", 4) "청승" 등을 제시하고 있다. 이때 1)과 4)는 험한 세상에 어울리지 않는 나약한 감정이고 3)은 구체적인 현실에 밀착되지 못하는 순미(純美)한 언어이다. 시인은 이것들이 모두 진창 같은 인생을 견디어 나가는 데 별반 도움이 되지 않는다고 본다. 그리고 2)는 시의 간접적인 표현 방식으로서 현실에 대한 정직한 응전의 시를 위해서는 바람직하지 않은 요소이다. "은유나 상징"에 대한 이러한 부정적인 생각의 이면에는 직정적이고 직설적인 언어가 필요하다는 인식이 담겨 있다.[27] 하여 이 시는 1980년대 리얼리즘 시의 지향이 인생과 현실에 대한 정직한 비판이어야 함을 드러낸 것이다.

이면우는 노동자로서 살아가는 삶의 현장과 거기서 느끼는 정서를 밀도 높게 천착한다. 비록 지천명의 나이에 들어서서야 본격적으로 활동하기 시작했지만, 그는 대전-충남 문단에서 노동자에 의한, 노동자의, 노동자를 위한 노동시를 본격적으로 창작했다는 점에서 주목할 만하

---

27) 이형권, 「도저한 정직성과 푸른 욕망들」, ≪시에≫ 2007년 가을호, p.130.

다. 보일러공으로 살아가면서 겪은 삶의 가난과 고통을 말하되 값싼 감상성에 쉽게 빠져들지 않는 것이 그의 장점이다.

> 왕벚나무 아래 젊은 남녀 공부하러 오가는 길
> 나는 손공구를 쥐고 일 다녔다 먼저
> 흰 피 같은 꽃 피고 살점 뚝뚝 패이듯 꽃 진다 그 위로
> 자동차 달리면 꽃잎들 솟구쳐 되풀이되는 생
> 음미하듯 천천히 떨어져내렸다 알 수 없는 힘이
> 세상은 참 아름답다고 혼자 중얼대게 하는 봄
> 바람 불던 밤, 꽃잎들 한꺼번에 곤두박질치던 길
> 다투는 기척 중에 여자 목소리 날카롭게
> 그래 니가 내 인생에 뭐 하나 해준 거 있어, 하고 울린다
> 순간 휘청하고 벚꽃 흰빛 쓸쓸해지며 가지에
> 간절히 매달아둔 쉰살 봄 일시에 다 떨어져내려버렸다
> 나는 산 너머 집 쪽 밤하늘에 대고 말했다 미안해, 미안해
> 그리고 보일러 스위치 넣고 삼십분 뒤 책 겉장 갈아댄
> 박용래 전집을 펼쳤다
>
> — 이면우, 「쓸쓸한 길」[28] 전문

이 시는 벚꽃 거리를 거닐면서 그 낙화의 풍경에서 인생의 쓸쓸함을 발견한다. 그 쓸쓸함의 배경은 우선 시인의 나이가 "젊은 남녀"와 대비되는 "쉰살"에 이르렀기 때문이다. 시인이 쓸쓸한 또 하나의 이유는 "공부하러 오가는 길"을 "손공구를 쥐고 일 다녔"기 때문이다. 벚꽃의 개화와 낙화를 "흰 피 같은 꽃 피고 살점 뚝뚝 패이듯 꽃 진다"고 보는 것은 그런 이유이다. 하루하루를 노동자로서 살아간다는 것은 그 어떤 희망을 간직할 새도 없이 그저 "되풀이되는 생"일 뿐이니 벚꽃의 낙화를 꽃놀이 삼아 바라볼 수 없는 일이다. 어디선가 누군가와 다투

---

28) 이면우, 『아무도 울지 않는 밤은 없다』, 창작과비평사, 2001.

던 여자가 "니가 내 인생에 뭐 하나 해준 거 있어"라는 책망의 말이 들리자, 시인은 그 말이 누군가가 자신에게 하는 말이라고 느낀다. 아마도 시인은 오십에 이르기까지 노동자로서의 삶을 살아오면서 가족이나 주위 사람들에게 뭐 하나 제대로 해준 게 없다고 느끼는 것이다. 그리고는 결국 "미안해"라는 속말을 중얼거리고 있다. 이 대목은 시인이 간직한 건강한 윤리 의식과 타인에 대한 배려심을 엿볼 수 있게 한다. 청춘의 삶도, 배울 기회도, 봄을 즐길 기회도 모두 박탈당한 노동자의 삶이지만, 시인은 자신의 초라함을 성찰하면서 자신의 주변 사람들에게 미안한 마음을 갖는 것이다. 이것은 인생의 내공이 깊지 않으면 견지하기 어려운 태도인데, 흥미로운 것은 그 내공의 힘이 "박용래 전집"으로 표상된 시와 관련된다는 점이다. 그에게 시는 비루한 현실을 견디는 힘인 것이다.

4. 모더니즘의 차원―실존의 자각과 현대적 일상

대전-충남 문학에서 모더니즘은 비교적 온건한 양태로 드러난다. 다시 말해 아방가르드적 차원의 적극적인 실험 의식은 거의 나타나지 않으며 주로 현대인의 삶에 대한 지적 성찰이나 도시인들의 일상을 비판하는 경향이 지배적이다. 최원규, 김용재, 손종호, 박명용, 김백겸, 윤형근, 박진성, 최상규, 복거일, 최학, 이만교 등이 보여준 주지적, 내면적, 감각적 세계는 광의의 모더니즘 문학에 속한다고 볼 수 있다. 최원규의 시는 인생에 대한 지적 성찰을 보여주곤 한다. 때로는 리리시즘에 기반을 둔 정념의 시학을 드러내기도 하지만 적지 않은 시편들에서 서구적 이미지와 동양적 사유를 넘나들면서 활달한 시상을 전개한다.

푸른 치마로 앞자락을 가리고
하늘을 향하여 손을 벌리고

나는 간음 당한 童貞女, 그때 이미
나는 먼 프로방스로 바람난 파도

쫓기듯 밀려가는 찢어진 깃폭
검은 빗살 받아 묶인 捕虜

나는 바람 불면 지긋이 견디는
알몸의 여자 하늘 지나 구름 가고

구름 지나 바람 일면 作別하고
조용한 거리에서 3355

대열 짓는 裸婦와 같이 나는 밤을
지나 환한 대낮의 夢遊病者

두 손 벌려 하늘에서 내리는
나의 무게를 지키어 가야지

— 최원규, 「裸木」[29] 전문

  이 시는 창작 당시 리리시즘이 지배하고 있었던 대전-충남의 시적 분위기 속에서 아주 특이한 모습이었다. 표제이자 중심 소재인 "나목" 은 삶의 실존적 가치를 온몸으로 감각하는 존재이다. 이 벌거벗은 나무는 2연의 "간음 당한 동정녀"처럼 속악한 세파에 의해 삶의 순결성을 잃고 현실 너머의 "먼 프로방스"를 꿈꾼다. 그것은 3-4연에 표현된 대로 "찢어진 깃폭", "묶인 포로"처럼 세상에 의해 상처받고 구속당한

---

29) 최원규, 『최원규 시전집』, 한국문화사, 2000, p.70.

존재이자 "알몸의 여자"처럼 온몸으로 세파를 견뎌내는 존재이다. 그래서 6연에서 시인은 자신을 "나부와 같"은 "환한 대낮의 몽유병자"라고 규정하기에 이른다. "몽유병자"는 병적으로는 정신과 육체의 불협화음을 드러내는 환자지만, 예술적 관점에서는 마음과 현실의 불협화음을 통해 현실의 부조리를 들추어내는 존재이다. 이때 시인이 자신을 "裸木"과 "裸婦"의 벌거벗음의 이미지로 제시하는 것은 자신의 본성을 찾고자 하는 실존적 각성과 관련된다. 마지막 연에서 "나의 무게를 지키어 가야지"라는 다짐은 바로 그러한 각성을 추구하려는 의지를 총체적으로 함축한다. 이처럼 강렬한 이미지에 의한 실존적 고뇌는 최원규의 초기시를 지배하는 모더니즘적 특성이라 할 만하다.

김용재의 시는 일부 작품에서 리리시즘적 특성도 강하게 드러나지만 적지 않은 작품들에서 세속 도시의 부조리한 실상을 비판적으로 인식하려는 태도를 보인다. 우리나라의 문명 비판적인 시가 대개는 서울이라는 공간을 배경으로 하지만, 그가 비판하는 도시적 일상은 주로 광복 이후 급속히 성장하기 시작한 대전 지역의 도시 문명을 기반으로 한다는 점에서 의미 깊다.

신문지같이 총총한 도시에
어둡던 눈이 트이고 있다.
내 깨어있는 도시였으랴
제 꿈도 없었으랴,
수런대는 세상에
가슴도 귀도 다 열리고
참으로 환한 공간을 지켜 본
오늘은 휴일
어쩌다, 치솟은
건너편 옥상의 높이

하늘이 내려와 앉아
구름을 뚫지 못하는 한 마리 새
깃을 치며 숨결만 푸른가,
출렁이는 햇빛의 눈
따라가는 飛翔

— 김용재, 「휴일의 새」30) 전문

　이 시는 휴일을 맞아 분주한 도시의 자동화된 삶에서 일탈하여 진
솔한 삶에 이르고 싶다는 욕망을 표현하고 있다. "휴일"을 단지 도시
적 삶의 무료한 반복성에서 벗어나는 휴식의 시간으로 소비하지 않고,
삶의 본질적 가치를 생각해 보는 계기로 삼고 있다. 그 구체적인 맥락
은 이 시에서 두 부분으로 나누어 읽을 수 있다. 전반부(1-8행)는 도시
적 일상생활의 몰개성적으로 자동화된 일상에서 벗어났다는 안도감을
표현하고 있다. "신문지같이 총총한 도시"에서 자신의 본질을 망각하
고 살았던 시인은, 휴일을 맞아 "어둡던 눈이 트이고", "가슴도 귀도
다 열리고" 있음을 느낀다. 그런데 그 트임과 열림은 바로 후반부(9-15
행)에서 삶의 진정성을 인식하여 인간적 세계를 지향한다. 이 시는 12
행에 드러나듯 수직적 상상력에 의존하고 있다. 즉 "한 마리 새"로 표
상된 인간은 "구름을 뚫지 못하는" 존재다. 그런데 그는 도시 문명이
라는 거대한 "구름" 속에서, 오리무중을 헤맬 때와도 같은 지독한 근
시안 때문에 자신의 본질을 찾을 수 없다. '문명'의 "구름"에 갇혀 오
히려 안락함을 느끼는 인간이 대부분인 오늘날의 문명 현실이 그대로
반영된 것이다. 그러나 이 시는 그러한 현실 모사를 초점화하여 읽을
필요는 없다. 마지막 두 행의 "출렁이는 햇빛의 눈/ 따라가는 飛翔"이
전체 시상을 집약하며 일상적 현실을 넘어서기 위한 초극 의지를 보여

30) 김용재, 『휴일의 새』, 호서문화사, 1985.

주기 때문이다. 이처럼 도시 문명을 비판적으로 바라보는 시각은 김용재의 다른 시편들에서도 자주 형상화된다.[31] 그의 문명 비판적인 시는 "도시의 나무는 먹을 것이 없습니다./ 빌딩들이 제 높이만큼/ 영양분을 다 빨아 먹었습니다"(「나무와 할아버지」)는 인식에 기반은 둔다.

박진성은 병을 매개로 하여 삶의 본성과 인간의 내면세계를 깊이 파고든다. 그에게 병은 자신의 심신의 쇠잔과 고통을 의미하는 것이 아니라 타인을 이해하고 삶의 의욕을 갱신시켜 주는 삶의 동반자이다. 시인의 말을 빌리면 "내가 아프다는 사실은 일차적으로는 남의 아픔을 들여다보고 싶은 충동과 닿아있고, 궁극적으로는 그러한 '병-상태'의 황홀한 훔쳐보기를 통해 '살아야겠음'을 끊임없이 자각하는 일이다."[32] 따라서 병은 표면적으로 죽음을 환기시키는 존재이지만 궁극적으로는 삶의 욕망을 자각시켜 주는 메타포이다.

> 발작 후의 울분, 울분 지나간 자리 측백나무 술렁임 지나 선생을 불러 봅니다 고흐 先生, 호칭을 헤매다 며칠을 앓았습니다 고흐 兄은 발작하는 심장에 너무 가깝고 고흐 氏는 타라스콩으로 가는 길처럼 멀기만 하고… 미적 거리를 위한 내 서투른 시작법이 先生이란 말에 기댄 것이겠지만 타인과의 병적 동일시를 통한 정신분열 가능성 의사 몰래 훔쳐본 차트에서 舍生의 지문을 봅니다 소용돌이 몰아치듯 출렁이는 일천구백구십육년 금강의 물결에서 선생의 실편백나무 몸에 들입니다 …(중략)…
> 발작, 하면 가난한 어머니는 놀라서 달려오겠지만 선생이 들고 있는 권총 금속성을 따뜻한 온기로 품기 위해서는…… 분열되어야 할 겁니다 방법으로서의 분열이 아니라 찢기우면서 배워야 할 겁니다 약을 볼펜으로 뭉개면 형형색색 파스텔 파스텔…… 남프랑스이거나 십구 세기, 죽음으로도 닿을 수 없는 거리라면 이 편지 속에 몸을 밀어 넣어 발작 후의 미소를 약 대신 삼킬 줄 알아야 할 겁니다
> — 박진성, 「반 고흐와 놀다」[33] 부분

31) 이형권, 『현대시와 비평정신』, 국학자료원, 1999, p.281.
32) 박진성, 『목숨』, 천년의시작, 2005, p.100.

시인은 프랑스의 인상주의 화가인 "고흐"를 호명하면서 "발작 후의 울분"으로 드러난 병적 징후를 극복하고자 한다. 우선 흥미로운 것은 "고흐"에 대한 호칭들("고흐 先生", "고흐 兄", "고흐 氏") 가운데 "고흐 선생"을 고른 뒤에 그 이유가 "미적 거리를 위한 내 서투른 시작법" 때문이라고 하는 점이다. 그가 선택한 호칭은 "고흐 兄"이 주는 가까운 거리감이나 "고흐 氏"가 주는 지나친 거리감에 비해 적절한 "미적 거리"감을 느끼기 때문이라는 것이다. 어쨌든 "고흐"를 향한 시인의 호명은 한 시인으로서 작품 창작을 위한 것이다. "고흐"는 주지하듯 정신질환과 광기에 시달리면서 귀를 자르는 등의 기행을 저지르다가 결국 "권총" 자살로 생을 마감한 화가이다. 그러나 그는 독보적인 천재성을 발휘하여 현대미술사에 큰 흔적을 남겼다. 시인은 "고흐"의 예술에서 천재성과 승화 능력을 발견하고 그에게서 "방법으로서의 분열이 아니라 찢기우면서 배워야 할" 것임은 각성하고 있다. 시인은 병을 예술적으로 승화시킨 "고흐"에게 자신의 삶과 예술혼을 투사하면서 시의 활로를 개척하려는 것이다. 수잔 손탁은 병을 그자체로 보지 않고 지나치게 신비한 것으로 은유되면서 그에 대한 해석의 과잉에 대해 문제를 제기[34]한 적이 있으나, 박진성 시의 병은 이성중심시대의 타자로서 푸코식으로 말하면 '바깥'의 사유를 가능케 하는 창조적 광기[35]에 대한 탐구와 관련된다. 그의 병시는 현대적 삶에 드리워진 정신적 고통을 해방시키기 위한 내면의 축제이기 때문에 모더니즘 차원의 문학

---

33) 박진성, ibid.

34) Susan Sontag, 이재원 옮김, 『은유로서의 질병』, 이후, 2002.

35) Michel Foucault, 이규현 옮김, 『광기의 역사』, 나남출판, 2003. 푸코가 상징적으로 제시한 "광인들의 배는 명백히 문학적 창작물"(p.51) 부분과 "니체의 광기, 다시 말해서 사유의 붕괴는 그의 사유가 근대 세계로 열리는 통로"(p.814)라는 부분 참조.

성을 구현한다.

5. 결론 : 대전-충남 문학의 의의와 문제점

대전-충남 문단은 서울-경기 지역의 문단뿐 아니라 대구-경북이나 광주-전남 등 행정 단위의 범위나 인구 규모가 비슷한 다른 지역에 비해서도 그다지 활달하다고 볼 수는 없다. 그러나 외형적 문단이 아니라 문학의 특질적인 면에서 보면 다른 지역에 비해 손색이 없을 정도의 개성을 간직하고 있는 곳이 또한 대전-충남 지역이다. 그 정체성에서도 전통적으로 추구해 온 폭넓은 리리시즘의 세계라든가 1980년대 이후 활발해진 리얼리즘의 세계는 주목할 만하다. 특히 위에서 언급한 문인들은 대전-충남 지역 출신으로서 이 지역의 문단은 물론 서울 지역문단에서도 비교적 활발히 활동을 하고 있다. 물론 대전-충남 지역에서는 이들 외에도 많은 문인들이 활동을 하고 있으나 지면 관계상 일일이 거론할 수 없었다. 또한 위의 분류법은 절대적인 객관성을 확보했다기보다는 필자 나름이 판단에 의해 임의적으로 시도한 것임을 밝혀둔다. 그리고 리리시즘, 리얼리즘, 모더니즘으로 구분한 것도 문인들에 따라 중첩되기도 하고 그 외의 경향으로 분류해야 할 문인도 있다. 따라서 위의 분류법은 논의의 효율성을 위한 것 이상의 의미를 부여할 필요는 없다.

지금까지의 논의를 토대로 하여 대전-충남 문학의 특성은 다음 몇 가지로 정리될 수 있다. 첫째, 대전-충남에서 현대적 의미의 문단은 광복 이후에 본격적으로 형성되기 시작했다. 개화기부터 1940년대 전반기까지는 극소수의 지역 문인들이 간헐적으로 작품 발표를 했지만, 거의 서울-경기 지역의 문단의 범주 속에서 이루어졌다. 이 시기의 대전-충남 지역에는 문인의 수도 극히 제한적이었거니와 동인, 동인지, 문예지 등 문단을 형성할 만한 물적 토대가 갖추어지지 못했던 것이다. 둘째, 광복 직후부터 1970년대까지는 리리시즘 문학이 지배적이었다. 물론 1980년대 이후에도 대다수의 대전-충남 문인들은 이러한 경향의 문학을 추구했지만 그 절대적인 위세는 누그러졌다. 이것은 전통시를 추구해 온 정훈 시인과 박용래 시인의 시적 성향을 계승한 결과이다. 셋째, 1980년대 이후 리얼리즘 문학이 활발히 전개되었다. 신채호과 신동엽까지 거슬러 올라갈 수 있는 리얼리즘 문학의 형성은 1980년대 초 <삶의 문학> 동인들이 기폭제 역할을 했다. 그리고 그 이후 <민족문학작가회의> 대전-충남지부에 비교적 젊은 문인들이 모여들면서 오늘날 리얼리즘 문학이 일정한 세력을 형성하고 있다. 넷째, 모더니즘 문학은 문단 형성의 초창기부터 오늘날까지도 양적으로는 다소 미흡한 편이지만, 생에 대한 실존적 자각을 동반한 지성적인 시심은 대전-충남 문단을 풍요롭게 하는 데 크게 이바지했다. 다섯째, 소설이나 희곡, 평론 부문이 미약하여 시 장르 중심으로 편향성을 보인다. 이것은 실상 다른 지역의 문학에서도 공통적으로 나타나는 현상이지만 대전-충남 문단이 특히 심한 것으로 파악된다. 한국 문단 전반에서 1990년대 이후 산문 시대가 도래했다고 하지만 대전-충남 문단은 아직도 시 이외의 장르에서 도드라진 활동을 보여주지 못하고 있다. 최근 한창훈과 이만교가 활발히 활동하고 있지만 지역문단과의 교류가 그다지 활발하지는 못하다는 한계가 있다.

요컨대 대전-충남 문학의 정체성은 한국문학 전반을 지배하는 일반적 특성의 맥락에서 완연히 벗어나 있지 않다. 아니 오히려 대전-충남 문학은 다른 지역의 문학보다 더 한국문학의 보편적 정체성에 충실한

편으로 보인다. 다만 전통적 순수 서정과 내강외유(內剛外柔)적 현실 인식은 한국문학의 정체성 가운데 대전-충남의 문학에서 각별히 전경화되어 온 특성이다. 특히 장소애를 바탕으로 한 양반 정신, 충절 정신 등의 정신사적 특성은 더욱 적극적으로 발굴하고 계승해 나가야 하는데, 이를 위해 지역 문인들이 가장 경계해야 할 것은 열등감 내지는 변두리 의식이다. 문학은 다수의 논리가 지배하는 다수자 만능주의보다는 소수자의 창발적 역할을 존중하는 진정한 민주주의의 가치를 지향하는 것이란 점을 분명히 인식해야 한다. 또 하나 경계해야 할 것은 지역의 역사적, 문화적 가치에 대한 무관심이다. 대전-충남 문학은 서울-경기 지역의 문학이 간직하지 못한(간직할 수 없는) 의미 있는 역사적, 문화적 고유성을 발굴하는 데 적극적으로 나서야 한다. 그러나 대전-충남 문학이 한국문학이라는 보편적 특성 안에서만 안주하려는 태도나 낡은 전통에 얽매여서는 새로운 서정을 선도해 나가지 못할 것이다. 그럴 경우 대전 문학의 정체성(正體性)은 새로운 시대의 정신과 참신한 서정을 포괄하지 못하고 정체성(停滯性)에 머물 가능성이 매우 높다.

▣ 참고문헌

■ 기본 자료

Charles Baudelaire, 윤영애 옮김, 『악의 꽃』, 문학과지성사, 2003.
고정희, 『모든 사라지는 것들은 뒤에 여백을 남긴다』, 창작과비평사, 1992.
곽재구, 『사평역에서』, 창작과비평사, 1983.
김기림, 『시론』, 백양당, 1947.
김남주, 『나의 칼 나의 피』, 실천문학사, 1993.
──, 『사랑의 무기』, 창작과비평사, 1989.
──, 『사상의 거처』, 창작과비평사, 1991.
──, 『솔직히 말하자』, 창작과비평사, 1989.
──, 『시와 혁명』, 나루, 1991.
──, 『옛 마을을 지나며』, 문학동네, 1999.
──, 『이 좋은 세상에』, 한길사, 1992.
──, 『저 창살에 햇살이 1, 2』, 창작과비평사, 1992.
──, 『조국은 하나다』, 남풍, 1988.
──, 『진혼가』, 청사, 1984.
──, 『편지』, 이룸, 1999.
── 편역, 『아침저녁으로 읽기 위하여』, 남풍, 1988.

김명인,『동두천』, 문학과지성사, 1979.

김붕구 편역,『보들레르·파르나스파 시』, 탐구당, 1980.

김수영,『김수영 전집 1 시』, 민음사, 1981.

———,『김수영 전집 2 산문』, 민음사, 1981.

김승희,『달걀속의 생』, 문학사상사, 1989.

———,『빗자루를 타고 달리는 웃음』, 민음사, 2000.

김용재,『휴일의 새』, 호서문화사, 1985.

김준태,『참깨를 털면서』, 창작과비평사, 1977.

김지하,『김지하 시전집 1~3』, 솔, 1993.

———,『밥』, 분도출판사, 1984.

———,『생명』, 솔, 1995.

———,『생명과 자치』, 솔, 1996.

———,『율려란 무엇인가』, 한문화, 1999.

———,『중심의 괴로움』, 솔, 1994.

———,『틈』, 솔, 1995.

나태주,『나태주 시전집 2』, 고요아침, 2006.

마종기,『마종기시전집』, 문학과지성사, 1999.

문병란,『땅의 연가』, 창작과비평사, 1981.

———,『양키여 양키여』, 일월서각, 1988.

박남수,『박남수전집 1』, 한양대학교출판원, 1998.

박남철,『반시대적 고찰』, 흔겨레, 1988.

———,『지상의 인간』, 문학과지성사, 1984.

박노해,『노동의 새벽』, 풀빛, 1984.

박용래,『박용래 시전집 먼 바다』, 창작과비평사, 1984.

박인환,『박인환전집』, 문학세계사, 1986.

박진성,『목숨』, 천년의시작, 2005.

서정주,『미당 시전집 1, 2, 3』, 민음사, 1994.

———,『서정주 문학전집 4, 5』, 일지사, 1972.

신동엽,『금강』, 창작과비평사, 1990.

———,『신동엽전집』, 창작과비평사, 1992.

심호택,『미주리의 봄』, 문학동네, 1998.

———,『하늘 밥도둑』, 창작과비평사 1992.

양성우 외, 『아메리카똥바다』, 인동, 1988.

오세영, 『아메리카시편』, 문학동네, 1997.

유 하, 『무림일기』, 중앙일보사, 1989.

━━━, 『바람 부는 날이면 압구정동에 가야 한다』, 문학과지성사, 1991.

━━━, 『세운상가 키드의 사랑』, 문학과지성사, 1995.

이동순, 『철조망조국』, 창작과비평사, 1991.

이면우, 『아무도 울지 않는 밤은 없다』, 창작과비평사, 2001.

이세방, 『걸리버 여행기』, 문학과지성사, 1999.

이숭원 편저, 『정지용』, 문학세계사, 1996.

━━━ 주해, 『원본 정지용 시집』, 깊은샘, 2003.

이인성, 『한없이 낮은 숨결』, 문학과지성사, 1989.

임헌영, 이영진 공편, 『아메리카똥바다』, 인동출판사, 1988.

임 화, 『너 어느 곳에 있느냐』, 문화전선사, 1951.

━━━, 『문학의 논리』, 학예사, 1940.

━━━, 『찬가』, 백양당, 1947.

━━━, 『현해탄』, 동광당서점, 1938.

장정일, 『길안에서 택시 잡기』, 민음사, 1988.

━━━, 『너에게 나를 보낸다』, 김영사, 1992.

━━━, 『햄버거에 관한 명상』, 민음사, 1987.

━━━ 외, 『장정일 문학선』, 도서출판 예문, 1995.

정영수, 『메이비』, 문학과지성사, 1977.

정지용, 『문학독본』, 박문출판사, 1948.

━━━, 『정지용 전집 1 시』, 민음사, 1988.

━━━, 『정지용 전집 2 산문』, 민음사, 1988.

정 훈, 『머들령』, 계림사, 1949.

최두석, 『대꽃』, 문학과지성사, 1984.

━━━, 『성에꽃』, 문학과지성사, 1990.

최원규, 『최원규 시전집』, 한국문화사, 2002.

한국예총 대전지회, 『대전의 시 대전의 노래』, 오름, 2000.

함민복, 『자본주의의 약속』, 세계사, 1993.

황동규, 『버클리풍의 사랑 노래』, 문학과지성사, 2000.

황석영, 『손님』, 창작과비평사, 2002.

황지우, 『겨울-나무로부터 봄-나무에로』, 문학과지성사, 1985.

————, 『사람과 사람 사이의 신호』, 한마당, 1993.

————, 『새들도 세상을 뜨는구나』. 문학과지성사, 1983.

■ 참고 저서

강대석, 『김남주평전』, 한얼미디어, 2004.

경북대학교대형과제연구단, 『근현대 경북지역 문학의 흐름과 특성』, 정림사, 2005.

————, 현대 대구지역 문학의 흐름과 특성』, 정림사, 2005.

고려대학교 아세아문제연구소 엮음, 『한국문화에 미친 미국문화의 영향』, 현암사, 1984.

고부응 엮음, 『탈식민주의-이론과 쟁점』, 문학과지성사, 2003.

구모룡, 『지역문학과 주변부의 시각』, 신생, 2005.

김동석, 『예술과 생활』, 박문출판사, 1947.

김붕구, 『보들레에르』, 문학과지성사, 1982.

———— 외, 『상징주의 문학론』, 민음사, 1982.

김상환, 『예술가를 위한 형이상학』, 민음사, 1999.

김승희 편, 『김수영 다시읽기』, 프레스21, 2000.

김신정 엮음, 『정지용 문학세계 연구』, 깊은샘, 2001.

김용직, 『임화문학 연구』, 세계사, 1991.

———— 외, 「한국현대시사」, 일지사, 1985.

김우창, 「한국시와 형이상」, 『미당연구』, 민음사, 1994.

김욱동, 『문학 생태학을 위하여』, 민음사, 1998.

————, 『모더니즘과 포스트모더니즘』, 현암사, 1994.

김윤식, 『임화 연구』, 문학사상사, 1989.

————, 『한국근대문예비평사연구』, 일지사, 1988.

김은자 편, 『정지용』, 새미, 1996.

김준오, 『도시시와 해체시』, 문학비평사, 1993.

————, 『현대시의 환유성과 메타시』, 살림, 1997.

김준태 외, 『김남주론』, 도서출판 광주, 1988.

김진석, 『초월에서 포월로』, 솔, 1992.

김진웅, 『반미』, 살림, 2003.

김학동, 『비교문학론』, 새문사, 1984.

───, 『한국근대시의 비교문학적 연구』, 일조각, 1981.

─── 외, 『정지용 연구』, 새문사, 1988.

김화영, 『미당 서정주의 시에 대하여』, 민음사, 1984.

나병철, 『근대서사와 탈식민주의』, 문예출판사, 2001.

노 철, 「김남주 시의 담론 고찰」, 『한국문학과 탈식민주의』, 상허학회, 2005.

박남철, 「김수영 시문학의 제1시대 연구」, 경희대대학원(석사), 1983.

박명용 외, 『작고문인연구』, 한국예총 대전지회, 1995.

─── 편, 『대전문학사』, 한국예총대전광역시지회, 2000.

박이문, 『문명의 위기와 문화의 전환』, 민음사, 1996.

박태일, 『한국 지역문학의 논리』, 청동거울, 2004.

백낙청, 『민족문학과 세계문학 Ⅰ』, 창작과비평사, 1995.

───, 『흔들리는 분단체제』, 창작과비평사, 1998.

사회와 사상사 편, 『90년대 한국사회의 쟁점』, 한길사, 1990.

송기한·김현정 편, 『대전·충청 지역의 고향시』, 다운샘, 2004.

신명직, 『모던 뽀이, 경성을 거닐다』, 현실문화연구, 2003.

아세아문제연구소 엮음, 『한국문화에 미친 미국문화의 영향』, 현암사, 1984.

여홍상 엮음, 『바흐친과 문화 이론』, 문학과지성사, 1995.

윤영애, 『파리의 보들레르』, 문학과지성사, 1997.

윤호병, 『비교문학』, 민음사, 2000.

───, 『아이콘의 언어』, 문예출판사, 2001.

이광모 편저, 『철학대사전』, 한국이데아, 1994.

이광호, 『환멸의 신화』, 민음사, 1996.

이남호·이경호 편, 『황지우 문학앨범』, 웅진출판사, 1995.

이상규, 『국어방언학』, 학연사, 2003.

이승훈, 『모더니즘 시론』, 문예출판사, 1995.

───, 『포스트모더니즘시론』, 세계사, 1993.

───, 『한국현대시론사』, 고려원, 1993.

─── 외, 『포스트모더니즘과 문학비평』, 고려원, 1994.

이재선·신동욱, 『문학의 이론』, 학문사, 1978.

이진경 외,『철학의 탈주』, 새길, 1999.

이형권,『한국현대시의 이념과 서정』, 보고사, 1998.

───,『현대시와 비평정신』, 국학자료원, 1999.

이혜순,『비교문학』, 문학과지성사, 1985.

임 화,『문학의 논리』, 학예사, 1940.

임우기,『그늘에 대하여』, 강, 1996.

장사선,『한국리얼리즘 문학론』, 새문사, 1998.

정과리,『문학, 존재의 변증법』, 문학과지성사, 1985.

정한모·김용직,『한국현대시요람』, 박영사, 1980.

이거룡 외,『몸 또는 욕망의 사다리』, 한길사, 1999.

정효구,『우주 공동체와 문학의 길』, 시와시학사, 1994.

───,『한국현대시와 문명의 전환』, 새미, 2002.

조규익,『해방전 재미한인 이민문학 1-3』, 월인, 1999.

조연현 외,『미당연구』, 민음사, 1994.

─── 외,『서정주 연구』, 동화출판공사, 1975.

천이두,「지옥과 열반」,『미당연구』, 민음사, 1994.

최동호,『삶의 깊이와 시적 상상』, 민음사, 1995.

최문규,『(탈)현대성과 문학의 이해』, 민음사, 1996.

최원식,『민족문학의 논리』, 창작과비평사, 1982.

───,『생산적 대화를 위하여』, 창작과비평사, 1997.

최하림,『김수영』, 문학세계사, 1993.

학술단체협의회 편,『1980년대 한국사회와 지배구조』, 풀빛, 1989.

한국문인협회 대전지회,『대전문학선집 1 시』, 대훈사, 1994.

───,『대전문학선집 2 소설·번역』, 대훈사, 1994.

한국문학회 엮음,『해외문화 접촉과 한국문학』, 세종출판사, 2003.

한국비평문학회, 전국학술대회 발표논문집『탈식민주의와 한국문학』, 2005.

한국현대문학회,『한국문학의 양식론』, 한양출판, 1997.

홍용희,「김지하 문학 연구」, 경희대학교대학원(박사), 1998.

황동규 편저,『김수영 전집 별책』, 민음사, 1983.

柄谷行人, 조영일 역,『근대 문학의 종언』, 도서출판 b, 2006.

───, 박유하 역,『일본근대문학의 기원』, 민음사, 2000.

松本淸張, 김병걸 역, 『북의 시인 임화』, 미래사, 1987.

三好行雄, 정선태 역, 『일본 문학의 근대와 반근대』, 소명출판, 2002.

澁澤龍彦, 문대찬 역, 『몸, 쾌락, 에로티즘』, 바다출판사, 1999.

A. Giddens, 권기돈 역, 『현대성과 자아정체성』, 새물결, 1997.

A. Lunacharskii 외, 김휴 역, 『사회주의 리얼리즘』, 일월서각, 1987.

Aimé-Fernand Césaire, 이석호 역, 『식민주의에 관한 담론』, 동인, 2004.

Andre Gunder Frank, 이희재 역, 『리오리엔트』, 이산, 2003.

Anika Semaire, 이미선 역, 『자크 라캉』, 문예출판사, 1994.

Antonio Negri and Michael Hardt, 윤수종 역, 『제국』, 이학사, 2001.

Antony Easthope, 박인기 역, 『시와 담론』, 지식산업사, 1994.

Bart Moore-Gilbert, 이경원 역, 『탈식민주의! 저항에서 유희로』, 한길사, 2001.

Bataille Georges, 조한경 역, 『에로티즘』, 민음사, 1997.

Benedict Anderson, 윤형숙 역, 『상상의 공동체』, 나남출판, 2002.

Bill Aschcroft and Pal Ahluwalia, 윤영실 역, 『다시 에드워드 사이드를 위하여』, 앨피, 2005.

Bill Ashcroft, Gareth Griffiths, and Helen Tiffin, 이석호 역, 『포스트콜로니얼 문학이론』, 민음사, 1996.

Bill Devall & Sessions, *Deep Ecology*, Gibbs Smith Publisher, 1985.

C. L. Miller, *Blank Darkness : Africanist Discourse in French*, The Chicago Press, 1985.

D. Evans, 김종주 외 역, 『라깡 정신분석 사전』, 인간사랑, 1998.

D. Martin & K. Boeck, 홍명희 역, 『EQ』, 해냄, 1997.

Diana Brydon(ed), *Postcolonialism-Critical Concepts.* Vols. 1-5, Routledge : London and New York, 2001.

Diane Macdonell, 임상훈 역, 『담론이란 무엇인가』, 한울, 1992.

Dieter Lamping, 장영태 역, 『서정시 : 이론과 역사』, 문학과지성사, 1994.

Dominique Lince, 정봉구 역, 『19세기 프랑스시』, 탐구당, 1988.

E. Levinas, 강영안 역, 『시간과 타자』, 문예출판사, 1998.

Edward W. Said, 김성곤 · 정정호 역, 『문화와 제국주의』, 도서출판 창, 1995.

──────, 박홍규 역, 『오리엔탈리즘』, 교보문고, 1994(증보판).

Elizabeth Wright, 권택영 역, 『정신분석비평』, 문예출판사, 1989.

Emil Steiger, 이유영 · 오현일 역, 『시학의 근본개념』, 삼중당, 1978.

F. W. Nietzsche, 정경석 역, 『짜라투스트라는 이렇게 말했다』, 삼성출판사, 1982.

Franz Fanon, 남경태 역, 『대지의 저주받은 자들』, 그린비, 2004.

G. Deleuze & F. Guattari, 최명관 역, 『앙띠 오이디푸스』, 민음사, 2000.

──, 조한경 역, 『소수 집단의 문학을 위하여』, 문학과지성사, 2000.

Gayatri C. Spivak, *The Post-Colonial Critic* : *Interviews, Strategies, Dialogues*, ed. Sarah Harasym, London : Routledge, 1990.

──, *The Spivak Reader*, London : Routledge, 1996.

──, 태혜숙 역, 『다른 세상에서』, 여이연, 2003.

Henry Peyre, 윤영애 역, 『상징주의 문학』, 탐구당, 1985.

Herold Bloom, 윤호병 역, 『시적 영향에 대한 불안』, 고려원, 1991.

Homi K. Bhabha, *The Location of Culture*, Routledge, 1994.

──, 나병철 역, 『문화의 위치』, 소명출판, 2002.

Immanuel Wallerstein, *Geopolitics and Geoculture*, New York : Cambridge University Press, 1991.

J. Derrida, *De la Grammatologie*, Paris : Minuit, 1967.

J. E. Cirlot, *A Dictionary of Symbol*(trans. Jack Sage), Philosophical Library, 1962.

J. Lacan, 권택영 편역, 『욕망 이론』, 문예출판사, 1994.

J. Maisonneuve, 김용민 역, 『감정』, 한길사, 1999.

John Story, 박모 번역, 『문화연구와 문화이론』, 현실문화연구, 1999.

Julia Kristeva, 김영 역, 『사랑의 역사』, 민음사, 1995.

L. Althusser, 김동수 역, 『아미엥에서의 주장』, 솔, 1991.

L. Hutcheon, 김상구·윤여복 역, 『패러디 이론』, 문예출판사, 1992.

Leela Gandhi, 이영욱 역, 『포스트식민주의란 무엇인가』, 현실문화연구, 2000.

Louis-Jean Calvet, 김병욱 역, 『언어와 식민주의』, 유로서적, 2004.

M. Calinescu, 이영욱 외 역, 『모더니티의 다섯 얼굴』, 시각과 언어, 1994.

M. F. Guyard, 정기수 역, 『비교문학』, 탐구당, 1986.

M. Hardt & A. Negri, 윤수종 역, 『제국』, 이산, 2003.

M. Heiddger, 전광진 역, 『하이데거의 시론과 시』, 탐구당, 1981.

Michel Foucault, 이규현 역, 『광기의 역사』, 나남출판, 2003.

Michel Pecheux, 임상훈 역, 『담론이란 무엇인가』, 한울, 1992.

Michael Ryan, 나병철·이경훈 역, 『해체론과 변증법』, 평민사, 1994.

Murray Bookchin, 문순홍 역, 『사회생태론의 철학』, 솔, 1997.

──, 문순홍 편저, 『생태학의 담론』, 솔, 1999.

P. Bourdieu, 하태환 역, 『예술의 규칙』, 동문선, 1999.

P. Child & P. Williams, 김문환 역,『탈식민주의 이론』, 문예출판사, 2004.

P. Windmer, 홍준기・이승미 역,『욕망의 전복』, 한울아카데미, 1998.

Paul De Man, *Blindness and Insight(second edition)*, Methuen & Co, 1983.

Peter U. Zima, 김혜진 역,『데리다와 예일학파』, 문학동네, 2001.

Pierre Bourdieu, 하태환 역,『예술의 규칙』, 동문선, 1999.

R. Poggioli, 박상진 역,『아방가르드 예술론』, 문예출판사, 1998.

R. S. Lazarus & B. N. Lazarus, 정영목 역,『감정과 이성』, 문예출판사, 1997.

R. Welleck & A. Warren, 김병철 역,『문학의 이론』, 을유문화사, 1982.

Sigmund Freud, 김석희 역,『문명 속의 불만』, 열린책들, 1997.

Susan Sontag, 이재원 역,『은유로서의 질병』, 이후, 2000.

Ulrich Weisstein, 이유영 역,『비교문학론』, 홍성사, 1981.

V. I. Lenin, 이길주 역,『레닌의 문학예술론』, 논장, 1988.

Van Tieghem, 김동욱 역,『비교문학』, 주영사, 1974.

Vincent B. Leitch, 권택영 역,『해체비평이란 무엇인가』, 문예출판사, 1988.

X. Chen, 정진배・김정아 역,『옥시덴탈리즘』, 강, 2001.

■ 잡 지

≪개벽≫ 1922년 10월호, 1924년 6월호.

≪금성≫ 1923년 11월호.

≪매일신보≫ 1942년 1월 13일자, 1942년 2월 19일자.

≪문학사상≫ 1972년 12월호, 1975년 1월호.

≪세계의 문학≫ 1993년 여름호.

≪시에≫ 2007년 가을호.

≪시와 사람≫ 2001년 여름호.

≪시와 시학≫ 1994년 봄호.

≪시와 인식≫ 2004년 여름호.

≪신문학≫ 1916년 5월호.

≪실천문학≫ 1989년 가을호.

≪어문연구≫ 49집 2005, 52집 2006.

≪외국문학≫ 1995년 여름호.

≪작가세계≫ 1989년 가을호, 2000년 가을호.
≪작가연구≫ 5호 1998. 2003년 상반기.
≪창작과 비평≫ 1988년 겨울호, 1989년 봄호, 1993년 여름호.
≪포에지≫ 2000년 겨울호.
≪학지광≫ 1916년 9월호.
≪한국문학 이론과 비평≫ 4호 1999.
≪한국언어문학≫ 49집 2002, 60집 2007.
≪한길문학≫ 1990년 5월호.
≪현대문학의 연구≫ 17호 2001, 24호 2005.
≪현대시사상≫ 1996년 봄호. 1996년 가을호.
≪현대시학≫ 1988년 8월호.

■ 찾아보기

■ 인명

■ 용 어

■ 작 품

아